KB129262

그들의 눈

이 책은 실로 꿰매어 제본하는 정통적인 사철 방식으로 만들어졌습니다.
사철 방식으로 제본된 책은 오랫동안 보관해도 손상되지 않습니다.

Dracula

드라큘라

브램 스토커 장편소설 페르난도 비센테 그림 이세욱 옮김

열린책들

차례

사랑하는 친구 하미 베그에게

여기에 있는 이 기록들을 읽다 보면, 이것들이 어떤 차례로 배열되어
있는지를 알 수 있을 것이다. 후대에는 잘 믿기지 않을 이야기인지라,
불필요한 사건들은 삭제해서, 순전한 사실의 기록으로 남을 수 있도록
했다. 자칫 기억에 착오가 생길 수도 있는 과거의 일에 대해 서술한
부분은 이 책의 어디에도 없다. 왜냐하면, 채택한 기록들은 바로
우리 시대의 것이며, 그것을 작성한 사람들이 겪은 것,
그들이 아는 것을 토대로 만들어진
것이기 때문이다.

1

조녀선 하커의 일기
(속기법으로 기록한 것임)

5월 3일, 비스트리츠[1]에서

뮌헨을 떠난 것이 5월 1일 오후 8시 35분, 빈에 도착한 것은 다음 날 이른 아침이었다. 6시 46분에 도착할 예정이던 기차가 한 시간을 연착했다. 기차의 차창을 통해서, 그리고 잠깐 동안 거리를 여기저기 거닐면서 바라본 부다페스트는 언뜻 보기에 멋진 곳인 것 같았다. 기차는 늦게 도착했어도 제시간을 거의 지켜서 출발할 예정으로 있었기 때문에, 행여나 기차를 놓치지나 않을까 저어하여, 역에서 너무 멀리 나가지는 않았다. 부다페스트에서 내가 받은 인상은 서양을 떠나 동양에 들어왔다는 느낌이었다. 다뉴브강이 여기에서는 대단히 넓고 깊은데, 그 강에 호사스러운 다리들이 걸쳐 있고, 그중에서 가장 서구적인 모양새를 한 다리를 건너자, 어느새 우리는 튀르크 제국의 전설 속에 들어와 있었다.

---

1 루마니아 트란실바니아 지방 비스트리차너서우드도(道)의 중심 도시. 루마니아어로는 〈비스트리차〉이지만, 소설 속의 시간적 배경이 오스트리아·헝가리 제국 시대임을 감안하여 주인공 하커처럼 독일어 지명으로 표기.

기차는 거의 제시간에 출발하였고, 해가 떨어진 뒤에 클라우젠부르크[2]에 도착했다. 그날 밤을 나는 그곳에 있는 로열 호텔에서 묵었다. 저녁엔 닭고기로 요기를 했는데, 그것은 어떻게 한 건지는 몰라도, 고추를 넣고 구운 것으로 무척 맛있기는 했으나, 먹고 났더니 갈증이 났다(미나를 위하여 조리법을 알아 두자). 웨이터에게 그게 뭐냐고 물었더니, 〈파프리카 헨들〉이라는 것이며, 헝가리 고유의 음식이기 때문에 카르파티아 산맥[3] 근처의 어디에서나 맛볼 수 있을 거라고 일러주었다. 독일어를 얼치기로나마 알고 있는 것이 여기에서는 무척 도움이 되었다. 그렇지 않았다면 정말이지 어떻게 처신해야 할지가 난감했을 것이었다.

런던에 있을 때 시간적인 여유가 있었기 때문에, 나는 대영 박물관을 찾아가 보기도 하고, 도서관에 가서 트란실바니아에 관한 서적과 지도를 뒤져 보기도 했다. 거기에 사는 귀족을 상대하려면, 그 지방에 대한 사전 지식이 대단히 중요할 거라는 생각이 들어서였다. 나는 백작이 말한 지역이 트란실바니아의 동쪽 끝, 카르파티아산맥의 한가운데, 트란실바니아와 몰다비아, 부코비나 세 지방이 경계를 이루고 있는 곳에 있으며, 유럽에서 가장 황량하고 후미진 곳임을 알게 되었다. 그런 탓인지 그 지방 지도 중에는 영국의 군용 측량도처럼 제대로 된 것이 없어서, 어떤 지도를 보아도 드라큘라성의 정확한 위치를 가늠할 수가 없었다. 다만 드라큘라 백작이 말한 비스트리츠가 교통의 요지로 상당히 유명한 곳이라는 것은 확인할 수 있었다. 여기에 내가 조사한 내용을 약간 적어 두는 게 좋겠다. 미나에게 나의 여행에 대한 이야기를 들려줄 때 빠뜨리지 않고 이야기를 하는 데 도움이 될 테니까.

트란실바니아에는 네 갈래의 민족이 모여 살고 있다. 즉, 남부에는 색슨 사

---

2 중앙 트란실바니아에 있는 도시. 루마니아어로는 클루지라 한다. 독일인과 헝가리인이 많으며 오스트리아·헝가리 제국에 속했다가 제1차 세계대전 후 루마니아의 영토가 되었다.

3 동중부 유럽의 주요 산맥. 지도에 말굽 모양으로 나타난다.

람들과 고대 다치아 사람들의 후예인 왈라키아 사람들이 섞여 살고 있고, 서부에는 마자르 사람들이, 동북부에는 세케이 사람들이 살고 있다. 내가 가려는 곳은 바로 세케이 사람들이 있는 곳인데, 그들은 스스로를 아틸라왕과 훈족의 후예라고 주장하고 있다. 마자르족이 11세기에 그 지방을 정복했을 때 훈족이 거기에 살고 있었기 때문에 그들의 주장에도 일리는 있다. 어떤 책에서 보니까 카르파티아산맥의 산자락에는 세상의 미신이란 미신은 다 모여 있어서, 흡사 상상력의 소용돌이 한가운데에 있는 느낌을 준다고 했다. 정말 그렇다면 그곳에 머무는 것이 대단히 흥미진진한 것이다(백작을 만나거든 그런 미신들에게 관해 모두 물어볼 생각이다).

침대가 꽤 편안했는데도, 온갖 종류의 해괴한 꿈에 시달리느라고 잠을 설쳤다. 밤새도록 창문 아래에서 개가 짖어 댄 탓이거나, 저녁에 고추를 먹고 나서 물 한 병을 다 들이켜고도 여전히 갈증을 느끼고 있었던 탓이리라. 날이 밝을 무렵에야 잠을 좀 잤는데, 누군가가 계속해서 방문을 두드려 대고 나서야 잠이 깬 것으로 보아, 그때는 그래도 잠이 꽤 깊이 들었던 모양이었다. 아침 식사로는, 어제저녁보다 더 많은 고추와 〈마말리가〉라고 불리는 옥수숫가루로 쑨 죽과, 가지에다 고기를 다져 넣은 것으로 아주 감칠맛이 나는 〈임플레타타〉라는 가지소박이를 먹었다(임플레타타의 조리법도 알아 놓아야겠다). 기차는 8시 조금 전에 떠날 예정이었기 때문에 서둘러서 아침을 먹었다. 그러나 그것은 그저 예정일 뿐이었다. 부랴부랴 역에 다다른 것이 7시 30분이었는데, 그로부터 한 시간도 넘게 기차 안에 앉아 시간을 보낸 뒤에야 기차가 움직이기 시작했던 것이다. 내가 보기에 동방으로 가면 갈수록 기차가 시간을 안 지키는 것 같다. 중국에서는 어떨까?

온종일 기차는 온갖 아름다운 것들로 가득 찬 어떤 지방을 늑장을 부리며 더디게 지나왔다. 오래된 기도서의 삽화에 나옴 직한 작은 마을이며 성 들이 가파른 언덕 위에 간간이 모습을 드러냈다. 때때로 강이며 개울 들이 스쳐 지나갔는데, 양쪽 강둑에 널찍하게 돌을 쌓아 놓은 것으로 보아 큰물이 자주 나는 모양이었다. 물이 많고 물살이 세어서 강턱 언저리를 말끔하게 훑으면서 흐르고 있었다. 역마다 사람들이 모여 있었고, 어떤 역에는 제법 많은 사람들이 무리를 짓고 있기도 했는데, 옷차림새가 가지각색이었다. 영국의 농부들, 또는 프랑스나 독일을 지나오면서 보았던 농부들과 마찬가지로, 짧은 재킷에다 둥근 모자, 그리고 집에서 만든 바지를 입은 사람들도 있었지만, 재미있는 옷차림을 한 사람들도 많았다. 여자들은 가까이서 볼 때만 빼고는 예뻐 보였는데, 허리춤의 옷맵시가 가관이었다. 그네들은 한결같이 하얀 긴소매 옷을 입었고, 대개가 허리에다 커다란 띠를 두르고 있었는데, 그 띠가 많은 조각들로 되어 있어서 흡사 발레할 때 입는 옷처럼 너풀거렸다. 그나마 속옷을 받쳐 입은 것이 다행이었다. 우스꽝스럽기로 말하면 단연 슬로바키아 사람들이었다. 커다란 카우보이모자에다가 하얀 리넨 셔츠를 걸치고, 폭이 거의 30센티미터나 되는 장식 못을 박은 큼직하고 두툼한 가죽 띠를 두른 모습이 촌스럽기 짝이 없었다. 그들은 기다란 장화를 신고 바지를 그 안에다 쑤셔 넣고 있었으며, 머리털이 까맣고 긴 데다가, 까만 콧수염이 텁수룩했다. 그들의 모습이 재미있어 보이기는 했지만 인상이 좋아 보이지는 않았다. 그들을 무대에 올려 놓으면, 영락없이 옛날 동양의 산적 떼로 보일 것 같았다. 그렇지만, 사람들이 말하는 걸 들어 보면, 그네는 순진하고 수줍음이 많은 사람들이란다.

기차가 비스트리츠에 도착했을 때는 땅거미가 지고 있었다. 비스트리츠는 대단히 흥미 있는 고읍이다. 사실상 국경에 자리하고 있는 탓으로 — 보르고 고개가 여기에서 시작하여 부코비나 공국에 이르기 때문이다 — 이곳에는 갖가지 사연이 많았고, 그 자취도 분명하게 남아 있었다. 50년 전에는 잇달아 대화재가 발생해서, 다섯 번에 걸쳐 끔찍한 참사가 빚어졌다. 17세기 초에는 3주 동안 포위 공격을 당하면서, 전쟁으로 인한 인명 피해가 기아나 질병으로 사망한 경우를 합해서 1만 3천에 달했다.

드라큘라 백작이 지시한 대로, 나는 골덴 크로네 여관으로 갔다. 그곳은 완전히 고풍으로 되어 있어서 무척 기분이 좋았다. 말할 것도 없이 나는 되도록 이 지방 고유의 방식으로 되어 있는 모든 것을 보고 싶어 했기 때문이었다. 여관에서는 내가 오기를 기다리고 있었음이 분명했다. 현관 가까이로 다가가자, 나이가 지긋하고 명랑해 보이는 여인이 나를 맞았다. 여인은 보통 시골 여자들처럼 하얀 드레스를 입고 긴 앞치마를 둘렀는데, 앞치마며 가슴과 등에 붙은 천에는 색깔이 들어가 있었고, 꽉 끼게 옷을 입은 품이 수수한 시골 여자처럼 보이지는 않았다. 내가 가까이 다가가자 그 여자는 절을 하고 물었다. 「영국에서 오시는 분이시죠?」「그렇습니다. 조너선 하커라고 합니다.」 내가 대답하자, 여인은 미소를 지었다. 그러고는 현관까지 따라 나와 있던 나이가 지긋한 셔츠 차림의 남자에게 뭔가를 지시했다. 그는 어딘가로 가더니 이내 편지 한 통을 가지고 돌아왔다. 편지는 드라큘라 백작이 보내온 것이었다.

하커 씨, 받아 보시오. 카르파티아산맥에 들어온 것을 환영하오. 당신이 오기를 학수고대하고 있었소. 오늘 밤은 푹 자두시오. 내일 오후 3시에 역마차가 부코비나로 떠날 겁니다. 역마차에 당신 자리를 잡아 놓았소. 보르고 고개에서 내 마차가 당신을 기다리고 있다가 당신을 태우고 나 있는 곳으로 올 겁니다. 런던에서 이곳까지의 여행도 즐거웠을 테지만, 아름다운 내 영지에서 보낼 시간도 그에 못지않을 것임을 믿소.

당신의 친구,

드라큘라.

5월 4일

백작이 여관 주인에게 편지를 내서, 나를 위해 역마차의 가장 좋은 자리를 잡아 주라고 지시했음을 알게 되었다. 그런데 여관 주인은 내가 좀 더 자세한 내막을 알려고 들자, 이내 말하기를 꺼리는 듯한 눈치를 보이며, 내가 말하는 독일어를 못 알아듣는 체했다. 이제껏 내가 말하는 것을 온전하게 알아듣던 사람이 갑자기 그렇게 나오는 걸로 보아 그가 짐짓 그러고 있음이 분명했다. 그의 대답은 그저 나를 위해 좋은 자리를 잡아 준 게 드라큘라 백작의 지시에 의해서가 아니라 자기가 알아서 한 거라는 식이었다. 여관 주인과 어제 나를 마중했던 나이 지긋한 그의 아내가 겁먹은 표정으로 서로를 쳐다보았다. 여관 주인은 백작에게서 온 편지 속에 돈이 같이 들어 있었을 뿐 다른 것은 자기는 모른다고 얼버무렸다. 내가 그에게 드라큘라 백작을 알고 있느냐, 그의 성에 관해 뭔가를 알려 줄 수 없겠느냐고 물었지만, 그도 그의 아내도 맹세코 자기들은 아무것도 모른다면서, 더 이상 이야기를 하려 들지 않았다. 출발할 시간이 임박해 있었기 때문에, 다른 사람들에게 물어볼 틈이 없었다. 그들의 태도가 의문투성이여서 어쩐지 마음이 편치 않았다.

떠나기 직전에 여주인이 내 방으로 올라와서는 겁에 질린 듯한 어조로 물었다.

「꼭 가야 되우? 젊은 양반, 안 가면 안 되겠우?」 여자는 너무나 흥분한 나머지 독일어가 뒤죽박죽이 되면서 내가 전혀 모르는 언어를 막 섞어 쓰고 있는 것처럼 보였다. 여러 번 그 여자에게 질문을 던지고 나서야 제대로 말을 알아들을 수 있었다. 중요한 일이 있어서 곧 가야 한다고 말하자, 그 여자가 다시 물었다.

「오늘이 무슨 날인지 알기나 하우?」 내가 〈5월 4일 아닙니까〉라고 대답하자 그 여자는 고개를 저으면서 되뇌었다.

「아니, 아니, 그거 말고. 오늘이 정말 무슨 날인지 모른단 말이우?」 내가 모르겠다고 하자 여주인이 설명을 했다.

「오늘이 성(聖) 조지 축일 전날⁴이우. 오늘 밤 시계가 12시를 치면, 세상의

---

4 성 조지 축일은 4월 23일. 그러니까 그 전날은 4월 22일인데, 날짜가 5월 4일로 되어 있는 까닭은 당시 트란실바니아에서 사용하던 율리우스력의 4월 22일이 영국식 날짜로는 5월 4일이었기 때문이다.

온갖 마귀들이 날뛴다는 것을 모른단 말이우 그래? 이봐요, 젊은 양반, 지금 가려는 데가 어떤 덴지나 알우? 가면 무슨 일이 생기는지 알기나 하우?」여주인이 너무 마음 아파하는 것 같아서 나는 그 여자를 안심시키려고 애썼으나 허사였다. 여자는 그 정도로는 안 되겠다 싶었던지 숫제 무릎을 꿇고 가지 말라고 사정을 했다. 가더라도 하루나 이틀 기다렸다 가라는 거였다. 여자의 태도가 정말 우스꽝스럽다는 생각은 들었지만 마음 한구석에는 꺼림칙한 느낌도 없지 않았다. 그러나 나에겐 해야 할 일이 있었고 그런 느낌 때문에 일을 그르칠 수는 없었다. 그래서 나는 그 여자를 일으켜 세우려고 애쓰면서, 되도록 진지한 어조로, 나를 걱정해 주는 마음은 고맙지만, 의무를 저버릴 수가 없기 때문에 가야만 한다고 설득했다. 그러자 여자는 일어나서 눈물을 닦고는 목에 걸고 있던 십자가를 나에게 건네주었다. 나는 잠시 머뭇거렸다. 영국 국교회 신자로서 나는 그런 것을 일종의 우상 숭배로 간주하도록 가르침을 받은 탓이었다. 그러나 그토록 감정이 북받쳐 있는 나이 든 여인의 호의를 거절하는 것도 예의가 아닌 듯싶었다. 여인은 나의 얼굴에서 망설이는 기색을 읽었는지 내 목에다 묵주를 걸어 주면서 말했다. 「젊은 양반의 어머니를 생각해서 이러는 거라우.」이 한마디를 남기고는 여인은 방을 나갔다. 나는 역마차를 기다리면서 일기의 지금 이 부분을 써넣고 있다. 마차는 역시 늦을 모양이다. 십자가는 아직 내 목에 걸려 있다. 초로의 여인이 보여 준 공포감 때문인지, 이 고장에 전해 오는 수많은 귀신 이야기 탓인지, 아니면 바로 이 십자가 때문인지, 딱히 뭐라고 말할 수는 없지만, 여느 때와는 다르게 나의 마음에 그늘이 드리워져 있다. 만일 내가 미나에게 가기 전에, 이 일기가 먼저 미나의 손에 닿는다면, 그것이 나의 작별 인사가 되겠지. 아, 저기 역마차가 온다!

5월 5일, 드라큘라 백작의 성
새벽의 어스름이 스러지자 저 멀리 지평선 위로 태양이 솟아올랐다. 지평선은 들쭉날쭉한 선을 그리고 있는데, 너무나 멀리 있는 탓에 나무 때문에 그런 건지 언덕 때문에 그렇게 보이는 건지 도무지 크고 작은 것이 가늠이 되지 않았다. 졸리지도 않고, 또 내가 잠을 깰 때까지는 아무도 나를 부르러 오지 않기로 되어 있었기 때문에, 잠이 올 때까지 글을 쓰기로 한다. 적어 두어야 할 신기한 것들이 많다. 그리고 이 글을 읽는 사람들이 내가 비스트리츠를 떠나기 전에 저녁 식사를 아주 잘 했을 것으로 상상하지 않도록 하기 위해서도 내가 먹은 저녁에 대해 정확하게 적어 두어야겠다. 내가 저녁 식사로 먹은 것은 이른바 〈도둑 스테이크〉라는 것으로, 베이컨 몇 조각에, 양파, 그리고 고추로 양념을 하고 런던에서 고양이 먹이를 요리할 때와 같은 간단한 방식으로 꼬챙이에 꿰어 불에 구운 쇠고기였다. 포도주는 〈골든 메디아슈〉였는데, 이상하게 혀를 톡 쏘기는 했지만, 맛이 나쁘지는 않았다. 이것만 두 잔을 마시고 다른 것은 마시지 않았다.

내가 역마차에 올랐을 때, 마차꾼은 아직 올라오지 않고 여관 여주인과 이야기를 나누고 있었다. 그네는 나를 화제에 올려 이야기를 나누고 있음이 분명했다. 그들은 이야기 중간중간에 나를 쳐다보았고, 여관 문 바깥쪽에 있는 벤치 ─ 사람들이 여기에 모여 쑥덕공론을 일삼기 때문에 이 벤치를 〈말 심부름꾼〉이라고 부르고 있었다 ─ 에 앉아 있던 사람들 몇몇이 그들에게 다가가서 그들이 하는 이야기를 듣더니 마찬가지로 나를 힐끗거렸다. 나를 바라보는 그들의 얼굴에는 대부분 안됐다는 표정이 역력했다. 사람들이 주고받는 말들 중에는, 워낙 여러 나라 말이 섞여 있어서 어느 나라 말인지는 알 수 없어도, 듣기에 색다르고 여러 번 되풀이하는 낱말들이 많이 있었다. 나는 살그머니 다국어 사전을 가방에서 꺼내어 내 귀에 들어온 낱말들을 찾아보았다. 그것들은 나에게 용기를 주는 단어들이 아니었다. 그중에는 사탄을 뜻하는 〈외르되그〉, 지옥이라는 뜻의 〈포콜〉, 마녀라는 의미를 지닌 〈스트레고이카〉가 있었고, 〈브롤로크〉와 〈블코슬라크〉가 있었는데, 끝의 두 개는 각각 슬로바키아와 세르비아

말로서, 둘 다 이리가 된 인간이나 흡혈귀를 뜻하는 것이었다(백작에게 이러이러한 미신들에 관해 물어봐야겠다).

역마차가 출발하려 하자, 여관 입구 주변에 꾸역꾸역 모여들었던 사람들이 하나같이 성호를 긋고 두 손가락으로 나를 가리켰다. 나는 그것이 무슨 뜻인지 함께 탔던 승객의 설명을 통해 가까스로 알게 되었다. 그 승객은 선뜻 입을 열려고 하지 않다가 내가 영국인이라는 것을 알고서는, 그것이 사위스러운 것을 쫓으려는 일종의 주술이며 액막이라고 일러주었다. 그의 설명을 듣고 보니, 낯선 곳으로 낯선 사람을 만나러 이제 막 떠나는 나로서는 기분이 좋을 리 없었다. 그렇지만, 그 사람들 모두가 친절하게도, 나를 걱정해 주고 나를 동정해 주는 것으로 보였기 때문에 감동이 일지 않을 수 없었다. 나는 여관을 떠나면서 마지막으로 보았던 그 뜰과 그 사람들을 영원히 잊지 못할 것이다. 뜨락 한가운데 모아 놓은 초록색 통 안에서 자라던 협죽도나무와 오렌지나무의 풍성한 잎, 그리고 그것을 배경으로 널찍한 입구에 둘러서서 성호를 긋던 군중의 인상적인 모습을……. 통이 넓은 바지를 입고 있어서 바지로 마부석의 앞부분을 완전히 덮어 버리고 있던 마차꾼이 커다란 채찍으로 덩치가 작은 말 네 마리를 후려쳤다. 말들이 나란히 달리면서, 비로소 우리의 역마차 여행이 시작되었다.

역마차가 앞으로 나아감에 따라서 아름다운 경치가 나타나자, 나는 사위스러운 생각들을 떨쳐 버릴 수가 있었다. 하지만 함께 타고 가던 승객들이 사용하는 외국어들을 알아들을 수 있었다면, 어쩌면 나는 그리 쉽게 두려운 생각을 털어 버릴 수는 없었을지도 모른다. 우리 앞으로, 크고 작은 수풀이 울창하게 들어선 푸르른 대지가 비탈을 이루며 펼쳐졌다. 여기저기에 가파른 언덕이 있고, 언덕배기에는 나무들이 숲을 이루고 있기도 하고, 농가들이 자리를 잡고 있기도 했다. 사과나무, 자두나무, 배나무, 벚나무에 꽃이 피어 지천으로 꽃 무더기를 이루고 있었다. 과수나무 숲을 스쳐 가며 바라보니, 나무들 아래로 푸른 풀밭이 널려 있고 그 위에 꽃잎이 떨어져 수를 놓고 있었다. 이곳 사람들이 〈가운데 땅〉이라고 부르는 이 푸르른 언덕들 사이로 구불거리며 길이 나 있는데, 푸른 풀밭을 스쳐 지나갈 때나, 소나무가 듬성듬성한 숲 언저리에서는 자취를 감추기도 했다가 언덕의 중턱에서는 널름거리는 불길처럼 내리닫기도 했다. 길이 울퉁불퉁했지만, 마차는 무엇에 쫓기는 것처럼 나는 듯이 달렸다. 나는 왜 그렇게 서둘러 내닫는지 이유를 알 수 없었지만, 마차꾼은 한시라도 빨리 보르고 고개에 도착하려는 생각에 몰입해 있는 것이 분명했다. 이 길은 겨울에 눈 때문에 엉망이 된 것을 아직 다듬어 놓지 않아서 그렇지 여름에는 대단히 훌륭한 길이라고 했다. 그런 점에서 카르파티아산맥 지방에 있는 다른 도로와 다르다. 이 지방에서는 도로를 지나치게 잘 닦아 놓는 것을 피하는 것이 오랜 전통이기 때문이다. 고대로부터 호스파다르 사람들은 길을 보수하려 들지 않았는데, 그것은 자기네들이 외국 군대를 끌어들일 준비를 하고 있다고 튀르크가 오해하여, 그렇지 않아도 일촉즉발의 상태에 있는 양국 사이에 전쟁이 터지지나 않을까 하는 우려에서였다.

봉긋한 푸르른 언덕 너머로는 거대한 산비탈이 카르파티아산맥의 험준한 절벽까지 솟아 있다. 좌우에 높이 솟은 산비탈 위로 오후의 햇살이 쏟아지면서, 아름다운 산맥이 갖가지 색깔로 찬연히 빛나고 있었다. 산봉우리의 그늘에는 짙은 파란색과 보라색이, 풀과 바위가 어우러진 곳에는 초록색과 갈색이 빛나고, 기암괴석들이 들쭉날쭉한 선을 그리며 아스라이 뻗어 나간 저 멀리에는 하얀 눈을 뒤집어쓴 준봉들이 웅장한 자태를 뽐내고 있었다. 산과 산 사이 여기저기에 깊은 골짜기들이 패어 있고, 지는 해의 햇살을 받은 물들이 은빛으로 반짝이는 것을 간간이 볼 수 있었다. 마차가 산기슭을 휘돌아 나가자, 우리가 구불구불한 길을 달려올 때 바로 우리 앞에 있는 것으로 보였던 눈 덮인 산봉우리가 우뚝하게 다가왔다. 그때 동행 중의 한 사람이 내 팔을 툭 치면서 소리를 질렀다 —

「저기 보세요! 이슈텐 세크예요. 〈신의 자리〉지요.」 그러더니 그는 경건하게 성호를 그었다. 마차가 끝없이 굽이치는 길을 달려감에 따라, 해는 우리의 뒤에서 점점 기울어 가고, 저녁 어스름이 기어들기 시작했다. 눈 덮인 산꼭대기가 석양의 잔광을 받아 곱고 맑은 분홍색으로 빛나면서 저녁 어스름이 한층 짙어 왔다. 곳곳에서 우리는 체코 사람들과 슬로바키아 사람들을 만났다. 그네는 모두들 인상 깊은 옷차림을 하고 있었는데, 갑상샘종이 유행하는 듯 목이 부어 있는 사람들이 많았다. 길섶에는 십자가들이 눈에 띄었는데, 그 옆을 지날 때마다 승객들은 모두 가슴에 성호를 그었다. 성소 앞에서 무릎을 꿇고 있는 시골 사내와 아낙네도 자주 볼 수 있었다. 그들은 우리가 다가가도 돌아다보기는커녕, 바깥세상을 향한 눈과 귀를 모두 닫아 버린 듯 무아지경에서 기도를 올리고 있었다.

나에게는 새로운 것들이 많았다. 나무들 사이에 쌓아 놓은 건초 더미며, 가지를 늘어뜨린 채 여기저기 무더기를 지어 서 있는 자작나무, 푸르스름한 잎사귀 사이로 은처럼 반짝이는 자작나무의 하얀 줄기들도 나에겐 마냥 신기롭기만 했다. 우리는 이따금씩 양쪽에 사다리 모양의 틀이 달린 마차를 앞질러 가기도 했는데, 그 마차는 농부들이 보통 타고 다니는 것으로서, 길이 울퉁불퉁한 것을 감안한 듯 뱀같이 생긴 긴 수레채를 갖추고 있었다. 일을 끝내고 집으로 돌아가는 농부들이 꽤 많이 마차에 앉아 있었다. 체코 사람들은 하얀 양가죽 옷을 입었는데, 슬로바키아 사람들은 색깔이 있는 양가죽 옷을 입고, 끝에 도끼가 달린, 창처럼 기다란 작대기를 들고 있었다. 날이 어두워지자 몹시 쌀쌀해지기 시작했다. 땅거미가 점점 짙어지면서 깊은 골짜기에서 희미한 자태를 보이던 참나무, 너도밤나무, 소나무 들이 컴컴한 어둠 속으로 잠겨 들어갔고, 고갯길을 오를 때는 시커먼 전나무들이 잔설의 희미한 빛을 배경으로 불쑥불쑥 나타났다. 이따금 우리를 불쑥 가로막는 어둑어둑한 소나무 숲을 헤쳐 나갈 때면, 나무들이 곳곳에서 거대한 괴물처럼 다가들어 매우 음산하고 장중

한 분위기를 연출해 냈기 때문에, 온갖 상념들과 으스스한 환상들이 또다시 엄습해 왔다. 아까 땅거미가 질 무렵, 석양의 불그스레한 빛을 받아 카르파티아 산맥의 계곡을 휘감고 있던 유령 같은 구름이 선명하게 두드러져 보였을 때도 그런 느낌을 가졌었다. 언덕길이 아주 가파를 때도 있어서, 마차꾼이 서두르는데도 말들은 천천히 달릴 수밖에 없었다. 나는 고향에서 그러듯이, 마차에서 내려 걸어서 올라가고 싶었지만, 마차꾼은 말을 듣지 않았다. 「안 돼요, 안 돼. 여기서 걸어갈 수는 없어요. 여기 개들이 너무 사나워요.」 그러면서 그는 다른 승객들을 둘러보았고, 승객들은 그 말이 맞는다는 듯 빙긋 웃고 있었는데, 그 모양이 꼭 나를 겁주려고 농담을 하는 것처럼 보였다. 「손님은 주무시기 전에 지겹도록 걷게 될 텐데 뭘 그러세요.」 마차꾼이 덧붙였다. 그가 딱 한 번 마차를 멈춘 적이 있었는데, 그것도 등불을 켜기 위한 한순간뿐이었다.

　어둠이 짙어지면서 승객들은 조금씩 상기되어 가는 것처럼 보였다. 그들은 잇달아 마차꾼에게 계속 지껄여 대고 있었는데, 그것은 마치 더욱 속력을 내도록 재촉하기라도 하는 것 같았다. 마차꾼은 긴 채찍으로 말들을 무자비하게 후려치고, 거친 호령 소리를 내지르며 더욱 힘껏 달리도록 말들을 몰아댔다. 칠흑 같은 어둠을 뚫고 우리들 앞에 희끄무레한 빛 한 조각이 나타났다. 마치 언덕 사이에 틈이 생긴 것처럼 보였다. 승객들은 더욱 들썩거렸다. 폭풍 치는 바다 위에 떠 있는 배처럼 마차는 심하게 요동질 쳤고, 미친 듯이 질주하는 마차의 가죽 의자 위에서 우리는 들까불렸다. 나는 잠자코 버틸 수밖에 도리가 없었다. 길이 더 평탄해지면서 마차는 날아가듯 달렸다. 산들이 양쪽에서 다가들면서 우리를 위협하듯 했다. 마차가 이제 보르고 고개로 들어서고 있었다. 승객들 중의 몇 사람이 차례로 나에게 선물을 주었는데, 그 모습들이 어찌나 진지한지 거절할 수가 없었다. 선물들은 마늘, 들장미 등과 같은 이상하고 잡다한 것들이었다. 그러나 거기에는 소박하고 신실한 믿음이 배어 있었다. 그들은 선물을 주면서 친절한 말과 축복의 말을 건네기도 하고, 비스트리츠의 여관 바깥마당에서 보았던 그 이상야릇하고 두려움이 배어 있는 동작 — 악마를 물리친다는 성호와 액막이의 표시 — 을 해 보이기도 했다. 마차의 질주가 계속되었다. 마차꾼은 앞으로 몸을 기울이고 있었고 승객들은 마차의 양쪽 가장자리에 붙어 목을 길게 빼고 어둠 속을 뚫어져라 쳐다보고 있었다. 뭔가 손에 땀을 쥐게 하는 일이 벌어지고 있거나, 벌어질 것임이 분명했다. 무슨 일인가 하고 승객 하나하나에게 물어보았지만, 일언반구의 설명조차 해주는 사람이 없었다. 이러한 열광 상태는 얼마간 계속되었다. 마침내 우리들 앞에 보르고 고개의 동쪽 비탈이 펼쳐졌다. 머리 위로 시커먼 구름장들이 뭉게뭉게 피어오르고, 한바탕 천둥이라도 칠 듯 무겁고 숨 막힐 듯한 느낌이 공기 속에 감돌았다. 산맥의 이쪽은 기후가 영판 달라 보였다. 이제 우리는 천둥 번개가 요란한 속으로 들어온 것 같았다. 나를 데리러 오기로 되어 있는 마차를 찾으려고 두리번거렸다. 어둠 속에서 등불이 비치기를 고대했지만, 주위엔 온통 어둠뿐이었다. 빛이라고는 우리가 타고 가는 마차에서 깜박이는 등불이 있을 뿐이었다. 힘겹게 질주하는 말들이 뿜어내는 콧김이 이 불빛 속에서 구름처럼 피어올랐다. 이제 모래가 많은 희뿌연 길이 우리를 맞고 있었다. 그러나 여전히 나를 기다리는 마차는 보이지 않았다. 승객들은 안도의 숨을 내쉬며 마차의 가장자리에서 물러섰는데, 그것이 나의 낭패를 조롱하는 것처럼 느껴졌다. 내가 어떻게 해야 좋을지를 생각하고 있는데, 마차꾼이 시계를 들여다보고 나서는, 내가 거의 알아들을 수 없게 다른 사람들에게 뭐라고 지껄였다. 너무 조용하고 나지막한 어조로 말했기 때문에 잘 알아듣지는 못했지만, 〈원래 시간보다 한 시간 일찍 왔군요〉라고 말하는 것 같았다. 그러더니 그는 나를 돌아보고 나보다 더 서툰 독일어로 말하였다 —

「여기에 마차가 없군요. 아무도 손님을 기다리고 있지 않아요. 그러니 이제 부코비나로 내쳐 가셔야 할 겁니다. 그리고 내일이나 모레 되돌아오시면 됩니다. 모레가 좋겠군요.」 그가 이야기를 하고 있는데, 말들이 히힝거리고 콧김을 내뿜으며 사납게 날뛰기 시작해서 마차꾼은 재빨리 말들을 제지했다. 그러자 승객들이 일제히 비명을 지르고 가슴에 성호를 긋는 상황이 벌어지면서, 네 마리의 말이 끄는 이륜마차가 뒤에서 달려와 우리를 앞질렀다가는 다시 물러서서 우리 마차와 나란히 섰다. 우리 마차의 등불에 비춰진 말들은 새까맣고 늠름해 보였다. 마차를 몰고 온 사람은 키가 큰 남자로서, 갈색 턱수염을 길게 기르고, 큼직한 검은 모자를 썼는데, 얼굴을 드러내지 않으려는 것 같았다. 그가 우리 쪽으로 얼굴을 돌렸을 때, 불빛을 받아 불그레해진 밝은 눈에서 번득이는 눈빛만이 눈에 들어왔다. 그는 내가 타고 온 마차의 마차꾼에게 말했다 ─

「자네 오늘 밤엔 일찍 왔군.」 그러자 마차꾼이 더듬거리며 대꾸했다 ─

「영국 양반께서 급하다고 하셔서 말이지요.」 그 말에 그 사내가 발끈했다 ─

「그게 아니라 저 양반이 부코비나로 계속 가기를 바랐던 거겠지. 자네 날 속일 수 있다고 생각하나? 내 다 알고 있어. 그리고 내 말이 빨리 달린다는 것을 모르지 않을 텐데.」 그는 말하면서 미소를 지었는데, 입술이 아주 빨갛고, 상아처럼 하얀 이가 날카로워 보였다. 나와 같이 타고 온 승객 중의 한 사람이 다른 사람에게 뷔르거[5]의 「레노레」라는 시에 나오는 한 구절을 속삭였다.

Denn die Todten reiten schnell(왜냐하면 죽은 자는 빠르게 달리니까).

이륜마차의 사내가 어렴풋하게 미소를 흘리며 올려다보는 것으로 보아, 이 말을 알아들은 것이 분명했다. 그 승객은 얼굴을 돌리면서 손가락 두 개를 내밀고 성호를 그었다. 「저 양반의 짐을 이리 주게.」 사내가 말하자 지나칠 정도로 민첩하게 내 가방들이 건네지고 이륜마차 속에 처넣어졌다. 나는 마차의 옆으로 내려섰다. 이륜마차가 옆으로 바짝 다가들고, 사내가 손을 내밀어 나의

---

5 독일 시인(1747~1794)으로 낭만주의 문학 발전에 기여했다.

팔을 잡고 올라타는 것을 거들었다. 나는 사내의 힘이 대단하다는 것을 느낄 수 있었다. 아무 말 없이 그가 고삐를 흔들자, 말들이 방향을 돌렸고 우리는 보르고 고개의 어둠 속으로 빨려 들어갔다. 뒤를 돌아다보니, 역마차의 등불이 빛을 발하는 속에서 말들이 내뿜는 콧김이 피어오르고, 방금 전까지 나의 동료였던 사람들이 십자가를 가슴에 긋고 있는 모습이 눈에 들어왔다. 역마차의 마차꾼이 채찍을 휘두르고 말들에게 소리를 치자, 그들이 가려는 부코비나를 향해 역마차가 내닫기 시작했다.

그들이 어둠 속으로 사라져 버리자 까닭 모를 한기가 느껴지고 외로움이 몰려왔다. 내가 추워한다는 것을 알기라도 하듯 마차꾼이 어깨에 망토를 걸쳐 주고 무릎에 모피를 덮어 주더니 유창한 독일어로 말했다.

「밤공기가 차갑습니다, 선생님. 저의 주인인 백작께서 선생님을 잘 돌봐 드리라고 하셨습니다. 술 한잔하시려면 하시죠. 좌석 밑에 슬리보비츠(그 지방의 자두 술)가 한 병 있습니다.」 나는 술을 마시지는 않았지만, 거기에 술이 있다는 것을 안 것만으로도 위안이 되었다. 나는 조금 이상한 기분을 느끼고 있었고, 어지간히 겁도 먹고 있었다. 다른 방법을 선택할 여지가 있었다면, 나는 이 알 수 없는 밤 여행을 강행하기보다는 다른 방법을 선택했을 것이다. 마차가 맹렬한 속도로 곧장 달리다가 완전히 반대 방향으로 틀어 다시 곧은길을 달렸다. 내가 보기에는 마차가 똑같은 자리를 맴돌고 있는 것 같았다. 그래서 나는 두드러진 특징이 있는 어떤 지점을 마음속에 새겼다가 그 지점을 또 통과하는지를 살펴보았는데, 내가 생각했던 대로였다. 나는 왜 이러는지를 마차꾼에게 물어보고 싶었지만, 사실은 그렇게 하기가 두려웠다. 이미 이렇게 된 마당에, 시간을 지체하려는 의도를 가지고 있는 자에게 항의를 한들 무슨 소용이 있으랴 하는 생각이 들었던 것이다. 그런데 시간이 얼마나 흘렀는지 점점 궁금해졌다. 나는 성냥불을 켜서 시계를 들여다보았다. 12시 조금 전이었다. 가슴이 덜컥 내려앉았다. 요 며칠 사이의 경험을 통해 부쩍 많이 알게 된 밤 12시와

관련된 미신들이 머릿속에서 아우성을 쳤다. 나는 조마조마한 심정으로 기다렸다.

그때 길 아래쪽 저 멀리 어딘가에 있는 농가에서 개가 울부짖기 시작했다. 공포에 질린 듯, 길고 고통스러운 울부짖음이었다. 이 소리가 다른 개를 들쑤시고, 그 개는 또 다른 개를 잇달아 들쑤셔 대면서, 울부짖음이 한층 맹렬해지다가, 마침내 이 지방을 온통 뒤흔들 듯한 소리가 되어 보르고 고개를 지나가는 부드러운 바람을 타고, 밤의 어둠 속으로 끝없이 퍼져 나갔다. 처음으로 개가 짖어 댈 때부터 말들은 겁을 집어 먹고 앞다리를 쳐들기 시작했다. 그러자 마차꾼은 말들을 부드럽게 타일러서 진정시켰다. 그러나 말들은 놀란 탓에, 한바탕의 질주라도 하고 난 것처럼 몸을 떨면서 땀을 흘렸다. 그때 저 멀리 우리를 둘러싸고 있는 사방의 산속으로부터 이리들이 개들보다 더 크고 더 찢어질 듯한 소리로 울부짖기 시작했다. 이 소리에는 말들뿐만 아니라 나도 혼비백산해서 이륜마차를 뛰쳐나가 달음박질을 하고 싶은 충동이 일 정도였다. 말들은 다시 앞다리를 쳐들었다가는 뒷발질을 하면서 미친 듯이 날뛰었다. 그리하여 마차꾼은 말들이 달아나지 않도록 하기 위하여 있는 힘을 다 쏟아야만 했다. 시간이 조금 흐르자, 그 소리가 내 귀에 익숙해졌고, 말들도 좀 가라앉아서, 마차꾼은 자리에서 내려가 말들 앞에 설 수 있었다. 그는 말들을 쓰다듬으며 달랬다. 그러고는 조련사들이 하는 것처럼

34

말들의 귀에다 대고 뭐
라고 속삭였다. 그것
이 효과를 보았던지,
아직 떨고 있기는 했지
만, 말들은 처음처럼 고
분고분해졌다. 마차꾼은
다시 자리에 앉아 고삐를 흔들
었다. 마차는 빠른 속도로 내닫기 시
작했다. 이번에는 고개에서
멀어져 가다가 갑자기 오
른쪽으로 꺾어 좁은 길로
들어섰다.

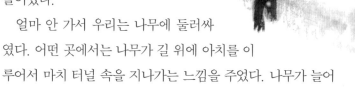

　얼마 안 가서 우리는 나무에 둘러싸
였다. 어떤 곳에서는 나무가 길 위에 아치를 이
루어서 마치 터널 속을 지나가는 느낌을 주었다. 나무가 늘어
선 곳을 지나가자 이번에는 길 양쪽으로 험준한 바위가 가파르게 늘어서 있었
다. 바위들이 바람막이가 되어 주고는 있었지만, 바위들 사이로 윙윙거리며
지나가는 바람 소리가 점점 드세어져 갔다. 그리고 마차가 스치고 지나갈 때마
다, 나뭇가지가 버스럭 소리를 내어 바람 소리와 어우러졌다. 날씨가 점점 더
쌀쌀해지고 가루눈이 흩날리기 시작했다. 이내 세상이 하얀 너울을 뒤집어썼
다. 칼바람 소리에 섞여 여전히 개의 울부짖음이 실려 왔지만, 우리가 앞으로
나아감에 따라 조금씩 희미해져 갔다. 그런데 이리 떼가 울부짖는 소리는, 사
방에서 이리 떼가 우리를 둘러싸고 있기라도 하듯, 점점 더 가깝게 들려왔다.
오싹 두려움이 일었다. 말들도 나처럼 두려움을 느낀 듯했다. 마차꾼은 태연
하게, 아무것도 보이지 않는 어둠 속에서 무엇을 찾고 있는지 줄곧 좌우를 살

피고 있었다.

　갑자기 우리 왼쪽으로 멀리 떨어진 곳에서 파란 불꽃이 희미하게 반짝이는 것이 보였다. 마차꾼도 동시에 그것을 보았다. 그는 즉시 말들을 멈추게 하고 땅으로 뛰어내리더니, 어둠 속으로 사라졌다. 나는 어찌할 바를 몰랐다. 이리 떼의 울부짖음이 더욱 가까워지자 더욱 안절부절못했다. 그렇게 내가 안달을 하고 있는데, 마차꾼이 다시 돌아왔다. 그는 한마디의 설명도 없이 자리에 앉았고, 우리의 여행은 다시 시작되었다. 지금 생각해 보면, 그런 일이 끊임없이 되풀이된 것으로 보아, 그때 나는 잠이 들어 있다가 꿈에서 그 사건을 본 게 아닌가 싶다. 말하자면 그것은 무시무시한 악몽 같은 것이 아니었을까. 한번은 불꽃이 길에서 아주 가까운 곳에 나타났기 때문에, 주위가 캄캄했음에도 나는 마차꾼의 움직임을 지켜볼 수가 있었다. 그 불꽃은 주위를 전혀 밝히지 못할 만큼 매우 희미한 것이었는데, 마차꾼은 잽싸게 불꽃이 일어났던 곳으로 가더니, 돌멩이 몇 개를 모아 어떤 표시를 만들었다. 또 한번은 이상한 광경이 벌어지기도 했다. 즉, 마차꾼이 불꽃과 나 사이에 서 있었는데도, 어찌 된 일인지 불꽃이 가려지질 않아서, 나는 그것이 유령처럼 반짝이는 것을 볼 수 있었다. 나는 이 현상에 깜짝 놀랐다. 그러나 그 광경은 아주 짧은 순간에 벌어진 것이었다. 그래서 어둠 속에서 너무 긴장해 있었던 탓에 내가 잘못 본 것일 거라고 생각했다. 그 뒤로는 한동안 파란 불꽃이 나타나지 않았고, 우리는 순조롭게 어둠 속을 뚫고 앞으로 내달렸다. 이리 떼가 원을 그리며 우리를 따라오는 듯, 여전히 이리의 울부짖음이 주위에서 들려왔다.

　마지막으로 불꽃이 나타났을 때, 마차꾼은 다른 때보다 훨씬 먼 곳으로 사라졌다. 그가 없는 동안에 말들은 전보다 더 심하게 떨고, 두려움 때문에 콧김을 내뿜으며 소리를 지르기 시작했다. 이리 떼의 울부짖음이 일제히 멈춘 상태였으므로, 나는 말들이 왜 그러는지 알 수가 없었다. 그런데 바로 그때 시커먼 구름장 속을 흘러가던 달이 소나무로 덮여 있는 바위 꼭대기에 모습을 드러내자, 그 빛 속에서 우리 주위를 둘러싸고 있는 이리들이 나타났다. 이리들은 하얀 이빨을 번득이며, 혀를 축 늘어뜨리고 있었으며, 다리는 우람하고, 털이 텁수룩했다. 그것들이 울부짖고 있을 때보다 괴괴한 침묵 상태에 있을 때가 훨씬 더 소름이 끼쳤다. 두려움 때문에 피가 얼어붙는 듯했다. 그런 공포와 직접 맞닥뜨려 보지 않은 사람은 그것이 갖는 참된 의미를 이해하기 어려울 것이다.

달빛에 어떤 영향을 받은 듯, 이리들이 일제히 울부짖기 시작했다. 말들이 안절부절못하고 앞다리를 들어 올렸다. 그리고 고통스럽게 눈알을 희번덕거리며 절망적으로 주위를 돌아보았다. 그러나 살아 움직이는 공포의 고리가 사방에서 에워싸고 있기 때문에 꼼짝없이 그 안에 갇혀 있어야만 했다. 나는 마차꾼에게 돌아오라고 소리를 쳤다. 우리의 유일한 희망은 우리를 둘러싸고 있는 공포의 고리를 깨뜨려서 마차꾼이 들어올 수 있도록 해주는 것이라는 생각이 들었기 때문이었다. 나는 소리를 지르며, 이륜마차의 가장자리를 두들겨 댔다. 그 소리가 이리들을 흩어지게 함으로써, 마차꾼이 마차로 다가올 수 있도록 해주기를 바랐다. 그때 나는 그가 위압적인 명령을 내리는 듯한 어조로 소리 지르는 것을 들었다. 소리 나는 쪽을 바라다보니, 어떻게 거기에 왔는지 알 수는 없었지만, 길에 그가 서 있었다. 어떤 자잘한 것을 털어 버리듯 그가 팔을 툭툭 털자, 이리들은 뒤로 뒤로 멀리 물러갔다. 그러자, 두터운 구름장이 달을 가리면서, 우리는 다시 어둠 속에 묻혔다.

마차꾼이 다시 마차 안으로 올라왔을 때는 이리들이 사라진 뒤였다. 이 모두가 너무나 괴이쩍고 무시무시해서 나는 격심한 두려움에 휩싸였다. 두려워서 말을 할 수도 움직일 수도 없었다. 마차는 가던 길을 계속 달렸다. 구름이 달을 가린 탓에 어둠이 더욱 짙었고, 시간이 지루하게 느껴졌다. 간혹 잠깐 동안 내리막길을 달리는 경우도 있었지만, 마차는 주로 오르막길을 치오르고 있었다. 갑자기 마차꾼이 말을 끌어당기고 있다는 느낌이 들었다. 우리는 어느덧 거대한 낡은 성의 안마당에 들어와 있었던 것이다. 기다란 검은 창문에서는 한 줄기의 빛도 새어 나오지 않았고, 부서진 성가퀴는 달빛 어린 하늘을 배경으로 들쭉날쭉한 선을 보여 주고 있었다.

2

조너선 하커의 일기

5월 5일(계속)

마차를 타고 오면서 확실히 잠들어 있었던 것 같다. 그렇지 않고서야 이렇듯 눈에 띄는 장소에 다가드는 것을 눈치채지 못했을 리가 있겠는가. 어둠 속에서 본 안마당은 상당히 넓어 보였다. 거기에 몇 갈래의 어두운 길이 나 있고 그 길들이 커다랗고 둥근 아치로 통해 있어서, 안마당이 실제보다 더 커 보였을지도 모른다. 아직 밝은 빛 속에서 그것을 보지는 못했다.

이륜마차가 멈추고, 마차꾼이 뛰어내리더니, 내가 내리는 것을 거들어 주려고 손을 내밀었다. 그의 엄청난 힘을 또 한 번 느끼지 않을 수 없었다. 그의 손은 꼭 강철로 만든 바이스 같아서, 마음만 먹으면 내 손을 으스러뜨릴 수 있을 것 같았다. 그는 나의 짐을 꺼내서 내 옆의 땅바닥에 내려놓았다. 나는 커다란 문 가까운 곳에 서 있었는데, 그 문은 낡아 있었고, 커다란 장식 못들이 박혀 있었다. 문간은 거대한 돌덩이로 지어져 있고, 벽에서 툭 불거져 있었다. 어슴푸레한 속에서도 돌에 뭔가가 커다랗게 새겨져 있음을 알 수 있었다. 그 조각은 오랜 세월과 풍상에 시달린 듯, 많이 닳아 있었다. 나를 세워 놓고, 마차꾼

은 다시 마차 안으로 뛰어올라가 고삐를 흔들었다. 말들이 앞을 향해 출발했고, 마차도 말도 마차꾼도 어떤 컴컴한 입구 속으로 사라져 버렸다.

나는 어찌할 바를 몰라 우두망찰하며 가만히 서 있었다. 어디에 초인종이며, 문 두드리는 쇠고리가 있는지 알 수가 없었다. 위압적인 자세로 서 있는 이 벽돌과 어두운 창문들 때문에 소리를 질러 봐야 헛수고일 것만 같았다. 기다리는 시간이 지루하게 느껴졌고, 의혹과 공포가 몰려왔다. 나는 도대체 어디에 와 있으며, 어떤 사람들을 만나게 될 것인가? 어쩌다가 내가 이런 상황에 빠져 있는 것이며, 내가 겪게 될 일은 어떤 것인가? 변호사 서기로 살아가자면 이런 으스스한 모험도 다반사로 해야 하는 걸까? 한 외국인을 상대로 런던에 있는 영지의 구입에 관해 설명하기 위해 파견된 변호사 서기에게 이런 일이 가당키나 한 것일까? 미나는 내가 변호사 서기로 일하는 것을 마뜩하게 여기지 않는다. 런던을 떠나기 직전에, 나는 변호사 시험에 합격했다는 이야기를 들었다. 이제 나는 완전한 자격을 갖춘 변호사인 것이다. 나는 눈을 비비고 혹시 꿈을 꾸고 있는 것은 아닌가 해서 나의 살을 꼬집어 보기 시작했다. 모든 게 무시무시한 악몽을 꾸고 있는 것만 같았다. 이따금 과로를 하고 난 날이면, 밤새 악몽에 시달리다가 새벽녘에 소스라치며 깨어 일어나, 창문으로 밀려드는 새벽빛 속에서 방 안에 누워 있는 자신을 발견하고 안도의 한숨을 내쉬곤 했던 것처럼, 곧 이 악몽에서 깨어나기를 고대했다. 그러나 살을 꼬집어 보니 아팠고, 내 눈앞에 펼쳐진 것은 환영이 아니었다. 나는 정말로 깨어 있었고 카르파티아산맥 속에 들어와 있었다. 이제 내가 할 수 있는 일은 그저 참는 일뿐이었다. 그러면서 새벽이 오기를 기다릴 수밖에 없었다.

내가 막 이렇게 마음을 다잡고 있을 때, 커다란 문 뒤에서 누군가 둔중한 발걸음으로 다가오는 소리가 들려왔다. 문 틈새로 불빛이 어른거리며 가까이 오는 것이 보였다. 곧 쇠사슬이 덜커덕거리는 소리와 빗장을 빼느라고 철컥거리는 소리가 들리고, 오랫동안 사용하지 않은 탓에 삐걱거리는 소리와 함께 열쇠가 돌아가면서 커다란 문이 뒤로 휙 열렸다.

그 안에 키가 큰 노인이 서 있었다. 길고 하얀 콧수염만 남겨 놓고는 깔끔하게 면도를 했으며, 머리에서 발까지 온통 검은색의 천을 걸치고 있어서, 그의 몸 어디에서도 색상이라고는 단 한 점도 찾아볼 수가 없었다. 그의 손에는 은으로 된 고대풍의 램프가 들려 있었다. 등갓도 등피도 없는 램프에서 타오르던 불꽃이 열린 문으로 들어온 바람에 흔들려 너풀거리면서 기다란 그림자가 춤을 추었다. 노인은 오른손으로 정중하게 들어오라는 몸짓을 하고는, 매끄러우면서도 억양이 특이한 영어로 말했다.

「어서 오시오. 들어오겠소? 자유로이 당신 의지대로 하시오.」 그는 동상처럼 서 있을 뿐 나를 맞이하기 위해 발걸음을 떼지는 않았다. 들어오라는 몸짓을 한 그대로 돌처럼 굳어 버린 것 같았다. 그러나 내가 문지방에 발을 디딘 순간 그는 충동적으로 다가오더니, 손을 내밀어 나의 손을 움켜쥐었다. 그 아귀힘에 놀라서 나는 몸을 움츠렸으며, 얼음장같이 찬 느낌 때문에 더욱 으스스해졌다. 그의 손은 살아 있는 사람의 것이라기보다는 죽은 사람의 손처럼 느껴졌다. 그가 다시 말했다.

「내 집에 온 것을 환영하오. 오시는 건 자유요. 갈 때는 아무 일 없이 안전하게 가시오. 당신이 가져온 행복을 조금은 남겨 놓고 가시오.」 악수할 때의 그 힘은 마차꾼에게서 느꼈던 것과 무척 닮은 데가 있었다. 마차꾼의 얼굴을 보지는 못했지만, 혹시 지금 나와 이야기를 나누고 있는 사람이 마차꾼과 같은 사람이 아닐까 하는 의혹이 한순간 머리를 스쳤다. 그래서 나는 확인해 볼 양으로 물어보았다—

「드라큘라 백작이신가요?」 그는 정중하게 절을 하면서 대답했다—

「그렇소, 내가 드라큘라요. 하커 씨, 나의 집에 온 것을 다시 한번 환영하오. 들어갑시다. 밤공기가 차갑소. 뭘 좀 드시고 쉬셔야 하지 않겠소?」 그렇게 말하면서, 그는 벽에 걸린 선반 위에 램프를 올려놓고, 다시 밖으로 걸어 나가 나

42

의 짐을 들었다. 내가 들겠다고 나설 사이도 없이 그가 짐을 안으로 들고 들어왔다. 내가 들겠다고 말해 보았으나 그는 고집을 부렸다 —

「무슨 말씀을. 선생은 나의 손님이오. 너무 야심해서 하인들을 부릴 수가 없으니 내가 직접 당신의 편의를 돌볼 수 있도록 해주시오.」 그는 한사코 나의 짐을 손수 들고 복도를 따라 걸어갔다. 나선 계단을 올라가자, 다시 넓은 복도가 나타났는데, 바닥이 돌로 되어 있어서 발걸음을 옮길 때마다 둔중한 소리가 울려 퍼졌다. 그 복도가 끝나는 곳에서 그가 두터운 문 하나를 활짝 열어젖혔다. 안을 들여다보니 환한 방에 식탁이 준비되어 있고, 커다란 벽난로에서는 방금 지핀 장작불이 활활 피어오르고 있었다. 그것을 보자 나는 기분이 좋아졌다.

백작은 걸음을 멈추고, 내 가방들을 내려놓은 다음, 문을 닫았다. 그러고는 방을 가로질러 가서 다른 문을 열었다. 그러자 팔각형 모양의 작은 방이 나타났는데, 등이 하나 켜져 있고 창문은 보이지 않았다. 그는 이 방을 지나서 또다른 문을 열고는 들어오라는 몸짓을 했다. 들어가 보니 그곳은 커다란 침실이었다. 반가웠다. 방은 환하고 따뜻했다. 벽난로에서는 먼저 들어왔던 방에서와 마찬가지로 장작이 타고 있었는데, 맨 위에 장작들을 새로 올려놓은 것으로 보아 불을 지핀 지는 얼마 안 되는 듯했다. 백작은 내 짐을 손수 안에다 들여놓고 나서 물러갔다. 문을 닫기 전에 그가 말했다.

「마차 여행하느라고 피곤하실 테니 목욕하시면서 몸을 좀 푸시오. 필요한 것은 다 있을 거요. 준비가 되면 아까 그 방으로 오시오. 당신 저녁을 준비해놓겠소.」

방이 환하고 따뜻한 거며, 백작이 정중하게 환대해 주는 것을 보고 나니, 내 마음속에 자리하고 있던 온갖 미심쩍음과 두려움이 눈 녹듯이 스러졌다. 마음의 평온을 되찾자, 지독한 허기가 몰려왔다. 그래서 서둘러 목욕을 하고 식탁이 있던 그 방으로 들어갔다.

식사는 이미 차려져 있었다. 백작은 돌로 만든 커다란 벽난로의 한쪽에 몸을 기댄 채 서 있다가, 식탁을 향하여 우아하게 손을 흔들면서 말했다.

「자, 앉아서 마음껏 드시오. 나도 당신과 함께 먹었으면 좋겠지만, 이미 저녁을 먹은 뒤라 혼자 드시게 할 수밖에 없군요. 양해해 주시오.」

나는 호킨스 박사가 백작에게 전해 주라며 나에게 맡긴 봉함을 그에게 건네주었다. 그는 편지를 뜯어 진지하게 읽어 내려갔다. 그러고는 호감이 가는 미소를 지으며, 읽어 보라고 편지를 나에게 주었다. 그 편지의 내용 중에서 다른 부분은 몰라도 다음 구절은 나를 무척 즐겁게 했다.

〈유감스럽게도 갑자기 통풍(痛風)에 걸려, 그 통증으로 내내 고생하고 있습니다. 그래서 당분간은 내 쪽에서 거기로 여행하기가 전혀 불가능합니다. 불행 중 다행으로 나를 대리할 사람을 보내게 되었습니다. 그 사람은 내가 전폭적으로 신뢰하는 사람입니다. 젊고 패기만만하며 그런대로 재주도 있고, 아주 믿음직한 친구입니다. 그는 신중하고 과묵하며, 내가 데리고 있으면서 키운 젊은이입니다. 그가 머물고 있는 동안에 백작께서 원하시면 뭐든지 기꺼이 시중을 들어 줄 것이고, 모든 일에서 당신이 시키는 대로 따라 줄 것입니다.〉

백작이 다가와서 손수 음식 그릇의 뚜껑을 열어 주었고 나는 곧바로 먹기 시작했다. 훌륭한 닭고기 구이에, 치즈와 샐러드, 오래 묵힌 토커이산(産) 포도주 한 병이 곁들여졌다. 내가 식사를 하는 동안 백작은 나의 여행에 대해서 이것저것 물어 왔고, 나는 내가 겪은 일들을 차근차근 들려주었다.

그러는 사이 나는 식사를 끝내고, 백작이 청하는 대로 벽난로 곁으로 의자를 끌어당겨 앉은 다음, 그가 건네준 시가를 피워 물었다. 백작은 시가를 건네주면서 자신이 담배를 피우지 않음을 양해해 달라고 말했다. 나는 이제 비로소 백작을 가까이에서 관찰할 수 있게 되었다. 그는 특이한 관상을 가진 사람이었다.

그의 얼굴은 억센 독수리와 같은 인상을 주었다. 콧날이 날카롭고 콧마루가

오뚝하며, 코끝이 삐죽하게 아래로 숙어져 있다. 이마는 됫박을 엎어 놓은 것처럼 불거져 있고, 살쩍에는 털이 버성기지만 머리숱이 많고 곱슬곱슬해 보인다. 눈썹도 숱이 많으며, 콧마루 위쪽에서 거의 맞닿아 있다. 두툼한 콧수염에 가려 잘 보이지는 않았지만, 입매는 딱딱하고 조금 잔인한 느낌을 주었고, 기이하게 날카로운 하얀 이가 입술 위로 비죽 나와 있는데, 그 입술이 유난히 붉어서 그의 나이에 걸맞지 않는 싱싱함을 느끼게 한다. 또, 귓바퀴는 파리하고 끝이 매우 뾰족하다. 턱은 넓고 억세며, 뺨은 여위었으나 단단해 보인다. 그의 얼굴이 주는 전체적인 인상은 대단히 창백해 보인다는 것이다.

　벽난로의 불빛에서 무릎에 놓인 손을 보았을 때는 희고 고와 보였는데, 막상 가까이서 보니 거칠고 넓적하며 손가락도 짤막하다. 이상하게도 손바닥 가운데에 털이 나 있다. 손톱은 길고 얄쌍한데, 끝이 날카롭게 다듬어져 있다. 백작이 나에게로 몸을 기대며 손으로 내 몸을 건드렸을 때, 나는 나도 모르게 몸서리를 쳤다. 그의 숨결이 거칠었던 듯한데, 구역질이 나서 참을 수가 없었다. 백작은 나의 상태를 눈치챘는지 뒤로 물러섰다. 싸늘한 미소를 지으면서 그는 벽난로 옆의 자기 자리에 가서 다시 앉았다. 미소를 지을 때, 그의 비어져 나온 이가 더욱 드러나 보였다. 우리는 잠시 아무 말 없이 앉아 있었다. 창문 쪽을 바라보니 신새벽의 희미한 빛이 스며들고 있었다. 삼라만상에 괴괴한 정적이 깃든 듯했다. 그런데 가만히 귀를 기울이니, 골짜기에서 이리 떼가 울부짖는 소리가 마치 땅 밑에서 올라오는 것처럼 들려왔다. 백작이 눈을 반짝이며 말했다.

　「저 이리 떼의 소리를 들어 보시오. 밤의 자식들이오. 대단히 훌륭한 음악이 아니오?」 나의 표정에서 의아해하는 빛을 읽었는지 그가 덧붙였다 —

　「아, 선생은 도회지에 사시죠? 하긴 당신 같은 분들이 사냥꾼들의 감성을 이해하기는 어렵겠지요.」 그러면서 그는 자리에서 일어났다.

　「피곤하실 겁니다. 잠자리를 다 보아 놓았소. 푹 주무시오. 내일은 늦게까지

주무셔도 될 거요. 오후까지 내가 어디 좀 나가 있을 테니까. 자, 그럼 잘 주무시고 좋은 꿈 꾸시오.」그는 정중하게 인사를 하고, 팔각형 방으로 들어가는 문을 손수 열어 주었다. 나는 팔각형 방을 지나 침실로 들어갔다.

온통 알 수 없는 것투성이이다. 나는 의문의 늪에 빠져 있다. 두려워하고 있다. 나 자신의 영혼에게 차마 털어놓을 수 없는 이상한 것을 생각하고 있다. 하느님, 저를 지켜 주소서. 그저 저에게 소중한 사람들을 위해서라도!

5월 7일
다시 새벽이다. 지난 24시간 동안 잘 쉬고 잘 지냈다. 저절로 눈이 뜨일 때까지 푹 잤다. 옷을 차려입고 저녁을 먹었던 방으로 들어가 보니, 아침 식사를 차려 놓은 것이 식어 있었다. 벽난로 위에 놓인 주전자에는 따뜻한 커피가 있었다. 식탁 위에 카드가 한 장 놓여 있었는데, 거기에는 다음과 같이 적혀 있었다.

〈잠시 외출을 해야 하오. 나를 기다리지 마시오 — D.〉나는 아침을 먹기 시작했고, 마음껏 배불리 먹었다. 식사를 마치고, 그 사실을 하인들에게 알리려고 초인종을 찾아보았으나, 전혀 찾을 수가 없었다. 이 집에는 부유함을 말해 주는 물건들이 많은 것에 비해서, 이상하게도 꼭 있어야 할 것이 없는 경우도 있었다. 식사 때 사용하는 도구들은 모두 금으로 되어 있고 아름답게 세공이 되어 있어서 값이 상당할 것으로 보였다. 커튼이며 의자나 소파의 덮개, 그리고 내 침대의 가리개는 대단히 비싸고 아름다운 천으로 만들어져 있는데, 그것들이 만들어졌을 당시에는 값이 어마어마했을 것으로 보인다. 그것들은 수백 년은 된 것으로 보이는데도 보존이 잘 되어 있었다. 나는 그것들과 똑같은 것을 햄프턴코트궁에서 본 적이 있는데, 거기에 있던 것들은 닳아빠지고, 올이 풀렸으며, 좀이 슬어 있었다. 그렇게 값비싼 것들이 있는가 하면, 어떤 방에도 거울 하나 걸려 있지 않았다. 탁자 위에 몸단장을 하기 위한 거울 하나쯤은 놓여 있을 법도 한데, 그런 것도 하나 없어서, 나는 면도를 하고 머리를 빗기 위해서 부득이하게 내 가방에서 작은 면도용 거울을 꺼내야만 했다. 그리고 여태껏 나는 하인을 본 적이 없고, 이리가 울부짖는 소리를 빼고는 성 근처에서 무슨 소리가 나는 것을 들은 적이 없다. 식사 — 오후 5시에서 6시 사이에 그것을 먹었기 때문에 그것을 아침이라고 해야 할지, 저녁이라고 해야 할지 모르겠지만 — 를 끝내고 나서, 한참 동안 뭐 읽을거리가 없나 하고 찾아보았다. 백작의 허락을 얻지 않고 성의 이곳저곳을 돌아다니고 싶은 생각이 들지 않아서 뭐라도 읽으면서 시간을 보낼 심산이었던 것이다. 그러나 방 안에는 책이나 신문은 물론이고, 문구조차 전혀 없었다. 그래서 방 안에 있는 다른 문을 열어 보았더니 서재로 보이는 방이 나타났다. 그 반대쪽에 있는 문도 열려고 해보았으나 그것은 잠겨 있었다.

서재에는 영어로 된 책들이 서가에 빼곡히 들어차 있고, 잡지며 신문 묶음들도 많이 있어서 무척 반가웠다. 방 가운데에 있는 탁자 위에는, 최근에 나온 것은 아니지만 영국의 잡지며 신문 들이 어지러이 널려 있었다. 책들의 내용은, 역사, 지리, 정치, 경제, 식물학, 지질학, 법률 등 다양한데, 한결같이 영국과 영국인의 생활 관습 예절에 관한 것이었다. 놀랍게도 『런던 인명부』, 『신사 명사 인명록』, 『휘태커 귀족 명감』, 『육해군 인명부』, 『법조계 인명부』 등과 같은 참고 문헌도 갖춰 놓고 있었다. 『법조계 인명부』를 뜻하지 않은 곳에서 보게 되니, 반가운 느낌도 들었다.

책을 보고 있는데, 문이 열리면서 백작이 들어왔다. 그는 정중히 인사를 하더니, 지난밤에 잘 쉬었는지를 묻고는 말을 이었다.

「잘 들어오셨소. 여기엔 당신의 흥미를 끌 만한 것이 많을 거요.」 그러면서 그는 몇 권의 책 위에 손을 얹고는 이야기를 계속했다. 「내가 런던에 가겠다는 생각을 갖게 된 이후로, 지난 몇 년 동안 이 책들이 나의 좋은 친구가 되어 주었소. 이것들을 읽으면서 얼마나 많은 시간을 즐겁게 보냈는지 모른다오. 그

것들을 통해서 당신의 위대한 영국에 대해 많은 것을 알았소. 영국을 알게 되면서 그 나라를 사랑하게 되었소. 사람들로 붐비는 영국의 거리를 거닐고 싶소. 왁자지껄한 사람들의 세상에 들어가서 그들의 생사고락과 영고성쇠를 함께 맛보고, 오늘날의 그들이 있게 한 모든 것을 함께 누리고 싶소. 그런데 유감스럽게도, 나는 당신들의 언어를 그저 책을 통해서만 공부했을 뿐이오. 어떻소, 당신이 보기에 내가 제대로 영어를 하는 것 같소?」

「그럼요, 백작께서는 영어를 완전히 알고 계시고 말씀도 잘하시는 겁니다.」 내가 그렇게 말하자 백작은 진지하게 몸을 숙여 인사를 했다.

「지나칠 정도로 좋게 봐줘서 고맙소. 그러나 이제 겨우 시작일 뿐이오. 내가 문법이나 단어를 아는 건 사실이지만, 아직 말하는 법은 모르고 있소.」

「제가 마음에 없는 소리를 하는 게 아닙니다. 백작께서는 정말 훌륭하게 영어를 구사하고 계십니다.」

「아니오, 그렇지 않소. 내가 런던에 가서 돌아다니고 말을 하면, 나를 이방인으로 보지 않을 사람은 한 사람도 없을 거요. 나는 그렇게 되는 걸 바라지 않소. 이곳에서 나는 귀족이오. 보야르란 말이오. 보통 사람들이 나를 알고 있고, 나는 주인 노릇을 하고 있소. 그러나 〈낯선 고장에 몸 붙여 사는 식객〉[6]은 보잘것없는 존재요. 사람들은 그를 알아주지도 않고, 그렇기 때문에 보살펴 주지도 않소. 나는 이방인처럼 보이지 않고 다른 사람들과 똑같이 보이고 싶소. 그래야 지나가다가 나를 쳐다보고 발걸음을 멈추는 사람도 없을 게고, 내가 말하는 것을 듣고는 〈어, 외국인이잖아!〉 하면서 말문을 닫는 사람도 없을 테니까 말이오. 나는 아주 오랫동안 주인으로 살아왔기 때문에, 여전히 주인으로 남아 있고 싶은 거요. 아무리 못해도 다른 사람이 내 주인이 되는 것은 바라지 않소. 당신은 그저 영국 엑서터에 있는 내 친구 피터 호킨스를 대신해서, 런던의

---

6 구약 성서 「출애굽기」 2장 22절에서 모세가 했던 말.

영지에 대해 보고하자고 여기에 오신 것은 아니오. 내 곁에 얼마간 머물러 주리라고 믿소. 당신과 이야기를 나누면서 나는 영어의 억양을 배울 수 있을 거요. 말을 하다가 내가 잘못하거든, 그것이 아무리 하찮은 것이라도, 꼭 지적해 주시길 바라오. 오늘은 내가 너무 오랫동안 집을 비워서 미안하오. 중요한 일이 많은 사람으로 생각하시고 양해해 주시기를 바라오.」

물론 나는 기꺼이 그러겠노라고 말하고, 내가 원할 때 이 서재에 들어와도 좋은지를 물어보았다. 「그럼요, 언제라도 좋소.」 그는 대답하고 나서 덧붙였다.

「당신은 이 성안에서 어디든지 갈 수 있소. 물론 당신이 가고 싶어 하지 않는 곳이나 문이 잠겨 있는 곳은 갈 수 없겠지요. 모든 것이 현재의 모습대로 놓여 있는 데는 다 그럴 만한 이유가 있는 겁니다. 당신이 내가 보는 방식대로 사물을 바라보고, 내가 아는 대로 알게 되면, 아마 모든 것을 다 잘 이해하게 될 거요.」 내가 그러리라고 믿는다고 말하자 백작이 말을 이었다.

「우리는 트란실바니아에 있소. 트란실바니아는 영국이 아니오. 여기에는 여기 나름대로의 방식이 있소. 당신이 보기에는 이상한 것도 많을 거요. 아니, 당신이 겪은 일에 대해서 이미 나에게 말한 것에 비추어 보면, 당신도 뭔가를 눈치채고 있을 거요.」

이 말 끝에 많은 이야기가 오고 갔다. 그는 이야기하는 것 그 자체를 즐기기 위하여, 이야기를 나누고 싶어 하는 것 같았다. 그래서 나는 여기에 오면서 겪었던 일들이며, 내가 눈여겨보아 두었던 일들에 대해서 물어보았다. 이따금 이야기의 주제에서 벗어나기도 하고, 짐짓 못 알아들은 체하면서 대화를 회피하기도 했지만, 백작은 내가 묻는 것에 대해서 대체로 아주 솔직하게 대답해 주었다. 시간이 흐름에 따라서 나는 조금씩 대담해졌고, 지난밤에 일어났던 괴이한 일에 대해서도 물을 수 있게 되었다. 한 예로 나는 마차꾼이 왜 파란 불꽃이 일어났던 곳으로 갔었는지에 대해 물어보았다. 그러자 백작은 설명해 주었다.

「이곳 사람들은 대개 1년 중의 어느 날 밤 ── 사실은 그게 지난밤인데, 이때는 모든 악령들이 마음껏 힘을 휘두르는 것으로 알려져 있소 ── 에는, 보물이 감추어진 곳이면 어디에서나 그 위에 파란 불꽃이 나타난다고 믿고 있소. 그 보물이 숨겨져 있는 지역을 바로 어젯밤에 당신이 지나온 거요. 거기에 보물이 묻혀 있다는 것은 거의 의심의 여지가 없소. 이곳은 수백 년 동안 왈라키아인과 색슨인과 튀르크인이 서로 쟁탈전을 벌였던 곳이오. 이 지역 어디에나 애국자와 침략자 들의 피가 스며들어 있소. 옛날에 오스트리아인과 헝가리인 들이 눈사태처럼 밀어닥쳐 이곳을 유린했던 어지러운 세월이 있었소. 그들이 떼 지어 밀려왔을 때, 이 나라 백성들은 남녀노소 할 것 없이 그들과 맞서기 위해 나갔소. 고개 위 바위에서 그들이 오기를 기다렸던 거요. 결국 침입자들이 승리를 거두었지만 그들은 전리품으로 가져갈 것이 별로 없었소. 이곳에 있었던 귀한 것들을 모두 안전한 땅속에 숨겨 놓았기 때문이오.」

「그런데, 어떻게 그것들이 발견되지 않고 그대로 남아 있을 수 있었을까요? 다른 사람들 눈에 잘 안 띄게 감춰 놓았다 해도 분명히 무슨 표시 같은 것은 해 놓았을 텐데 말이지요.」 내가 그렇게 묻자 백작이 미소를 지었다. 그러자 입술이 잇몸 위로 당겨 올라가면서, 길고 날카로운 송곳니가 괴이하게 모습을 드러냈다. 그가 대답했다.

「당신을 데리고 온 마차꾼이 사실은 비겁하고 어리석은 자였던 거요. 그런 불꽃들은 1년에 하룻밤만 나타나는데, 이 지방 사람들은 가능하면 그날 밤에는 집 밖으로 나돌아 다니질 않소. 그런다고 해서 보물을 찾을 수 있는 게 아니기 때문이오. 당신이 얘기하는 마차꾼이 불꽃이 나타났던 곳을 표시해 놓았다고 해도, 날이 밝은 뒤에 가서 찾아보면 어디가 어딘지 분간을 못 하게 될 거요. 당신이라면 그 장소들을 다시 찾을 수 있을 것 같소? 단언하건대 당신도 마찬가지일 거요.」

「그건 그렇습니다. 어디에 있는지는 고사하고 어디에서 찾아야 할지, 저로서는 땅띔도 못 하겠습니다.」내가 그렇게 말한 것으로 그 이야기는 끝이 나고, 우리는 화제를 바꾸어 이러저러한 이야기를 나누었다.

「자, 이제 런던 얘기며 당신이 나에게 구해 준 그 저택에 관한 얘기를 해주시오.」마침내 백작이 내가 여기에 온 중요한 목적을 일깨워 주었다. 나는 용무에 소홀했던 점을 사과하고, 가방에 있는 서류를 가지러 내 방으로 들어갔다. 서류들을 챙기고 있는데, 옆방에서 그릇을 딸그락거리는 소리가 들렸다. 건너가 보니, 식탁이 깨끗이 치워져 있고 등불이 켜져 있었다. 벌써 어둠이 짙어질 시간이 된 것이었다. 서재로 돌아와 보니 거기에도 등불이 켜져 있었다. 백작은 소파에 누워, 하고많은 것 중에 하필이면 『영국 브래드쇼 철도 안내서』를 읽고 있었다. 내가 들어서자 그는 탁자 위에 있는 책과 서류 들을 치웠다. 나는 그와 함께 그 저택의 평면도며 양도 증서며 갖가지 비용들을 검토했다. 그는 모든 것에 흥미를 보이면서, 저택이 있는 장소와 그 주변에 대해서 자세히 물었다. 그는 그런 것들에 대해서 사전에 충분한 연구를 해놓았던지, 어찌 보면 나보다 더 많은 것을 알고 있는 듯했다. 어떻게 그리 많은 것을 알고 있느냐고 묻자, 그는 대답했다.

「글쎄요, 하지만 그래야 되는 것 아니오? 내가 거기에 가면 나 혼자 있게 될 테고, 내 친구 하커 조녀선 — 아니, 실례했소, 우리 고장 습관이 몸에 배서 당신 성을 먼저 말했군요 — 내 친구 조녀선 하커는 내 곁에 머물면서 나를 바로잡아 주지도 나를 도와주지도 않을 텐데, 그는 수 마일 떨어진 엑서터에서 나의 또 다른 친구 피터 호킨스와 함께 법률 서류를 뒤적거리고 있겠지요. 안 그렇소?」

우리는 퍼플리트[7]에 있는 토지를 구입하는 문제와 관련된 모든 업무를 검토했다. 필요한 서류에 백작의 서명을 받아 내고, 그 서류들과 함께 호킨스 씨에

7 런던 브리지로부터 동쪽으로 30킬로미터쯤 떨어진, 템스강 북안에 있는 교외.

게 보낼 편지를 한 통 쓰고 나자, 백작은 그런 맞춤한 곳을 어떻게 찾아냈느냐고 물어 왔다. 나는 그 당시에 내가 작성했던 기록을 그에게 읽어 주었다. 그 기록은 다음과 같다.

「퍼플리트에서 어떤 샛길을 가다가 백작의 요구에 딱 들어맞는 장소를 발견했다. 거기에는 마침 그것을 팔려고 내놓았다는 게시문이 너덜너덜해진 채로 걸려 있었다. 높은 담이 둘러쳐져 있고 두터운 돌로 지어진 낡은 건물이 들어서 있는데, 오랜 세월 동안 손을 보지 않은 듯하다. 굳게 닫힌 문들은 두툼한 참나무와 쇠로 되어 있는데, 쇠에는 녹이 잔뜩 슬어 있다.

그 땅은 카팩스라고 불리는데, 그 이름은 틀림없이 옛날에 카트르 파스[8]라 했던 것이 와전된 것이리라. 이름에 걸맞게 저택의 사면이 나침반의 동서남북과 정확하게 일치하고 있다. 땅의 전체 면적은 약 20에이커에 달하며, 앞에서 말한 대로 견고한 담으로 완전히 둘러싸여 있다. 나무가 많아서 어둑어둑한 곳이 군데군데 있으며, 작은 호수라고 해도 좋은 만큼 깊고 어두워 보이는 연못이 하나 있는데, 물이 맑고, 꽤 큰 개울로 흘러 나가는 것으로 보아, 어디선가 물이 끊임없이 솟아오르고 있음이 분명했다. 저택은 대단히 규모가 크고, 여러 시대의 양식이 섞여 있다. 엄청나게 두터운 돌로 지어진 부분이 있고, 몇 개밖에 안 되는 창문이 높이 달려 있는 데다 쇠창살을 가로질러 놓은 걸 보면, 그 역사가 중세까지 거슬러 올라갈 것으로 보인다. 어떻게 보면 성채의 한 부분이었던 것 같기도 하다. 그 곁에는 무슨 예배당이나 교회 같은 것이 있다. 저택에서 그곳으로 통하는 문의 열쇠가 없어서 그곳을 들어가 보지는 못했지만, 코닥[9] 카메라로 여러 방향에서 그 모습을 담았다. 저택은 산만하게 규모가 확장

---

8 프랑스어로 사면(四面)이라는 뜻.

9 간단하고 비교적 값이 싼 카메라로 1888년 처음 출시됐다.

되어 왔던 것으로 보이고, 그것이 차지하고 있는 면적으로
보아 대단히 크다는 것을 짐작할 수 있었다. 인근에는 집들
이 거의 없다. 아주 커다란 건물이 하나 있기는 한데, 최근
에 새로 지어져 사설 정신 병원으로 쓰이고 있었다. 그러
나 이 저택의 마당에서는 그 건물이 보이지 않는다.」

내가 읽기를 마치자, 그가 말했다.
「저택이 오래되고 크다는 게 마음에 드는군요. 나 자신이
유구한 역사를 지닌 가문에서 출생한 탓인지 새집에 사는 것
은 영 죽을 맛이오. 집이라는 게 모름지기 오래 묵어야 살 만
해지는 거 아니오? 겨우 며칠로 백 년의 세월을 감당한다는
게 가당키나 하오? 오래된 예배당이 있다는 것도 마음에
들어요. 우리 트란실바니아의 귀족들은 우리의 뼈가 보
통의 망자들 사이에 놓일 거라고 상상하는 것을 좋아하
지 않소. 나는 기쁨이나 즐거움을 추구하지 않소. 다사로운 햇살과 반짝이는
물 따위가 주는 밝은 쾌락을 찾지도 않소. 그런 건 젊은이들이나 명랑한 사람
들이 좋아하는 거요. 나는 이제 젊지 않소. 내 심장은 죽은 이들을 애도하면서
지루한 세월을 보낸 탓에 환락의 현을 퉁겨도 아무런 감응이 오지 않소. 게다
가 내 성의 담은 부서졌소. 그림자가 많고, 부서진 성가퀴와 창문을 통해서는
찬바람이 불어오고 있소. 나는 그늘과 그림자를 사랑하오. 그리고 할 수만 있
다면 사색을 하면서 홀로 지내고 싶소.」
그의 말과 표정 사이에 묘한 부조화가 느껴졌다. 어쩌면 그의 얼굴 생김새
가 그의 미소를 음침하고 악의에 찬 것으로 보이게 하는 탓인지도 모르겠다.
잠시 후에 그는 서류를 모아 놓으라고 부탁하고는 미안하다는 말을 남기면
서 밖으로 나갔다. 한동안 어디를 다녀올 모양이었다. 나는 주위에 널려 있는

책들을 보기 시작했다. 그중에 지도책이 하나 있었는데, 책을 펴 들자 바로 영국 지도가 있는 부분이 펼쳐졌다. 아마도 그 지도를 많이 사용했던 모양이었다. 지도 위에 작은 동그라미를 쳐놓은 데가 몇 군데 있기에 조사를 해보니, 하나는 그의 새로운 소유지가 자리하고 있는 런던 동쪽 교외임이 분명했고, 다른 두 곳은 엑서터와 요크셔 해안의 휫비였다.

백작은 한 시간은 족히 되어서야 돌아왔다. 「어, 아직도 책을 붙들고 계시오? 좋은 일이오. 하지만 늘 공부만 해서는 안 되겠지요. 자, 갑시다. 당신 저녁 식사가 준비되어 있다고 알려 왔소.」 백작이 나의 팔을 잡아끌었고, 우리는 옆방으로 들어갔다. 식탁 위에 푸짐한 저녁 식사가 마련되어 있었다. 백작은 외출해 있는 동안 저녁을 먹었다면서 또 사과를 했다. 그는 전날 밤처럼 앉아서, 내가 먹고 있는 동안 이야기를 했다. 식후에 나는 담배를 피웠고, 역시 지난밤처럼 백작은 내 곁에 머물러서, 시간 가는 줄 모르고 이러저러한 이야기를 하고, 생각나는 모든 주제에 대해서 질문을 했다. 밤이 무척 이슥해졌다는 것을 느끼고 있었지만 나는 아무 말도 하지 않았다. 어떻게든 집주인이 원하는 대로 해주어야 한다는 생각이 들었던 것이다. 어제 잠을 푹 자둔 덕분에 졸음은 오지 않았다. 그러나 밀물과 썰물이 바뀔 때처럼 밤과 낮이 교차하는 어슴새벽이 가까워지면서 오슬오슬한 기운이 느껴졌다. 죽음이 임박한 사람들은 대개 동틀 무렵이나 밀물과 썰물이 바뀔 때 숨을 거둔다는데, 피곤하고 옴짝달싹 못 하는 상황에서, 어둠과 빛이 교차하는 모습을 경험해 본 사람이라면, 그 이야기가 그럴싸하다고 느낄 것이다. 갑자기 닭 울음소리가 새벽의 맑은 공기를 뚫고 올라왔다. 보통의 닭 울음소리와 다르게 지나치게 새된 소리였다. 백작이 벌떡 일어서며 외쳤다.

「아니, 벌써 날이 밝았다. 당신을 여태껏 붙잡아 놓다니 정말 실례가 많았소. 내가 가려는 나라, 영국에 관한 얘기가 재미있었소, 당신 얘기가 어찌나 재미있었던지 내가 시간 가는 줄을 몰랐소.」 그는 정중하게 인사를 하고 재빨리 방을 나갔다.

나는 침실로 들어가서 커튼을 열었다. 그러나 아무것도 눈에 띄는 것이 없었다. 창문은 안마당 쪽으로 나 있지만, 보이는 것이라곤 다사로운 회색을 띤 여명의 하늘뿐이었다. 그래서 나는 커튼을 다시 내리고 이날의 일기를 썼다.

5월 8일

일기를 쓰면서 얘기가 너무 산만해지는 건 아닌지 걱정을 했었는데, 이제는 처음부터 세세한 것까지 기록해 두기를 잘했다는 생각이 든다. 이곳과 이 안의 모든 것에 뭔가 괴이한 것이 있어서 꺼림칙한 느낌을 지울 수가 없는 탓이다. 이곳에서 무사히 벗어나고 싶다. 차라리 오지 말 것을 그랬나 싶다. 이 이상한 올빼미 생활이 나를 이상하게 만들고 있는지도 모를 일이다. 그러나 그것뿐이라면 얼마나 좋겠는가. 누군가 함께 이야기를 나눌 수 있는 사람이라도 있으면 좀 낫겠는데, 아무도 없다. 이야기 상대라고는 백작뿐이다. 이 성안에서 살아 있는 영혼은 나 하나뿐이 아닌지 두렵다. 사실 그대로를 담담하게 받아들이자. 그러는 게 버텨 나가는 데 도움이 될 것이다. 망상의 소용돌이에 휩쓸려서는 안 된다. 그랬다간 내가 미쳐 버릴 것이다. 이제 내가 어떤 형편에 놓여 있는지, 아니 어떤 형편에 놓여 있는 것으로 보이는지를 말해야겠다.

잠자리에 들어 잠시 눈을 붙였는데, 더 이상 잠이 오지 않아서 잠자리를 털고 일어났다. 면도용 거울을 창가에 걸어 놓고 막 면도를 하고 있던 찰나였다. 내 어깨 위에 느닷없이 손이 올려지고, 〈잘 주무셨소?〉라고 인사하는 백작의 목소리가 들렸다. 순간 나는 소스라치게 놀랐다. 분명히 내 뒤에 있는 방의 모습은 거울에 담겨 있는데, 백작의 모습이 비치지를 않았던 것이다. 너무 놀란 나머지 나는 면도날에 살을 살짝 베이고 말았는데, 그 순간에는 그것도 알아차리지 못했다. 백작의 인사에 대답을 하고, 내가 잘못 본 것은 아닌가 해서 고개를 돌려 거울 속을 다시 들여다보았다. 그 사람이 가까이 다가와 있었고, 내 어깨 너머로 그의 모습을 확인했기 때문에 이번에는 잘못을 저지를 리가 없다고 생각하면서 거울을 보았는데, 놀랍게도 그의 영상은 거울 속에 비치지 않았다. 내 뒤에 있는 방의 모습은 전부 비쳐져 있는데, 그 안의 어디에도 나 말고는 사람의 자취가 보이지 않는다. 괴이한 일이 여러 차례 있었지만 이것만큼 나를 놀라게 한 것이 없었다. 백작이 가까이 있을 때면 언제나 느껴 왔던 불길한 느낌이 한층 더해지기 시작했다. 그때 면도날에 베인 자리에서 피가 나와, 턱 위에서 핏방울이 떨어지는 것을 보았다. 나는 면도기를 내려놓고, 그런 때에 내가 항상 하던 대로, 몸을 반쯤 돌려 가지고 반창고 같은 것을 찾았다. 백작은 나의 얼굴을 보더니, 어떤 흉포한 격정에 휘말린 듯 눈을 번득이면서, 갑자기 나의 목을 움켜쥐었다. 내가 뒤로 물러서자, 그의 손이 십자가가 달려 있는 묵주에 닿았다. 그러자 그의 태도에 순간적인 변화가 일어났다. 격정이 너무나 빨리 가라앉아 버렸기 때문에, 나는 그런 일이 있었는지조차 의심스러울 지경이었다.

「조심하시오. 그런 식으로 살을 베지 않도록 주의해야 하오. 이 고장에서는 그런 것이 당신이 생각하는 것보다 훨씬 위험하오.」 그렇게 말하고, 그는 면도용 거울을 잡더니 말을 이었다. 「이것은 그따위 실수나 저지르게 하는 쓸데없는 물건이오. 인간의 허영심이 만들어 낸 하찮은 허섭스레기란 말이오. 이런 건 당장 없애 버려야 하오.」 그는 우악스러운 손으로 단 한 번 비틀어 무거운 창문을 열어젖히더니, 거울을 창밖으로 내던졌다. 아래로 떨어진 거울이 마당의 돌에 부딪혀 산산조각이 났다. 백작은 그러고 나서 아무 말 없이 방을 나갔다. 어떻게 면도를 마무리해야 할지 난처했다. 하는 수 없이 회중시계 뚜껑이나 면도용 그릇의 바닥을 거울 대용으로 쓰는 수밖에 없었다. 면도용 그릇이 금속으로 되어 있다는 게 다행이었다.

면도를 끝내고 식당으로 들어가 보니, 아침 식사가 준비되어 있었다. 그러나 백작은 어디에도 없었다. 그래서 나는 또 혼자서 아침을 먹었다. 아직 한 번도 백작이 먹고 마시는 것을 보지 못했다는 것이 이상하다. 그는 대단히 희한한 사람임에 틀림없다. 아침을 먹고 나서 나는 성안을 조금 돌아다니며 조사해 보았다. 계단으로 나와서 남쪽을 향해 있는 방을 찾아냈다. 그 방의 전망이 장관이었다. 내가 서 있던 자리에서는 일망무제(一望無際)로 전망이 탁 트였다. 이 성은 까마득한 절벽의 맨 가장자리에 자리 잡고 있었다. 창문에서 돌 하나를 떨어뜨리면, 아무것도 걸리지 않고 수천 피트의 낭떠러지 아래로 떨어질 것 같았다. 푸르른 수목의 바다가 끝 간 데 없이 아스라이 펼쳐져 있고, 지표가 갈라진 곳에 이따금 깊은 단층이 나타난다. 수풀 사이의 깊은 계곡을 휘감아도는 강물이 여기저기서 은빛 실처럼 빛나고 있다.

그러나 정작 그런 아름다움을 묘사할 마음의 여유가 없다. 전망을 보고 난 뒤에 나는 성안을 더 조사해 보았다. 문이란 문은 모두 잠겨 있고 빗장이 질러져 있었다. 성벽에 나 있는 창문을 통하지 않고서는 어디로도 빠져나갈 수가 없게 되어 있었다.

성은 하나의 감옥이나 진배없고, 나는 그 안에 갇혀 있는 것이다!

3

조너선 하커의 일기

5월 8일(계속)[10]

갇혀 있다는 것을 깨닫게 되자 화가 치밀었다. 계단을 헐레벌떡 오르락내리락하면서 닥치는 대로 문을 열어 보고, 창문 밖을 살펴보았다. 그러나 시간이 좀 흐르자, 어쩔 수 없이 갇혀 있을 수밖에 없다는 것을 깨닫게 되면서, 아무런 느낌도 일지 않았다. 몇 시간 뒤에 돌이켜 보니, 그때 나는 확실히 광적인 상태에 있었다. 덫에 걸린 쥐처럼 발광을 했던 것이다. 그러나 그래 봐야 소용이 없다는 것을 확실히 깨닫고 나서는, 차분하게 — 여태껏 살아오면서 그 어떤 것을 할 때보다 차분하게 — 자리에 앉아서, 어떻게 하는 것이 최선인지를 곰곰이 생각했다. 이제껏 그것에 대해서 생각하고 있지만 아직 이렇다 할 결론이 나지 않는다. 단 하나 확실하게 말할 수 있는 것은, 내 생각을 백작이 눈치채게 해서는 안 된다는 것이다. 그는 내가 갇혀 있다는 것을 너무 잘 알고 있다. 그 자신이 나를 가두어 두었고, 그렇게 한 데는 분명히 어떤 동기가 있을 것이다. 그러니 사

---

10 원문에는 이 날짜가 나와 있지 않고, 〈조너선 하커의 일기〉라는 제목 다음의 괄호 안에 〈계속〉이라는 말이 들어가 있음.

실을 털어놓고 이야기해 보았자, 백작은 그저 나를 속이려 들 것이다. 되도록, 내가 알고 있다는 것과 내가 두려워하고 있다는 것을 감추고, 차분하게 지켜보는 것밖에 다른 도리가 없다. 어린애처럼 지레 겁을 먹고 잘못 생각하고 있는 것일 수도 있고, 정말 심각한 궁지에 몰려 있는 것일 수도 있다. 후자의 상황이라면, 어떤 방책을 써서든 이곳을 빠져나가야 한다. 가까스로 이런 결론에 도달할 즈음에, 아래층에서 대문이 닫히는 소리가 들려왔다. 백작이 돌아온 것이다. 그는 바로 서재로 올라오지 않았다. 그래서 나는 살며시 내 방으로 갔는데, 백작이 내 잠자리를 깔아 놓고 있었다. 뜻밖의 일이었지만, 이것으로 내가 내내 생각해 왔던 것 — 이 집에 하인이 없다는 것 — 은 확실해졌다. 나중에 문돌쩌귀의 틈새로 백작이 식당에서 식탁을 차리는 것을 보게 되면서, 그것을 더욱 확신하게 되었다. 하인들이 하는 그런 일들을 그가 손수 한다는 것은, 그런 일을 할 다른 사람이 없다는 증거가 아닌. 거기에 생각이 미치자 갑자기 섬뜩해졌다. 이 성안에 백작 외에 아무도 없다면, 나를 여기까지 태우고 온 마차의 마차꾼도 백작 자신이라는 얘기가 아닌가. 생각할수록 끔찍하다. 그게 사실이라면, 말없이 손을 들어 올리는 것만으로 이리들을 다스릴 수 있었다는 것은 무엇을 의미하는 것일까. 비스트리츠에서 그리고 마차 위에서, 사람들이 한결같이 나를 향해서 어떤 무시무시한 두려움을 나타냈던 것은 또 어찌 된 영문일까? 그들은 왜 나에게 십자가며 마늘이며 들장미며 마가목 따위를 주었을까? 내 목에 십자가를 걸어 주었던 그 착하디착한 여인에게 축복 있으라! 십자가를 만질 때마다 나에게는 위안이 되고 힘이 된다. 우상 숭배에 불과하니 가까이할 게 못된다고 가르침을 받아 온 물건이 내가 외롭고 궁지에 몰려 있을 때 도움이 되고 있다는 사실이 뜻밖이다. 십자가 자체에 본질적으로 무엇이 있기 때문인지, 아니면 동정과 위로의 기억이 담겨 있어서 그것을 만짐으로써 힘을 얻게 되는 건지 알 수가 없다. 나중에, 할 수만 있다면, 이 문제에 대해 검토를 해보고 그런 것에 대해 어떤 마음가짐을 가져야 할지를 결정해야겠다. 그건 그렇고, 이제 내가 할 일은 드라큘라 백작에 대해서 가능한 한 모든 것을 알아내는 것이다. 그렇게 되면 내 주위에서 벌어진 불가사의한 일들을 이해할 수 있을 것이다. 오늘 밤, 백작 자신에 관한 이야기를 하도록 대화를 이끌면, 백작은 자기 이야기를 할지도 모른다. 그렇지만 아주 신중해야 한다. 그의 의혹을 사서는 안 된다.

밤 12시

백작과 긴 이야기를 나누었다. 내가 트란실바니아의 역사에 대해서 몇 가지 질문을 했는데, 백작은 그 주제에 대해서 놀랍도록 열띠게 이야기를 했다. 여러 사건과 사람 들, 그리고 특히 전투에 대해서 이야기할 때, 그는 마치 그 모든 현장에 자기가 있었던 것처럼 이야기를 했다. 나중에 어떻게 그럴 수 있느냐고 묻자, 그는, 보야르에게는 가문의 긍지가 곧 자신의 긍지이며, 가문의 영광이 곧 자신의 영광이고, 가문의 운명이 곧 그의 운명이라는 말로 설명했다. 가문에 대해서 이야기할 때마다 그는 항상 〈우리〉라는 말을 썼고, 마치 왕이 말하는 것처럼, 거의 복수형의 표현을 써서 이야기를 했다. 백작이 말한 모든 것을 그가 말했던 그대로 정확하게 적어 두고 싶다. 그의 이야기는 대단히 흥미진진했다. 그 이야기 속에 이 지방의 모든 역사가 담겨 있는 것처럼 느껴졌다. 이야기를 하는 동안 그의 감정이 고조되었다. 하얀 콧수염을 잡아당기면서 방 안을 이리저리 돌아다니기도 하고, 손에 닿는 것은 뭐든지, 있는 힘을 다해 으스러뜨릴 것처럼, 움켜쥐었다. 그가 이야기한 것 중에서 되도록 그가 말한 그대로 기록해 두어야 할 것이 하나 있다. 그것은 드라큘라 가문의 내력을 그런대로 밝혀 주는 이야기이다.

「우리 세케이인[11]은 마땅히 자부심을 가질 만하오. 주권을 세우기 위하여 사자처럼 용감하게 투쟁해 온 많은 선조들의 피가 우리 혈관 속에 흐르고 있기

---

11 트란실바니아 동부 세케이 지방에 사는 헝가리계 주민(현재는 루마니아 소수 민족).

때문이오. 옛날에, 유럽의 여러 부족들이 서로 세력을 겨누며 아옹다옹할 때, 토르 신과 오딘 신에게서 투쟁의 정신을 부여받은 우그리아족이 아이슬란드로부터 내려왔소. 우그리아족의 전사들은 유럽의 해안뿐만 아니라 아시아, 아프리카의 해안에서까지 그 잔인한 투지를 발휘했소. 그래서 사람들은 인간 늑대들이 왔다고 생각할 정도였소. 이 지방에도 그들이 왔었는데, 여기에서 우리의 선조인 훈족과 마주쳤소. 훈족은 격분에 휩싸여 사나운 불길처럼 이 땅을 휩쓸었소. 오죽하면 멸망해 가는 부족들이, 훈족의 핏줄에는 스키타이에서 쫓겨나 사막의 악마와 결합한 저 마녀들의 피가 흐르고 있다고 생각했겠소. 말도 안 되는 소리지요. 아틸라왕의 위대한 혈통을 그깟 악마나 마녀 따위와 비교한다는 게 말이나 되오? 우리의 이 혈관에는 아틸라왕의 피가 흐르고 있소.」 그렇게 말하면서 그는 팔을 들어 올렸다. 「우리는 정복 민족이었소. 우리는 긍지에 차 있었소. 마자르족, 롬바르드족, 아바르족, 불가르족, 또는 튀르크족이 떼 지어 우리의 국경으로 쏟아져 들어왔지만, 우리는 그들을 패퇴시켰소. 놀랍지 않소? 마자르족의 아르파드 족장과 그 군대가 옛 헝가리 땅을 휩쓸며 위세를 떨치다가 우리의 국경에서 우리와 마주쳤소. 혼포글랄라슈, 즉 아르파드 족장의 정복이 이 국경에서 멈춘 거요. 그런 얘기 처음 듣소? 승리한 마자르인들은 우리를 친족이라고 부르면서 수백 년에 걸쳐서 우리에게 튀르크와 접한 국경의 수비를 맡겼소. 우리는 그냥 허울로 일을 떠맡은 것이 아니라, 그야말로 자나 깨나 국경을 지키는 의무를 충실하게 이행했소. 오죽하면 튀르크인들이 우리를 두고, 〈물도 흐름을 멈출 때가 있는데, 저놈들은 잠도 없다〉라고 말했겠소. 마자르, 왈라키아, 색슨, 세케이 네 부족 중에서 누가 우리보다 기꺼운 마음으로 〈피 묻은 칼〉[12]을 받았겠소? 또한 전쟁에 나가라는 부름을 받았을 때, 누가 우리보다 빠르게 헝가리 왕의 깃발 아래 모였겠소? 이 나라의 크나큰

12 옛날에 헝가리 귀족들은 국가의 위급 상황을 알리는 신호로 왕이 보내는 〈피 묻은 칼〉을 받았다.

치욕, 튀르크군에게 패한 카소바 전투의 굴욕, 그러니까 왈라키아와 마자르의 깃발이 튀르크의 초승달 깃발 아래로 내려간 날의 치욕을 언제 씻었소? 트란실바니아의 총독으로 다뉴브강을 건너 튀르크 땅에까지 가서 튀르크인들을 쳐부쉈던 사람, 그는 우리 부족의 일원이었소. 바로 드라큘라 가문의 사람이었지요. 이 영웅이 쓰러졌을 때, 그의 한심한 형제는 자기 백성을 튀르크인들에게 팔아 노예로 전락시키기도 했소. 하지만 튀르크인들을 쳐부순 그 영웅의 한 후손은 선업을 이어받아, 군대를 이끌고 다뉴브강을 건너 튀르크 땅으로 거듭거듭 쳐들어갔소. 그는 번번이 격퇴를 당했소. 병사들이 추풍낙엽처럼 쓰러져 유혈이 낭자한 전쟁터에서 그 사람 혼자 돌아오기가 일쑤였소. 그래도 그는 궁극적으로 자기야말로 승리할 수 있다고 믿었기 때문에, 가고, 다시 가고, 또 갔소. 사람들은 그가 자신만을 생각한다고 욕했소. 웃기는 소리요. 도대체 지도자 없는 백성이 무슨 소용이 있겠소? 싸움을 이끌 두뇌와 심장이 없는 전쟁의 결과라는 게 뻔하지 않겠소? 세월이 더 흐른 뒤, 모하치 전투에서 헝가리가 튀르크에게 패배하면서 우리는 헝가리의 속박에서 벗어났소. 드라큘라의 가문에 속하는 우리도 그 전쟁을 이끈 지도자들 속에 끼여 있었소. 우리의 정신은 우리가 자유롭지 못하다는 것을 용납하려 하지 않았소. 어떻소, 선생. 세케이인과 그들의 심장이자 두뇌이며 칼인 우리 드라큘라 가문이 합스부르크가(家)나 로마노프가와 다르다는 것을 아시겠소? 비 온 뒤에 버섯 솟듯 그렇게 생겨난 그따위 가문들이 도저히 범접할 수 없는 유구한 전통이 우리에겐 있소. 이제 전쟁의 시대가 끝났소. 이 수치스러운 평화의 시대에는 피가 너무나 소중한 것이오. 위대한 종족들의 영광이 이제 과거의 이야기가 되어 버렸소.」

　그의 이야기가 거기쯤에 이르렀을 때, 어느덧 새벽이 가까워지고 있었다. 그래서 우리는 잠을 자러 갔다(이 일기가 『천일야화』의 앞부분을 너무 닮아 가고 있다. 모든 게 닭 울음소리가 들리면 중단되어야 한다는 점에서 그렇다. 어쩌면, 햄릿에게 나타난 아버지의 유령과도 비슷하다).

5월 12일

오늘의 일은 어디까지가 사실이고 어디까지가 허깨비인지 알 수가 없다. 먼저, 명약관화하게 실제의 일로 받아들일 수 있는 것들 — 구체적인 증거들을 가지고 사실임을 입증할 수 있는 것들 — 부터 기록을 해나가야겠다. 그런 사실들과, 내가 잘못 본 것일 수도 있고 잘못 생각한 것일 수도 있는 일들을 혼동해서는 안 된다. 낮 시간을 나는 책과 씨름하면서 보냈다. 그저 마음을 붙잡아 둘 생각으로 링컨 법학원에서 변호사 시험을 치를 때 나왔던 문제들을 면밀하게 검토해 보았다. 저녁에 백작이 서재로 왔다. 그는 여러 가지 법률적인 문제와 이러저러한 업무의 처리에 대해서 물었다. 백작이 질문한 내용을 가만히 살펴보면, 어떤 일관된 목적을 지향하고 있는 것 같다. 그가 질문했던 것을 차례대로 적어 두어야겠다. 언젠가는 뭔가 도움이 될지도 모르니까.

첫째로 그가 질문했던 것은, 영국에서는 변호사를 둘 이상 고용할 수 있느냐는 것이었다. 나는, 원한다면 열두 명도 고용할 수 있지만, 한 사람이 필요한 일을 충분히 해낼 수 있기 때문에 굳이 한 명 넘게 둘 필요는 없으며, 변호사를 바꾸는 것이 오히려 손해가 될 수도 있다고 말해 주었다. 그는 완전히 이해한 듯했다. 백작의 두 번째 질문은 이런 것이었다. 즉, 물건을 배에 실어 어디로 보내려 하는데, 그 장소가 금융 업무를 담당할 변호사의 집에서 멀리 떨어져 있어서, 그 사람이 직접 현장에서 일을 돌볼 수 없을 때, 또 한 사람을 고용하게 되면, 불편한 일이 생기지는 않느냐는 것이었다. 나는 혹시나 백작의 질문을 잘못 이해하고 잘못 대답하지나 않을까 해서, 무슨 이야기인지 좀 더 자세하게 설명해 달라고 부탁했다. 그러자 그가 말했다.

「설명을 하겠소. 내 변호사인 피터 호킨스 씨는 런던에서 멀리 떨어진 엑서터의 아름다운 대성당 인근에 살고 있으면서도 선생을 통해 런던에 있는 저택을 나에게 사주었소. 그런 식으로 일을 처리하면 된다는 것을 알고 있소. 그런데도 내가 또 다른 사람을 구하려는 데는 이유가 있소. 당신이 의아하게 생각할 것 같아서 내 솔직히 이야기하겠소. 내가 찾는 사람은, 런던에 거주하지 않고, 멀리 떨어진 지방에서 내 일을 봐줄 사람이오. 말하자면, 다른 일에는 신경 쓰지 않고 오로지 내 사업만을 위해서 지방에서 일해 줄 사람을 찾자는 거요. 아무래도 런던에 거주하고 있는 사람은 자기 자신의 일도 있을 테고 다른 고객들의 일도 있을 테니까, 전적으로 내 사업만을 위해 헌신해 줄 대리인을 현지에서 찾아야 하지 않겠느냐는 거요. 나는 처리해야 할 일들이 많고, 화물을 뉴캐슬이나, 더럼, 하리치, 도버 등지로 보내고 싶은데, 이 항구 도시들에 사람을 두고 일을 맡기는 편이 더 편리하지 않겠느냐는 거지요.」나는, 그렇게 하는 것이 확실히 편하기는 할 테지만, 우리 변호사들은 서로서로를 위해 대행 체제를 갖춰 놓았기 때문에, 어떤 변호사든 지방에 연락만 하면 그 지방에서 알아서 대신 일을 처리해 줄 터이니, 고객은 그저 한 사람에게 일을 맡기면 별다른 어려움 없이 그가 원하는 대로 일을 처리할 수 있을 것이라고 대답했다.

「그런데 말이오.」그가 물었다. 「내가 마음대로 일을 지휘할 수 있어야 되는데, 그럴 수 있소?」

「물론이지요.」나는 대답했다. 「자기의 일이 다른 사람들에게 알려지는 것을 꺼리는 사업가들은 종종 그렇게 하지요.」

「좋소.」그는 흡족해하면서 질문을 이어 갔다. 물건을 탁송하는 방식, 업무를 처리하는 절차, 예상되는 어려움과 그것을 막기 위한 사전 조치 등에 관한 것이었다. 나는 이 모든 것들에 대해서 능력껏 설명해 주었다. 백작은 모든 것을 다 생각하고 있었고, 웬만한 것을 다 예견하고 있었기 때문에, 이미 훌륭한 변호사를 구해 놓은 것이 아닌가라는 인상이 들었다. 영국에 가본 적도 없고, 사업의 경험도 별로 없는 사람치고는, 영국에 대한 지식이나 통찰력이 놀라웠다. 그는 자신이 말한 사항들에 대해 스스로를 대견스러워했다. 나는 주변에 있는 서적을 들춰 가며, 내가 할 수 있는 한, 모든 것을 입증해 보여 주었다. 그러던 중에 갑자기 백작이 일어서며 물었다.

「전에 피터 호킨스 씨에게 편지를 쓴 뒤로, 그 사람이나 딴사람에게 편지를 쓴 적이 있소?」 그런 적이 없다고 대답을 하는데, 왠지 씁쓸한 생각이 들었다. 여태껏 누구에게도 편지를 보낼 기회를 갖지 못했던 것이다.

「그러면 지금 쓰시오.」 내 어깨 위에 큼직한 손을 얹으면서 백작이 말했다. 「피터 호킨스 씨에게도 쓰고, 다른 사람에게도 쓰시오. 편지에다가 오늘부터 한 달 동안 여기에 머물 거라고 쓰시오. 괜찮겠지요?」

「제가 그렇게 오랫동안 머물기를 바라시나요?」 나는 생각하기조차 끔찍해서 물었다.

「그랬으면 좋겠소. 아니, 그렇게 해주어야 되겠소. 당신을 고용한 당신 주인이 자기 대신 다른 사람을 보내겠다고 했을 때, 내가 필요로 하는 대로 그 사람을 데리고 있을 수 있다는 얘기로 받아들였소. 내 대접이 시원치 않았나 보군요. 그렇소?」

백작의 요구를 받아들이지 않을 수 있었으면 얼마나 좋을까? 그러나 나는 호킨스 씨의 일을 대신하러 온 거지 내 일로 온 게 아니다. 나 자신을 생각하기에 앞서 호킨스 씨를 생각해야 한다. 게다가 드라큘라 백작이 그 말을 하고 있을 때, 그의 눈빛과 태도 속에는 내가 이곳에 갇혀 있다는 사실을 새삼스럽게 일깨우며 다른 선택의 여지가 없음을 강요하는 뭔가가 있었다. 동의의 뜻으로 구부린 나의 몸짓에서 자신의 승리를 확인하고, 곤혹스러워하는 나의 얼굴빛에서 자신의 위력을 느낀 듯, 백작은 이내 그 힘을 사용하기 시작했다. 그러나 여전히 그 특유의 부드럽고 거역하기 어려운 태도를 견지한 채로였다.

「편지를 쓰되 내가 부탁할 게 있소. 업무와 관련되지 않은 다른 이야기를 쓰지 말아 주시오. 잘 지내고 있으며, 다시 만나기를 고대하고 있다는 식으로 써야 당신 친구들 마음이 편하지 않겠소?」 그렇게 말하면서 백작은 편지지 석 장과 편지 봉투 석 장을 내밀었다. 모두 외국용으로 아주 얇게 만들어진 것이었다. 나는 그것들과 백작의 얼굴을 번갈아 쳐다보았다. 그는 날카로운 송곳니를 빨간 아랫입술 위로 드러내며, 조용하게 웃음을 흘리고 있었는데, 그 모습이 마치 자기가 편지 내용을 읽어 볼지도 모르니까 뭘 써야 할지를 신중하게 생각하라고 말하는 것처럼 보였다. 그래서 호킨스 씨에게 일단 사무적으로 짧게 쓰고, 나중에 은밀하게 쓸 말을 다 쓰기로 마음먹었다. 그리고 미나에게는 속기법으로 쓰기로 했다. 그러면 설사 백작이 그것을 읽더라도 내용을 짐작하지 못할 것이다. 두 통의 편지를 다 쓰고 나서 나는 책을 읽으면서 조용히 앉아 있었다. 백작은 책상 위에 있는 몇 권의 책을 참조해 가면서 짧은 편지 몇 통을 썼다. 다 쓰고 나서 그는 내 편지 두 통을 집어다가 자기가 쓴 편지 옆에다 놓았다. 그리고 나서 필기도구를 한구석으로 밀어 놓고 밖으로 나갔다. 그가 나가고 문이 닫히자마자 몸을 구부려서 책상 위에 놓인 백작의 편지를 들여다보았다. 그런 행동을 하면서도 양심의 가책을 느끼지는 않았다. 상황이 상황이니만큼, 어떻게든 나 자신을 지켜야 한다는 생각이 앞섰던 것이다.

백작이 쓴 편지 중의 하나는, 휫비시, 크레슨트가 7번지의 새뮤얼 F. 빌링턴이 수신인으로 되어 있었고, 두 번째 것은 바르나[13]의 로이트너 씨, 세 번째 것은 런던에 있는 쿠츠 상사, 네 번째 것은 부다페스트에 있는 은행가 클롭슈토크와 빌로이트 앞으로 되어 있었다. 두 번째 것과 네 번째 것은 봉해져 있지 않았다. 막 그것들을 들춰 보려는데, 문의 손잡이가 움직였다. 얼른 편지를 제자리에 놓고 보던 책을 다시 주워 들고는 내 의자로 물러나 앉자, 백작이 들어왔다. 그의 손에는 또 다른 편지 한 통이 들려져 있었다. 그는 책상 위에 있는 편지를 집어, 조심스럽게 우표를 붙이더니, 내 쪽을 돌아보며 말했다.

「또 용서를 구해야겠소. 오늘 밤에 개인적으로 할 일이 많아서 좀 나가 봐야 되겠소. 당신이 필요로 하는 건 뭐든지 있을 거요.」 문께로 걸어가서 그가 돌아섰다. 잠시 뜸을 들이다가 그가 말을 이었다.

---

13 불가리아의 항구 도시.

「여보시오, 젊은 친구, 내가 충고 하나 해도 되겠소? 아니, 충고라기보다 진심으로 경고하고 싶소. 여기 이 방들을 떠나는 건 좋지만, 어떤 일이 있어도 여기 말고 다른 곳에서는 잠을 자지 마시오. 이 성은 오래되었고 유물들이 많소. 그래서 아무렇게나 잠을 자다가는 나쁜 꿈에 시달릴 거요. 명심하시오. 잠이 쏟아지거나, 잠이 올 것 같은 느낌이 들거든 서둘러서 당신 침실로 가거나 여기 이 방들로 들어가시오. 그러면 당신은 아무 일 없이 휴식을 취할 수 있을 거요. 이 점을 소홀히 생각하면, 그땐…….」 그는 손을 씻는 듯한 으스스한 몸짓을 하면서 이야기를 끝냈다. 나는 백작의 말을 완전히 이해했다. 다만, 나를 죄어 오고 있는 이 해괴하고 무시무시한 어둠과 불가사의 그물보다 더 무서운 꿈이 있을까 싶은 생각은 들었다.

시간이 흐른 뒤

백작의 새로운 모습을 보고 온 지금, 내가 두려워할 것은 꿈이 아니라 현실이라는 것을 절실히 깨달았다. 백작이 없는 곳이라면 어디에서 잠이 든들 무섭지 않다. 침대 머리맡에 십자가를 놓아두었고, 내내 거기에다 놓아둘 생각이다. 그럼으로써 나의 휴식이 꿈으로부터 자유로워지리라고 생각한다.

백작이 떠난 뒤에 나는 내 방으로 갔었다. 잠시 후, 괴괴한 침묵만이 흐르는 가운데, 나는 밖으로 나와서 돌계단을 올라가, 남쪽을 바라다볼 수 있었던 그 방으로 갔다. 거기에서는 안마당을 바라볼 때 느끼는 어둡고 답답한 느낌과는 사뭇 다른 자유로움을 느낄 수 있었다. 비록 저 광활한 공간에 닿을 수 없을지언정, 그것을 바라볼 수 있다는 것만으로도 자유를 느꼈다. 그렇게 밖을 바라보고 있자니, 감옥에 갇혀 있다는 느낌이 절실해졌다. 밤중이긴 했지만 신선한 공기를 마시고 싶다는 욕구가 일었다. 야행성의 생활이 나에게 영향을 미치고 있다. 나의 신경을 갉아먹고 있는 것이다. 내 그림자에도 놀라고 머리는 온갖 무시무시한 상상으로 가득 차 있다. 이 저주받은 성에서 내가 느끼는 엄청난 두려움은 어디에서 오는 걸까. 신은 그것을 알 것이다. 아름답게 펼쳐진 광활한 대지 위에 보드랍고 노란 달빛이 쏟아져 대낮처럼 환해졌다. 멀리 있는 언덕들이 부드러운 달빛에 흥건히 젖어 있고, 크고 작은 골짜기에는 검은 벨벳 같은 그늘이 깃들어 있다. 그 아름다운 풍경이 나에게 힘을 주었다. 나는 평화와 위안을 느끼며 숨을 들이쉬었다. 창에 기대어 밖을 내다보고 있는데, 아래층 창문 언저리에서 뭔가 움직이는 것이 눈에 띄었다. 그곳은 내 짐작에 백작의 방에 나 있는 창문이 아닐까 싶었다. 내가 서 있던 창문은 높직하고 웅숭깊었으며, 돌로 된 창살이 세로로 붙어 있었는데, 창틀이 세워진 지가 오래된 듯, 풍상에 닳은 흔적이 보였지만, 여전히 창틀로서 손색이 없었다. 나는 돌로 된 창살 뒤로 몸을 숨기고 조심스럽게 밖을 내다보았다.

　백작이 창밖으로 머리를 내밀고 있었다. 그의 얼굴은 보이지 않았지만, 목덜미의 모습으로 보거나, 등과 팔의 움직임으로 보아 백작임을 알 수 있었다. 그의 손을 찬찬히 살펴볼 기회가 많았기 때문에 뭐니 뭐니 해도 손을 보면 백작임을 확실히 알 수 있었다. 그의 모습을 위에서 내려다보고 있는 것이 처음엔 호기심이 가고 재미도 있었다. 감옥에 갇혀 있는 사람은 아주 사소한 일에도 호기심이 생기고 재미를 느끼는 모양이었다. 그러나 바로 그 감정은 곧 혐오와 공포로 변해 버렸다. 믿을 수 없는 광경이 벌어졌던 것이다. 백작의 몸뚱이가 전부 창밖으로 나오는가 싶더니 어두컴컴한 바닥을 향해서 벽을 기어 내려가기 시작했다. 그의 외투가 커다란 날개처럼 펼쳐져 있었다. 처음에 나는 나의 눈을 의심했다. 그저 달빛이 장난을 치는 것이거나 그림자가 기묘하게 비치는 것이려니 생각했다. 그러나 한참을 살펴보았는데, 그건 환영이 아니었다. 손가락과 발가락으로 돌의 모서리를 움켜쥐는 것이 확실히 보였다. 오랜 세월의 무게 때문에 벽의 모르타르가 벗겨지고 울퉁불퉁 튀어나온 곳이 많았는데, 거기를 이용해서 아주 빠른 속도로 벽을 기어 내려가고 있었다. 흡사 도마뱀이 벽을 타고 움직이는 것처럼 보였다.

그는 도대체 어떤 사람인가? 사람을 닮은 무슨 괴물은 아닌가? 이 무시무시한 장소에 와 있다는 것이 너무 두렵다. 나는 공포에 떨고 있다. 그러나 나에겐 출구가 없다. 생각하기조차 끔찍한 무서운 일들이 나의 주변에서 벌어지고 있다.

5월 15일

백작이 도마뱀과 같은 모습으로 나가는 것을 한 번 더 보았다. 그는 왼쪽을 향하여 비스듬하게 백 피트 정도 내려가더니, 구멍 같기도 하고 창문 같기도 한 곳으로 사라졌다. 그의 머리가 사라진 뒤에, 창밖으로 몸을 내밀고 그의 모습을 더 보려고 해보았지만 소용이 없었다. 거리가 너무 멀어서 시선이 미치지 못했던 것이다. 그가 이제 성을 떠났을 것이라고 생각하고, 이 틈을 타서 성안을 좀 더 조사해 보기로 했다. 내 방으로 돌아가서 등불을 들고 나와 문이란 문은 모두 점검해 보았다. 예상했던 대로 문은 모두 닫혀 있었다. 자물쇠들이 비교적 새것이었다. 나는 돌계단을 내려가 맨 처음 이곳에 들어올 때 지나왔던 홀로 들어갔다. 빗장은 아주 쉽게 잡아 뺄 수가 있었고 커다란 사슬도 벗겨 낼 수가 있었지만, 문은 잠겨 있었고 열쇠가 없어져 버렸다. 열쇠는 틀림없이 백작의 방 안에 있을 것이다. 그의 방문이 잠겨 있지 않다면 열쇠를 손에 넣을 수 있을 테고 그러면 이곳을 빠져나갈 수 있을지도 모른다. 나는 계단과 복도를 샅샅이 조사하면서 문들을 밀어 보았다. 홀 가까이에 있는 작은 방들 중에는 문이 열리는 것도 있었지만, 방 안에는 두터운 먼지를 뒤집어쓴 낡은 가구들뿐이었다. 그런데 마침내 계단참에서 문 하나를 발견했다. 언뜻 보기에는 잠겨 있는 것 같았는데, 힘을 주었더니 조금 열렸다. 더 힘을 주어 밀어 보고 나서 문이 잠겨 있지 않음을 알았다. 돌쩌귀가 떨어져 나가 육중한 문이 바닥에 닿아 있어서 열리지 않는 것이었다. 다시 오기 어려운 좋은 기회였다. 나는 있는 힘을 다해 문을 밀었다. 한참 용을 쓴 끝에 문이 뒤로 밀렸고 나는 안으로 들어갈 수 있었다. 그곳은 성의 한쪽 날개에 해당하는 부분으로서, 내가 있던 방들에서 한 층 아래로 내려와, 오른쪽으로 멀리 떨어진 지점이었다. 창밖을 보니 성의 남쪽으로 방들이 죽 늘어서 있는 것이 보였다. 끝에 있는 방의 창문으로는 서쪽과 남쪽을 모두 내다볼 수 있었다. 서쪽도 남쪽도 모두 절벽이었다. 성은 거대한 암벽의 모서리 위에 세워져 있어서, 세 방향에서는 도저히 성으로 접근할 수 없게 되어 있었다. 옛날에는 투석기로도 활로도 컬버린 포로도 공격할 수 없는 안전한 곳이었을 것이다. 그래서인지 여기에는 아주 커다란 창문이 달려 있어서, 방어를 염두에 두고 만들어진 다른 곳과는 다르게 빛도 많이 들고 옹색하지 않았다. 서쪽으로는 거대한 골짜기가 보이고, 멀리 들쭉날쭉한 산들이 거대한 요새처럼 솟아 있다. 봉우리마다 깎아지른 듯한 암벽이 솟아 있는데, 바위틈에 뿌리를 내린 마가목이며 가시나무 들이 점점이 박혀 있다. 성의 이 부분은 옛날에 여자들이 사용했던 곳임을 알 수 있었다. 가구들이 다른 곳에서 본 것들보다 훨씬 안락하게 되어 있었던 것이다. 창문에는 커튼이 달려 있지 않아서, 마름모꼴 창유리를 통해 휘영청 밝은 달빛이 흐드러지게 쏟아져 들어왔다. 달빛은 사물의 색깔을 구분할 수 있게 할 만큼 밝았지만, 두텁게 쌓인 먼지에 푸근한 느낌을 주고, 세월과 좀으로 황폐해진 모습을 어느 정도는 감춰 주고 있었다. 등불이 휘황한 달빛속에서 있으나 마나 한 것이 되어 버렸지만, 그래도 그걸 들고 있어야 마음이 놓였다. 성안에 나 혼자 있다는 두려움 때문에 심장이 얼어붙고, 신경이 떨렸다. 그래도, 그 방들에 혼자 들어앉아 있는 것보다는 나았다. 백작이 드나든다는 것만으로도 그 방들은 이제 너무 혐오스럽다. 신경을 가라앉히려고 애를 썼더니 마음의 동요가 조금은 잠잠해졌다. 내가 지금 앉아 있는 이 작은 참나무 책상에서, 어쩌면 옛적에 한 어여쁜 여인이 많은 상념을 안고 얼굴을 붉힌 채, 잘못 빠져든 사랑에 애태우며 연애편지를 썼을지도 모를 일이다. 나는 이 책상 위에서 일기를 쓰고 있다. 지난번까지 써놓은 것에 덧붙여, 그 이후로 일어난 모든 일들을 속기법으로 적고 있다. 지금은 19세기, 기세가 맹렬한 현대다. 그러나 내 지각에 이상이 없다면, 아직도 지난 세기들이 힘을 행사하고 있다.

〈현대성〉으로 제압할 수 없는 과거의 힘이 살아 있는 것이다.

시간이 흐른 뒤, 5월 16일 새벽

하느님께 온전한 정신을 유지할 수 있게 해달라고 빌었다. 안전하게 해달라고 빌기에는 이미 때가 늦었다. 이미 미쳐 버린 게 아니라면, 제발 미치지만 않게 해달라고 빌었다. 내가 백작에게 쓸모가 있는 동안에는 그래도 안전할 수가 있을 것이다. 이 혐오스러운 성안에 잠복해 있는 모든 사악한 것들 중에서 그나마 가장 덜 무서운 존재가 백작일지도 모른다. 이런 생각을 하고 있노라니 더 미칠 지경이 되었다. 오 거룩하신 하느님, 자비로우신 하느님! 저에게 평안을 주소서. 그렇지 않으면, 저는 정말 미쳐 버릴 것입니다. 여태껏 수수께끼처럼 알쏭달쏭하던 몇 가지 것들에 새로운 빛이 비쳐 들기 시작했다. 셰익스피어가 햄릿의 입을 통해 말했던 다음 구절이 무엇을 의미하는지 이제는 알 것 같다.

내 서판, 내 서판!
마땅히 이걸 적어 두어야 해.[14]

나의 머릿속이 마치 사개가 풀린 것처럼 뒤죽박죽인 것 같기도 하고, 충격 때문에 마비된 것 같기도 해서, 이제 일기를 쓰면서 평안을 구하고자 한다. 꼬박꼬박 일기를 쓰는 습관이 나의 마음을 가라앉히는 데 도움을 줄 것이다.

아무 데서나 잠을 자서는 안 된다는 백작의 그 이상한 경고를 들었을 때 놀라움을 느꼈었다. 지금 여기에 와서 그것을 떠올리니 가슴이 철렁하는 놀라움이 일었다. 백작은 내가 여기에 오리라는 것을 예상하고 그런 경고를 했던 것일까. 두렵다. 내가 무엇을 하리라는 것을 미리 내다보고 있는 거라면, 백작이

---

14 브램 스토커는 『햄릿』 1막 5장의 한 행을 원문대로 옮기지 않고, 자기 벗이자 라이시엄 극장의 책임자였던 헨리 어빙의 버전을 인용하였다.

무슨 말을 하든 허투루 들을 수가 없을 것이다.

일기를 다 쓰고 일기장과 펜을 주머니에 넣고 나니 졸음이 왔다. 백작의 경고가 새삼스럽게 마음을 비집고 들어왔다. 그러나 그것을 거슬렀다는 데서 쾌감이 느껴졌다. 졸음이 쏟아졌다. 부드러운 달빛이 마음을 편하게 해주고, 바깥이 확 트인 것이 날아갈 듯한 기분을 주면서 삽상함을 느끼게 했다. 오늘 밤은 그 침침하고 귀신 나올 것 같은 방으로 돌아가지 않고 여기서 자기로 마음을 먹었다. 옛적에, 무자비한 전쟁터로 떠나간 남정네들 때문에 고운 가슴에 슬픔을 담은 여인네들이 이곳에 앉아 시간을 보내기도 하고 노래를 하기도 하면서 향기로운 삶을 누렸으리라. 나는 구석에서 커다란 침상을 끌어내다가 그 위에 누웠다. 서쪽과 남쪽의 아름다운 경치가 눈에 들어왔다. 먼지 따위는 개의치 않고 잠잘 채비를 했다.

그 뒤로 나는 잠에 빠져들었던 듯하다. 아니, 그런 것이었기를 바란다. 그러나 두렵다. 그 뒤에 일어난 일들이 놀라울 정도로 생생해서, 지금 아침의 밝은 햇살 아래 앉아 생각해 보면, 아무리 그렇게 생각하지 않으려 해도, 그 일들이 모두 꿈속의 일이었다고는 믿어지지 않는다.

그 방에는 나 혼자만이 있는 게 아니었다. 방은 그대로였고 내가 들어온 뒤로 아무것도 달라진 것이 없었다. 환한 달빛에 비친 방바닥에는, 오랜 세월 동안 쌓인 먼지 위에 내 발자국만이 찍혀 있었다. 그런데, 달빛 속에서 나의 맞은편에 젊은 여자 셋이 나타났다. 옷차림이나 태도로 보아 귀부인들로 보였다. 나는 그때 그 여자들을 보고, 틀림없이 꿈을 꾸고 있다고 생각했다. 그도 그럴 것이, 달빛이 그네의 뒤에서 비치고 있는데도, 방바닥 위에 그네의 그림자가 생기지 않았던 것이다. 여자들이 나에게로 가까이 와서 한동안 나를 바라보더니 자기들끼리 소곤거렸다. 두 여인은 머리가 검고 드라큘라 백작처럼 오똑한 매부리코였으며, 새까만 눈동자가 창백하고 노란 달빛을 받아 거의 불그스레한 빛을 띠고 있었다. 또 한 여인은 더할 나위 없이 아름다웠는데, 금발의 머릿

결이 커다랗게 구불거리고, 눈은 파리한 사파이어처럼 푸르스름했다. 어쩐지 그녀의 얼굴이 낯설지 않다는 느낌을 받았다. 뭔가 어렴풋한 두려움과 함께 그 얼굴을 알고 있다는 느낌이 일기는 했지만, 그 순간에는 어떻게 어디서 그 얼굴을 만났는지 떠올릴 수가 없었다. 세 여자 모두 반짝이는 하얀 치아를 가졌는데, 그것들이 육감적인 입술의 루비빛과 어우러져 진주처럼 빛났다. 그네의 모습에는 뭔가 꺼림칙한 것이 있었고, 어떤 욕망과 함께 섬뜩한 두려움을 느끼게 하는 것이 있었다. 여자들이 그 붉은 입술로 나에게 키스해 주었으면 하는 불순한 욕망이 강렬하게 내 마음을 흔들었다. 이 기록을 나중에 미나가 읽고 고통을 받지 않게 하려면, 이런 이야기는 쓰지 않는 것이 좋을 것이다. 그러나 사실이 그러한데 어쩌랴, 그 여자들은 함께 속삭이더니 웃음을 터트렸다. 낭랑하고 음악적인 웃음소리였으나, 사람의 부드러운 입술에서 흘러나온 것 같지 않은 쇳소리의 웃음이었다. 잰 손놀림으로 유리잔을 두드리는 때와 같은, 참을 수 없을 만큼 신경을 자극하는 맑은 소리였다. 아름다운 여자가 교태를 지으며 머리를 흔들고, 다른 두 여자가 그 여자에게 재촉했다. 한 여자가 말했다 —

「자, 어서, 네가 먼저 해. 그러면 우리도 따라서 할게. 먼저 할 권리는 너에게 있어.」 다른 여자도 거들었다 —

「젊고 건장한 사내야. 우리 모두 키스를 하는 거야.」 나는 실눈을 뜨고 즐거운 기대에 잔뜩 부풀어서 바라보았다. 아름다운 여인이 다가와서, 숨결의 오르내림이 느껴질 만큼 나를 향해 몸을 구부렸다. 여인의 숨결은, 한편으로는 달콤하고, 목소리만큼이나 신경을 흥분시키는 것이었지만, 그 향기로움의 바닥에는 쌉쌀함이, 피 냄새를 맡을 때 느끼는 쓰디쓴 불쾌감이 담겨 있었다.

나는 두려워서 차마 눈꺼풀을 들어 올리지 못했지만, 실눈을 뜨고 보아도 모든 것을 다 볼 수 있었다. 그 여자는 무릎을 꿇고, 마냥 흡족한 듯이 바라보면서 내 위로 몸을 구부렸다. 그녀의 몸짓에서 역겹고 소름 끼치는 관능이 느껴졌다. 고개를 숙일 때, 여자는 짐승처럼 입술을 핥았다. 선홍빛 입술이 촉촉이 젖어 있고, 하얀 이를 핥을 때 보이던 붉은 혀에도 물기가 배여 달빛에 반짝였다. 숙여진 여자의 머리가 점점 아래로 내려오면서 입술이 나의 입과 턱 언저리 아래로 다가왔다. 나의 목을 겨냥하고 있는 듯했다. 여자는 잠시 뜸을 들였다. 혀로 자신의 이와 입술을 핥아 대는 소리가 들리고, 뜨거운 입김이 나의 목에 와 닿는 것을 느꼈다. 그러자 내 목 살갗의 신경이 곤두서기 시작했다. 내 살을 간질이려는 손이 점점 가까이 다가들 때 느끼는 살갗의 과민 상태와 같은 것이었다. 극도로 과민해진 목의 살갗에 바르르 떨리는 부드러운 입술이 와 닿고, 날카로운 치아 두 개가 살갗을 누르더니, 거기에 댄 채 가만히 있었다. 나는 몽롱한 흥분 상태에서 눈을 감고 기다렸다. 가슴을 두근거리면서.

그런데 그때 이상한 느낌이 번개처럼 스치고 지나갔다. 백작이 와 있었다. 그는 격노의 폭풍에 휘말려 있는 것처럼 보였다. 눈이 저절로 번쩍 뜨였다. 백작은 그 우악스러운 손으로 아름다운 여자의 목덜미를 움켜쥐더니, 어마어마한 힘으로 여자를 뒤로 잡아끌었다. 머리끝까지 화가 나서 파란 눈이 이글거렸고, 분노로 하얀 이를 갈았으며, 격정에 휩싸여 창백한 뺨이 벌겋게 상기되었다. 아니 백작이! 지옥의 악마에게서도 그런 격정과 분노는 상상하기 어려울 것이었다. 그의 눈이 이글이글 불타고 있었다. 그 붉은빛이 지옥 불의 불꽃이 타는 것처럼 섬뜩했다. 낯빛은 극도로 창백하고, 얼굴의 선들이 철사로 만들어 놓은 것처럼 딱딱했다. 콧마루 위에서 맞닿은 두터운 하얀 눈썹이, 뜨거운 금속 막대기를 얹어 놓은 것처럼 보였다. 사납게 팔을 한 번 휘둘러 백작은 그 여인을 내동댕이쳤다. 그런 다음, 다른 여자들을 향해서 등을 후려치는 듯한 몸짓을 했다. 이리 떼들에게 마차꾼이 했던 것과 같은 오만한 몸짓이었다. 낮고 거의 속삭이는 듯하면서도, 공기를 가르면서 방 안에 울려 퍼지는 목소리로 백작이 말했다 ──

「너희가 어떻게 감히 이 사람을 건드리려 하지? 내가 그러지 말라고 분명히 말했는데도, 어찌 감히 이 사람에게 눈독을 들일 수 있단 말이냐? 다들 저리 가! 이 사람은 내 거야! 이 사람한테 괜히 집적거릴 생각하지 마. 너희는 나를

상대해야 되는 거야.」 그 아름다운 여인이 음탕하게 아양 떠는 웃음을 물고, 돌아서며 그에게 대꾸했다 ―

「당신은 사랑을 해본 적도 없고, 사랑을 하지도 않잖아요!」 이 말에 다른 여자들이 가세했다. 그러자 음울하고 메마른 금속성의 웃음소리가 방 안에 울려 퍼졌다. 나는 그 웃음소리에 거의 기절할 뻔했다. 마치 친구들끼리 즐거움을 나누는 듯한 웃음소리였다. 백작은 몸을 돌려 내 얼굴을 뚫어져라 바라보더니, 부드럽게 속삭이듯 입을 열었다.

「아니지, 나도 사랑을 할 수 있어. 옛날하고는 다르다는 걸 알아야지. 안 그래? 좋아, 내 너희들에게 이제 약속하지. 내가 저 친구하고 볼일을 끝내고 나면, 너희들 마음대로 키스를 해도 좋다. 자 이제 가라, 가! 나는 저 친구를 깨워야겠다. 할 일이 있거든.」

「오늘 밤에 우리에게 뭐 줄 거 없어요?」 여자들 중의 하나가 나지막한 웃음소리를 내며 물었다. 그러면서 그 여자는 백작이 땅바닥에 던져 놓았던 자루를 가리켰다. 그 안에는 뭔가 산 것이 들어 있는 듯 꿈틀꿈틀 움직였다. 대답 대신에 백작이 머리를 끄덕였다. 여자들 중의 하나가 앞으로 껑충 뛰어가 자루를 열었다. 내 귀가 잘못된 것이 아니라면, 거기서 들리는 소리는 숨이 막혀 고통스러워하는 아이의 헐떡거리는 소리와 가녀린 흐느낌이었다. 여자들이 거기를 에워쌌다. 나는 두려움에 숨이 멎는 듯했다. 정신을 가다듬고 바라보니, 여자들이 그 무시무시한 자루를 들고 어디론지 사라졌다. 그 여자들 가까이에는 문이 없었고, 그네가 내 곁을 지나갔다면, 내가 눈치채지 못할 리가 없었을 것이다. 여자들은 형체가 희미해지면서 달빛의 빛줄기에 실려 창문을 통해 빠져나간 것 같았다. 한 순간, 그 여자들의 형체가 완전히 스러지기 전에, 밖에 희미하게 그림자 같은 형체가 보였던 듯도 하다.

그런 다음, 엄청난 공포가 나를 덮쳤고, 나는 의식 불명의 상태로 빠져들었다.

4

조너선 하커의 일기

5월 16일(계속)[15]

　잠을 깨어 보니 내 방의 침대 위에 있었다. 내가 꿈을 꾼 게 아니라면, 백작이 나를 여기로 들어 옮겼을 것이다. 일의 자초지종에 대해 만족할 만한 결론을 얻으려고 요모조모 생각해 보았지만 어느 것 하나 확실하게 말할 수 있는 게 없었다. 사소한 것이지만 어떤 증거가 될 만한 게 있긴 있었다. 말하자면, 내 옷이 평소에 내가 하는 것과는 다른 방식으로 접혀지고 입혀져 있었다는 것 따위가 그것이다. 또, 내 시계가 끌러져 있지 않았는데, 자기 전에 나는 마지막으로 꼭 시계를 풀어 놓는 습관이 있었다. 그 밖에도 여러 가지 사소한 것들이 더 있었다. 그러나 이런 것들이 간밤의 일이 꿈이 아니었다는 증거가 되지는 않는다. 왜냐하면, 이런 것들은 내 정신 상태가 정상이 아니었다는 것, 그리고 이러저러한 이유 때문에 내가 제정신이 아니었다는 것을 말해 주는 증거들이 될 수도 있기 때문이었다. 한 가지 다행스러운 것은 있었다. 내 주머니가 손을

　15　원문에는 이 날짜가 나와 있지 않고, 〈조너선 하커의 일기〉라는 제목 다음의 괄호 안에 〈계속〉이라는 말이 들어가 있음.

타지 않고 그대로 있다는 점이었다. 나를 이곳으로 옮겨 놓고 옷을 벗긴 사람이 백작이었다면, 그는 서둘러서 자기 일을 끝내려고 했음이 분명하다. 그가 이것을 발견했다면, 속기법으로 쓰인 이 일기가 수수께끼처럼 느껴졌을 것이고, 그는 이것을 참아 내기 어려웠을 것이다. 그래서 이것을 가져가서 없애 버렸을 것이다. 나는 새삼스럽게 방을 휙 둘러보았다. 전에는 공포로 가득 차 있던 것으로 보이더니, 이제는 나를 비호해 주는 어떤 성역처럼 보였다. 그 끔찍한 여자들보다 더 무서운 것이 있을 수 없었다. 그들은 내 피를 빨려고 기다리고 있었고 지금도 기다리고 있을 것이다.

5월 18일

밝은 대낮에 다시 그 방을 보려고 내려갔었다. 진실을 알아야만 했기 때문이었다. 그곳으로 통하는 계단을 다 올라가 문에 다다라 보니 문이 잠겨 있었다. 벌어진 문을 문설주에 무리하게 갖다 붙이려고 한 듯 나무로 된 부분이 쪼개져 있었다. 자물쇠의 빗장은 질러져 있지 않았지만, 안쪽에서 잠겨 있었다. 그 일이 꿈이 아니었던 것인가. 문이 이렇게 되어 있는 것이 그 일과 관련이 있는 것이 아닌가. 두렵다.

5월 19일

나는 확실히 덫에 걸려 있다. 어젯밤에 백작은 더할 나위 없이 정중한 어조로, 세 통의 편지를 쓰라고 요구했다. 하나는, 내 일이 거의 다 끝나서 수일 내로 고향을 향해 출발하게 될 것이라는 내용을 담은 것이었고, 또 하나는, 편지의 날짜를 기준으로 그다음 날 아침에 출발할 거라는 내용이었으며, 세 번째 것은, 성을 떠나 비스트리츠에 도착했다는 내용을 적은 것이었다. 내가 하려고만 했으면 거부할 수도 있었을 것이다. 그러나 일이 이렇게 된 마당에, 완전히 그의 손아귀에 있는 내가 백작에게 드러내 놓고 대드는 것은 미친 짓이라는 생각이 들었다. 그리고 거절하는 것이 그의 의심을 부추겨서 화를 돋우게 될지도 모르는 일이었다. 그는 내가 너무 많이 알고 있다는 것을 알고 있다. 그리고 내가 자기에게 위험한 존재가 되지 않게 하기 위해서는 나를 살려 두어서는 안 된다는 것을 알고 있다. 현재로서 내가 취할 수 있는 유일한 방도는 시간을 끌면서 기회를 엿보는 것뿐이다. 탈출할 기회를 주는 어떤 일이 일어날지도 모른다. 그의 눈에, 아름다운 여인을 내동댕이칠 때 보여 주었던 그 걷잡을 수 없는 분노의 기미가 서렸다. 그는 편지를 쓰게 하는 이유를 설명했다. 파발꾼이 드물고 들쭉날쭉 다니기 때문에 미리 써 놓는 것이 좋을 것이며, 고향에 있는 친구들의 마음을 편하게 해주려면 그러는 편이 확실할 거라는 거였다. 그리고 만일 나의 체류가 예정된 시간보다 길어질 경우에는, 나중의 두 편지는 때가 될 때까지 영국으로 보내지 않고 비스트리츠에 남겨 두도록 다시 지시하겠노라고 약속했다. 그의 약속이 아주 그럴듯해서, 편지를 못 쓰겠다고 했더라면, 새로운 의심을 낳을 뻔했다는 느낌이 들 정도였다. 그래서 짐짓 그의 생각에 동의하는 척하고, 편지에 날짜를 어떻게 적어야 되겠느냐고 물어보았다. 그는 잠시 날짜를 헤아리다가 대답했다.

「첫 번째 것은 6월 12일로 하고, 두 번째 것은 6월 19일, 세 번째 것은 6월 29일로 하시오.」

이제 내 목숨이 언제까지 붙어 있을 것인지를 알았다. 하느님, 저를 살려 주십시오!

5월 28일

탈출의 기회가 왔다. 탈출까지는 아니더라도, 어떻게든 집에 소식을 전할 수 있는 기회가 온 것이다. 한 무리의 스가니 사람들이 성에 왔다. 그들은 뜰에서 야영을 하고 있다. 이 스가니 사람들은 집시의 한 부류이다. 이들은 전 세계에 걸쳐 있는 보통 집시들과 같은 종족에 속하지만, 이 지역에 사는 집시들을 특히 그렇게 부른다. 이들은 헝가리와 트란실바니아에 수천 명이 살고 있는데, 거의 모든 법률의 테두리 밖에 있다. 대개 대귀족이나 보야르에 붙어서 살아가는데, 자신들을 부를 때도 그 귀족의 이름으로 부른다. 그들은 겁을 모르며, 미신을 믿을 뿐 종교도 가지고 있지 않다. 그들은 집시 말의 일종인 자기들만의 언어를 사용해서 이야기를 한다.

집에다 몇 통의 편지를 써서, 그들에게 부쳐 달라고 부탁해야겠다. 이미 창문을 통해 그들에게 말을 걸면서 안면을 익혀 놓았다. 그네가 모자를 벗으며 경의를 표하고 여러 가지 몸짓을 보였으나, 그들의 언어뿐만 아니라 그 몸짓도 이해할 수가 없었다…….

편지를 다 썼다. 미나에게 보내는 것은 속기법으로 썼고, 호킨스 씨에게는 단지 미나에게 연락을 해보라고 부탁하기만 했다. 미나에게는 내가 처한 상황을 설명했는데, 그저 나의 추측에 불과할지도 모르는 무시무시한 일에 대해서는 언급하지 않았다. 내 마음에 있는 이야기를 다 털어놓으면 미나는 충격을 받고 놀라서 쓰러질 것이다. 편지가 운수 사납게 백작의 손에 들어간다 해도, 백작은 나의 비밀이나 내가 알고 있는 것이 어느 정도인지를 모를 것이다…….

편지를 그들에게 주었다. 그것들을 창살 사이로 금붙이 한 개와 함께 던졌다. 그리고 그것을 부쳐 달라고 내가 할 수 있는 모든 몸짓을 다해 부탁했다. 편지들을 받은 사람은 자기 가슴에다 그것들을 꾹 눌러 보이고 절을 하고는, 편지들을 모자 안에다 넣었다. 더 이상 할 수 있는 게 없었다. 나는 서재로 살그머니 돌아가서 책을 읽기 시작했다. 백작이 들어오지 않았기 때문에 나는 여기에서 편지를 쓴 것이었다…….

백작이 들어왔다. 그는 내 곁에 앉아 편지 두 통을 내밀면서 아주 차분한 음성으로 말했다.

「스가니 녀석이 이걸 나에게 주더군요. 이게 어떻게 해서 그 녀석의 손에 들어갔는지는 모르지만, 어쨌든 내가 처리해야 되겠소. 보시오! — 그는 편지를 틀림없이 읽어 보았을 것이다 — 하나는 당신이 내 친구 피터 호킨스에게 보내는 것이고, 다른 것은……」 그러면서 그는 봉투를 열고 이상하다는 듯 글자들을 훑어보았다. 그의 얼굴에 어두운 그늘이 생기더니 눈이 험악하게 빛났다. 「이건 야비한 짓이오. 우정과 환대에 대한 능욕이오. 여기엔 서명이 되어 있질 않소. 좋소! 그까짓 것이 우리에게 무슨 문제가 되진 않소.」 그러면서 그는 램프의 불길에다 편지와 봉투를 대고 다 탈 때까지 들고 있었다. 그러고 나서 말을 이었다.

「호킨스에게 보내는 편지는 당신 것이니까 당연히 내가 보내 주겠소. 당신의 편지는 나에게 신성한 거요. 내가 무심코 봉한 것을 뜯고 말았소. 죄송하오. 봉투를 다시 써주지 않겠소?」 그는 호킨스에게 쓴 편지를 내밀고, 정중하게 절을 하면서 깨끗한 봉투를 건네주었다. 나는 주소와 수신자 이름만 다시 써서 아무 말 없이 그에게 주었다. 그가 방 밖으로 나가고 나서 자물쇠가 살며시 돌아가는 소리가 들렸다. 잠시 후 문으로 다가가서 열어 보았다. 문은 잠겨 있었다.

한두 시간이 지난 뒤에 백작이 조용히 들어왔다. 나는 소파 위에서 잠들어 있다가 백작이 들어오면서 잠이 깼다. 그의 태도가 매우 은근하고 활기에 차 있었다. 내가 자고 있었다는 것을 알고 그가 말했다.

「피곤하신 게로군요. 가서 자리에 누우시오. 오늘은 아주 푹 주무실 수 있을 거요. 오늘 밤엔 섭섭하게도 이야기를 나눌 수가 없겠구려. 내가 할 일이 많아서 말이오. 그 대신 잠을 자면 되겠지요.」 나는 내 방으로 건너와서 잠자리에 들었다. 뜻밖에도 나는 꿈을 꾸지 않고 잤다. 절망이 깊으면 도리어 평안이 찾아오는 수도 있는가 보다.

5월 31일
아침에 잠이 깼을 때, 가방에 있는 종이와 편지 봉투를 좀 꺼내 가지고 호주머니 속에 챙겨 놓아야 되겠다는 생각을 했다. 그래야만 기회가 왔을 때, 편지를 쓸 수 있을 것 같아서였다. 그런데 가슴이 덜컥 내려앉는 충격적인 일이 기다리고 있었다.

남아 있던 종이가 모두 사라져 버렸고, 철도나 여행과 관련된 내 기록이며 메모, 여행 신용장도 없어졌다. 내가 성 밖으로 나가게 되면 긴요하게 써먹을 물건들이 감쪽같이 사라진 것이었다. 나는 여행용 가방을 뒤져 보고 내 옷을 넣어 둔 옷장도 살펴보았다.

내가 여행을 하면서 입었던 옷도 없어졌고, 외투와 무릎 덮개도 사라졌다. 여기저기 뒤져보았지만 어디에도 자취가 없었다. 나를 해치려는 어떤 새로운 짓거리가 계획되고 있는 것 같았다……

6월 17일

아침에 침대 가장자리에 앉아서 머리를 짜내며 생각에 몰두해 있는데, 밖에서 말 채찍을 휘두르는 소리와 안뜰 너머의 돌바닥길을 두드리는 말발굽 소리가 들려왔다. 반가운 생각이 들어 얼른 창문으로 달려가 내다보니, 양쪽에 사다리 모양의 틀이 달린 커다란 마차 두 대가 마당 안으로 들어오고 있었다. 마차마다 여덟 마리의 억센 말들이 붙어 있고, 마차꾼 자리에는 슬로바키아 사람이 하나씩 앉아 있는데, 널찍한 모자를 쓰고 장식 못이 박힌 커다란 허리띠를 둘렀으며, 때가 꼬질꼬질한 양가죽 옷을 입고 운두 높은 장화를 신고 있었다. 슬로바키아 농부들이 늘 들고 다니는 긴 장대도 손에 들고 있었다. 저들의 힘을 빌려서 빠져나갈 수 있는 방도가 생길지도 모르겠다는 생각이 들어서 문으로 달려갔다. 내려가서 중앙 홀을 빠져나가 그들을 만나 볼 작정이었다. 그러나 또 다른 충격이 나를 기다리고 있었다. 내 방문이 밖에서 잠겨 있었던 것이다.

그래서 다시 창문으로 달려가 그들에게 소리를 질렀다. 그들은 멍청한 얼굴로 나를 올려다보면서 손가락으로 가리켰다. 그러자 바로 스가니 사람들의 〈헤트만(두목)〉이 밖으로 나와서 내 창문을 가리키고 있는 그들을 보았다. 그가 뭐라고 지껄이자 슬로바키아 마차꾼들이 킥킥거렸다. 그 뒤로는 내가 아무리 발버둥을 치고, 애타게 소리를 지르고, 간절하게 애원을 해도 그들은 나를 쳐다보지조차 않았다. 그들은 단호하게 외면했다. 마차에는 네모진 커다란 상자들이 실려 있었다. 상자에는 두터운 밧줄로 만든 손잡이가 달려 있었다. 슬로바키아 사람들이 그것을 가뿐하게 다루는 품새로 보나, 거칠게 옮겨 놓을 때마다 울리는 소리가 나는 것으로 보아, 상자는 비어 있는 것이 분명했다. 상자를 다 부려서 마당 한구석에 쌓아 놓고 슬로바키아 사람들은 스가니 사람에게서 돈을 받았다. 슬로바키아 사람들은 운수가 좋으라는 뜻으로 돈에다 침을 퉤퉤 뱉고는 어기적어기적 자기들 마차 쪽으로 갔다. 잠시 후 그들의 말채찍 소리가 멀리멀리 사라져 갔다.

6월 24일, 동트기 전

간밤에 백작은 일찌감치 내 곁을 떠나 자기 방에 틀어박혔다. 나는 다부지게 맘을 먹고 나선 계단을 뛰어올라가 남쪽으로 나 있는 창문으로 밖을 내다보았다. 무슨 일인가가 일어나고 있다면, 거기에서 백작의 거동을 살필 수 있을 것이라고 생각했던 것이다. 스가니 사람들은 성안의 어딘가에서 숙영을 하면서, 어떤 일인가를 하고 있었다. 이따금씩 곡괭이와 삽 같은 것을 가지고 일하는 소리가, 일부러 소리를 죽이려고 애쓰는 듯, 멀리서 둔탁하게 들려오고 있는 것이 그 사실을 말해 주고 있다. 그 일이 무엇이든 간에 어떤 무자비한 잔혹 행위의 대단원이 가까워 오고 있음에 틀림없다.

창가에 서 있은 지 반 시간이 채 안 되었을 때였다. 백작의 창문 밖으로 무엇인가가 나오는 것이 보였다. 나는 뒤로 물러서서 주의 깊게 살펴보았다. 사람의 몸 전부가 빠져나왔다. 가슴이 철렁하게 하는 새로운 일이 눈앞에 펼쳐지고 있었다. 백작이 입고 있는 옷은 놀랍게도 내가 여기로 여행을 하면서 입던 옷이었고, 그의 어깨 위에는 그 여자들이 가지고 갔던 그 끔찍한 자루가 매달려 있었다. 백작이 뭘 찾으러 나가는 것인지는 명확했다. 내 옷을 입고 나가는 이유도 불을 보듯 빤했다. 그것은 사악한 짓을 하려는 그의 새로운 음모이다. 그가 나의 옷을 입고 돌아다니면 사람들은 그게 나라고 생각할 것이다. 그럼으로써 백작은 내가 편지를 부치러 읍내나 마을에 모습을 나타냈다는 증거를 남길수도 있을 것이고, 할 수 있는 온갖 못된 짓을 다 하고 돌아다니면서도 이 지방사람들이 그 짓을 모두 나의 소행으로 치부하게끔 덤터기를 씌울 수도 있을 것이다.

진짜 죄인처럼 이렇게 꼼짝없이 갇혀 있는 동안에, 그런 터무니없는 일이벌어질 것을 생각하니 분노가 치밀었다. 설사 죄인이라 해도 법률의 보호를 받을 권리가 있고 법률의 보호 속에서 위안을 찾을 수가 있는데, 나에게는 그런것조차 없다.

나는 백작이 들어오는 것을 지켜보리라고 생각하고, 오랫동안 끈질기게 창가에 앉아 있었다. 그때, 달의 빛살 속에 작은 알갱이 같은 것들이 떠다니고 있다는 것을 깨닫기 시작했다. 그것들은 아주 작은 먼지의 입자 같은 것이었는데, 뱅뱅 돌며 소용돌이를 치기도 하고, 별구름처럼 부옇게 덩어리를 짓기도했다. 그것을 바라보고 있으니, 마음이 차분하게 가라앉는 느낌이 들면서, 시나브로 마음속에 고요함이 찾아들었다. 대기가 뛰노는 것을 더욱 완벽하게 즐길 양으로, 우묵하게 들어간 창틀에 등을 기대고 더 편안한 자세를 취했다.

나는 무엇인가에 깜짝 놀랐다. 멀리 아랫녘 어디에선가 개들이 나직하고 애처롭게 울부짖는 소리가 들려왔다. 내 시야에 들어오지 않는 어떤 골짜기에서들려오는 소리 같았다. 그 소리가 더욱 크게 들려오면서, 달빛 속에서 춤을 추며 떠돌아다니던 작은 알갱이들이 그 소리에 맞추어 어떤 형상을 만들어 가는것처럼 보였다. 내 본능이 뭔가를 요구하고 있는데, 그것이 무엇인지를 깨달기 위해서 나는 무진 애를 쓰고 있었다. 아니, 내 넋마저도 발버둥을 치고, 반쯤 깨어난 내 감각이 그 본능의 요구에 화답하려고 아등바등했다. 나는 최면에 걸려들고 있었다. 입자들이 점점 빠르게 춤을 추었다. 달의 빛줄기들이 내 곁을 스쳐 지나갈 때마다 바르르 떨면서 어둠 저쪽으로 흩어졌다. 그것들이 점점 모여들면서 어렴풋하게 유령과 같은 형상을 지었다. 그때 나는 소스라치게 놀라며 퍼뜩 정신이 들었다. 나는 비명을 지르며 그곳에서 뛰쳐나갔다. 그 환영의 형상은 달의 빛살 속에서 점점 형체가 또렷해져 가더니, 마침내 나를 파멸시키려는 그 소름끼치는 세 여자로 변했던 것이다. 내 방으로 도망쳐 오니 조금은 안심이 되었다. 내 방에는 달빛이 전혀 비쳐 들지 않았고, 등불이 환하게 타고 있었다.

두세 시간이 흐른 뒤에 백작의 방에서 뭔가 움직이는 소리가 들렸다. 날카로운 울부짖음 같은 것이 들리다가 재빨리 제지된 듯했다. 그런 다음엔 침묵이 흘렀다. 괴괴하고 으스스한 침묵이어서 피가 얼어붙을 것만 같았다. 방망이질 치는 가슴을 억누르며 방문을 밀어 보았다. 방문은 잠겨 있었고, 나는 감옥에 갇혔다. 나는 하릴없이 주저앉아서 그저 울먹였다.

망연자실하게 앉아 있는데, 밖의 마당에서 어떤 여자의 고통에 가득 찬 절규가 들려왔다. 나는 창문으로 달려가서, 창문을 밀어 올리고, 창살 사이로 밖을 내다보았다. 거기에 아닌 게 아니라 여인 하나가 있었는데, 머리카락을 어지럽게 풀어헤치고, 뜀박질을 하고 나서 괴로워할 때처럼 손을 가슴 위에 올려놓고 있었다. 여자는 현관 한쪽에 몸을 기대고 있다가, 창문에서 내 얼굴을 발견하더니, 앞으로 뛰어나오면서 을러대는 음성으로 소리를 질렀다.

「야 이 지악스러운 놈아, 우리 애 내놔라!」

그 여자는 털썩 무릎을 꿇더니, 손을 들어 올리고 똑같은 말을 외쳐 댔다. 그 목소리가 너무나 애처로워서 내 가슴이 찢어지는 듯했다. 여인은 자신의 머리를 쥐어뜯고 가슴을 치는 등 북받쳐 오는 격렬한 감정을 억제하지 못하고 있었다. 마침내 여인이 앞으로 달려들었다. 여자의 모습은 보이지 않았지만 맨손으로 문을 두드리는 소리가 들려왔다.

성의 탑 위쯤 될 것 같은 위쪽 어디에선가 백작이 그의 거칠고 쉿소리 나는 음성으로 누군가를 부르는 소리가 들려왔다. 그 부르는 소리에 여기저기에서 이리 떼의 울부짖음이 화답을 하는 듯했다. 얼마 안 있어 한 떼의 이리들이, 터진 봇물처럼, 널찍한 입구를 통해 마당 안으로 쏟아져 들어왔다.

여인이 외치는 소리는 들리지 않았다. 이리들이 으르렁거리는 소리가 잠깐 들렸을 뿐이었다. 곧 이리들은 주둥이를 핥으면서 하나씩 하나씩 마당을 빠져나갔다.

여인이 불쌍하다고 느껴지기보다, 그 여자의 아이가 어떻게 되었는지를 알고 있는 나로서는, 그래도 그 여자의 최후는 나은 편이라는 생각이 들었다.

나는 어떻게 해야 되나? 무엇을 할 수 있는가? 밤중에 어둠과 공포의 위력에 짓눌리는 이런 끔찍한 상황에서 어떻게 벗어날 수 있을까?

6월 25일, 아침

밤이 주는 고통에 시달려 보지 않은 사람은 마음과 눈에 아침 햇살이 얼마나 감미롭고 얼마나 소중하게 다가오는지를 모른다. 오늘 아침, 태양이 솟아올라 내 창문 맞은편에 있는 커다란 문 꼭대기에 걸리자, 빛나는 그 높은 곳에 마치 노아의 방주에서 날아온 비둘기가 내려앉기라도 한 것처럼 보였다. 나의 두려움이, 따사로운 아침 햇살을 받고 이슬이 스러지듯이 사라져 버렸다. 낮이 주는 용기가 남아 있을 때 나는 뭔가를 해야 한다. 어젯밤에, 실제로 편지를 쓴 날짜보다 늦추어서 날짜를 적어 놓았던 내 편지들 중의 하나가 부쳐졌다. 내 존재의 흔적을 이 세상에서 지워 버리려는, 죽음을 예고하는 일련의 편지들 중에서 첫 번째 것이 보내진 것이다.

그런 것은 생각하지 말자. 지금은 행동할 때다!

내가 괴로움을 겪거나 위협을 당하는 것은 언제나 밤중이었다. 또 위험에 빠지거나 공포에 사로잡히는 일들도 언제나 밤중에 일어났다. 나는 이제까지 한 번도 백주에 백작을 본 적이 없다. 그는 다른 사람들이 깨어 있을 때 자고, 다른 사람들이 자고 있을 때 깨어 있는 것일까? 그의 방 안에 들어가 볼 수 있다면! 그러나 도저히 그렇게 할 수가 없다. 문은 언제나 잠겨 있고 나에게는 아무런 방도가 없다.

아니다! 용기를 내서 방법을 찾아보면 길은 있을 것이다. 그가 창문에서 기어 나오는 것을 본 적이 있다. 그의 몸이 빠져나온 곳을 다른 사람의 몸이라고 빠져나가지 못할 리가 없지 않은가? 왜 그가 하는 것처럼 창문을 통해 들어가 볼 생각을 안 하는가? 빠져나갈 길이 없다는 것도 절망적이지만, 내 의지가 박약하다는 것은 더욱 절망적이다. 모험을 한번 해보는 거다. 아무리 잘못돼 봐야 죽기밖에 더 하랴. 그리고 사람이 죽은 건 송아지가 죽는 것과 다르다. 앞으로 나에게는 사후 세계가 다시 열릴지도 모른다. 하느님, 제가 일을 해낼 수 있도록 도와주소서! 미나, 내가 만일 실패한다면, 이것이 작별 인사가 되겠지. 부디 행복하길! 나의 신실한 벗이며 아버지나 다름없는 호킨스 씨에게도 인사를 드려야겠다. 모두 평안하시길! 그리고 마지막으로 사랑하는 미나, 안녕!

같은 날, 시간이 흐른 뒤

마음먹은 것을 실행에 옮겼다. 그리고 하느님이 도우셔서, 이 방에 무사히 돌아왔다. 이제 모든 것을 차례대로 소상히 기록해야 한다. 나는 용기가 시들해 지기 전에 남쪽으로 난 그 창문으로 곧장 달려갔다. 그런 다음 지체 없이 창문 밖으로 나가서, 건물의 남쪽 면에 빙 둘러쳐진 좁은 노대 위로 내려섰다. 벽의 돌들은 큼직하고 표면이 거칠었으며, 돌들 사이에 있던 모르타르는 긴 세월과 함께 비바람에 씻겨 버렸다. 나는 신발을 벗고 필사적인 자세로 과감하게 앞으로 나아갔다. 아래를 한번 내려다보았다. 발아래 까마득한 낭떠러지를 불현듯 흘끗 내려다보다가 너무 놀라서 발을 헛딛는 일이 생기지 않도록 하기 위해서였다. 그런 다음에는 한 번도 내려다보지 않고 앞으로 나아갔다. 백작 방의 창문이 어느 방향에 있는지, 얼마만큼 떨어져 있는지를 잘 알고 있었기 때문에, 쉽사리 그곳으로 다가갈 수가 있었다. 좋은 기회를 잡을 수 있을 것 같은 느낌이었다. 무척 흥분되어 있었던 듯, 어지럼증을 느끼지 않았으며, 창턱 위에 올라서서 창틀을 들어 올리려 할 때까지, 엉뚱하게도 시간이 조금밖에 걸리지 않았다는 느낌이 들었다. 그러나 막상 몸을 웅크린 다음, 창문으로 맨 처음 다리를 집어넣을 때쯤에는 온통 몸이 떨리고 마음이 두근거렸다. 두리번거리며 백작을 찾아보았으나, 방은 비어 있었다. 놀랍기도 하고 한편으로는 다행스럽기도 했다. 이상하게 생긴 가구 몇 점이 있을 뿐이었는데, 그것들은 이제껏 사용된 적이 없는 것처럼 보였다. 가구는 남쪽 방들에 있는 것들과 같은 모양의 것이었고, 역시 먼지가 쌓여 있었다. 열쇠를 찾아보았지만, 자물쇠에도 꽂혀 있지 않았고, 다른 어디에서도 찾아볼 수 없었다. 찾아낸 것은 한구석에 쌓여 있는 금화뿐이었다. 금화는 로마 시대의 것과 영국, 오스트리아, 헝가리, 그리스 및 튀르크의 화폐였는데, 오랫동안 그곳에 있었던 듯, 먼지가 부옇게 덮여 있었다. 어느 것이나 최소한 3백 년은 더 묵은 것들임을 알 수 있었다. 그 밖에도 보석이 박힌 사슬이며 장신구가 있었는데, 어느 것이나 오래되고 녹이 슬어 있었다.

방 한구석에 육중한 문이 하나 있었다. 나는 문을 열어 보았다. 이 방의 열쇠와 바깥문의 열쇠를 찾는 것이 나의 주된 목적인데, 아직 그것들을 찾지 못했기 때문에 더 탐색해 보지 않을 수 없었던 것이다. 그렇게 하지 않으면 나의 모든 노력이 수포로 돌아갈 것이다. 문은 열려 있었다. 그 문으로 들어가 돌로 된 복도를 지나가니, 가파르게 아래로 내려가는 나선 계단이 나타났다. 계단이 어두웠다. 계단을 비추는 것이라고는 두터운 돌벽에 뚫린 공기구멍을 통해 들어오는 빛뿐이다. 그래서 그곳을 내려가기가 꺼림칙하기는 했지만, 그것을 무릅쓰고 내려갔다. 계단을 내려가니 굴속같이 컴컴한 복도가 나타났는데, 오래 묵은 땅을 막 파헤쳐 놓은 것 같은 역겨운 냄새가 진동했다. 복도를 따라 앞으로 나아갈수록 냄새가 점점 지독해졌다. 이윽고 조금 열려 있는 문이 하나 있기에, 그 문을 당겨 열었더니, 묘지로 사용되어 왔음이 분명한 낡고 황폐화된 예배당이 나타났다. 천장은 부서졌고, 지하의 납골당으로 이어지는 계단이 두 군데 있었는데, 바닥의 땅을 파헤쳐 놓은 지가 얼마 안 되었고, 흙이 커다란 나무 상자에 담겨 있었다. 슬로바키아 사람들이 가져온 그 상자들임이 분명했다. 사람의 기척은 전혀 없었고, 다른 출구가 있는지 더 찾아보았지만 보이지 않았다. 나는 기회를 놓치지 않으려고 구석구석 샅샅이 뒤져 보았다. 지하의 납골당에까지도 내려가 보았는데, 희미한 빛이 간신히 기어들고 있는 그곳에 내려가는 일은 넋이 다 달아날 만큼 모골이 송연해지는 것이었다. 내가 내려가 본 납골당 중 두 곳에는 낡은 관 조각들과 먼지 더미뿐이었는데, 세 번째로 본 곳에서 놀라운 것을 발견했다.

전부 50개가 되는 커다란 나무 상자 중의 하나에, 갓 파낸 흙더미를 깔고 백작이 누워 있었던 것이다! 그는 죽어 있는 것 같기도 하고 잠들어 있는 것 같기도 했는데, 눈을 뜨고 있고 그 눈이 돌처럼 굳어 있으면서도 죽은 사람처럼 개개풀린 것이 아니어서, 어느 쪽인지 단정하기가 어려웠다. 뺨은 온통 파리한데도 생명의 온기를 지니고 있었으며, 입술은 여느 때처럼 붉었다. 그러나 맥박이며 호흡이며 심장의 박동과 같은 생동의 기미가 보이지 않는다. 나는 그에게로 몸을 구부리고 살아 있음의 흔적을 찾아보려 했지만 허사였다. 아직도 흙냄새가 물씬거리는 걸 보면, 그가 거기에 누워 있은 지 오래된 것 같지는 않았다. 상자 옆에는 구멍이 여기저기 뚫려 있는 뚜껑이 놓여 있었다. 그가 열쇠들을 지니고 있으리라는 생각이 들어서, 그의 몸을 뒤지려고 하는데, 죽어 있는 듯이 보이던 그의 눈에서, 내가 와 있다는 것을 모르고 있을 텐데도, 증오의 빛이 감돌았다. 그래서 나는 그곳에서 도망쳐, 창문을 통해 백작의 방을 빠져나온 뒤, 다시 벽을 기어올랐다. 내 방으로 돌아오자, 나는 숨을 헐떡거리며 침대에 몸을 던지고 생각에 잠겼다.

6월 29일

내 마지막 편지에 써넣었던 날짜가 오늘이다. 성을 떠나서 비스트리츠에 도착했다는 그 편지의 내용이 진짜인 것처럼 보이게 하기 위해 백작은 어떤 조치를 취했음이 분명하다. 그가 나의 옷을 입고 그 창문으로 나가는 것을 보고 그 사실을 알 수 있었다. 그가 도마뱀과 같은 형상으로 벽을 기어 내려갈 때, 총이나 어떤 살인 무기가 있었다면 그를 죽여 버리고 싶었다. 그러나 사람의 손으로 만든 무기로는 그의 털끝도 다치게 하지 못할 것 같은 두려운 생각이 들었다. 나는 그가 돌아올 때까지 기다리기가 너무 무서웠다. 그 사악한 여자들을 만날 것이 두려웠기 때문이었다. 나는 서재로 돌아와서 책을 읽다가 잠이 들었다.

백작이 들어와 나는 잠에서 깨어났다. 그는 더없이 근엄한 표정을 지으며 말했다 —

「하커 씨, 내일이면 우리가 헤어지게 되오. 당신은 당신의 아름다운 영국으로 돌아가고, 나는 끝내야 할 어떤 일로 돌아갈 거요. 우리는 다시 못 만나게 될지도 모르겠소. 고향으로 보내는 당신의 편지는 속달로 보냈소. 내일 나는 여기에 없을 테지만, 당신의 여행을 위해 만반의 준비가 되어 있을 거요. 아침에 스가니 사람들이 올 거요. 그들은 여기서 그들이 해야 할 일이 있소. 그리고 슬로바키아 사람도 몇 사람 올 거요. 그들이 가고 난 다음에, 내 마차가 당신을 데리러 올 거요. 그 마차가 당신을 보르고 고개까지 태워다 줄 것이고, 거기에 가면 부코비나를 떠나 비스트리츠로 가는 역마차를 만날 수 있을 거요. 하지만 나는 드라큘라성에서 당신을 다시 만나게 되기를 기대하고 있소.」 나는 그의 말을 믿을 수가 없었다. 그래서 그 말의 진실성을 시험해 보기로 했다. 진실성이라니! 그런 괴물에게 이런 단어를 결부시키는 것은 진실성이라는 말에 대한 모독인 것처럼 느껴진다. 나는 그에게 노골적으로 물었다.

「오늘 밤에 가면 안 되겠습니까?」

「내 마차꾼과 말들을 심부름 보냈기 때문에 그건 곤란하오.」

「저는 얼마든지 걸어갈 수가 있습니다. 당장 떠나고 싶은데요.」 그가 미소를 지었다. 너무나 부드럽고 사근사근하고 악마적인 미소여서, 그 부드러움 뒤에 어떤 속임수가 있다는 것을 알 수 있었다. 그가 물었다 ─

「당신 짐은 어떡할 거요?」

「그건 상관없습니다. 나중에 가지러 올 사람을 보낼 수 있을 겁니다.」

백작이 일어서면서 말했다. 그 태도가 놀라울 정도로 상냥하고 정중해서 그의 말이 진심에서 우러나온 것처럼 보였다 ─

「당신들 영국인의 속담에, 〈오는 사람 막지 않고, 가는 손님 붙잡지 않는다〉는 것이 있던데, 그 정신이 우리 보야르를 지배하는 정신과 닮은 데가 있어서 내 마음에 와 닿소. 자 따라 오시오, 젊은 친구. 당신을 보내는 건 슬픈 일이지만, 당신이 그렇게 갑작스럽게 가겠다고 하니, 한 시간인들 더 붙잡아 둘 수가 없구려. 자, 갑시다!」 그는 위엄 있고 진중한 태도로, 등불을 들고 앞서서 계단을 내려가 홀을 가로질렀다. 갑자기 그가 걸음을 멈추었다.

「저 소리를 들어 보시오!」

이리 떼들이 울부짖는 소리가 가까이 다가왔다. 흡사 지휘자의 지휘봉에 따라서 거대한 오케스트라의 음악이 약동하는 것처럼, 그가 손을 들어 올릴 때마다 그 울부짖음이 솟아올랐다. 잠시 뜸을 들이고 나서, 그는 위엄 있는 모습을 보이며 문으로 다가갔다. 그러더니 묵직한 빗장을 빼내고, 육중한 사슬을 벗겨 내더니, 문을 잡아당겨 열었다.

문이 잠겨 있지 않다는 것이 너무나 놀라웠다. 내가 열려고 했을 때는 분명히 잠겨 있었는데, 어찌 된 일인가 싶어, 두리번거리며 열쇠를 찾아보았지만 아무런 것도 발견할 수가 없었다.

문이 열리기 시작하자, 밖에서 이리들이 울부짖는 소리가 한층 더 크고 사나워졌다. 열리고 있는 문안으로, 이리 떼는 붉은 주둥이와 으드득거리는 이빨을 앞다투어 들이밀었고, 발톱이 뭉툭한 앞다리를 들어 올리며 미쳐 날뛰었다. 그때 나는 백작을 상대로 해서 싸우는 것은 무모한 짓이라는 것을 깨달았다. 이 이리들처럼 그의 명령에 따라 움직이는 협력자들이 있기에 나는 아무것도 할 수가 없었다. 문은 계속해서 천천히 열렸고, 백작의 몸만이 이리 떼를 막고 있었다. 이것이 나에게 마련된 최후의 순간이 아닐까라는 생각이 불현듯 머리를 스쳐 갔다. 나 스스로 백작을 부추겨서 이리 떼에게 던져지는 운명이 된다는 생각이 들었다. 악마와 같은 간교함을 지닌 백작의 흉계에 말려든 것이었다. 나는 더 이상 견디지 못하고 소리를 질렀다.

「문 닫아요. 내일 아침까지 기다릴 테요.」 고통스러운 절망의 눈물을 감추려고, 나는 손으로 얼굴을 가렸다. 백작은 우악스러운 팔을 한 번 휘두르고 나서 문을 쾅 닫았다. 커다란 문빗장을 질러 넣는 소리가 철커덕거리며 홀 안에 울려 퍼졌다.

아무 말 없이 우리는 서재로 돌아왔다. 잠시 숨만 돌리고 나는 다시 내 방으로 갔다. 나오면서 보니까, 드라큘라 백작은 자신의 손에 입을 맞추어 그것을 나에게 보내는 동작을 하고 있었다. 그의 눈에는 득의에 찬 붉은빛이 서려 있었고, 유다의 미소와도 같은 위선적인 웃음이 입가에 머물러 있었다.

내 방에서 막 누우려고 할 찰나에, 문 바깥에서 속삭이는 소리가 들리는 듯했다. 나는 살며시 문께로 다가가서 귀를 기울였다. 내 귀가 잘못된 것이 아니라면, 그건 틀림없이 백작의 목소리였다.

「돌아가, 너희들 자리로 돌아가란 말이다. 아직 너희가 나설 차례가 아니야. 기다려! 참으라고! 오늘 밤은 내 차례고, 너희 차례는 내일 밤이다!」 나직하고 낭랑한 웃음의 물결이 잔잔하게 일어났다. 나는 화가 치밀어서 문을 휙 열어젖혔다. 밖에는 그 끔찍한 세 여자들이 입술을 핥으며 서 있었다. 내가 나타나자, 그들은 한데 어울려 소름 끼치는 웃음을 터뜨리고는 사라져 갔다.

나는 방 안으로 다시 들어와 털썩 무릎을 꿇었다. 이제 나의 종말이 내일로 다가온 것이다. 내일! 주여, 저를 도와주소서! 저를 아끼는 모든 이들을 도와주소서!

6월 30일

이제부터 쓰는 것이 이 일기에 기록하는 마지막 말이 될지도 모른다. 새벽이 밝아 오기 바로 전까지 잠을 잤다. 잠이 깨자마자 나는 다시 무릎을 꿇고, 저승사자가 나를 데리러 오면 의연하게 맞이하리라고 마음을 굳게 먹었다.

이윽고 공기 중에 미묘한 변화가 일더니, 동이 터 오기 시작했다. 닭 우는 소리가 반갑게 들려오고, 나는 다시 안도감을 느꼈다. 달뜬 마음으로 방문을 열고 나가서 홀로 달려 내려갔다. 어젯밤에 문이 잠겨 있지 않은 것을 보았다. 이제 탈출의 기회가 열릴지도 모른다. 간절한 염원으로 손을 떨면서, 나는 사슬을 벗기고 거대한 빗장을 뽑았다.

그러나 문은 꿈쩍도 하지 않았다. 나는 절망감에 휩싸였다. 나는 수없이 문을 잡아당기고, 문짝에서 덜거덕 소리가 날 때까지 흔들어 댔다. 걸쇠가 걸려 있었다. 간밤에 내가 백작의 곁을 떠난 뒤에 잠가 놓았음이 분명했다.

그러자 어떤 위험을 무릅쓰고라도 그 열쇠를 손에 넣어야 되겠다는 열망이 격렬하게 용솟음쳤다. 나는 다시 벽을 타고 내려가서 백작의 방으로 들어가기로 했다. 그가 나를 죽일지도 모른다. 그러나 이제 죽음은 악마들이 선택할 수 있는 것 중에서 그래도 다행인 편에 속할 것 같았다. 머뭇거리지 않고 나는 그 남쪽 창으로 달려갔다. 그러고는 전처럼 벽을 타고 내려가서 백작의 방으로 들어갔다. 방은 비어 있었지만, 그건 내가 예상한 대로였다. 열쇠는 어디에서도 찾아볼 수 없었다. 금화 더미는 그대로 있었다. 나는 구석에 있는 방문을 지나

나선 계단을 내려가 어두운 복도를 지난 다음, 그 낡은 예배당 안으로 들어갔다. 나는 이제 그 괴물이 어디에 있는지를 잘 알고 있었다.

백작이 누워 있던 그 커다란 나무 상자는 벽에 가까운 같은 장소에 그대로 있었는데, 뚜껑이 얹혀 있었다. 뚜껑은 조여져 있지는 않았으나, 곧 못들을 단단하게 박아 넣으려는 듯 못질할 준비가 되어 있었다. 열쇠를 구하려면 백작의 몸을 뒤져야 한다는 생각이 들었기 때문에, 나는 뚜껑을 들어 올린 다음, 뒤집은 채로 벽에 기대어 놓았다. 상자 안에서 내 영혼을 온통 공포로 짓누르는 섬뜩한 광경을 보았다. 그 안에는 백작이 누워 있었는데, 그 모습이 놀랍게도 그의 젊음을 반쯤은 되찾은 듯한 형상이었다. 하얀 머리카락과 콧수염이 거무스름하고 푸른빛이 도는 회색으로 변했으며, 뺨이 더 볼록해지고 창백한 살갗에는 발그레한 빛이 감돌았다. 입술은 전보다 더 빨개졌는데, 신선한 핏방울이 묻어 있었고, 그 핏방울이 입 가장자리에서 뚝뚝 떨어져 턱과 목 위로 흘러내리고 있었다. 눈꺼풀과 눈 아래 처진 살도 부풀어 올라, 깊이 팬 형형한 눈이 불룩한 살덩이 틈바구니에 끼인 것처럼 보였다. 무시무시한 괴물이 피를 게걸스럽게 걸터듬고 난 뒤의 모습 같았다. 그는 너무 배가 불러 움직일 수조차 없게 된 추악한 거머리처럼 누워 있었다. 그에게 손을 대려고 몸을 구부리다가 나는 몸서리를 쳤다. 내 몸 안에 있는 모든 감각이 그와의 접촉에 거부 반응을 일으키고 있었다. 그러나 나는 열쇠를 찾아야 했다. 그렇지 않으면 내가 죽는다. 오늘 밤 나 자신의 몸뚱이가 그 구역질 나는 세 여자들의 향연을 위한 제물로 바쳐질지도 모른다. 나는 백작의 몸뚱이 위를 모두 더듬어 보았다. 그러나 열쇠의 흔적은 전혀 찾을 수가 없었다. 잠시 멈추어서 백작의 얼굴을 물끄러미 바라다보았다. 부풀어 오른 얼굴에 어려 있는 조롱하는 듯한 미소가 나를 미치게 했다. 이 괴물이 런던으로 가는 것을 내가 돕고 있었다니. 이자가 런던으로 가면 무슨 일이 생길 것인가? 아마도 장차 수백 년 동안 그는 수백만이나 되는 그 풍부한 희생양들 속에서 피에 대한 그의 욕망을 마음껏 충족시킬 수 있을 것이며, 반은 사람이고 반은 악마인 새로운 집단이 형성되어 힘없는 사람들을 제물로 삼으면서 점점 퍼져 나갈 것이다. 생각만 해도 몸서리가 쳐지는 일이었다. 그런 괴물의 세계를 뿌리 뽑아야 한다는 격렬한 욕구가 나를 엄습했다. 수중에 살상을 할 만한 무기라고는 아무것도 없었지만, 인부들이 상자에 흙을 퍼담는 데 사용해 왔던 삽 한 자루를 움켜잡고, 그것을 높이 들어 올렸다가 날이 있는 쪽을 아래로 해서 그 혐오스러운 얼굴을 향해 내리쳤다. 그러나 그때, 백작이 얼굴을 돌렸다. 그 눈이 나를 뚫어져라 쳐다보았다. 한 번 노려보기만 해도 사람이 죽는다는, 전설에 나오는 바실리스크 뱀의 눈처럼 무섭게 이글거리는 눈이었다. 그 시선이 나를 마비시킬 듯했다. 삽이 손안에서 빙글 돌아 얼굴을 정면으로 치지 못하고 비껴갔다. 이마 위에 깊은 상처를 냈을 뿐이었다. 삽이 손에서 미끄러져 나가 관 위에 비스듬하게 떨어졌다. 다시 삽을 잡아당기자 삽날의 테두리에 관 뚜껑이 채여 관 위로 쓰러졌다. 그러자 그 끔찍한 괴물이 내 시야에서 감춰졌다. 내가 마지막으로 언뜻 본 것은 백작의 부풀어 오른 얼굴이었다. 피로 얼룩진 그 얼굴에는 지옥의 맨 밑바닥에서도 끝끝내 가시지 않을 것 같은 악의에 찬 쓴웃음이 서려 있었다.

나는 다음에 해야 할 일이 무엇인지 거듭거듭 생각했다. 그러나 내 두뇌가 불길에 휩싸여 있는 듯한 느낌이어서, 생각의 가닥이 잡히지 않았다. 나는 절망감이 압도해 오는 것을 느끼면서 기다렸다. 멀리서 명랑한 목소리로 부르는 집시의 노래가 들려왔다. 소리가 점점 가까워졌다. 노래 소리 사이로 육중한 바퀴를 굴리는 소리와 채찍을 휘두르는 소리가 들려왔다. 백작이 말했던 스가니 사람들과 슬로바키아 사람들이 오고 있는 것이었다. 사악한 몸뚱이가 담겨 있는 관과 그 주변을 마지막으로 한 번 더 둘러보고, 나는 그곳에서 빠져나와 백작의 방으로 돌아왔다. 문이 열리는 틈을 타서 도망칠 생각이었다. 귀에 온 신경을 집중시켜 듣고 있었더니, 아래층에서 열쇠가 삐걱거리는 소리와 육중한 문이 열리는 소리가 들렸다. 성안으로 들어오는 다른 문이 있거나 누군가가 잠겨 있는 문들의 열쇠를 가지고 있음이 분명했다. 복도를 쿵쿵 울리며 내딛는 여러 사람들의 발자국 소리가 들려오다가 어디론가 사라져 갔다. 나는 다시 지하의 납골당 쪽으로 달려 내려가려고 몸을 돌렸다. 거기 어딘가에 새로운 출구가 있을 것 같은 생각에서였다. 그런데, 그때 한 줄기 돌풍이 휘몰아치는 듯하더니, 나선 계단으로 통하는 문이 쾅 닫혀 버렸다. 그 충격으로 문의 윗중방에 있던 먼지가 날렸다. 달려가서 문을 열려고 밀어 보았지만, 문을 절망적으로 단단하게 잠겨 있었다. 나는 다시 갇힌 신세가 되었다. 죽음의 그물이 더욱 바싹 나를 조여 오고 있었다.

이 글을 쓰고 있는 지금, 아래층 복도에서는 많은 사람들이 쿵쿵거리며 내딛는 발자국 소리와, 흙이 담겨 있는 그 상자들이 틀림없이 무거운 짐들을 내려놓는 소리가 들려오고 있다. 망치질하는 소리도 들린다. 상자에 못질을 하는 것이리라. 묵직한 발걸음의 쿵쾅거리는 소리가 이제는 홀을 지나가고 있고, 늑장을 부리며 걸어가는 다른 여러 사람들의 발자국 소리가 그 뒤를 따르고 있다.

문이 닫히고 사슬이 철커덕거린다. 자물쇠에서 열쇠가 삐걱거린다. 열쇠를 빼는 소리가 들리고 다른 문이 열렸다 닫힌다. 자물쇠와 빗장이 삐걱거리는 소리가 들린다.

마당에서 돌이 깔린 길 위로 굴러가는 육중한 바퀴들의 소리, 말채찍 휘두르는 소리, 스가니 사람들의 합창 소리가 들리다가 멀리멀리 사라져 간다.

이제 이 성안에는 그 무시무시한 여자들과 나만이 있다. 미나도 여자지만, 미나와 그 여자들 사이에 닮은 구석이라고는 아무것도 없다. 그 여자들은 지옥에서 온 악마들이다.

그 여자들 곁에 나 혼자 있어서는 안 된다. 지금까지 시도해 본 것보다 더 멀리 벽을 기어 내려가 보자. 나중에 쓸 데가 있을지도 모르니 금화를 조금 가져가자. 이 지긋지긋한 곳으로부터 벗어날 수 있는 길을 찾을 수 있을지도 모른다.

그런 다음에 집을 향해 도망치는 거다! 가장 **빠르고** 가장 곧장 질러가는 기차를 타고 떠나는 것이다. 이 지긋지긋한 장소, 이 저주받은 땅, 악마와 그의 새끼들이 아직도 흙 묻은 발로 걸어 다니는 이곳을 떠나는 거다!

아무려면 신의 자비로우심이 이 괴물들의 것보다 못하랴. 절벽은 가파르고 까마득하다. 그 절벽의 기슭에 한 사람이 잠들어 있게 될지도 모른다. 그는 괴물의 손아귀를 피해 한 인간으로서 잠들어 있는 것이다. 나를 기억하는 모든 이들, 그리고 미나, 안녕!

5

미스 미나 머리가 미스 루시 웨스턴라에게 보내는 편지

5월 9일

사랑하는 루시.

편지가 너무 늦어져서 미안해. 일에 눌려 지내다 보니 이렇게 되었어. 보조 교사의 생활이 때때로 힘이 들어. 네 곁으로 돌아갈 날을 고대하고 있어. 바닷가를 거닐며 마음껏 이야기도 나누고, 공상의 나래도 활짝 펼치고 싶어. 조녀선의 학문 수준에 뒤지고 싶지 않아서 요즈음 공부를 아주 열심히 했어. 속기법도 아주 부지런히 익혔어. 결혼하면, 나는 조녀선에게 쓸모 있는 사람이 되고 싶어. 내가 속기에 능하게 되면 조녀선이 말하는 대로 빨리 받아 적을 수 있게 되고, 다시 그것을 조녀선을 위해 타자기로 정서해 줄 수 있을 거야. 그래서 타자 연습도 아주 열심히 하고 있어. 조녀선과 나는 이따금 속기법으로 편지를 쓰곤 해. 그는 지금 외국 여행을 하면서 속기법으로 일기를 쓰고 있어. 너와 함께 있게 되면 나도 그런 방식으로 일기를 쓸 생각이야. 내가 말하는 일기는, 일주일에 두 쪽쯤 쓰다가 일요일이면 남 안 보는 곳에서 쥐어짜 내며 쓰는 그런 일기가 아니야. 내 마음이 끌릴 때는 언제나 쓸 수 있는 그런 일기를 말하는 거야. 다른 사람들과 관련된 내용이 많을 거라고는 생각하지 않지만, 다른 사람들에게 보일 것을 염두에 두지 않고 쓰는 일기여야 되겠지. 언젠가 조너선과 함께 음미해 볼 만한 대목이 있다면, 그에게는 보여줄 수도 있겠지. 그러나 일기는 어디까지나 자기 내면을 있는 그대로 드러낼 수 있는 것이라야 한다고 생각해. 나는 여성 저널리스트들이 하는 일을 해보고 싶어. 인터뷰도 하고, 기사도 쓰고, 대화 내용을 기억했다가 정리하기도 하고 말이야. 누가 그러는데, 훈련을 조금 하면, 하루 동안에 진행된 모든 일과, 자기가 들은 모든 것을 기억해 낼 수 있다는구나. 이제, 곧 만나게 될 거야. 만나면, 보잘것없지만 내가 생각하고 있는 계획에 대해서 이야기해 줄게. 방금 트란실바니아에 가 있는 조너선에게서, 서둘러 쓴 듯한 짧막한 편지를 받았어. 그는 잘 있대. 일주일쯤 지나면 귀로에 오를 수 있을 것 같다는구나. 그의 소식을 듣고 싶어서 안달이 나 있었어. 낯선 나라들을 구경하는 것은 멋진 일일 거야. 우리 — 미안해, 나와 조너선 말이야 — 가 그 나라들을 함께 다시 여행한다면 얼마나 좋을까. 시계가 10시를 알리고 있어. 그럼 내내 안녕!

너의 다정한 벗,
미나로부터.

추신 답장할 때 새로운 소식들을 모두 이야기해 줘. 꽤 오랫동안 아무 얘기도 안 해주었잖니. 여러 가지 소문이 들리던데, 특히 키가 후리후리하고 잘생긴 곱슬머리 남자 얘기는 뭐야? 궁금해 죽겠다, 애.

루시 웨스턴라가 미나 머리에게 보내는 편지

5월 17일, 수요일, 런던 채텀 스트리트 17번지에서

사랑하는 미나,

먼저, 편지를 자주 안 했다고 나를 책망한 것이 〈심히〉 부당하다는 것을 지적해야겠다. 우리가 헤어진 뒤로 나는 〈두 차례씩이나〉 편지를 썼는데, 네가 보낸 마지막 편지는 〈겨우 두 번째 편지〉였더구나. 그리고 여러 가지 소문을 듣고 있다고 했지만, 너에게 별로 해줄 만한 이야기가 없어. 네 관심을 끌 만한 것은 정말 아무것도 없어. 이곳은 바로 지금이 한창 살기 좋을 때야. 우리는 화랑에도 자주 가고 공원에서 산책도 하고 승마를 즐기기도 해. 그 키가 후리후리하고 곱슬머리 남자 말인데, 아마 가장 최근에 〈폽〉[16]에 함께 갔던 사람을 말하는 것 같아. 누군가가 그 사람과 나를 한데 묶어 이러쿵저러쿵 떠들어대고 있는 모양이구나. 그 사람은 홈우드 씨야. 우리를 만나러 자주 오는 사람이야. 엄마와 아주 사이좋게 지내고 있지. 그이들은 공통의 화제가 무궁무진한 모양이야. 얼마 전에 어떤 남자를 만났는데, 네가 조녀선하고 약혼한 사이만 아니라면, 〈너에게 아주 잘 어울릴〉 남자야. 그는 아주 훌륭한 〈남편감〉이지. 잘생기고, 돈 많고, 가문도 좋아. 의사인데, 아주 똑똑해. 가히 환상적이지 않니? 그는 겨우 스물하고 아홉 살밖에 안 됐는데, 자신이 모든 걸 관할하는 커다란 정신 병원을 하나 가지고 있단다. 홈우드 씨가 나에게 소개를 했는데, 우리 집에 한번 찾아오고 나더니, 요즈음은 자주 오는 편이야. 내가 보기에 그는 내가 지금까지 만난 어떤 사람보다도 과단성 있고 침착한 사내야. 그는 어떤 일이 있어도 침착성을 잃지 않을 사람으로 보여. 그는 환자들에게 대단히 놀라운 힘을 발휘하고 있을 거라고 생각해. 그는 마치 사람의 마음을 읽으려고 하는 것

---

16 대중적인 연주회.

처럼, 사람을 똑바로 쳐다보는 독특한 습관을 가지고 있어. 나에게도 자주 그 것을 시도하는데, 그가 나를 녹록지 않은 상대로 생각할 것이라고 자부해. 거울을 보면 나는 그것을 알 수 있어. 너 자신의 표정을 읽으려고 해본 적이 있니? 〈나는 그런 적이 있어.〉 그것이 쓸데없는 연구는 아니라고 생각해. 해보지 않고 상상하는 것보다 그게 쉽지는 않을 거야. 그가 말하기를, 내가 자기에게 어떤 심리학적인 연구를 할 수 있게 해준다고 하는데, 내 생각에도 그런 것 같아. 네가 알다시피, 나는 새로운 유행을 따라잡을 수 있을 만큼 옷차림에 관심이 있는 편이 아니잖니? 드레스 따위에 너무 신경을 많이 쓰는 것은 찌질한 거야. 내가 또 속된 말을 썼네. 하지만 걱정하지 마. 아서가 매일 하는 말이거든. 이런, 내가 홈우드 씨의 이름을 말해 버렸구나. 모든 게 들통나 버렸어. 미나야, 우리는 〈어릴 적〉부터 서로 비밀을 털어놓는 사이였지. 우리는 함께 자고 함께 먹고, 함께 웃고 울고 하며 자랐지. 이제, 벌써 얘기를 해버렸지만, 더 털어놓고 얘기하고 싶어. 아, 미나, 짐작이 가니? 나 그 사람 사랑해. 이 이야기를 쓰려니까 쑥스러워서 얼굴이 붉어지려고 그래. 그 사람이 나를 사랑하고 있다고 〈생각하고〉 있기는 하지만, 아직 그 사람이 나에게 그런 말을 한 적이 없어서 그런가 봐. 그렇지만, 미나야, 난 그 사람이 좋아. 그 사람을 좋아해. 그를 사랑해! 그게 나에게 도움이 되고 있어. 미나야, 너와 함께 있고 싶어. 예전처럼, 잠옷 바람으로 벽난로 옆에 앉아서, 내가 느끼고 있는 것을 너에게 들려주고 싶어. 내가 왜 너에게까지 이런 이야기를 쓰고 있는지 모르겠어. 더 이상 못 쓸 것 같아. 더 썼다가는 편지를 찢어 버리고 말 거야. 그런데도 펜을 놓고 싶지가 않구나. 너에게 모든 것을 이야기하고 싶은 생각이 〈간절해서〉 그래. 〈편지 받는 즉시〉 답장해 줘. 그래서 이 문제에 대한 너의 생각을 솔직히 말해 줘. 미나, 이제 마무리를 해야겠어. 잘 자. 기도할 때 나에게 축복해 줘. 그리고 나의 행복을 위해서 기도해 줘.

루시.

추신 군이 말하지 않아도 알겠지만, 내 얘기는 비밀이야. 다시 인사할게, 잘 자.

L.

루시 웨스턴라가 미나 머리에게 보내는 편지

5월 24일

사랑하는 미나,

너의 다정한 편지에 뭐라고 감사해야 할지 모르겠구나. 정말 고마워. 너에게 이야기를 털어놓길 아주 잘한 것 같아. 너만은 내 마음을 알아줄 거라고 생각했지.

미나야, 비가 통 안 내리다가도 왔다 하면 장대비라는 속담이 있지. 어쩌면 옛말이 하나 그른 게 없더라고. 생각해 봐, 이제 내 나이도 9월이면 스무 살이 되지 않니? 그런데, 여태껏 청혼다운 청혼을 한 번도 받아 본 적이 없었어. 그러더니, 오늘은 무려 세 사람으로부터 청혼을 받았지 뭐니. 세상에, 이런 일도 다 있지 뭐야. 하루에 청혼이 〈무려 세 건〉이라니! 어마어마한 일 아니니? 두 남자가 안됐어. 그들에겐 정말 너무 미안한 일이야. 그러나 어쩌겠니, 세 사람이 한꺼번에 청혼해 오는걸! 그런데, 미나야, 다른 여자애들한테는 이야기하지 않는 게 좋을 것 같아. 그런 얘기를 했다가는, 그 애들은 갖가지 과대망상에 사로잡혀서, 그 애들이 집에서 청혼을 받을 그 첫날, 최소한 여섯 명으로부터 청혼을 받지 않으면, 자신의 자존심이 깎이고 자신이 무시당한 거라고 상상할지도 모르니까 말이야. 여자애들 중에는 그렇게 허영심이 많은 애들이 있는 법이거든. 미나야, 너하고 나는 이제 장래를 약속한 사람들이 있는 몸으로서, 머지않아 기혼녀로서의 기품을 갖춰 나가게 될 테니까, 이제 허영 따위는 초개처럼 버릴 수가 있을 거야. 자, 이제 그 세 건의 청혼에 대해서 이야기를 해야겠구나.

그런데 이 이야기는〈누구에게나〉비밀로 해야 돼. 물론 조녀선은 예외야. 내가 얘기하지 말래도 그에게는 얘기를 하겠지. 하긴, 내가 네 입장이라도, 틀림없이 조녀선에게 얘기를 하게 될 거야. 여자는 자기 남편에게 모든 걸 다 터놓고 이야기해야 되는 거 아니니? — 그렇게 생각하지 않니, 미나? — 나는 남편 앞에서는 비밀이 없이 항상 떳떳해야 한다고 생각하고 있어. 남자들은, 아내들이나 여자들이 자기들만큼 떳떳하게 처신해야 좋아하지. 그런데, 여자들은 언제나 남자들만큼 그렇게 떳떳하게 처신하는 것 같지는 않아. 그럼, 미나야, 첫 번째 청혼자부터 이야기할게. 그는 점심 먹기 바로 전에 왔어. 전에 말한 적이 있는, 정신 병원을 운영한다는 존 수어드 박사야. 턱이 강인해 보이고 이마가 잘생긴 남자지. 겉으로 보기에는 아주 차분한 인상을 주는데, 신경이 과민한 구석도 있어. 그는 온갖 자질구레한 일들을 못 하는 게 없어. 별걸 다 알고 있더라고. 그런데, 늘 자기 실크해트를 멍청하게 깔고 앉고는 하지. 침착한 남자들은 보통 그런 짓을 안 하는데 말이야. 그러고는 마음이 느긋하다는 것을 보여 줄 양으로 날이 뾰족한 세모날을 가지고 손장난을 하는데, 어떤 때는 그게 너무 아슬아슬해서 하마터면 내가 비명을 지를 뻔한 적도 있어. 미나야, 그 사람은 아주 단도직입적으로 나에게 말했단다. 나를 알게 된 지는 얼마 안 되지만, 내가 자기에게 더할 나위 없이 소중하다고 하면서, 나와 함께 산다면 자기에게 힘이 솟고, 활력이 넘칠 거라고 했어. 만일 내가 자기를 돌보지 않으면 자기가 너무나 비참해질 거라고 그가 말하고 있던 참에 나는 그만 울음을 터뜨리고 말았어. 그는 내가 우는 걸 보더니, 자기가 나쁜 놈이라면서 더 이상 나를 곤란하게 만들지 않겠다고 말하더군. 그러고는 잠시 침묵을 지키다가, 지금은 아니더라도 시간이 좀 흐르면 자기를 사랑할 수 있겠느냐고 물었어. 내가 머리를 흔들자, 그의 손이 떨리더군. 그는 잠시 머뭇거리더니, 이미 다른 사람을 마음에 두고 있느냐고 물어 오는 거야. 그 말투가 아주 싹싹하더군. 그 질문에 보충이라도 할 생각이었는지 그가 덧붙였어. 내 마음에 자리 잡은 어떤 사람에 대한 믿음을 흔들어 보려는 것이 아니라, 여인의 마음이 자유로운 상태에 있다면, 사내는 희망을 가져 볼 수 있는 것이기 때문에, 그저 내 마음에 다른 사람이 들어앉아 있는지를 알고 싶을 뿐이라고 했어. 미나야, 그가 그렇게 나오니까, 누군가가 있다고 말하는 것이 의무라는 생각이 들었어. 다른 말은 안 하고 그저 그 얘기만 했는데, 그가 일어섰어. 아주 다부지고 드레진 표정을 짓고, 내 양손을 잡으면서 그가 말하더군. 내가 행복하기를 바란다고 말이야. 그리고 언제라도 친구가 필요할 때는, 자기를 가장 좋은 친구 중의 하나로 생각해 달라고. 아, 미나야, 그런 장면에서 어떻게 울지 않을 수 있었겠니? 이 편지가 온통 눈물로 얼룩이 졌어. 양해해 줘. 청혼을 받는 일은 언제나 아주 멋진 일이지만, 그렇다고 늘 행복한 일인 것만은 아닌가 봐. 한번 생각해 봐. 너를 진정으로 사랑하고 있는 사람이, 가련하게도 마음에 상처를 입고 떠나가는 모습을 말이야. 그 순간에 그가 무슨 말을 하든 간에, 이제 너는 그의 삶 밖으로 밀려나 잊힌 여인이 될 거라는 것을 깨닫게 될 때의 기분을 말이야. 미나, 여기서 잠시 중단해야겠어. 아주 아주 행복하면서도, 마음 한구석이 너무 허전하고 슬퍼.

저녁

아서가 방금 갔어. 아까 편지를 중단했을 때보다 마음이 많이 편해졌어. 이제, 오늘 일을 계속 이야기할 수 있을 것 같아. 미나야, 두 번째 청혼자를 이야기할 차례지? 그 사람은 점심때가 지나서 찾아왔어. 그는 텍사스에서 온 미국인인데, 아주 멋진 사내야. 보기에는 아주 젊고, 세상 물정도 잘 모를 것 같은데, 믿어지지 않을 정도로 많은 곳을 다녀 보고, 모험도 많이 해보았다는구나. 그의 이야기를 들으면서 나는 무섬증을 느꼈어. 데스데모나가 흑인 한 사람의 이야기를 듣고, 귓속으로 무시무시한 급류가 쏟아져 들어오는 듯한 느낌을 받았다는 게 이해가 가. 우리 여자들이란 그렇게 겁이 많아서, 한 남자가 우리를 두려움에서 건져 줄 거라고 생각하고, 그 남자와 결혼을 하게 되는가 봐. 내가 만일 남자이고, 한 여자가 나를 사랑해 주기를 바란다면, 내가 무엇을 해야 할지 이젠 알 것 같아. 아니, 아직은 그런 이야기를 할 때가 아니야. 왜냐하면, 모험담을 들려주고 있는 사람이 아서가 아니라 모리스 씨이기 때문이야. 아서는 아직 아무런 얘기도 하지 않았어. 내가 좀 앞질러서 얘기를 했구나. 퀸시 모리스 씨는 내가 혼자일 거라고 생각했어. 남자들이란 언제나 한 여자를 보면 그 여자가 임자 없는 몸이라고 생각하는지도 모르지. 그러나 그가 잘못 본 거야. 왜냐하면 아서가 두 번이나 청혼할 기회를 〈만들려고〉 했고, 나도 되도록 그를 도우려고 했기 때문이지. 이제, 그런 걸 다 말해도 부끄럽지 않아. 모리스 씨는 곧잘 미국 속어를 써서 이야기를 하곤 해. 그러나 언제나 속어를 쓰는 것은 아니야. 낯선 사람에게 말할 때나 낯선 사람이 듣고 있을 때는 그런 말을 쓰지 않지. 사실 그는 교육 수준도 상당하고, 예의범절을 아는 사람이거든. 그가 미국 속어로 말하는 것을 들으면 재미있어. 그가 그걸 눈치챘나 봐. 그래서 자기 얘기를 들으면서 충격을 받을 낯선 사람만 없으면, 내 앞에서 익살맞은 얘기를 곧잘 해. 어떤 때는 그 속된 말들이 다 그가 지어내는 게 아닌가 하는 생각이 들어. 그렇지 않고서야, 어쩌면 그렇게 매번 그가 말하려는 상황에 딱딱 들어맞는 말을 갖다 붙일 수가 있는 건지. 속어라는 게 원래 그런 게 아닌가 싶어. 나도 모르는 사이에 속어를 쓸 수도 있을 거야. 그러는 걸 아서가 좋아할지 모르겠어. 아서 입에서 속어가 나오는 것을 한 번도 본 적이 없거든. 자, 모리스 씨 얘기를 계속할게. 그가 내 곁에 앉았어. 더할 나위 없이 행복하고 쾌활한 표정을 짓고 있었지만, 그가 무척 신경을 쓰고 있다는 것을 알 수 있었어. 그가 내 손을 잡고 아주 부드럽게 말했어.

「미스 루시, 나는 그대가 신으시는 예쁜 구두의 끈을 매줄 만한 자격이 없다는 것을 알아요. 그러나 내가 생각하기에, 만약 그대가 그런 자격이 있는 남자를 기다리신다면, 결국엔 등불을 들고 신랑을 마냥 기다리는 그 처녀들처럼 될지도 모릅니다. 그냥 지금 나와 나란히 말을 매지 않겠어요? 쌍두마차를 함께 몰면서 저 먼 길을 달려 볼까요?」

　그런데 말이야, 그 말을 할 때의 모리스 씨의 표정이 어찌나 명랑하고 쾌활하던지, 그의 청혼을 거절하는 것은, 가련한 수어드 박사의 청혼을 거절할 때와는 달리, 훨씬 수월할 것으로 느껴지더구나. 그래서 나도 되도록 가벼운 말투로 받아넘겼지. 나는 말을 수레에 맬 줄도 모르고, 말을 모는 데 전혀 익숙하지도 않은걸요 하고 말이야. 그러자 그가 말하더군. 자신이 경박한 태도로 말을 한 모양이라고. 아주 심각하고 중요한 순간에 그런 식으로 말한 것이 실수였다면, 자신의 경솔함을 용서해 달라고 말이야. 그 말을 할 때는 그 사람이 정말 진지해 보였어. 그 사람이 그렇게 나오니까 나 역시도 심각해지지 않을 수가 없더구나. 한편으로는, 한 날에 두 번째로 청혼을 받았다는 사실에 말할 수 없는 환희를 느끼면서도 말이야. 미나, 나를 징그러운 바람둥이라고 욕하겠지. 내가 무슨 말을 채하기도 전에, 그는 내 발치에 그의 심장과 영혼을 다 드러내 놓으면서 구애의 말을 한바탕 쏟아 냈어. 아무리 장난기가 많은 남자라도 언제나 쾌활한 건 아니라는 걸 알았어. 아주 심각해 보이더라고. 내 얼굴에서 자신의 말을 제지하는 어떤 표정을 읽었는지, 그가 갑자기 말을 멈추었어. 그러더니, 남성다운 열렬한 어조로, 자신의 사랑을 받아들이지 않는 것은 내 마음이 자유롭지 않은 탓일 거라고 말하는 거야.

　「루시, 그대가 맑은 마음을 지닌 여자라는 걸 알고 있어요. 그대가 영혼 밑바닥까지 티끌 하나 없이 맑은 사람이라는 것을 알기 때문에, 내가 이런 처지에서도 이렇게 이야기를 할 수가 있는 것입니다. 말해 주세요, 좋은 친구들끼리 터놓고 얘기하듯이 말입니다. 그대가 좋아하는 다른 사람이 있는 거요? 만일 그런 사람이 있다면, 나는 터럭 하나만큼이라도 그대를 곤란하게 만들지 않겠소. 그저 그대가 허락하면 그대의 충실한 친구로만 남아 있겠소.」

　미나야, 어쩌면 남자들이 이렇게 고결할 수가 있니? 우리 여자들이 이런 남자들의 사랑을 받을 만한 자격이 있는지나 모르겠어. 그 사람의 말을 듣고 나니, 마음이 넓고 진실한 이 신사를 놀리고 있었다는 생각이 들더군. 갑자기 눈물이 쏟아졌어(이 편지가 온통 눈물범벅이라고 생각하겠지. 그것도 한 가지 이유도 아니고 여러 가지 이유로 쏟아 낸 눈물로 얼룩졌다고 나무라겠지). 정말로 기분이 언짢았어. 한 여자가 세 남자와, 아니, 그 여자를 원하는 모든 남자와 결혼할 수는 없는 걸까? 이 모든 괴로움으로부터 벗어날 길은 없을까? 그런, 말도 안 되는 생각이 다 들더라고. 나는 울고 있었으면서도 모리스 씨의 선량한 눈을 찬찬히 들여다볼 수가 있었어. 그리고 다행스럽게도 나는 솔직하게 그에게 말했어 ―

「예, 좋아하는 사람이 있어요. 그 사람은 아직 저에게 사랑한다는 말조차 하지 않았지만.」그렇게 솔직하게 말하길 잘했어. 그의 안색이 다시 밝아지더군. 그는 두 손을 내밀어 내 손을 잡았어(내가 그의 손을 감싸 쥐었다는 편이 맞을지 몰라). 그러고는 다정하게 말했어 ―

「그대는 정말 멋진 여자예요. 한발 늦어서 당신의 결혼 승낙을 얻지는 못했지만, 세상의 다른 어떤 여자에게 때맞춰 청혼을 하고 결혼 승낙을 얻어낸 것보다 그것이 더 가치가 있어요. 울지 말아요, 루시. 나를 위해서 눈물을 흘릴 필요는 없어요. 나 그렇게 용렬한 사내는 아닙니다. 엄연한 현실로 받아들이겠어요. 행운을 차지하게 될 그 사나이가 부러워요. 만일 그 친구가 자신이 얼마나 행복한 사나이인 줄 아직 모르고 있다면, 그는 빨리 자신의 행복을 찾는 게 좋을 겁니다. 그렇지 않으면, 그는 나와 상대를 하지 않을 수 없을 테니까요. 아가씨, 그대의 정직함과 용기가 나로 하여금 당신의 친구가 되게 했어요. 친구란 연인보다 더 드문 거예요. 우정이 사랑보다 덜 이기적이기 때문입니다. 루시, 이제 나는 여기에서부터 내세까지 아주 쓸쓸한 나그네 길을 가려고 합니다. 나에게 키스해 주지 않겠어요? 그대의 입맞춤이, 이따금씩 나타나게 될 내마음의 그늘을 없애 줄 겁니다. 그 친구 때문에 머뭇거리시나요? 그 친구, 훌륭하고 멋있는 사나이겠지요? 틀림없이 그럴 겁니다. 그대가 사랑하는 사내라면 분명히 그럴 겁니다. 그렇지만, 그대가 원한다면, 키스를 해도 됩니다. 아직 그는 청혼을 하지 않았잖아요?」 미나, 나는 더 이상 머뭇거릴 수가 없었어. 그 사람, 사심이 없고 상냥했잖아? 경쟁자에게 떳떳했고. 그렇지 않니? 게다가 그가 너무 슬퍼 보였어. 그래서 나는 그에게 몸을 숙여 입을 맞추었어. 그는 내 두 손을 꼭 잡은 채로 일어서더니, 나의 얼굴을 내려다보면서 ─ 그때 내 얼굴이 너무 빨개지지 않았는지 모르겠어 ─ 말했어.

「루시, 내 그대의 손을 잡았고, 그대는 나에게 입을 맞추었어요. 이래도 우리가 벗이 되지 않는다면, 그 무엇도 우리를 벗으로 만들어 주지 못할 겁니다. 나에게 거짓 없이 친절하게 말해 줘서 고마워요. 안녕.」 그는 내 손을 꼭 쥐었다가 놓고 나서, 모자를 집어 들고 방 밖으로 곧장 나갔어. 뒤를 돌아보지 않고, 눈물을 보이거나, 몸을 떨거나, 잠시 멈춰 서지도 않고. 지금 나는 아이처럼 울고 있어. 그가 밟았던 땅마저도 숭배하려는 여자들이 주변에 쌔고 쌘, 저런 남자를 왜 불행하게 만들어야 한단 말이니? 내가 자유롭다면, 그의 사랑을 받아들였을 거야. 아니 엄밀히 말하면, 나는 지금 자유롭지. 다만, 누군가가 나를 옭아매기를 바라고 있을 뿐이지. 미나, 내 마음은 지금 엉망이야. 그 마음 아픈 이야기를 하고 나서 바로 행복한 얘기를 쓸 수는 없을 것 같아. 그래서 마음이 편해질 때까지는 세 번째 청혼자에 대한 얘기는 하지 말아야겠어.

변함없는 애정을 담아,
루시.

추신 아, 결국 말을 하게 되는군. 세 번째 사람 말이야. 그 사람에 대해선 얘기 안 해도 되겠지? 얘기해야 돼? 얘기를 하려고 해도 뭐가 뭔지 모르게 일어났던 일이라서 말이야. 정말 한순간의 일이었어. 그가 방 안으로 들어와서 나를 껴안고 입을 맞추었어. 이 행복한 기분을 어떻게 말로 표현할 수 있겠니. 나는 이런 사랑을 받을 만큼 뭐 한 일도 없는데, 너무 큰 행복을 얻은 것 같아. 하느님께서 나에게 커다란 은혜를 주셨어. 애인이며 남편이며 친구인 그 사람을 보내 주셨어. 나에겐 앞으로, 내가 하느님의 은총을 저버리지 않는 사람이라는 것을 보이기 위해 노력하는 일만 남았어. 안녕.

수어드 박사의 일기
(축음기[17]에 녹음된 것임)

5월 25일

오늘은 식욕이 전혀 일지 않는다. 먹을 수도 없고 쉴 수도 없어서, 축음기에 내 마음을 기록하기로 한다. 어제 청혼을 거절당한 이후로 마음이 온통 허전하다. 세상일이 다 부질없어 보인다. 이런 상태를 치료하는 유일한 방법은 일밖에 없다는 것을 깨닫고, 환자들이 있는 곳으로 내려갔다. 나로 하여금 대단히 흥미 있는 연구를 할 수 있게 해주었던 환자 하나를 골랐다. 그 환자는 특이한 점이 많은 사람이어서, 나는 능력이 닿는 데까지 그를 연구해 보기로 마음먹었다. 오늘은 이전의 다른 어느 때보다도 그의 비밀 한가운데로 가까이 다가간 듯하다.

나는 그가 품고 있는 환각의 내용을 완벽하게 파악할 양으로, 이전보다 더욱 충실하게 질문을 했다. 지금 생각해 보면, 질문을 하던 내 태도에는 잔인함 같은 것이 숨겨져 있었다. 나는 그를 광란 상태로 붙들어 두고 싶어 했던 듯하다. 굳이 지옥의 입구와도 같은 광란 상태를 만들고 싶지 않았다면, 얼마든지 회피할 수도 있는 상황이었는데도 말이다.

(주의: 어떤 상태에 놓이면 나도 지옥 구덩이를 피하지 않게 될까?) 라틴어

---

17 토머스 에디슨이 1877년에 발명한 녹음 장치. 금강석이나 사파이어로 된 바늘을 사용해서 밀납 원통에 홈을 파도록 되어 있다.

경구에 Omnia Roma venalia sunt, 즉 〈로마에서는 무엇이든 돈에 팔려 나간다〉라는 말이 있다. 지옥도 살 수 있지만 그 대가를 치러야 한다! 더 말할 필요가 없다. Verbum sapienti라는 말처럼, 현자에게는 이 한마디면 충분하다. 그의 본능 뒤에 지옥을 회피하지 않으려는 뭔가가 숨어 있다면, 시간을 두고 그 문제를 면밀하게 추적해 보는 일도 가치가 있을 것이다. 이제 일을 시작하자.

R. M. 렌필드. 59세. 기질은 다혈질이며, 체력이 대단히 좋다. 병적으로 쉽게 흥분한다. 우울증에 빠졌던 기간이 있었으며, 그것이 끝난 지금은, 어떤 편집병의 증세를 보이는데, 그것이 무엇인지 현재로서는 파악할 수 없다. 기질 자체가 흥분하기 쉬운 다혈질인 데다가, 그의 심리 상태를 교란하는 감응력이 작용하면서, 내면에 어떤 고정 관념이 형성된 것이 아닌가 추정된다. 위험한 환자일 수도 있다. 자아에 대한 집착이 없다면, 십중팔구는 위험하다고 볼 수 있다. 이기적인 광인은 자기 자신을 위해서 경고를 받아들이기 때문에, 경고가 광인들에게나 온전한 사람들에게나 안전한 갑옷이 된다. 이 점에 대한 나의 생각은 다음과 같다. 자아가 운동의 중심점이 되면 구심력이 원심력과 균형을 이루지만, 의무나 어떤 대의 따위가 운동의 중심점이 되면 원심력이 더 커진다는 것, 그래서 두 힘이 균형을 이루기까지는 어떤 불상사 또는 일련의 불상사를 겪어야 한다는 것이다.

퀸시 P. 모리스가 아서 홈우드에게 보내는 편지

5월 25일

아서 보게나,

우리는 대초원에서 화톳불을 피워 놓고 많은 이야기를 나누었지. 그리고 남태평양 마르키즈 제도에 상륙하고 나서 서로의 상처를 치료해 준 적도 있고,

티티카카 호숫가에서 축배를 들기도 했어. 이제 할 얘기도 더 많고, 치료해야 할 상처도 더 많고, 들어야 할 축배도 더 많다네. 오늘 밤 화톳불을 밝혀 놓고 자네와 그런 것들을 다시 나누고 싶은데, 의향이 어떠신지. 어떤 숙녀께서 오늘 저녁 어떤 파티에 초대를 받고 거기에 가야 하기 때문에, 자네가 한가하다는 것을 내 알고 있지. 그래서 이렇게 주저 없이 자네를 부르는 것일세. 자네 말고 한 사람이 더 오기로 했네. 자네 알잖나, 우리가 오래전에 조선[18]이라는 나라에서 사귀었던 잭 수어드 말이야. 그도 오기로 했어. 잭과 나는 우리의 눈물을 술잔에 섞어서, 이 세상에서 가장 행복한 사나이를 위해 진심으로 축배를 들기로 했다네. 그 행복한 사내가 누군가 하면 말이야, 하느님이 만드신 가장 고결한 마음을 차지한 사내, 이 세상에서 가장 차지할 만한 가치가 있는 마음을 사로잡은 사내라네. 진심으로 자네를 환영할 걸세. 사랑이 가득 담긴 인사말과 자네 오른손만큼이나 진실한 축배를 준비하고 있겠네. 만일 자네가 어떤 아가씨의 눈에 너무 많이 마시는 것처럼 비칠 우려가 있으면, 자네 편한 대로 하게 내버려 두기로 잭과 나는 약속했네. 와서 한잔하세!

언제나 변함없는 자네의 벗,

퀸시 P. 모리스.

---

18 Korea. 시기상 대한 제국 성립 이전일 것이 확실하므로, 조선이라고 번역했다.

아서 홈우드가 퀸시 P. 모리스에게 보내는 전보

5월 26일

언제라도 나를 끼워 주게. 자네들의 귀를 얼얼하게 해줄 멋진 소식을 가지고 가네.

아트.

6

미나 머리의 일기

7월 24일, 휫비[19]에서

루시가 역으로 마중을 나왔다. 루시는 전보다 더 예쁘고 사랑스러워 보였다. 우리는 루시네가 머물고 있는 크레슨트까지 마차를 몰았다. 여기는 아름다운 곳이다. 에스크라는 작은 강이 깊은 골짜기 사이를 흐르다가 항구 가까이로 다가가면서 넓어진다. 높직한 교각을 지닌 커다란 구름다리가 강을 가로지르고 있는데, 거기에서 바라보는 경치는 실제보다 더 멀리 보인다. 골짜기는 아름다운 풀빛인데, 아주 심하게 가풀막이 져 있어서, 골짜기 좌우의 어느 쪽 언덕에 있든 바로 건너편을 빤히 건너다볼 수가 있다. 우리가 있는 곳에서 멀리 떨어져 있는 구시가지의 집들은 모두 빨간 지붕이고, 뉘른베르크의 그림에 나오는 집들처럼 층층이 겹쳐서 쌓여 있는 것처럼 보인다. 이 시가지의 바로 위쪽에 휫비 대수도원의 폐허가 있다. 옛날에 덴마크 사람들이 쳐들어와서 짓

---

19 요크셔 지방에 있는 북해의 작은 어항이자 관광지. 브램 스토커는 1890년에 이곳에서 휴가를 보냈다고 한다.

밟았다는 곳이며, 『마미온』[20]의 무대이기도 하다. 매우 장대하고 멋있는 유적으로서, 아름답고 신비로운 것들로 가득 차 있다. 그 창문들 중의 하나에서 하얀 옷을 입은 여인이 나타난다는 이야기도 전해 내려오고 있다. 그 수도원 터와 시가지 사이에 교회가 하나 있다. 그 교회는 교구 교회로서, 그 주위에는 묘석들이 즐비하게 늘어선 커다란 묘지가 있다. 이곳이 휫비에서 가장 내 마음에든다. 이곳에서는 시가지를 바로 위에서 굽어볼 수 있을 뿐만 아니라, 항구와만과 케틀리니스곶이 바다로 뻗어 나가 있는 풍광을 탁 트이게 바라다볼 수가있기 때문이다. 묘지는 항구 쪽으로 급한 경사를 보이며 내려간다. 그 탓인지, 방파제의 일부가 떨어져 나가고, 몇 기의 무덤이 파손되었다. 어떤 곳에서는묘석이 아래쪽의 모랫길 위에까지 뻗어 나가 있다. 그 묘지 사이를 가로질러산책길이 나 있고, 군데군데 벤치도 마련되어 있다. 그래서 온종일 사람들이끊이지 않고 찾아와, 걷기도 하고 앉아 쉬기도 하면서, 아름다운 경치를 바라보고 삽상한 바람을 즐긴다. 여기에 자주 오기로 했다. 지금 나는 이곳에 앉아무릎 위에 일기책을 올려놓고 이 글을 쓰고 있다. 옆에서는 세 노인이 앉아서이야기를 나누고 있다. 그들에겐 여기 이렇게 앉아 이야기를 나누는 것 외에는온종일 다른 할 일이 없는 모양이다.

내 발치 아래에는 항구가 펼쳐져 있다. 멀리 저쪽으로는 화강암으로 된 방파제가 길게 뻗어 있는데, 그 끄트머리가 바깥쪽으로 휘어 나가고, 그 중간에는 등대가 서 있다. 그 바깥쪽을 따라서 두터운 안벽(岸壁)이 달리고 있다. 가까운 이쪽에는 기역 자 모양으로 구부러진 안벽이 있는데, 그 끄트머리에도 등대가 있다. 이 두 방파제 사이에 빠끔하게 난 입구를 지나면 넓은 항구가 입을벌리고 있다.

밀물 때는 참 멋지다. 그런데 썰물 때가 되면 여기저기 바위가 드러나고, 모

---

20 월터 스콧의 장편 담시(1808). 이 이야기 속의 콘스턴스 드 베벌리라는 수녀는 서원을 어기고연인을 따른 죄로 휫비 대수도원의 지하 감옥에 갇힌다.

래톱 사이를 흐르는 에스크강의 물줄기만 모습을 드러낸다. 항구 바깥쪽에는 반 마일은 족히 되는 암초가 솟아 있는데, 그것의 날카로운 모서리가 남쪽 등 대의 뒤쪽에서부터 곧게 달음박질치고 있다. 그 암초가 끝나는 자리에 종이 달 린 부표가 있다. 날씨가 험악할 때는 그 종이 흔들리면서 바람결에 음산한 소 리가 실려 온다. 이곳 사람들의 전설에 따르면, 배가 실종되었을 때는 바다에 서 종소리가 들려온다고 한다. 그것에 대해 저 노인에게 물어봐야겠다. 노인 이 이리로 오고 있다.

그는 재미있는 노인이다. 얼굴이 나무껍질처럼 쪼글쪼글한 걸로 보아, 매우 연로한 노인임이 분명하다. 그의 이야기에 따르면, 그는 거의 백 살이 되었으 며, 워털루 전투가 벌어지던 무렵, 그린란드 원양 어선단에서 선원 노릇을 하 고 있었다고 한다. 바다에서 들려온다는 그 종소리와 대수도원에서 나타난다 는 하얀 여인에 대해서 물었을 때, 대답하는 품으로 보아 그는 의심이 많은 사 람이 아닌가 싶다. 그가 퉁명스럽게 말했다.

「그따위 얘기엔 신경도 안 써. 그런 거 다 케케묵은 얘기지. 그런 게 전혀 없 었다고는 말하지 않겠지만, 내 시대에는 없었어. 타지 사람이나 여행객 들 따 위나 곧이들을 얘기지. 색시 같은 젊은 숙녀들은 귓등으로도 안 들을 얘기야. 늘 청어 절인 거나 우적거리고, 차를 마시면서, 값싼 흑옥이나 사려고 두리번 대는 저 요크나 리즈에서 온 떨거지들은 어떻게 된 게 그 얘기를 꼭 믿더구먼. 누가 성가시게 그 사람들한테 거짓말을 하는지 모르겠어. 신문이란 것들도 영 돼먹지 않은 소리들만 늘어놓고 말이야.」 나는 스웨일스라는 그 노인이 재미나 는 것을 많이 들려줄 좋은 사람이라고 생각했다. 그래서 옛날에 고래잡이하던 일에 대해서 얘기해 달라고 부탁했다. 그가 막 이야기를 하려고 자리를 잡고 앉 았는데, 시계가 6시를 울렸다. 그러자 그가 허위허위 몸을 일으키면서 말했다.

「이봐 색시, 이제 집으로 가봐야 돼. 내 손녀는 밥상을 차려 놓고 기다리는 걸 좋아하지 않아. 저 계단을 절뚝거리며 내려가자면 시간이 걸려. 계단이 너무 많거든. 요맘때가 되면 배가 무척 고프지.」

그는 다리를 절룩거리면서 총총히 사라졌다. 되도록 빨리 가려고 서둘러 계단을 내려가는 그의 뒷모습이 보였다. 이곳에서 계단을 보면, 그 모습이 장관이다. 계단은 시가지에서 이곳 교회까지 이어져 있는데, 그 단수가 모르긴 해도 수백 개를 헤아릴 것이다. 살짝 곡선을 그리며 올라가는데, 비탈이 심하지 않아서 말들도 걸어서 오르내릴 수가 있었다. 애초에는 대수도원에 올라가는 길로 만들어졌을 것이다. 나도 이제 집으로 가야겠다. 루시는 어머니와 함께 친지의 집을 방문하러 갔다. 인사치레로 하는 방문이어서, 나는 따라가지 않았다. 루시네들이 지금쯤은 돌아와 있을 것이다.

7월 25일

한 시간 전에 루시와 함께 이곳에 올라왔다. 이제 친구가 된 그 노인과 언제나 그 노인을 따라 다니는 다른 두 노인들과 함께 재미있는 이야기를 나누었다. 그이의 말이라면 다른 노인들은 콩으로 메주를 쑨다고 해도 곧이들을 것 같다. 그이가 한창때는 꽤나 안하무인으로 행세했을 거라는 생각이 들었다. 그이는 남의 말을 잘 받아들이지 않고 누구에게도 지지 않으려고 한다. 자기 말발이 잘 안 먹혀든다 싶으면 숫제 우격다짐으로 나오기 때문에, 다른 노인들은 그의 생각이 옳다는 양 입을 다물 수밖에 없다. 루시는 한랭사로 만든 흰 원피스를 입었는데, 그 모습이 너무나 예뻐 보였다. 여기에 올라오고 나서 루시의 얼굴에 아름답게 화색이 돌았다. 우리가 자리를 잡고 앉자마자, 오늘따라 노인들이 바로 올라와 루시의 곁에 앉았다는 사실을 나는 새삼스레 깨달았다. 루시가 노인들에게 그토록 예뻐 보인 모양이다. 노인들이 모두 루시에게 한눈에 반해 버린 것 같다. 나의 친구가 된 그 노인마저도 루시의 말은 다소곳하게 듣고 반박하지 않았으며, 그 바람에 내가 두 사람 몫의 퉁바리를 받았다. 내가 이 지방에 전해 오는 이야기를 화제로 초들자, 그이는 대번 장광설을 늘어놓기 시작했다. 그이의 얘기를 생각나는 대로 적어 두어야겠다.

「그런 거 다 터무니없는 얘기들이지. 다 쓸데없는 것들이야. 뭘 하면 동티를 입는다느니, 어디서 귀신이 나온다느니, 커다란 개 모습을 한 귀신이 나타나서 궂은일을 알려 준다느니, 유령이 나온다느니, 어쩌고저쩌고하는 것들은, 코흘리개나 멍청한 여편네들 겁주려고 하는 얘기고, 다 허황된 거야. 그런 거하고, 무슨 기적이 일어났다느니, 무슨 징조라느니 하는 것들은 다 철도에 승객 끌어들이려는 자들하고 목사들이 지어낸 얘기들이지. 그런 것들을 생각하면 화가 치밀어. 그 작자들 말이야, 거짓말을 종이에다 찍어 대고, 설교단을 벗어나서 그따위 얘기나 지껄이는 것으로는 성이 안 찼는지, 거짓말을 묘비에다까지 새겨 놓고 싶어 한다니까. 여기를 한번 둘러보라고. 비석들이 모두 잘났다는 듯이 고개를 쳐들고 있지만, 한쪽으로 기우뚱하잖아. 거기에 써놓은 거짓말의 무게를 견디지 못해서 기울어진 거야. 묘비마다 거창하게, 〈여기 누구 잠들다〉, 〈누구의 묘〉라고 쓰여 있지만, 무덤의 태반에는 시신이 없어. 그거 다 거짓말이야. 갖가지 거짓말을 써놓은 것에 불과하다고. 이봐, 색시, 심판의 날이 되면 한바탕 난장판이 벌어질 거야. 죽은 사람들이 수의를 걸치고 자기들의 묘비를 질질 끌고 나타나서 아우성을 치겠지. 자기들이 얼마나 착한 사람들이었나를 증명하려고 말이야. 바다에 누워 있다가 온 어떤 사람들은 달달 떨면서 어쩔 줄을 모를 거야. 짠물에 잠겨 있던 탓에 쭈글쭈글해진 손이 미끈거리기까지 해서 저희 몸을 추스르지도 못할 거라.」

노인의 표정에 스스로 흡족해하는 기색이 어렸다. 자신의 얘기에 동의해 달라는 듯 사람들을 둘러보았다. 그래서 나는 그가 이야기를 계속하도록 한마디를 거들었다.

「아니, 할아버지, 농담이시겠지요. 설마 이 묘비들이 다 잘못된 것일라고요.」

「그렇다니까! 물론 시신이 들어 있는 무덤도 있긴 있겠지. 그러나 그런 묘비에도 사실과는 다르게 죽은 사람을 너무 착한 사람으로 둔갑시켜 놓았어. 사람들은 요강 같은 보잘것없는 것도 그저 자기 것이라면 바다처럼 크다고 생각하지. 모든 게 그런 거짓말이라니까. 자 보라고, 색시는 타관 사람으로 여기에 와서 이 교회 묘지를 보고 있어.」 나는 고개를 끄덕였다. 그저 동의를 표하는 것이 좋겠다는 생각이 들었기 때문이다. 그렇다고 그의 사투리를 다 알아들은 건 아니었다. 그저 교회 묘지라는 뜻의 말이겠거니 하고 생각을 했다. 그가 계속 말했다. 「색시가 보기에는, 여기에 시신을 모시고 비석을 세웠을 것 같지?」 나는 다시 고개를 끄덕였다. 「바로 그런 순진한 생각 때문에 거짓말이 먹혀들어 가는 거야. 여기 있는 무덤들의 태반이 금요일 밤에 던 노인의 담배통이 비어 있듯 텅 비어 있어.」 그러면서 그의 옆에 있던 노인의 옆구리를 살짝 찔렀다. 그러자 그들은 모두 웃음을 터뜨렸다. 「색시, 영 못 믿겠다는 눈친데, 자, 저걸 봐. 저기 끝에 있는 묘비 말이야. 가서 읽어 봐.」 나는 그쪽으로 넘어가서 읽어 보았다.

「에드워드 스펜슬라, 선장, 1854년 4월 안드레스 앞바다에서 해적들에게 목숨을 잃음, 향년 30세.」 내가 제자리로 돌아오자 스웨일스 씨가 말을 이었다.

「누가 그 시신을 고향으로 모셔다가 여기다 묻었겠어? 안드레스 앞바다에서 살해당한 사람을 말이야. 그래도 그의 시신이 묻혀 있다고 생각할 수 있겠어? 저기 그린란드 바닷속에(그 말을 하면서 그는 북쪽을 가리켰다) 뼈를 묻었거나, 바다 물결에 휩쓸려 원혼이 정처 없이 떠도는 사람을 꼽아 보라면 내가 한 열두엇은 꼽을 수 있어. 그 사람들의 무덤이 이곳 여기저기에 있어. 색시는 젊어서 눈이 좋을 테니까 여기 자잘하게 새겨져 있는 거짓말을 읽을 수 있을 거야. 이 브레이스웨이트 로리라는 사람은 그린란드 앞의 리벨리 바다에서 실종된 사람인데, 내가 그 사람 아버지를 알고 있어. 또, 앤드루 우드하우스는 1777년에 같은 바다에서 익사한 사람이고, 존 팩스턴은 한 해 뒤에 페어웰곶 앞바다에 빠져 죽은 사람이야. 그리고 존 롤링스는 1850년에 핀란드만에서 불귀의 객이 된 사람으로, 그 할아버지하고 내가 같이 배를 탔지. 마지막 심판의 날에 나팔이 울렸을 때, 이 사람들이 횟비로 몰려온다고 생각해 봐. 그들이 여기에 오면 서로 떠밀면서 난리를 피울 게 뻔해. 옛날에 우리가 얼음판 위에서 싸움을 할 때처럼 말이야. 우리는 온종일 서로서로를 노리면서 북극광 빛 속에서 우리의 상처를 싸매려고 하겠지.」노인이 껄껄거리면서 이 말을 지껄이자 다른 노인들이 함께 즐거워하는 걸 보면, 그 말이 이 지방에서 하는 우스갯소리임이 분명했다.

「그런데 말이에요. 할아버지 말씀에도 어폐가 있는 것 같아요. 할아버지는 심판의 날에 모든 영혼들이 자기의 묘비를 가지고 있어야 한다는 걸 바탕에 깔고 말씀을 하시는데, 그게 정말 필요한가요?」

「그런 게 아니면, 비석을 뭐에다 쓰려고 세우겠어, 응? 색시, 얘기해 봐.」

「그 피붙이들을 즐겁게 하기 위한 거라고 생각하는데요.」

「그 피붙이들을 즐겁게 하기 위한 거라고 생각한단 말이지.」그의 말에 비꼬는 기색이 역력했다.「묘비에 거짓말이 적혀 있고, 그게 거짓말이라는 것을 여기 사람들이 다 알고 있는데도 그게 피붙이들한테 기쁨을 준다 이 말이지.」그가 우리 발치에 있는 묘석 하나를 가리켰다. 낭떠러지 가까이에 평평하게 눕혀진 돌인데, 그 위에 앉는 자리가 마련되어 있었다.「이 묘석에 적힌 거짓말을 한번 읽어 보라고.」그가 말했다. 내가 앉은 자리에서는 글자가 거꾸로 보였고, 루시가 반대쪽에 있었으므로, 루시가 몸을 숙여 그것을 읽었다.

「〈조지 캐넌의 묘, 1873년 7월 29일, 영광된 부활을 바라면서, 케틀리니스곶에 있는 바위에서 떨어져 사망. 이 묘석은 참척을 당한 어머니가 비통한 마음으로 끔찍이 사랑하던 아들을 위해 세운 것이다. 그는 외아들이었고 그의 어머니는 홀어미였다.〉할아버지, 저는 여기에서 별로 우스운 것을 느끼지 못하겠는데요.」루시는 자기의 생각을 아주 진지하고 조금은 쌀쌀한 어조로 말했다.

「우스운 게 없다고, 허허허. 아들을 잃고 비통해했다는 그 어머니가 사실은 아주 사악한 여자였다는 걸 알면 사정이 달라질걸. 그 여편네는 아들을 미워했어. 아들이 몹쓸 병에 걸려서 툭 하면 발작을 일으키곤 했거든. 그 애도 어머니를 미워했지. 그래서 어머니가 자기 앞으로 해놓은 생명 보험을 못 타게 하려고 자살을 한 거지. 그네의 집에 까마귀를 쫓을 때 쓰는 구식 소총이 있었는데, 그걸로 정수리 언저리를 쏘았어. 그게 바위에서 떨어진 사건으로 둔갑한 거야. 영광된 부활을 바란다고 하는데, 난 그 애가, 자기 어머니가 신앙심이 돈독해서 천당으로 갈 테니까 자기는 지옥으로 가기를 바란다고 말하는 걸 자주 들었어. 그 애는 제 에미가 있는 곳에 같이 있기를 바라지 않는다고 했어. 어때, 이정도면 이 묘비가(말을 하면서 그는 지팡이로 그것을 두드렸다) 터무니없는 거짓말투성이라는 걸 알겠지? 이쯤 되면, 심판의 날에 조지 캐넌이 숨을 헐떡거리면서 이 묘비를 등에 짊어지고 와서, 택함의 증거로 받아 달라고 청할 때, 가브리엘 천사가 어쩌겠어? 하도 어이가 없어서 그냥 웃지 않겠어?」

나는 뭐라고 할 말이 없었다. 그때 루시가 일어서면서 화제를 돌렸다.

「아니, 어쩌자고 그런 얘기를 해주시는 거예요? 여기는 내가 제일 좋아하는 자리란 말이에요. 이 자리를 버리고 다른 곳으로 가기는 싫은데, 이제 꼼짝없이 자살한 사람의 무덤 위에 앉아야 할 판이에요.」

「거기에 앉는다고 해가 되지는 않을 테니 걱정 마. 색시같이 예쁜 아가씨가 자기 무릎 위에 앉아 있다고 오히려 그 불쌍한 조지가 기뻐할 거야. 괜찮아. 나도 20년 가까이 여기에 앉아 보았지만, 아무런 탈도 없었어. 색시가 깔고 앉아 있는 무덤에, 사람이 있든 없든 걱정할 일이 아니야. 이 묘비들이 모두 부질없는 것들이라는 것을 깨닫고, 이 묘지가 나뭇등걸이 있는 야산처럼 느껴지면, 묘비에 새겨진 것들을 이해하게 될 거야. 시계가 종을 치는군. 이제 가야겠어.」 그는 다리를 절룩거리며 사라졌다.

루시와 나는 한동안 더 앉아 있었다. 우리 앞에 펼쳐진 모든 풍경들이 너무 아름다웠다. 우리는 손을 잡고 앉아서 아름다운 풍광을 즐겼다. 루시는 아서에 대한 얘기며 임박한 그네의 혼인에 대해서 한 얘기를 자꾸 되풀이했다. 루시의 얘기를 듣고 있는데, 마음 한쪽이 아려 왔다. 한 달이 넘도록 조녀선에게 서는 아무 소식이 없었다.

같은 날

너무나 마음이 아파서 나 혼자 이곳에 다시 올라왔다. 나에게 온 편지는 없었다. 조녀선에게 아무 일도 없어야 할 텐데. 시계가 9시를 쳤다. 시가지 전체에 불빛이 수를 놓고 있다. 도로가 있는 곳에서는 줄을 지어 빛나기도 하고, 외따로 떨어져 홀로 반짝이는 것들도 있다. 불빛은 에스크강 바로 위를 달리다가 계곡으로 굽어 드는 곳에서 자취를 감춘다. 내 왼쪽으로는 대수도원 옆에 있는 오래된 저택의 검은 지붕 때문에 시야가 막혀 있다. 내 뒤쪽 멀리 떨어진 들녘에서 양 떼들이 우는 소리가 들려온다. 아랫녘에서는 포도 위를 걷는 당나귀의 따그닥거리는 발굽 소리가 들린다. 부두 위에서는 악대가 왈츠 곡을 연주하고 있다. 박자는 잘 맞는데, 거친 느낌을 준다. 부두를 따라 한참 더 가면, 뒷골목에서 구세군의 집회가 열리고 있다. 악대에 속해 있는 사람들은 다른 사람들이 연주하는 소리를 들을 수 없을 것이다. 그러나 여기에서는 들을 수도 있고 볼수도 있다. 조녀선은 어디에 있는지, 내 생각은 하고 있는지! 그가 여기에 있다면 얼마나 좋을까.

수어드 박사의 일기

6월 5일

렌필드의 증후가 점점 흥미를 더해 가고 그 사람에 대한 나의 이해도 그만큼 깊어 간다. 그에게는 어떤 특성들이 대단히 발달해 있다. 그는 이기적이며, 속마음을 잘 드러내지 않고, 꿍꿍이가 많다. 그 꿍꿍이속을 알 수가 없다. 어떤 계획을 짜놓고 있는 것 같기는 한데, 그걸 아직 모르겠다. 그는 동물들을 좋아한다. 그것은 좋은 일이다. 다만, 동물을 좋아하기는 하는데, 거기에는 그가 잔인한 사람이라고밖에 볼 수 없게 하는 아주 이상한 구석이 있다. 그의 애완동물은 특이한 종류들이다. 요즘은 한창 파리 잡는 일에 열을 올리고 있다. 그가 모아 놓은 파리가 너무 많아서 도저히 그를 나무라지 않고는 배길 수가 없었다. 내가 나무라는데도 그가 성을 내지 않는 게 놀랍다. 화를 내리라고 생각했는데, 그는 다소곳한 태도로 진지하게 내 말을 받아들였다. 그는 잠시 생각하더니 말했다. 「사흘만 여유를 주시겠소? 이놈들을 깡그리 없애 버리겠소.」 나는 물론 그러겠다고 대답했다. 그를 지켜봐야겠다.

6월 18일

그는 이제 거미를 키우기로 마음을 바꾸었다. 그래서 상자 안에 아주 커다란 몇 놈을 잡아 놓았다. 그는 전에 기르던 파리들을 거미들에게 먹이고 있다. 그가 밖에 있는 파리들을 방 안으로 불러들이기 위해 자기 음식의 반을 쓰고 있었음에도, 파리들은 눈에 띄게 줄어들고 있었다.

7월 1일

거미가 이제는 전에 파리가 그랬던 것처럼, 성가실 정도로 불어났다. 오늘 그것들을 없애라고 그에게 말했다. 이번에는 그가 섭섭한 표정을 지었다. 그래서 어떤 일이 있어도 그놈들 중의 일부를 없애 버리라고 당부했다. 그는 낯빛을 밝게 하면서 이 말을 받아들였다. 먼젓번처럼 그것들의 수를 줄이는 데 사흘의 시간을 주었다. 그때 그에 대한 정나미가 뚝 떨어지게 하는 일이 벌어졌다. 쉰 음식의 냄새를 맡은 혐오스러운 금파리 한 마리가 붕붕거리며 방 안으로 날아들었다. 그러자 그가 그 파리를 잡아서, 엄지손가락과 집게손가락 사이에 그것을 끼고 잠시 동안 흐뭇한 표정으로 바라보더니, 무엇을 하려고 그

러는지를 미처 깨달을 사이도 없이, 입 안으로 그것을 집어넣더니 먹어 버렸다. 왜 그런 짓을 하느냐고 힐난하자, 그는 그게 매우 몸에 좋은 것이며, 질긴 목숨을 지닌 생명체이고 자기에게 생명을 주는 것이라고 조용하게 항변했다. 그의 행동이 나에게 어떤 관념, 또는 어떤 관념의 실마리를 주었다. 그가 어떻게 거미들을 없애 나갈 것인지 지켜 볼 일이다. 그는 작은 공책을 하나 소지하고 늘 뭔가를 끼적거리고 있다. 그런 걸 보면, 그의 마음속에 어떤 심각한 문제가 도사리고 있음이 분명하다. 그 공책의 모든 면이 숫자들로 가득 차 있다. 대개는 한 자리 숫자들을 죽 늘어놓고 더해 나간 것들이고, 다시 그 합계 낸 것들을 일괄적으로 더하는 식으로 되어 있었다. 마치 회계 감사원이 하듯이 어떤 계산을 일관되게 하고 있다는 인상을 주었다.

7월 8일

그의 광기에는 어떤 체계가 있다. 그것을 파악하기 위한 실마리가 점차 내 마음속에서 모습을 갖춰 가고 있다. 머지않아 그 관념의 전모가 드러날 것이다. 아, 그렇게 되면, 어렴풋한 무의식의 작용이 그의 형제인 의식의 지배를 받게 될 것이다. 어떤 변화가 있는지를 알아보려고 며칠 동안 그 사람을 만나지 않았다. 그가 애완동물의 일부를 버리고 새로운 동물을 갖게 되었다는 것을 빼고는 달라진 것이 없었다. 어찌 된 노릇인지 그가 참새 한 마리를 손에 넣었고, 벌써 어느 정도 길들여 놓고 있었다. 이미 거미의 수가 줄었다는 것을 생각하면, 그가 참새를 어떻게 길들였을까 하는 것에 대한 답은 간단했다. 수가 줄긴 했지만, 남아 있는 거미들을 잘 먹여서 키워 놓은 것들이었다. 아직도 그는 음식으로 파리들을 유혹해서 방 안으로 끌어들이고 있었던 것이다.

7월 19일

일이 잘 진척되고 있다. 렌필드의 참새들이 이젠 그럴듯한 한 무리를 이루었고, 파리와 거미 들은 거의 없어졌다. 내가 방으로 들어가자, 그는 나에게로 달려와서 긴히 부탁할 것이 있다고, 꼭 들어주어야 할 청이라면서 이야기를 했다. 그 말을 하면서 그는 개가 꼬리를 치면서 해롱거리듯 아양을 피웠다. 부탁할 게 뭐냐고 묻자, 목소리와 태도에 기쁜 빛을 담뿍 담고 말했다.

「새끼 고양이를 한 마리 갖고 싶소. 작고 예쁘고, 깜찍하고 장난꾸러기 같은 고양이 말이에요. 그놈하고 같이 놀면서 훈련을 시키고, 그리고 먹을 것을 주고 싶소. 그렇소, 먹을 것을 주고 싶소.」 이 요구에 나는 선뜻 응할 수가 없었다. 그의 애완동물의 덩치가 점점 커지고 발랄한 것으로 바뀌어 가고 있다는 것은 좋은 일이지만, 그가 길들인 꽤 많은 참새 떼들이 파리와 거미가 없어진 방식으로 사라져 가야 한다는 게 못마땅했다. 그래서 나는 그건 좀 생각을 해봐야겠다고 말하고, 새끼 고양이가 아니라 차라리 어미 고양이면 안 되겠느냐고 물어보았다. 그러면 오죽이나 좋겠느냐는 듯한 표정을 역력하게 드러내면서 그가 대답했다.

「그래, 좋소. 나는 고양이가 갖고 싶소! 내가 새끼 고양이를 부탁했던 것은 고양이를 달라고 하면 선생이 거절할까 봐 그랬던 거요. 새끼 고양이를 달라는데 거절할 사람이 있겠소?」 나는 머리를 흔들었다. 그리고 현재로서는 어려울 것 같고, 생각은 해보겠다고 말했다. 그의 낯빛이 침울해졌다. 그 표정에서 위험의 징후를 볼 수 있었다. 그가 돌연, 살기가 번득이는 사나운 눈빛으로 흘겨보았던 것이다. 이 사람에게는 살인광이 될 조짐이 있다. 그가 지닌 현재의 갈망을 통해 나는 그를 시험해 볼 생각이다. 그 열망이 어떤 식으로 해결되는지를 알게 될 것이다. 그러면 그에 대해서 더 많은 것을 알게 된다.

밤 10시

그를 다시 찾아갔다. 그는 뭔가를 곰곰이 생각하면서 구석에 앉아 있었다. 내가 방 안으로 들어가자 그는 털썩 무릎을 꿇으면서 고양이를 갖게 해달라고 간청을 했다. 그게 자기를 구원해 줄 거라며 사정을 했다. 그러나 나는 단호하게 고양이를 줄 수 없다고 잘라 말했다. 그러자 그는 아무 말 없이 물러가더니, 처음에 앉아 있었던 구석에 앉아서 손가락을 잘근잘근 물어뜯었다. 내일 아침 일찍 그를 보러 가야겠다.

7월 20일

간호인이 순시를 돌기도 전에, 아주 일찍 렌필드를 보러 갔다. 그는 일어서서 어떤 곡조를 흥얼거리고 있었다. 그는 창문에다가 갈무리해 두었던 설탕을 뿌리고 있었다. 그가 다시 파리잡이를 시작했다는 것을 말해 주는 광경이었다. 그는 아주 명랑하고 얌전하게 그 일을 시작하고 있었다. 나는 그의 새들을 찾으려고 두리번거렸다. 그러나 새들은 보이지 않았다. 새들이 어디 갔느냐고 물었더니, 그는 돌아보지도 않고 모두 날아가 버렸다고 대답했다. 방 여기저기에 새의 깃털이 널브러져 있고, 그의 베개 위에는 핏자국이 묻어 있었다. 나는 아무 말도 하지 않았다. 그의 방에서 돌아와 나는 감시원에게 낮 동안에 그의 주변에 뭔가 이상한 일이 있으면 나에게 보고하라고 일러 놓았다.

오전 11시

간호인이 와서 렌필드가 대단히 아프며, 깃털을 죄다 게워 냈다고 알려 주었다. 그는 놀란 음성으로 말했다. 「제 생각에는 말이죠, 선생님, 그 사람이 자기 새들을 먹은 것 같아요. 그냥 잡아서 산 채로 먹었나 봐요.」

밤 11시

렌필드가 잠을 잘 수 있도록 그에게 오늘 밤 진정제를 주었다. 그리고 수첩을 꺼내서 들여다보았다. 내 머릿속에서 어지럽게 이글거리던 생각이 최근에 완전한 형태로 정리되고, 그 가설이 입증되었다. 그에게서 내가 발견한 살인

광적인 증상은 좀 특별한 것이다. 그와 같은 증상은 새로운 편집광으로 분류할 만했다. 육식성(생체 탐식성) 편집광이라 부르면 어울릴 것이다. 그가 갈망하는 것은 되도록 많은 생명체를 잡아먹는 것이며, 그는 그 욕구를 먹이 사슬을 이용한 누가적인 방식으로 실현하려고 계획을 세워 놓았던 것이다. 그는 파리들을 많이 불러들여, 그것들을 거미에게 주었고, 거미를 다시 참새에게 주었으며, 다음으로 그 새들을 고양이에게 먹이려 했다. 그다음 단계에서는 어떻게 하려고 했던 것일까? 이 실험을 끝까지 밀고 나가 보는 것도 괜찮았을지 모른다. 그럴 만한 충분한 이유만 있다면, 다소 문제가 있는 실험이라도 해야 할 때가 있을 것이다. 사람들은 생체 해부를 경멸했다. 그러나 오늘날 그것을 통해 얻은 성과를 보라! 인간 정신의 구조를 밝히려는 실험이라면, 과학 중에서도 가장 까다롭고 중요한 정신과학 부문에서 어떤 진보를 이루는 데 도움을 줄 수 있지 않을까? 나는 정신병자의 망상을 이해할 수 있는 실마리를 잡고 있었다. 만일 렌필드 같은 사람의 마음의 비밀을 알아낸다면, 버든샌더슨[21]의 생리학이나 페리어[22]의 두뇌학을 능가할 만큼의 진보가 내 학문 분야에서 이루어질 수 있을 것이다. 문제는 그 실험을 진행할 만한 충분한 이유가 있는가 하는 것이다. 이 문제에 대해서 너무 많이 생각하지 않는 게 좋겠다. 그렇지 않으면, 나는 유혹에 넘어갈지도 모른다. 어떤 그럴듯한 대의명분을 찾아낼지도 모른다. 나라고 뭐 중뿔나게 특별한 사람으로 태어난 것은 아니지 않은가?

렌필드는 자기 나름의 이로 정연한 정신세계를 가지고 있었다. 정신병자들은 자신의 정신세계 안에서 저 나름의 논리를 지니고 있다. 그가 사람 목숨 하나의 가치를 어느 정도로 생각하고 있는지 모르겠다. 그저 동물 목숨 하나 정도로 여기고 있는 건 아닌지. 그는 자기가 하던 계산을 아주 정확하게 끝내고,

21 Burdon-Sanderson(1828~1905). 심장의 전하를 최초로 측정한 영국의 의사.

22 David Ferrier(1843~1928). 스코틀랜드의 의사. 『뇌의 기능』이라는 저서가 있음.

오늘 새로운 기록을 시작했다.

　루시의 사랑을 얻지 못해, 그때까지의 나의 모든 삶을 끝내고, 새로운 희망과 함께 새롭게 삶의 장부를 기록하기 시작했던 일이 바로 어제의 일처럼 생생하다. 위대한 기록자인 하느님께서 내 삶의 합계를 내시고, 흑자 또는 적자의 잔고를 가질 내 장부의 계산을 끝낼 때까지, 나는 내 삶의 장부를 계속 적어 가야 하리. 아, 루시, 루시, 나는 그대에게 화를 낼 수가 없다. 그대와 함께 행복을 나눌 나의 친구에게 화를 낼 수도 없다. 그저 아무 희망 없이 그대를 받들며, 일이나 해야 한다. 나에겐 그저 일, 일뿐이다!

　저 가련한 광인처럼 집요한 목적의식을 가질 수만 있다면, 내가 일을 할 수 있도록 해주는 선하고 비이기적인 목적의식만 있다면, 그것으로 행복할 것이다.

미나 머리의 일기

7월 26일

　마음이 놓이질 않는다. 이렇게 여기다 내 마음을 털어놓는 것이 그나마 위안이 된다. 일기를 쓰는 것은 자기 자신에게 속삭이는 것임과 동시에 자기 자신에게 귀를 기울이는 것이다. 그리고 속기 부호로 일기를 쓰는 것은 보통 글자로 쓰는 것과는 다른 어떤 느낌을 준다. 루시와 조너선의 일 때문에 마음이 편치 않다. 조너선에게서는 한동안 아무 소식이 없었다. 그게 영 마음에 걸린다. 그런데, 어제 호킨스 씨, 언제나 친절을 베풀어 주는 그분이 조너선에게서 온 편지를 내게 보내 주었다. 내가 먼저 호킨스 씨에게 편지를 내서 조너선에게서 무슨 소식을 들은 것이 없는지를 물어보았던 것이다. 호킨스 씨는 동봉한 그 편지를 막 받은 참이었다고 말했다. 그 편지는 드라큘라성에서 보낸 것인데, 겨우 한 줄로 되어 있었다. 곧 집으로 떠날 거라는 내용이었다. 그건 조너선답지가 않다. 이해하기가 어려웠다. 그 편지가 못내 마음에 걸린다. 그러던 차에 루시에게도 문제가 생겼다. 루시는 몸은 아주 건강한데도, 밤에 잠을 자다 말고 걸어 다니는 그 오래된 병이 최근에 다시 도졌다. 루시의 어머니가 그 얘기를 나한테 해주면서 상의한 끝에, 매일 밤 내가 우리의 방문을 꼭꼭 걸어 잠그기로 했다. 웨스턴라 부인의 생각에 따르면, 몽유병 환자들은 항상 지붕 위나 낭떠러지의 맨 가장자리로 나간다는 것이다. 그랬다가 갑자기 잠이 깨고, 그 주변에 온통 절망적인 비명 소리를 울리면서 추락한다는 것이다. 가련하게도 부인은 그런 상상을 하면서 루시를 걱정하고 있는 것이다. 부인의 얘기로는, 루시의 아버지도 똑같은 버릇을 가지고 있었으며, 밤에 자다 말고 일어나 옷을 입고는, 붙잡지만 않으면 밖으로 나가고는 했다는 것이다. 루시는 가을에 혼인식을 올리기로 되어 있어서, 벌써 옷도 준비하고 있고 살 집도 어떻게 꾸밀까 하고 궁리가 한창이다. 루시가 밤에 자다 말고 일어나 돌아다니게 되는 마음 상태를 이해할 수 있을 것 같다. 나 자신도 결혼을 준비하면서 초조한 나날을 보내고 있기 때문이다. 조너선과 나만의 새로운 삶을 아주 소박하게 시작할 것이다. 우리 둘은 둘이면서도 하나가 되도록 노력해 갈 것이다. 홈우드 씨 — 그는 귀족의 자제로서 고덜밍 경의 외동아들이다 — 는 지금 그의 아버지가 편찮으셔서 내려가 있지만, 곧 여기로 올라올 것이다. 루시는 그가 올 때를 손꼽아 기다리고 있을 것이다. 루시는 그를 바닷가로 데려가고 싶어 하며, 교회 묘지에 올라 횟비의 아름다운 풍광을 그에게 보여 주고 싶어 한다. 루시의 마음을 어지럽히는 것은 바로 이 기다림일 것으로 생각한다. 그가 오면 루시가 괜찮아질 것이다.

7월 27일

조너선에게서는 여전히 소식이 없다. 그가 걱정이 되어서 바늘방석에 앉은 것처럼 마음이 불편한데, 내가 무엇을 어떻게 해야 하는 건지 알 수가 없다. 단한 줄이라도 좋으니, 그가 제발 편지를 써 보내 주면 좋겠다. 루시의 몽유병 증세가 한층 심해졌다. 매일 밤, 루시가 방 안을 돌아다니는 통에 잠을 설친다. 날씨가 더워서 루시가 감기에 걸리지 않는 게 그나마 다행이었다. 조너선에 대한 걱정으로 마음을 조이고 루시 때문에 연일 잠을 못 이룬 것이 나에게 영향을 미치기 시작했다. 점점 신경이 예민해지고 도통 잠을 잘 수가 없다. 루시의 건강 상태에 변함이 없는 것이 다행이다. 홈우드 씨는 그의 아버지를 뵈러 갑자기 링에 가서는 아직 오지 않았다. 그의 아버지의 병환이 위중하다고 했다. 루시는 그와의 만남이 늦어지는 것 때문에 속을 태우고 있다. 그렇게 마음을 태우는데도 얼굴이 상하지는 않았다. 좀 더 토실토실해진 것 같고, 뺨은 예쁘게 홍조를 띠고 있다. 빈혈증 환자처럼 창백하던 낯빛이 오간 데 없다. 루시의 건강과 좋은 혈색이 오래도록 유지되기를 빈다.

8월 3일

또 일주일이 지나갔다. 조너선에게서는 여전히 아무런 소식이 없고, 간혹 소식을 전해 주던 호킨스 씨에게서도 소식이 없다. 아, 그가 아픈 게 아니기를 바란다. 그가 편지를 쓰긴 쓴 것 같다. 나는 그의 마지막 편지를 꺼내 들여다보았다. 그런데 뭔가 석연치 않은 데가 있었다. 내용으로 보면, 도무지 그가 쓴 편지 같지가 않은데, 필적은 분명히 그의 필적이다. 그의 필적을 내가 못 알아볼 리가 없다. 지난주에 루시는 몽유병 증세가 별로 심하지 않았다. 그런데 뭔지는 알 수 없지만, 루시가 뭔가에 몰두해 있다. 잠을 자면서도 루시는 나를 감시하고 있는 것처럼 보인다. 루시는 문을 밀어 보고, 그것이 잠겨 있음을 알고는 열쇠를 찾기 위해 방 안을 이리저리 돌아다닌다.

8월 6일

또 사흘이 지났다. 역시 소식이 없다. 가슴 조이며 기다리는 일이 점점 두려워진다. 어디로 편지를 보내야 하는지, 어디로 가면 그를 만날 수 있는지, 그런 것만 알아도 마음이 한층 편해질 것이다. 그러나 그 마지막 편지 이후로 조녀선에게서 소식을 받은 사람은 아무도 없다. 인내심을 달라고 하느님께 기도할 뿐이다. 루시는 벌컥 성을 내거나 흥분하는 일이 잦아졌지만, 몸은 건강하다. 간밤엔 날씨가 아주 험악했는데, 어부들은 폭풍이 몰아칠 거라고 했다. 날씨를 잘 관찰해 봐야겠다. 그러면 어떤 조짐을 보고 날씨를 예견하는 법을 배울 수 있을 것이다. 오늘도 하늘은 잿빛이다. 이 글을 쓰고 있는 지금, 태양은 케틀리니스곶 위에 드리운 두터운 먹장구름 속에 숨어 있다. 세상이 온통 잿빛이다. 단 하나, 이 잿빛 천지에서 푸르른 풀만이 에메랄드처럼 빛나고 있다. 바위도 잿빛이고, 모래톱이 잿빛 손가락처럼 뻗어 나가 있는 바다도 잿빛이며, 그 위에 드리운 구름도 잿빛이다. 구름장의 가장자리를 햇발이 안간힘을 쓰면서 연하게 물들이고 있다. 육지로 짓쳐들어오는 바다 안개에 휩싸여 바닷물이 울부짖는 소리를 내면서 해변의 저지대와 모래톱 위로 밀려들고 있다. 모든 게 어마어마하다. 거대한 바위처럼 험상궂은 구름장들이 층층이 쌓여 있고, 바다의 울부짖음은 세상의 종말을 알리는 듯하다. 해변 여기저기에 거뭇거뭇한 형체들이 어른거린다. 이따금 안개에 반쯤 형체가 가려지기도 한다. 나무가 걸어 다니는 것처럼 보인다. 고깃배들이 앞다투어 돌아오고 있다. 사나운 물너울의 움직임을 따라 솟구쳤다 가라앉았다 하면서 항구 안으로 들어오고 있다. 저기 스웨일스 씨가 온다. 내 쪽으로 곧장 걸어오고 있다. 그가 모자를 들어 올린다. 나와 이야기를 하고 싶다는 뜻이다…….

그 노인에게 일어난 변화가 마음을 아프게 했다. 그는 내 곁에 앉아, 아주 상냥하게 말을 걸었다.

「색시, 색시한테 하고 싶은 얘기가 있어.」 그가 마음이 편치 않다는 것을 알 수 있었다. 나는 안쓰러운 느낌을 주는 그의 쭈글쭈글한 손을 감싸 쥐면서, 뭐든지 말씀하시라고 말했다. 그러자 그는 손을 그대로 내맡긴 채 이야기를 했다.

「지난 몇 주 동안, 내가 죽은 사람들 얘기나 그 밖의 이러그러한 얘기를 한 걸 듣고 색시가 충격이나 받지 않았는지 모르겠어. 색시에게 충격을 주려는 뜻은 없었어. 내가 떠나더라도 그걸 기억해 주었으면 좋겠어. 한쪽 발을 저승으로 들이밀고 있는 우리 늙은이들은 누구나 망자들에 대해 생각하는 것을 좋아하지 않지. 망자들에 대한 생각으로 마음에 상처를 만들고 싶지가 않은 거야. 내가 짐짓 망자들을 들먹이며 경망을 떤 것도 그런 까닭에서야. 그러고 나니까 마음이 조금은 가벼워지더군. 색시, 그렇다고 내가 죽는 걸 두려워한다는 얘기는 아니야. 나는 조금도 죽음을 두려워하진 않아. 다만 피할 수만 있다면, 죽음을 피하고 싶어. 그러나 이제 때가 된 것 같아. 백 살이라는 나이는 누구에게나, 뭘 바라기에는 너무 많은 나이지. 죽음이 아주 가까이에 와 있어. 저승사자가 이미 낫을 갈고 있어. 얼마 안 있으면, 죽음의 천사가 나를 위해서 나팔을 불어 줄 거야. 이런, 색시 그렇게 슬퍼하며 눈물을 흘릴 건 없어(그는 내가 울고 있는 것을 보았던 것이다). 당장 오늘 밤에 천사가 온다고 하더라도, 나는 그의 부름을 거절하지 않을 거야. 산다는 건 결국, 우리가 하고 있는 것과는 다른 어떤 것을 기다리는 것에 불과하고, 죽음이란 우리가 귀의할 수 있는 가장 확실한 안식처거든. 나는 기분이 좋아. 색시, 죽음이 나에게로 다가오고 있어. 아주 빨리 다가오고 있어. 우리가 두리번거리고 긴가민가하며 우물거리는 동안에 바짝 다가들지도 몰라. 자, 저기를 봐. 인명을 앗아 가고, 배를 난파시키고, 고통과 슬픔을 가져다주는 저 바다, 그 위로 불어오는 저 바람 속에 죽음이 있을 수도 있어. 자, 봐!」 그가 갑자기 소리를 쳤다. 「저 바람 속에 뭔가가 있어. 죽음처럼 들리고, 죽음처럼 보이고, 죽음의 맛이 나고, 죽음의 냄새가 나는 뭔가가 있어. 그것이 저 바람 속에 있어. 그게 다가오고 있어. 주여, 당신이 저를 부르실 때 기쁜 마음으로 대답할 수 있도록 해주소서!」 그는 경건하게 팔을 들어 올리고 모자를 쳐들었다. 그의 입이 기도를 하는 것처럼 움지럭거렸다. 잠시 침묵이 흐른 뒤, 그는 일어나서 나에게 악수를 청하고, 나에게 축복을 준 다음, 작별 인사를 했다. 그는 다리를 절룩거리며 사라져 갔다. 이 모든 것이 나의 마음을 아프게 하고 산란하게 만들었다.

어깨에 쌍안경을 건 해안 경비원이 다가오는 것을 보자 반가운 생각이 들었다. 언제나 그랬던 것처럼, 그는 나와 이야기를 할 양으로 걸음을 멈추었다. 그러나 그의 시선은 해안에 나타난 낯선 배 한 척을 계속 살피고 있었다. 그가 말했다.

「저 배가 왜 저러는지 도통 알 수가 없구먼요. 보기에는 러시아 배 같은데, 어쩌자고 저렇게 헤매는지 모르겠네요. 어떻게 해야 할지 전혀 갈피를 못 잡고 있어요. 폭풍이 오고 있다는 것은 알고 있는 것 같은데, 난바다로 나가 북쪽을 향해 달려 올라갈 건지, 아니면 여기에 정박할 건지를 결정할 수 없는 모양이에요. 아니, 저것 좀 보세요. 거참 이상하네. 왜 방향을 틀지? 배가 키잡이를 무시하고 제멋대로 가는가 봐요. 돛을 모두 올리고 방향을 바꾸었어요. 아무래도 내일 이맘때가 되기 전에, 저 배가 어찌어찌 되었다는 얘기가 들릴 거예요. 무슨 일이 나도 크게 나겠어요.」

7

『데일리그래프』, 8월 8일 자 기사 스크랩
(미나의 일기에 첨부된 것임)

특파원 보고 ─ 휫비에서

사상 유례없는 격심한 폭풍이 갑자기 이 고장을 강타하여, 뜻밖의 희한한 결과를 낳았다. 폭풍 전의 날씨는 다소 무더웠으나, 8월의 여느 때 날씨와 크게 다른 정도는 아니었다. 토요일 밤에는 더할 나위 없이 날씨가 화창했다. 그래서 일요일인 어제는 휴일을 즐기려는 많은 사람들이 멀그레이브 숲, 로빈 후드만, 리그 밀, 런스위크, 스테이스 등과 휫비 인근의 여러 휴양지를 찾아 길을 떠났다. 기선 〈에마〉호와 〈스카버러〉호가 해변을 오르락내리락하면서, 휫비로 가거나 휫비에서 나가는, 전례 없이 많은 유흥 인파를 실어 날랐다. 그날은 오후까지 대단히 쾌청한 날씨가 계속되었다. 그러던 중 오후 늦게, 동쪽 해안 낭떠러지 위에 자리한 교회 묘지를 자주 찾는 주민들 중의 몇몇 사람들이, 전망좋은 그 높은 지대에서 북쪽과 동쪽으로 탁 트인 바다 풍경을 즐기다가, 북서쪽 하늘 높이 돌연 새털구름이 피어나는 것을 보고 일기에 돌연한 변화가 있을 것임을 알아차렸다. 그때 바람은 남서쪽에서 불어오고 있었다. 바람의 세기는 미약한 것으로서 기압을 측정할 때 쓰는 용어로 말하면, 〈2도: 남실바람〉으로 등급을 매겨지는 정도였다. 근무 중인 해안 경비원이 즉시 보고를 했고, 연로한 한 어부가 50년 넘게 동부 절벽에서 날씨의 징후를 관찰해 온 연륜을 바탕으로, 갑작스러운 폭풍이 몰려올 것임을 힘주어 예견했다. 해 질 녘의 풍광이 너무나 아름답고 구름덩이들이 휘황한 빛깔로 장관을 이루자, 교회 묘지는 그 아름다움을 즐기려고 낭떠러지를 따라서 거니는 인파들로 붐볐다. 태양이 서녘 하늘을 향해 불거져 나온 케틀리니스곶의 시커먼 땅덩어리 위에 걸릴 무렵에는, 많은 구름들이 갖가지 빛깔로 지는 해의 내려가는 길을 수놓았다. 불꽃처럼 시뻘겋기도 하고, 검붉은 것, 발그스름한 것이 있는가 하면, 푸릇푸릇한 것에다 보랏빛인 것도 있고, 진하고 연한 갖가지의 금빛으로 빛나는 것들도 있었다. 검은 윤곽을 뚜렷이 드러내며, 갖가지 형상을 짓고 있는 시커먼 구름덩이들도 군데군데 떠 있었다. 이 화려한 장관을 놓치지 않고 화가들은 화폭에 담았다. 이 〈대폭풍의 전조〉를 그린 몇몇 그림들은 틀림없이 내년 5월에 있을 왕립 미술원과 왕립 수채화 화가 협회의 전시회를 빛내 줄 것이다. 날씨의 심상찮은 변화를 보고, 많은 선장들은 배의 종류에 따라 〈조약돌〉이라고도 부르고 〈노새〉라고도 부르는 자기들의 배를 폭풍이 지나갈 때까지 항구에 묶어 두리라고 마음을 먹었다. 저녁 동안에는 바람기가 완전히 사라졌다. 자정 무렵에는 쥐 죽은 듯 고요가 깃들었고, 찌는 듯이 무더웠으며, 천둥 번개가 임박하면서 예민한 사람들을 사로잡는 긴장감이 감돌았다. 바다에는 배의 불빛을 찾아보기가 어려웠다. 연안을 운항하는 기선들마저도, 여느 때 같으면 해안에 바싹 붙어 항해를 하고 있을 터인데, 운항을 중단하고 바다에 머물러 있었으며, 고깃배는 거의 눈에 띄지 않았다. 오로지 돛단배 한 척이 항해를 하고 있을 뿐이었다. 그 범선은 외국의 스쿠너로서, 돛을 모두 올리고 있었는데, 서쪽을 향해 항해하고 있는 것처럼 보였다. 그 배가 시야에 머물러 있는 동안에, 그 배의 항해사들이 보여 주는 무모함이나 무지함을 두고 이러쿵저러쿵 말들이 많았고, 풍전등화의 위기에 직면한 그 배에 신호를 보내 돛을 내리도록 하기 위해서 사람들은 무진 애를 썼다. 그 배는 돛을 한가롭게 펄럭거리면서, 물너울을 따라 오르내리며 밤의 어둠 속으로 사라졌다.

채색된 바다 위를 떠가는 채색된 배처럼 한가롭게.

착 가라앉아 있던 공기가, 밤 10시 무렵에는 아주 무겁게 짓누르는 듯한 기분을 주면서, 괴괴한 침묵이 찾아들었다. 어찌나 고요한지, 들녘에서 울어 대는 양의 소리나 시가지에서 짖어 대는 개의 소리가 뚜렷하게 들려왔고, 부두에서 악대가 프랑스의 곡조를 연주하는 소리가 자연의 화음을 깨는 불협화음처럼 들렸다. 자정이 조금 지나서, 바다로부터 이상한 소리가 들려왔다. 상공의 공기를 타고, 우르릉거리는 듯한 이상한 소리가 희미하게 울려왔다.

그때, 미처 깨달을 사이도 없이 폭풍이 불기 시작했다. 곧바로 지축이 흔들리는 듯, 천지가 요동하기 시작했다. 어쩌면 그렇게 급작스럽게 일기가 돌변할 수 있는지, 그 순간에는 도저히 믿기지 않았고, 시간이 지난 지금도 도무지 알 수 없는 일로 남아 있다. 물결이 서로 지지 않으려고 아귀다툼을 벌이듯이 거칠게 솟아올랐다. 바로 조금 전까지만 해도 유리알같이 잔잔하던 바다가 불과 몇 분 사이에 뭐든지 집어 삼키려는 괴물처럼 으르렁거렸다. 물마루를 하얗게 번득이며 파도가 모래톱을 때리고, 경사가 완만한 해안 기슭으로 짓쳐들어왔다. 또 한 떼의 파도가 부두 위로 쳐들어왔고, 물보라를 일으키며 횟비 항구의 양쪽 부두 끝에 서 있는 등대의 등화실을 휩쓸었다. 바람은 천둥처럼 크르릉거렸고, 엄청나게 강하게 불어오고 있어서, 힘센 남자들조차 똑바로 서서 걷거나 쇠기둥을 꽉 부여잡고 버티고 있기가 쉽지 않을 정도였다. 부두에 무리를 이루고 있는 구경꾼들을 해산시키지 않으면 안 되었다. 그러지 않았으면, 이날 밤의 인명 피해가 더 늘어났을 것이다. 엎친 데 덮친 격으로, 해미까지 육지로 몰려들어 왔다. 부옇고 눅눅한 안개가 유령처럼 휩쓸고 지나가는데, 어찌나 축축하고 눅눅하고 싸늘한지 별다른 상상력을 발휘하지 않아도, 바다에서 죽은 사람들의 혼령이 나타나 끈끈한 망자의 손으로 살아 있는 형체들을 어루만지는 것 같은 느낌을 불러일으켰다. 해미의 소용돌이가 스치고 지나갈 때, 많은 사람들이 몸을 오싹거렸다. 시간이 지나면서 안개는 걷히고, 번쩍거리는 번개의 불빛 속에서 언뜻언뜻 바다가 모습을 드러냈다. 이제는 심한 번개가 잦아지고, 그 뒤를 따라 천둥소리가 천지를 뒤흔들었다. 폭풍이 휩쓰는 소리에 충격을 받은 하늘이 온통 진저리를 치고 있는 듯했다. 폭풍 속에서 펼쳐지는 이 광경들 중에서 어떤 장면은 장엄하고 손에 땀을 쥐게 했다. 바다는 흡사 산봉우리들이 달리고 있는 형상이었다. 물마루가 솟구칠 때마다 하늘 쪽으로 거대한 물보라를 부옇게 뿜어 올렸다. 그 물보라에 폭풍이 달려들어 그것을 허공 속에 흩뿌렸다. 고깃배가 여기저기서 너덜너덜해진 돛을 펄럭이며 난파를 면하려고 안전한 곳을 찾아 미친 듯이 내닫고 있었다. 이따금 바닷새의 하얀 날개가 폭풍에 휩쓸려 떠올랐다. 동쪽 절벽의 꼭대기에서는 새로이 설치한 탐해등(探海燈)을 시험 가동할 채비를 하고 있었다. 그것을 책임지고 있는 관리들이 운전을 시작했다. 육지로 쇄도해 오던 해미가 잠시 뜸해진 틈을 타서, 탐해등이 바다의 표면을 더듬었다. 한두 차례 이것이 효과를 보았다. 고깃배 한 척이 뱃전을 물속에 담근 채 항구 안으로 달려들고 있었는데, 탐해등 불빛의 안내를 받아 부두에 부딪히는 위험을 피할 수가 있었다. 배들이 무사히 항구에 닿을 때마다 해변에 모여 있던 사람들 속에서 일제히 환호성이 터져 나왔다. 그 외침이 한순간 폭풍 속을 헤치며 비어져 나왔다가 이내 쇄도하는 폭풍 속으로 휩쓸려 버렸다. 얼마 안 있어, 그리 멀지 않은 곳에 돛을 전부 올린 스쿠너 한 척이 탐조등 불빛 속에 모습을 드러냈다. 초저녁에 나타났던 돛단배와 똑같은 배로 보였다. 그때쯤엔 바람이 다시 동쪽으로 불고 있었다. 절벽 위에 있던 구경꾼들은 이 배가 대단히 위험한 상황에 처해 있음을 깨닫고 몸을 떨었다.

그 범선과 항구 사이에는 거대하고 평평한 암초가 가로놓여 있었다. 많은 배들이 이따금씩 이 암초 때문에 어려움을 겪고는 했었다. 더구나 바람이 그때처럼 동쪽으로 불고 있는 상황에서는, 그 배가 항구의 입구에 닿기가 대단히 어려울 것이었다. 이제 거의 만조 때가 되긴 했지만, 물결이 워낙 높아서 놀과 놀 사이의 물골에서는 해안의 얕은 곳을 거의 볼 수 있었다. 스쿠너는 돛을 모두 올리고 아주 빠른 속도로 질주했기 때문에 한 뱃사람은 그걸 보고 말했다.「저거 어딘가에 닿긴 닿겠는데. 그래 봤자 지옥이 되겠지만 말이야.」그때 아까보다 더 짙은 해미가 다시 깔렸다. 축축한 안개가 잿빛 휘장처럼 모든 것을 휘감아 버렸다. 오로지 청각 기관만 남겨 놓고 다른 감각 기관의 기능을 정지시켰기 때문에, 폭풍이 으르렁거리는 소리, 우뢰가 크르릉거리는 소리, 거대한 물너울이 쿵쾅거리는 소리가 눅눅한 장막을 뚫고 전보다 훨씬 더 크게 들려왔다. 탐해등의 빛줄기는 동쪽 부두를 가로질러 항구의 입구에 고정되어 있었다. 거기서 어떤 충격적인 일이 벌어질 것으로 기대하면서, 사람들은 숨을 죽이고 기다렸다. 바람이 느닷없이 북동쪽으로 방향을 틀었다. 해미의 자투리들이 돌풍 속에서 흩어졌다. 그때, mirabile dictu(놀랍게도), 두 부두 사이로 놀과 놀을 건너뛰듯 맹렬한 속도로 그 이상한 스쿠너가 달려들어 왔다. 범선의 돛을 모두 올리고 폭풍에 떠밀리면서 쏜살같이 달려 항구에 안착했다. 탐해등이 그 배를 뒤쫓았고, 그것을 바라보고 있는 모든 사람들이 몸서리를 쳤다. 키에 시체 하나가 묶여 있었던 것이다. 시체는 머리를 축 늘어뜨린 채, 배가 움직일 때마다 이리저리 흔들렸다. 갑판 위에 다른 것은 눈에 띄지 않았다. 기적이라도 일어난 것처럼 항구로 무사히 들어온 그 배의 키를 조종했을 사람이, 그 죽은 사람 이외는 없다는 사실을 깨닫자, 모든 사람들의 마음에 커다란 두려움이 일었다. 그러나 모든 일은 이렇게 글로 옮기는 데 걸리는 시간보다 더 빠르게 일어났다. 그 스쿠너는 거기에서 멈추지 않고, 항구를 가로질러 돌진하여, 동쪽 절벽 아래로 불거져 나온 부두의 남동쪽 모퉁이로 올라섰다. 물결과 폭풍에 수없이

많이 씻겨 온 모래와 자갈이 쌓여 있는 곳으로 이 지방에서는 테이트 힐 부두라고 부르는 곳이었다.

배가 모래 더미 위로 돌진해 왔다는 것은 물론 대단히 충격적인 일이었다. 돛의 활대며 밧줄이며 버팀 줄들이 모두 팽팽해졌고, 꼭대기 돛대의 일부가 우지끈 소리를 내며 내려앉았다. 그러나 무엇보다도 희한한 일은 그다음에 일어났다. 배가 해변에 닿던 그 순간에, 커다란 개 한 마리가 마치 충격을 받고 튀어 올라온 것처럼 밑창으로부터 갑판 위로 튀어 올라오더니, 앞으로 달려 나가 이물에서 모래 위로 뛰어내렸다. 그 개는 가파른 절벽을 향해 달려갔다. 절벽에는 교회 묘지에서 동쪽 부두로 내려가는 오솔길이 나 있는데, 가풀막이 심해서, 떠받쳐 주던 절벽이 허물어져 내린 곳에는, 평평한 묘석 — 휫비 지방의 사투리로는 스러프스틴thruff-stean, 또는 스루스톤through-stone이라고 부른다 — 중의 일부가 불거져 나와 있다. 개는 그곳의 어둠 속으로 사라졌다. 탐해등의 불빛을 막 벗어난 곳이어서, 어둠이 더욱 짙게 느껴졌다.

그 순간에 데이트 힐 부두에는 때마침 아무도 없었다. 근처에 집이 있는 사람들은 잠자리에 들어 있었거나 언덕 위로 나가 있었기 때문이었다. 그래서 동쪽 부두에서 근무를 서고 있던 해안 경비원이 곧바로 그 작은 부두로 달려감으로써, 그 배의 갑판 위로 맨 먼저 올라가게 되었다. 탐해등을 운전하고 있던 사람들은 항구의 입구를 이리저리 비추어 보다가 아무것도 발견되는 것이 없자, 불빛을 그 난파선 쪽으로 돌려 거기에 붙박아 두고 있었다. 해안 경비원은 고물 쪽으로 달려갔다. 그는 키의 손잡이 옆으로 다가가서 몸을 구부리고 살펴보다가, 뭔가에 놀라기라도 한 듯 흠칫 뒤로 물러섰다. 이 광경이 그것을 보고 있던 사람들에게 한결같은 호기심을 불러일으켰다. 많은 사람들이 달려 내려가기 시작했다. 테이트 힐 부두까지 가자면, 서쪽 절벽에서 도개교(跳開橋)를 거쳐 꽤 돌아가야 했지만, 본 특파원은 달리기에 상당히 능했기 때문에 군중의 선두에 서서 달려갈 수 있었다. 그러나 부두에 다다라 보니, 벌써 한 떼의 사람들이 몰려 있었고, 배에 오르는 것을 해안 경비원과 경찰이 막고 있었다. 현장 책임자의 호의로 나는 『데일리그래프』의 특파원 자격으로 갑판에 올라가도 좋다는 승낙을 받았다. 그럼으로써 나는 죽은 선원이 실제로 타륜(舵輪)에 묶여 있는 것을 본 몇 안 되는 사람들 속에 끼게 되었다.

　해안 경비원이 놀라고 겁을 집어 먹은 것도 무리는 아니었다. 그런 끔찍한 광경은 흔히 볼 수 있는 것이 아니었던 것이다. 그 사람의 손이 포개어진 채 타륜 둘레의 손잡이 중의 하나에 묶여 있었다. 십자가를 달고 있는 묵주가 팔목과 타륜을 감고 있고, 십자가는 안쪽에 있는 손과 손잡이 나무 사이에 끼어 있었는데, 모두 끈으로 꽉 묶여 있었다. 추측컨대, 그 가련한 선원은 이 키잡이 칸에 앉아 있다가 변을 당했을 것이다. 돛들이 퍼덕거리고 심하게 요동치면서, 키의 손잡이도 심하게 흔들렸을 것이고, 그의 몸이 이리 쏠리고 저리 쏠리고 하다가, 그를 묶고 있는 끈이 살을 가르고 뼈마디에까지 닿게 되었던 것이리라. 사건의 정황에 대한 면밀한 기록이 이루어졌다. 바로 내 뒤를 따라왔던 의사 J. M. 카펀 — 외과의 33세, 동(東) 엘리엇 광장에 거주 — 은 검사해 보고 난 뒤에, 그 사람이 죽은 지 꼭 이틀이 되었다고 잘라 말했다. 죽은 사람의 호주머니에서 마개를 단단히 막은 병이 하나 나왔다. 그 병 안에는 종이를 자그마하게 돌돌 말아 놓은 것이 들어 있을 뿐이었는데, 그 두루마리에는 항해 일지를 보충해서 덧붙이는 내용이 적혀 있음이 밝혀졌다. 해안 경비원은 그 사람이 손수 자기 손을 묶고, 이빨로 매듭을 조였을 것이라고 말했다. 제일 먼저 배 위에 올라온 사람이 해안 경비원이라는 사실이, 나중에 해사 법원에서 이 일을 다루게 될 때 복잡한 문제를 좀 덜어 줄지도 모른다. 민간인이 제일 먼저 난파선에 들어갔을 때는 당연히 해난 구조에 대한 사례를 요구할 수 있겠지만, 해안 경비원들이 그것을 요구할 권리가 없었다. 벌써 해사 법규와 관련해서 이러쿵저러쿵 얘기가 오가고 있었다. 젊은 법학도 하나가 목청을 높여 주장하기를, 이 배의 소유자는 이미 권리를 완전히 상실했다고 했다. 별도의 증거가 없다면, 위임된 소유권을 상징하는 키의 손잡이를 죽은 사람이 잡고 있기 때문에, 양도 불능의 소유권이라는 규정이 적용되어 소유자가 소유권을 주장할 수 없게 되었다는 얘기였다. 카사비앙카[23]처럼 고결한 완강함을 보이며, 죽으면서까지 끈질기게 키를 붙잡고 있었던 그 키잡이는 거기로부터 조심스럽게 옮겨져, 검시를 받기 위하여 시체 보관소에 안치되었다.

어느덧 폭풍은 그 맹렬하던 기세를 누그러뜨리며 잠잠해지고 있다. 모여 있던 사람들이 흩어지고, 요크셔 고원 위의 하늘이 벌겋게 달아오르기 시작한다. 오늘의 기사는 여기서 마무리하고, 폭풍을 뚫고 기적적으로 항구에 들어온 이 난파선에 관한 보다 상세한 이야기는 내일 기사로 나갈 것이다.

횟비에서 — 속보

8월 9일

어젯밤 폭풍 속을 헤치고 항구에 도착한 그 이상한 배의 뒷이야기는 그 사건 자체보다도 더 놀랍다. 그 스쿠너는 바르나에서 온 러시아 배임이 밝혀졌으며, 데메테르라는 이름을 가지고 있었다. 그 배에 실려 있는 것은 흰 모래로 된 바닥짐이 거의 대부분이었고 화물은 조금밖에 없었는데, 그것은 흙이 가득 들어 있는 커다란 상자들이었다. 이 뱃짐의 인수인은 횟비의 한 변호사인, 크레슨트가 7번지에 사는 S. F. 빌링턴 씨로 되어 있었는데, 이 사람이 오늘 아침에 배에 올라가 그에게 위탁된 이 뱃짐을 정식으로 인수했다. 러시아 영사도 용선 계약(傭船契約)의 당사자를 대신하여 그 배를 정식으로 인수하고 입항세 따위를 모두 지불하였다. 오늘 여기에서는 온통 그 이상한 사건에 관한 얘기뿐이다. 상무성의 관리들은 모든 일이 현행 법규에 따라 처리되도록 유념하면서,

---

23 프랑스의 해군 장교(1755?~1798).

아주 깐깐하게 일을 처리하였다. 이 사건도 어쩔 수 없이 얼마 안 가 사람들의 뇌리에서 지워질 것이기에, 그 관리들은 나중에 가서 딴소리가 나올 빌미를 만들지 않으려고 분명하게 못을 박았다. 배가 모래 더미에 닿아 부서질 때 튀어나왔던 그 개에 대해 많은 사람들이 관심을 보였다. 동물 학대 방지 협회는 횟비에서 아주 많은 활동을 하고 있는 단체인데, 그 단체의 몇몇 회원과 다른 사람들이 그 개를 돌봐 주려고 애를 썼다. 그러나 그 개를 찾을 수가 없어서 많은 사람들이 실망하였다. 개는 시가지에서 완전히 사라진 것으로 보인다. 개는 너무 놀란 나머지 히스가 무성한 황야 쪽으로 달아나서, 겁에 질린 채 몸을 숨기고 있을지도 모른다. 어떤 사람들은 그 개가 틀림없이 사나운 짐승일 것이므로, 나중에 그것이 사람을 해치게 될지도 모른다고 전망하면서 두려워했다. 오늘 이른 아침에 커다란 개 한 마리가 주인집 마당 건너편 도로에서 죽은 채 발견되었다. 테이트 힐 부두 가까이에 사는 석탄 상인이 키우고 있던 잡종 마스티프였다. 사나운 발톱 같은 것으로 목덜미가 찢기고 뱃가죽이 째진 것으로 보아, 흉포한 적수를 만나 싸움을 벌인 것이 분명했다.

시간이 흐른 뒤

상무성 조사관이 친절을 베풀어 주어, 〈데메테르〉호의 항해 일지를 훑어볼 수가 있었다. 그것은 사흘 전까지 차례대로 정리가 되어 있었는데, 실종된 사람들에 대한 것 말고는 이렇다 하게 흥미를 끄는 대목이 없었다. 가장 관심을 끈 것은 뭐니 뭐니 해도, 병 속에서 발견된 그 종이였다. 그것에 대한 조사가 오늘 이루어졌다. 조사관 중의 두 사람이 그 종이에 적힌 내용을 털어놓고 얘기했는데, 나는 그보다 더 희한한 이야기를 이제껏 들어본 적이 없다. 그것을 숨길 이유가 없으므로, 나는 그것을 기사화해도 좋다는 허락을 받았다. 그래서 뱃사람들과 화물 관리인의 일과 관련된 기술적인 세세한 얘기들만 빼고, 그것을 고쳐 써서 『데일리그래프』에 송고를 하게 되었다. 〈데메테르〉호의 선장은 항해를 시작하기 전부터 어떤 종류의 광증에 사로잡혀 있었고, 항해를 하면서 그게 계속 심해졌던 것 같다. 다음의 기록은 러시아 영사관의 서기 ─ 그가 친절하게도 번역해 주었다 ─ 가 불러 주는 것을 받아 적은 것이다. 짧은 시간에 이루어진 기록임을 감안하여, 당연히 진술을 신중하게 받아들여야 한다.

〈데메테르〉호의 항해 일지
출발지 바르나 목적지 휫비

이 일지는 7월 18일에 적기 시작한 것이다. 18일 이전 것은 18일에 몰아서 간략하게 적은 것이며, 매우 이상한 일들이 벌어지고 있기 때문에 이제부터는 우리가 상륙할 때까지 면밀하게 기록해 나갈 것이다.

7월 6일
뱃짐을 다 실었다. 바닥짐으로 흰 모래를 실었고 화물로 흙이 담긴 상자들을 실었다. 정오에 닻을 올렸다. 동풍이 삽상하게 불었다. 탑승자는, 선원 다섯, 항해사 둘, 요리사, 그리고 선장인 나이다.

7월 11일
새벽에 보스포루스 해협으로 들어왔다. 튀르크 세관원들이 올라왔다. 손씻이를 좀 쥐여 주었더니 무사통과다. 오후 4시에 항해에 들어갔다.

7월 12일
다르다넬스 해협을 통과했다. 더 많은 세관원이 올라오고, 경비대의 기함 한 척이 왔다. 다시 손씻이를 쥐여 주었다. 세관원들은 빈틈없이, 그러면서도 신속하게 일을 처리하였다. 우리가 빨리 떠날 것을 요구했다. 해가 진 뒤에 에게해에 들어갔다.

7월 13일
마타판곶을 지났다. 선원들이 뭔가를 불만스러워하고 있었다. 두려워하고 있는 것 같은데, 터놓고 얘기를 하려 들지 않는다.

7월 14일
선원들이 좀 걱정스러웠다. 그들은 전에 나와 같이 항해했던 오랜 동료들이다. 항해사는 무엇이 잘못된 건지 도통 모르고 있었지만, 선원들은 그저 그에게 무슨 일이 있다고만 말했다. 그러면서 그들은 성호를 그었다. 항해사가 그 중의 한 사람에게 성을 내면서 그를 때렸다. 격렬한 싸움이 한바탕 벌어지나 했는데, 아무 일 없이 끝났다.

7월 16일
아침에 항해사가 선원 중의 한 사람, 페트롭스키가 실종되었다고 보고했다. 어찌 된 곡절인지 알아낼 수가 없었다. 그는 어젯밤 왼쪽 뱃전에서 4시간 동안 불침번을 서고, 아브라모프와 교대했는데, 침대로 가지 않았다. 선원들이 전보다 더 풀이 죽어 있었다. 모두들 그런 일이 일어날 줄 알았다고 말했다. 그러면서도, 배에 뭔가가 있다고만 할 뿐 다른 얘기는 하려 하지 않았다. 항해사는 선원들의 태도에 분통을 터트리면서 앞으로 뭔가 골치 아픈 일이 생기지 않을까 저어했다.

7월 17일
선원 중의 한 사람인 올가렌이 내 선실로 찾아와, 겁에 질린 태도로 배에 이상한 사람이 타고 있는 것 같다고 자기 생각을 털어놓았다. 올가렌의 얘기는, 불침번을 서던 중, 폭풍우가 몰아쳐서 갑판실 뒤에서 폭풍우를 피하고 있다가, 키가 크고 호리호리한 사람이 갑판과 선실 사이의 계단을 올라와서, 이물 쪽으로 갔다가 사라지는 것을 보았다는 것이다. 그 사람은 승무원 중의 한 사람으로 보이지는 않았다고 했다. 올가렌이 조심스럽게 뒤따라가 보았는데, 이물 쪽에 다다랐을 때는 아무도 없었고, 갑판의 승강구는 모두 닫혀 있었다는 것이다. 올가렌은 사위스러운 생각을 하면서 잔뜩 겁을 집어 먹고 있었다. 그 두려움이 다른 사람들에게 번져 나갈까 봐 걱정이 되었다. 올가렌이 가진 두려움을 가라앉히기 위해서 배 안을 이물에서 고물까지 샅샅이 뒤져보기로 했다.

나는 승무원들을 모두 모이게 한 다음, 그들이 배 안에 누가 있다고 생각하고 있음이 분명한 만큼, 배를 샅샅이 뒤져보자고 말했다. 일등 항해사가 화를 냈다. 그는 그건 어리석은 짓이라고 했다. 그따위 터무니없는 생각을 받아들였다가는 선원들의 풍기만 문란하게 만들 뿐이라는 얘기였다. 나무 몽둥이 하나면 그따위 쓸데없는 생각을 못 하게 만들 수 있다고 장담했다. 나는 그에게 다른 사람들이 철저한 탐색을 벌일 동안에 키나 조종하고 있으라고 했다. 모두들 등롱을 하나씩 들고 나란히 서서 구석구석을 다 뒤졌다. 화물이라고는 커다란 나무 상자밖에 없었으므로, 사람이 숨어 있을 만한 특별한 구석이 없었다. 탐색이 끝나자 선원들은 무척 마음이 놓이는지 밝은 기색을 보이며 일하러 돌아갔다. 일등 항해사는 얼굴을 잔뜩 찌푸린 채 아무 말이 없었다.

7월 22일

지난 사흘 동안 날씨가 거칠었다. 그래서 모든 선원들이 돛을 다루느라고 분주하게 시간을 보낸 탓에, 겁먹고 어쩌고 할 틈이 없었다. 선원들은 그들의 두려움을 잊어버린 듯하다. 항해사도 다시 명랑해졌고 모두가 사이가 좋아졌다. 악천후 속에서 애써 준 선원들의 노고를 칭찬해 주었다. 지브롤터 해협을

빠져나왔다. 모든 게 잘되어 간다.

7월 24일

이 배에 악운이 낀 것 같다. 이미 한 사람이 사라졌는데, 간밤에 또 한 사람이 죽었다. 아니, 사라졌다. 우리는 악천후를 예상하고 비스케이만에 들어와 있었다. 첫 번째 선원처럼 그도 불침번을 서고 나서 보이지 않았다. 모든 선원들이 두려움에 사로잡혀서 사발 통문식의 서명을 한 건의서를 보냈는데 혼자 있는 것이 두려우니까 불침번을 둘이서 서게 해달라는 것이었다. 항해사가 화를 냈다. 항해사든 선원들이든 둘 중의 어느 쪽에서 폭력을 행사할 것이므로, 뭔가 골치 아픈 일이 있을 것만 같다.

7월 28일

지옥 같은 나흘이었다. 거대한 소용돌이 속에서 짓까불렸다. 사나운 폭풍우가 몰아 닥쳤던 것이다. 잠을 제대로 잔 사람이 없었다. 선원들은 모두 녹초가 되어 있었다. 모두 나가떨어져 버리고 불침번으로 세울 만한 사람이 마땅치 않아서 난감했다. 이등 항해사가 불침번을 서겠다고 자원해서 선원들을 몇 시간이나마 눈을 붙이게 했다. 바람이 수그러들었고, 물결은 아직 사납지만, 배가 덜 흔들리니까 좀 살 것 같았다.

7월 29일

또다시 비극적인 일이 벌어졌다. 간밤에 선원들이 너무 지쳐 있어서, 이등 항해사 혼자서 불침번을 서게 했었다. 아침 근무자가 갑판에 올라가 보니 키잡이 이외에는 아무도 보이질 않았다. 그가 소리 질러서 모두가 갑판으로 올라왔다. 구석구석을 뒤져보았으나 아무도 없었다. 이제 이등 항해사가 사라졌다. 선원들이 다시 두려움에 사로잡혔다. 일등 항해사와 나는 이제부터 무장을 하고 실종의 이유를 밝히는 실마리를 찾기 위해서 만반의 준비를 하자는 데 의견을 같이했다.

7월 30일

지난밤에 영국이 가까워지면서 기쁨을 느꼈다. 날씨도 쾌청해서 돛을 전부 올리고 달렸다. 지쳐 있었으므로 선실에 틀어박혀 잠을 푹 잤다. 항해사가 와서 잠을 깨우더니 불침번을 서던 선원하고 키잡이가 실종되었다고 말했다. 이제 배를 움직일 사람은 나하고 항해사, 그리고 선원 둘이 남았을 뿐이다.

8월 1일

이틀 동안 안개가 끼었다. 다른 배들이 한 척도 눈에 띄지 않았다. 영국 해협에 들어오면, 도움을 요청하는 신호를 보내거나 어떤 항구로든 들어갈 수 있을 거라고 기대했었는데, 돛을 움직일 힘이 없어서 바람을 등지고 달리는 수밖에 없었다. 돛을 내리면 다시 올릴 수가 없기 때문에 돛을 내릴 엄두가 나질 않았다. 어떤 끔찍한 파멸의 구렁텅이로 휩쓸려 가는 것 같다. 항해사는 선원들보다 더 풀이 죽어 있었다. 그의 강인한 성품이 그를 자신의 내부로 침잠하게 만든 것 같다. 선원들은 무던하고 참을성 있게 일을 하면서 두려움을 이겨 내고 있다. 최악의 사태에 대해 마음의 준비를 하고 있는 것이다. 그들은 러시아 사람이고 항해사는 루마니아 사람이다.

8월 2일

자정. 막 잠이 들려다가 비명을 듣고 잠이 깼다. 내 선실의 현창(舷窓) 밖에서 소리가 들린 듯했다. 안개가 끼어 있어서 아무것도 볼 수가 없었다. 갑판으로 달려 올라갔다가 항해사와 마주쳤다. 그도 비명을 듣고 달려왔는데, 불침번을 서던 선원이 안 보인다고 말했다. 또 한 사람이 사라진 것이다. 주여, 우리를 굽어살피소서! 항해사는 우리가 도버 해협을 지난 것이 틀림없다고 한다. 사라진 선원이 소리를 질렀던 바로 그때, 안개가 언뜻 걷힌 사이로 노스 포랜드를 보았다는 얘기였다. 정말 우리가 항로를 벗어나서 북해로 들어와 있는 거라면, 이 안개 속에서 우리를 인도해 줄 수 있는 분은 오로지 하느님뿐이다. 안개는 우리와 함께 움직이고 있는 것 같고, 하느님은 우리를 저버리신 것 같다.

8월 3일

자정에 나는 키를 조종하고 있는 선원과 교대하러 갔다. 키잡이 칸에 이르러 보니 거기에는 아무도 없었다. 바람이 계속 같은 방향으로 불고 있었고, 그 바람을 등지고 달리고 있었기 때문에 키잡이가 없는데도 배는 침로를 바꾸지 않고 가고 있었다. 그곳을 떠날 엄두가 나질 않아서, 소리를 쳐서 항해사를 불렀다. 잠시 후에 그가 운동복 차림으로 갑판 위로 달려 올라왔다. 그의 눈매가 사납고 표정이 험악해 보였다. 그가 이성을 잃은 게 아닌가 해서 더럭 겁이 났다. 그는 나에게 다가와서 내 귀에다 입을 대고 거친 음성으로 속삭였다. 지나가는 바람이 자기 얘기를 듣는 것도 저어하는 듯한 태도였다. 「〈그것〉이 여기에 있어요. 이제 그게 뭔지 알아요. 어젯밤에 불침번을 서다가 그걸 봤어요. 사람처럼 키가 크고 호리호리한데, 송장처럼 창백했어요. 이물 쪽에 서서 바다쪽을 내다보고 있었어요. 나는 그것의 뒤로 살금살금 다가가서 칼로 찔렀어요. 그런데 칼이 꼭 허공을 가르는 것처럼 그것을 뚫고 들어갔어요.」 그는 말을 하면서 칼을 꺼내 허공에다 대고 거칠게 휘둘러 댔다. 그가 계속 말했다. 「어쨌든 그게 여기 있어요. 그걸 찾아내고 말 거예요. 선창(船艙) 안에 있는 그 상자들 중의 하나 속에 들어 있을 거예요. 상자들의 뚜껑을 하나씩 하나씩 열어 볼 거예요. 선장님은 키를 잡고 계세요.」 그러면서 그는 몸조심하라는 듯한 표정을 짓고, 손가락을 입술에 대어 보이더니, 아래로 내려갔다. 갑자기 바람의 방향이 변했기 때문에 나는 키잡이 칸을 떠날 수가 없었다. 항해사가 연장통과 등롱을 들고 다시 갑판으로 올라왔다가 앞쪽 승강구로 내려가는 것이 보였다. 그는 미쳤다. 미쳐도 단단히 미쳤다. 그를 말리는 것은 쓸데없는 일이다. 그는 그 커다란 상자들을 훼손시키지 못할 것이다. 짐표에 적힌 걸 보면 그 안에는 〈찰흙〉이 들어 있어서, 그가 그 상자들을 아무리 거칠게 다룬다 한들 그에게 해가 되지는 않을 것이다. 그렇게 생각하고 나는 여기에 머물러서, 키에 신경을 쓰면서 이 일지를 쓰고 있다. 내가 할 수 있는 일은 오로지 하느님을 믿고 안개가 걷힐 때까지 기다리는 것뿐이다. 지금 이 바람이 부는 대로 가다가 아무 항구에도 닿지 못하게 되면, 그땐 돛을 내리고 그냥 머물면서 구조 신호를 보낼 생각이다.

이제 모든 게 거의 끝나 간다. 아래쪽 선창에서 항해사가 뭔가를 두들겨서 떼어 내는 소리가 들렸고, 그런 터무니없는 짓거리를 통해서나마 그의 기분이 풀렸을 테니, 그가 차분해진 모습으로 다시 나오려니 하고 잔뜩 기대를 하고 있을 때였다. 승강구에서 급작스럽고 겁에 질린 외마디 소리가 들려왔다. 그 소리에 내 피가 얼어붙는 듯했다. 그가 갑판 위를 총알처럼 날아 올라왔다. 눈을 희번덕거리고 겁에 질려 얼굴을 부르르 떨고 있는 품이 미쳐 날뛰는 사람의 모습이었다. 「살려 줘요! 살려 줘요!」 그는 그렇게 소리를 지르더니, 안개 속을 휘휘 둘러보았다. 그의 공포가 절망으로 변했다. 침착한 목소리로 그가 말했다. 「선장님도 더 늦기 전에 가보는 게 좋을 거예요. 〈그〉가 저기에 있어요. 이제 비밀을 알았어요. 바다가 그로부터 나를 구해 줄 거예요. 다른 길은 없어요!」 내가 뭐라고 말하거나, 그를 붙잡으려고 앞으로 나아갈 새도 없이, 현장(舷牆) 위로 뛰어오르더니, 그는 바닷속으로 몸을 던졌다. 나도 이제 비밀을 알 것 같았다. 선원들을 한 사람 한 사람 없애 나갔던 장본인이 바로 이 광인이었고, 급기야 자기 자신이 그들의 뒤를 따른 것이다. 하느님 이 일을 어쩌면 좋습니까! 항구에 닿았을 때, 이 끔찍한 일을 어떻게 설명할 수 있단 말입니까? 항구에 닿았을 때라니! 그렇게 될 수 있을까?

8월 4일

아직 안개가 깔려 있다. 동틀 녘이 되었지만, 빛이 안개 속을 헤쳐 나오지 못하고 있다. 나는 지금이 동틀 녘이라는 것을 알고 있다. 뱃사람이기 때문이다. 그 밖의 다른 이유는 없다. 나는 아래로 내려갈 엄두가 나지 않았다. 차마 이 키잡이 칸을 벗어날 수가 없었다. 그래서 밤새도록 여기에 앉아 있었다. 그리고 밤의 어둠 속에서 어렴풋하게 그것을, 아니 그를! 보았다. 하느님 저를 용서하소서. 제가 잘못 생각하고 있었습니다. 항해사가 바다로 뛰어내린 것은 잘한 일이었다. 사내답게 뱃사람답게 시퍼런 바닷속에서 죽은 게 더 잘된 일이었다. 누구도 그것을 나무랄 수가 없다. 그러나 나는 선장이고, 배를 떠나서는 안 된다. 악마 같기도 하고 괴물 같기도 한 그것은 내가 배를 버리고 떠나기를 바라겠지만, 나는 그의 뜻대로 고분고분 따라 주지 않을 것이다. 내 힘이 약해지기 시작하면 나는 나의 손을 키의 손잡이에 묶을 것이다. 그리고 내 손에다가 그자, 아니 그것이 감히 손대지 못하게 할 물건을 같이 묶어 놓을 것이다. 그러면 순풍이 불어오든 역풍이 불어오든, 나는 나의 영혼을 구하게 될 것이고, 선장으로서의 명예를 잃지 않게 될 것이다. 점점 힘이 없어져 가고, 밤이 다가오고 있다. 그가 나의 얼굴을 다시 똑바로 바라볼 수 있게 되면, 내가 마음먹은 것을 실행에 옮길 틈이 없을지도 모른다…… 만일 이 배가 난파당한다면, 이 병이 사람들의 눈에 띌 것이고, 이 병을 발견한 사람들은 알게 될 것이다. 난파당하지 않는다면, 내가 나의 의무에 충실했다는 것을 모든 사람들이 알게 될 것이다. 하느님, 은총이 가득하신 성모 마리아님, 그리고 모든 성인들이시여, 이 가련하고 무지한 영혼이 제 의무를 다할 수 있도록 도와주소서……

이 항해 일지에 대한 판단은 물론 독자 여러분의 몫이다. 이 기록의 진위 여부를 입증할 것은 아무것도 없다. 그러나 선장 자신이 살인을 자행했을 수도 있다고 말하는 사람은 지금 아무도 없다. 선장은 진짜 영웅이며, 그의 장례는

공적으로 지내 주어야 한다는 것이 이곳 사람들의 거의 한결같은 생각이다. 그의 시신을 관례에 따라 배의 행렬과 함께 에스크강 상류로 가져갔다가, 다시 테이트 힐 부두로 되돌린 다음, 대수도원 계단 위로 올리기로 벌써 결정이 되어 있다. 그를 절벽 위의 교회 묘지에 묻으려는 것이다. 백 척 이상의 배를 가진 선주들이 벌써 무덤까지 그의 시신을 따라가기를 원하면서 명단을 제출했다.

사라진 커다란 개의 자취가 감감하다. 많은 사람들이 그 점을 안타까워하고 있다. 현재의 이론에 비추어 보면 이 도시 사람들이 그 개를 받아 줄 것으로 생각된다. 내일은 장례식이 있을 것이다. 그럼으로써 이 〈바다의 불가사의〉도 끝맺게 될 것이다.

미나 머리의 일기

8월 8일

루시가 밤새도록 몽유병에 시달렸다. 나도 잠을 잘 수가 없었다. 폭풍이 무시무시하게 불었다. 벽난로의 굴뚝을 타고 전해지는 우르릉거리는 바람 소리에 몸이 떨렸다. 거친 돌풍이 한바탕 휩쓸고 갈 때면, 어디 멀리서 대포라도 쏘고 있는 느낌이었다. 신통하게도 루시는 걸어 다니면서도 잠에서 깨어나지 않았다. 루시는 두 번 일어나서 옷을 입었다. 다행히 매번 내가 때맞춰 깨어 있었기 때문에 루시를 깨우지 않고 옷을 벗겨 침대에 눕힐 수 있었다. 이 몽유병은 참 이상한 것이다. 옷을 입고 바깥으로 나가려 하다가도 물리적으로 제지를 당하면, 언제 그랬냐는 듯이 고분고분하게 정상적인 삶으로 돌아간다.

우리는 아침 일찍 일어나서 간밤에 무슨 일이 일어났는지를 알아보려고 항구로 내려갔다. 주위에 사람들은 별로 없었다. 태양이 밝게 빛나고, 공기는 맑고 상쾌했다. 그렇지만, 크고 사나운 물결은 물마루에 눈처럼 하얀 거품을 이고 있는 탓에 거무스레하게 보였다. 물결은 군중 속을 마구잡이로 헤쳐 나오는 무지막지한 사람처럼, 항구의 어귀로 짓쳐들어왔다. 조녀선이 지난밤에 바다 위에 있지 않고 뭍에 있었다는 게 다행스럽게 느껴졌다. 그러나 그는 지금 정말 뭍에 있을까, 아니면 바다에 있을까? 그는 어디에서 어떻게 하고 있을까? 그에게 무슨 탈이 생긴 것 아닌지 너무 너무 걱정스럽다. 내가 어떻게 해야 하는지를 알 수만 있다면, 그리고 그를 위해 무엇이든 할 수만 있다면 얼마나 좋을까.

8월 10일

오늘 있었던 그 가엾은 선장의 장례식은 대단히 감동적이었다. 항구의 모든 배들이 장례식에 동원된 것처럼 보였다. 테이트 힐 부두에서 교회 묘지까지 줄곧 선장들이 관을 옮겼다. 배의 행렬이 구름다리까지 강을 거슬러 올라갔다가 다시 내려가는 동안, 루시와 나는 일찌감치 전에 우리가 자주 앉아 있곤 했던 그 자리로 갔다. 거기에서 우리는 아름다운 광경을 내려다보았고, 장례 행렬을 거의 처음부터 끝까지 구경할 수 있었다. 그 가련한 선장은 우리가 앉아 있는 자리에서 아주 가까운 곳에 안장될 예정이었으므로 우리는 그 자리를 지키고 앉아 있다가 장례식 광경을 다 지켜볼 수가 있었다. 루시는 가련하게도 무척 심란해 보였다. 줄곧 안절부절못하고 있었다. 간밤에 꿈을 꾸면서 걸어 다닌 것이 영향을 미치고 있다고 생각할 수밖에 없었다. 왜 그렇게 불안해하느냐고 물으면 이상하게도 루시는 한사코 아무런 이유도 없다고 한다. 분명히 이유가 있는데도 루시 자신은 그것을 깨닫지 못하고 있는 것일 수도 있다. 그 불쌍한 노인 스웨일스 씨의 죽음도 루시의 불안을 가중시키는 데 한몫했을 것이다. 스웨일스 씨는 오늘 아침 우리의 벤치에서 목뼈가 부러진 채 숨져 있었다고 한다. 의사의 말로는, 뭔가에 놀라서 뒤로 넘어졌다는 것이다. 죽어 있는 그를 본 사람들은 그의 얼굴이 공포로 일그러져 있어서 소름이 끼쳤다고 말했다. 노인이 정말 안됐다. 아마도 그는 죽어 가는 눈으로 낫을 들고 선 죽음의 신을 보았을 것이다. 루시는 마음이 착하고 여려서 다른 사람들보다 훨씬 예민하게 영향을 받는다. 방금 전에 루시의 마음을 뒤흔드는 사건이 또 벌어졌다. 나도 동물을 무척 좋아하긴 하지만, 나는 그저 대수롭지 않게 받아들인 일이었다. 이곳에 종종 올라오는 사람 중의 하나가 개를 데리고 왔었다. 늘 그와 함께 다니는 개였다. 그 사람이나 개나 모두 조용한 편이어서, 나는 한 번도 그 사람이 화를 내는 것을 본 적이 없었고, 그 개가 짖는 것을 본 적이 없었다. 장례가 진행되는 동안, 그 개는 한사코 우리 옆자리에 앉아 있는 주인에게 오려고 하질 않고, 몇 미터 떨어져서 줄곧 짖어 대고 으르렁거렸다. 주인은 처음엔 상냥하게 나무라다가, 나중엔 거친 소리로 타일렀고, 그러다 끝내는 화를 냈다. 그러나 개는 오지도 않고 시끄러운 소리를 멈추지도 않았다. 녀석이 사납게 눈을 부릅뜨고, 싸울 태세를 갖춘 고양이가 꼬리를 빳빳이 세우듯, 털을 온통 곤두세우고 있는 품이 뭔가에 몹시 화가 나 있었다. 마침내 주인도 화를 내면서 뛰어 내려가 개를 걷어찼다. 그것으로 그치지 않고 그는 개의 목덜미를 잡고 질질 끌고 오더니 우리 벤치가 붙어 있는 묘석에다 내팽개쳤다. 묘석에 부딪치면서 그 가련한 짐승은 아무 소리도 내지 않고 몸을 바르르 떨었다. 녀석은 도망갈 생각은 하지 않고, 바들바들 거리면서 낮게 웅크렸다. 녀석이 너무 가엾어서 달래 주려고 해보았지만 소용이 없었다. 루시도 연민의 정으로 가득 차 있었지만, 개를 어루만져 줄 생각은 못하고 가슴 아픈 표정으로 바라보기만 했다. 루시의 마음결이 너무 여려서, 세상 어느 일에서나 고통을 느끼는 것이 너무 안쓰럽다. 틀림없이 루시는 오늘 밤 꿈을 꿀 것이다. 죽은 사람이 항구 안으로 이끌고 온 배며 십자가랑 묵주와 함께 키의 손잡이에 묶여 있었던 그 사람의 모습이며 장례식의 인상 그리고 화가 나 있기도 하며 겁에 질려 있기도 한 그 개. 이 모든 것들이 한 덩어리로 어울려 루시의 꿈자리를 사납게 만들 것이다.

육체적으로 피곤한 상태에서 루시가 잠자리에 들도록 하는 것이 최선책이라고 생각한다. 루시를 데리고 절벽을 따라서 로빈 후드만까지 오랫동안 산책을 갔다 와야겠다. 그러면 루시의 몽유병 증세가 좀 덜해질지도 모른다.

8

미나 머리의 일기

같은 날, 밤 11시

아, 이러면 안 되는데, 피곤하다. 일기 쓰는 것을 의무로 삼아 두지 않았더라면, 나는 이 일기장을 펼치지 않았을 것이다. 우리는 멋진 산책을 했다. 얼마간 걷고 나니 루시의 기분이 명랑해졌다. 등대 가까이에 있는 들녘에서 암소 몇 마리가 코를 벌름거리며 우리 쪽으로 왔는데, 그것이 루시의 기분을 바꾸어 준 것 같다. 그 소들이 불현듯 우리의 상념을 쫓아 주었다. 우리는 물론 저마다 가지고 있던 걱정마저 완전히 털어 버리진 못했지만, 그 밖의 모든 일을 잊을 수 있었다. 얼크러진 마음의 실타래가 풀리고, 새 출발을 하는 기분이 들었다. 우리는 로빈후드만에 있는 한 여관 겸 식당에서 흔히 〈시비어 티〉라 부르는 이른 저녁을 먹었다. 해초가 뒤덮인 갯바위 바로 위로 활처럼 둥글게 창문이 불거져 나온 고풍스러운 여관이었다. 음식이 아주 훌륭했지만, 우리의 왕성한 식욕을 보고 이른바 〈신여성〉[24]들이 충격을 받았을 것이다. 남자들이 더 너그

---

24 특히 성적인 문제에서 자기들의 독립성을 주장했던 여성들에게 적용된 용어로 1880년대 이후 촉발됐다.

럽게 우리를 봐 준다. 그들에게 축복이 있기를! 그곳을 나와 우리는 간간이 멈춰 서 쉬기도 하고, 사나운 황소들 때문에 잔뜩 겁을 집어 먹기도 하면서, 걸어서 집으로 돌아왔다. 루시가 무척 지쳐 있어서 우리는 되도록 빨리 잠자리에 들 생각이었다. 그런데, 젊은 신부가 찾아왔고, 웨스턴라 부인이 그에게 더 놀다가 저녁 식사를 하고 가라고 했다. 그 바람에 루시도 나도 덮쳐 오는 잠마귀에 맞서 싸움을 벌였다. 생각해 보면 나로서는 버거운 싸움이었다. 내 투지도 만만치 않은 셈이다. 조만간 주교들이 한데 모여 새로운 부류의 신부들을 양성하는 문제를 검토해 보아야 하리라고 생각한다. 그 신부들은 아무리 저녁 식사를 하고 가라고 붙잡아도 뿌리치고 갈 줄 알며, 여자들이 피곤한 때를 헤아릴 줄 아는 사람이라야 할 것이다. 루시는 잠들어 있다. 숨결이 부드럽다. 평소보다 뺨의 혈색이 좋고, 아주 예뻐 보인다. 응접실에서만 루시를 보고도 사랑에 빠져 버린 홈우드 씨가 지금 루시를 보았다면 무슨 말을 할지 궁금하다. 언젠가는 〈신여성〉 작가들이, 구애를 하거나 구애를 받아들이기 전에 남자와 여자가 서로의 잠든 모습을 볼 수 있도록 해야 한다는 주장을 펼칠지도 모르겠다. 신여성들은 어쩌면 장차 남자들의 구애를 수굿하게 받아들이려 하지 않고 그 여자들 스스로가 남자들에게 구애할 것이다. 그리하여 멋지게 그것을 해낼 것이다. 그런 생각을 하노라니 다소 위안이 된다. 오늘 밤은 루시가 상태가 좋아진 것 같아서 아주 기쁘다. 루시가 이제 어려운 고비를 넘기고, 꿈 때문에 고생하는 일도 없을 거라는 생각이 든다. 조너선이 무사하다는 것만 알면 나는 더할 나위 없이 행복할 것이다. 하느님, 그에게 축복을 내려 주시고 그를 지켜 주소서.

8월 11일, 새벽 3시

다시 일기를 쓴다. 잠이 오질 않아서 뭐라도 쓰고 있는 것이 나을 성싶다. 너무 마음이 산란해서 잠을 잘 수가 없다. 방금 우리는 너무 힘겹고 고통스러운 일을 겪었다. 어젯밤 나는 일기장을 덮자마자 깊은 잠에 빠져들었다. 그러다가 불현듯 잠에서 깨어, 일어나 앉았다. 까닭 모를 두려움이 확 끼쳐 오고 왠지 내 주위가 썰렁하다는 느낌을 받았다. 방이 어두웠기 때문에 나는 루시의 침대를 볼 수가 없었다. 나는 살며시 루시의 침대 쪽으로 건너가서 더듬어 보았다. 침대가 비어 있었다. 성냥불을 켜고 살펴보니 루시가 방에 없었다. 문은 닫혀 있었으나 잠겨 있지는 않았다. 문 잠그는 것을 잊었던 것이다. 루시의 어머니를 깨우기가 두려웠다. 그녀는 요즘 들어 평상시보다 더 몸이 편찮았기 때문이었다. 그래서 나 혼자 루시를 찾아볼 양으로 옷가지를 대충 걸쳐 입고 나갈 채비를 하였다. 방을 나서려는데 문득, 루시가 무슨 옷을 입고 나갔는지를 알면, 꿈을 꾸면서 가고 싶어 하는 곳이 어디인지를 짐작할 수 있을 거라는 생각이 머리를 스쳤다. 실내복을 입고 나갔다면 집 안에 있을 것이고, 드레스를 입었다면 집 밖으로 나갔을 것이다. 실내복도 드레스도 모두 제자리에 있었다. 「하느님 감사합니다. 잠옷 바람으로 나갔으니 멀리는 안 갔을 거야.」 그렇게 혼잣말을 하고 나는 계단을 내려가서 거실을 살펴보았다. 거기엔 없었다. 다음에는 방문이 열려 있는 집 안의 모든 방을 살펴보았다. 새록새록 커져 가는 두려움으로 가슴이 오그라드는 듯했다. 마침내 현관문 앞에 다다라 보니 문이 열려 있었다. 활짝 열려 있지는 않았지만, 걸쇠가 걸려 있지를 않았다. 이 집 사람들은 매일 밤 문 잠그는 일을 소홀히 하지 않는다. 루시가 틀림없이 밖으로 나갔을 것이라는 생각이 들었다. 일은 벌어진 것이었다. 정체를 알 수 없는 두려움이 엄습해 왔다. 이러고저러고 따져 볼 겨를이 없었다. 나는 커다란 숄을 걸치고 밖으로 달려 나갔다. 크레슨트에 다다랐을 때 시계가 1시를 치고 있었다. 거기에는 아무도 없었다. 북부 언덕을 따라 달려 보았으나 기대하고 있던 희끄무레한 자태는 찾아볼 수가 없었다. 부두 위에 있는 서부 절벽의 가장자리에 서서 항구 저편의 동부 절벽 쪽을 건너다보았다. 우리가 즐겨 찾는 그 자리에서 루시의 모습을 발견하기를 기대했는지, 아니면 거기에 루시가 있을까 두려위했던 것인지는 알 수가 없다. 밝은 보름달이 떠 있는데, 두터운 먹구름이 떠다니고 있어서, 빛과 그림자가 잠깐잠깐 갈마드는 디오라마의 한 장면처럼 보였다. 구름의 그림자가 성모 마리아 교회와 그 주변을 덮고 있어서, 아무것도 볼 수가 없었다. 잠시 후 구름이 걷히면서 대수도원의 폐허가 시야에 들어오고, 칼자국처럼 예리한 모습으로 구름을 비집고 나온 빛의 띠가 넓어져 감에 따라, 교회와 교회 묘지의 모습도 차츰차츰 눈에 들어오기 시작했다. 꼭 거기에 루시가 있으리라고 기대했던 것은 아니지만, 거기, 우리가 즐겨 찾던 그 자리에 은빛으로 쏟아지는 달빛을 받으며, 눈처럼 하얀 형체가 보였다. 의자의 등받이에 몸을 기대고 반쯤 누워 있는 모습이었다. 또 다른 구름이 흘러와 이내 달을 집어삼켰기 때문에 많은 것을 볼 수는 없었다. 그렇지만, 하얀 형체가 빛나고 있는 그 벤치 뒤에 뭔가 거뭇거뭇한 것이 서 있고, 그것이 하얀 형체 위로 몸을 구부리고 있었던 것처럼 느껴졌다. 그 검은 것이 사람인지 짐승인지는 구별할 수가 없었다. 그것을 다시 보자고 구름이 걷힐 때를 기다릴 여유가 없었다. 나는 부두로 내려가는 가파른 계단을 나는 듯이 달려 내려가 어시장을 거쳐 다리에 이르렀다. 동쪽 절벽으로 가는 길은 그 길뿐이었다. 시가지에는 사람의 모습이 전혀 눈에 띄지 않았다. 꼭 사람이 살고 있지 않은 곳을 지나는 느낌이 들었다. 지나다니는 사람이 없는 게 다행이었다. 가련한 루시의 모습을 다른 사람이 보아서는 안 되기 때문이었다. 마음은 급한데, 길은 한없이 멀게만 느껴졌다. 대수도원으로 올라가는 지루하게 긴 계단을 애면글면하며 올라갈 때는 다리가 후들거리고 호흡이 가빴다. 빨리 가야겠다는 마음은 절실한데, 발에다 납덩이를 매단 것처럼 발걸음이 더디고, 몸의 모든 뼈마디에 녹이 슨 듯 뜻대로 움직여 주질 않았다. 계단 꼭대기에 거의 다다르자 그 벤치와 하얀 형체가 보였다. 구름이 달을 가리고 있을 때였지만, 그 모습을 식별할 수 있을 만큼 가까이 있었기 때문에 그것을 볼 수가 있었다. 의자의 등받이에 몸을 기대고 누워 있는 하얀 형체 위로 길쭉하고 시커먼 뭔가가 몸을 구부리고 있는

것이 틀림없었다. 나는 더럭 겁을 느끼며 소리쳤다. 「루시야, 루시야.」 그러자 그 뭔가가 고개를 들었다. 하얀 얼굴과 붉게 충혈된 형형한 눈이 보였다. 루시는 대답하지 않았다. 나는 두려움을 느끼며 교회 묘지의 입구 쪽으로 달려갔다. 나와 벤치 사이에 교회가 가로막고 서 있어서 잠깐 동안 루시의 모습을 볼 수 없었다. 다시 루시의 모습을 볼 수 있게 되었을 때, 마침 달을 가리고 있던 구름이 지나갔다. 달빛이 환하게 비치고 있어서 루시가 벤치의 등받이 위에 머리를 올려놓고 반쯤 누워 있는 모습을 잘 볼 수 있었다. 루시의 곁에는 아무도 없었다. 주변을 아무리 둘러봐도 사람이고 동물이고 간에 살아 있는 것의 자취가 없었다.

몸을 숙여 루시를 내려다보니 여전히 잠을 자고 있었다. 입술이 벌어져 있고, 숨을 들이마실 때마다 허파를 가득 채우려는 듯 여느 때와는 달리 거칠게 숨을 몰아쉬고 있었다. 내가 가까이 다가들자 루시는 잠결에 손을 들어 잠옷의 깃을 목 언저리로 끌어 올렸다. 그러면서 한기를 느끼는지, 몸을 부르르 떨었다. 나는 두르고 있던 따뜻한 숄을 루시에게 걸쳐 주고, 숄의 자락을 잡아당겨 목을 잘 덮어 주었다. 그녀가 옷을 부실하게 입고 있어서 차가운 밤공기 때문에 심한 오한을 느끼지 않을까 걱정이 되었다. 루시를 바로 깨우기가 망설여졌다. 루시를 곁부축해서 데리고 가자면 숄을 잡고 있는 손을 놓아야 했다. 그래서 나는 커다란 안전핀으로 숄을 목에다 붙들어 맸다. 그런데 루시에 대한 걱정으로 마음이 어지러웠던 탓인지, 손놀림이 어설퍼서 핀으로 루시의 목을 찔러 아프게 한 것 같았다. 이내 루시의 숨결이 잔잔해지고, 루시가 손을 올려 다시 목 언저리를 쓰다듬고 신음을 토했다. 숄을 잘 둘러 주고 나서, 나는 내 신발을 벗어 루시의 발에 신겼다. 그러고 나서 가만가만히 루시를 깨우기 시작했다. 처음에는 반응이 없더니, 잠결에 뭔가 불편한 걸 느끼는지 이따금 신음 소리를 내고 한숨을 내쉬었다. 너무 시간을 지체하면 안 될 것 같기도 하고, 또 다른 여러 가지 이유 때문에도 루시를 빨리 집으로 데려가야 된다는 생각이 들었다. 그래서 좀 더 세게 루시를 흔들었다. 마침내 루시가 눈을 뜨면서 잠에서 깨어났다. 루시는 나를 보고도 별로 놀라는 기색이 아니었다. 자기가 어디에 와 있는지를 금방 알아차리지 못하는 게 당연한 일이었다. 루시가 잠에서 깨어난 모습은 언제 봐도 예쁘다. 찬 기운 때문에 소름이 돋고, 한밤중에 교회 묘지에서 잠옷 바람으로 깨어나 다소 섬뜩함을 느꼈을 텐데도, 루시는 자신의 우아함을 잃지 않았다. 루시는 약간 몸을 떨더니 나에게 매달렸다. 집으로 돌아가자고 말했더니 루시는 아이처럼 고분고분한 태도로 아무 말 없이 일어섰다. 집을 향해서 걸어가는데, 길에 깔린 돌멩이가 발을 아프게 했다. 내가 돌멩이 때문에 주춤거리며 걷는 것을 루시가 눈치챘다. 루시는 발걸음을 멈추더니 나보고 신발을 신으라고 고집을 부렸다. 그러나 나는 그럴 수 없다고 버티었다. 교회 묘지를 벗어나 오솔길에 들어섰는데, 거기에 폭풍우가 지나가면서 만들어 놓은 흙탕물이 고여 있었다. 나는 발을 번갈아 사용해서 발에다 진흙을 묻혔다. 집으로 돌아가는 길에 누군가를 만나더라도, 내가 맨발이라는 것을 눈치채지 못하게 하려는 것이었다.

다행히 아무도 마주치지 않고 집으로 돌아왔다. 딱 한 번 한 사람이 우리 앞을 지나쳐 간 적은 있었다. 그는 술에서 아직 덜 깬 듯한 사람이었다. 그 사람이, 스코틀랜드에서 〈와인드〉라고 부르는 가파른 진입로를 올라가 그의 집으로 사라질 때까지 우리는 대문에 숨어 있었다. 그렇게 숨어 있는 동안 가슴이 너무 심하게 방망이질을 쳐서 기절해 버릴 것만 같았다. 내 마음은 루시에 대한 걱정으로 가득 차 있었다. 루시의 건강도 걱정이었지만, 루시의 모습이 다른 사람 눈에 띄어서 사람들 입에 오르내리게 되고, 그 때문에 루시가 고통을 받게 될 일도 한걱정이었다. 우리는 집 안으로 들어와서 발을 씻고 함께 감사 기도를 올렸다. 그런 다음에 나는 루시를 침대에 누이고 이불을 잘 덮어 주었다. 잠들기 전에 루시는 다른 사람에게, 어머니에게도, 오늘 있었던 일들에 대해 얘기하지 말라고 부탁했다 — 아니, 간청했다. 처음에 나는 약속하는 것을 머뭇거렸다. 그러나 루시 어머니의 건강 상태며, 그런 일을 알게 되었을 때 어머니가 겪게 될 마음의 고통에 생각이 미치고, 또 그런 얘기가 새어 나갔을 때, 사람들이 이리저리 비틀어서 이러쿵저러쿵 떠들어댈지도 모르는 — 아니, 틀림없이 그럴 것이다 — 상황을 생각하니, 그러는 편이 현명하다는 생각이 들었다. 어머니에게 이야기하지 않기로 한 게 오히려 일을 그르치지 않았으면 좋겠다. 나는 문을 잠그고 열쇠를 내 손목에 묶어 두었다. 이렇게 해놓았으니 루시가 다시 번잡스럽게 일을 벌이지는 않을 것이다. 루시는 조용하게 자고 있다. 바다 위 하늘 높이 새벽 기운이 어린다.

같은 날, 정오

모든 게 잘되어 간다. 루시는 내가 깨울 때까지 잠을 잤다. 처음 누워 있던 그 자세로 내처 잠을 잔 것 같았다. 간밤의 일이 루시에게 해가 된 것 같지는 않았다. 그와 반대로 지난 몇 주 동안보다 오늘 아침에 루시가 더 좋아 보이는 걸로 보면, 그 일이 오히려 도움이 된 듯했다. 내가 안전핀을 서툴게 다루다가 루시의 목에 상처를 냈다는 것을 알고는 마음이 언짢았다. 목의 살갗에 구멍이 났으니, 경미한 실수가 아니었던 듯하다. 핀으로 찔린 것 같은 자국이 두 개 나 있고, 잠옷의 허리띠 위에 핏방울 자국이 하나 있는 걸로 보아, 살가죽을 한 자밤 집어 들고 그것을 옷핀으로 꿰뚫어 버린 것 같았다. 내가 사과를 하고 상처를 걱정하자, 루시는 웃으면서 나를 어루만졌다. 그러면서 자기는 그것을 느끼지조차 못했다고 말했다. 다행히 상처가 아주 작아서 흉터를 남기지는 않을 것이다.

같은 날, 밤

행복한 하루를 보냈다. 공기는 맑고, 태양은 밝게 빛났으며, 시원한 산들바람이 불었다. 멀그레이브 숲에 가서 점심을 먹었다. 웨스턴라 부인은 마차를 몰고 가고, 루시와 나는 절벽 위의 오솔길을 따라 걸어가서 숲의 입구에서 합류했다. 조너선이 함께 있었다면, 〈더 바랄 것이 없이〉 행복했을 텐데 하는 생각을 하니 조금 슬퍼졌다. 그러나 그는 여기에 없다. 그저 참고 기다려야 한다. 저녁에 우리는 카지노 테라스에서 산책을 하고, 인기 작곡가 슈포어와 매켄지의 아름다운 음악을 들은 다음, 일찍 잠자리에 들었다. 루시는 근래의 어느 때보다도 편안해 보였으며, 잠자리에 들자 이내 잠이 들었다. 오늘 밤엔 아무 일도 일어나지 않으리라고 생각하지만, 전처럼 문을 잠그고 열쇠를 내 손목에 묶어 두어야겠다.

8월 12일

내 기대가 빗나갔다. 밤중에 루시가 밖으로 나가려고 하는 바람에 두 번 잠이 깨었다. 루시는 문이 잠겨 있다는 것을 알고는 잠결인데도 초조해하는 기색을 보이며, 침대로 되돌아갔다. 어쩐지 항의의 뜻이 담긴 태도였다. 동터 오면서 잠이 깼는데, 창문 밖에서 새가 지저귀는 소리가 들려왔다. 루시도 잠에서 깨어났다. 루시가 어제 아침보다 훨씬 좋아 보여서 기뻤다. 예전의 쾌활한 모습을 되찾은 듯했다. 루시는 내 곁으로 바싹 다가와서 아서에 대한 모든 이야기를 늘어놓았다. 내가 조너선 때문에 무척 걱정하고 있다고 말했더니, 루시는 나를 위로하려고 애썼다. 루시가 동정을 보였다고 해서 엄연한 사실이 달라지는 것은 아니었지만, 어쨌든 루시의 위로가 도움이 되었는지, 조너선의 일에 대한 내 조바심이 조금 덜해지는 느낌이었다.

8월 13일

또 하루를 조용히 보내고, 전처럼 손목에 열쇠를 걸고 잠자리에 들었다. 밤중에 다시 잠이 깨었다. 루시가 여전히 잠들어 있는 채로 침대에 일어나 앉아서 창문을 가리키고 있었다. 나는 살며시 일어나서 겉창을 열어젖히고 밖을 내다보았다. 달빛이 휘영청 밝았다. 부드러운 달빛을 받은 바다와 하늘이 하나로 어우러져 거대하고 고요한 신비의 세계를 이루고 있었는데, 그 아름다움을 말로 다 표현할 수가 없었다. 달빛 속에서 커다란 박쥐 한 마리가 훨훨 날아다니고 있었는데, 커다란 원을 그리며 멀어졌다 가까워졌다 했다. 한두 번 아주 가까이 다가오기도 했는데, 나를 보고 놀란 듯, 항구를 가로질러서 대수도원 쪽으로 날아갔다. 내가 창문으로부터 제자리로 돌아와 보니 루시는 다시 자리에 누워서 평화롭게 잠을 자고 있었다. 루시는 그 이후로는 날이 샐 때까지 다시 일어나서 걸어 다니지 않았다.

8월 14일

동쪽 절벽 위에서 온종일 책을 읽고 글을 썼다. 나도 이곳을 좋아하지만, 루시는 아주 이곳에 푹 빠진 것 같았다. 그래서 점심을 먹거나 오후에 차를 마시기 위하여, 또는 저녁을 먹기 위하여 집으로 돌아가야 할 시간에 루시를 자리에서 뜨게 하려면 상당히 애를 먹었다. 오늘 오후에 루시가 이상한 얘기를 했다. 저녁을 먹으려고 집으로 돌아오던 길이었다. 서쪽 부두에서 위로 올라가는 계단 꼭대기에 이르러서 잠시 걸음을 멈추고 여느 때처럼 풍경을 바라보았다. 해가 케틀리니스곶 너머로 뉘엿뉘엿 넘어가고 있었다. 빨간 노을이 동부 절벽과 낡은 대수도원 위에 드리우면서, 모든 것이 황홀한 장밋빛 노을에 함초롬히 젖어 드는 듯한 느낌을 주었다. 우리는 한동안 말없이 그것을 바라보고 있었는데, 루시가 느닷없이, 혼잣말을 하는 것처럼 말했다.

「그이의 빨간 눈이야. 그이의 눈빛과 똑같아.」 난데없이 불쑥 내뱉은 말이어서 나는 그 말에 깜짝 놀랐다. 나는 몸을 약간 돌려서, 빤히 쳐다보고 있다는 느낌을 주지 않으면서 루시를 살펴보았다. 루시는 비몽사몽의 상태에 빠져 있었고, 얼굴에는 이해할 수 없는 이상야릇한 표정이 서려 있었다. 나는 아무 말없이 루시가 쳐다보는 곳으로 시선을 돌렸다. 루시는 우리가 즐겨 찾는 교회 묘지의 그 자리를 건너다보고 있는 것처럼 보였다. 거기에 거뭇한 형체가 홀로 앉아 있었다. 순간 나는 깜짝 놀랐다. 거기에 앉아 있는 낯선 사람의 커다란 눈이 활활 타오르는 불꽃처럼 보였기 때문이었다. 그러나 다시 한번 바라보고 나서 내가 헛것을 보았다는 생각을 했다. 우리 벤치 뒤에 있는 성모 마리아 교회의 창문들이 빨간 노을빛을 받아 빛나고 있었다. 해가 산 너머로 조금씩 자취를 감추어 감에 따라서 빛이 굴절하고 반사하는 모습이 눈에 띄게 달라졌다. 마치 빛이 움직이고 있는 것처럼 보였다. 루시에게 그런 특이한 현상을 이야기하며 눈여겨보라고 했더니 루시도 놀라워했다. 그러나 루시의 표정에 내내 수심이 가득했다. 거기에서 있었던 그날 밤의 끔찍한 일을 생각하고 있는 것인지도 몰랐다. 우리는 한 번도 그 일을 입 밖에 낸 적이 없었으므로, 나는 아무 말도 하지 않았다. 우리는 저녁 식사를 하기 위해 집으로 돌아왔다. 루시는 머리가 아프다면서 일찍 잠자리에 들었다. 루시가 잠든 것을 보고 나는 잠시 산책할 양으로 밖으로 나갔다. 나는 서쪽을 바라보며 해안의 절벽을 따라서 걸었다. 조녀선 생각을 하고 있었기 때문에 슬픔으로 가슴이 미어질 듯했다. 집으로 돌아오면서 나는 우리 방의 창문을 흘낏 올려다보았다. 달빛이 환하게 비치고 있었기 때문에 모든 것을 잘 볼 수 있었다. 루시는 머리를 창밖으로 내밀고 있었다. 나를 찾느라고 밖을 내다보고 있는 것이라고 생각했다. 그래서 나는 손수건을 펼쳐 들고 흔들었다. 루시는 그것을 알아보지 못한 채 아무런 움직임도 보이지 않았다. 바로 그때, 건물의 모서리 언저리에서 어른거리던 달빛이 루시가 있는 창문을 바로 비추기 시작했다. 그러자 창턱 가장자리에 머리를 기대고 있는 루시의 모습이 분명하게 눈에 들어왔다. 루시는 눈을 감고 깊은 잠에 빠져 있는 것처럼 보였는데, 루시의 옆에 꽤 덩치가 큰 새 같은 것이 창턱 위에 앉아 있었다. 루시가 차가운 밤공기 때문에 한기를 느끼지나 않을까 걱정이 되어, 나는 위층으로 달려 올라갔다. 그러나 내가 방 안에 들어가자 루시는 깊은 잠에 빠진 채 자기 침대로 돌아가는 중이었다. 루시의 숨결이 거칠었다. 루시는 찬 기운으로부터 목을 보호하기라도 하는 양, 목에다 손을 대고 있었다.

나는 루시를 깨우지 않고 이불을 따뜻하게 덮어 주었다. 문이 잠겨 있는지를 확인하고 창문도 확실하게 잠갔다.

잠들어 있는 루시의 모습이 아주 예쁘다. 그러나 원래 창백하기는 했었지만 지금은 더 창백하다. 눈 밑에 있는, 일그러지고 수척한 표정이 마음에 걸린다. 무슨 일로 상심하고 있는 것일까? 그게 무엇인지 알아낼 수 있다면 좋겠다.

8월 15일

평소보다 늦게 일어났다. 루시는 기력이 없고 지쳐 있어서 어머니가 우리를 깨우러 온 뒤에도 내처 잤다. 아침 식사 때, 반가운 소식을 들었다. 아서의 아버지가 쾌차하셔서 혼인식이 곧 이루어질 거라는 것이었다. 루시는 아주 기뻐했고, 어머니는 반가워하시면서도 한편으로는 섭섭해하셨다. 어머니는 자기 몸만큼이나 애지중지하던 딸과 헤어지는 것을 못내 슬퍼하시면서도, 딸을 보호해 줄 사람이 곧 생긴다는 것을 기뻐하셨다. 마음 착한 루시의 어머니가 가엾게 느껴진다. 어머니는 의사로부터 곧 죽게 될 거라는 얘기를 들었다고 나에게 털어놓으셨다. 루시에게는 이야기하지 않았다면서 비밀을 지켜 줄 것을 부탁하셨다. 의사 얘기가, 심장이 약해지고 있기 때문에 길어 봐야 몇 달을 못 넘길 거라는 것이었다. 언제든지, 지금 당장이라도, 갑작스러운 충격을 받으면 어머니는 쓰러져 다시는 못 일어나시게 된다. 루시의 몽유병이 빚은 그날 밤의 그 끔찍한 사건을 어머니께 이야기하지 않은 것은 정말 잘한 일이다.

8월 17일

이틀 동안 단 한 줄의 일기도 쓰지 못했다. 전혀 일기를 쓰고 싶은 마음이 일지 않았다. 우리의 행복 위로 어두운 장막이 덮쳐 오는 듯한 느낌이었다. 조너선에게서는 전혀 소식이 없고, 루시 어머니가 받아 놓은 삶의 시한은 시시각각

다가오는데, 루시는 점점 약해져만 간다. 루시가 왜 자꾸 기력을 잃어 가는지 이해할 수가 없다. 밥도 잘 먹고 잠도 잘 자고 신선한 공기도 듬뿍 마시는데, 어찌하여 뺨의 발그레한 기색이 점점 희미해지고, 나날이 허약해져 가는지 알다가도 모를 일이다. 밤이면 루시는 숨이 차는 듯 가쁘게 숨을 쉰다. 나는 밤에는 언제나 방 열쇠를 손목에다 붙들어 매두고 있다. 루시는 일어나서 방 안을 서성이다가 창가에 앉는다. 간밤에도 깨어 일어나 보니 루시가 창문 밖으로 몸을 내밀고 있었다. 루시를 깨우려고 해보았지만, 그럴 수가 없었다. 루시는 실신 상태에 있었다. 나는 루시의 의식을 되돌리려고 애를 썼다. 의식이 돌아왔을 때, 루시는 녹초가 되어 있었고, 힘겹게 숨을 쉬면서 간간히 조용한 소리를 내뱉었다. 왜 창가에 가 있었느냐고 물었더니 루시는 고개를 흔들면서 돌아누웠다. 루시가 왜 반감을 보이는지 모르겠다. 내 잘못으로 안전핀에 찔린 것 때문에 몸에 이상이 생기고 그것 때문에 나에게 좋지 않은 감정을 가진 것은 아니기를 바란다. 나는 잠들어 있는 루시의 목을 바라보았다. 작은 상처는 아직 아물지 않은 것처럼 보인다. 아직도 구멍이 나 있고, 어찌 된 일인지 전보다 더 커져 있다. 작은 구멍의 가장자리에는 희끄무레한 빛을 띠고 있다. 가운데가 빨간 하얀 반점처럼 보인다. 하루 이틀 내로 그 상처들이 아물지 않으면, 아무래도 의사에게 보여야겠다.

휫비의 변호사, 새뮤얼 F. 빌링턴과 그의 아들이, 런던에 있는 카터-패터슨 상사에 보내는 편지

8월 17일

삼가 알려드립니다.

화물 송장(送狀)을 동봉하오니 받아 주십시오. 화물은 대북부 철도편으로 보냅니다. 킹스 크로스 화물역에서 수령하시는 대로 퍼플리트 인근에 있는 카팩스 저택으로 배달해 주십시오. 저택은 현재 비어 있습니다. 그래서 열쇠를 동봉하오니 확인해 보십시오. 열쇠마다 꼬리표가 붙어 있습니다.

탁송하는 것은 상자 50개인데, 이것들을 저택 안의 한 건물 안에다 넣어 두십시오. 그 건물은 부분적으로 폐허가 된 건물로서, 동봉한 개략도에 A라고 표시한 곳입니다. 저택 안의 낡은 예배당이기 때문에 귀사의 사원들이 쉽게 알아볼 수 있을 것입니다. 화물을 실은 기차는 오늘 밤 9시 30분에 출발해서 내일 오후 4시 30분 킹스 크로스 역에 도착할 예정입니다. 우리 고객이 되도록 신속하게 배달이 이루어지기를 바라고 있기 때문에, 시간에 맞춰 킹스 크로스 역에 마차를 대기시켰다가 화물을 지정된 곳으로 바로 운반해 주시면 고맙겠습니다. 역을 떠날 때 비용을 지불하는 과정에서 의례적인 요구 때문에 시간을 지체할 가능성이 있습니다. 그럴 소지를 없애기 위해서 10파운드짜리 수표를 동봉합니다. 수령하시는 대로 통지해 주시기를 바랍니다. 비용이 이 금액보다 적으면, 잔액을 되돌려 주시면 됩니다. 만일 이 금액으로 부족하면 연락해 주십시오. 그 차액에 해당하는 수표를 즉시 보내 드리겠습니다. 배달을 끝내고 저택에서 나오실 때, 열쇠는 저택의 중앙 홀에다 두고 오십시오. 그러면 저택의 주인이 그것들을 찾을 수 있을 것입니다. 그는 복제된 열쇠를 가지고 있기 때문에 저택에 들어갈 수가 있습니다.

어떻게든 되도록 신속하게 일을 처리해 달라고 부탁을 드리는 것이 업무상의 예의에 어긋나는 것은 아닌지 걱정스럽습니다. 양해해 주시기 바랍니다.

여불비례.

새뮤얼 F. 빌링턴과 그의 아들.

런던의 카터-패터슨 상사가
휫비의 빌링턴 부자에게 보내는 편지

8월 21일

삼가 알려드립니다.

보내 주신 10파운드를 받았습니다. 동봉한 계산서에 보인 것처럼, 1파운드 17실링 9펜스가 남았기에 돌려 드립니다. 화물은 이르신 대로 정확하게 배달하였고, 열쇠 꾸러미는 지시하신 대로 중앙 홀에 두었습니다.

여불비례.

카터-패터슨 상사.

미나 머리의 일기

8월 18일

오늘은 루시의 상태가 아주 좋아져서 기쁘다. 나는 지금 교회 묘지의 벤치에 앉아 이 글을 쓰고 있다. 간밤에 루시는 잠을 잘 잤고 덕분에 나도 한 번도 깨지 않고 잘 수 있었다. 아직도 창백하고 수척해 보이긴 하지만, 루시의 뺨에는 발그레한 기색이 이제 돌아왔다. 빈혈증 증세가 가셨다. 루시가 빈혈증 증세를 보이면 나는 그것을 알 수 있다. 루시는 명랑한 기분을 되찾았고 생기발랄하다. 침울하게 입을 다물고 있던 모습도 사라졌다. 그러한 루시의 모습을 보니 문득 여기에서 있었던 그날 밤의 일이 생각났다. 바로 이 자리에 루시가 잠들어 있었다. 루시는 구두의 뒤축으로 장난스럽게 평석을 두드리면서 말했다.

「전에는 말이야, 구둣발로 이렇게 큰 소리를 내지 못했어. 가련한 노인 스웨일스 씨가 그런 사실을 알았더라면 아마 내가 여기에 누워 있는 조지를 깨우고 싶어 하지 않기 때문이라고 말했을 거야.」루시는 이것저것 이야기를 하고 싶어 하는 눈치였다. 그래서 나는 그날 밤에 루시가 꿈을 꾸고 있었는지를 물었다. 대답을 하기 전에, 루시는 애교스럽게 이마에 주름을 잡았다. 아서 — 루시의 버릇을 본떠서 나도 그렇게 부른다 — 는 그 모습이 사랑스럽다고 말하곤 했는데, 그 사람이 그렇게 말하는 게 당연하다고 생각한다. 루시는 그때 일의 기억을 되살리려는 듯, 반쯤 꿈을 꾸는 모습으로 이야기를 계속했다.

「순전히 꿈을 꾸고 있었던 것은 아니야. 오히려 모든 게 실제의 일처럼 느껴졌어. 나는 그저 여기 이 자리에 오고 싶었어. 왜 그랬는지는 알 수가 없어. 뭔가를 두려워하고 있었어. 그게 뭔지 모르겠어. 잠들어 있었던 것 같은데도, 거리를 지나가고 다리 위를 건너갔던 일이 생각나. 내가 다리를 지나가고 있을 때 물고기 한 마리가 튀어 올랐어. 나는 난간에 기대어 그것을 바라보았지. 계단을 올라갈 때 개들이 울부짖는 소리를 들었어. 온 시가지가 일제히 개 짖는 소리로 가득 찬 느낌을 받았어. 그러고 나서 빨간 눈을 가진 뭔가 길쭉하고 시커먼 것이 나타났던 것 같아. 그 기억은 그리 뚜렷하지는 않은데, 바로 우리가 해 질 녘에 보았던 그거야. 뭔가 아주 기분 좋으면서도 아주 불쾌한 것이 나를 휘감아 왔어. 그때 나는 깊고 푸른 물속으로 빠져들어가는 느낌을 받았고, 귓속에서 윙 하고 울리는 소리가 들렸어. 사람이 물에 빠질 때 귀울림을 느낀다고 들은 적이 있는데 바로 그런 것이었을 거야. 그다음에는 모든 것이 나에게서 사라져 가는 듯했어. 내 영혼이 몸을 빠져나가 허공에 떠다니는 것 같았어. 나는 한동안 서쪽 등대 바로 위에 있었던 것 같기도 해. 그러다가 고통스러운 느낌이 찾아왔어. 지진 같은 것을 만난 느낌이었어. 나는 내 몸이 있는 곳으로 다시 돌아왔어. 네가 내 몸을 흔들고 있는 것을 보았어. 네가 나를 흔들고 있는 것을 느끼기 전에 나는 흔들고 있는 너를 먼저 보았어.」

말을 마치고 루시는 웃기 시작했다. 조금은 무서운 느낌을 주었고, 웃음소리를 들으니 숨이 막히는 듯했다. 나는 그런 이야기가 조금도 마음에 들지 않았다. 그리고 루시의 마음을 그 일에 붙들어 두지 않은 것이 좋겠다는 생각이 들었다. 그래서 우리는 화제를 돌려서 이러저러한 이야기를 나누었다. 그러자 루시가 다시 옛날의 모습을 되찾았다. 집으로 돌아오는데, 시원한 산들바람이 불었다. 삽상한 바람을 맞으며 루시가 한층 더 기력을 찾았다. 창백하던 뺨이 한층 더 발그레해졌다. 루시의 어머니가 루시의 모습을 보고 기뻐하셨다. 우리는 함께 행복한 저녁 시간을 보냈다.

8월 19일

기쁘다. 정말 기쁘다. 마침내 조너선으로부터 소식이 왔다. 다만 그이가 아프다는 것 때문에 온전히 기쁠 수만은 없다. 사랑하는 그이가 내내 앓고 있었다. 그래서 그이는 편지를 쓰지 못했던 것이다. 이제 그것을 알았기 때문에, 두려움 없이 그이가 아프다는 것을 생각하고 말할 수 있다. 호킨스 씨가 친절하게도 그이의 편지를 동봉한 글을 보내 주었다. 나는 오전에 조너선이 있는 곳으로 떠나려 한다. 가서 필요하다면 간호사들을 도와 그이를 간호하고, 그이를 집으로 데려올 것이다. 호킨스 씨는 우리가 타지에서 결혼식을 올리는 것도 나쁘지는 않을 거라고 말하고 있다. 나는 조너선이 있는 병원의 간호사가 보낸 친절한 편지를 가슴에 끌어안고 그것이 축축이 젖도록 엉엉 울었다. 그건 조너선의 것이니까 내 심장 곁에 있어야 한다. 그이는 나의 심장 속에 있기 때문이다. 나는 여행 계획을 짜고 짐을 꾸렸다. 갈아입을 옷은 한 벌만 가지고 갈 생각이다. 루시가 내 여행 가방을 런던으로 옮겨 놓고 내가 그것을 가지러 사람을 보낼 때까지 거기에 둘 것이다. 어쩌면 경우에 따라서는…… 이제 더 이상 쓰지 말아야겠다. 남편이 될 조너선에게 이야기를 들려주려면 이 일기장을 챙겨야 한다. 그이의 눈길이 닿고 손길이 닿았을, 간호사가 보내 준 이 편지가 우리가 만날 때까지 나에게 위안을 줄 것이다.

부다페스트에 있는 성 요셉-성모 마리아 병원의
간호사 아가타가 윌헬미나(미나) 머리에게
보내는 편지

8월 12일

부인 보십시오.

조녀선 하커 씨의 부탁을 받고 이 글을 씁니다. 그분은 너무 편찮으셔서 손수 글을 쓰실 수가 없습니다. 그렇지만 하느님과 성 요셉과 성모님의 은총으로 점점 나아지고 있습니다. 그분은 거의 6주 동안 저희의 보호를 받고 있는데, 격심한 뇌막염으로 고생을 하고 계십니다. 그분은 당신께 사랑하는 마음을 전해 주기를 바라고 계십니다. 그리고 엑서터에 있는 피터 호킨스 씨에게 늦어서 죄송하다는 것과 모든 일을 마무리했다는 것을 알려 주기를 바라고 계십니다. 그분은 언덕에 있는 저희 요양소에서 몇 주 동안 쉬고 싶어 하십니다. 그런 다음에 영국으로 돌아가실 것입니다. 그분은 여기서 머문 비용을 지불하고 싶어 하시지만 수중에 충분한 돈을 가지고 있지 않다는 것을 전하고 싶어 하십니다. 누군가가 도와주셔야 할 것입니다. 저희가 그분을 잘 보호하고 있습니다. 안심하십시오. 당신께 동정과 축복을 보냅니다.

간호사 아가타.

추신 환자가 잠들었기에, 몇 가지를 더 알려 드리려고 편지를 다시 열어 몇 자 더 적습니다. 그분은 저에게 당신에 관한 모든 것을 말씀하셨습니다. 당신이 머지않아 그분의 아내가 될 거라는 말씀도 하셨습니다. 두 분께 모든 축복이 내리기를 기원합니다. 그분은 뭔가 끔찍한 일로 충격을 받으셨습니다. 저희 의사 선생님께서 그렇게 말씀하셨습니다. 정신 착란 상태에서 헛소리를 하시는데 그것이 너무 무시무시합니다. 이리, 독약, 피에 관한 이야기도 하시고, 유령과 악마에 관한 말씀도 하십니다. 말씀드리기가 두려운 것도 있습니다. 앞으로 한동안은 이런 것들로 그분을 흥분시키지 않도록 주의하셔야 합니다. 그분이 앓고 있는 것과 같은 증상은 쉽게 치유되지 않습니다. 오래전부터 편지를 쓰고 싶었습니다만, 그분의 친구분들에 관해 아무것도 알아낼 수가 없었고, 뭔가를 알아낼 만한 그 어떤 것도 그분은 지니고 계시지 않았습니다. 그분은 클라우젠부르크에서 기차 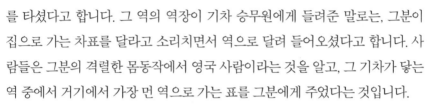를 타셨다고 합니다. 그 역의 역장이 기차 승무원에게 들려준 말로는, 그분이 집으로 가는 차표를 달라고 소리치면서 역으로 달려 들어오셨다고 합니다. 사람들은 그분의 격렬한 몸동작에서 영국 사람이라는 것을 알고, 그 기차가 닿는 역 중에서 거기에서 가장 먼 역으로 가는 표를 그분에게 주었다는 것입니다.

저희가 그분을 잘 돌보고 있으니 안심하십시오. 그분은 착하고 친절하시기 때문에 모든 사람들의 호감을 사셨습니다. 그분은 점점 좋아지고 있어서 몇 주 후면 완전히 정상으로 돌아오실 것으로 확신합니다. 안전을 위해서 그분의 병을 덧들이지 않도록 조심하십시오. 두 분이 오래오래 행복하시기를, 하느님께, 성 요셉께, 그리고 성모님께 간절히 기원합니다.

수어드 박사의 일기

8월 19일

렌필드에게 뜻하지 않은 변화가 급작스럽게 생겼다. 밤 8시쯤에 흥분하기 시작했는데, 앉아서 개처럼 코를 킁킁거렸다. 간호인은 그의 거동을 우연히 발견하고 내가 그 사람에게 관심을 가지고 있다는 것을 알고는, 이야기해 보려고 그를 부추겼다. 렌필드는 대개 그 간호인의 말을 고분고분하게 잘 들었고 때때로 비굴하게 굴기도 했던 터였다. 그러나 오늘 밤엔 달랐다. 간호인의 말로는, 그가 대단히 거만했다는 것이다. 간호인하고 이야기를 나누려 들지 않았다. 렌필드가 말한 것은 이것이 전부였다.

「당신하고 이야기하고 싶지 않소. 당신 따위는 안중에도 없소. 주인님께서 가까이 와 계시오.」

간호인은 렌필드가 갑작스럽게 종교적인 광기 같은 것에 사로잡혀 있다고 생각하고 있다. 그게 사실이라면, 우리는 위험을 경계해야 한다. 대단한 완력을 가진 자가 살인적인 광기에다 종교적인 광기까지 가지고 있다면, 그것은 위험할지도 모른다. 그런 결합은 무서운 것이다. 9시에 나는 직접 그를 찾아가 보았다. 나를 대하는 태도도 아까 간호인을 대할 때와 다를 바가 없었다. 득의만만한 자기도취에 빠져 있는 탓에 나와 간호인의 차이 따위는 전혀 안중에도 없다는 투였다. 종교적인 광기에 사로잡혀 있음이 분명하다. 그는 머지않아 자기 자신이 하느님이라고 생각할 것이다. 사람과 사람 사이의 극히 사소한 이런 구별이 전지전능하신 분에게는 얼마나 하찮은 것으로 여겨지겠는가. 이러한 생각에 사로잡힌 광인들이 정체를 드러낼 때는 정말 무시무시하다. 참된 하느님은 참새 한 마리가 떨어져 다칠까 봐 조심조심한다. 하지만 인간의 허영심이 빚어낸 신은 수리와 참새의 차이를 알지 못한다. 아, 인간들이 그런 사실을 안다면!

30분이 넘는 시간 동안 렌필드의 흥분 상태가 점점 고조되어 갔다. 나는 그 시간 내내 그를 면밀하게 관찰했다. 갑자기 그의 눈에 교활한 기색이 어린다. 광인들이 무슨 꾀를 부리려 할 때 그런 표정을 짓는다는 것을 우리는 알고 있다. 그의 거동도 수상쩍다. 그는 나를 속이고 싶어 하는 것이다. 정신 병원의 간호인들이라도 그런 것쯤은 이제 잘 안다. 그는 아주 차분해졌다. 앉아 있던 곳에서 일어나 체념한 듯 침대 가장자리에 가서 앉았다. 그러고는 게슴츠레한 눈으로 허공을 바라보았다. 나는 그의 무기력한 모습이 진짜인지, 아니면 짐짓 그런 척하는 건지를 알아봐야겠다는 생각이 들었다. 그래서 그의 애완동물에 대한 이야기를 하도록 유도해 보았다. 그런 화제라면 언제나처럼 그가 열띠게 관심을 보일 것이라고 생각했던 것이다. 처음에 그는 묵묵부답이었다. 한참 만에 그가 퉁명스럽게 내뱉었다.

「제장, 그따위는 집어치우쇼. 그런 것들에는 조금도 관심이 없소.」

「아니, 뭐요? 당신이 거미에 전혀 관심이 없단 말이오?」(거미 사육이 현재 그의 취미였고, 그의 노트는 작은 숫자들의 줄로 가득 차 있다.) 내가 그렇게 되묻자 그는 수수께끼 같은 말을 지껄였다.

「신부의 들러리들은 신부가 오기를 기다리는 사람들의 눈을 즐겁게 해주죠. 그러나 막상 신부가 가까이 다가오면, 사람들의 눈이 즐거움으로 가득 채워져 들러리들은 빛을 잃게 되고요.」

그는 그게 무슨 뜻인지 설명하지는 않고, 내가 곁에 머물러 있는 시간 내내 고집스럽게 침대 위에 앉아 있었다.

오늘 밤은 피곤하고 기분이 저조하다. 루시 생각만 난다. 별일 없이 잘 지내고 있는지. 바로 잠이 오지 않으면, 클로랄을 써야겠다. 포수클로랄, 그것은 현대의 모르페우스[25] 다. $C_2HCl_3O + H_2O$! 수면제를 쓰는 것이 습관이 되지 않도록 조심해야 한다. 안 되겠다! 오늘 밤엔 수면제를 쓰지 말아야겠다. 루시를 생각하고 있다가 클로랄을 생각한다는 것은 루시에 대한 모독이다. 차라리 오늘 밤을 하얗게 새우리라……

수면제를 쓰지 않기로 결심한 것이 기쁘고, 그것을 지킨 것은 더 기쁘다. 잠을 못 이루고 자반뒤집기를 하며 두 차례쯤 시계가 울리는 소리를 들었을 무렵이었다. 병실에서 간호인이 보낸 야간 경비원이 갑자기 와서 렌필드가 도망쳤

---

25 꿈의 신, 잠의 신 히프노스의 아들.

다고 말했다. 나는 바로 옷을 걸쳐 입고 아래로 달려 내려갔다. 그 환자는 너무 위험해서 함부로 돌아다니게 내버려둘 수가 없다. 간호인이 병실에서 나를 기다리고 있었다. 그는 불과 10분 전만 해도 렌필드가 방에 있는 것을 보았다고 했다. 방문에 달린 시찰구를 통해 렌필드의 동정을 살펴보니, 자고 있는 것처럼 보였다는 것이다. 그의 방문을 떠났다가 창문을 비트는 소리가 나기에 다시 달려와 보니, 그의 발이 창문을 빠져나가고 있더란다. 그래서 간호인은 바로 나에게 알리려고 경비원을 보내고, 자기 자신은 렌필드가 어디로 가는지를 살피기 위하여 병실에 남았다고 했다. 그는 덩치가 큰 사람이라서 창문을 빠져나갈 수가 없다. 렌필드를 따라가려고 문을 통해 건물 밖으로 나갈 동안에 렌필드의 모습을 놓칠 수도 있기 때문에 거기에서 동정을 살피는 편이 효과적일 것으로 생각했다고 한다. 렌필드는 잠옷만을 입고 나갔기 때문에 멀리 갈 생각은 아닐 것이다. 나는 창문을 통해 밖으로 나갔다. 나는 날씬한 편이어서 간호인의 도움을 받아 쉽게 나갈 수가 있었다. 창문이 땅에서 불과 몇 피트 높이에 있었기 때문에 발을 다치지 않고 땅을 디딜 수가 있었다. 간호인은 환자가 왼쪽으로 꺾어서 똑바로 달려갔다고 일러주었다. 나는 되도록 빨리 달렸다. 나무가 우거진 사이로 달려가 보니, 흰 형체가 높다란 담을 타고 오르는 게 눈에 들어왔다. 이 하얀 담은 사람이 살지 않는 이웃의 저택과 우리 병원의 뜰을 가르는 경계였다.

나는 즉시 되달려와서 경비원에게, 곧 서너 사람을 모아서 나를 따라 카팩스 저택의 뜰로 들어갈 수 있도록 하라고 일렀다. 렌필드가 위험한 행동을 할 경우에 대비하기 위해서였다. 나는 담에다 사다리를 갖다 대고 벽을 넘어서 카팩스 저택의 뜰로 뛰어내렸다. 저택의 모퉁이 뒤로 사라지는 렌필드의 모습이 보였다. 그의 뒤를 쫓아 달렸다. 저택의 저쪽에 그가 보였다. 그는 예배당 문에 기대고 서 있었다. 참나무로 되어 있고, 쇠테를 두른 낡은 문이었다. 그는 언뜻 보기에 누군가하고 이야기를 나누고 있었다. 가까이 가서 그가 무슨 말을 하고 있는지 들어 보고 싶었지만, 그럴 수가 없었다. 그를 놀라게 하면, 달아나 버릴 테니까. 언제라도 달아날 태세를 갖추고 있는 맨발의 정신병자를 따라가는 일은, 여기저기 떠도는 벌 떼를 쫓는 것과는 비교도 되지 않는다. 그런데 잠시 그의 거동을 살펴보니, 그는 자기 주위에 있는 것에 전혀 신경을 쓰고 있지 않다는 것을 알 수 있었다. 그래서 나는 과감하게 그에게로 접근했다. 때맞춰 병원 직원들이 담을 넘어서 그를 에워싸고 있었다. 그는 이렇게 말하고 있었다.

「주인님, 명령만 내려 주옵소서. 분부하시는 대로 하려고 여기 이렇게 대령해 있사옵니다. 저는 주인님의 종이옵니다. 충실하게 주인님의 분부를 따를 것입니다. 저에게 상을 내려 주시겠지요. 오랫동안 멀리서 주인님을 숭배해 왔사옵니다. 이제 주인님께서 가까이 계시오니, 분부를 기다리고 있겠사옵니다. 주인님, 좋은 것을 나누어 주실 때, 저를 그냥 지나치시지는 않으시겠지요?」

렌필드는 어찌 된 영문인지 〈바야흐로〉 늙고 이기적인 거지가 되어 있었다. 그는 자기가 성찬식에 참여하고 있다고 믿고, 빵과 물고기를 생각하고 있는 것인지도 모른다. 그의 광기에는 깜짝 놀랄 만한 것들이 섞여 있다. 우리가 그를 에워싸고 덮치자, 그는 격렬하게 저항했다. 그의 완력은 어마어마하다. 사람이라기보다는 하나의 사나운 짐승 같았다. 나는 일찍이 그렇게 광포하게 날뛰는 광인을 본 적이 없다. 두 번 다시 그런 모습을 보고 싶지 않다. 때맞춰 그의 힘과 위험성을 발견한 것이 다행이었다. 그런 힘과 고집을 가진 그를 제때에 붙잡아 가두어 두지 않았다면, 어떤 위험한 행동을 했을지 생각만 해도 끔찍했다. 어쨌든 지금 그는 안전하다. 그를 속박해 놓고 있는 구속복은 탈옥의 귀재라는 잭 셰퍼드[26]조차 옴짝달싹 못하게 했을 만한 옷이다. 게다가 그는 사슬에 묶인 채 벽에 완충물을 댄 방에 갇혀 있다. 이따금 그가 무섭게 울부짖었다. 그러고는 침묵이 이어진다. 그 침묵이 더 두렵다. 매번 몸을 비틀며 움직일 때마

---

26 Jack Sheppard(1702~1724). 영국의 범죄자. 여러 차례에 걸친 탈옥으로 유명함.

다 그는 살의를 품을 것이다.

　조금 전에 그가 입을 열었다.

「주인님, 참고 기다리겠습니다. 때가 오고 있습니다. 점점 가까이 오고 있습니다.」

　나는 그 말뜻을 깨닫고 내 방으로 돌아왔다. 너무 흥분이 되어서 잠을 이룰 수가 없었다. 그러더니 이 글을 쓰는 동안 마음이 가라앉았다. 이제 잠을 좀 잘 수 있을 것 같다.

9

미나 하커가 루시 웨스턴라에게 보내는 편지

8월 24일, 부다페스트에서

사랑하는 루시,

횟비 역에서 헤어지고 난 뒤로 그동안 어떤 일이 있었는지 궁금했지? 자 이제 이야기를 할게. 항구 도시 헐에 잘 도착해서, 거기에서 함부르크로 가는 배를 타고, 그런 다음에 여기까지 기차를 타고 왔어. 여행 도중에 있었던 일은 별로 생각이 나질 않아. 그저 나는 조너선에게로 가고 있다는 생각과, 그이를 간호해야 될지도 모르니까 되도록 잠을 푹 자두는 게 좋을 거라는 생각뿐이었어. 마침내 사랑하는 그이를 만났어. 그이는 너무나 야위고 창백하고 허약해 보였어. 그이의 사랑스러운 두 눈에 어려 있던 남성다움이 사라졌고, 전에 너에게 말했던 차분하고 위엄 있는 그 표정이 얼굴에 남아 있질 않았어. 그이의 옛날 모습은 찾아볼 수가 없는, 정말이지 비참한 모습이었어. 그이는 지난 긴 시간 동안 자신에게 일어났던 일들을 기억하고 있지 않아. 어쩌면 내가 그렇게 믿어주기를 바라고 있는 것인지도 모르지. 그래서 나는 아무것도 물어보지 않을 생각이야. 어떤 끔찍한 일로 충격을 받은 거야. 그래서 그이가 그 일을 기억해 내

려고 하면, 그 충격이 되살아나면서 그의 머릿속을 괴롭히는 것 같아. 아가타
는 착한 여자이고 타고난 간호사야. 그 여자 얘기로는, 그이가 정신 착란을 일
으켰을 때 헛소리를 했는데, 그 내용이 아주 무시무시했다는 거야. 나는 그게
뭔지 얘기해 주기를 바랐지만, 그 여자는 성호만 그을 뿐 이야기하려 들지 않
았어. 환자의 헛소리는 하느님만이 아셔야 할 비밀이기 때문에, 간호사라는
직분을 수행하는 중에 어쩌다 그런 걸 듣더라도 입 밖에 내서는 안 된다는 거
야. 그 여자는 상냥하고 착해. 다음 날, 내가 수심에 잠겨 있는 걸 보더니, 그
여자가 다시 그 헛소리를 화제에 올렸어. 그 여자는 우리 그이가 무엇에 대해
서 헛소리를 했는지를 절대로 말할 수가 없다고 말을 하면서도 다음과 같은 얘
기를 덧붙였어. 「이 정도는 말씀드릴 수가 있어요. 그분이 하신 헛소리는 그분
이 저지른 어떤 잘못에 대한 것은 아니에요. 곧 그분의 부인이 되실 아가씨가
걱정하실 그런 것은 아니었어요. 그분은 한시도 아가씨를 잊으신 적이 없었고,
아가씨에 대한 의무를 저버린 적이 없었어요. 그분의 두려움은 어마어마하고
무시무시한 것들에 대한 것이었어요. 어떤 인간도 그것을 감당해 낼 수 없을
거예요.」 그 선량한 간호사는 우리 그이가 나 말고 다른 여자와 사랑에 빠졌던
것이 아닐까 하고 내가 질투심을 품고 있다고 생각했던 것 같아. 조너선이 바
람을 피웠을까 봐 내가 걱정을 하고 있다고 말이야. 재미있는 생각이지? 그런
데 말이야, 루시, 너한테만 살짝 하는 얘긴데, 그이가 어떤 다른 여자 때문에
고통을 받고 있는 건 아니라는 걸 확실히 알게 되니까 너무너무 기쁘더라고.
나는 지금 그이 곁에 앉아 있어. 잠자고 있는 그이의 얼굴을 볼 수가 있어. 그
이가 깨어나고 있어……. 그이는 잠에서 깨어나더니 자기의 외투를 달라고 했
어. 그 주머니에서 뭔가를 꺼낼 것이 있었나 봐. 내가 아가타 간호사에게 부탁
을 했더니, 그이의 모든 소지품을 가져다주었어. 그중에 그이의 노트가 끼어
있기에, 그이에게 그것을 읽어 봐도 되느냐고 막 물어보려던 참이었어. 그이
의 고통에 대해 알 수 있는 실마리가 거기에 들어 있을지도 모른다고 생각했

지. 그런데 그이가 나의 눈빛에서 그런 마음을 읽은 것 같았어. 그이는 나를 창문 쪽으로 가 있으라고 하면서, 잠시 혼자 있고 싶다고 했어. 잠시 후에 그이가 나를 다시 불렀어. 내가 다가가자 그이는 그 노트 위에 손을 얹고 아주 엄숙한 어조로 말했어.

「윌헬미나(그이가 나에게 결혼하자고 말한 뒤로 그 이름으로 나를 부른 것은 그때가 처음이야. 그이는 아주 진지한 얘기를 하려 한다는 것을 알 수 있었어), 당신은 남편과 부인 사이의 믿음에 대한 내 생각을 알고 있을 거요. 부부 사이에는 비밀이 없어야 하고 감추는 것이 없어야 한다는 생각 말이오. 나는 아주 충격적인 일을 겪었소. 그게 무엇인지 기억을 되살리려 할 때마다 머리가 빙글빙글 도는 느낌을 받소. 그리고 나는 그 모든 것이 실제의 일인지 어떤 미친 사람에 대한 꿈을 꾼 건지 알 수가 없소. 알다시피 나는 뇌막염을 앓고 있소. 정신 상태가 정상이 아니라는 얘기요. 모든 비밀이 여기에 들어 있소. 그러나 나는 그것을 알고 싶지 않소. 나는 여기서 결혼식을 올리고 나의 삶을 시작하고 싶소(우리는 몇 가지 형식적인 절차가 갖춰지는 대로 결혼식을 올리기로 결정해 놓고 있었어). 윌헬미나, 내가 과거의 끔찍한 일을 기억에서 지워 버리려는 일을 거들어 주겠소? 자, 여기 내 일기책이 있소. 이것을 간직해 두시오. 원한다면 읽어 보아도 좋소. 그러나 나에게는 내용을 알려 주지 마시오. 다만 어떤 엄숙한 의무를 위해서 내가 다시 여기에 기록되어 있는 그 고통스러운 과거, 꿈이었는지 생시였는지, 온전한 정신이었는지 미쳐 있었는지 모를 그 시간으로 돌아가야 한다면 이야기를 해도 좋소.」 그이는 기진맥진이 되어 자리에 누웠어. 나는 그 일기책을 그이의 베개 밑에 밀어 넣고 그이에게 키스를 했어. 나는 지금 아가타 수녀를 기다리고 있단다. 원장에게 오늘 오후에 우리가 결혼식을 올릴 수 있도록 청해 달라고 그 여자에게 부탁을 해놓았거든…….

그 여자가 왔어. 영국 국교회 선교회 소속 신부님이 올 거라고 말했어. 한 시간 후, 아니 조녀선이 깨어나는 대로 곧 우리는 결혼식을 올리게 될 거야.

루시, 그 시간이 찾아왔어. 아주 엄숙하고 더할 나위 없이 행복한 기분에 젖어 있어. 조녀선은 예정된 시간보다 조금 늦게 잠을 깼어. 모든 준비가 갖춰지고, 그이는 베개들에 의지해서 침대에 앉았어. 혼인 서약을 할 때, 그이는 〈예, 그러겠습니다〉라는 대답을 아주 늠름하고 힘차게 했어. 나는 말도 제대로 하질 못했어. 가슴이 너무 벅차올라서 그 말을 듣는 것만으로도 숨이 막힐 듯했어. 간호사들이 아주 친절하게 잘해 주었어. 그이들의 친절함을 영원히 기억할 거야. 그리고 내가 떠맡은 그 엄숙하고 행복한 의무도 결코 잊지 않을 거야. 이제 내가 조녀선에게 준 결혼 선물이 무엇인지 말해야겠구나. 신부와 간호사들이 나가고 나의 남편 — 아, 루시, 내가 〈나의 남편〉이라는 말을 편지에 쓰는 것은 이게 처음이야 — 과 나만이 남았을 때였어. 나는 그이의 베개 밑에 넣어 두었던 일기책을 꺼냈어. 그러고는 그것을 하얀 종이로 싸고, 내 목에 두르고 있던 푸르스름한 리본 조각으로 그것을 묶었어. 다음에 매듭 위를 봉랍으로 봉하고 봉인을 찍었어. 봉인으로는 나의 결혼반지를 사용했지. 그러고 나서 거기에 입을 맞추고 남편에게 그것을 보여 주면서 말했어. 나는 이 상태로 그것을 보관할 것이며, 이것은 생명이 다할 때까지 우리가 서로를 신뢰하고 있다는 명백한 증표가 될 거라고 말이야. 그리고 그이 자신을 위해서나 어떤 엄중한 의무를 위해서가 아니라면 절대로 그것을 펼쳐 보지 않을 거라고도 말했어. 그러자 그이는 나의 손을 꼭 그러쥐고 — 아, 루시, 그 순간이 그이가 자기 아내의 손을 잡는 최초의 순간이었어 — 말했어. 그것이 이 세상에서 가장 소중한 선물이라고. 그리고 필요하다면 과거를 이기기 위하여 그 시간들을 모두 다시 기억해 내겠다고. 가련한 우리 그이는 과거의 일부를 이야기할 작정이었던 거야. 그러나 그이는 아직 시간관념이 모호해. 그이가 당분간 달뿐만 아니라 연도를 헛갈리더라도 놀라지 않을 거야.

이제 그다음 얘기를 할게. 나는 무슨 얘기를 해야 할지 몰랐어. 그저 내가 이 세상에서 가장 행복한 여자이며, 내 몸과 내 생명과 나의 믿음 이외에는 아무것도 그이에게 드릴 게 없고, 이 생명 다하도록 사랑과 의무를 지켜 나가겠다고 말했어. 그러자 그이는 허약해진 손으로 나를 끌어당기더니 나에게 입을 맞추었어. 그것은 우리들 사이의 엄숙한 서약이나 다름없었어.

사랑하는 루시, 내가 이 모든 것을 왜 너에게 이야기하는지 알겠니? 그 모든 것이 나에게 기쁨을 주기 때문이기도 하지만, 네가 예전에도 그랬고 지금도 그렇듯이 나에게 아주 소중하기 때문이야. 내가 너의 친구이자, 학교를 졸업한 이후로는 사회생활을 준비하는 데 도움을 주는 안내자의 역할을 하고 있다는 것이 나로서는 더할 나위 없는 영광이야. 나는 이제 네가 아주 행복한 아내의 눈으로 결혼의 의무가 나를 어디로 이끌어 가는지 보아 주기를 바라. 그러면 결혼 생활에서 너도 지금의 나처럼 아주 행복해질 거야. 루시, 전능하신 하느님의 뜻으로 너의 생활은 더할 나위 없이 행복할 거야. 거친 풍파도 겪지 않고, 언제나 의무를 지키며, 믿음을 잃지 않는, 오래오래 다사로운 햇살이 비치는 그런 생활이 될 거야. 살다 보면 고통이 없을 수야 없겠지. 그러나 나는 네가 〈지금의〉 나처럼 〈언제나〉 행복하리라 믿어. 루시, 이제 작별을 해야겠어. 바로 이 편지를 부칠 거야. 곧 다시 편지하게 될 거야. 이제 펜을 놓아야겠어. 조너선이 잠에서 깨어나고 있어. 나는 나의 남편을 보살펴야 되잖니!

언제나 변함없는 애정을 담아,

미나 하커.

루시 웨스턴라가 미나 하커에게 보내는 편지

8월 30일, 휫비에서

사랑하는 미나,

바다 같은 사랑과 수백만 번의 입맞춤을 보낸다. 하루빨리 너의 남편과 함께 너의 집으로 돌아오기를 바라. 빨리 와서 우리와 함께 있었으면 좋겠어. 이곳의 좋은 공기가 조녀선을 빨리 회복시킬 거야. 나도 아주 좋아졌어. 물고기를 잘 잡아먹는 가마우지처럼 식욕도 왕성하고 활기에 차 있으며 잠도 잘 자. 몽유병 증세도 사라졌다는 걸 알면 무척 기뻐하겠지? 지난 일주일 동안 한 번도 침대에서 나와 걸어 다니지 않은 것 같아. 아서는 나보고 살이 찐다고 말했어. 아참, 아서가 여기 와 있다는 얘기를 안 했구나. 우리는 함께 산책을 하거나, 마차를 타고 돌아다니기도 하며, 승마랑 뱃놀이랑 테니스도 하고 낚시도 해. 전보다 더 그이를 사랑해. 그이도 나를 전보다 더욱 사랑한다고 말하고 있어. 하지만, 나는 그 말을 곧이들을 수가 없어. 왜냐고? 처음에 나에게 사랑을 고백했을 때 그이가 뭐랬는 줄 알아? 〈더할 나위 없이〉 날 사랑한다고 했거든. 앞뒤가 맞지 않는 소리를 한 셈이지. 저기서 그이가 나를 부르고 있어. 그래서 이제 여기서 끝을 맺어야겠구나.

너를 사랑하는,

루시로부터.

추신 어머니가 안부 전해 달라고 하셔. 어머니는 더 좋아지신 것 같아. 불쌍한 우리 엄마.

재추신 우리는 9월 28일에 결혼식을 올리기로 했어.

수어드 박사의 일기

8월 20일

렌필드의 증상이 점점 더 흥미로워진다. 오늘은 여태까지 그가 잠잠하다. 그의 격정에 휴지기가 있는 모양이다. 발작을 일으키고 나서 일주일 동안 그는 끊임없이 사납게 굴었다. 그러더니 어느 날 밤, 달이 막 돋아 올랐을 때 갑자기 잠잠해지면서 혼잣말을 중얼거렸다. 「이제 저는 기다릴 수 있습니다. 이제 저는 기다릴 수 있습니다.」 간호인이 나에게 와서 그 사실을 알렸다. 나는 즉시 달려 내려가서 그를 살펴보았다. 그는 여전히 구속복을 입은 채, 벽에다 완충물을 댄 방에 갇혀 있었다. 그런데 상기되어 있던 표정이 그의 얼굴에서 사라지고, 그의 눈에 예전처럼 뭔가를 간청하는 듯한 — 굽실거리는 듯했다고 하는 편이 낫겠다 — 부드러운 기색이 담겼다. 그의 그러한 모습을 보니 마음이 놓였다. 그래서 나는 간호인들에게 구속복을 벗기라고 지시했다. 간호인들이 망설였다. 그러나 결국 이의를 달지 않고 내 말을 따랐다. 간호인들이 자기를 못미더워 하는 걸 눈치채고도 그가 별로 언짢아하지 않는 것이 뜻밖이었다. 그는 나에게로 다가오더니, 간호인들을 넌지시 바라보면서 속삭였다.

「저 사람들은 내가 당신을 해칠 거라고 생각하는 모양이오. 어떻게 제가 당신을 해칠 거라고 상상하는지 모르겠소. 어리석은 사람들 같으니.」

한편으로는, 이 가련한 광인이 나를 다른 사람들과 다르게 생각한다는 점에서 별로 기분이 나쁘지는 않았다. 그러나 또 한편으로는 그의 생각을 그저 좋게만 받아들일 수 없는 구석이 있었다. 나와 이 광인이 어떤 공통점을 가지고 있어서, 우리가 함께할 무엇이 있기라도 하단 말인가? 아니면, 내가 자기에게 뭔가 대단한 도움을 주고 있기 때문에, 나를 해칠 리가 없다고 하는 것인가? 나중에 이 점을 밝혀 봐야겠다. 오늘 밤엔 그가 도통 말을 하려 하지 않는다. 새끼 고양이나 심지어 어미 고양이를 주겠다고 하는 데도 들은 체를 하지 않았다. 그는 그저 이런 말만 되뇌었다. 「고양이에는 전혀 관심이 없소. 이제부터 나는 생각할 일이 더 많소. 나는 기다릴 수가 있소. 기다릴 수가 있다고.」

잠시 후 나는 그의 곁을 떠났다. 간호인이 전하는 얘기로는, 렌필드는 새벽이 되기 직전까지 조용하다가 새벽이 되면서 동요하기 시작하더니 한동안 사납게 굴다가 마침내 발작을 일으키고는 탈진해서 혼수상태에 빠졌다는 것이다.

……사흘 동안 같은 일이 되풀이되었다. 낮 동안에는 내내 사납게 굴다가 달이 뜰 때부터 해가 돋을 무렵까지는 잠잠했다. 그 이유를 밝히는 어떤 실마리를 얻을 수 있었으면 좋겠다. 밀물과 썰물이 드나드는 것처럼 어떤 감응력이 작용하고 있는 것이 아닌가 싶다. 좋은 생각이 떠올랐다! 오늘 밤에 렌필드를 상대로 꾀를 한 번 써봐야겠다. 전번에는 우리를 속이고 도망을 쳤지만, 오늘 밤에는 그가 도망치는 것을 우리가 도와줄 것이다. 그에게 도망칠 기회를 마련해 주려는 것이다. 물론 우리 직원들이 만약에 대비해서 그를 따라갈 것이다.

8월 23일

디즈레일리가 〈뜻하지 않은 일은 언제나 일어나는 법이다〉라고 말했다던가, 그는 역시 인생을 아는 사람이다. 우리의 새는 그 둥지가 열려 있다는 것을 알고도 날아갈 생각을 하지 않았다. 그래서 우리의 모든 교묘한 계획이 수포로 돌아갔다. 그렇기는 해도 한 가지 사실은 입증할 수 있었다. 즉, 그가 평정을 유지하고 있는 상태가 일정한 시간 동안 계속된다는 것이다. 앞으로는 하루 중의 몇 시간 동안 그의 속박을 풀어 줄 수도 있을 것이다. 나는 야간 경비원에게 지시를 내려, 렌필드가 조용히 있거든, 해가 뜨기 한 시간 전까지 구속복은 입히지 말고, 벽에 완충물을 댄 방에다 그냥 가둬 놓기만 하게 했다. 비록 그의 마음은 여전히 구속감을 느끼고 있을지라도, 그 가련한 광인의 육체는 해방감을 맛보게 될 것이다. 아, 저런. 나를 부르는 소리가 들린다. 또다시 뜻하지 않은 일이 벌어진 것이다. 사람들이 나를 부르고 있다. 렌필드가 또다시 도망을 친 것이다.

시간이 흐른 뒤

밤중에 또 한바탕 난리를 치렀다. 렌필드는 교묘하게도 간호인이 그를 살피러 들어올 때를 기다리고 있다가 그를 밀치고 튀어 나가 복도를 쏜살같이 빠져

나갔다. 나는 간호인들에게 그를 따라 가라고 일렀다. 그는 사람이 살지 않는 그 저택으로 다시 들어갔다. 우리가 따라가 보니 그는 전번과 똑같은 장소에서 낡은 예배당 문에 몸을 기대고 서 있었다. 그는 나를 발견하자 사납게 날뛰기 시작했다. 간호인들이 때맞춰 그를 붙잡지 않았더라면, 그는 나를 죽이려 했을 것이다. 우리가 그를 붙잡고 있는 동안에 이상한 일이 벌어졌다. 갑자기 그가 갑절이나 되는 힘으로 용을 썼다. 그러더니 곧 힘을 쭉 빼고 잠잠해졌다. 나는 본능적으로 주위를 둘러보았다. 그러나 아무것도 볼 수가 없었다. 그래서 렌필드의 시선이 닿는 곳을 좇아 그곳을 바라보았다. 거기에는 커다란 박쥐가 한 마리 날고 있을 뿐 그 밖에 아무것도 보이지 않았다. 박쥐는 유령처럼 조용하게 날개를 저으며 서쪽을 향해서 날아가고 있었다. 박쥐는 대개 빙빙 돌면서 날아다니는데 그 박쥐는 곧게 날아가고 있었다. 마치 거기가 제 목적지이거나 제 자신의 어떤 의도라도 있는 것처럼. 환자는 시간이 흐를수록 점점 고분고분해지더니, 이윽고 말했다.

「나를 묶을 필요 없소. 조용히 가겠소.」 아무런 어려움 없이 우리는 병원으로 돌아왔다. 렌필드의 온순함에는 뭔가 불길한 조짐이 있다. 오늘 밤의 일을 잊지 못할 것이다…….

루시 웨스턴라의 일기

8월 24일, 런던 힐링엄에서

미나를 본 따서 일기를 써야겠다. 내가 겪는 모든 일들을 적어 나가야겠다. 그러면 미나와 다시 만났을 때 많은 이야기를 나눌 수 있게 될 것이다. 언제나 미나와 만나게 되는 건지 모르겠다. 미나가 다시 내 곁에 있어 주면 좋으련만. 나는 너무 슬프다. 간밤에 휫비에 있을 때처럼 다시 꿈을 꾸지 않았나 싶다. 공기가 바뀌었다. 런던의 집으로 다시 돌아온 것이다. 꿈을 꾸긴 꾼 듯한데 도무지 그 내용을 기억해 낼 수가 없다. 너무 절망적이고 혐오스럽다. 나는 지금 이유를 알 수 없는 두려움에 떨고 있다. 너무 힘이 없고 피곤하다. 아서가 점심을 먹으러 왔다가 나를 보더니 무척 슬픈 표정을 지었다. 쾌활해지려고 노력할 마음이 일지 않았다. 오늘 밤에 어머니 방에서 잠을 잘 수 있을지 모르겠다. 어머니께 양해를 구하고 거기서 자보아야겠다.

8월 25일

간밤에도 꿈자리가 뒤숭숭했다. 어머니는 내 제안을 받아들일 것 같지 않았다. 당신 자신이 별로 편한 상태가 아니어서 나 때문에 걱정하는 것이 싫으신 눈치다. 나는 잠들지 않고 깨어 있으려고 노력했다. 그래서 얼마간은 버틸 수가 있었다. 그러나 시계가 12시를 칠 때, 소스라치게 놀란 듯 잠에서 깨어났던 걸 보면, 잠시 곯아떨어졌던 것이 분명하다. 뭔가가 창문을 긁어 대며 퍼덕거리는 소리가 들렸다. 그러나 나는 그것에 신경을 쓰지 않았다. 그다음 일이 더이상 기억나지 않는 걸로 보아 다시 잠들었던 것이 분명하다. 또 나쁜 꿈을 꾼듯한데, 기억해 낼 수가 없다. 오늘 아침에는 너무너무 무기력하다. 얼굴은 유령처럼 창백하고 목이 따끔거린다. 허파에도 이상이 있음이 틀림없다. 호흡이 편치를 않다. 아서가 오면 명랑한 기분을 보이려고 노력해야 한다. 그렇게 하지 않으면, 그이는 이런 내 모습을 보고 비통한 기분에 젖게 될 것이다.

아서 홈우드가 수어드 박사에게 보내는 편지

8월 31일, 앨버말 호텔에서
잭 보게나.

부탁이 하나 있네. 루시가 아파. 무슨 특별한 병이 있지는 않은데 그 모습이 말이 아닐세. 날이 갈수록 나빠지고 있다네. 무슨 까닭이냐고 루시에게 물어 보기도 했어. 루시 어머니에게는 차마 여쭤볼 수가 없었다네. 그분의 현재 건강 상태로 보아 딸에 대한 걱정으로 마음을 어지럽히는 것이 생명에 막대한 지장을 줄 수도 있기 때문이지. 웨스턴라 부인은 심장병 때문에 죽을 날을 받아 놓고 있다고 나에게 털어놓았어. 가여운 루시는 그런 사실을 아직 모르고 있지만 말일세. 내가 보기엔 루시의 마음을 괴롭히는 어떤 것이 있네. 루시를 생각하면 아무것도 손에 잡히질 않아. 그녀의 안쓰러운 모습을 바라보고 있으면 가슴이 미어진다네. 자네에게 루시를 진찰해 보라고 부탁해야겠다고 말했더니, 루시는 처음엔 반대하다가 ─ 그 이유를 나는 짐작할 수 있네, 자네도 알겠나? ─ 결국은 동의했다네. 자네로서는 고통스러운 일이 되리라는 것을 안다네. 그러나 여보게, 루시를 위한 일이 아닌가. 망설일 필요가 없는 일일세. 내일 2시에 힐링엄으로 점심을 먹으러 오게. 그렇게 해야 웨스턴라 부인이 의아하게 생각하지 않을 테니까 말일세. 점심을 먹고 나면 루시가 자네와 단둘이 있을 기회를 만들어 줄 걸세. 나는 나갔다가 차 마시는 시간에 맞추어서 들어가겠네. 그러면 우리는 같이 거기에서 나올 수 있을 거야. 지금 걱정이 태산이야. 루시를 진찰하고 나서 되도록 빨리 자네의 의견을 듣고 싶네. 꼭 와 주게.

아서.

아서 홈우드가 수어드에게 보내는 전보

9월 1일

아버지를 뵈러 오라는 전갈이 왔네. 아버지의 병세가 악화되었다네. 편지하겠네. 오늘 밤 역마차 편에 링으로 편지를 보내 주게. 필요하다면 전보를 치게.

수어드 박사가 아서 홈우드에게 보내는 편지

9월 2일

아서 보게나.

미스 웨스턴라의 건강과 관련해서, 서둘러 자네에게 소식을 전하네. 내가 보기에는 내가 아는 어떤 기능 장애도 질병도 없네. 그런데 한편으로는 그녀의 용태가 석연치 않아. 내가 지난번에 보았을 때하고는 아주 딴판이야. 물론 내가 원하는 것만큼 충분하게 진찰을 하지 못했다는 것을 감안해야 하네. 우리의 우정 때문에 도리어 진찰하는 데 약간의 어려움이 있었네. 의학과 의사의 관행으로 그것을 극복하려 해보았지만 잘 안 되더군. 판단은 자네에게 맡기기로 하고 나는 있었던 일들을 정확하게 보고하는 게 좋겠어. 이제 내가 진찰한 내용을 이야기하고 앞으로 해야 할 일에 대해 제안을 하기로 하지.

미스 웨스턴라는 언뜻 보기에 쾌활해 보였네. 어머니가 함께 계시기 때문에 자기 상태를 어머니가 눈치채지 못하게 하고 걱정을 끼쳐 드리지 않으려고 미스 웨스턴라가 갖은 애를 다 쓰고 있는 것임을 곧 깨달았어. 어머니의 건강 상태에 대해 정확하게 알고 있는 것은 아닐지라도 미스 웨스턴라는 틀림없이 어머니의 건강을 위해서 주의를 기울여야 한다는 것을 짐작하고 있는 눈치였어. 우리 셋이서만 점심을 먹었어. 분위기를 밝게 하려고 우리 모두가 애쓴 탓인지 정말 쾌활한 기분을 느낄 수 있었어.

점심 식사가 끝난 뒤, 어머니는 루시를 내 곁에 남겨 두고 자리에 누우러 가셨네. 우리는 루시의 방으로 들어갔는데, 방에 다다를 때까지는 명랑한 기색이 남아 있었어. 하인들이 왔다 갔다 하고 있었기 때문일 거야. 그러더니 방 안에 들어가서 문을 닫자마자 짐짓 꾸미고 있던 명랑함이 얼굴에서 사라지더군. 루시는 크게 한숨을 쉬면서 의자에 털썩 주저앉더니 손으로 얼굴을 가렸어. 그런 모습을 보면서, 나는 바로 이때다 싶어 진단에 들어갔지. 루시는 아주 상냥하게 말했어.

「저 자신을 놓고 얘기하기가 너무 싫어요.」 나는 의사가 환자의 비밀을 지키는 것은 신성한 의무이지만, 자네가 비통한 심정으로 걱정을 하고 있어서 어떻게 해야 할지 모르겠다고 말했지. 루시는 즉시 내 말뜻을 알아채고, 그 문제를 한마디로 처리해 버리더군. 「뭐든지 다 아서에게 말해도 돼요. 저는 아무래도 상관없어요. 그이가 저 때문에 상심하는 게 걱정이에요.」 루시의 그 말에 힘입어 나는 지금 마음 편하게 이 글을 쓰고 있네.

루시에게 피가 부족하다는 것은 금방 알 수 있었어. 그러나 통상적인 빈혈 증상이 나타나질 않았어. 실제로 루시의 피를 검사할 수 있는 기회가 우연히 주어졌어. 잘 움직이지 않는 빽빽한 창문을 열다가 끈이 떨어지면서 유리가 깨졌고, 그 깨진 유리 조각에 루시가 손을 살짝 베었던 거야. 그 자체로는 별로 대수롭지 않은 일이었지만, 그걸 통해서 나는 확실한 기회를 얻은 셈이지. 나는 피 몇 방울을 받아 두었다가 그걸 분석해 보았어. 정성 분석(定性分析)의 결과를 보면, 아주 정상이야. 그것만 가지고 추정해 보면 루시의 건강 상태는 아주 양호하다고 말할 수 있어. 다른 진찰 소견을 보아도 걱정할 만한 것은 전혀 없어. 일단은 무척 마음이 놓였어. 그런데 분명히 어딘가에 문제가 있는 것이 틀림없다면 결론은 하나야. 정신적인 데에 원인이 있다는 것이지. 루시는 때때로 호흡 곤란이 있다고 호소하고 있어. 그리고 혼수상태에 가까운 깊은 잠에 빠질 때가 있고, 그때 무서운 꿈을 꾸는

데, 그 내용은 전혀 생각이 나질 않는다는 거야. 루시는 어렸을 적에 몽유병 증세를 보이곤 했는데, 휫비에 있을 때 그 버릇이 되살아나서, 한번은 밤중에 밖으로 걸어 나가서 동쪽 절벽까지 가 있는 걸 미스 머리가 찾아냈다는 거야. 그런데 최근에는 그 버릇이 나타나지 않는다고 자신 있게 말하더군. 나는 그런 증세에 대해선 잘 몰라. 그래서 내가 할 수 있는 최선의 일은 그 방면의 전문가의 도움을 구하는 것이라고 생각했지. 나는 오랜 친구이자 스승인 판 헬싱 박사에게 편지를 했어. 그이는 암스테르담에 계시는데, 원인이 분명하지 않은 병들에 대해서는 그 양반을 따라갈 사람이 없을 것이네. 나는 그이에게 와달라고 하면서, 자네가 누구이고, 미스 웨스턴라와 어떤 관계인지를 말해 놓았네. 모든 일의 책임을 자네가 지겠다고 말한 적이 있기 때문이지. 그이의 도움을 청한 것은 자네의 바람을 충실히 따른 것이라고 생각하네. 루시를 위해 뭔가를 할 수 있게 되어서 그저 자랑스럽고 기쁠 뿐이네. 판 헬싱 선생은 나를 위해서라면 뭐든지 해주실 분이라네. 그럴 만한 사적인 이유가 있지. 그러니 그 양반이 어떤 동기에서 그러든 상관하지 말고, 그 양반의 호의를 받아들일 필요가 있다고 보네. 그이는 겉으로 보기에는 자기 멋대로 하는 사람처럼 보일 거야. 그러나 그건 자신이 해야 할 일을 누구보다도 잘 알고 계시기 때문에 가능한 거야. 그이는 철학자이며 형이상학자이네. 그리고 그 연배 중에서 가장 탁월한 과학자 중의 한 분이기도 하지. 내가 보기에는 무한히 열린 정신을 가진 분이기도 해. 게다가 신경은 강철 같고, 맑고 차가운 시냇물 같은 품성을 지녔으며, 불요불굴의 결단력과 자제력을 갖추고 있지. 또, 사나이다운 패기에서 우러나온 넉넉한 마음씨가 자비로운 관용의 정신으로 승화되어 있고, 뜨거운 심장에는 더할 나위 없이 친절하고 신실한 마음이 넘쳐흐르는 분이야. 이러한 것들이 그이가 인류를 위해서 하고 있는 고귀한 작업의 자양이 되어, 이론과 실천 양면에서 결실로 나타나고 있다네. 모든 것을 감싸 안는 그이의 넉넉한 마음씨만큼이나 그이의 식견은 넓고도 깊다는 얘기지. 내가 왜 그토록 그 양반을 신뢰하는지 짐작할 수 있을 것으로 생각하네. 그이에게 바로 와달라고 부탁했네. 내일 미스 웨스턴라를 만나기로 했네. 이번에는 집에서 만나지 않고 백화점에서 만나기로 했네. 하루밤에 안 지났는데 또 찾아가면 아무래도 루시의 어머니가 이상하게 생각하실지도 몰라 봐 일부러 배려한 것일세.

늘 변함없는 우정을 담아,

존 수어드.

의학 박사이자 철학 박사이며 문학 박사인
아브라함 판 헬싱이 수어드 박사에게 보내는 편지

9월 2일

존 보게나.

자네 편지 받고 이제 곧 자네에게 가려고 하네. 나를 믿고 있는 사람들 중 아무에게도 폐를 끼치지 않고 곧바로 떠날 수 있어서 다행이네. 행운이 따르지 않았더라면, 나를 믿고 있던 사람들에게 실망을 주었을 거야. 왜냐하면 내 친구가 사랑하는 사람들을 도우려고 나를 부르면, 나는 만사를 제치고 달려갈 준비가 되어 있기 때문이지. 자네 친구에게 그때의 일을 말해 주게나. 옛날, 몹시도 신경이 약했던 우리의 어떤 친구가 실수로 칼을 떨어뜨려 내 몸에 상처를 냈을 때, 자네가 아주 재빨리 내 상처에서 회저성(壞疽性) 독약을 빨아내 주었던 일 말일세. 그리고 이 말도 덧붙여 주게. 자네가 나를 부른 것이 자네 친구에게는 더할 나위 없는 행운이 될 거라고 말일세. 자네 친구를 위해서 뭔가를 할 수 있게 되어서 기쁘네. 그러나 그건 부수적인 기쁨일 뿐일세. 나는 자네를 보러 가는 것일세. 환자의 집 가까운 곳에 머물 수 있도록 그레이트 이스턴 호텔에다 방을 잡아 주게. 그리고 내일 너무 늦지 않게 그 숙녀를 만날 수 있도록 일정을 잡아 주게. 내일 밤에 다시 이곳으로 돌아와야 할 것 같기 때문일세. 그러나 필요하다면 사흘 후에 다시 거기로 갈 걸세. 오랫동안 머물러야 할 일이 있으면 그렇게 해야겠지. 그럼 곧 만나세. 잘 있게.

판 헬싱.

수어드 박사가 아서 홈우드에게 보내는 편지

9월 3일

아트 보게나,

판 헬싱 선생이 다녀가셨어. 그이와 함께 힐링엄에 갔었네. 루시의 신중한 배려로 어머니는 밖에서 점심을 드시려고 외출을 했기 때문에 우리끼리만 있을 수 있었어. 판 헬싱 선생은 아주 세심하게 진찰을 했네. 그이가 곧 결과를 보고해 줄 거야. 그러면 자네에게 내가 뭔가를 조언할 수 있을 거네. 그이가 진찰하는 동안 나는 내내 함께 있지 않았기 때문에 현재로서는 진찰 결과에 대해서 이러고저러고 이야기할 것이 없다네. 그이는 대단히 걱정스러워하는 눈치였는데, 확실한 건 좀 더 검토해 봐야 알겠다고 했어. 나는 우리의 우정에 대해서 이야기를 하고 자네가 이 일에 대해서 얼마나 나를 신뢰하고 있는지에 대해서 말했지. 그러자 그이가 말하더군. 「자네는 그 친구에게 자네가 생각하는 대로 솔직하게 이야기를 해주어야 하네. 내가 무슨 생각을 하고 있는지도 그 친구에게 말해 줘. 자네가 그것을 짐작할 수 있다면 말이야. 농담을 하고 있는 게 아닐세. 이건 농담이 아니라 죽고 사는 문제일세. 아니 어쩌면 그보다 더한 문제일 수도 있겠지.」 나는 그게 무슨 뜻이냐고 물었지. 그이의 표정이 너무 진지했기 때문이야. 이건 우리가 힐링엄에서 시내로 돌아왔을 때의 이야기네. 그이는 암스테르담으로 출발하기에 앞서 차 한잔을 마시고 있었어. 그이는 더

209

이상의 실마리를 주려고 하지 않더군. 아트, 나에게 화내지는 말게. 그이가 침묵을 지키고 있다는 것은, 루시의 건강을 위해서 그이가 모든 생각을 집중하고 있음을 뜻하는 거니까. 때가 되면 그이는 아주 솔직하게 이야기해 줄 거야. 내 말을 믿게. 나는 그이에게 말했지. 『데일리 텔레그래프』를 위한 특별 기사를 쓰듯이, 자네에게 우리의 왕진에 대한 객관적인 보고서를 쓰겠다고 말이야. 그이는 내 말에는 가타부타 대꾸를 하지 않고, 런던이 자기가 학창 시절을 보낼 때보다 훨씬 시커멓게 되어 버렸다는 이야기만 하더군. 그이가 보고서를 다 만들 수 있다면 내일 그것을 받을 수 있을 거야. 보고서가 아니라면 편지라도 받게 될 거네.

자, 이제 우리가 루시를 왕진했던 이야기를 하겠네. 루시는 처음 보았을 때보다 훨씬 생기가 있었어. 확실히 더 좋아 보였네. 자네가 걱정했던 핼쑥한 기색도 가시고, 호흡도 정상이었지. 루시는 선생에게 아주 상냥했고(언제나 그랬던 것처럼 말이지), 그이를 편하게 해주려고 노력했어. 그렇지만 나는 루시가 그것을 위해 엄청나게 애를 쓰고 있음을 알 수 있었네. 판 헬싱 선생도 그 점을 눈치챈 것 같았어. 숱이 많은 그이의 눈썹 아래로 얼핏 스쳐 가는 표정에서 그것을 읽을 수 있었지. 먼저 우리는 이것저것 세상 잡사에 대한 이야기부터 시작했어. 우리 자신과 병에 관한 얘기는 피하고 말이야. 우리의 이야기가 루시의 기분을 쾌활하게 만들었는지, 겉으로 꾸미고 있던 생기발랄함이 진짜인 것처럼 보이기 시작하더군. 그렇게 이야기를 하다가, 판 헬싱 선생은 화제를 바꾼다는 느낌을 전혀 주지 않고, 대화를 은근슬쩍 왕진의 목적에 맞게 돌려놓더군. 그이가 쾌활하게 말했어.

「아가씨, 이렇게 밝고 사랑스러운 모습을 대하니 한량없이 기뻐요. 그런데도 이 친구들은 아가씨가 의기소침해 있고 핼쑥하다고 말을 했소. 에이, 몹쓸 친구들 같으니라고!」 그렇게 말하면서 그이는 나를 비웃는 듯한 표정을 지었어. 그이가 말을 이었네. 「자, 이제 아가씨와 내가 저 친구들이 잘못 생각하고 있다는 걸 보여 줍시다. 저 젊은 친구가 아가씨들에 대해서 뭘 알겠소? (그이는 나를 손가락으로 가리켰어. 예전에 그이가 강의를 하면서 나를 가리킬 때와 똑같은 표정과 손짓을 하면서 말이야.) 저 친구는 광인을 다루는 사람이오. 영혼을 다친 이들에게 행복을 돌려주고 그들을 사랑하는 사람들의 품으로 돌아가게 해주지요. 대단히 힘든 일이지만, 행복을 줄 수 있기에 보람도 많지요. 그러나 아가씨들에 대해선 아는 게 없어요. 저 친구는 아내도 없고 딸도 없소. 게다가 아가씨들이 자기 얘기를 젊은 남자들에게 털어놓기란 쉽지가 않을 거요. 나같이 늙은 사람이라면 몰라도. 노인들은 세상의 많은 슬픈 일들을 겪었기에 그 슬픔들의 이유를 알지요. 그러니, 아가씨, 우리 저 젊은 친구보고 정원에 나가서 담배나 한 대 피우라고 합시다. 그동안에 우리끼리 이야기를 나누어 봅시다.」 나는 그 말뜻을 알아채고 밖으로 나가서 여기저기를 어슬렁거렸네. 얼마 안 있어 교수가 창문께로 와서 들어오라고 나를 부르더군. 그이는 심각한 표정을 짓고 말했어. 「주의 깊게 진찰을 해보았네. 그러나 신체의 기능에는 이상이 없어. 자네 의견대로 혈액이 많이 빠져나갔던 것 같아. 지금은 아니고 전에 그랬어. 그러나 아가씨의 상태가 빈혈 증상은 아니야. 아가씨에게 그녀의 하녀를 나에게 보내 달라고 부탁했어. 그저 한두 가지 질문할 게 있어서 그래. 하녀가 무슨 말을 할지 짐작이 가지만 혹시라도 잘못 짚는 게 있어서는 안 되니까 말이야. 분명히 무슨 원인이 있어. 모든 것에는 언제나 원인이 있기 마련 아니겠나. 암스테르담으로 돌아가서 검토를 해봐야겠네. 아가씨의 용태를 살펴보고 매일 나에게 전보를 쳐주게. 원인이 발견되면 다시 올 거야. 이 병은 — 완전히 건강한 상태가 아니니까 병은 병이지 — 관심을 갖고 검토해 볼 구석이 많아. 루시라는 아가씨도 그렇고 말이야. 그 아가씨한테 반했어. 내가 오는 건 자네나 병 때문에 오는 게 아니라 아가씨를 위해 그러는 거네.」

이미 말한 것처럼, 우리 둘만 있을 때도 그이는 더 이상 말하려 하지 않았어. 이제 내가 알고 있는 것은 다 말한 셈이야. 자네 아버님은 어떠신가? 많이 나아지고 계시리라 믿어. 아버님도 소중하고 루시도 소중하지. 그 둘 사이를 왔다 갔다 해야 하는 자네의 고충을 이해하고도 남네. 아버님에 대한 의무를 저버리지 않으려는 자네 마음을 알아. 그 의무를 충실히 이행하는 것이 마땅하지. 그러나 필요하다면, 나는 자네에게 루시 곁으로 즉시 오라는 전갈을 보낼게. 나에게서 별다른 소식이 없더라도 너무 걱정하지는 말게. 무소식이 희소식 아니겠나.

수어드 박사의 일기

9월 4일

동물 탐식증 환자가 여전히 우리의 관심을 끌고 있다. 어제 그는 딱 한 번 발작을 일으켰는데, 그 시간이 여느 때와는 달랐다. 정오가 되기 직전에 그가 불안한 모습을 보이기 시작했다. 간호인이 낌새를 채고 즉시 지원을 요청했다. 시계가 정오를 알리자 그가 아주 사나워졌다. 때맞춰 직원들이 달려와서 온 힘을 다해 그를 붙들었기에 망정이지 그렇지 않았으면 무슨 일이 날 뻔했다. 그러더니 한 5분쯤 지나서 점점 조용해지기 시작해서 마침내는 우울증에 빠져버렸다. 그 상태가 여태까지 계속되고 있다. 간호인의 얘기로는, 발작을 일으켰을 때의 그의 울부짖음이 정말 무시무시했다고 한다. 루시의 집에서 병원으로 돌아와 보니 할 일이 산더미처럼 쌓여 있었다. 렌필드 때문에 놀란 환자들을 돌보아야 했던 것이다. 좀 멀리 떨어진 곳에 있는 내가 들어도 끔찍한 소리인데 가까이에 있는 환자들에게는 오죽했으랴 싶었다. 병원의 식사 시간이 막 지났다. 아직까지 렌필드는 구석에 앉아서 골똘히 생각에 잠겨 있다. 그의 얼굴 표정이 침울하고 슬퍼 보인다. 그 표정은 어떤 것을 직접적으로 표출하고 있는 것이라기보다는 무엇의 전조인 것처럼 보인다. 그게 무엇인지 도무지 알 수가 없다.

시간이 흐른 뒤

렌필드에게 또 다른 변화가 일어났다. 5시에 그를 들여다보았더니 그의 모습이 전처럼 행복하고 흡족해 보였다. 그는 파리를 잡아서 먹고 있었다. 그러면서 문의 가장자리에다 손톱자국으로 표시를 해가면서 포획한 파리의 수를 기록하고 있었다. 그는 나를 보자, 나에게로 다가와서 자신이 말썽을 부린 것에 대해 사과를 했다. 그리고 나서 아주 비굴하고 굽실거리는 태도로, 자기 방으로 돌아갈 수 있게 해주고, 자기 노트를 다시 달라고 사정을 했다. 나는 그의 기분을 맞추어 주는 것이 좋겠다고 생각했다. 그래서 지금 그는 자기 방으로 돌아와 있다. 그 방의 창문은 열려 있다. 그는 차를 마실 때 쓸 설탕을 창턱에다 뿌려 놓고, 파리들을 불러 모으고 있다. 이젠 그것을 먹지 않고 예전처럼 상자 안에다 담고 있다. 그러면서 벌써 방의 구석구석을 뒤지면서 거미들을 찾고 있다. 나는 지난 며칠간의 일에 대해서 말을 시켜 보려고 했다. 그가 어떤 생각을 하고 있는지를 조금만 알아도 나에게 무척 도움이 될 것 같아서였다. 그러나 그는 일어설 생각을 하지 않았다. 그는 잠시 아주 슬픈 표정을 짓더니, 나에게 말한다기보다는 혼잣말을 하는 것과 같은 들릴 듯 말 듯 한 음성으로 말했다.

「모든 게 다 끝났어. 다 끝난 거야. 그가 나를 저버렸어. 이제 나 혼자 힘으로 그 일을 하는 것 말고는 다른 희망이 없어.」 그러더니 느닷없이 단호한 태도로 몸을 홱 돌리면서 그는 말했다.

「선생, 설탕 좀 더 주시겠소? 그게 나한테 도움이 될 것 같소.」

「파리가 좋아하는 게 아니고요?」

「그렇소. 파리도 그걸 좋아하오. 그리고 나는 파리를 좋아하지. 그러므로 나는 그걸 좋아하지.」 광인들에게는 논리가 없다고 잘못 생각하는 사람들이 있다. 그러나 광인들에게도 나름대로의 논리가 있는 것이다. 나는 그에게 설탕을 갑절로 주었다. 그러고 나니 그는 이 세상 어느 누구보다 행복해 보였다. 그의 마음을 헤아릴 수 있었으면 좋겠다.

밤 12시

그에게 또 다른 변화가 있었다. 웨스턴라 양을 만나서 많이 좋아진 것을 보고 병원으로 돌아오는 길이었다. 병원 문 앞에 서서 저녁노을을 바라보고 있었다. 붉은빛과 시커먼 그림자가 어우러져 있고 구름들이 신비스러운 색조를 띠고 있었다. 그때, 또다시 렌필드가 울부짖는 소리가 들려왔다. 그의 방이 대문 쪽으로 나 있기 때문에 그 소리가 전보다 더 잘 들렸다. 런던의 하늘에 드리워진 황혼 녘의 아름다움에 잔뜩 취해 있던 나는 그 소리에 소스라치게 놀랐다. 차가운 석조 건물의 황량함이 새삼스레 가슴을 파고들었다. 저 건물 안에서 얼마나 많은 불행이 숨 쉬고 있는가. 그리고 그 모든 것을 감당해 가야 하는 내 마음은 얼마나 황폐한가. 그의 방에 다다랐을 때는 해가 막 함지(咸池)로 곤두박질을 치고 있었다. 그의 창문을 통해서 붉은 원반이 가라앉는 것을 바라보았다. 해가 아래로 잠겨 들어감에 따라 그의 격렬한 발작이 점점 수그러들었다. 그러다가 해가 아주 사라져 버리자 그는 그를 붙잡고 있던 사람들의 손에서 빠져나와 바닥에 풀썩 널브러졌다. 잠시 후에 그는 아주 침착하게 일어나서 주위를 둘러보았다. 미치광이들이 어떤 정신적인 힘을 지녔기에 이렇게 금방 차분해질 수 있는 건지 놀랍기만 하다. 나는 간호인들에게 그를 붙잡지 말라고 신호를 보냈다. 그가 어떤 행동을 할지 궁금했기 때문이었다. 그는 창문 쪽으로 곧장 가더니 설탕 부스러기들을 쓸어 냈다. 그런 다음 파리 상자에 들어 있는 파리들을 밖으로 내보내고 상자를 밖으로 집어 던졌다. 그러고는 창문을 닫고 건너와서 침대에 앉았다. 나는 그의 행동에 놀라서 그에게 물었다. 「이제 파리를 키우지 않을 거요?」

「그래. 이따위 쓰레기에는 이제 넌더리가 나!」 그는 대단히 흥미로운 연구

214

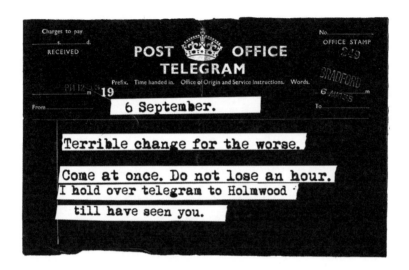

대상임이 틀림없다. 그 마음의 편린이라도 들여다볼 수 있었으면. 그 느닷없는 열정의 원인을 조금이라도 알 수만 있다면. 가만있어 보자, 왜 오늘 정오와 해 질 녘에 그의 발작이 일어났는지 알아낼 수 있다면, 어떤 실마리를 찾을 수 있을지도 모른다. 그 시간에 태양의 감응력이 어떤 본성에 영향을 미치고 있는 것은 아닐까? 이따금 달이 다른 본성에 영향을 미치듯이, 더 연구를 해보면 알게 될 것이다.

런던에서 수어드가 암스테르담의 판 헬싱에게 보내는 전보

9월 4일

환자가 오늘 훨씬 좋아졌음.

런던에서 수어드가 암스테르담의 판 헬싱에게
보내는 전보

9월 5일

환자가 아주 좋아졌음. 식욕도 왕성하고 수면도 정상임. 쾌활하고 생기가 돎.

런던에서 수어드가 암스테르담의 판 헬싱에게
보내는 전보

9월 6일

갑자기 악화되었음. 급래 요망. 한시도 지체하지 마시기 바람. 선생님을 뵐 때까지 홈우드에게 전보 치는 것을 보류하겠음.

10

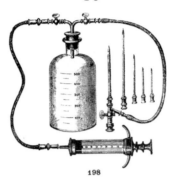

수어드 박사가 아서 홈우드 경에게 보내는 편지

9월 6일

아서 보게나. 오늘은 별로 좋지 않은 소식일세. 오늘 아침, 루시의 병세가 조금 악화되었네. 하지만 그 바람에 좋은 일도 하나 생겼지. 웨스턴라 부인이 걱정에 사로잡혀 루시 문제로 내게 전문적인 조언을 구해 왔다네. 나는 때는 이때로구나 싶어, 나의 옛 스승이자 탁월한 전문가인 판 헬싱이 나를 찾아올 터인데 그와 함께 루시를 돌볼 생각이라고 부인에게 말해 주었지. 그러니, 이제 우리가 드나들어도 부인이 그다지 놀라지 않을 걸세. 행여 부인이 충격이라도 받는 날에는 갑작스러운 죽음을 맞게 될 테고, 그랬다가는 병약한 루시에게 아주 안 좋은 결과를 초래할지도 모르는 상황이니, 잘된 일 아닌가. 여보게, 우리는 모두 곤경에 처해 있다네. 하지만, 우리는 틀림없이 이 난국을 잘 헤쳐 나가게 될 걸세. 필요하면 또 편지하겠네. 그러니, 혹 연락이 없더라도 별로 전할 만한 소식이 없어서 그렇겠거니 하고 여기게나. 이만 줄이네.

언제나 함께하는 자네의 벗

존 수어드.

수어드 박사의 일기

9월 7일

리버풀 스트리트에서 만났을 때, 판 헬싱 선생은 대뜸 내게 물었다.

「자네 친구에게 뭐라도 얘기한 게 있나?」

「아뇨. 전보에서 말씀드렸듯이, 선생님을 뵐 때까지 기다렸습니다. 그에게 는 미스 웨스턴라의 상태가 별로 좋지 않아 선생님이 오시기로 했으며, 필요하 면 소식 전하겠다는 내용의 편지만 했을 뿐입니다.」

「잘했네. 정말 잘했어! 아직은 모르는 편이 낫지. 아마 그는 끝내 모르게 될 걸세. 나는 그러길 비네. 하지만, 필요하다면 모든 걸 알게 되겠지. 그리고 여 보게, 존, 내 충고 한마디 할까. 자네는 정신병자들을 상대하는 일을 하고 있지 않은가. 그런데 세상 사람 모두가 어찌 보면 광인일세. 그러니, 자네 환자들을 신중하게 대하는 것만큼이나 신중하게, 하느님의 광인들 — 나머지 세상 사람 들 — 도 대하게. 자네는 환자들에게 자네가 무엇을 왜 하는지, 또 무엇을 생 각하는지를 결코 설명하는 법이 없지 않은가. 그러면 자네의 지식은 제자리를 찾아 안식을 취하고 번식을 하게 되지. 자네와 나는 우리가 아는 것을 아직은 여기, 그리고 여기에 간직해 두어야만 하네.」 그러면서 그이는 내 가슴과 이마 를, 그리고 이어서 자기 가슴과 이마를 손가락으로 살짝 찔렀다. 「아직은 내 생각들을 밝힐 때가 아닐세. 언젠가 자네에게 털어놓을 날이 오겠지.」

「지금은 왜 안 되죠?」 내가 물었다. 「그편이 이로울 듯하기 때문이지. 우리 는 어떤 결론인가에 도달하게 될 걸세.」 그이는 잠시 말을 멈추고 내 표정을 찬찬히 살피더니 다시 말을 이었다.

「여보게, 존, 밀을 가꾸는 농부들이 채 익지 않은 이삭을 훑는 일이 있다네. 즉, 어머니 같은 대지의 자양분을 머금은 그 이삭이 햇볕을 받아 황금빛으로 물들기 시작하지 않은 때라도 농부는 그것을 따서 거친 두 손으로 그놈을 비빈

다음에 녹색 겨를 훅 불어 버리고는 이렇게 말하지. 〈보세요. 참 알이 잘 뱄지요? 때가 되면 풍성한 수확을 하게 될 겁니다〉라고 말이야.」 나는 그이가 왜 그런 비유를 끌어대는지 영문을 몰라, 무슨 말인지 모르겠다고 했다. 그러자, 그이는 옛날 강의 시간에 하던 습관대로 손을 뻗어 내 귀를 장난스럽게 잡아당기면서 말했다. 「훌륭한 농부는 농사가 잘되리라는 확신이 선 때에야 비로소 그런 말을 한다네. 하지만, 훌륭한 농부치고 밀이 잘 자라나 보려고 그것을 땅에서 뽑아 드는 사람은 없는 법일세. 그것은 농사를 장난으로 아는 아이들이나 할 행동이지, 농사를 천직으로 삼는 사람들이 취할 행동은 못 되지. 이제 알겠나, 이 친구야? 나는 내 밀을 파종했고 그것을 싹틔우는 것은 대자연의 몫일세. 일단 싹만 튼다면, 풍작의 가능성도 없지 않을 터인즉, 나는 이삭이 팰 때를 기다릴 작정이라네.」 내가 자기 말을 이해했다는 것을 확인한 그이는 잠시 말을 멈췄다가 아주 진지한 어조로 덧붙였다.

「자네는 늘 꼼꼼한 학생이었고 그래서 자네 임상 보고서는 다른 학생들 것보다 훨씬 더 충실했지. 당시에 자네는 학생에 불과했지만, 지금은 어엿한 의사일세. 하지만, 좋은 습관은 여전할 것으로 나는 믿네. 명심하게, 지식은 기억보다 강하다는 것을. 그리고 우리는 더 약한 쪽을 믿어서는 안 되네. 설령 자네가 그 좋은 습관을 지켜 오지 않았다 하더라도, 이번 미스 웨스턴라의 경우에는 새로운 각오로 임해 주게. 이 사례는 우리와 다른 사람들에게 대단히 중요한 것일 수도 있네 — 명심하게, 중요한 것일 수도 있다는 것을. 우리 아닌 다른 사람들은 이런 사례를 다루기가 만만치 않을 수도 있네. 그러니 그 경과를 정신 바짝 차리고 주시하게. 아무리 사소한 것이라도 소홀히 하지 말게. 자네의 의심이나 추측까지도 기록해 두게나. 이제부터는 자네 짐작이 얼마나 맞아떨어지는지 지켜보는 것도 흥미로운 일일 걸세. 우리는 실패한 경험에서 배우는 거지, 성공에서 배우는 게 아니라네.」

내가 루시의 증세에 차도가 없을 뿐더러 오히려 더 악화되었다고 설명했을 때, 그이는 매우 심각한 표정이었지만 말은 없었다. 그이는 전문의의 필수 장비인 여러 가지 기구와 약들 — 언젠가 강의 시간에 그이가 〈우리 성직의 지긋지긋한 잡동사니〉라고 불렀던 것들 — 이 든 가방을 들고 있었다. 우리는 웨스턴라 부인에게 안내되었다. 부인은 걱정에 사로잡혀 있었지만, 예상보다는 정도가 덜했다. 자비로운 대자연은, 심지어 죽음이 초래하는 공포감마저도 제어할 수 있는 능력을 인간에게 부여했다. 자그마한 충격에도 쓰러질 만큼 심장이 약한 상태에 있으면서도, 어쩐 일인지, 부인은 자기가 몸소 겪지 않는 일들에서도 — 심지어 그토록 사랑하는 딸에게 일어난 끔찍한 변화에도 — 영향을 받지 않는 듯했다. 마치 이물질이 침입하면 외부의 영향에 둔감한 세포 조직이 자연스럽게 그것을 포위해 다른 조직이 손상되는 것을 막는 것처럼. 만일 이것이 자연의 질서에 따른 이기주의라면, 우리는 누군가의 이기심을 악덕으로 탓하기에 앞서 혹시 그 밑바탕에 우리가 알지 못하는 더 근원적인 뿌리가 있는 것은 아닌지 살펴보아야 하리라.

나는 정신 병리학 지식을 동원해 부인의 상태를 검토한 끝에, 앞으로 부인은 절대로 루시와 함께 지내거나 그녀의 병 걱정을 해서는 안 된다는 지시를 내렸다. 부인은 선뜻 동의했다. 뜻밖에도 선선히 동의하는 부인의 모습에서, 생명을 지키려 분투하는 자연의 섭리를 다시 한번 확인할 수 있었다. 판 헬싱 선생과 나는 루시의 방으로 갔다. 어제 그녀를 보고 충격을 받았다면, 오늘은 공포심이 들 정도였다. 루시의 얼굴은 끔찍하리만치 창백했다. 입술과 잇몸에서조차 발그레한 기색이라고는 찾아볼 수가 없었다. 얼굴의 뼈가 앙상하게 도드라지고, 고통스럽게 숨을 쉬고 있어서 보고 있기가 너무 안쓰러웠다. 판 헬싱 선생은 돌처럼 딱딱한 표정으로 눈살을 찌푸렸다. 루시는 죽은 듯이 누워 있었다. 말할 기력조차 없는 듯했기에 우리 모두는 잠시 침묵을 지켰다. 이윽고 판 헬싱 선생이 나가자고 손짓을 했다. 우리는 조용히 방을 빠져나왔다. 방문을 닫자마자, 그이는 잰걸음으로 복도를 따라가다가, 열려 있던 다음 문으로 갔다. 그이는 그 방으로 재빨리 나를 끌고 들어가더니 방문을 닫고는 소리 쳤다. 「맙소사, 정말 끔찍하군. 꾸물거릴 시간이 없네. 루시에겐 심장을 정상 으로 뛰게 해줄 피가 절대적으로 부족해. 생명이 위험하네. 바로 수혈을 해야 겠어. 자네가 할 텐가, 아니면 내가 할까?」

「제가 더 젊고 건강하니, 제가 해야지요.」

「그러면 얼른 준비하게. 난 가방을 가져오겠네. 준비는 다 되어 있어.」[27]

나는 그이와 함께 아래층으로 내려갔다. 계단을 내려가는데, 현관문을 두드 리는 소리가 들렸다. 홀에 다다르니, 아서가 방금 열린 현관문으로 황급히 들 어서는 모습이 보였다. 그는 종종걸음으로 내게 다가와 간절한 어조로 속삭이 듯 말했다.

「잭, 걱정이 돼서 견딜 수가 없었네. 자네 편지에 담긴 속뜻을 읽고서 지금껏 괴로웠다네. 아버님이 좀 나아지셨기에 자네를 보러 이리로 달려온 걸세. 저분 이 판 헬싱 박사님이신가? 선생님, 와주셔서 정말 감사합니다.」 갑자기 아서가 출현하자 판 헬싱 선생은 처음에는 하필이면 이런 때 나타나 일을 방해한다고 화가 난 눈치였지만, 그의 건장한 체격과 그로부터 발산되는 강렬한 젊음을 확 인하고는 눈을 빛냈다. 박사는 지체 없이 아서에게 손을 내밀며 심각하게 말 했다.

「마침 잘 와주었소. 우리 사랑스러운 아가씨의 연인이시군요. 아가씨의 상 태가 나쁩니다. 아주, 아주 나쁩니다. 저런, 너무 상심은 마시오.」 마지막 말

27 ABO식과 RhD식 혈액형 개념이 없던 시절의 이야기이다. 수혈이 필요한 환자에게 혈액형이 다른 피를 주입하면, 적혈구가 파괴되는 용혈성 수혈 부작용이 생겨 위험할 수 있다. 그래서 수혈 전에 ABO식과 RhD식 혈액형 검사를 하고, 환자의 혈액과 주입할 혈액을 반응시키는 교차 시험을 행하여 안전성을 높인다. 하지만 이런 치료법이 보편화되기 시작한 것은 카를 란트슈타이너가 1900년에 ABO 식 혈액형을 발견한 이후의 일이다. 『드라큘라』가 발표된 1897년에는 산후에 출혈이 심한 산모에게 수 혈을 시도하여 성공을 거두는 사례가 있기는 했지만, 치명적인 수혈 부작용 때문에 아직 치료 수단으로 인정을 받지 못하고 있었다. 두 박사의 대화와 조금 뒤에 등장하는 남성 인물들의 반응, 그리고 그들이 행하는 직접 수혈 시술에는 그런 시대의 사정이 잘 반영되어 있다.

은, 안색이 갑자기 창백해지면서 무너지듯 의자에 주저앉는 아서를 보며 한 것이었다. 「당신이 그녀를 도와야 하오. 당신은 이 세상 그 누구보다도 그 일을 잘 해낼 수 있소. 당신의 용기야말로 당신이 줄 수 있는 최상의 도움이오.」

「어떻게 하면 되죠?」 갈라진 목소리로 아서가 물었다. 「말씀해 주시면, 그대로 따르겠습니다. 제 생명은 루시의 것입니다. 루시를 위해서라면 제 몸속의 마지막 피 한 방울까지도 바치겠습니다.」

판 헬싱 선생은 농담을 즐기는 이다. 그이를 잘 알기에 그 대답에서 그이 본연의 모습을 발견할 수 있었다.

「젊은이, 그렇게 많은 것을 요구하는 것은 아니오. 마지막 한 방울까지는 필요가 없소.」

「그러면 어떻게 해야 합니까?」 아서의 눈은 이글거렸고, 결의에 찬 그의 콧구멍이 벌름거렸다. 판 헬싱 선생은 그런 아서의 어깨를 손바닥으로 치며 말했다. 「자, 힘내시오! 당신은 사나이요. 그리고 우리가 원하는 것도 바로 사내대장부이고. 그 점에서 당신은 나나 존보다 낫소.」 아서는 어리둥절한 표정이었다. 선생은 친절하게 설명을 계속했다.

「아가씨는 상태가 아주 좋지 않소. 그녀에겐 피가 부족해요. 피를 제공받지 못하면 그녀는 죽을 것이오. 존과 나는 서로 상의해 이른바 수혈이라는 것을 하려던 참이었소. 건강한 사람의 혈관에서 피를 뽑아 모자라는 사람의 야윈 혈관에 옮겨 주는 것이지요. 존이 피를 제공할 예정이었소. 그가 나보다 젊고 건강하기 때문이라오.」 설명이 이 대목에 이르자, 아서는 내 손을 찾아 말없이 꼭 쥐었다. 「그런데 당신이 나타난 거요. 늙었건 젊었건 어쨌든 신경 쓰는 일을 많이 하는 우리 두 사람보다야 당신이 그 일에 더 적격이오. 우리 신경은 당신 것만큼 고요하지 못하고, 우리 피는 당신 것만큼 맑지 않기 때문이오.」 아서는 선생을 향해 말했다.

「제가 그녀를 위해 언제라도 기꺼이 목숨을 바칠 각오가 되어 있는지 아신다면, 선생님께서는 이해하시게 될…….」

아서의 목이 메었다.

「훌륭하오.」 판 헬싱 선생이 말했다. 「이제 곧 당신이 사랑하는 그녀를 위해 할 일을 다 했다는 기쁨을 맛보게 될 거요. 자, 이제 조용히 올라갑시다. 수혈을 하기 전에 그녀에게 한 번 키스하시오. 하지만 그러고 나서는 그녀 곁에서 떨어져야 하오. 그리고 내가 신호하거든 방에서 떠나야 하고, 아가씨에게 아무 말도 하지 마시오. 그녀 상태가 어떤지 잘 알지요? 충격은 금물이오. 언제나 이 점을 명심하시오. 자 갑시다.」

우리는 루시의 방으로 올라갔다. 선생의 지시에 따라 아서는 밖에서 기다렸다. 루시는 고개를 돌려 우리를 보았지만, 아무 말도 하지 않았다. 잠든 것은 아니었지만, 너무 쇠약해서 말할 기력조차 없었던 것이다. 그저 눈으로 생각을 표현하는 것이 고작이었다. 판 헬싱 선생은 가방에서 몇 가지 물건을 꺼내, 그녀의 눈길이 닿지 않는 곳의 작은 탁자 위에 그것들을 내려놓았다. 그러고는 마취제를 타서 침대 쪽으로 다가가더니 짐짓 쾌활하게 말했다.

「자, 아가씨, 약 대령이오. 착한 아이처럼 쭉 들이켜시오. 내 드시기 쉽게 일으켜 드리리다. 옳지.」 그녀는 힘겹게 약을 비웠다.

약효가 어찌나 늦게 나타나는지 놀라지 않을 수 없었다. 이것이야말로 그녀의 몸이 얼마나 쇠약해졌는지를 단적으로 보여 주는 징표였다. 시간은 계속 흐르건만 그녀의 눈에선 졸음의 기색을 찾을 수 없었다. 그러다가, 마침내 약효가 나타나기 시작했고, 루시는 깊은 잠에 빠졌다. 이제 됐다는 판단이 선 선생은 아서를 방으로 불러들여 코트를 벗도록 했다. 「테이블을 옮겨 올 동안 미스 루시에게 간단히 키스를 해도 좋소. 여보게 존, 나 좀 도와주게.」 결국 아서는 우리 두 사람의 방해를 받지 않고 그녀에게 키스할 수 있는 시간을 가지게 되었다.

판 헬싱 선생이 말했다.

「워낙 젊고 건강한 데다 피도 깨끗하니 피브린 제거는 필요 없겠어.」

판 헬싱 선생은 한 치의 오차도 없이 신속하게 수혈 작업을 수행했다. 수혈이 계속되자 가련한 루시의 뺨에 생기가 다시 찾아드는 듯했고, 점점 창백해지는 아서의 얼굴은 기쁨으로 빛나는 듯했다. 시간이 조금 흐르자 나는 불안해지기 시작했다. 건강한 아서의 몸에도 피가 빠져나간 표가 나타나고 있었다. 문득, 루시의 신체가 얼마나 무서운 시련을 겪었기에 아서가 건강을 상할 정도로 수혈을 했는데도 저것밖에 회복이 안 되나 하는 생각이 들었다. 하지만, 선생의 표정은 침착했다. 그는 시계를 손에 쥐고 선 채 환자와 아서를 번갈아 주시하고 있었다. 심장이 방망이질을 쳤다. 이윽고 선생이 조용히 말했다. 「멈추게. 이제 됐어. 그를 돌보게. 나는 미스 루시를 돌볼 테니.」 수혈이 끝나고 나니, 아서의 몸은 눈에 띄게 쇠약해져 있었다. 상처에 붕대를 감고 부축해서 밖으로 데리고 나가는데, 판 헬싱 선생이 뒤도 돌아보지 않고 말했다. 마치 뒤에도 눈이 있다는 듯이.

「용감한 연인은 한 번 더 키스할 자격이 있는 법이지. 곧 그럴 기회를 갖게 될 거요.」 하던 일을 마친 선생은 환자의 베개를 고쳐 베어 주었다. 그때 루시가 늘 목에 두르는 것인 듯한 폭 좁은 검정 벨벳 띠 — 아서가 선물한 구식 다이아몬드 죔쇠가 달린 띠 — 가 베개에 쏠려 약간 위로 올라가면서 빨간 상처가 하나 드러났다. 아서는 몰랐겠지만, 나는 판 헬싱 선생이 숨을 들이쉬며 낮게 슛 소리를 내는 것을 들을 수 있었다. 그것은 그이의 감정 표현법 가운데 하나였다. 그러나 그이는 상처 문제는 접어 둔 채 나를 향해 말했다. 「자, 우리 용감한 젊은이를 데리고 내려가세. 가서 포트와인을 대접한 다음 잠시 누워 있게 하게. 그러고 나선 집으로 돌아가 쉬게 해야 하네. 푹 자고 많이 먹어야 하고. 그래야 기력을 회복할 수 있을 테니까. 그가 여기에 머물러서는 안 되네. 아, 잠깐! 젊은 양반, 결과가 걱정스러우신 듯한데, 어느 모로 보나 수술은 성공적이었소. 당신은 이번에 그녀의 목숨을 구했소. 그러니 댁으로 돌아가 마음 푹 놓고 쉬도록 하시구려. 그녀가 회복되면 내 모든 일을 말해 주리다. 당신이 한 일을 알게 된다면, 루시는 당신을 더욱 사랑하게 될 거요. 자, 그럼 잘 가시오.」

아서를 돌려보낸 나는 방으로 돌아왔다. 루시는 조용히 잠들어 있었다. 하지만 가슴의 움직임에 따라 이불이 오르내리는 것을 보고 그녀의 호흡에 한결 힘이 붙었음을 알았다. 판 헬싱 선생은 침대 곁에 앉아 루시를 뚫어져라 쳐다보고 있었다. 반점은 벨벳 띠에 가려 있었다. 나는 선생에게 가만히 물었다.

「목에 난 상처를 어떻게 생각하세요?」

「자네 생각은 어떤가?」

「아직 자세히 보질 않아서요.」 나는 대답과 동시에 띠를 풀기 시작했다. 경정맥(頸靜脈) 부위 바로 위에 두 개의 구멍이, 크지는 않으나 또렷하게 나 있었다. 분명히 병 때문에 생긴 것은 아니었는데, 가장자리가 마치 이빨로 씹어 놓은 것처럼 하얗게 문드러져 있었다. 일순 이 상처인지 뭔지를 통해 피가 빠져나갔을지도 모른다는 생각이 들었지만, 이내 그 생각을 떨쳐 버렸다. 그런 일은 불가능하기 때문이다. 수혈 전에 창백하기 그지없던 상태에 이르려면, 루시의 몸에서 흐른 피로 온 침대가 심홍빛 물이 흠뻑 들었을 것이다.

「어떤가?」

「글쎄요, 모르겠는데요.」 선생이 몸을 일으켰다. 「나는 오늘 밤 암스테르담으로 돌아가야 하네. 내게 필요한 책이며 물건 들이 거기 있기 때문이지. 자네는 여기서 밤을 새우도록 하게. 잠시도 그녀에게서 눈을 떼선 안 되네.」

「간호사를 부를까요?」

「우리가 제일 좋은 간호사들일세. 자네와 나 말이야. 불침번을 서면서 루시가 영양분을 충분히 공급받도록, 또 아무것도 루시를 괴롭힐 수 없도록 유의하게. 잠을 자면 안 되네. 자네나 나나 나중에 잠잘 시간이 있을 테니. 내 되도록 빨리 돌아오도록 함세. 그러고 나면 시작할 수 있겠지.」

「시작하다니요. 대체 무슨 말씀이신지?」

「곧 알게 될 걸세.」 그이는 서둘러 나가며 대답했다. 잠시 후 그이는 되돌아와 문틈으로 고개를 들이밀고 손가락을 세워 보이며 다질렀다.

「명심하게, 루시는 자네 책임이야. 만에 하나 그녀 곁을 떠나서 그녀가 화를 당한다면, 그 뒤로는 편히 잠들 수 없을 걸세.」

수어드 박사의 일기

9월 8일

루시 곁에서 밤을 지새웠다. 마취약 기운이 다한 저물녘에, 루시는 자연스럽게 깨어났다. 수혈 전과는 영 다른 모습이었다. 기분도 한결 좋아진 듯, 생기가 넘쳐흘렀다. 그러나 탈진의 후유증마저 깨끗이 가신 것은 아니었다. 판 헬싱 선생이 루시를 밤새 간병하라고 했다는 말을 전하자, 웨스턴라 부인은 다시 생기발랄해진 딸의 모습을 가리키며 거의 바보 같은 소리 말라는 투였다. 하지만 나는 뜻을 굽히지 않고 불침번을 설 준비를 했다. 하녀가 루시의 잠자리를 준비하는 동안 저녁 식사를 마치고, 나는 방으로 들어가 침대 옆에 자리를 잡았다. 루시는 내가 곁에서 밤을 지새우는 것을 결코 반대하지 않았다. 오히려 눈길이 마주칠 때마다 눈빛으로 감사의 뜻을 전해 왔다. 시간이 꽤 흘렀다. 루시는 졸음이 밀려오는 모양이었다. 하지만 애써 정신을 추스르고 잠기운을 떨쳐 버렸다. 이런 일이 몇 번이나 되풀이되었다. 시간이 흐를수록 졸음은 더 쉬 찾아들고, 그것을 떨쳐 버리기는 더 힘이 드는 듯했다. 루시는 분명히 잠드는

226

것을 꺼리고 있었다. 그래서 나는 단도직입적으로 물었다.

「자고 싶지 않으세요?」

「네, 전 무서워요.」

「잠드는 게 무섭다니요! 왜죠? 남들은 잠을 못 자서 안달인데.」

「아니, 제 처지가 된다면 다를 거예요. 잠이 무서운 일의 전조(前兆)가 된다면 말이에요.」

「무서운 일의 전조라니? 대체 무슨 뜻이죠?」

「모르겠어요. 아, 모르겠어요. 그래서 더 무서워요. 제가 이렇게 약해진 것도 잠든 동안에 일어난 일이었어요. 이제는 졸립다는 생각만 해도 몸이 오싹해져요.」

「하지만, 오늘 밤엔 안심하고 자도록 해요. 내가 이렇게 지키고 있으니, 아무 일도 없을 게요. 내 장담하리다.」

「아, 당신이 계시니 마음이 놓여요.」 나는 재차 다짐했다. 「혹시라도 악몽을 꾸는 기색이 있거든 바로 깨어 줄 테니 염려 말아요.」

「어머, 정말로 그래 주시겠어요? 정말 고마워요. 그럼 전 잘래요.」 말과 거의 동시에 안도의 한숨을 내쉰 루시는, 곧 잠에 빠져들었다.

나는 밤새 루시를 지켰다. 루시는 내내 평온하게, 깊고 고요한, 그리고 생기와 건강을 북돋아 주는 잠에 취해 있었다. 입이 살짝 벌어졌고, 가슴은 아주 고르게 오르내렸다. 미소를 머금은 얼굴로 보아, 마음의 평화를 깨뜨리는 악몽에 시달리고 있지 않음은 분명했다.

아침 일찍 하녀가 왔기에 루시의 간병을 그녀에게 맡기고 집으로 돌아왔다. 걱정되는 일이 많았기 때문이다. 판 헬싱 선생과 아서에게 짧은 전보를 쳐, 수혈 결과가 아주 좋았다고 알렸다. 잡다한 직무를 처리하느라고 낮 시간을 다 보냈다. 어두워져서야 겨우 내 동물 탐식증 환자의 상태를 확인해 볼 짬이 났다. 보고는 괜찮은 편이었다. 어제 하루, 그는 아주 얌전히 보냈다고 한다. 저녁을 먹고 있는데 판 헬싱 선생이 보낸 전보가 왔다. 오늘 밤도 힐링엄으로 가 루시 곁에 있는 게 좋겠으며, 자기는 밤 열차 편으로 출발해 내일 아침 일찍 합류하겠다는 내용이었다.

9월 9일

힐링엄에 도착했을 때는 정말이지 기진맥진해 있었다. 이틀 밤을 거의 눈한 번 제대로 못 붙였다. 뇌도 지쳤는지, 머리가 멍해지기 시작했다. 루시는 일어나 돌아다니고 있었다. 기분도 썩 좋아 보였다. 나와 악수를 하다 말고 루시는 내 얼굴을 유심히 살피더니 말했다.

「오늘은 밤샐 생각일랑 마세요. 당신은 너무 지쳤어요. 저는 다시 아주 좋아졌어요. 정말이에요. 밤샐 사람이 있다면 그건 저예요. 오히려 제가 당신을 돌봐야겠는걸요.」 그 문제로 왈가왈부할 생각은 없었다. 나는 방을 나와 저녁을 먹으러 갔다. 루시가 나를 따라왔다. 매력적인 그녀의 곁에 있으니 기운이 좀나는 듯했다. 나는 잘 차려진 음식을 배불리 먹고, 감칠맛 나는 포도주도 몇 잔마셨다. 식사를 마치자 루시가 나를 위층으로 데려가, 자기 침실 바로 옆에 난방으로 인도했다. 그 방엔 불이 따뜻하게 지펴져 있었다. 「자, 이제 여기서 쉬세요. 이 방하고 제 방 문을 둘 다 열어 놓겠어요. 이 세상에 환자가 하나라도있는 한, 당신네 의사 선생님들이 결코 잠자리에 들지 않는다는 것쯤은 저도알지만, 소파에 눕는 거야 뭐 어떻겠어요. 필요한 게 있으면 소리를 지를게요. 그러면 바로 달려오실 수 있잖아요?」 워낙 녹초가 되어 있던 나는, 그 말에 순순히 따를 수밖에 없었다. 설령 밤새 간병을 해보려 했더라도, 그럴 수 없었을것이다. 그래서 필요한 게 있으면 나를 부르겠다고 재차 다짐하는 말에 나는소파에 누웠고, 그 뒤로는 세상모르고 곯아떨어졌다.

루시 웨스턴라의 일기

9월 9일

오늘 밤 너무 행복하다. 정말로 눈뜨고 못 볼 만큼 쇠약했는데 이렇게 생각
도 할 수 있고 돌아다닐 수도 있게 되다니, 오랜 동풍(東風)이 그치고 파란 하
늘에서 햇살이 비칠 때의 느낌 같다고나 할까. 왠지 모르게 아서가 아주 아주
가깝게 느껴진다. 어디에서나 따뜻한 그의 체온이 느껴지는 듯하다. 생각건
대, 병과 무기력은 이기적인 것이어서 우리의 심안(心眼)과 동정심을 안으로
만 향하게 하는 반면에, 건강과 힘은 사랑을 자유롭게 하고 사람의 생각과 느
낌으로 하여금 저 가고 싶은 곳을 마음껏 거닐게 하는 것은 아닐까? 내 생각들
이 어디를 거닐고 있는지 나는 안다. 아서가 그것을 알아만 준다면……. 여보
세요, 여보세요, 잠드신 동안에 귀가 간질간질하시죠? 제 귀가 이렇게 잠 못
들고 있듯이. 아, 지난밤의 그 너무도 행복했던 휴식이여! 친애하는 수어드 박
사의 보살핌 속에 정말 단잠을 잤었지. 오늘 밤엔 잠드는 것이 두렵지 않아. 수
어드 박사가 부르면 들릴 만큼 가까운 곳에 계시니까. 내게 너무 잘해 주는 모
든 사람이 고맙다. 하느님, 고맙습니다. 잘 자요. 아서.

수어드 박사의 일기

9월 10일

판 헬싱 선생의 손이 머리에 와 닿는 것을 느낀 나는 잠이 번쩍 깨어 튀듯이
일어났다. 정신 병원에 있다 보면 어쨌든 몸에 익히게 되는 것들 가운데 하나
이다.

「그래, 우리 환자께서는 좀 어떤가?」

「양호합니다. 제가 그녀 곁을 떠났을 때, 아니 더 정확히는 그녀가 저를 떠났을 때까지만 해도 그랬습니다.」

「가세. 어디 한번 보세나.」 우리는 함께 루시의 방으로 들어갔다. 블라인드가 내려져 있었다. 판 헬싱 선생이 살금살금 고양이 걸음으로 침대로 다가가는 동안, 나는 블라인드를 걷으러 창 쪽으로 갔다.

블라인드를 걷자 아침 햇살이 방으로 쏟아져 들어왔다. 그때 선생이 헉 하며 낮게 숨을 들이쉬는 소리가 들렸다. 아주 드문 일이었다. 무시무시한 공포감이 가슴을 꿰뚫고 지나갔다. 내가 선생 쪽으로 다가가자 그이는 뒷걸음질을 치며 겁에 질린 목소리로 〈맙소사!〉 하고 외쳤다. 고통스러운 그 표정이 아니더라도 무슨 일인지 충분히 짐작이 갔다. 그이는 손을 들어 침대를 가리켰다. 평소에는 무표정하기만 하던 그이의 얼굴이 푸르다 못해 새하얗게 질려 있었다. 나는 무릎이 후들후들 떨리기 시작했다.

침대 위에는 불쌍한 루시가 그 어느 때보다 더 끔찍하리만치 창백한 모습으로, 기절한 듯 누워 있었다. 입술까지 하얗고, 잇몸도 이와 구별이 안 될 만큼 핏기가 없었다. 우리가 이따금 오랜 병고에 시달리다 죽은 사람의 시체를 대할 때 보게 되는 모습과 흡사했다. 판 헬싱 선생은 노여움에 겨워 발을 구르려다 직업 본능과 오랜 세월에 걸친 습관의 힘으로 겨우 감정을 억누르고서 말했다. 「빨리, 브랜디를 가져오게.」 나는 날 듯이 식당으로 달려가 술병을 들고 왔다. 판 헬싱 선생은 브랜디로 루시의 창백한 입술을 축이고 나서 나와 함께 루시의 손바닥과 손목 그리고 가슴을 주물렀다. 고통스러운 긴장의 순간이 얼마간 흐른 뒤 루시의 심장 박동을 느낀 판 헬싱 선생이 말했다.

「아주 늦지는 않은 것 같아. 약하나마 심장이 뛰고 있어. 모든 게 수포로 돌아갔네. 처음부터 다시 시작해야 해. 아서가 여기 없으니, 이번엔 자네가 나서야겠네, 존.」 그러면서 그이는 가방에 손을 넣어 수혈용 기구들을 끄집어냈다. 나는 겉옷을 벗고 속옷 소매를 걷어 올렸다. 환자의 상태가 그 지경이니 마취제를 쓸 수도 없었거니와 그럴 필요도 없었다. 그래서 우리는 곧바로 수혈 작업에 들어갔다. 잠시 후 — 결코 짧은 시간으로 느껴지지는 않았다. 아무리 기꺼이 헌혈을 하는 사람이라도 막상 피가 자기 몸에서 빠져나가면 무서운 느낌이 드는 법이니까 — 판 헬싱 선생이 집게손가락을 세우며 주의를 주었다. 「움직이지 말게. 그러나저러나 조금씩 기운을 회복해 가는 루시가 깨어날까 봐 걱정인데, 예방 조치를 취해야겠어. 모르핀 피하 주사를 한 대 놓아 주어야지.」 그이는 신속하고 능숙하게 자기 말을 실행에 옮겼다. 주사 효과는 괜찮았다. 루시는 혼수상태에서 마취성 수면 상태로 조금씩 옮아가는 기미를 보였다. 생명수와도 같은 피가 사랑하는 여인의 혈관 속으로 흘러 들어갈 때 어떤 느낌이 드는지는, 직접 체험한 사람이 아니고서는 결코 알 수 없으리라.

판 헬싱 선생은 내 상태를 주의 깊게 지켜보았다. 「이제 됐네.」 「벌써요?」 나는 볼멘소리를 했다. 「아서한테선 훨씬 많은 양을 뽑으셨잖아요.」 그이는 쓴웃음을 지으며 응수했다.

「그는 루시의 연인이요 약혼자 아닌가. 자네는 루시와 다른 사람들을 위해 해야 할 일이 있는 몸이고. 그것도 아주 많이 말일세. 지금은 이것으로 충분하네.」

수혈을 마친 그이가 루시를 돌보는 동안, 나는 내 상처 부위를 손가락으로 눌러 지혈을 했다. 그리고는 그이가 나를 돌볼 짬이 날 때를 기다리며 누워 있었다. 머리가 어질어질하고 몸살기가 조금 느껴졌기 때문이었다. 잠시 후 판 헬싱 선생이 다가와 상처에 붕대를 감아 주고, 술이나 한잔하라며 나를 아래층으로 내려 보냈다. 막 방을 뜨려는 참에 그이가 뒤따라와 속삭이듯 말했다.

「명심하게. 이 일을 결코 입 밖에 내선 안 되네. 혹시 우리의 젊은 약혼자께서 지난번처럼 불쑥 나타나더라도 그가 이 일을 알았다간 어디 놀라다뿐인가, 자네를 질투하게도 될 걸세. 단단히 입조심하게. 알겠지?」

루시의 방으로 다시 갔더니, 판 헬싱 선생은 나를 찬찬히 살펴보았다.

「크게 나빠 보이지는 않는구먼. 옆방에 가서 소파에 누워 잠시 쉬게. 그런 다음 아침을 배불리 먹고 이리로 다시 오게나.」

워낙 지당하고 현명하신 말씀이었기에 나는 그의 지시에 순종했다. 임무 하나는 완수했고, 다음 할 일은 힘을 비축하는 것이었다. <u>스스로 느끼기에도 몸</u>이 꽤 약해졌다. 그리고 몸이 약해지다 보니 일어났던 일에 놀랄 힘도 나지 않았다. 나는 어째서 루시에게 그런 퇴행 증세가 나타났는지, 또 아무런 흔적도 없이 어떻게 그녀 몸에서 그토록 많은 피가 빠져나갔는지 곰곰이 생각하고 또 생각하다가 소파에서 잠이 들었다. 생각건대, 아마 꿈속에서도 계속 그 생각을 했으리라. 자나 깨나 내 생각은 늘 비록 작긴 해도 어쨌든 루시의 목에 또렷이 나 있던 그 구멍들, 그리고 해져 너덜거리던 구멍 가장자리의 생김새로 돌아가곤 했으니까.

루시는 해가 중천에 뜨도록 달게 잤다. 잠에서 깨어난 루시는 비록 어제만은 못해도 꽤 상태가 좋고 건강해 보였다. 루시의 상태를 살펴본 판 헬싱 선생은 산책이나 하다 오겠다며 뒷일을 내게 맡기고 나갔다. 루시 곁을 한시도 떠나지 말라는 엄명을 남기고서. 홀 쪽에서 그이가 가장 가까운 전신국으로 가는 길을 묻는 소리가 들려왔다.

루시는 나를 상대로 실컷 수다를 떨었다. 지난밤에 있었던 일은 까맣게 모르는 눈치였다. 나는 그녀를 계속 즐겁고 재미있게 해주려고 애썼다. 루시를 보러 올라온 웨스턴라 부인도 그녀의 변화를 전혀 눈치채지 못하는 듯했다. 아니, 오히려 내게 고마움을 표시했다.

「수어드 박사님, 박사님께서 해주신 모든 일에 대해서 저희는 정말 고맙게 생각하고 있답니다. 하지만, 이제는 정말 과로하시는 일이 없도록 주의하셔야 해요. 박사님부터가 안색이 안 좋아 보이시는걸요. 박사님껜 조금이라도 박사님 건강을 염려하고 보살펴 줄 부인이 필요해요. 부인을 구하도록 하세요.」 부인이 말하는 동안, 루시의 얼굴이 비록 짧은 순간이나마 심홍색으로 물들었다.

가뜩이나 모자라는 피가 오랫동안 머리로만 자꾸 몰리는 것을 그녀의 몸이 견디지 못하기 때문이었다. 그 반작용은 얼굴이 극도로 창백해지는 것으로 나타났고, 루시는 마치 애원하는 듯한 눈길을 내게 던져 왔다. 나는 미소 지으며 걱정 말라는 표시로 고개를 끄덕여 주었다. 그리고 손가락을 입술에 대 이제 말은 그만하고 쉬라는 신호를 보냈다. 루시는 한숨을 한 번 내쉬고는 베개에 다시 몸을 묻었다.

판 헬싱 선생이 두세 시간쯤 후에 돌아와서 바로 말했다. 「자네는 이제 집으로 돌아가서 많이 먹고 수분을 충분히 섭취하도록 하게. 나는 오늘 밤 여기 머물면서 우리 아가씨 곁에서 밤을 보낼 생각일세. 자네와 나는 사태를 예의 주시하는 한편, 이 일이 다른 사람들에게 알려지지 않도록 해야 하네. 그래야 할 중대한 이유가 있어. 아, 뭐냐고 묻지는 말게. 자네 나름대로 생각해 보게나. 가장 있음 직하지 않은 일까지도 두려워 말고 생각을 밀고 나가 보게. 그럼, 잘 가게나.」

홀로 내려오니 하녀 둘이 다가와 자기들이, 아니면 둘 중 하나가 루시 곁에서 밤샘을 하면 안 되겠느냐고 물었다. 그들은 내게 애원을 했다. 그리고 내가 판 헬싱 선생은 나와 그분 중 한 사람이 밤샘하기를 원한다고 말하자, 그네는 아주 공손하게 그 〈외국 양반〉에게 말씀 좀 잘 드려 달라고 부탁하는 것이었다. 나는 그들의 친절함에 큰 감동을 받았다. 아마도 지금 내 몸 상태가 안 좋은 데다 그것이 루시와 관련된 일이었기에 그들의 헌신성이 두드러져 보였으리라. 여인의 친절로 말하자면, 몇 번이나 비슷한 사례를 경험한 바 있는 몸이니 말이다. 늦은 저녁참에 대어 이곳에 돌아와서 회진을 했다. 다들 상태가 좋았다. 잠이 찾아들기를 기다리며 이것을 기록하고 있다. 졸음이 밀려온다.

9월 11일

오후에 힐링엄으로 갔다. 판 헬싱 선생은 기분이 아주 좋아 보였다. 루시도 한결 좋아진 모습이었다. 내가 도착한 바로 뒤에, 판 헬싱 선생 앞으로 외국에서 큼직한 소포가 하나 왔다. 그이는 꽤나 힘이 든다는 표정으로 소포를 뜯더니 커다란 흰 꽃다발을 하나 꺼내 보였다.

「선물입니다, 미스 루시.」

「제게요? 어머나, 판 헬싱 박사님!」

「그렇소. 하지만 가지고 놀라는 것은 아니오. 이것들은 약이라오.」 루시가 얼굴을 찡그렸다. 「아, 약이라도, 달여 먹거나 보기만 해도 구역질 나는 꼴로 먹는 건 아니니까, 그 예쁜 코를 괴롭히질랑 마시오. 자꾸 그러면, 그 아름답던 아가씨 얼굴이 끔찍하게 일그러졌다고 아서한테 이를 거요. 아이고, 이제야 예쁜 코가 제 모습을 찾았구먼. 이게 약인 건 분명하지만, 어떻게 쓰는 건지 아가씬 모를 거요. 내 이 꽃을 창에도 걸고, 예쁜 목걸이도 만들어 아가씨 목에 걸어 드릴 생각이오. 그러면, 단잠을 잘 수 있을 거요. 아무렴! 이 꽃들은 마치 로터스[28] 꽃처럼 아가씨의 근심을 깨끗이 씻어 줄 거요. 그 향기도 꼭 레테강[29]이나, 그 옛날 스페인 정복자들이 플로리다에서 찾아 헤매다 너무 늦게야 발견했던 청춘의 샘의 물 냄새 같고 말이오.」

판 헬싱 선생이 말하는 동안, 루시는 꽃을 찬찬히 뜯어보고 냄새도 맡아 보고 하였다. 그러더니 꽃다발을 내던지며 우습기도 하고 기분 나쁘기도 하다는 투로 말했다.

「아이, 선생님도! 저를 놀리시는 거죠? 보세요, 이건 그저 보통 마늘꽃들일 뿐이잖아요.」

루시의 말에 판 헬싱 선생은 뜻밖의 반응을 보였다. 그는 일어나더니 꾸짖듯 말했다. 찬바람이 도는 듯한 어조였다. 파르스름한 턱은 꽉 다물었고, 미간

---

28 그리스 신화에 나오는, 걱정을 잊게 해준다는 나무.

29 그리스 신화에 나오는 강. 이 강물은 죽은 이의 마음에서 지나온 삶에 대한 모든 기억을 지워 버린다고 한다.

을 잔뜩 찌푸려 숱 많은 두 눈썹이 맞닿을 정도였다.

「내 말을 가볍게 여기지 마시오. 결코 농담이 아니니까. 다 뜻하는 바가 있어서 하는 일이니, 방해하지 말아요. 아가씨 자신이 아니라면 다른 사람들을 위해서라도, 조심을 하란 말이오.」선생의 태도에 루시가 겁먹은 표정을 지은 것은 당연했다. 그러자 판 헬싱 선생은 어조를 조금 누그렸다. 「저런, 아가씨, 무서워하지 말아요. 아가씨를 도우려는 것뿐이라오. 그리고 보기엔 아주 평범하지만 이 꽃들은 아가씨에게 많은 도움이 될 게요. 자, 내 손수 아가씨 방을 이 꽃들로 치장하고 꽃목걸이도 만들어 드리리다. 하지만, 쉿! 이것저것 캐묻기 좋아하는 다른 사람들에겐 절대 비밀이오. 우리 지시에 순종해야 하고, 침묵도 그중 하나요. 자, 잠시만 여기 앉아 있어요. 여보게 존, 나와 함께 가세. 가서 아가씨 방을 마늘꽃으로 치장하도록 하세나. 이 꽃들은 모두 네덜란드 하를렘에서 온 걸세. 그곳에선 내 친구 판데르풀이 1년 내내 온실에다 약초들을 기르고 있지. 어제 전보를 치지 않았으면, 이것들은 이 자리에 없었을 걸세.」

우리는 꽃다발을 가지고 루시의 방으로 들어갔다. 판 헬싱 선생의 행동은 확실히 이상했다. 내가 아는 어느 약전(藥典)에도 그런 식의 처방은 결코 없었다. 그이는 먼저 창문들을 닫고는 빗장을 단단히 채웠다. 그러고는 마늘꽃을 한 손 가득 쥐고서 창틀 구석구석을 그것들로 문질렀다. 혹시 바깥 공기가 새어 들더라도 빠짐없이 마늘 냄새가 배도록 하자는 심산인 듯했다. 창문 쪽 일을 마친 그이는 문설주와 문지방을 아래위 양옆 할 것 없이 마늘꽃 한 다발로 매매 문질렀고, 벽난로 주위도 그렇게 했다. 모두가 기묘하게만 느껴졌으므로, 이윽고 나는 물었다.

「저 선생님. 선생님이 하시는 일엔 다 그만한 까닭이 있다는 것은 저도 알지만, 이번엔 정말 영문을 모르겠군요. 이 자리에 혹 무신론자가 있다면, 선생님께서 악령을 막는 마법을 행하신다고 말하겠는데요.」

「정말로 그러는 건지도 모르지.」나직이 대답한 그이는 루시가 목에 두를 꽃목걸이를 만들기 시작했다.

　일을 끝낸 우리는 루시가 잠자리에 들 준비를 마치기를 기다렸다. 루시가 침대에 들자, 판 헬싱 선생은 침대로 다가가 마늘꽃 목걸이를 직접 그녀 목에 걸어 주었다.

　「목걸이가 풀어지지 않도록 주의하시오. 그리고 혹 방이 덥게 느껴지더라도 오늘 밤엔 창문이나 방문을 열지 말아요.」

　「그럴게요. 이렇게 친절을 베풀어 주셔서, 두 분 모두 너무너무 고맙습니다. 두 분이 제 곁에 계시다니, 정말이지 제겐 분에 넘치는 행복이에요.」

　그 집을 떠나 대기 중이던 전세 마차에 올랐을 때, 판 헬싱 선생이 말했다.

　「오늘 밤엔 마음 놓고 잠잘 수 있겠군. 내겐 수면이 필요요. 이틀을 밤마다 여행을 하면서 그사이 낮엔 이것저것 읽느라고 쉴 틈도 없었고, 그다음 날 낮은 걱정에 시달린 데다 밤에는 한숨도 못 자고 간병을 했으니 말이야. 내일 아침엔 일찍 내게 들르게. 함께 가서 어여쁜 우리 아가씨가 내 마법 덕분에 얼마나 건강해졌는지 보세나. 허허허.」

　판 헬싱 선생은 아주 확신에 찬 모습이었다. 이틀 전 밤에 나 자신이 지녔던 확신과 그 참담했던 결과를 기억하는 나는 그의 모습을 보며 두려움과 왠지 모를 공포심을 느꼈다. 그런 속마음을 그에게 털어놓기를 망설였던 것은 틀림없이 나의 우유부단한 성격 탓이었으리라. 그러나 그럴수록 마음속 두려움은 더욱 커져 갔다. 눈물을 참을수록 슬픔은 더욱 커지듯이……

11

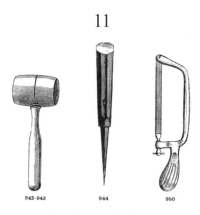

942-943   944   950

루시 웨스턴라의 일기

9월 11일

그분들 모두 얼마나 고마운지 모르겠다. 판 헬싱 박사가 아주 마음에 든다. 그분이 왜 이 꽃들에 그토록 신경을 쓰는지 모르겠다. 그분이 화를 내는 걸 보고 정말이지 깜짝 놀랐다. 그렇지만, 그분이 옳았다. 이제는 마늘꽃을 보면 마음이 놓인다. 어찌 된 일인지 밤에 홀로 있는 것이 무섭지 않고, 두려움 없이 잠자리에 들 수 있다. 창문 밖에서 퍼덕이는 소리가 들려도 신경을 쓰지 않을 것이다. 아, 지난 몇 개월 동안 얼마나 숱한 밤을 잠과 싸우면서 지내 왔던가. 편하게 잠들 수 없는 자의 고통이나, 알 수 없는 공포로 가득 찬 잠을 두려워하는 나 같은 사람의 고통을 누가 알랴. 어떤 두려움이나 공포도 느끼지 않고 살아가는 사람들, 잠을 밤마다 찾아오는 축복으로 받아들이고 오로지 달콤한 꿈만을 꿀 수 있는 사람들은 얼마나 행복한가. 자 이제 나도 오늘 밤엔 잠이 오기를 바라면서 『햄릿』에 나오는 오필리아처럼 〈처녀에게 어울리는 화환과 규수에게 어울리는 꽃 장식에 묻혀〉 누워 있을 것이다. 나는 전에는 마늘을 좋아하지 않았다. 그러나 오늘 밤엔 그것이 기분 좋게 느껴진다. 벌써 잠이 오는 걸 느낀다. 모두들 편한 밤 맞으시길!

수어드 박사의 일기

9월 12일

버클리 호텔에 들러 여느 때처럼 제시간에 판 헬싱 선생을 만났다. 호텔 측에서 불러온 마차가 기다리고 있었다. 선생은 가방을 들고 있었다. 그이가 요즈음 언제나 들고 다니는 그 가방이다.

모든 걸 정확하게 적어 두어야겠다. 판 헬싱 선생과 나는 8시에 힐링엄에 도착했다. 상쾌한 아침이었다. 밝은 햇살과 초가을의 온갖 상큼한 느낌이, 1년 중에서 대자연의 섭리가 가장 오묘할 때가 지금이라는 생각을 갖게 했다. 나뭇잎들은 갖가지 아름다운 빛깔로 물들어 가고 있었다. 그러나 아직 낙엽이 지기에는 일렀다. 우리는 루시의 집으로 들어가다가 거실에서 나오는 웨스턴라 부인과 마주쳤다. 부인은 언제나 일찍 일어나는 사람이다. 부인이 우리에게 따뜻한 인사를 하면서 말했다.

「루시가 좋아져서 반가우실 거예요. 그 애는 아직 자고 있어요. 잠을 깨울까 봐 방 안에 들어가지는 않고 들여다보기만 했어요.」 선생이 미소를 지었다. 기쁨에 찬 모습이었다. 그이가 손을 비비면서 말했다.

「아하 그래요. 제가 진단을 제대로 한 모양입니다. 제 치료가 효과를 보고 있어요.」 이 말에 부인이 대꾸를 했다.

「선생님, 모든 걸 다 선생님 공로라고 생각하시면 곤란해요. 오늘 아침 루시의 상태는 얼마간은 제 덕이기도 하답니다.」

「무슨 말씀이신지요, 부인.」 선생이 물었다.

「다른 게 아니라, 한밤중에 그 애가 걱정이 되어 방엘 가 봤어요. 그 애는 아주 잘 자고 있었어요. 어찌나 달게 자는지 내가 들어가도 깨지를 않았지요. 그런데 방 안이 너무 답답했어요. 지독한 냄새가 나는 꽃들이 여기저기 널려 있고 목에까지 꽃다발을 두르고 있지 뭐예요. 저는 그 지독한 냄새가 허약한 그 애한테 좋지 않을 거라고 생각했어요. 그래서 그것들을 전부 치워 버리고, 신선한 공기가 들어오도록 창문도 조금 열었지요. 그 애를 보시면 아주 기뻐하실 거예요. 틀림없어요.」

부인은 자기의 내실로 들어갔다. 부인은 대개 거기에서 일찌감치 아침 식사를 했다. 부인이 말을 하고 있을 때, 선생의 안색을 살펴보았더니, 잿빛으로 변해 있었다. 그럼에도 선생은 부인의 면전에서는 자신의 감정을 억누르고 용케도 참고 있었다. 부인의 건강 상태며 부인에게 충격을 주는 것이 얼마나 해로운지를 잘 알고 있기 때문이었다. 실제로 그이는 부인에게 미소를 지으면서 부인이 자기 방에 들어가도록 문을 열어 주었다. 그러나 부인의 모습이 사라진 순간 그이는 갑자기 나를 식당으로 끌어들이더니 문을 닫았다.

그때 나는 생전 처음으로 판 헬싱 선생이 우는 것을 보았다. 그이는 절망감에 사로잡힌 듯 말없이 두 손을 머리 위에 얹었다. 그러더니 어찌해야 좋을지 모르겠다는 듯 손바닥을 맞부딪쳤다. 마침내 그이는 의자에 털썩 주저앉더니 얼굴을 두 손으로 감싸고 소리 내어 울기 시작했다. 눈물이 나오지 않는 그 울음은 슬픔에서가 아니라 말할 수 없는 마음의 괴로움에서 나오는 것으로 생각되었다. 그렇게 울고 나서 그이는 온 세계를 향해 하소연하듯, 다시 팔을 치켜들고 말했다. 「하느님, 오 하느님! 어떻게 이런 일이 있을 수 있습니까? 우리가 뭘 어떻게 했기에 이토록 난처한 지경에 빠지게 된 겁니까? 옛날 이교도의 세계에서 건너온 악마가 아직도 우리에게 머물면서 장난을 치고 있단 말입니까? 어찌 그런 일이 그렇게 생겨야 하는 겁니까? 아무것도 모르는 가련한 어머니가 기껏 딸을 위해 한다고 한 일이, 딸의 육신과 영혼을 잃게 한 일입니다. 그렇다고 우리가 그 사실을 그 어머니에게 알려 줄 수는 없습니다. 그랬다가는 어머니가 죽고 말 겁니다. 그러면 둘 다 죽습니다. 아, 우리는 지금 엄청난 곤경에 빠져 있습니다. 우리를 둘러싸고 있는 악마들의 힘이 너무나 강합니다.」 갑자기 그이가 벌떡 일어나면서 말했다. 「가세, 가서 상태를 보고 조치를 취하세. 악마 아니라 악마 할아버지가 덤벼도 상관없네. 우리는 끝까지 그들과 싸워야 하네.」 그이가 현관문으로 가방을 가지러 갔다 오기를 기다렸다가 우리는 함께 루시의 방으로 올라갔다.

　　판 헬싱 선생이 침대 쪽으로 가는 동안 나는 창문의 블라인드를 끌어올렸다. 지난번처럼 소름 끼치게 파리한 얼굴을 보고도 그이는 놀라지 않았다. 그의 얼굴에 슬픔과 연민의 표정이 짙게 서렸다.

　　「생각했던 대로야.」 그이가 중얼거렸다. 그이는 잇소리를 내며 숨을 들이마셨다. 거기에 복잡한 의미가 담겨 있었다. 그이는 아무 말 없이 문 쪽으로 다가가서 문을 닫고 나더니, 작은 탁자 위에 수술 도구들을 꺼내 늘어놓았다. 또 한 차례의 수혈을 하려는 것이었다. 나도 진작부터 수혈의 필요성을 짐작하고 있던 터였으므로, 외투를 벗기 시작했다. 그이가 그러지 말라는 손짓을 하며 나를 말렸다. 「아니야. 오늘은 자네가 시술을 해야 해. 내가 피를 제공할 거야. 자넨 이미 허약해졌어.」 그 말을 하면서 그이는 외투를 벗고 셔츠의 소매를 걷어 올렸다.

　　또다시 시술이 시작되었다. 모르핀도 다시 썼다. 루시의 잿빛 뺨에 발그레한 기운이 약간 돌아오고, 정상적인 수면 상태에서 호흡이 고르게 되어 갔다. 이번에는 판 헬싱 선생이 회복을 하느라고 누워 있고 내가 루시를 보살폈다.

　　그 일을 끝낸 뒤에 판 헬싱 선생은 웨스턴라 부인에게 이야기할 수 있는 기회를 얻었다. 그이는 부인에게, 자신과 상의하지 않고 루시의 방에서 뭔가를 치우는 일이 없도록 해달라는 것과, 그 꽃들이 의학적인 가치를 가진 것으로서 그 냄새를 맡는 것도 치료 체계의 일부라는 점을 일깨웠다. 그리고 오늘 밤과 내일 밤에는 자신이 루시를 지킬 것이고, 내가 와야 할 때가 되면 나에게 연락을 하겠다고 했다.

한 시간쯤 지나서 루시는 잠에서 깨어났다. 생기 있고 밝은 모습이어서, 무서운 시련을 겪고서도 그리 악화된 것처럼 보이지는 않았다.

정말 알 수 없는 일투성이다. 오랫동안 정신병자들 틈에서 살아온 탓에 나 자신의 머리가 이상해지고 있는 것은 아닌지 모르겠다.

루시 웨스턴라의 일기

9월 17일

아무 일 없이 나흘 낮 나흘 밤을 보냈다. 이게 정말 나인가 싶을 만큼 아주 건강해지고 있다. 긴 악몽 속을 헤매다가 이제 막 잠에서 깨어나 주위를 두리번거리며 아침의 아름다운 햇살과 신선한 공기를 느끼고 있는 기분이다. 기다림과 두려움으로 노심초사하던 긴 시간들의 기억이 어렴풋하게 남아 있다. 너무나 캄캄해서, 현재의 고난을 더욱 뼈 속 깊이 느끼게 하는 희망의 고통마저도 없었던 그 어둠. 그 어둠 속을 헤매다 깊은 망각의 심연으로 고꾸라져 한동안 잠겨 있은 뒤, 다이빙 선수가 물의 부력으로 다시 떠오르듯 생명으로 되돌아왔던 기억. 그러나 이제 판 헬싱 박사가 내 곁에 있는 덕분에 그 모든 나쁜 꿈들이 사라져 버렸다. 정신을 잃을 정도로 나를 놀라게 했던 그 소리들 — 퍼덕거리며 창문을 두드리는 소리, 멀리서 나에게로 점점 다가오던 목소리들, 어딘지 알 수 없는 곳에서 나와서 무언지 알 수 없는 것을 나에게 명령하던 그

거친 음성 ─ 도 이젠 모두 들리지 않는다. 깨어 있으려고 안간힘을 쓸 필요도 없다. 이젠 마늘이 아주 좋아졌다. 나를 위해서 네덜란드의 하를렘에서 한 상자 가득 마늘이 배달되고 있다. 오늘 밤엔 판 헬싱 박사가 안 계실 것이다. 암스테르담에서 하루 동안 볼일이 있기 때문이다. 그러나 나를 지켜 줄 사람이 없어도 된다. 혼자 있어도 될 만큼 나는 이제 아주 건강하다. 어머니를 위해서, 아서를 위해서, 그리고 나에게 그토록 친절했던 모든 친구들을 위해서 정말 고마운 일이다. 어젯밤에도 박사님은 의자에 앉아 오랜 시간 동안 주무셨다. 잠이 깨어 두 번 그분이 주무시는 것을 보았다. 나뭇가지인지 박쥐인지 모를 뭔가가 꼭 화가 난 것처럼 철썩거리며 창유리를 두드리고 있었지만 나는 다시 잠드는 것이 두렵지 않았다.

『폴 몰 가제트』[30]의 9월 18일 자 기사

이리 탈출 사건의 전말을 밝힌다

본지 기자 특별 탐방
동물원 사육사와의 대담

동물원에서 이리 우리가 포함된 구역을 책임지고 있는 사육사를 찾아내느라고 정말 애를 먹었다. 여러 차례 물어보고, 또 여러 차례 거절을 당하면서도, 『폴 몰 가제트』 기자라는 신분을 전가의 보도처럼 휘둘러 대면서 겨우겨우 찾아냈다. 토머스 빌더는 코끼리 우리 뒤에 있는 울타리 안의 한 오두막에서 살고 있었는데, 내가 그를 찾아냈을 때, 그는 마침 오후의 간식을 들려고 자리에 앉아 있었다. 토머스와 그의 아내는 인심이 좋은 사람들이었다. 자식은 없었

---

30 런던의 신문으로 1865년에 창간되었다. 1880년대 선정주의적인 기사로 명성을 얻었다.

지만, 나에게 베풀어 준 그들의 후한 대접이 평상시에 하던 대로 한 거라면 그들의 삶이 꽤나 안락할 것이라는 인상을 받았다. 토머스는 식사가 끝날 때까지는 자신이 〈업무〉라고 부르는 것에 관한 대담에 응하려 하지 않았다. 모두 흡족하게 식사를 하고 식탁을 치운 다음, 파이프에 불을 붙이고 나서야 그가 입을 열었다.

「자, 기자 양반, 이제 시작해 봅시다. 알고 싶은 걸 물어보시오. 식사가 끝나기 전까지 직업적인 주제에 대해서 이야기하기를 거절한 것을 양해해 주시오. 나는 말이오. 내 구역에 있는 이리와 재칼이나 하이에나에게 뭔가를 부탁할 때는 먼저 밥을 주고 나서 한다오.」

「그게 무슨 뜻입니까? 그들에게 부탁을 하다니요?」 나는 그가 이야기를 많이 하고 싶은 기분을 느끼게 하려고 짐짓 물어보았다.

「돈 잘 쓰는 남자들이 아가씨들을 데리고 와서 그 여자들에게 뭔가를 보여 주기를 원할 때, 막대기로 동물들의 머리를 때리는 것도 한 방법이고, 동물들의 목덜미를 긁어 주는 것도 한 방법이지요. 먹을 것을 디밀기 전이라도 막대기로 머리를 때리는 방법을 쓰는 것은 괜찮지만, 목덜미를 긁어 주려고 할 때는 녀석들이 식사를 끝낼 때까지 기다린다오. 잘 들어 두시오. 사람에게도 그 동물들과 비슷한 구석이 있는 거요. 당신은 내 업무에 관해서 질문을 하려고 여기에 왔소. 아까 당신은 내가 대답할 마음도 먹고 있지 않은데, 다짜고짜 질문을 해왔소. 내가 욕을 해서 당신 기분이 상하지나 않았는지 모르겠소.」

「아니, 괜찮습니다.」

「내가 욕했다고 해서 당신이 나를 일러바친다고 말한 것은, 말하자면 막대기로 내 머리를 때린 것과 같소. 그렇지만 10실링짜리 금화는 괜찮았소. 나는 싸울 생각이 없었소. 그래서 음식이 나올 때까지 기다린 거요. 이리와 사자와 호랑이처럼 으르렁거리면서 말이오. 그런데 이제 우리 할망구가 티케이크를 한 덩어리 내밀어 주고 낡은 차 주전자에서 차를 따라 주고 나니까 마음이 밝아졌소. 이제 당신 마음껏 내 목덜미를 긁어도 좋소. 이젠 으르렁거리는 소리를 내지 않을 거요. 자, 질문해 보시오. 나는 당신이 무엇 때문에 왔는지 알고 있소. 도망친 이리 때문에 왔지요?」

「맞습니다. 그 사건에 대한 할아버지의 생각을 듣고 싶습니다. 먼저 어떻게 이리가 탈출하게 되었는지를 말씀해 주시고요, 다음에 그 원인은 무엇인지, 그리고 이 사건이 어떻게 끝나게 될지를 말씀해 주시지요.」

「좋소. 모든 얘기를 다 하지요. 그 도망친 놈은 우리가 버시커[31]라고 부르는 놈인데, 노르웨이에서 온 세 마리 잿빛 이리 중의 한 놈이지요. 몇 년 전에 잼래치 씨한테서 사들인 거요. 그놈은 착하고 온순해서 한 번도 이렇다 할 말썽을 부린 적이 없어요. 여기에 있는 다른 놈은 몰라도 그놈이 도망칠 생각을 가지고 있었다는 게 믿어지질 않아요. 완전히 믿는 도끼에 발등을 찍힌 거요. 이리하고 여자는 믿을 게 못 되나 보오.」

「기자 양반, 저 양반 말에 너무 신경 쓸 거 없어요.」 토머스 빌더의 부인이 쾌활하게 웃으며 끼어들었다. 「저 양반은 너무 오랫동안 동물에 신경을 쓰다가 이젠 늙은 이리처럼 소심해졌어요. 그 도망친 놈은 아무런 해도 끼치지 않을 거예요.」

「자, 기자 양반, 계속 이야기를 합시다. 어제 동물들에게 먹이를 주고 나서 두 시간쯤 지났을 때, 예사롭지 않은 소리를 처음으로 들었는데, 지금 생각해 보면 그게 이런 귀찮은 일이 생길 전조였던 것 같소. 나는 그때 비어 있는 원숭이 우리에다 병든 퓨마 새끼를 위해서 짚을 깔아 주고 있었지요. 갑자기 울부짖는 소리가 들려서 그쪽으로 달려갔어요. 버시커가 밖으로 나가고 싶다는 듯 우리의 쇠막대에 매달려 미친놈처럼 울부짖고 있었어요. 어젠 사람들이 별로 없었고 가까이에는 딱 한 사람뿐이었는데, 그는 키가 크고 호리호리한 자로서

---

31 Bersicker. 북유럽 신화에 나오는 용맹한 전사 베르세르크를 그렇게 부른다는 뜻이다.

매부리코에다 흰 터럭이 희끗희끗한 턱수염을 뾰족하게 기르고 있었소. 딱딱하고 차가운 인상이었는데, 눈이 불그스레했소. 나는 그자에게 혐오감을 느꼈소. 이리들이 날뛰는 게 그자 때문이라는 생각이 들었기 때문이오. 그 사람은 손에다 하얀 키드 가죽 장갑을 끼고 있었는데, 이리들을 가리키면서 이렇게 말합디다. 〈사육사 양반, 저놈들이 무엇 때문인지는 몰라도 동요를 일으키고 있는 것 같소.〉

〈아마 당신 때문에 그러는 걸 거요.〉 나는 불쾌함을 숨기기 않고 그렇게 말했소. 그 사람은 내가 예상했던 것과는 반대로 화를 내지 않고 날카롭고 하얀 이를 드러내며 기분 나쁘게 벌쭉거렸소. 〈오, 무슨 말씀을. 저놈들은 나를 좋아하지 않소.〉 그가 말했소.

〈오, 무슨 말씀을. 저놈들은 당신을 좋아해요.〉 나는 그의 말투를 흉내 내며 말했지요. 〈저놈들은 식사 때가 가까워지면 이빨을 깨끗하게 하려고 언제나 뼈다귀를 갖고 싶어 하지요. 그걸 당신이 한 자루나 갖고 있으니 당신을 좋아할 수밖에요.〉

그런데 말이오. 이상하게도, 그 사람하고 나하고 이야기하는 걸 그놈들이 보더니 잠잠해지더라고요. 버시커에게 다가가서 여느 때처럼 목덜미를 두드려 주었소. 그 사람도 다가와서 손을 디밀어 그 늙은 이리의 목덜미를 두드리는 게 아니겠소?

〈조심하시오! 버시커는 날쌘 놈이오.〉 내가 말했소.

〈걱정 마시오. 나는 이놈들을 다룰 줄 알아요.〉

〈당신도 이런 일을 하시오?〉 나는 그렇게 물으면서 모자를 벗었소. 이리와 관련된 일을 하는 사람이라면 사육가에게는 좋은 친구가 될 것이기 때문이오.

〈아니오. 꼭 그렇다는 건 아니오. 하지만 몇 마리를 키워 본 적이 있소.〉 그는 그렇게 말하면서 정중하게 모자를 들어 올려 보이고는 뚜벅뚜벅 걸어 나갔소. 늙은 버시커는 그가 시야에서 사라질 때까지 줄곧 그의 뒤를 쳐다보고 있었소. 그러더니 안쪽으로 가서 한 귀퉁이에 웅크리고 앉아 저녁 내내 꿈쩍도 하지 않았소. 그런데, 어젯밤 달이 떠오르자마자 여기에 있는 모든 이리들이 울부짖기 시작했어요. 그 녀석들이 뭘 보고 그러는지 알 수가 없었소. 근처에는 아무도 없었어요. 다만 어떤 사람이 동물원 울타리 뒤에 있는 공원길 어디에선가 개를 부르고 있는 소리가 들리긴 했지요. 나는 한두 번 나와서 아무런 이상이 없다는 것을 확인했소. 그 뒤에 울부짖는 소리가 멈추었지요. 12시 조금 전에 한 번 더 둘러보고 자려고 밖으로 나갔었소. 그런데 이게 웬일입니까. 버시커의 우리 맞은편에서 보니까 울의 가로대가 부러지고 휘어진 채 울 안이 텅 비어 있었소. 내가 확실히 알고 있는 건 그게 전부요.」

「다른 사람이 뭘 본 건 없습니까?」

「우리 정원사 중의 하나가 술 한잔을 하고 돌아오다가, 그 시간에 커다란 개 한 마리가 동물원 울타리를 넘어 빠져나가는 것을 보았다고 합디다. 그 친구 말을 완전히 무시하는 건 아니지만, 썩 믿을 만한 것은 못 돼요. 왜냐하면, 그 친구가 그걸 정말 봤다면, 집에 돌아와서 안사람한테 아무 얘기도 안 했다는 게 이상하고, 또 이리가 도망갔다는 사실이 알려지고 우리 모두가 버시커를 찾아서 밤새도록 공원 안을 뒤지고 난 뒤에야 자기가 뭘 보았노라고 말했기 때문이오. 내 생각에는 그 친구가 술이 좀 과해서 제정신이 아니었던 것 같소.」

「그러면 빌더 씨, 이리가 도망한 것을 어떤 식으로든 설명하실 수 있겠습니까?」

「그럼요. 그럴 수 있을 것 같습니다. 그렇지만 내 추측이 당신 마음에 들지 모르겠소.」 그는 겸손한 체하며 내숭을 떨었다.

「물론 할아버지의 생각이 마음에 들 겁니다. 오랜 경험을 통해서 동물의 습성을 잘 알고 있는 할아버지 같은 분이 모르면 누가 알겠습니까?」

「그럼 좋소. 기자 양반, 나는 그 사건을 이런 식으로 설명하겠소. 내가 보기에는 그 이리가 탈출한 것은 그놈이 바깥으로 나가고 싶었기 때문이오.」

그 농담을 하고 토머스와 그의 아내는 재미있어 어쩔 줄 모르겠다는 듯이 웃어 댔다. 그들이 웃는 걸 보면서 그네가 그런 농담을 전에도 했던 적이 있고, 탈출 사건을 설명하겠다고 한 게 일종의 교묘한 속임수였다는 것을 깨달았다. 그렇다고 시시껄렁한 걸 가지고 토머스 노인하고 말다툼을 벌일 수는 없었다. 그 노인에게서 알아낼 게 남아 있기 때문에 그의 기분을 상하게 할 필요는 없기 때문이었다. 나는 그의 마음을 움직일 수 있는 보다 확실한 방법을 알고 있었다. 그래서 나는 운을 뗐다.

　「할아버지, 10실링짜리 금화의 약효가 이제 다 떨어진 것 같군요. 여기 또 하나가 할아버지 손으로 들어갈 때를 기다리고 있습니다. 이 사건의 결과가 어떻게 되리라고 보시는지를 말씀해 주시는 것이 그때입니다.」

　「좋소, 기자 양반. 당신을 놀려서 미안하오. 저 늙은 할망구가 나에게 그렇게 하라고 눈짓을 하지 뭡니까.」

　「내가 언제 그랬우?」 안노인이 볼멘소리를 했다.

　「내 생각은 이렇소. 그 이리는 어딘가에 숨어 있을 거요. 아까 그 정원사의 말로는, 그놈이 말보다 더 빠르게 북쪽을 향해서 갤럽으로 달리고 있었다고 합니다. 그러나 나는 그의 말을 믿을 수가 없소. 왜냐하면, 아시다시피 이리란 놈들은 개들과 마찬가지로 네발을 땅에서 다 떼면서 뛰지를 않소. 그놈들은 그런 동작을 취하지 않는단 말이오. 이야기책에 나오는 이리는 대단한 놈들이지요. 그놈들은 떼를 지어 몰려다니며 제 놈들보다 더 무시무시한 것들을 쫓아다니는가 하면, 엄청난 괴성을 내지르며 뭐든지 먹어 치운다고 되어 있지요. 그러나 실제의 이리는 그저 하급 동물에 불과해요. 번번한 개 한 마리보다 영리한 것도 아니고 대담하지도 않소. 그놈들이 가진 투지는 정말 형편없소. 버시커란 놈도 아마 싸움은 고사하고 저 먹을 것도 구하지 못하고 있을 거요. 동물원 주변 어디에 숨어서 오들오들 떨고 있기가 십상이지요. 고작 생각한다는 게 어디 가면 아침을 얻어먹을 수 있을까 하고 궁리하는 거요. 어쩌면 어떤 동네로 내려가서 어떤 집의 석탄광 안으로 기어 들어가 있는지도 모르지요. 어떤 요리사가 석탄을 가지러 들어갔다가 어둠 속에서 자기를 노려보는 푸르스름한 눈빛을 보고 기겁을 하게 될 일이 눈에 선해요. 먹을 걸 못 구하면 그놈은 그걸 찾으러 돌아다닐 거요. 그러다가 재수가 좋으면 주인이 없는 틈을 타서 푸줏간에 몰래 숨어 들어갈 수 있을지도 모르지요. 이도 저도 안 되면, 애기 보는 처녀가 휴가 나온 군인과 눈이 맞아 아기를 유모차에 놓아 둔 채 어디를 간 사이에, 그 틈을 노려서 무슨 일을 저지를지도 모르지요. 어쨌든 나로서는 인구 조사 결과, 아기 하나가 없어졌다고 해도 크게 놀라지는 않을 거요. 그게 전부요.」

내가 10실링짜리 금화를 그에게 내밀고 있는데, 뭔가가 창문에 어른거렸다. 빌더 씨의 얼굴이 놀라움 때문에 평소보다 두 배나 길어 보였다.

「늙은 버시커가 제 발로 걸어 돌아온 게 아닌가!」

그는 문 쪽으로 걸어가서 문을 열었다. 맹수 앞에서 문을 여는 것만큼 불필요한 짓거리가 또 있을까 싶었다. 맹수란 튼튼한 장애물을 사이에 두고 볼 때라야 안전하다고 나는 줄곧 생각해 왔다. 지금까지의 개인적인 경험이 그런 생각을 불식시키기보다는 오히려 심화시켜 왔다.

그러나 내 통념과는 전혀 딴판인 일들이 벌어지고 있었다. 빌더 씨나 그의 아내가 이리를 다루는 품은 내가 개를 다루는 것보다 대수롭지 않아 보였다. 그 짐승 자체가 내가 생각했던 것과는 달리, 그림 속에 나오는 이리들의 원조라도 되는 양 평화롭고 온순해 보였다.

그 장면에는 희극과도 같은 우스꽝스러움과 진한 연민의 정을 자아내는 비장함이 온통 뒤범벅이 되어 있어서 뭐라고 형언하기가 어려웠다. 12시간이 넘도록 온 런던을 마비시키고, 시내의 모든 아이들을 두려움에 몰아넣고 꼼짝 못하게 했던 그 사악한 이리가, 회개하는 듯한 태도를 보이고 있고, 노부부가 돌아온 탕아를 대하듯 그 이리를 받아들여 어루만지고 있었다. 빌더 씨는 아주 부드럽고 안쓰러워하는 표정으로 이리의 몸을 여기저기 살펴보고 나서 말했다.

「이런, 내 그럴 줄 알았지. 이 가엾은 녀석이 어떤 곤경에 처하게 될 거라고 내가 말했잖소? 여기 보시오. 머리가 생채기투성이고 깨진 유리가 잔뜩 박혀 있소. 이 녀석이 어떤 망할 놈의 담이나 다른 것을 넘었던 것 같소. 사람들이 담 위에다 깨진 병을 박아 두는 건 부끄러운 일이오. 그래서 좋을 게 뭐가 있소. 여기 그 결과를 보시오. 자, 가자, 버시커.」

그는 이리를 데리고 나가서 우리 안에 집어넣고 자물쇠를 채운 뒤, 고깃덩어리를 넣어 주었는데, 양의 기준으로만 보면 충분히 성찬이 될 만큼 듬뿍 주었다. 그런 다음에 보고를 하기 위하여 총총히 사라졌다.

나도 그 자리를 떴다. 동물원에서 벌어진 이상한 탈출 사건에 대해 오늘 본 기자가 얻은 독점적인 정보를 보고하기 위해서.

수어드 박사의 일기

9월 17일

저녁을 먹고 나서 연구에 전념했다. 그동안 다른 일도 있었고 루시를 찾아가는 일이 잦아지면서 너무 많이 밀려 있었다. 그때 느닷없이 문이 벌컥 열리면서 렌필드가 뛰어 들어왔다. 그의 얼굴이 격정으로 일그러져 있었다. 나는 큰 충격을 받았다. 환자가 자발적으로 원장의 서재로 찾아오는 일은 거의 없었기 때문이었다. 그는 잠시도 머뭇거리지 않고 내 쪽으로 곧장 다가왔다. 그의 손에는 식칼이 들려 있었다. 그가 위험한 짓을 하리라는 것을 눈치채고 나는 책상을 사이에 두고 그와 대면하려고 애썼다. 그러나 그는 너무 빠르고 힘이 세어서 당할 수가 없었다. 아차 하는 사이에 그가 나에게 덤벼들었고 내 손목을 좀 심하게 베었다. 그가 재차 공격해 오기 전에 나는 오른쪽으로 몸을 피했는데, 그가 갑자기 방바닥 위에 벌렁 드러누웠다. 내 손목에서 피가 철철 흘러나와 양탄자 위를 흥건히 적셨다. 렌필드가 더 이상 공격할 생각을 가지고 있는 것 같지는 않았으므로, 나는 그에 대한 경계를 늦추지 않으면서, 피를 멎게 하려고 손목을 동여맸다. 간호인들이 뛰어 들어오고, 우리의 주의가 그에게로 쏠렸다. 그가 하는 짓에 정말 구역질이 났다. 그는 배를 깔고 엎드려서, 개처럼, 내 손목에서 떨어진 피를 핥고 있었다. 그는 놀랍게도 순순히 붙잡혀서 고분고분하게 간호인들과 함께 갔다. 입으로는, 〈피는 생명이다! 피는 생명이다!〉[32]라는 말을 자꾸자꾸 되뇌고 있었다.

나는 지금 혈액의 유실을 감당할 수가 없다. 신체적 생명에 비해서 최근에 너무 많은 피를 뺐기 때문이다. 게다가 루시의 병이 악화되면서 오랫동안 무리를 한 것이 영향을 미치고 있다. 나는 지나치게 흥분되어 있고 지쳐 있다. 나에겐 휴식이 필요하다. 나는 쉬어야 한다. 다행히 판 헬싱 선생이 나를 부르지 않았다. 그러니 뜬눈으로 밤을 지새울 필요가 없다. 오늘 밤에 잠을 자지 않으면 나는 잘 버틸 수가 없다.

판 헬싱이 안트베르펜에서
카팩스의 수어드에게 보내는 전보
(서식스주의 카팩스에 보냈으나 아무도 수령하지 않아서, 22시간 늦게 배달됨)

9월 12일

오늘밤 힐링엄에 꼭 있도록 하게. 죽 지키고 있지는 않더라도, 찾아가서 꽃

32　구약 성서 「신명기」 12장 32절 참조. 〈그러나 어떠한 일이 있어도 피만은 먹지 못한다. 피는 곧 생명이라. 생명은 고기와 함께 먹을 수 없기 때문이다.〉

이 제자리에 있는지를 확인하게. 대단히 중요하네. 실수 없도록 하게. 도착하는 대로 자네에게 가겠네.

수어드 박사의 일기

9월 18일

런던행 열차를 타러 곧 떠나야 한다. 뒤늦게 도착한 판 헬싱 선생의 전보를 보는 순간 하늘이 무너지는 듯한 절망감을 느꼈다. 하룻밤을 모두 날려 버렸다. 그 하룻밤 사이에 무슨 일이 일어났을지는 이전의 고통스러운 경험에 비추어 충분히 짐작할 수 있다. 물론 모든 일이 잘되어 가고 있을 수도 있다. 그러나 무슨 일이 일어났다면? 틀림없이 가공할 파멸의 운명이 우리를 조여 오고 있다. 한 번의 자그마한 실수조차 그간의 우리의 노력을 물거품으로 만들어 버릴 수가 있는 것이다. 이 축음기용 원통을 가져가야겠다. 그러면 루시의 축음기에도 나의 일기를 녹음할 수 있을 것이다.

루시 웨스턴라가 남긴 메모

9월 17일, 밤

아무도 나로 인하여 고통을 받는 일이 없도록 하기 위하여 나는 이 글을 써서, 사람들의 눈에 띄도록 놓아둔다. 이것은 오늘 밤에 있었던 사건의 정확한 기록이다. 지금 나의 몸에서 점점 힘이 빠져나가고 있다. 죽음이 가까이 오고 있음을 느낀다. 글을 쓸 수 있는 힘도 거의 남아 있지 않다. 그러나 글을 쓰다 죽는다 하더라도 나는 이것을 써야 한다.

나는 평소처럼 잠자리에 들었다. 꽃들이 판 헬싱 박사가 지시한 대로 놓여 있음을 살피고 나서 곧 잠이 들었다.

　창문에서 철썩거리는 소리 때문에 잠이 깼다. 그 소리는, 미나가 나를 구해 주었던 횟비 절벽 위에서의 그 몽유병 사건 때부터 시작된 것으로서, 이제 나는 그것에 익숙해져 있다. 나는 놀라지 않았다. 그러나 수어드 박사가 옆방에 있었으면 했다. 판 헬싱 박사가 그럴 거라고 한 것처럼 말이다. 그랬더라면 나는 그를 불렀을 것이다. 나는 잠을 자려고 노력해 보았다. 그러나 그렇게 되질 않았다. 그러자 잠에 대한 예전의 공포가 되살아났다. 그래서 나는 깨어 있기로 마음을 고쳐먹었다. 잠을 자려고 하지 않으니까 끝없이 졸음이 밀려왔다. 나는 혼자 있는 것이 두려워서 방문을 열고 소리쳤다. 「거기 누구 없어요?」 아무런 대답이 없었다. 어머니를 깨우게 될까 봐 걱정이 되어, 나는 도로 문을 닫았다. 그때 바깥의 수풀 속에서 울부짖는 소리 같은 것이 들려왔다. 개가 울부짖는 것 같기도 했지만, 그보다는 더 사납고 깊은 소리였다. 나는 창가로 가서 밖을 내다보았다. 그러나 다른 것은 아무것도 보이지 않고, 커다란 박쥐 한 마리만이 보였는데, 아까 철썩거리던 소리는 틀림없이 그놈이 날개를 창문에 부딪치면서 낸 소리일 것이었다. 나는 다시 침대로 돌아와 잠을 자지 말자고 재차 마음을 먹었다. 얼마 안 있어 문이 열리고 어머니가 들어오셔서 내 곁에 앉으셨다. 어머니는 평소보다 더욱 상냥하고 부드러운 어조로 말씀하셨다.

　「애야, 괜찮니? 네가 걱정이 되어서 잘 있는지 보러 들어왔단다.」

　나는 어머니가 거기에 그렇게 앉아 계시다가 감기라도 드실까 봐 걱정이 되었다. 그래서 어머니 보고 침대로 들어와서 함께 자자고 권했다. 그러자 어머니는 침대로 들어오셔서 내 곁에 누우셨다. 어머니는 실내복을 벗지 않으셨다. 조금만 누워 있다가 당신 침대로 되돌아가실 거라고 말씀하셨다. 우리가 서로 껴안고 누워 있을 때, 다시 철썩거리는 소리, 두드리는 소리가 창문에서 들려오기 시작했다. 어머니는 깜짝 놀라시며 약간 겁에 질려 소리를 지르셨다.

「저게 무슨 소리냐?」

나는 어머니를 진정시키려고 애썼다. 가까스로 어머니는 마음을 가라앉히고 조용히 누워 계셨다. 그러나 가엾게도 어머니의 심장이 무섭게 방망이질 치고 있음을 들을 수 있었다. 잠시 후에 다시 바깥 수풀 속에서 낮게 울부짖는 소리가 들렸다. 그러더니 조금 후에 유리창이 쨍그랑 하고 깨지면서 깨진 유리 조각들이 방바닥에 흩뿌려졌다. 창문의 블라인드가 바람을 타고 방 안으로 밀려들어 오고 깨져 나간 창유리 틈으로 커다란 잿빛 이리가 섬뜩하게 머리를 내밀고 있었다. 어머니는 겁에 질려 소리를 지르며 일어나 앉으려고 발버둥을 치셨다. 그러면서 도움이 될 만한 거라면 뭐든지 사정없이 움켜쥐셨다. 그 와중에 어머니는 내 목에 두르고 있던 화환을 붙잡고 늘어졌다. 판 헬싱 박사가, 떼어내지 말고 항상 목에 두르고 있으라고 신신당부했던 그 화환이다. 어머니는 이리를 손가락으로 가리키며 잠시 동안 일어나 앉으셨다. 어머니의 목에서 이상하게도 꼴깍꼴깍하는 소리가 심하게 들렸다. 그러다가 어머니가 마치 번개의 기습을 받은 것처럼 다시 쓰러지면서 머리로 나의 이마를 받았다. 나는 잠깐 동안 머리가 어찔하였다. 방과 주위의 모든 것들이 빙글빙글 도는 느낌이었다. 나는 시선을 창문에서 떼지 않으려고 노력했다. 이리의 머리가 뒤로 빠지고 수없이 많은 작은 알갱이들이 유리창의 깨진 틈으로 날아 들어왔다. 아라비아 사막에서 모래 폭풍이 몰아칠 때 나타난다고 여행자들이 술회하던 그 흙먼지의 기둥처럼, 원을 그리며 뱅글뱅글 돌고 있었다. 나는 몸을 움직이려고 비비적거렸다. 그러나 꼼짝달싹 할 수가 없었다. 벌써 차가워져 가는 어머니의 몸 — 어머니의 심장 박동이 멎어 있었던 것이다 — 이 나를 짓누르고 있었다. 나는 의식을 잃었다. 그다음 얼마 동안 있었던 일들은 기억이 나지 않는다.

의식을 되찾을 때까지 많은 시간이 흐른 것 같지는 않았다. 그러나 너무나 끔찍한 시간이었다. 어딘가 가까운 곳에서 지나가는 종소리가 울리고 있었다. 인근에 있는 모든 개들이 울부짖고 있고, 바로 바깥인 듯한 수풀에선 밤꾀꼬리

가 울고 있었다. 아프기도 하고 두렵기도 하고 힘이 쪽 빠지기도 해서 나는 정신을 차릴 수가 없었다. 밤꾀꼬리 소리가 마치 나를 위로하려고 황천길에서 되돌아오신 어머니의 목소리 같았다. 그러한 소리들이 하녀들의 잠을 깨운 모양이었다. 방문 밖에서 그 여자들이 맨발로 종종걸음을 치는 소리가 들렸다. 내가 부르자 그네가 들어왔다. 무슨 일이 일어났는지, 침대 위에서 나를 누르고 있는 게 무엇인지를 깨닫고, 그네가 비명을 질렀다. 부서진 창문으로 바람이 짓쳐들어오자 방문이 쾅 닫혔다. 그네가 어머니의 시신을 들어 올려 주어서 나는 몸을 일으켰다. 다시 어머니를 침대에 눕히고 시트를 덮었다. 그네들이 모두 너무 놀라고 겁에 질려 있어서 나는 그네에게 식당에 가서 포도주를 한 잔씩 마시고 오라고 일렀다. 방문이 바람에 휙 열렸다가 다시 닫혔다. 하녀들은 비명을 지르며 와르르 식당으로 몰려 들어갔다. 나는 지니고 있던 꽃을 어머니의 가슴 위에 올려놓았다. 그러고 나니까 판 헬싱 박사가 신신당부하던 말이 생각났다. 그러나 어머니 가슴 위에 있는 꽃들을 옮겨 놓고 싶지 않았다. 게다가 이제 하녀들이 내 곁에 있어 줄 것이므로 별로 걱정이 되지 않았다. 그런데 한참이 지났는데도 하녀들이 돌아오지 않았다. 그네를 불러 보았으나 대답이 없었다. 나는 그네를 찾으러 식당으로 갔다.

거기에는 끔찍한 일이 벌어져 있었다. 심장이 무너져 내리는 듯했다. 하녀 넷이 모두 가쁜 숨을 쉬면서 방바닥에 누워 있었다. 식탁 위에 있는 백포도주병에는 술이 반쯤 담겨 있었는데, 이상하고 역겨운 냄새가 진동을 했다. 나는 미심쩍은 생각이 들어서 술병의 냄새를 맡아 보았다. 아편 팅크의 냄새가 났다. 찬장을 살펴보니 어머니의 주치의가 어머니를 위해 사용하던 아편 팅크의 병이 비어 있었다. 아, 이 일을 어찌하면 좋은가? 나는 어떻게 해야 하나? 나는 어머니의 시신이 있는 방으로 돌아왔다. 어머니 곁을 떠나선 안 된다. 나는 지금 혼자 있다. 일하는 사람들이 있지만 그네는 모두 잠에 취해 있다. 누군가가 그들이 마신 포도주에 마취제를 타 넣었다. 나 혼자서 시신을 지키고 있는 것이다! 밖으로 나가고 싶지만 그럴 수가 없다. 깨진 창문을 통해서 이리가 낮게 으르렁거리는 소리가 들려오고 있기 때문이다.

방 안의 공기에 작은 알갱이가 가득 차 있는 듯하다. 창문으로 바람이 밀려 들어와 알갱이들이 원을 그리며 떠다니고 있다. 푸르스름한 광채가 빛나고 있다. 어쩌면 좋단 말인가? 하느님, 오늘 밤 이 해악에서 저를 지켜 주소서! 나는 이 메모지를 내 가슴에다 숨기려 한다. 사람들이 와서 나를 밖으로 데리고 나갈 때 이 종이를 발견하게 될 것이다. 사랑하는 어머니가 떠나셨다! 이제 내가 갈 때가 됐다. 사랑하는 아서, 오늘 밤 내가 살아남지 못하면, 이것이 작별 인사가 되겠지요. 하느님께서 당신을 지켜 주실 거예요. 하느님, 저를 도와주세요!

12

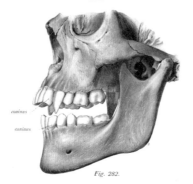

Fig. 282.

수어드 박사의 일기

9월 18일(계속)

　힐링엄으로 즉시 마차를 몰아 일찍 도착했다. 마차를 대문 앞에다 세워 두고 혼자서 진입로를 올라갔다. 나는 살며시 문을 두드리고 되도록 조용하게 초인종을 울렸다. 루시나 루시의 어머니를 번거롭게 하고 싶지 않았기 때문이었다. 그저 일하는 사람 하나가 와서 문을 열어 주기를 기대했다. 잠시 기다렸으나 아무런 대답이 없었다. 나는 다시 문을 두드리고 초인종을 울렸다. 여전히 아무런 대답이 없었다. 일하는 사람들이 10시가 다 되도록 침대에 뭉개고 누워 있는 거라고 생각하면서 나는 그들의 게으름을 나무랐다. 그래서 다시 한번 벨을 울리고 문을 두드렸다. 그러나 역시 아무런 응답이 없었다. 초조해서 견딜 수가 없었다. 그때까지는 그저 일하는 사람들의 게으름만 탓하고 있었는데, 이제 불길한 느낌과 함께 두려움이 밀려왔다. 우리를 바짝 조여 오고 있는 어두운 운명의 사슬이 이 무응답과 관련을 맺고 있는 것은 아닌가? 뒤늦게 달려온 이곳은 이제 죽음의 집이 되어 버린 것은 아닐까? 루시는 지난번과 같이 또 위급한 상황에 빠져 있을지도 모른다. 그런 거라면 1분 1초라도 지체해서는 안 된다. 내가 지체하면 할수록 루시는 점점 더 위험에 빠질 것이다. 그렇게 생각하고 나는 어디든 집 안으로 들어갈 수 있는 곳이 있는지를 찾아보려고 집 주위를 돌아보았다.

집 안으로 들어갈 수 있는 길을 찾을 수가 없었다. 문이란 문, 창문이란 창문은 모두 닫혀 있고 잠겨 있었다. 나는 어찌할 바를 몰라 하며 현관으로 다시 돌아왔다. 그때 누군가가 말을 급히 몰며 다가오는 소리가 들렸다. 마차가 대문 앞에서 멈추고, 이내 판 헬싱 선생이 진입로를 달려 올라왔다. 그이는 나를 보자 가쁜 숨을 몰아쉬며 소리를 질렀다.

「아니 자네도 이제 왔나? 루시는 어째? 자네 왜 이렇게 늦었어? 내 전보 받지 못했나?」

나는, 겨우 새벽녘에야 전보를 받고, 부랴부랴 달려왔다는 것과, 집 안에 인기척이 없다는 사실을 되도록 신속하고 조리 있게 이야기했다. 그이는 잠시 생각에 잠기더니 모자를 들어 올리며 엄숙하게 말했다.

「우리가 너무 늦은 거나 아닌지 모르겠네. 주님의 뜻이라면 달게 받아야겠지.」 그러면서 꺾일 줄 모르는 평소의 정력적인 모습으로 돌아와서 힘주어 말했다. 「자, 가세. 들어갈 구멍이 없으면 만들어서라도 들어가야지. 지금 우리에겐 시간이 생명일세.」

집 뒤로 돌아가 보니, 부엌으로 통하는 창문이 하나 있었다. 선생은 가방에서 작은 수술용 톱을 하나 꺼내 나에게 건네주면서 창문에 질러 놓은 쇠막대를 가리켰다. 나는 즉시 거기에 달라붙어 쇠막대 중에서 세 개를 잘랐다. 그런 다음, 길쭉하고 좁다란 칼로 창틀의 잠금 장치를 뒤로 밀어내고 창문을 열었다. 나는 선생이 먼저 들어가도록 도와주고 그이를 따라 안으로 들어갔다. 부엌에도, 그 옆에 붙어 있는 하녀들의 방에도 사람이 없었다. 지나가면서 모든 방문을 열어 보았다. 식당으로 들어서자, 겉창의 틈새로 들어온 희미한 빛 속에서 하녀 넷이 바닥 위에 누워 있는 모습이 눈에 들어왔다. 힘겹게 소리를 내며 숨을 쉬고 있는 품으로 보아 죽은 것은 아니고 혼수상태에 빠져 있다는 것을 알 수 있었다. 방 안에 남아 있는 아편 팅크의 역겨운 냄새가 그네가 어떤 상태에 있는지를 짐작케 해주었다. 판 헬싱 선생과 나는 서로의 얼굴을 쳐다보았다. 그이가 발걸음을 옮기면서 말했다. 「이 사람들은 나중에 돌봐도 되겠네.」 우리 는 루시의 방으로 올라갔다. 잠시 멈춰 서서 우리는 무슨 소리가 들리는지 귀를 기울였다. 그러나 아무런 소리도 들리지 않았다. 얼굴에 핏기가 가시고 손이 떨려 왔다. 우리는 살그머니 문을 열고 안으로 들어갔다.

거기에 펼쳐진 장면을 어떻게 묘사해야 할지 모르겠다. 침대 위에 두 여인이 있었다. 루시와 그녀의 어머니였다. 어머니는 더 안쪽에 누워 있었는데 하얀 시트가 덮여 있었다. 시트의 가장자리가 깨진 창문으로 들어온 바람에 의해 젖혀져 있고, 그 사이로 찡그린 하얀 얼굴이 드러나 있었다. 겁에 질린 표정으로 창문에 시선을 박고 있었다. 부인의 옆에 루시가 누워 있는데 얼굴이 역시 하얗고 어머니보다 더 찡그리고 있었다. 루시가 목에 두르고 있던 화환은 어머니의 가슴에 얹혀 있고, 루시는 목을 드러내고 있었다. 이전에 보았던 것처럼 두 군데가 찢어져 작은 구멍이 나 있고 상처 주위가 하얗게 변해 있었다. 선생은 머리가 거의 루시의 가슴에 닿도록 침대 위로 몸을 구부리고 있다가, 갑자기 고개를 홱 돌리더니 벌떡 일어나면서 나에게 소리쳤다.

「아직 늦지는 않았어! 자, 빨리 가서 브랜디를 가져오게!」

나는 아래층으로 쏜살같이 달려 내려가서 브랜디를 찾았다. 식탁 위에 있는 백포도주병처럼 약물이 들어 있을지도 모른다는 생각이 들어 그것의 냄새를 맡아 보고 혀끝에 대보았다. 하녀들은 아직도 마취 상태에서 힘겨운 호흡을 계속하고 있었지만, 조금씩 의식이 돌아오고 있는 듯했다. 약물의 효과가 다 떨어져 가고 있는 모양이다. 그걸 확인하기 위해 머뭇거릴 여유가 없어서, 바로 판 헬싱 선생에게로 돌아왔다. 그이는 지난번처럼 브랜디를 루시의 입술과 잇몸, 그리고 손목과 손바닥에 문질렀다. 그이가 나에게 말했다.

「현재로서 할 수 있는 일은 대충 했으니까, 가서 그 여자들을 깨우게. 젖은 수건으로 얼굴을 가볍게 두드리다가, 다음에 세게 두드리게. 그 여자들이 깨어나거든 난방 장치를 가동시키고 목욕물을 따뜻하게 데우게. 루시의 몸이 가엾게도 옆에 있는 어머니의 몸만큼이나 차가워. 뭔가 손을 쓰려면 우선 몸을 먼저 덥혀야 되겠어.」

나는 즉시 하녀들이 있는 곳으로 갔다. 세 여자를 깨우는 데는 별다른 어려움이 없었다. 네 번째 여자는 아직 어린 소녀인 탓인지 약물이 더 강하게 영향을 미친 것 같았다. 하는 수 없이 나는 그 여자아이를 소파 위에 들어다 눕히고 더 자게 내버려 두었다. 다른 여자들은 처음에는 정신을 못 차리고 멍한 상태에 있었다. 그러나 간밤의 일에 대한 기억이 되살아나자 그네는 불안한 모습으로 소리를 지르며 흐느끼기 시작했다. 그들의 마음을 모르는 바 아니었으나, 나는 짐짓 엄한 태도를 보이며 그들이 뭔가를 이야기하려는 것을 못하게 막았다. 나는 그네에게 한 사람의 목숨이 경각에 달려 있다는 것과 그네들이 꾸물거리면 미스 루시의 목숨마저 잃게 될 거라고 말했다. 그러자 그네는 흐느끼고 소리를 지르면서 자기들이 할 일을 찾아 나섰다. 옷도 걸치는 둥 마는 둥 하고 그네는 불을 피우고 물을 준비했다. 다행히 부엌의 불과 보일러의 불이 살아 있어서 뜨거운 물은 충분했다. 우리는 욕조에 물을 채우고 루시를 데리고 나와 그 속에 앉혔다. 루시의 팔다리를 문질러 몸을 덥히고 있을 때, 누군가가 현관문을 두드렸다. 하녀 중의 하나가 옷을 부랴부랴 챙겨 입고 달려 나가 문을 열었다. 그 여자가 돌아와서 우리에게 귓속말로 소곤거리기를, 홈우드 씨의 소식을 가지고 어떤 신사가 찾아왔다는 것이었다. 지금은 우리가 아무도 만날 수 없으니 기다리게 하라고 그 여자에게 일렀다. 그 여자가 내 말을 전하러 나갔다. 우리의 일에 정신이 팔려서 나는 그 사람에 관한 것을 까맣게 잊어버렸다.

판 헬싱 선생이 그토록 성심 성의껏 일하는 것을 이제껏 본 적이 없었다. 나는 이 일이 죽음에 맞선 정정당당한 싸움이라고 생각하고 — 그이도 그렇게 생각하리라고 믿고 — 잠시 쉬는 틈에 그렇게 말했다. 나의 말에 그이가 대답을 했는데, 그 말의 의미를 헤아리기가 어려웠다. 그이는 더할 나위 없이 엄숙한 표정으로 이렇게 말했다.

「그게 전부라면 지금 이 상태에서 일을 끝낼 수도 있겠지. 이 아가씨가 그냥 평화롭게 잠들 수 있도록 내버려둘 수도 있단 말일세. 그러나 그게 전부는 아닐세. 목숨을 지키는 것보다 더 힘겨운 일들이 기다리고 있는지도 모르지. 루시 인생의 지평선 위에 빛이 보이지 않네.」 그이는 다시 일을 시작했다. 어디서 그런 힘이 솟아나는지 더욱 열성스러운 모습이었다.

시간이 좀 지나자 몸을 덥힌 효과가 나타나기 시작했다. 청진기에 들려오는 심장의 박동 소리가 점차 또렷해지고 허파의 움직임이 느껴졌다. 판 헬싱 선생의 얼굴에 안도의 빛이 어렸다. 루시를 욕조에서 꺼내 따뜻한 시트로 몸을 감싸고 물기를 말리면서, 그이가 말했다.

「일단은 우리가 이긴 거야! 상대의 궁을 향해 장군을 한 번 부른 거지. 저들이 장군을 어떻게 받는지 이제 지켜보세.」

우리는 루시를 미리 준비해 둔 다른 방으로 데리고 가서, 침대에 눕히고, 브랜디 몇 모금을 목구멍으로 흘려 넣었다. 판 헬싱 선생은 루시의 목에다 보드라운 비단 손수건을 감아 주었다. 루시는 아직 의식을 찾지 못하고 있었다. 아까보다는 좋아졌지만, 여전히 상태가 아주 나빴다.

판 헬싱 선생은 하녀들 중의 한 사람을 불러들여, 루시의 곁에 있으라고 지시하고 우리가 돌아올 때까지 루시를 깨우지 말라고 일렀다. 그러고는 나에게 방에서 나가자는 몸짓을 했다.

「앞으로 해야 할 일에 대해서 상의 좀 하세.」 계단을 내려가면서 그이가 말했다. 홀로 내려가자 그이는 식당 문을 열었다. 우리가 안으로 들어가자 그이는 조심스럽게 방문을 닫았다. 겉창은 열려 있었으나 블라인드는 이미 내려져 있었다. 영국의 보통 여자들이 엄격하게 지키는 초상집의 예절을 충실하게 따르고 있는 셈이었다. 블라인드가 내려진 탓에 방 안은 어둑어둑했다. 그러나 우리가 얘기를 나누기에는 그 정도의 밝기면 충분했다. 판 헬싱 선생의 엄숙하던 표정이 곤혹스러워하는 표정으로 바뀌었다. 무엇 때문인지 그이가 고심을 하고 있는 것이었다. 내가 잠자코 기다리고 있었더니 그이가 입을 열었다.

「이제 어쩐다지? 어디에서 도움을 구해야 하지? 루시에게 또 수혈을 해주어야 해. 그러지 않으면 그 가엾은 아가씨의 목숨은 한 시간도 못 갈 거야. 자네는 이미 기진맥진한 상태고, 나 역시 그렇단 말이야. 저 여자들에게 그 일을 맡길 수 있을지 모르겠어. 그 일을 감당할 만한 용기가 있다 해도 말이야. 루시를 위해서 자신의 혈관을 쨀 사람이 어디 또 없을까?」

「무슨 일인지는 잘 모르겠지만, 제가 어떻겠습니까?」

그 목소리는 방 저쪽의 소파에서 들려왔다. 그 음색이 낯설지가 않고 나에게 믿음과 기쁨을 안겨 주었다. 목소리의 주인공은 나의 친구 퀸시 모리스였다. 판 헬싱 선생은 느닷없는 목소리의 출현에 놀라서 처음엔 화가 난 눈치였다. 그러나 내가, 〈퀸시 모리스!〉 하고 환성을 지르고 팔을 버리며 그에게로 다가가는 모습을 보자, 안색이 부드러워지고 그이의 얼굴에도 반가운 기색이 어렸다.

「아니, 자네가 여기 어쩐 일인가?」 악수를 하면서 내가 물었다.

「아서가 보내서 왔지.」

그가 아서에게서 받은 전보를 나에게 내밀었다.

수어드에게서 사흘 동안 아무 소식이 없어서 무척 걱정이 되네. 나는 떠날 수가 없네. 아버님이 차도가 없으셔서 말이야. 루시가 어떤지 나에게 알려 주게. 한시가 급하네.

홈우드.

「내 생각에는 내가 아주 중요한 때에 온 것 같은데. 내가 무엇을 해야 하는지 말만 해주게. 뭐든지 하겠네.」

판 헬싱 선생이 성큼성큼 앞으로 걸어 나와서 그의 손을 잡았다. 그이는 퀸시 모리스의 눈을 똑바로 쳐다보면서 말했다.

「한 여인이 곤경에 처했을 때, 이 세상에서 가장 좋은 것은 용감한 한 남자의 피요. 당신이 바로 그 남자요. 잘됐소. 악마가 우리를 방해하려고 갖은 해악을 다 떨어 대지만, 하느님께서는 우리에게 남자들이 필요할 때 그들을 보내 주시는구려.」

다시 한번 우리는 그 소름 끼치는 시술을 시행하였다. 그 세세한 것들을 다시 떠올릴 기분이 나지 않는다. 많은 혈액이 루시의 혈관 안으로 들어갔음에도, 전처럼 반응이 오지 않는 걸 보면, 간밤에 루시가 받은 충격이 엄청나서 전보다 더 심한 영향을 끼쳤음이 틀림없었다. 생명을 되찾으려고 애쓰는 루시의 모습은 차마 눈뜨고 볼 수가 없었다. 그렇지만 심장과 허파의 움직임은 많이 좋아졌다. 판 헬싱 선생은 전처럼 모르핀을 피하에 주사했다. 그것의 효과가 곧 나타났다. 루시의 기절 상태가 수면 상태로 바뀌었다. 선생이 루시를 지키고 있는 동안에 나는 퀸시 모리스와 함께 아래층으로 내려왔다. 그리고 하녀한 사람을 불러 대문 앞에서 기다리고 있는 마차꾼 중의 한 사람에게 마차 삯을 주고 오라고 보냈다. 퀸시에게는 포도주 한 잔을 마시게 하고 자리에 눕혔다. 그리고 요리사에게 아침 식사를 푸짐하게 준비하라고 일렀다. 그때 문득 어떤 일이 생각나서 루시가 있는 방으로 돌아갔다. 내가 살그머니 방으로 들어갔을 때, 판 헬싱 선생은 노트 종이 한두 장을 손에 들고 있었다. 그이는 틀림없이 그것을 읽었을 것이다. 그래서 이마에 손을 얹고 앉아서 그 내용을 곱씹어 보고 있는 중이었으리라. 그이의 얼굴에, 어떤 의혹이 풀렸을 때 나타나는 냉정한 만족의 빛이 어렸다. 그이는 편지를 건네주면서, 다른 설명은 없이 그저, 〈우리가 루시를 욕조로 옮길 때, 그 여자의 품에서 떨어진 거야〉라고만 말했다.

그것을 읽고 나서, 나는 잠시 할 말을 잊고 그이를 바라보다가 물어보았다. 「도대체 이게 무슨 뜻이죠? 루시가 미친 겁니까, 아니면 어떤 무시무시한 위험이 노리고 있다는 겁니까?」 뭐가 뭔지 갈피를 잡을 수가 없어서 더 이상 말이 나오지를 않았다. 판 헬싱 선생은 손을 내밀어 종이를 도로 가져가면서 덧붙였다.

「지금은 그거에 너무 신경을 쓰지 말게. 당분간 잊어버리는 게 좋겠네. 때가 되면 모든 것을 알게 되고 이해하게 될 거야. 시간이 흘러야 되겠지. 그건 그렇고 자네 나한테 무슨 얘기를 하러 왔던가?」 이 말에 나는 퍼뜩 정신을 차리고 내가 올라온 이유를 상기했다.

「사망 증명서에 대해서 얘기하러 왔습니다. 적절하고 슬기롭게 처리하지 않으면 조사가 나올 수도 있을 거고, 그렇게 되면 그 메모를 제출해야 되는 불상사가 생길지도 모르죠. 조사 같은 거 받지 않고 넘어갔으면 좋겠어요. 자칫하면 루시를 진짜 죽이는 일이 될지도 모르거든요. 웨스턴라 부인이 심장병이 있었다는 것은 저도 알고, 선생님도 아시고, 부인을 치료했던 의사도 아는 사실입니다. 그러니, 다른 얘기는 하지 않더라도 부인이 심장병으로 사망했다는 내용으로 증명서를 작성할 수 있습니다. 당장 증명서를 작성하는 게 어떨까요? 제가 직접 그것을 호적계원에게 제출하고 장의사 업자에게도 들러 봐야겠어요.」

「좋아. 존, 좋은 생각일세. 미스 루시가 비록 고통 속에서 신음하고 있긴 하지만, 자기를 사랑해 주는 멋진 친구들이 있다는 것이 그나마 행복한 일이야. 늙은이 하나를 빼고도, 하나도 아니고 셋이나 그 여자를 위해서 혈관을 째지 않았나 말일세. 암, 알지, 이보게 친구, 내가 왜 자네 맘을 모르겠나. 자네의 그런 점 때문에 자네가 더 좋아진다네. 자 가세.」

홀에서 퀸시 모리스와 마주쳤다. 그는 아서에게 보내는 전보를 들고 있었는데, 그 내용은, 웨스턴라 부인이 사망했다는 것과 루시도 몸이 무척 안 좋았지만 이젠 차차 좋아지고 있다는 것, 그리고 판 헬싱 선생과 내가 루시를 돌보고 있다는 것 등이었다. 내가 어디를 가려 하는지를 얘기해 주자 그는 빨리 다녀오라고 나를 재촉하다가, 내가 막 나가려 할 때 한마디 했다.

「잭, 자네 갔다 와서 나랑 둘이서 얘기 좀 할까?」 나는 대답 대신 고개를 끄덕이고 밖으로 나갔다. 갔던 일은 잘되었다. 호적계에 신고하는 데도 어려움이 없었고, 이 지역의 장의사 업자가 저녁에 관의 치수를 재고 장례일을 봐주러 올라오기로 했다.

루시의 집으로 돌아오자 퀸시가 나를 기다리고 있었다. 나는 먼저 루시의 상태가 어떤지 보고 오겠다고 말하고 루시의 방으로 올라갔다. 루시는 아직 자고 있었다. 선생은 루시 옆에서 자리를 떠나지 않고 그녀를 지키고 있었던 것 같았다. 내가 들어서자 그이가 입술에다 손가락을 댔다. 루시가 곧 깨어날 텐데 나 때문에 미리 깰까 봐 염려하는 눈치였다. 그래서 나는 퀸시에게로 내려가서 거실로 그를 데리고 들어갔다. 거기는 블라인드가 내려져 있지 않아서 다른 방들보다 좀 더 활기가 있어 보였다. 아니, 더 활기가 있었다기보다는 덜 침울해 보였다고 말하는 편이 낫겠다. 거실 안에 우리만 남게 되자 그가 입을 열었다.

「잭 수어드, 나는 끼어들 권리가 없는 자리에 억지로 끼는 것을 좋아하는 성미는 아니야. 그러나 이번엔 경우가 달라. 자네도 알다시피 나는 루시를 사랑했고 그 여자와 결혼하고 싶어 했어. 물론 그런 건 다 지나가 버린 얘기지만, 그 여자를 걱정하는 마음에는 변화가 없네. 루시에게 일어난 일이 무언가? 그 네덜란드 양반 말이야. 그 양반 멋진 노인이라는 걸 금방 알겠던데, 그 양반이 아까 자네하고 방에 들어서면서 말하는 걸 들었어. 〈또〉 수혈을 해야 한다는 얘기도 했고, 자네하고 그이가 다 기진맥진해 있다는 얘기도 하더구먼. 자네들 의사들끼리 〈비공개로〉 할 이야기가 있다는 것도 알아. 나 같은 보통 사람이 의사들끼리 은밀하게 상의하는 일을 알려고 할 필요가 없다는 것도 안다고. 그러나 이건 보통 문제가 아니야. 그리고 어찌 되었든 간에 나도 내 몫의 일을 하지 않았나? 그렇지?」

「그래.」 내가 대답을 하자 그가 말을 이었다.

「내가 오늘 한 일을 자네도, 그리고 판 헬싱 선생도 했다고 생각하는데, 안 그런가?」

「그래.」

「그리고 아서도 그 일에 동참했을 거야. 나흘 전에 그 친구를 만났는데, 평소 때 같지가 않더라고. 멀쩡하던 사람이 갑자기 기운이 쪽 빠져 있더라고. 예전에, 남미의 대초원에서 내 암말이 흡혈 박쥐의 습격을 받은 적이 있었는데, 꼭 그때 암말의 모습 같더란 말일세. 대초원에 있었을 땐데, 내가 아끼던 암말을 타고 한밤중에 초원을 달리고 있었지. 사람들이 흡혈 박쥐라고 부르는 커다란 박쥐 한 놈이 암말에게 달려들었어. 혈관이 찢기고 그놈이 탐욕스럽게 빨아대고 나니까 암말은 피가 부족해서 제대로 서 있지도 못하더군. 나는 몸을 못 가누고 누워 있는 암말의 가련한 모습을 더 이상 보고 있을 수가 없어서 눈물을 머금고 총을 쏘았지. 잭, 그런 얘기를 해도 괜찮다면 얘기를 해주게. 아서가 제일 먼저 피를 뽑았겠지? 안 그런가?」 말을 하고 있는 퀸시의 모습은 수심으로 가득 차 있었다. 자기가 사랑했던 여인에 대한 걱정 때문에 고통을 받고 있는 것이었다. 거기에다, 그녀를 둘러싸고 있는 무시무시한 불가사의에 대해 전혀 아는 바가 없다는 사실이 그를 더욱 고통스럽게 만들고 있었다. 그의 마음은 갈가리 찢어지는 듯할 것이다. 사나이다운 그의 기질이 아니었다면 벌써 엉엉 울음이라도 터뜨렸을 것이다. 나는 그에게 대답을 해야겠다고 생각했다. 대답하기에 앞서서 나는 잠시 생각에 잠겼다. 판 헬싱 선생이 비밀로 하라고 한 것들은 입 밖에 내지 말아야 한다는 생각이 들었던 것이다. 그러나 퀸시는 이미 너무 많은 것을 알고 있고, 너무 많은 것을 짐작하고 있었다. 그러니 대답을 안 할 이유도 없었다. 그래서 나는 아까와 똑같은 말로 대답했다. 「그래.」

「그럼, 수혈하는 일이 시작된 지 얼마나 됐나?」

「한 열흘쯤.」

「열흘! 그렇다면, 잭 수어드, 그 시간 동안에 우리 모두가 사랑하는 그 가련한 아가씨의 혈관 속에 장정 네 사람의 피가 들어갔다는 얘기로군. 남자의 싱싱한 피를 그 여자의 몸이 제대로 지켜 내지 못한 모양이군.」 그렇게 말하면서 그는 귀엣말이라도 하듯 나에게로 바싹 다가와서 사나운 음성으로 말했다. 「왜 피가 빠져나가는 건가?」

나는 머리를 흔들었다. 「그게 수수께끼라네. 판 헬싱 선생이 그걸 알아내려고 전력을 다하고 계시다네. 나는 전혀 모르겠어. 짐작조차 못하겠어. 루시를 잘 지키려는 우리의 계획이, 사소한 사건들이 연속적으로 일어나면서 죄다 물거품으로 되어 버렸어. 그러나 그런 일들이 다시는 일어나지 않을 거야. 모두가 다 건강해질 때까지 — 아니, 모두가 다 앓아눕는 한이 있더라도 — 우리는 여기에 머물 거야.」 그 말에 퀸시가 손을 내밀며 말했다. 「나도 함께하겠네. 자네하고 그 네덜란드 양반이 뭐든지 시키기만 하면, 나는 그 일을 하겠네.」

루시는 오후 늦게 잠에서 깨어났다. 깨어나면서, 댓바람에 그녀는 품 안을 더듬거리며 뒤지더니, 종이 한 장을 꺼냈다. 놀랍게도 그건 판 헬싱 선생이 나에게 읽어 보라고 건네주었던 그 메모지였다. 사려 깊은 선생이 그것을 원래 있던 곳에다 되돌려 놓은 것이었다. 깨어나면서 루시가 놀랄 것을 저어한 것이리라. 루시의 눈이 판 헬싱 선생과 나를 보자 반짝였다. 반가워하는 기색이 역력했다. 그러더니 방 안을 휘휘 둘러보고 자신이 어디에 있다는 것을 깨닫게 되자, 몸을 부르르 떨었다. 루시는 외마디 비명을 지르며 창백한 얼굴을 가녀린 손으로 가렸다. 우리는 그것이 무엇을 의미하는지를 이해할 수 있었다. 루시는 어머니가 죽었다는 사실을 완전히 깨달은 것이었다. 우리는 어떻게든 그녀를 위로해 보려고 애썼다. 함께 가슴 아파한 것이 얼마간은 루시의 마음을

진정시킨 것 같았다. 그러나 침울하고 멍한 상태를 벗어나지는 못했다. 한동안 루시는 조용하고 가냘프게 울었다. 우리는 둘 중의 하나가 언제나 그녀 곁에 남아 있을 거라고 말했다. 그 말에 루시는 위안을 받은 것 같았다. 땅거미가 질 무렵에 루시는 다시 잠 속으로 빠져들어갔다. 그때 아주 이상한 일이 일어났다. 여전히 잠을 자고 있는 상태에서 루시는 품 안에서 그 종이를 꺼내더니 둘로 찢어 버렸다. 판 헬싱 선생이 다가가서 종잇조각을 빼앗았다. 그런데도 루시는 아직도 자기 손에 종이가 남아 있기라도 한 것처럼, 찢는 동작을 계속했다. 마침내 루시는 손을 들어 올리더니, 잘게 찢은 조각들을 흩뿌리는 것처럼 손을 벌렸다. 판 헬싱 선생도 놀라는 눈치였다. 무엇을 깊이 생각하는 듯 이맛살을 찌푸리고 있었다. 그러나 그이는 아무 말도 하지 않았다.

9월 19일, 이슥한 밤

어젯밤 내내 루시는 자다 말고 자꾸 잠에서 깨어났다. 잠들기를 두려워하고 있었고 잠에서 깨어났을 때는 더 기력이 쇠잔해 보였다. 선생과 나는 번갈아 가면서 루시를 지켰다. 단 한 순간도 그녀의 곁을 떠나지 않았다. 퀸시 모리스는 자기의 의도에 대해서 전혀 얘기가 없었지만, 나는 밤새도록 그가 집 주위를 돌아다니며 순찰했다는 것을 알고 있었다.

날이 밝자, 환한 빛 속에서 루시의 피폐한 모습이 더욱 분명하게 드러났다. 루시는 고개를 돌리는 것조차 힘들어했다. 음식도 변변히 먹지 못해서 그렇게 적게 먹어서는 아무런 도움이 안 될 듯했다. 루시는 간간이 잠을 자기도 했는데, 잠이 들어 있을 때와 깨어 있을 때에 차이가 있음을 알 수 있었다. 잠들어 있을 때는 힘이 있어 보이고 호흡은 더 부드러워지는데, 얼굴이 사나워 보였다. 입이 벌어지면서 핏기 없는 잇몸이 드러나고, 이가 평소보다 더 길고 날카롭게 보였다. 그에 반해서 깨어 있을 때는, 죽어 가는 것처럼 힘은 없어 보여도, 고운 눈매를 보이면서 평소의 그녀 모습으로 돌아왔다. 오후에 루시가 아

서를 불러 달라고 해서, 그에게 전보를 쳤다. 퀸시가 그를 맞으러 역으로 나갔다.

6시가 다 되어서야 아서가 도착했다. 뉘엿거리는 저녁 해가 붉게 빛나고 있었다. 그 붉은 햇살이 창문으로 흘러 들어와 루시의 파리한 볼에 발그레한 기운이 감돌게 했다. 아서는 루시를 보자 감정이 복받쳐 입을 열지 못했고, 그들을 바라보는 우리도 입을 열 수가 없었다. 시간이 지나면서 발작적인 수면 상태, 또는 혼수상태가 점점 짧은 간격으로 찾아오고 있었기 때문에, 이야기를 나눌 수 있는 시간적인 여유가 적어졌다. 그런데도 아서가 있다는 것이 자극이 되었는지, 루시는 조금 기운을 차리고, 이제 우리가 도착한 이후로 가장 명랑하게 이야기를 했다. 아서도 마음을 다잡고 되도록 활기차게 이야기를 했다.

이제 19일을 넘겨 1시가 다 되어 가고 있다. 아서와 판 헬싱 선생은 지금 루시의 곁에 앉아 있다. 15분쯤 지나서 그들과 교대를 해야 한다. 나는 지금 이 일기를 루시의 축음기에 취입하고 있다. 6시까지 그들은 휴식을 취할 것이다. 우리가 루시를 지키는 일도 내일이면 끝날지 모른다. 충격이 너무나 커서 가엾게도 루시는 기운을 되찾지 못할지도 모르기 때문이다. 하느님, 우리를 도와주소서.

미나 하커가 루시 웨스턴라에게 보내는 편지
(루시가 뜯어 보지 못함)

9월 17일

사랑하는 루시.

네 편지를 받아 본 지 정말 오래된 것 같다. 아니, 사실은 내가 편지를 쓴 지가 오래된 것이기도 하지만. 내 소식 궁금했지? 소식 있을 때마다 바로바로 알려 주지 못해서 미안해. 양해해 주겠지. 남편을 무사히 데리고 왔어. 엑서터에 도착해 보니, 마차 한 대가 기다리고 있더구나. 호킨스 씨가 통풍 때문에 몸이 불편하신 데도 손수 마중을 나오신 거야. 그이는 우리를 자기 집으로 데리고 갔어. 가보니 우리를 위해서 아주 멋지고 안락한 방을 마련해 놓으셨더라고. 우리는 함께 저녁을 먹었지. 저녁 식사를 끝내고 호킨스 씨가 말했어.

「여보게들, 내 자네들의 건강과 행복을 위해서 축배를 들고 싶네. 하느님의 가호가 항상 자네들과 함께하기를 비네. 나는 자네들을 어릴 때부터 알았지. 그리고 사랑스러움과 자랑스러움을 느끼면서 자네들이 성장하는 것을 지켜보았지. 이제 나는 자네들이 나와 함께 여기에서 보금자리를 만들었으면 하네. 나에겐 자식이 하나도 남아 있지를 않아. 모두 나보다 먼저 갔지. 그래서 나는 유언장에다 내 모든 것을 자네들에게 물려준다고 해놓았네.」 그러면서 노인이 조너선의 손을 잡았어. 나는 울음을 터뜨렸어. 그날 밤 우리는 정말, 정말 행복했어.

이제 우리는 이 아름다운 고택(古宅)에 자리를 잡았어. 침실과 거실에서 건너다보면 인근에 있는 대성당의 커다란 느릅나무들이 한눈에 들어와, 그 우람하고 거뭇거뭇한 줄기들이 대성당의 노란 벽돌과 어울려 훨씬 두드러져 보이지. 지붕 위에서는 떼까마귀들이 하루 종일 까옥까옥하고, 지저귀고 지절거리지. 떼까마귀들이 그러는 것처럼 대성당에 오가는 사람들의 소리도 들려. 말안 해도 짐작하겠지만, 물건들을 정리하고 살림을 하느라고 바빠. 조너선과 호킨스 씨도 하루 종일 분주해. 이제 조너선이 호킨스 씨의 동업자이기 때문에, 호킨스 씨는 고객들에 관한 모든 것을 그이한테 알려 주고 싶어 하는 거야.

어머니 병세는 어떠셔? 하루나 이틀 예정으로 너를 만나러 달려가고 싶은 마음이 굴뚝같아. 그러나 아직은 그럴 수가 없어. 어깨에 짊어진 것이 너무 많아. 조너선은 아직 더 돌봐 주어야 할 형편이야. 앙상하게 뼈만 남아 있더니 이젠 좀 살이 붙기 시작했어. 그래도 워낙 오랫동안 앓아 놔서 너무 허약해졌어.

요즘도 이따금 자다 말고 깜짝 놀라 일어나 잠을 못 이루고 부들부들 떨 때가 있어. 내가 잘 다독거려 주어야 평소의 침착한 모습을 되찾곤 해. 다행히도, 시간이 갈수록 이런 일이 점점 뜸해지고 있어. 조만간 이런 일이 완전히 사라지리라고 믿어. 내 소식은 어느 정도 얘기를 했으니까, 이제 네 소식을 물어봐야겠다. 결혼은 언제 어디서 하게 되는 거니? 또 주례는 누가 하며, 뭘 입고 할 거니? 공개적으로 할 건지. 식구들끼리만 모여서 할 건지, 그것도 궁금해. 그 모든 것들에 대해서 이야기를 해주려무나. 너와 관계된 일이라면 뭐든지 나에게 소중하지 않은 게 없으니까 뭐든지 나에게 이야기를 해줘. 조너선이 〈존경의 마음〉을 전해 달라고 했어. 그러나 나는 그것만으로는 충분하지 않다고 생각해. 어엿한 호킨스-하커 회사의 젊은 동업자에게 그건 안 어울려. 게다가 네가 나를 사랑하고, 그이가 나를 사랑하며, 또 사랑하다라는 동사의 모든 서법과 모든 시제를 다 동원하여 내가 너를 사랑하고 있기 때문에, 나는 그이의 〈존경의 마음〉 대신에 〈사랑〉을 보내겠어. 안녕, 사랑하는 루시. 모든 축복이 너에게 내리기를 빌어.

언제나 변함없는 너의 벗,

미나 하커.

의학 박사 패트릭 헤너시가
의학 박사 존 수어드에게 보내는 보고서

9월 20일

삼가 알려 드립니다.

부탁하신 대로 나에게 맡겨진 모든 일에 대한 상황 보고서를 동봉합니다. 렌필드라는 환자에 대해서는 따로 더 말씀드릴 것이 있습니다. 그가 또다시 발작을 일으켰습니다. 하마터면 끔찍한 결과를 빚을 뻔했습니다만, 불행 중 다행으로 별일 없이 끝나기는 했습니다. 오늘 오후의 일이었습니다. 두 사람이 마차를 끌고 우리와 이웃하고 있는 빈집을 찾아왔었습니다. 그 환자가 두 번 달아난 적이 있던 그 저택 말입니다. 그들은 이곳이 초행이었는지, 우리 대문에서 마차를 세우고 수위에게 길을 물었습니다. 저도 저녁을 먹은 뒤라 담배를 물고 서재의 창밖을 내다보고 있던 중이었습니다. 그중의 한 사람이 병원 쪽으로 올라왔습니다. 그가 렌필드 방의 창문 앞을 지나갈 때였는데, 느닷없이 환자가 방 안에서 그 사람에게 욕을 하는 것이었습니다. 자기가 알고 있는 욕설이란 욕설은 다 뱉어 댔습니다. 마차꾼은 꽤 점잖은 사람이었던지, 그저 〈보아하니 입이 지저분한 거지 같은데, 입 좀 다무시지〉라고만 말했어요. 그런데 그 말이 떨어지기가 무섭게, 렌필드는 그 사람이 자기 것을 강탈해 간다는 둥, 자기를 죽이려 한다는 둥 얼토당토않게 헐뜯으면서, 어디 뜻대로 되는지 한번 보자고 으름장을 놓더군요. 나는 창문을 열고 그 사람에게 들은 체도 하지 말라도 신호를 보냈지요. 그러자 그 사람은 렌필드가 있는 곳을 한번 올려다보고 자기가 어디에 와 있는지를 알겠다는 듯 이렇게 말하고 말더군요. 「나는 괜찮습니다. 정신 병원에 와서 미친놈한테 욕 좀 먹었기로서니 뭐 대수겠습니까? 그러나저러나 참 선생님이 안됐습니다. 이런 집에서 저런 야수 같은 것들하고 함께 지내야 한다니 말이오.」 그러고 나서 그는 아주 정중하게 길을 물었고, 나는 그 빈집의 대문이 어느 쪽으로 나 있는지를 알려 주었습니다. 그가 걸어나가자 그의 뒤에다 대고 렌필드가 으름장을 놓고 저주를 퍼붓고 욕설을 뱉어 댔지요. 나는 왜 그가 그렇게 화를 냈는지를 알아볼 양으로 아래로 내려갔습니다. 평소에 그는 아주 온순하게 처신을 했고, 발작을 일으켜 사납게 날뛸 때 빼놓고는 그렇게 사나운 모습을 보인 적이 없었기 때문에 뭔가 그럴 만한 이유가 있을지도 모르겠다는 생각이 들었던 거지요. 그에게로 가보니, 놀랍게도 그의 태도가 너무 태연하고 싹싹했어요. 방금 있었던 일에 대해서 이야기를 시켜 보려고 했지만, 그는 도리어 부드러운 소리로 무슨 얘기를 하느냐고 되묻더군요. 그래서 나는 그가 벌써 그 일을 까맣게 잊고 있는 것이려니 하고 생각할 수밖에 없었습니다. 그런데 말씀드리기가 송구스럽습니다만, 그것은 그의 교활함을 보여 주는 한 사례에 불과했습니다. 반 시간쯤 지나서, 그의 욕설이 다시 들려왔던 것이지요. 이번에는 아예 창문을 박차고 진입로로 달려 나가 버렸어요. 나는 간호인들을 불러 나를 따라오라고 지시하고 그를 뒤쫓아 갔어요. 꼭 그가 무슨 일을 저지를 것만 같았어요. 아까 지나갔던 마차가 다시 모습을 드러낸 것을 보고 내가 괜한 걱정을 하고 있는 게 아니라는 것을 확인할 수 있었지요. 마차는 커다란 나무 상자 몇 개를 싣고 길을 내려오고 있는 중이었어요. 마차꾼들은 격렬한 운동을 하고 난 사람들처럼 얼굴이 벌겋게 상기된 채 이마를 훔치고 있었습니다. 내가 미처 그를 제지할 새도 없이 그가 마차꾼들에게 달려들었어요. 렌필드는 그중의 한 사람을 마차에서 끌어내더니 땅에다 메어꽂고 머리를 때리기 시작했어요. 그 순간 내가 그를 잡지 않았더라면, 렌필드는 그 사람을 그 자리에서 그대로 죽여 버렸을 거예요. 다른 마차꾼이 마차에서 뛰어내려 채찍 손잡이의 뭉툭한 끝으로 렌필드의 머리를 후려갈겼어요. 무시무시한 타격이었지요. 그러나 렌필드는 꿈쩍도 하지 않고, 그의 목덜미를 낚아챘어요. 우리 셋이서 달려들어 싸우는데도, 렌필드는 마치 새끼 고양이를 다루듯 우리를 쥐고 흔들더군요. 아시다시피 내가 그리 덩치가 작은 사람도 아니고, 마차꾼들도 둘 다 건장한 사람들이었는데도 말입니다. 처음에 그는 싸움을 하면서 말이 없었어요. 그러다가 우리가 그를 압도해 가고, 간호인들이 달려들어 구속복을 씌워 버리자, 그가 소리를 지르기 시작했어요. 「어디 네놈들 뜻대로 되나 보자. 네놈들은 내 것을 빼앗아 가지 못해. 어디 네놈들이 나를 죽일 수 있나 보자. 나는 나의 주인을 위해 싸울 테다!」 이런 식으로 알 수 없는 소리들을 지껄여 댔어요. 우리는 겨우겨우 그를 병원으로 끌고 들어와서 완충물을 댄 방에다 가두어 두었습니다. 어쨌든 별일 없이 일이 마무리되어서 다행입니다. 간호인 중의 한 사람, 하디가 그 와중에 손가락이 부러지긴 했지만, 제가 치료를 했습니다. 곧 괜찮아질 겁니다.

두 짐꾼들은 처음엔 자기들이 입은 피해를 보상해 주지 않으면 가만히 있지 않겠다고 목청을 높이더군요. 우리를 법에다 호소해서 처벌하겠다고 흰소리를 쳤습니다. 그렇지만, 그들의 협박에는 둘이서 정신병자 하나를 제대로 상대하지 못한 것에 대한 변명도 섞여 있었습니다. 그네는 무거운 상자들을 옮기고 마차에 들어 올리느라고 힘을 다 빼지만 않았더라면, 그 사람 하나쯤은 간단히 상대할 수 있었을 거라고 너스레를 떨었어요. 그들이 자기들이 패한 또다른 이유를 들먹였는데, 자기들이 하는 일이 땀을 많이 흘리는 일인 데다가 술 한잔 마시려고 해도 술집이 너무 멀어서 극도로 갈증을 느끼고 있었다는 거지요. 나는 그네의 말뜻을 금방 알아차렸어요. 독한 술 한두 잔을 내고, 1파운드짜리 금화 하나씩을 쥐어 주자, 그들은 비로소 안색을 풀고, 나같이 괜찮은 사람만 만날 수 있다면 미친놈 아니라 미친놈 할아버지를 만나도 좋다고 능을 치더군요. 그들의 이름과 주소가 필요할지도 몰라서 알아 놓았습니다. 그것은 다음과 같습니다. 잭 스몰렛 ─ 그레이트 월위스구(區), 킹 조지 로드, 더딩의 셋집에 거주. 토머스 스넬링 ─ 베스널 그린구, 가이드 코트, 피터 팔리로(路)에 거주. 그들은 둘 다, 소호구, 오렌지 매스터 야드에 있는 육해운 회사인 해리스 앤드 선스의 고용원들입니다.

여기에 뭔가 중요한 일이 생기면 계속 보고를 드리겠습니다. 그리고 긴급한 일이 있을 때는 전보를 치겠습니다. 믿고 맡기신 일이니 계속 성의를 다하겠습니다.

패트릭 헤너시.

미나 하커가 루시 웨스턴라에게 보내는 편지
(루시가 뜯어 보지 못함)

9월 18일

사랑하는 루시.

우리에게 아주 불행한 일이 일어났어. 호킨스 씨가 급서하셨어. 그 일이 우리에게 뭐가 그리 슬프냐고 생각할 사람이 있을지 모르지만, 우리는 그분을 무척 사랑하게 되었기 때문에, 정말이지 아버지를 잃은 것만큼이나 슬퍼. 나는 아버지 어머니를 모르고 자랐어. 그런 탓인지, 아버지 같은 호킨스 씨의 죽음이 나에게는 실로 엄청난 불행으로 느껴져. 조너선도 크나큰 슬픔에 빠져 있어. 그럴 수밖에 없지. 호킨스 씨가 어떤 분인데. 조너선을 이제껏 보살펴 주셨고, 임종을 앞두고는 조너선을 친자식처럼 여기고, 우리같이 어렵게 자란 사람들은 꿈도 못 꿔볼 막대한 재산을 물려주셨잖아. 그런 분을 잃고 깊은 슬픔을 느끼지 않을 수 있겠어? 그러나 조너선이 슬퍼하는 데는 또 다른 이유가 있어. 자기에게 맡겨진 막중한 임무 때문에 불안하다는 거야. 그이는 자신의 능력을 의심하고 있어. 나는 그이에게 자신감을 주려고 애쓰고 있어. 그이에 대한 나의 믿음이 그이에게 자신감을 불어넣고 있지. 그러나 한계가 있어. 그이가 경험했던 그 충격적인 일이 지금 아주 심각하게 영향을 미치고 있는 거야. 아, 너무 힘들어. 그이처럼 착하고, 순진하고, 고결하고, 심지가 굳은 사람이 — 그런 성품을 지녔기에 선량한 친구의 도움을 받아 몇 년 만에 서기에서 주인이 된 것 아니겠어? — 어쩌다가 그토록 심하게 마음의 상처를 입고, 날개 꺾인 새처럼 되어 버렸는지 말이야. 루시, 미안해. 행복한 너에게 내 걱정을 늘어놓아서 네 마음을 어지럽힌 거나 아닌지 모르겠다. 그러나 루시야, 나는 누군가에게 이런 얘기를 하지 않고는 못 배기겠어. 조너선 앞에서 언제나 씩씩하고 쾌활한 모습을 보이려고 긴장하다 보니 힘이 들어. 게다가 여기에는 털어놓고 이야기를 나눌 상대가 아무도 없어. 모레 런던에 갈 일이 있어서, 올라가게 될 것 같아. 호킨스 씨의 유언장에 자신을 선친의 무덤에 함께 묻어 달라고 되어 있기 때문이지. 거기에는 호킨스 씨의 친척이 없어서 조녀선이 상주 노릇을 해야 해. 단 1분밖에 못 만나는 한이 있더라도 너에게 달려갈 생각이야. 너에게 근심을 끼친 것을 용서해 줘. 모든 축복이 함께하기를 빌며,

변함없이 너를 사랑하는

미나 하커.

수어드 박사의 일기

9월 20일

나는 지금 오늘의 일을 축음기에 녹음하고 있다. 매일의 일을 기록하기로 한 결심과 습관이 아니었다면 이 일을 하지 못했으리라. 나는 지금 너무나 슬프고, 너무나 침울하며, 인생 그 자체를 포함해서 세상 모든 것에 대해 염증을 느끼고 있다. 지금 이 순간 죽음의 천사가 날개를 퍼덕이며 나를 데리러 온다 해도 나는 개의치 않을 것이다. 최근 죽음의 천사는 몇몇 사람들에게 날아와 냉혹한 날갯짓을 했다. 루시의 어머니, 아서의 아버지, 그리고 이제…….. 오늘의 일을 차근차근 이야기해야겠다.

나는 제시간에 판 헬싱 선생과 교대해서 루시를 지켰다. 우리는 아서도 쉬러 가기를 바랐지만, 그는 처음엔 거절했다. 나는 이따가 낮에 그의 도움이 필요하게 될 것이고, 휴식이 부족하면 우리 자신이 망가져서 루시에게 오히려 고통을 주게 될 것이라고 그를 설득했다. 그제야 그는 휴식을 취하러 가는 것에 동의했다. 판 헬싱 선생이 그에게 아주 상냥하게 말했다. 「여보게, 이리 오게. 나랑 같이 가세. 자네는 지금 몸이 성치 않고 약해졌어. 엄청난 슬픔과 마음의

고통 때문에, 몸마저 축나고 있다네. 자네 혼자 있지 말게. 혼자 있게 되면 두려움과 걱정은 더욱 커지는 법일세. 자, 응접실로 가세. 거기 가면 커다란 벽난로도 있고 소파가 둘 있지. 자네가 하나를 차지하고 내가 또 하나를 차지하고 눕기로 하세. 아무 말도 하지 않고, 잠들어 버린다고 하더라도 우리의 동병상련이 서로에게 위안을 줄 걸세.」 아서는 뒤돌아서서, 베개를 베고 있는, 한랭사보다 하얀 루시의 얼굴을 한참 동안 들여다보다가 선생과 함께 내려갔다. 루시는 아주 조용하게 누워 있었다. 나는 모든 것이 제대로 되어 있는지 살펴보려고 주위를 둘러보았다. 선생은 루시가 전에 쓰던 방처럼, 이 방에도 마늘꽃을 곳곳에 배치해 두었다. 창틀에는 온통 마늘 냄새가 배어들도록 되어 있었다. 그리고 루시의 목에는 판 헬싱 선생이 매어 둔 비단 손수건 위에 마늘꽃으로 만들어진 거친 화환이 둘려 있었다. 루시는 거친 소리를 내면서 조금 힘겹게 숨을 쉬고 있었다. 그녀의 얼굴은 최악의 상태였다. 입이 벌어져 잇몸이 드러났다. 희끄무레한 빛 속에서 이가 오전 때보다 더 길고 날카로워 보였다. 빛의 눈속임 때문에 송곳니가 특히 길고 날카로워 보였다. 나는 그녀의 옆에 앉았다. 조금 후에 루시가 힘겹게 몸을 움직였다. 그와 때를 같이하여 창문에서 퍼덕거리는 것 같기도 하고, 두드리는 것 같기도 한 소리가 희미하게 들려왔다. 나는 살며시 창가로 다가가서 블라인드의 한 귀퉁이로 밖을 엿보았다. 달이 휘영청 밝았다. 소리를 내는 것은 커다란 박쥐였음을 짐작할 수 있었다. 박쥐는 빙빙 돌면서, 이따금 창문 쪽으로 날아왔는데 — 희미하기는 해도 이 방에서 비치는 빛이 그놈을 이끌었을 것이다 — 그때마다 날개로 창문을 때렸다. 내 자리로 돌아와 보니, 루시가 조금씩 몸을 움직이고 있었다. 루시가 목에 두르고 있던 꽃을 떼어냈다. 나는 그것들을 되도록 원래 있던 그대로 해놓고, 자리에 앉아서 루시를 지켜보았다.

이내 루시가 깨어났다. 판 헬싱 선생이 처방해 놓은 대로 그녀에게 먹을 것을 주었다. 루시는 조금밖에 먹지 않았다. 그것도 아주 겨우겨우 먹었다. 그때까지는 생명과 힘을 얻기 위한 무의식적인 투지가 그녀를 버텨 주고 있었는데, 이제 그것이 남아 있지 않은 것 같았다. 의식이 돌아오자 루시는 마늘꽃이 자기에게서 떨어지지 않도록 다독거렸다. 이상한 일이었다. 힘겹게 숨을 쉬며 혼수상태에 빠져 있을 때는 꽃을 자기에게서 떼어 내려고 했고, 깨어 있을 때는 그것들을 단단히 부여잡았다. 그 뒤로도 오랜 시간 동안 수면 상태와 깨어 있는 상태가 갈마들면서 이런 일이 여러 차례 되풀이되었기 때문에, 나의 관찰에 실수가 있을 리는 없었다.

아침 6시에 판 헬싱 선생이 나와 교대하러 왔다. 아서는 그때 잠들어 있었는데, 선생은 그가 계속 잠을 자도록 내버려두었다. 그이는 루시의 얼굴을 보더니 슷 소리를 내면서 숨을 들이마셨다. 그이가 새된 음성으로 속삭였다. 「블라인드를 올리게. 빛이 있어야겠어!」 그러면서 그이는 얼굴이 거의 루시의 얼굴에 닿을 정도로 몸을 구부리고 찬찬히 살펴보았다. 그이는 루시의 목에서 꽃을 치우고 비단 손수건을 들어냈다. 그이가 흠칫 놀라며 뒤로 물러섰다. 그러고는 독일어로 소리를 질렀다. 「오 하느님!」 숨이 막히는 듯 소리가 목에 턱 걸렸다. 나도 몸을 구부려 그곳을 보았다. <u>으스스한 한기 같은 것이 등골을 타고 내려왔다.</u>

목에 있던 상처가 말끔하게 없어졌다.

5분이 다 되도록 판 헬싱 선생은 우두커니 서서 루시를 바라보았다. 그의 표정이 그 어느 때보다 딱딱하게 굳어 있었다. 그러고 나서 그이는 나를 돌아보며 침착하게 말했다.

「루시가 죽어 가고 있어. 이제 얼마 남지 않았네. 내 말 명심하게. 깨어 있는 상태에서 죽는 것하고 잠자다가 죽는 것하고 커다란 차이가 있다네. 가서 아서를 깨워 오게. 와서 최후를 지켜보게 하게. 그는 우리를 믿고 있고, 우리는 그에게 약속을 하지 않았는가.」

나는 응접실을 내려가서 아서를 깨웠다. 그는 잠시 멍한 상태에 있었다. 그러다가 겉창의 가장자리를 통해 밀려들어오는 햇살을 보고서는 자기가 너무 늦게까지 잤음을 알고, 걱정하는 말을 했다. 루시가 아직 자고 있다고 그를 안심시키고 나서, 되도록 다정한 음성으로, 판 헬싱 선생과 내가 보기엔 임종이 가까이 온 것 같다고 말했다. 그는 손으로 얼굴을 가리고 소파에서 미끄러져 내려와 무릎을 꿇었다. 그는 머리를 파묻고 잠깐 동안 기도를 올렸다. 슬픔을 견디지 못해 그의 어깨가 흔들리고 있었다. 나는 그의 손을 잡고 그를 일으켰다. 「자, 가세. 선생님께서는 자네가 꿋꿋한 모습을 보여 주기를 바라시네. 루시를 위해서도 그게 가장 좋고 편할 거야.」

우리가 루시의 방으로 들어가 보니, 판 헬싱 선생은 여느 때처럼 사려 깊게 이것저것을 잘 정돈해 놓고, 되도록 편한 기분이 되게 하려고 모든 것을 매만져 놓았다는 것을 알 수 있었다. 루시의 머리카락까지도 깔끔하게 빗겨 놓아서, 머리카락이 평소처럼 윤기 있게 구불거리며 베개 위에 가지런히 얹혀 있었다. 우리가 방 안으로 들어섰을 때 루시가 눈을 떴다. 루시는 아서를 보자 부드럽게 속삭였다.

「아서, 아 내 사랑, 당신이 와주셔서 정말 기뻐요!」 그가 루시에게 입을 맞추려고 몸을 구부리고 있는데, 판 헬싱 선생이 그를 뒤로 끌고 갔다. 「아직은 안 되네! 손을 잡아 주게. 그게 루시를 더 편하게 해줄 걸세.」

그러자 아서는 그녀의 손을 잡고 무릎을 꿇었다. 루시는 가장 아름다웠을 때의 모습을 되찾은 것처럼 보였다. 천사같이 고운 눈매가 부드러운 얼굴 윤곽과 잘 어우러져 있었다. 그때 다시 루시는 스르르 눈을 감고 잠으로 빠져들어 갔다. 잠시 가슴이 봉긋하게 솟아오르더니, 피곤에 지친 아이처럼 새근거렸다.

그러다가 간밤에 보았던 것과 같은 이상한 변화가 시나브로 일어났다. 호흡이 점점 가빠지고, 입이 벌어졌다. 창백한 잇몸이 드러나고, 이는 전보다 더 길고 날카로워 보였다. 몽유병 상태와 같은 몽롱하고 무의식적인 상태에서 루시가 눈을 떴다. 이제는 게슴츠레하고 험상궂은 눈이었다. 그러더니 사근사근하고 육감적인 목소리로 말했다. 일찍이 루시의 고운 입을 통해 들어 본 적이 없는 음성이었다.

「아서, 오, 내 사랑, 당신이 와주셔서 정말 기뻐요. 키스해 줘요!」 아서는 그녀에게 입을 맞추려고 몸을 구부렸다. 그런데 그 순간, 그녀의 목소리에 나만큼이나 놀라고 있던 판 헬싱 선생이 그를 와락 껴안았다. 두 손으로 그의 목을 잡고, 어디서 그런 힘이 나왔나 싶게, 엄청난 힘으로 그를 뒤로 끌어내더니, 방 저쪽으로 밀어붙였다.

「자네의 생명을 위해서 그건 안 돼. 자네의 살아 있는 영혼과 저 여자의 영혼을 위해서 그걸 해선 안 돼!」 그러고는 궁지에 몰린 사자처럼 둘 사이를 가로막았다.

아서는 그렇게 뒤로 끌려 나가서는 한동안 얼떨떨해하며 서 있었다. 불끈 성을 내기에 앞서, 그는 선생의 말이 심상치가 않다는 걸 깨달은 듯했다. 그는 아무 말 없이 가만히 서서 기다렸다.

우리는 한눈을 팔지 않고 루시를 지켜보았다. 그녀의 얼굴 위로 분노 때문인 것 같은 경련이 그림자처럼 스치고 지나갔다. 날카로운 이빨이 맞부딪히며 소리를 냈다. 그리고 나서 루시는 다시 눈을 감고 가쁘게 숨을 쉬었다.

곧 루시가 다시 눈을 떴다. 더할 나위 없이 부드러운 눈매였다. 루시는 가냘프고 파리한 손을 내밀어 판 헬싱 선생의 커다란 구릿빛 손을 잡았다. 손을 자기 쪽으로 끌어당겨 루시는 입을 맞추었다. 힘없는 목소리로 루시가 말했다. 한량없이 사람의 마음을 적시는 음성이었다. 「선생님은 고마운 분이에요. 아, 그이를 지켜 주세요. 그리고 저에게 평화를 주세요!」

「그러겠다고 맹세하겠소.」 그이는 루시의 옆에 무릎을 꿇고 선서하는 사람처럼 손을 들어 올리고 엄숙하게 말했다. 그런 다음, 그이는 아서에게로 몸을 돌리더니 말했다. 「자, 자네 이리 오게. 루시의 손을 잡아 주게. 그리고 이마

위에 입을 맞추게. 딱 한 번만일세.」

그들의 입술 대신에 눈과 눈이 마주쳤다. 그리고 나서 그들은 서로 떨어졌다.

루시의 눈이 감겼다. 가까이서 지켜보던 판 헬싱 선생이 아서의 팔을 잡고 끌어당겼다.

루시의 숨결이 다시 가빠지다가 일시에 멈추었다.

「이제 모두 끝났네. 루시가 죽었어.」 판 헬싱 선생이 말했다.

나는 아서의 팔을 잡고 응접실로 데리고 내려왔다. 그는 소파에 앉아서 두 손으로 얼굴을 가리더니 울음을 터뜨렸다. 그의 우는 모습을 보니 내 마음이 미어질 듯했다.

나는 루시가 있는 방으로 돌아갔다. 판 헬싱 선생은 루시를 바라보고 있었다. 그이의 표정이 전보다 더 굳어 있었다. 그녀의 몸에 약간의 변화가 일어났다. 죽음이 그녀의 아름다움을 어느 정도 되찾아 놓고 있었다. 이마와 뺨의 매끄러운 윤곽이 되살아난 듯하고, 파리하기 짝이 없던 입술마저도 원래의 모습을 되찾고 있었다. 마치, 이제 심장을 움직이는 데 쓰이지 않아도 되는 피들이, 되도록이면 시신의 모습을 덜 험악하게 만들기 위해 뺨으로 입술로 모이고 있는 듯했다.

그녀가 잠들어 있을 때는, 죽어 있는 듯하더니,
이제 그녀가 죽어 있으매, 잠들어 있는 듯하도다.[33]

나는 판 헬싱 선생 곁에 서서 말했다.
「아, 가련한 여인이여, 마침내 그녀에게 평화가 찾아왔구나! 결국 이렇게 끝

---

33 토머스 후드(Thomas Hood, 1799~1845)의 시 「죽음의 침상」에서.

나고 마는가!」

　그이는 나를 돌아보며, 아주 엄숙하게 말했다.

　「그렇지 않네. 어쩌면 좋단 말인가. 이건 그저 시작일 뿐일세.」

　그게 무슨 뜻이냐고 묻자 그이는 머리를 가로저으면서 단지 이렇게만 대답했다.

　「아직은 아무 일도 할 수가 없네. 기다리면서 좀 더 지켜보세.」

13

수어드 박사의 일기

9월 20일(계속)[34]

　장례식이 모레로 결정되었다. 루시와 어머니가 함께 묻힐 것이다. 장례에 필요한 갖가지 격식이 제대로 갖춰지도록 신경을 썼다. 예의 바른 장의사 업자는 굽실거리는 태도로, 자기 일꾼들이 루시의 죽음에 깊은 애도의 뜻을 보이고 있으며, 이 장례 일을 돌봐 주게 된 것을 은총으로 알고 있다고 했다. 루시의 시신을 염습했던 여자도 빈소(殯所)를 나오면서, 은근하고 조금은 직업적인 어조로 말했다.

　「시신이 어찌나 아름다운지 말이에요. 고인을 돌보게 된 게 정말 영광이에요. 고인이 우리 장의사를 빛나게 해줄 거라고 말해도 지나치지 않아요.」

　판 헬싱 선생에게는 멀리 가지 말아 달라고 부탁을 했다. 집안일이 너무 어수선한데, 가까이에 루시의 친척이 아무도 없었다. 게다가 아서마저도 아버지의 장례식이 내일이어서, 우리는 누구를 장례식에 불러야 할지 몰라서 아무에

　34　원문에는 이 날짜가 나와 있지 않고, 〈수어드 박사의 일기〉라는 제목 다음의 괄호 안에 〈계속〉이라는 말이 들어가 있음.

게도 부고를 보내지 못했다. 형편이 그러하다 보니, 판 헬싱 선생과 내가 편지며 서류 따위를 조사하게 되었다. 선생은 자기가 직접 루시의 서류를 검토해 보겠다고 고집을 부렸다. 나는 왜 그러는지 물었다. 나는 그가 외국인이기 때문에 영국 문서의 법률적인 구비 요건들을 전혀 모를 테고, 그러다 보면 쓸데없이 곤란한 문제를 야기할 수도 있다고 생각했던 것이다. 그이가 대답했다.

「아네, 나도 알아. 자네는 내가 의사일 뿐만 아니라 법률가라는 사실을 잊은 모양이군. 그러나 이번 일은 법대로만 처리할 일은 아닐세. 자네도 검시관의 조사를 피하고 싶어 했으니까 그 점을 잘 알고 있겠지. 검시관뿐만 아니라 피해야 할 사람은 더 있어. 이것과 같은 서류들이 더 있을 거야.」

그러면서 그이는 호주머니에서 메모지를 꺼냈다. 루시가 가슴에 품고 있다가 잠결에 찢어 버렸던 그 종이였다.

「자네 말이야, 웨스턴라 부인의 서류를 조사하다가 고인을 위해서 일했던 변호사에 대해서 뭘 좀 알아내거든, 서류들을 다 봉해 놓고 그 사람한테 오늘 밤 편지를 쓰게. 나는 여기 이 방하고 미스 루시가 옛날에 쓰던 방을 지키면서 뭘 좀 찾아볼 게 있다네. 그녀의 생각이 적힌 문서들이 낯선 사람들의 손으로 넘어가는 건 좋지 않아.」

나는 내가 맡은 일에 착수했다. 반 시간 남짓 서류를 뒤적이다가 웨스턴라 부인의 변호사가 누군지 어디 사는지 알아내고 그에게 편지를 썼다. 부인의 서류는 잘 정리되어 있었다. 장지를 어디로 할 것인지도 명시되어 있었다. 막 편지를 봉하려던 참인데, 판 헬싱 선생이 방으로 걸어 들어왔다.

「존, 도와줄까? 나는 한가하다네. 뭐 내가 도와줄 일 있나?」

「찾으시던 것은 얻으셨어요?」

「뭐 특별한 걸 찾으려고 했던 건 아니야. 그저 뭐가 있는지 알아보고 싶었던 거야. 편지 몇 통하고 메모지 몇 장, 그리고 갓 시작한 일기뿐이었어. 그것들을 내가 지금 가지고 있는데, 당분간은 그것에 대한 얘기를 하지 마세. 내일 저녁에 아서가 온다고 했지? 그의 허락을 받고 내가 좀 그것들을 쓸 데가 있어.」

할 일을 다 끝내고 나자 그이가 말했다.

「여보게, 존. 이제 우리 잠을 자도 되겠네. 자네나 나나 잠이 부족해. 원기를 되찾으려면 쉬어야 돼. 내일은 할 일이 많을 거야. 그러나 오늘 밤엔 없어.」

잠자리에 들기 전에 루시를 보러 빈소로 갔다. 장의사 업자가 방을 귀인의 빈소답게 잘 꾸며 놓았다. 아름다운 하얀 꽃들을 죽 늘어놓은 탓인지, 죽음의 음울한 분위기를 덜어 주고 있었다. 시신을 두르고 있는 시트의 끝자락이 얼굴을 덮고 있었다. 선생이 몸을 구부리고 그것을 살며시 젖혔다. 기다란 양초가 던져 주는 빛 속에 드러난 루시의 아름다운 모습이 우리를 놀라게 했다. 루시의 모든 매력이 시신에 되돌아왔다. 시간이 흘렀는데도 부패의 흔적을 보이지 않고, 오히려 생전의 아름다움을 되찾았다. 내가 정말 시신을 보고 있는 것인지 눈이 의심스러울 정도였다.

선생의 표정이 아주 심각해 보였다. 그이는 나보다 그녀를 사랑하지 않았다. 그래서 그이의 눈에 눈물이 맺힐 까닭이 없었다. 「내가 돌아올 때까지 여기에 있게.」 이 말을 남기고 그이는 방을 나갔다. 그이는 야생 마늘꽃을 한 움큼 가지고 돌아왔다. 홀에다 놓아둔 채 개봉을 하지 않았던 상자에서 꺼내 온 것이었다. 그이는 그 꽃들을 침대 위와 둘레에 있는 다른 꽃들의 사이사이에 놓고, 자기 옷깃 안쪽의 목에 두르고 있던 작은 금십자가를 끌러서 루시의 입 위에다 놓았다. 그러고 나서 우리는 그곳을 나왔다.

내 방으로 돌아와 옷을 벗고 있는데, 문 앞에서 구둣발 소리가 들리더니 그이가 들어서면서 댓바람에 말했다.

「내일 날이 저물기 전에 부검용 칼 한 세트를 갖다주게.」

「부검을 해야 됩니까?」

「그렇다고 할 수도 있고 아니라고 할 수도 있네. 부검을 하긴 할 건데, 자네가 생각하는 것과는 달라. 자네한테 이야기를 할 테니까 다른 사람들에게는 말하지 말게. 루시의 두개골을 열어 보고, 심장을 꺼내 보고 싶네. 아! 자넨 의사인데도 그렇게 놀라나. 자네는 산 사람이나 죽은 사람들의 몸에 칼을 대는 의사가 아닌가. 다른 사람들이 몸을 오싹거리는 그런 일들을 하면서 자네가 손을 떤다거나 불안해하는 걸 본 적이 없네. 물론 자네가 그녀를 사랑했다는 것을 알아. 내가 부검을 하려 한다 해서 그 사실을 잊고 있는 거라고는 생각하지 말게. 자네는 그저 도와주기만 하면 돼. 오늘 저녁에 그 일을 하고 싶지만, 아서의 동의를 받지 않고는 할 수가 없지. 내일 아버지 장례가 끝나면 시간이 날 테니까 여기에 와서 그녀를 — 엄밀히 말하면 이제 〈그것〉이지만 — 보고 싶어 하겠지. 그러니 오늘은 안 되고 내일 해야겠네. 모레 영결식이 있으니까 내일은 입관을 하겠지. 모두 잠들면 내가 오겠네. 관 뚜껑을 열어 부검을 하고 모든 걸 그대로 돌려놓으면, 우리 말고는 아무도 모를 거야.」

「그런데 도대체 왜 그걸 하려고 하시지요? 이미 죽은 사람입니다. 쓸데없이 왜 그 불쌍한 시신에다 칼질을 하겠다는 겁니까? 부검이 왜 필요하지요? 그걸 통해 얻어낼 게 있습니까? 그녀를 위해선가요? 우리를 위해선가요? 아니면 의학이나 인간에 대한 지식을 위해선가요? 그런 게 아니라면 왜 그걸 하려고 하시지요? 그렇지 않아도 가뜩이나 고통스러운데.」

대답 대신에 그이는 나의 어깨에 손을 얹었다. 그러고는 아주 부드러운 음성으로 말했다.

「여보게 존, 고통스러워하는 자네 마음을 아네. 자네 심장이 피를 흘리고 있기에 자네를 더욱 사랑하게 되네. 할 수만 있다면 자네가 지고 있는 짐을 대신 지고 싶네. 그러나 자네가 아직 모르는 게 있다네. 자네도 알게 될 거야. 별로 기분 좋은 일은 아니지만 그걸 알게 되면 나를 고맙게 생각할 걸세. 여보게 존, 나하고 하루 이틀 사귄 것도 아닌데, 아직 나를 모른단 말인가. 내가 언제 마땅한 이유가 없는 일을 하던가? 나도 인간이니까 실수를 할 수도 있겠지. 그러나 내가 하는 모든 일에 나는 믿음을 가지고 있네. 자네가 큰 어려움이 생길 때 나

294

를 부른 것도 그런 이유 때문이 아니었는가? 그렇지? 그 일 생각나나? 아서가 죽어 가는 자기 연인에게 입 맞추려는 걸 내가 못 하게 하느라고 있는 힘껏 달려들었던 것 말이야. 그때 자네는 놀라지 않았고 기분 나빠하지도 않았지? 자네도 알 거야. 그때, 루시가 아름다운 눈을 감으면서, 가냘픈 목소리로 나에게 고맙다는 말을 했지. 루시는 늙어 빠진 내 거친 손에 입을 맞추면서 나의 축복을 빌어 주었어. 그렇지? 그때 내가 그녀와 아서를 도와주겠다고 맹세를 했고 그러자 루시는 아름다운 눈을 감았지.

여보게, 존. 내가 무슨 일을 하려 할 때는 다 그럴 만한 이유가 있다네. 자네는 오랫동안 나를 믿어 왔어. 지난 몇 주 동안에도 자네가 이해할 수 없는 일들이 많았을 텐데도 자네는 나를 믿어 주었지. 좀 더 나를 믿어 주게. 자네가 나를 믿지 않으면, 내가 생각하고 있는 것을 말해 주어야겠지. 그러나 그건 별로 바람직하지 않아. 자네가 날 믿든 믿지 않든, 난 이 일을 하네. 그러니 내 친구가 나를 믿어 주지 않는 상황에서 나 혼자 일을 하게 되면, 도움과 힘이 필요해도, 외롭게 일을 할 수밖에 없겠지. 내 마음은 무척 무겁고 괴로울 거야.」 그이는 잠시 말을 멈추었다가 엄숙한 어조로 말을 이어 갔다. 「여보게 존, 우리 앞에 이상하고 무서운 시간들이 기다리고 있네. 둘이 되지 말고 하나가 되도록 하세. 그래야 우리의 일을 무사히 끝낼 수가 있을 걸세. 나를 믿어 주지 않겠나?」

나는 그이의 손을 잡고 그러겠다고 약속했다. 그이가 방을 나갔을 때, 나는 방문을 열고 서서 그이가 자신의 방으로 들어가는 것을 지켜보았다. 잠시 동안 우두망찰하고 서 있는데, 하녀 중의 한 여자가 조용히 복도를 지나 — 그 여자는 등을 내 쪽으로 돌리고 있었기 때문에 나를 보지 못했다 — 루시가 누워 있는 빈소로 들어갔다. 그 모습을 보자 가슴이 찡하게 울려 왔다. 헌신적인 사람을 찾아보기가 힘든 세상이다. 우리가 사랑하는 사람들을 향해서, 시키지도 않았는데 헌신적인 모습을 보여 주니 고마운 일이 아닐 수 없다. 여기 가련한 여인 하나가 있어, 죽음이 주는 두려움을 마다하고, 자기가 사랑했던 여주인이 영면의 길을 떠날 때까지 외롭지 않게 해주려고 홀로 빈소를 지키고 있다.

9월 21일[35]

판 헬싱 선생이 나를 깨웠을 때는 이미 아침이 훤히 밝아 있었다. 나는 긴 시간 동안 아주 달게 잤다. 그이는 내 침대 곁으로 다가와서 말했다.

「칼에 대해선 신경 쓸 필요가 없네. 부검을 하지 않기로 했네.」

「왜요?」 대뜸 나는 질문을 했다. 간밤에 그이의 엄숙한 태도에 깊은 인상을 받았던 터라 갑작스러운 취소의 결정이 뜻밖이었다.

「너무 늦었어. 아니, 너무 이르다고 해야 될지도 모르겠군. 이걸 보게! 간밤에 이걸 도둑맞았었네.」 그이는 작은 금십자가를 들어 올렸다.

「지금 가지고 계시면서 도둑을 맞았다니요?」 의혹을 느끼면서 내가 물었다.

「다시 돌려받은 거야. 손버릇 나쁜 여자가 이걸 훔쳐 갔었어. 산 사람 거나 죽은 사람 거나 다 훔치는 형편없는 여자야. 내가 벌을 주는 건 아니지만, 언젠가는 틀림없이 벌을 받을 걸세. 그 여자는 자기가 한 짓이 어떤 결과를 가져올지 전혀 모르고 있네. 그걸 모르고 그저 도둑질한 거지. 이제 그 결과를 기다려야 하네.」

그 말을 하고서 그이는 방을 나갔다. 생각해야 할 불가사의, 씨름해야 할 수수께끼 하나가 또 나에게 남겨졌다.

울적한 오전 시간을 보냈다. 정오 무렵에 웨스턴라 부인의 변호사가 왔다. 법률사무소 홀맨 선스 마퀀드 앤드 리더데일에서 온 마퀀드 씨였다. 그는 아주 싹싹한 사람이어서 우리가 해놓은 일에 대해 칭찬을 아끼지 않았다. 그 사람 덕분에 자질구레한 일들이 많이 덜어졌다. 점심을 먹으면서 그는 웨스턴라 부

---

35 원문에는 이 날짜가 나와 있지 않음.

인이 자기가 심장병으로 죽으리라는 것을 꽤 오래전부터 예감하고 자신의 주변을 아주 깔끔하게 정리해 놓았다고 이야기했다. 그가 귀띔해 준 바로는, 부인이 모든 토지와 부동산과 동산을 아서 홈우드에게 남겨 주었다는 것이다. 예외가 있다면, 루시 아버지가 상속인을 정해 놓은 재산들인데, 그것들은 직계 자손이 없기 때문에 이제 먼 친척의 손으로 들어갈 것이라는 얘기였다. 직업은 어쩔 수가 없는 건지 그는 그 문제에 대해서 많은 이야기를 늘어놓았다.

「솔직히 말해서 우리는 그런 식으로 유언하지 말라고 많이 말렸어요. 따님이 돈 한 푼 없는 신세가 될 가능성도 있는 거고, 혼인을 기정사실화하는 것이 자칫 따님을 얽어매는 것이 될 수도 있다는 점을 지적했지요. 그런 주장을 너무 강하게 하다가 하마터면 부인하고 충돌할 뻔했지요. 부인이 자기 일을 돌봐 줄 생각이 있는 거냐 없는 거냐고 물을 정도였으니까요. 물론 우리는 부인의 뜻을 따를 수밖에 없었지요. 원칙적으로는 우리의 생각이 옳지요. 백 가지의 이런 경우 중에서 아흔아홉 번은 일의 순리로 보아 우리의 판단이 옳다는 것을 입증할 수 있었을 겁니다. 그렇지만, 솔직히 말해서, 이번 경우는 부인이 하자는 대로 안 했더라면, 부인의 소망을 실행에 옮기지 못할 뻔했어요. 부인이 따님의 약혼자에게 재산을 물려준다고 미리 유서를 만들어 놓지 않았더라면 재산이 고덜밍 경에게 갈 수는 없었겠지요. 그 경우에는, 부인이 따님보다 먼저 돌아가심에 따라 소유권이 따님에게로 옮겨지고, 그 따님의 사망과 함께 그 재산은 무유언의 재산으로 처리되었을 것입니다. 그렇게 되면, 고덜밍 경은 그 재산에 대해 아무런 권리를 요구할 수가 없게 되고, 먼 친척들이 상속인으로 나서서 자신들의 권리가 정당하다고 주장했겠지요. 그 사람들은 낯선 타인에게 재산이 돌아가는 것을 감정적으로 허락할 수 없었을 겁니다. 이제는 걱정할 게 없습니다. 결과적으로 일이 아주 잘됐습니다. 아주 기뻐요.」

그는 착한 사람이기는 하다. 그렇지만 이렇게 엄청난 비극을 겪고 있는 사람들 앞에서, 아무리 직업적인 관심 때문이라고는 하지만, 결국은 이 비극의 작은 부분에 불과한 걸 가지고 그렇게 기뻐하는 걸 보면, 아픈 마음을 헤아릴 줄 모르는 무신경한 사람이었다.

그는 오래 머물지는 않았지만, 고덜밍 경을 만나기 위해 오늘 중에 다시 오겠다고 했다. 어쨌든 그의 방문이 우리의 짐을 덜어 주기는 했다. 우리들이 한 일에 대해서 비난받을 일을 걱정할 필요가 없어졌기 때문이었다. 고덜밍 경, 아니 아서는 5시에 오기로 되어 있었다. 그래서 그 시각이 되기 조금 전에 우리는 빈소를 살피러 갔다. 어머니와 루시의 시신을 함께 갖다 놓아서 방 분위기가 정말 무거웠다. 자기 일에 충실한 장의사 업자가 이런저런 물건들을 한껏 늘어놓은 탓에, 어제의 밝은 분위기는 간데없고 영안실과 같은 분위기를 물씬 풍기고 있었다. 우리의 기분이 한층 음울해졌다. 판 헬싱 선생은 어제처럼 해 놓으라고 지시했다. 고덜밍 경이 곧 올 텐데, 자기 약혼녀의 것들이 모두 그대로 있는 것을 보아야 마음이 덜 스산하지 않겠느냐는 것이 그의 설명이었다. 장의사 업자는 자신의 어리석음을 깨닫고 놀라는 눈치였다. 그는 방을 어젯밤 우리가 보았던 상태로 돌려놓느라고 애를 썼다. 그래서 아서가 왔을 때, 그에게 불필요한 충격을 주는 일은 그런대로 막을 수 있었다.

그의 모습은 정말 말이 아니었다. 슬픔이 그의 얼굴에 깊은 자국을 남기고 생기를 앗아 갔다. 너무나 많은 시련으로 마음을 졸인 탓에, 패기 넘치던 사내다움마저도 움츠러든 듯했다. 그가 정성을 다해 헌신적으로 아버님을 모셨다는 걸 알고 있다. 그런 아버님을 이러한 때에 여의었으니 그 고통이 오죽하랴. 그는 여느 때처럼 따뜻하게 나를 대했다. 판 헬싱 선생에게도 상냥하고 정중했다. 그러나 자신을 흐트러뜨리지 않으려고 애쓰고 있는 것이 눈에 보였다. 선생도 그것을 알아차렸다. 그이가 아서를 데리고 올라가라고 손짓을 했다. 나는 그를 데리고 빈소로 갔다. 그가 혼자 있고 싶어 할 거라는 생각이 들어서 방문 앞에서 돌아서려 하는데, 그가 내 팔을 붙잡고 나를 안으로 끌어들였다. 그가 쉰 듯한 음성으로 말했다.

「자네도 루시를 사랑했다는 걸 아네. 루시가 다 얘기해 주더군. 그녀에게 자네보다 더 가까운 친구는 없었어. 자네가 루시를 위해서 해준 모든 일에 대해 어떻게 감사해야 할지 모르겠네. 난 아직 루시가 죽었다는 게 믿기지…….」

그가 갑자기 울음을 터뜨렸다. 그는 팔을 내 어깨에 얹고 내 가슴에 얼굴을 묻고는 소리쳤다.

「아, 잭, 잭! 나는 어쩌면 좋단 말인가? 삶의 의미가 한꺼번에 다 사라져 버린 것 같아. 내가 이 세상에 살아 있어야 할 이유가 아무것도 없어.」

나는 그를 위로하기 위하여 성의를 다했다. 그런 경우에 남자에게는 많은 말이 필요가 없다. 손을 한번 꽉 잡아 준다든가, 어깨 위에 팔을 얹고 힘주어 눌러 준다든가, 함께 울어 준다든가 하는 것이 한마음의 표시가 되어 사나이의 가슴에 진하게 전해진다. 나는 그의 울음이 그칠 때까지 아무 말 없이 가만히 서 있었다. 그러고 나서 나는 부드럽게 말했다.

「가서 루시를 보게.」

우리는 침대 쪽으로 함께 걸어갔다. 루시의 얼굴을 덮고 있는 한랭사 시트를 걷어 올렸다. 세상에! 어쩌면 그녀의 모습이 그렇게 아름다울 수가 있는지! 시간이 흐를수록 그녀의 고운 자태가 빛을 더해 가는 것 같았다. 그 모습을 보는 나도 놀랍고 얼떨떨한데, 하물며 아서는 어떠했겠는가. 그는 한기를 느끼는 사람처럼 의혹에 몸을 떨었다. 한참 그러고 있더니 들릴 듯 말 듯 한 소리로 속삭였다.

「잭, 루시가 정말 죽은 거야?」

가슴이 미어지는 듯했지만 나는 그렇다고 잘라 말했다. 더 나아가, 그런 식의 말도 안 되는 의심을 길게 가져서는 곤란하다는 생각이 들어서, 숨이 끊어진 다음에 얼굴이 온화해지고, 심지어 젊은 시절의 아름다움이 돌아오는 경우가 종종 있다는 것과, 특히 심한 고통을 받거나 오랫동안 고생을 하다가 죽은 경우에 그런 일이 나타난다는 사실을 일러 주었다. 그 말을 듣고 나자 의심하는 기색이 사라졌다. 그는 침상 옆에 무릎을 꿇고 한동안 다정한 눈으로 루시를 바라보다가 몸을 돌렸다. 입관을 해야 하기 때문에 그게 작별 인사가 될 거라고 말해 주었다. 그러자 그는 되돌아가서 루시의 손을 잡고 입 맞추었다. 그러고는 몸을 숙여 루시의 이마에도 입 맞추었다. 우리는 빈소를 떠났다. 그는 방을 나서면서도 고개를 돌려 여전히 사랑이 가득 담긴 눈으로 그녀를 바라보았다.

그를 응접실에 남겨 놓고, 판 헬싱 선생에게 가서 그가 작별 인사를 했다는 것을 알려 주었다. 그러자 그이는 부엌으로 가서 장의사 일꾼들에게 준비한 대로 일을 진행하고 입관하라고 지시했다. 그이가 거기에서 나왔을 때 아서가 질문했던 것을 다시 이야기했더니, 그이는 대답했다.

「그럴 법도 하지. 나도 잠깐 동안 의심을 했으니까.」

우리는 함께 저녁을 먹었다. 아서는 최선을 다하려고 애쓰고 있음을 알 수 있었다. 저녁을 먹는 동안 판 헬싱 선생은 내내 말이 없었다. 그러다가 식사를 끝내고 시가에 불을 붙였을 때, 그이가 입을 열었다.

「고덜밍 경.」 그렇게 부르자 아서가 그의 말을 막고 나섰다.

「아니, 아니, 그러지 마세요. 부탁입니다. 어쨌든 아직은 그렇게 불리고 싶지 않아요. 죄송합니다, 선생님. 선생님의 기분을 상하게 한 거나 아닌지요. 아직 아버님을 여의었다는 게 실감이 나지 않아서요.」

선생은 아주 상냥하게 대답을 했다.

「어떻게 불러야 할지 망설이다가 그렇게 불렀던 거요. 그렇다고 〈씨〉 자를 붙일 수도 없고 말이오. 이제 당신과 친구가 될 수 있을 것 같소. 아서로서 말이오.」

아서는 손을 내밀어 노인의 손을 다정하게 잡았다.

「편하신 대로 부르시죠. 언제나 다정한 이름으로 불러 주시기를 바랍니다. 제가 경황이 없어서 루시에게 베풀어 주신 고마움에 대해 아직 감사의 말씀도 못 드렸습니다.」 그는 잠시 뜸을 들이다가 말을 이었다. 「루시는 선생님께서 얼마나 고마운 분이신지를 저보다 더 잘 알고 있었습니다. 지난번에 선생님께서 그런 행동을 하셨을 때, 기억하시죠? (선생이 고개를 끄덕였다.) 그때 제가 무례하고, 좀 생각이 짧았던 것 같습니다. 용서해 주십시오.」

그이는 아주 싹싹하게 대답을 했다.

「그때 나를 믿고 따르기가 쉽지 않았을 테지. 왜 그러는지를 이해하지 않고서야 어디 그런 느닷없는 힘의 행사를 당연하게 받아들일 수 있겠나? 지금도 자네는 나를 믿지 않을 거야. 믿을 수가 없겠지. 아직 내 의도를 이해하지 못할 테니까 말이야. 그리고 자네가 이해하지 못하고, 아직 알아서도 안 되는 상황에서도, 내가 자네의 도움을 필요로 할 때가 더 있을 걸세. 그러나 자네가 나를 완전히 믿고 따를 때가 올 거야. 밝은 햇살이 비치는 것처럼 모든 것을 알게 될 때가 올 거야. 그렇게 되면 자네는, 자신을 위해서, 다른 사람들을 위해서, 그리고 내가 지켜 주겠다고 약속했던 루시를 위해서도 나를 고맙게 생각하게 될 걸세.」

「선생님, 어떠한 일이 있어도 선생님을 믿겠습니다. 선생님께서 대단히 고결한 심성을 가지신 분이라고 믿고 있습니다. 선생님께서는 잭의 친구이며 루시의 친구이셨습니다. 하고자 하시는 대로 하십시오.」 아서가 다정하게 말했다.

선생은 무슨 말을 하려는 듯 마른기침을 해서 목을 가다듬고는 입을 열었다.

「내 부탁 하나 들어주겠나?」

「물론이지요.」

「웨스턴라 부인이 자네 앞으로 모든 재산을 넘겼다는 걸 알고 있지?」

「아니오. 그분이 그러셨습니까? 생각지도 못했습니다.」

「그게 모두 자네 거니까 자네 뜻대로 그것을 처분할 권리가 있네. 미스 루시의 서류와 편지를 읽을 수 있도록 해주게. 결코 한가로운 호기심 때문에 아니라는 걸 믿어 주게. 그럴 만한 이유가 있네. 루시 자신도 동의해 주었을 걸세. 내가 여기 그것들을 가지고 있네. 이게 모두 자네 것임을 알기 전에 이것들을 내가 챙겼다네. 낯선 사람들이 손을 댈까 걱정이 되어서 말이야. 딴사람들이 이것들을 통해 루시의 영혼을 들여다보는 걸 원치 않았네. 자네가 허락하면 이 걸 내가 보관하겠네. 자네도 아직 안 보았지만 이것들을 안전하게 보관했으면 하네. 단 한 구절이라도 소실되는 일이 없도록 하겠네. 때가 되면 자네에게 돌 려줄 걸세. 어려운 부탁이네만 루시를 위해서 들어주지 않겠나?」

아서는 예전의 그처럼 거리낌 없이 말했다.

「박사님, 원하는 대로 하시지요. 그것이 제가 사랑하는 사람의 뜻이라고 생 각합니다. 때가 될 때까지는 이유를 묻지 않겠습니다.」

선생은 일어서면서 엄숙하게 말했다.

「고맙네. 우리 모두에게 고통스러운 일이 있을 걸세. 그러나 그게 고통의 전 부가 아니고 고통의 끝도 아닐세. 우리, 특히 자네는 행복의 강물에 도착하기 전에 힘겨운 고통의 강물을 건너야 하네. 그러나 우리는 꿋꿋한 마음을 가져야 하고 자기만을 생각해선 안 되네. 그리고 우리 의무를 수행해야 하고, 그러면 모든 게 잘될 걸세.」

나는 아서의 방에 있는 소파에서 잠을 잤다. 판 헬싱 선생은 전혀 잠자지 않 았다. 그이는 집을 순찰하기라도 하듯 여기저기를 왔다 갔다 하면서 루시의 관이 있는 방에서 한시도 눈을 떼지 않았다. 그 방에는 야생 마늘꽃이 뿌려져 있어서, 백합과 장미 향기에 섞여 무겁고 진한 냄새가 밤공기 속으로 퍼져 나 가고 있었다.

미나 하커의 일기

9월 22일
나는 지금 엑서터로 돌아가는 기차 안에 있다. 조너선은 자고 있다. 횟비를 떠날 때 마지막으로 일기를 쓴 것이 어제 같은데, 횟비에서의 삶과 지금 내 앞에 펼쳐진 세계 사이에는 너무나 많은 사연들이 있다. 조너선이 떠나고 그에게서 아무런 소식이 없어서 애를 태웠던 시간들이 있었다. 이제는 조너선과 결혼을 했고, 조너선은 변호사이자, 변호사 사무실의 동업자이면서 주인이 되었다. 호킨스 씨가 세상을 떠나고 장례가 치러졌다. 조너선이 오늘 또다시 발작을 일으켰다. 예전의 병을 도지게 할지도 모를 일이 벌어진 것이다. 언젠가 그이가 그 일에 대해서 물어볼지도 모른다. 다시 일기를 써서 모든 일들을 기록해야겠다. 이제 속기술이 너무 서툴러졌다. 뜻하지 않은 영화가 나를 게으르게 만든 것이다. 연습을 좀 해서 새롭게 가다듬는 게 좋을 것이다.

장례식은 아주 간소하고 무척 숙연하게 이루어졌다. 참석한 사람들은 우리와, 그곳의 일꾼들, 엑서터에서 따라온 고인의 친구 한두 명, 그리고 변호사 협회의 회장인 존 팩스턴 경을 대리해서 참석한 신사가 전부였다. 조너선과 나는 손을 잡고 서 있었다. 우리의 가장 훌륭하고 소중한 친구가 우리 곁을 떠났다는 느낌이 절절했다.

우리는 하이드 파크 코너로 가는 버스를 타고 시내로 돌아왔다. 조너선은 하이드 파크의 승마 도로에 잠시 들렀다 가자고 했다. 거기 가면 내가 기뻐할 거라고 생각했던 것이다. 그래서 우리는 승마 도로로 들어가서 벤치에 앉았다. 그러나 사람들이 거의 없어서 비어 있는 자리들이 많은 걸 보고 있자니 스산하고 살풍경한 느낌이 들었다. 호킨스 씨가 앉았던 우리 집의 빈 의자에 생각이 미쳤다. 우리는 자리를 털고 일어나 피커딜리 거리를 걸어 내려갔다. 조너선이 내 팔을 잡고 걸었는데, 옛날에 내가 학교에 들어가기 전에도 그는 곧잘 그렇게 하곤 했었다. 나는 그게 무척 쑥스럽게 느껴졌다. 아마 몇 년 동안 학교에서 여학생들에게 예의범절을 가르치다 보니, 까탈스럽게 규칙을 따지는 사람이 되어 가는 모양이다. 그러나 다른 사람도 아니고 조너선인데 어떠랴. 이이는 내 남편이 아닌가. 게다가 우리를 쳐다보는 사람들 중에 우리가 아는 사람은 없다. 그리고 안다 한들 그게 무슨 대수랴. 우리는 그렇게 계속 걸었다. 길리아노 가게 바깥에 사륜마차가 하나 서 있었는데, 그 안에 아주 아름다운 아가씨가 수레바퀴 모양의 커다란 모자를 쓰고 앉아 있었다. 그 아가씨를 바라보고 있는데, 조너선이 내 팔을 아플 정도로 꽉 움켜쥐고, 한숨을 토해 내듯 하며, 〈아니, 저럴 수가!〉 하고 말했다. 신경의 발작이 도져서 그이의 마음을 휘젓는 일이 생길까 봐 늘 조바심을 내고 있던 터여서, 나는 얼른 그이에게로 몸을 돌리고 왜 그러느냐고 물었다.

그이의 얼굴이 백지장 같았다. 무엇에 놀랐는지 겁에 질렸는지 눈을 휘둥그렇게 뜨고 있었다. 그이가 뚫어져라 쳐다보는 곳으로 눈을 돌려 보니, 키가 크고 호리호리한 남자가 서 있었다. 매부리코에 검은 콧수염과 뾰족한 턱수염을 기르고 있었다. 그 사람도 마차 위에 있는 그 예쁜 여자에게 시선을 박고 있었다. 그는 그 여자에 정신이 팔려서 우리를 보지 못했다. 그래서 나는 그 사람을 찬찬히 뜯어볼 수가 있었다. 인상이 좋지는 않았다. 딱딱하고 험상궂으며 호색적인 인상이었다. 게다가 입술이 빨갛고 어쩌다가 드러나는 크고 하얀 이빨은 입술의 빛깔 때문에 더욱 하얗게 보였으며, 짐승의 이빨처럼 날카롭다는 느낌을 주었다. 조너선이 너무 뚫어져라 그를 노려보고 있었기 때문에 그가 눈치를 챌까 두려워졌다. 그의 생김새가 너무 험악해서 기분을 상하게 했다가는 별로 좋지 않은 일이 생길 것 같아서였다. 조너선에게 왜 그러느냐고 물었더니, 그이는 내가 그 사람에 대해서 잘 알고 있기라도 한 것처럼 말했다. 「저게 누군지 알지?」

「모르겠어요, 여보. 모르는 사람이에요. 저게 누군데요?」 그이의 대답이 너무나 뜻밖이어서 오싹 소름이 끼쳤다. 그이는 자기가 지금 얘기를 나누고 있는 사람이 미나라는 사실을 잊고 있는 것처럼 보였다.

「저게 바로 그 남자야!」

확실히 그이는 뭔가에 아주 크게 겁을 집어 먹고 있었다. 그이가 나에게 몸을 기대고 내가 그이를 부축하지 않았더라면 그이는 쓰러지고 말았을 것이다. 그이는 지칠 줄 모르고 그곳을 계속 응시했다. 한 남자가 가게에서 작은 꾸러미를 가지고 나와 그 아가씨에게 주었다. 그러자 아가씨를 태운 마차가 사라져 갔다. 그 수상한 남자도 그 아가씨의 뒤를 시선으로 뒤쫓다가, 마차가 피커딜리 거리로 올라가자, 같은 방향으로 따라가면서 영업용 마차를 불러 세웠다. 조녀선은 계속 그의 뒷모습을 바라보고 있다가 혼잣말처럼 중얼거렸다.

「그 백작인 것 같은데, 젊어졌어. 세상에, 이럴 수가! 그게 정말이라면! 아, 하느님, 이 일을 어쩌면 좋습니까?」 그이가 너무나 비통해하고 있어서 뭔가를 물어보고 싶었지만, 그이의 마음을 계속 그 일에 붙들어 두기가 두려워서 잠자코 있었다. 가자고 그이를 가만히 끌어당겼더니, 그는 내 팔을 잡은 채 순순히 따라왔다. 우리는 좀 더 걷다가 그린 파크로 들어가서 잠시 자리를 잡고 앉았다. 가을 날씨치고는 더웠다. 그늘진 자리에 편안한 벤치가 있었다. 거기에 앉아 5분쯤 멍하니 앉아 있던 조녀선이 눈을 감았다. 그이는 내 어깨에 머리를 대고 잠이 들었다. 잠을 자는 게 그이를 위해서 가장 좋을 거라는 생각이 들어서 그이를 깨우지 않았다. 20분쯤 지났을까, 그이는 잠에서 깨어나 아주 활기차게 말했다.

「아니, 내가 깜빡 잠이 들었나 보오. 이런 무례를 범하다니. 여보 미안하오. 자, 일어납시다. 어디 가서 차나 한잔합시다.」 그이는 병을 앓고 있을 때 과거의 일들을 망각했던 것처럼, 그 흉측한 낯선 사람에 대해 까맣게 잊고 있다고밖에 생각이 안 되었다. 나는 그렇게 망각 속으로 빠져드는 것을 좋아하지 않는다. 그게 이따금씩 되살아나면서 끊임없이 뇌에 상처를 줄지도 모른다. 그이에게 물어보는 건 좋지 않을 것이다. 득보다는 해가 많을 것이다. 그이에게 직접 묻지 말고, 외국 여행을 하면서 겪은 일이 무엇인지를 알아내야 한다. 마침내 때가 온 것이다. 그이의 일기장을 펼쳐 무엇이 씌어 있는지를 알아야 할 때가 온 것이다. 아, 조녀선, 제가 잘못을 저질러도 당신은 나를 용서해 주시겠지요. 이건 바로 사랑하는 당신을 위한 일입니다.

시간이 흐른 뒤

집에 돌아와 보니, 허전하고 슬픈 느낌이 더했다. 우리에게 이토록 잘해 주시던 분이 안 계시니 온통 텅 빈 느낌이었다. 조녀선은 예전의 병이 조금 도진 듯 창백해 보이고, 어지럼증을 느끼고 있다. 그러던 차에 판 헬싱이라는 사람에게서 전보 한 장이 날아들어 비보를 전했다.

〈웨스턴라 부인이 닷새 전에 타계한 데 이어, 미스 루시가 엊그제 세상을 떠났다는 비통한 소식을 알려 드립니다. 고인들의 영결식은 오늘 함께 치러졌습니다.〉

이 몇 마디 속에 얼마나 많은 슬픔이 담겨 있는가! 가엾은 웨스턴라 부인, 가엾은 루시! 다시는 못 올 머나먼 길을 정녕 떠났단 말인가. 이제 아서는 어쩔거나! 그 사람이 너무 안됐다. 그토록 소중한 사랑을 잃고 어찌 살거나! 하느님, 이 수난들을 꿋꿋이 견뎌 나갈 수 있도록 우리 모두에게 힘을 주소서.

수어드 박사의 일기

9월 22일

장례식이 모두 끝났다. 아서는 퀸시 모리스를 데리고 링으로 돌아갔다. 퀸시는 참으로 멋있는 친구다. 루시의 죽음으로 그도 우리만큼이나 고통을 받았다. 그러나 의리 있는 바이킹처럼 고통을 견뎌 냈다. 미국이라는 나라가 퀸시 같은 사람을 계속 키워 낸다면, 정말 세계에서 가장 강한 나라가 될 것이다. 판 헬싱 선생은 누워서 여행에 대비한 휴식을 취하고 있다. 그이는 오늘 밤 암스테르담으로 건너가셨다가 내일 밤에 돌아오실 것이다. 개인적으로 정리할 일이 있다고 한다. 그 뒤에는 가능하면 내 곁에 머물 것이다. 런던에서 할 일이 있는데, 시간이 좀 걸릴 거라고 한다. 노인이 고생이 너무 많으셨다. 지난주에 피로가 지나쳐서 강철 같던 그이의 건강에 이상이 생기지나 않았는지 걱정이다. 매장 의식이 거행되는 동안 그이는 자신을 다스리느라고 무진 애를 쓰고 있었다. 그것이 끝났을 때, 우리는 아서 옆에 서 있었는데, 아서는 자신의 피를 루시의 혈관에 주입했던 그 시술 얘기를 하고 있었다. 그 얘기를 듣는 판 헬싱 선생의 얼굴이 하얘졌다가 자줏빛으로 변했다. 아서는 그 일이 있은 다음부터는 그들 둘이 정말로 혼인한 것처럼 느껴졌으며, 루시가 하느님의 눈에는 자기 아내로 보일 거라고 말하고 있었다. 판 헬싱 선생과 나는 다른 수혈이 있었다는 얘기를 한 적이 없다. 우리는 앞으로도 그런 얘기를 하지 않을 것이다. 아서와 퀸시는 함께 역으로 떠나고, 판 헬싱 선생과 나는 집으로 오는 마차를 탔다. 마차 안에 우리만 남게 되었을 때, 그이는 규칙적으로 히스테리의 발작을 보였다. 그이는 그게 히스테리라는 것을 한사코 부정하고, 신경이 지독하게 팽팽해져 있을 때 당연히 나타나는 자신의 유머 감각일 뿐이라고 주장했다. 그이는 껄껄거리고 웃다가 울음을 터뜨렸다. 나는 남들이 우리를 보고 이상하게 생각할까 봐 블라인드를 내렸다. 그이는 울다가 다시 웃음을 터뜨렸다. 그렇게 웃고 울기를 되풀이했다. 꼭 히스테리를 일으킨 여자 같았다. 나는 그런 상태에 있는 여자를 다루듯이, 그이에게 엄격한 표정을 지어 보였다. 그러나 소용이 없었다. 남자와 여자는 신경의 강인함과 허약함을 드러내는 방식에 차이가 있는 모양이다. 그이의 얼굴이 다시 진지해지고 엄격해진 것을 보고, 왜 그런 순간에 웃음을 터뜨렸는지를 물었다. 그이의 대답은 여전히 그이다운 특징을 담고 있었다. 논리적이고 설득력이 있으면서도 무슨 얘기인지 알쏭달쏭했다. 그이의 대답은 이러했다.

「아, 자네가 이해를 못 하고 있군. 내가 웃었다고 해서 슬퍼하지 않는다고 생각하지는 말게. 사실은, 숨 막힐 정도로 웃고 있는 때조차 나는 울고 있었네.

그러나 울고 있다고 해서 전적으로 슬퍼하고 있는 거라고 생각해서도 안 되네. 그 순간에도 웃음이 동시에 나오고 있다네. 진정한 웃음이란 무엇인가 생각해 보게. 마음의 문을 두드리면서 〈들어가도 될까요?〉라고 묻는 웃음은 진정한 웃음이 아닐세. 그럼, 아니고말고. 웃음은 왕처럼 행동한다네. 자기가 원할 때, 자기가 원하는 방식으로 온다네. 아무에게도 묻지 않고, 적절한 때를 골라서 오지도 않네. 그는 그저 〈나 여기 있다〉라고 말할 뿐이네. 내가 그 아름다운 처녀 때문에 가슴 아파하던 때도 그런 경우라네. 나는 늙고 지쳐 있음에도 그 처녀를 위해서 피를 주었고 나의 시간과 기술과 수면을 바쳤네. 내가 돌봐야 할 다른 환자들이 있음에도 루시에게 모든 것을 주고자 했지. 그런데 나는 루시의 무덤 앞에서 웃을 수 있어. 교회 일꾼들이 흙을 퍼서 그녀의 관 위로 던지고, 그 소리가 내 가슴에 〈턱, 턱〉 하고 떨어지던 때에 나는 웃었어. 그러다 보면 가슴에 상처가 생기고 내 얼굴에서 핏기가 사라져 버리지. 지금도 내 심장은 그 가련한 청년 때문에 피를 흘리고 있어. 나는 그 젊은이를 무척 사랑하고 있어. 바로 내 아들이 살아 있었다면 그 나이쯤 되었을 걸세. 눈이며 머리카락이 그 애와 똑같다네. 이제 내가 왜 그 젊은이를 그토록 사랑하는지 알았을 테지. 그런데 그 친구가 그 수혈에 대한 얘기를 하던 그 순간에도 웃음의 왕이 찾아왔어. 그의 얘기가 얼마나 가슴을 절절히 울리는 것이었나 말일세. 그 얘기를 들으니 잃어버린 아내에 대한 그리움이 뼈 속까지 사무치고, 다른 젊은이들을 보고는 느끼지 않았던 아비의 정 ― 물론 자네하고 나는 부자지간 이상 가는 사이니까 자네를 보고 아비의 정을 느끼지는 않지 ― 이 느껴지더군. 바로 그러한 순간에도 웃음의 왕이 찾아와 내 귀에다 대고 〈나 여기 있다! 나 여기 있다!〉 하고 아우성을 치더란 말일세. 피들이 다시 돌아와 춤을 추고 그가 가지고 온 햇살이 내 뺨에 어른거렸네. 여보게, 존, 이상하고 슬픈 일들이 많은 세상일세. 불행과 번민과 고통이 세상을 가득 채우고 있네. 그러나 웃음의 왕이 오면 그가 연주하는 곡조에 맞춰 그 모든 것들이 춤을 춘다네. 피 흘리는 심장들도 공동묘지의 말라빠진 뼈들도, 뺨을 타고 내리는 뜨거운 눈물들도 말일세. 웃음의 왕이 미소를 지을 줄도 모르는 그 입으로 음악을 켜면, 그것에 맞추어 모두 한데 어우러져 춤을 춘다네. 웃음의 왕이 오는 건 좋은 일이네. 고마운 일이지. 우리 인간들은 팽팽하게 당겨진 밧줄과도 같네. 이러저러한 이유로 우리를 잡아당기는 피곤한 일들 때문에 팽팽해져 있지. 그때 눈물이 찾아오네. 밧줄에 빗물이 내리는 것처럼 말일세. 눈물은 우리를 더 팽팽하게 만든다네. 긴장이 지나치면 우리는 끊어지고 말겠지. 그러나 웃음의 왕이 햇살처럼 우리를 찾아온다네. 그가 다시 긴장을 풀어 주지. 그렇게 함으로써 우리는 수고로운 우리의 삶을 버텨 나가는 것이지.」

그이의 생각을 이해하지 못했다는 표정을 지으면서, 그이의 마음을 다치게 하고 싶은 생각이 없었다. 그러나 그가 웃었던 까닭을 아직 이해할 수 없었기 때문에 나는 다시 질문을 했다. 대답을 하면서 그이의 얼굴이 엄격해졌다. 그이는 전혀 다른 어조로 말했다.

「그건 말일세, 그 모든 장면이 지독한 아이러니였기 때문일세. 장례식 장면을 다시 한번 떠올려 보게. 관 속에는 아름다운 아가씨가 누워 있고 꽃들이 관을 장식하고 있네. 그 아가씨는 살아 있을 때처럼 아름다워서 우리 모두가 정말 죽었는지 의심할 정도였지. 그녀가 놓인 곳은 쓸쓸한 교회 묘지 안에 있는 훌륭한 대리석 건물인데, 거기 그녀의 많은 피붙이들이 잠들어 있는 속에, 그녀를 사랑했고 그녀가 사랑했던 어머니와 함께 누워 있었지. 성스러운 종소리가 아주 슬프고 느릿느릿하게 〈댕그렁, 댕그렁〉 하고 울리고 있었어. 천사처럼 하얀 가운을 입은 성직자들은 성서를 읽는 척하고 있었지만, 그들의 눈길은 내내 책을 벗어나 다른 데에 가 있었지. 우리 모두가 고개를 숙이고 있는 사이에 말이야. 이 모든 것이 다 무슨 소용이란 말인가? 그 여자는 죽었어. 그렇지? 안 그런가?」

「그런데, 선생님, 거기 어디에서도 웃음이 나올 만한 구석을 찾을 수가 없습니다. 어찌 된 일인지 선생님의 설명을 듣고 보니 아까보다 더 아리송해집니다. 설사 매장 의식에 우스꽝스러운 점이 있었다 치더라도, 아서와 그의 고통에 웃음이 끼일 여지는 없었던 것 같습니다만. 그의 가슴은 정말 찢어질 듯 아팠을 것입니다.」

「그렇지. 그는 수혈이 루시를 사실상 자신의 신부로 만들었다고 말했지.」

「예, 그렇게 생각하는 것이 그에게는 그나마 위안이 되고 행복이 되었겠지요.」

「그렇고말고. 그런데, 그 생각에 문제가 하나 있어. 여보게, 그의 말대로면 다른 사람들은 어떻게 되는 거지? 하하, 그렇게 되면 그 아름다운 아가씨가 많은 남편을 거느린 여자가 되지 않나 말일세. 나는 어떤가? 내 아내는 죽었지만 교회법상으로는 살아 있지. 그러니, 실제로는 아무도 없으면서 나는 중혼자가 되는 셈일세. 죽은 아내에 대해 충실한 남편으로 남아 있는 내가 말일세.」

「어떻게 그런 데서 농담이 생기는지 이해할 수가 없습니다.」 나는 역정을 내듯 말했다. 그런 말을 하는 그이가 별로 맘에 들지 않았다. 그이가 내 팔을 잡으면서 말했다.

「여보게, 존. 내가 심했다면 용서하게. 나는 내 감정을 드러내서 다른 사람들에게 상처를 주는 사람은 아니네. 그러나 오로지 자네에게만은 내 감정을 다 드러낼 수가 있네. 자네를 믿기 때문일세. 내가 웃고 싶어 하고, 웃음이 찾아왔을 때, 자네가 나의 마음속을 들여다볼 수 있었다면, 아마 자네는 나를 아주 불쌍히 여겨 주었을 걸세. 웃음의 왕이 왕관과 자기의 모든 것을 챙겨서 아주 멀리 떠나려는 지금, 내 심정이 어떤 줄 알면, 자네는 나에게서 더할 나위 없는 연민을 느낄 거야.」

그이의 말투가 너무 부드러워서 가슴이 찡하고 울렸다. 나는 왜 그러느냐고 물었다.

「무언가를 알고 있기 때문일세.」

이제 우리는 모두 뿔뿔이 헤어졌다. 한동안 우리의 지붕 위에 적막함이 나래를 펴고 내려앉을 것이다. 루시는 그녀의 가족 무덤 속에 누워 있다. 그 무덤은 런던의 번화가를 벗어난 쓸쓸한 교회 묘지 안에 있다. 그곳은 공기가 맑고, 햄스테드 언덕 위로 해가 돋는 곳으로서, 야생의 꽃들이 저절로 나서 저절로 자라는 곳이다.

이제 이 일기를 끝낼 때가 되었다. 내가 또 다른 일기를 시작하게 될지 어떨지는 하느님만이 아신다. 다시 시작한다면, 또는 이 일기장을 다시 펼치게 된다면, 그때는 다른 사람들, 다른 주제들에 대해서 쓰게 될 것이다. 내 삶의 사랑 이야기가 담긴 이 일기는 여기서 끝을 맺는다. 내 일상의 일로 다시 돌아가기에 앞서, 나는 슬프게 그리고 희망 없이 FINIS(끝)라는 단어를 쓴다.

『웨스트민스터 가제트』,[36] 9월 25일 자 기사
햄스테드 미스터리

최근 햄스테드 인근에서 이상한 사건들이 꼬리를 물고 일어났다. 〈켄싱턴의 공포〉, 〈목을 찌르는 여인〉, 〈검은 옷을 입은 여인〉 등의 제목으로 이미 보도된 다른 사건들과 유사한 모습을 보여 주는 사건들이다. 지난 며칠 동안 어린아이들이 집을 나가거나 햄스테드 히스에서 놀다가 귀가하지 않는 사건들이 여러 건 발생했다. 실종되었다가 돌아온 아이들은 모두 아주 어려서 자기들이 겪은 일들을 제대로 설명하지 못했다. 그러나 그 아이들이 더듬거리며 설명한 내용에 공통점이 있었다. 그것은 그들이 〈블루퍼 레이디〉[37]와 함께 있었다는 것이

---

36 런던의 신문으로 1893년에 창간되었다.

37 bloofer lady. 작가가 무슨 뜻으로 이 말을 사용했는지는 분명치 않지만, beautiful lady를 어린이들이 잘못 발음할 때 나오는 소리라는 것이 대체적인 견해이다. 하지만 단지 〈아름다운 숙녀〉라는 뜻

다. 아이들이 실종된 시각은 항상 늦은 저녁때였다. 두 어린이의 경우는 다음 날 아침이 되어서야 발견되었다. 인근 주민들의 일반적으로 추측하는 바로는, 처음으로 실종되었던 아이가 그 까닭을 설명하면서 〈피 빠는 여자〉가 함께 가자고 꾀었다고 말했는데, 다른 아이들도 늦게 귀가할 때마다 툭 하면 그런 얘기를 하면서 의혹이 눈덩이처럼 불어난 것이라고 한다. 요즘 꼬마들이 가장 즐기는 놀이가 속임수를 써서 상대방을 꾀어내는 것이라는 점을 생각하면, 그 추정에 상당한 일리가 있다. 한 통신원은, 몇몇 꼬마들이 〈피 빠는 여자〉 시늉을 내는 것을 보면 그렇게 우스울 수가 없다고 전해 왔다. 우리의 풍자 만화가들이 그 우스꽝스러운 모습을 보았다면, 현실과 괴기스러움의 환상적인 결합에서 배울 점이 있었을 거라는 얘기였다. 〈피 빠는 여자〉가 아이들의 야외 연극에서 인기 있는 역할을 맡고 있다는 것은 인간 심성의 일반적인 원리를 따른 것에 지나지 않는다. 본사의 통신원은, 엘런 테리[38]라도 아이들처럼 그렇게 매력적인 연기를 하지는 못할 것이라고 말하고 있다. 얼굴에 흙 칠갑을 한 개구쟁이 녀석들이 흉내를 내는 모습이 정말 가관이라는 것이다.

그러나 이 사건을 그저 아이들의 장난쯤으로 가볍게 넘겨서는 안 될 측면도 없지는 않다. 어떤 아이들, 특히 밤에 실종되었다가 돌아온 아이들은 모두 목이 조금 찢어지거나 상처를 입었다. 그 상처는 쥐나 작은 개 같은 것들에 의해서 생긴 것으로 보이는데, 개별적으로 보면 대수로운 일이 아닐지 모르지만, 아이들에게 상처를 입힌 동물이 무엇이든 간에, 그것이 어떤 일관성을 가지고 행동하고 있다는 점을 경계해야 한다. 그 지역의 경찰에게 아이들, 특히 아주 어리고 햄스테드 히스나 그 주위에 사는 아이들이 실종되지 않도록 철저히 감시하라는 지시가 내려졌다. 그리고 근처에 있을지도 모르는 집 나간 개에 대해

이라기보다 〈흡혈 여성〉임을 암시하는 별명이라는 견해도 있다.

38 영국의 여배우(1847~1928). 1878년 헨리 어빙과 함께 라이시엄 극장을 열고 25년 동안 주연 배우로 활약했으며, 이 극장의 매니저였던 브램 스토커와 아주 가깝게 지냈다.

CITY EXTRA.

THE WESTMINSTER GAZETTE

No. 6,449.—Vol. XLIII. [REGISTERED AT THE G.P.O. AS A NEWSPAPER] TUESDAY, FEBRUARY 6, 1898 PRICE ONE PENNY.

SELF-GOVERNMENT AND ITS CONSEQUENCES.

WHETHER the South African Government were wise or the reverse in postponing their statement on the Martial Law and Deportation questions from the first to the second reading of their Indemnity Bill is a question of procedure which will have no importance after to-morrow, when the Bill is down for second reading and the promised statement will be made. It is certain, at all events, that there will be no lack of controversy either in South Africa or in this country, and no denial of opportunities for debate by either the Union Government or the Imperial Government. But it will be highly important, as this debate proceeds, that we in this country should distinguish clearly between dictation to the South African Government and friendly argument or remonstrance with it. The right to self-government must include the right to do things which we dislike or which we think wrong. But it need not exclude our right to say freely and frankly how we are affected or how we think the Empire is affected by this or that action on the part of the self-governing community, and we do not for a moment believe that, if the controversy is kept within these bounds, it will be resented in South Africa or make any mischief there.

The action or inaction of Lord GLADSTONE, which is the point seized upon by some members of the Labour Party, is really the test-case of this attitude. Speaking generally, Lord GLADSTONE, in virtue of his office, plays to the South African Government the part which is played to the British Government by the constitutional Sovereign. We are aware of the qualifications of this statement, but in regard to the domestic affairs of South Africa it may be taken as sufficiently exact. In all these affairs Lord GLADSTONE can do and ought to do no more than the constitutional Sovereign, whom he represents, would do in similar circumstances in this country. Now, so far as we understand the matter, it is suggested that Lord GLADSTONE could and ought to have withheld his assent both to the proclamation of martial law and to the deportation of the Labour leaders. In regard to the latter point, Mr. HERBERT SAMUEL said in a speech at Harrogate last night that "the constitutional relationship of the Governor-General of "South Africa and his Ministers did not require that his "assent should be asked to the method that was taken, and in "fact it was not asked." So the question is simply whether Lord GLADSTONE could have or ought to have withheld his assent to the proclamation of martial law which rendered this method possible. To put the question is to answer it, if the constitutional principle holds good. A refusal of his assent on Lord GLADSTONE's part would have meant the resignation of General BOTHA's Government, and, we may be quite sure, the refusal of any other combination to take office without the powers which General BOTHA thought necessary. Those who know anything about the self-governing sentiment of the Colonies will not need to be told that any such action on the part of the Governor-General would have been challenged not merely on the ground that the powers refused were necessary to the safety of the public, but that the refusal of them was a direct violation of the self-governing rights of the Dominion. On such an issue South Africa would have been united in opposition to the Governor, the labour question would have been merged in a bitter conflict between the mother-country and the Dominion, and Lord GLADSTONE would have been left to govern the country as best he could with the British troops which happen at present to be in South Africa.

It is, of course, unthinkable that a Governor-General should be censured for refusing to take this course. But we shall be asked, has the Governor-General no powers; is he bound and is the Imperial Government bound to submit to anything and everything which the Dominion Government may do, whatever its effect on Imperial policy? A similar question is asked by logical theorists about the Sovereign in this country. "It was not much of a King," said Lord HALSBURY the other day, if he had only to do what he was bid. And yet everyone knows that the constitutional Sovereign in this country occupies an essential position and may have great influence on affairs—possibly a greater influence than other Sovereigns who pride themselves on ruling as well as reigning. This influence is precisely in proportion as he is shielded by Ministerial responsibility from praise or blame for the actual proceedings of his Administration, and would be lost in the welter of party conflict, if he were not thus shielded. In precisely similar manner we have to hold the theory of constitutional influence, as between the mother-country and the Colonies, and we shall destroy it and render the problem hopeless if we begin holding Governors-General responsible for the acts of the self-governing Dominions.

It is with surprise that we hear some people using language about Lord GLADSTONE and the Union Government which would shock and horrify them if used by Tories about King GEORGE and the Home Government. The questions of British citizenship which are raised by the deportation of the Labour leaders are, indeed, very important, and we wish to see them taken in hand and thoroughly argued not only with South Africa but with all the Dominions, to see if we cannot arrive at some general principle which will apply to all British subjects and to Asiatics as well as Europeans. But the prospect of arriving at such a settlement would be blasted from the beginning if we started by challenging the right of a self-governing Dominion to take the measures which, rightly or wrongly, it thinks necessary for the public safety. Such an approach to the question would harden all the Dominions against us and produce a quarrel in which all of them would be on one side against the Imperial Government. We are aware that Liberals dislike martial law and deportations of individuals even more than they dislike tariffs and some other kinds of legislation which are popular in the Colonies; and General BOTHA's Government cannot expect to be protected from criticism and expressions of doubt, touching the wisdom of their action or the justification for it, by Liberals in this country. Equally, there are a considerable number of legal questions affecting the mother-country as well as the Dominion which will need to be searchingly argued under the proper conditions. But all this criticism and legal argument must be kept apart from the appearance of invading the rights of the self-governing Dominion, or challenging its competence to do things which we may not approve.

HELPING THE FARMER.

WHAT THE BOARD OF AGRICULTURE IS DOING.—I.

Few people who are not intimately connected with agriculture know how extensive the work of the Board of Agriculture is. It collects, edits, and distributes, by means of its journal and numerous pamphlets, the most up-to-date information bearing upon every branch of farming, and exercises a paternal supervision over every detail of what is still our greatest national industry. It is a progressive Department, recognising that in the interests of the nation agriculture must not stand still, and nowhere is this spirit of progress better shown than in the reformation of agricultural education and research, which has lately been [illegible] is in operation, every farmer and small-holder will be able to obtain free advice on his soil and his crops by sending samples for analysis to the research laboratories. A whole army of itinerant lecturers will besiege the villages and impart instruction. In farm institutes there will be regular classes for the instruction of farmers' sons and daughters, so that the gulf that lay between the primary school and the agricultural college will be bridged. Already scholarships are awarded to young graduates that their talents may be reserved for research in agricultural science. All this has not been accomplished without a great deal of work on the part of the Board, and in the following article I propose to trace the steps by which the new system was created.

THE ADVISORY COUNCILS.

I cannot do better than quote from the latest report of the Board of Agriculture on Grants for Agricultural Education and Research, in explaining this matter. It must be borne in mind that Mr. Runciman recently established a number of Advisory Councils to deal with education and the improvement of live-stock. At the same time he created twelve provincial areas in England and Wales for the purpose of his Department. The functions which the Advisory Councils have been asked to undertake are to consider the needs of an area or province as a whole in regard to agricultural education, and the schemes prepared for several counties or groups of counties, and to advise the local authorities on these points, with the object of maintaining a close connexion between schemes for providing agricultural education in the counties, and the work of the approved centres for higher agricultural instruction in the larger area. The provinces were established for the higher education of the University type, each to be associated with a central college. Furthermore, the Advisory Councils are to advise as to the co-ordination of the provision of technical advice for farmers, to assist in drawing up schemes of experiments and demonstrations, and to help the local authorities to obtain instructors, and give them general advice as to the need of further farm schools and institutes. They, in fact, give advice on every point connected with agricultural education. Thus the main object of the Advisory Councils—which may in certain respects be regarded as joint committees of the Board of Agriculture, the local education authorities, and the Governing Body of the Central In-

HAMPSTEAD MYSTERY

The neighborhood of Hampstead is just at present exercised with a series of events which seem to run on lines parallel to those of what was known to the writers of headlines and "The Kensington Horror," or "The Stabbing Woman," or "The Woman in Black." During the past two or three days several cases have occurred of young children straying from home or neglecting to return from their playing on the Heath. In all these cases the children were too young to give any properly intelligible account of themselves, but the consensus of their excuses is that they had been with a "bloofer lady." It has always been late in the evening when they have been missed, and on two occasions the children have not been found until early in the following morning. It is generally supposed in the neighborhood that, as the first child missed gave as his reason for being away that a "bloofer lady" had asked him to come for a walk, the others had picked up the phrase and used it as occasion served. This is the more natural as the favorite game of the little ones at present is luring each other away by wiles. A correspondent writes us that to see some of the tiny tots pretending to be the"bloofer lady" is supremely funny. Some of our caricaturists might, he says, take a lesson in the irony of grotesque by comparing the reality and the picture. It is only in accordance with general principles of human nature that the "bloofer lady" should be the popular role at these al fresco performances. Our correspondent naively says that even Ellen Terry could not be so winningly attractive as some of these grubby-faced little children pretend, and even imagine themselves, to be.

There is, however, possibly a serious side to the question, for some of the children, indeed all who have been missed at night, have been slightly torn or wounded in the throat. The wounds seem such as might be made by a rat or a small dog, and although of not much importance individually, would tend to show that whatever animal inflicts them has a system or method of its own. The police of the division have been instructed to keep a sharp lookout for straying children, especially when very young, in and around Hampstead Heath, and for any stray dog which may be about.

서도 경계를 게을리하지 말라는 지시가 있었다.

『웨스트민스터 가제트』, 9월 25일 자 기사 (호외)
햄스테드의 공포
어린이 또 부상, 〈블루퍼 레이디〉의 존재는 사실인가

　방금 들어온 소식에 의하면, 어젯밤 또 한 어린이가 실종되었다가 햄스테드 히스의 슈터스 힐[39] 비탈에서 오전 늦게야 발견되었다고 한다. 그 장소는 비교적 사람들의 발길이 잦지 않은 곳이다. 다른 경우와 마찬가지로 그 아이의 목에도 상처가 있었다. 아이는 너무 힘이 빠져서 거의 탈진 상태에 있었다. 어느 정도 회복이 되었을 때 그 아이도, 〈피 빠는 여자〉의 꼬임에 빠졌다는 똑같은 이야기를 되풀이하였다.

　39　브램 스토커의 지리적 착오. 슈터스 힐은 햄스테드가 아니라 그리니치와 블랙히스 사이의 템스강 남쪽에 있다. 디킨스는 『두 도시 이야기』의 첫 장에서 이 슈터스 언덕의 위치를 정확하게 제시하고 있다.

14

미나 하커의 일기

9월 23일

하룻밤을 고통스럽게 보내고 나더니 오늘은 조너선이 많이 좋아졌다. 그이에게 해야 할 일이 많다는 게 다행스럽다. 일 속에 파묻히다 보면 그 끔찍한 기억들에서 벗어날 수가 있을 것이기 때문이다. 그이가 이제는 새로운 지위의 책무에 대해 압박감을 느끼지 않는다는 것도 기쁜 일이다. 그이가 본래의 자기 모습을 되찾으리라는 것을 나는 믿고 있었다. 우리 그이가 사회적인 지위를 높여 나가고 자신에게 주어진 일을 충실하게 수행해 나가는 것을 보면, 얼마나 자랑스러운지 모른다. 오늘 그이는 늦게까지 나가 있을 모양이다. 집에서 점심을 들 수 없을 거라고 했던 것이다. 집안일도 다 끝내 놓았다. 그래서 나는 그이의 일기를 꺼내서, 방문을 잠그고 들어앉아서 그것을 읽었다……

9월 24일

간밤에는 도저히 일기를 쓸 엄두가 나지 않았다. 조너선의 그 무시무시한 기록에 너무나 큰 충격을 받았던 것이다. 가련한 조너선! 그게 사실이든, 그저 상상이든, 그이는 너무나 크나큰 고통을 받았을 것이다. 세상에 과연 그런 일이 있을 수 있는지 의구심이 생기기도 한다. 뇌막염에 걸린 비정상적인 상태에서 이 모든 끔찍한 것들을 적은 것은 아닐까? 아니면, 그 모든 것에 어떤 이유가 있다는 것인가? 그건 영영 모르게 될지도 모른다. 그이에게 차마 그것을 물어볼 수가 없기 때문이다……. 그러나 우리가 어제 본 그 남자! 조너선은 그게 그 사람이라고 생각했던 듯하다. 가련한 조너선! 장례식이 그이의 마음을 자극해서 예전의 그 생각들이 다시 떠올랐을 것이다……. 그이는 그것들을 모두 사실로 믿고 있다. 결혼식 때 그가 했던 말이 떠오른다. 「다만 어떤 엄숙한 의무를 위해서 내가 다시 여기에 기록되어 있는 그 고통스러운 과거, 꿈이었는지 생시였는지, 온전한 정신이었는지 미쳐 있었는지 모를 그 시간으로 돌아가야 한다면 이야기를 해도 좋소.」 그 모든 것들 사이에 어떤 밀접한 관계가 있는 것처럼 보인다……. 그 무서운 백작이 런던에 오려고 한다……. 그게 사실이라면 그는 지금 런던에 와서 수백만 인구 속에 섞여 있는 것이다……. 정말 신성한 의무가 생길지도 모른다. 그런 상황이 온다면 우리는 머뭇거려서는 안 된다……. 마음의 준비를 해야 한다. 바로 지금부터 일을 시작해야 한다. 타자기를 가져다가 이 속기록을 베껴 두어야겠다. 그렇게 해두어야 다른 사람들이 볼 필요가 있을 때 언제든지 볼 수가 있을 것이다. 그리고 신성한 의무를 수행해야 될 때가 되고, 내가 준비가 되어 있으면, 조너선도 두려워하지 않고 그 일에 나설 것이다. 그이를 위해 내가 이야기를 할 수 있고, 그것으로 고통받고 걱정하지 않도록 해줄 수 있기 때문이다. 걱정과 두려움을 떨쳐 버리면, 조너선은 그 모든 것에 대해서 나에게 이야기하고 싶어 할지도 모른다. 그러면 나는 그이에게 질문을 할 수 있고 뭔가를 알아내서 그이를 위로할 수 있는 방법을 찾을 수 있을 것이다.

판 헬싱이 하커 부인에게 보내는 편지

(겉봉에 〈친전(親展)〉이라 적혀 있었음)

9월 24일

여사님 보십시오.

먼저 이런 편지를 드리는 것을 너그럽게 양해해 주시기 바랍니다. 저는 미스 루시 웨스턴라가 세상을 떠났다는 슬픈 소식을 전했던 아주 무정한 친구올시다. 고딜밍 경의 친절에 힘입어 고인의 편지와 서류 들을 읽어 보았습니다. 대단히 중요한 어떤 문제들에 대해서 아주 깊은 관심을 가지고 있기 때문입니다. 그것들을 읽다가 부인이 고인에게 보낸 편지 몇 통을 발견했습니다. 그걸 통해서 두 분이 얼마나 절친한 친구 사이였는지, 부인이 고인을 얼마나 사랑했는지를 알 수 있었습니다. 아, 미나 여사,[40] 그 사랑으로 간청하건대, 저를 도와주십시오. 이렇게 부탁을 드리는 것은 다른 사람들을 위해서입니다. 커다란 잘못을 바로잡고, 엄청나고 무시무시한 고통을 없애는 일입니다. 부인이 생각하시는 것보다 훨씬 중요한 일일 것입니다. 부인을 만나 뵐 수 있을는지요. 저를 믿으셔도 좋습니다. 저는 존 수어드 박사와 고딜밍 경(미스 루시의 약혼자였던 아서 말입니다)의 친구입니다. 당분간은 다른 사람들이 모르게 해야 합니다. 제가 가도 좋다고 허락해 주시고 시간과 장소만 말씀해 주시면, 부인을 뵈러 제가 엑서터로 가겠습니다. 부인, 넓은 아량을 베풀어 주시길 부탁드립니다. 부인이 미스 루시에게 보낸 편지들을 읽었습니다. 그래서 부인이 얼마나 훌륭한 분인지, 부군께서 얼마나 고통을 받고 계시는지도 알았습니다. 그래서 드리는 말씀인데, 부군에게 해가 될지도 모르니까 가능하면 말씀드리지

---

40 앞으로도 자주 나오겠지만, 판 헬싱이 하커 부인을 부를 때 종종 〈마담 미나Madam Mina〉라는 호칭을 쓴다. 이 호칭을 번역할 때는 〈미나 여사〉라 하고, 나머지 경우에는 부인 또는 하커 부인으로 옮긴다.

않는 게 좋을 듯합니다. 다시 한번 부인의 용서를 구합니다. 죄송합니다.

판 헬싱.

하커 부인이 판 헬싱에게 보내는 전보

9월 25일

가능하시다면 오늘 10시 15분 기차 편으로 오십시오. 찾아오시면 언제고 뵐 수 있습니다.

윌헬미나 하커.

미나 하커의 일기

9월 25일

판 헬싱 박사가 방문할 시간이 다가오면서 마음이 걷잡을 수 없이 흥분되는 것을 느낀다. 왠지 그이의 방문이 조녀선의 아픈 경험을 치유하는 데 빛을 던져 줄 것 같은 기대가 일기 때문이다. 그리고 그이는 마지막까지 루시를 간병했기 때문에 루시에 대한 모든 이야기를 들려줄 수 있을 것이다. 사실 그이는 루시의 일로 오는 것이다. 루시와 그녀의 몽유병에 대해서 알려고 말이다. 조녀선의 일로 오는 것은 아니다. 그러니 오늘 조녀선의 일에 대한 진실을 알게 되지는 못할 것이다. 그런데도 조녀선의 일에 대해 뭔가를 알게 될 거라고 기대하다니 내가 어리석다. 그 무서운 일기가 내 상상력을 온통 휘어잡고 모든 것들을 그 일기의 색깔로 물들이고 있다. 그이가 오는 것은 루시에 관한 일 때문이다. 몽유병이 루시에게 다시 찾아왔었다. 절벽 위에서 있었던 그날 밤의

318

그 무서운 일이 루시의 병을 만들었을 것이다. 나는 내 일에 파묻혀서 그 후에 루시가 얼마나 아팠는지를 잊고 있었다. 루시는 그 절벽 위에서 있었던 사건에 대해서 그이에게 말했을 것이다. 나는 그 일에 대한 모든 것을 알고 있다. 웨스 턴라 부인에게 아무 얘기도 안 했던 것이 잘한 일이기를 바란다. 내 행위가 어떤 것이었든, 그게 좋지 않은 결과를 낳고 루시에게 해가 되었다면 나는 결코 자신을 용서할 수 없을 것이다. 판 헬싱 박사가 나를 책망하는 일이 없기를 바란다. 최근에 나는 너무 많은 고통과 걱정에 시달렸기 때문에 이제 더 이상의 고통을 감당해 낼 수 없을 것만 같다.

때때로 울음이 우리에게 많은 도움이 되기도 한다 — 한 줄기의 비가 대기를 말끔히 씻어 주듯이 우리의 마음을 말끔히 닦아 준다. 내가 지금 이렇게 안 절부절못하는 것은 어제 그 일기를 읽었기 때문이다. 조너선은 아침에 외출을 했다. 하루 낮밤을 나와 떨어져 있을 것이다. 결혼한 이후로 이런 일은 처음이 다. 그이가 자신을 잘 돌보기를 바란다. 그이를 자극하는 일이 아무것도 없기를 바란다. 2시가 되었다. 10시 15분 기차를 탔다면 박사가 곧 도착할 것이다. 그이가 먼저 묻지 않으면 조너선의 일기에 대해서는 말을 꺼내지 말아야겠다. 나 자신의 일기를 타자기로 베껴 놓아서 다행이다. 박사가 루시에 대해서 물으 면 그이에게 그것을 건네줄 수 있을 것이다. 그게 질문을 많이 덜어 줄 것이다.

시간이 흐른 뒤

박사가 다녀갔다. 아, 정말 이상한 만남이었다. 그이를 만나고 났더니, 내 머릿속이 온통 소용돌이를 치고 있다. 꿈을 꾼 게 아닌가 싶다. 그런 일들이 정 말 있을 수 있는가? 그중의 단 일부라도 사실일 수가 있을까? 조너선의 일기를 먼저 읽지 않았더라면, 단 하나의 가능성도 받아들이지 못했을 것이다. 조너 선이 너무너무 불쌍하다. 그이가 당한 고통을 이루 다 말할 수가 없을 것이다. 제발 이 모든 것들이 다시는 그이를 괴롭히지 않기를 바란다. 그이가 그 아픈 기억으로부터 벗어날 수 있도록 도와주어야 한다. 그러나 그 일이 생각나지 않도록 하는 것만이 능사는 아닐 것이다. 그이가 본 것, 그이가 들은 것, 그이가 생각한 것이 헛것이 아니고 있는 그대로의 사실이라는 것을 확실하게 아는 것이 중요하다. 그 결과가 두렵고 무시무시한 것일지라도, 그것을 바르게 안다는 것이 도리어 그이에게 위안과 힘이 될 수도 있을 것이다. 그이를 따라다니며 괴롭히는 것은 의혹이다. 의혹이 사라지고 꿈이었든 현실이었든 진실이 밝혀지고 나면, 그이는 일의 전말을 더욱 잘 이해할 수 있게 될 것이고 그 충격을 군건히 감당할 수 있게 될 것이다. 판 헬싱 박사는 아서의 친구이자 수어드 박사의 친구라 한다. 그들이 루시를 돌보게 하려고 멀리 네덜란드에서 불러온 사람이라 한다. 그렇다면 그이는 똑똑한 사람일 뿐만 아니라 착한 사람일 것이 틀림없다. 만나 보니, 역시 착하고 친절하고 고결한 품성을 가진 사람으로 느껴진다. 박사가 내일 다시 오면 조녀선의 일에 대해서 물어봐야겠다. 어쩌면 이 모든 슬픔과 근심이 행복한 결말을 맞게 될지도 모른다. 전에 나는 기자가 되어 인터뷰를 해보았으면 하는 생각을 하고는 했다. 『엑서터 뉴스』에서 일하는 조녀선의 친구가 이런 이야기를 하는 걸 들은 적이 있다. 즉, 그런 종류의 일에서는 기억력이 생명이라는 것과, 나중에 일부를 다듬는 한이 있더라도 일단은 사람이 말하는 것을 거의 그대로 받아 적을 수 있어야 한다는 것이었다. 다음은 서툰 인터뷰 기사이다. 박사가 말하는 것을 그대로 적은 것이다.

문 두드리는 소리가 들린 것은 2시 반이었다. 나는 마음을 군건히 먹고 그이가 들어오기를 기다렸다. 잠시 후에 메리가 문을 열고 〈판 헬싱 박사께서 오셨어요〉라고 알렸다.

일어나서 인사를 하자 그이가 나에게로 다가왔다. 살집이 알맞게 붙은 건장한 남자였다. 넓고 근육이 발달한 가슴 위로 어깨가 딱 벌어지고, 목이 몸통과 머리 사이에서 알맞게 조화를 이루고 있다. 균형 잡힌 머리의 모양새가 지적이면서도 힘이 있는 사람임을 금방 알게 해준다. 머리 모양이 기품이 있고, 크기가 알맞으며, 안면은 적당히 넓고, 귀 뒤가 넓어서 납작해 보이지 않는다. 얼굴을 살펴보니, 수염을 말끔히 깎았고, 턱은 야무지고 각이 져 있다. 커다란 입은 결단성과 풍부한 감정의 소유자임을 보여 준다. 크기가 알맞은 코는 콧마루가 곧게 뻗은 편인데, 숱이 많은 눈썹이 콧마루로 내려오고 입을 오므리고 있는 탓에 콧구멍이 넓어 보이고 민감할 거라는 느낌을 준다. 이마는 넓고 수려하다. 눈 바로 윗부분은 거의 경사가 없이 불거져 나왔으며, 양쪽이 불거져 나온 그 위로는 뒤로 비탈이 져 있다. 머리카락이 흘러내리기가 어려운 이마여서, 불그스레한 갈색 머리카락은 당연히 뒤나 옆으로 넘어가 있다. 눈은 크고 눈동자가 짙은 파란색이며, 미간이 넓은데, 예민하면서도, 부드러우며, 남성다운 분위기를 물씬 풍기는 엄격한 느낌도 준다. 그이가 말했다 ──

「하커 부인이시죠?」 나는 목례를 해서 맞는다는 뜻을 나타냈다.

「미스 미나 머리였던 그분 맞습니까?」 나는 다시 맞는다는 뜻을 표했다.

「제가 만나 뵈러 온 분은, 루시 웨스턴라라는 가련한 아가씨의 친구였던 미나 머리올시다. 미나 여사, 그 고인을 위해서 제가 온 것입니다.」

「선생님, 선생님은 루시 웨스턴라의 친구로서 그 애를 도와주셨습니다. 그 사실로 선생님은 저를 찾아오실 최상의 자격을 가지신 거예요.」 그렇게 말하면서 나는 손을 내밀었다. 그이는 내 손을 잡으며 부드럽게 말했다.

「오, 미나 여사, 백합같이 고운 그 아가씨의 친구라면 당연히 착한 분일 거라고 짐작은 했었지만 이렇게 훌륭하신 분인 줄은 몰랐습니다.」 그이는 정중하게 절을 하면서 말을 맺었다. 나에게 알고 싶어 하는 게 뭐냐고 물었더니, 그이는 바로 이야기를 시작했다.

「부인이 미스 루시에게 보낸 편지를 읽었습니다. 무례를 용서해 주십시오. 어디 가서 뭔가를 알아보려고 해도 물어볼 사람이 없어서 말이지요. 부인이 휫비에서 미스 루시와 함께 있었다는 것을 알고 있습니다. 미스 루시는 이따금 일기를 썼더군요 ── 놀라실 건 없습니다. 미나 여사, 부인이 휫비를 떠나신 뒤에 부인의 본을 따서 쓰기 시작한 거니까요. 그 일기에서 미스 루시는 추측으로 어떤 것을 더듬어 가다가 몽유병에 관한 얘기를 하더군요. 그러면서 부인이 자기를 구해 주었다는 얘기를 썼더군요. 저는 그게 무슨 얘기인지 알 수가 없었습니다. 그래서 이렇게 온 겁니다. 기억나시는 대로 그 일과 관련된 모든 얘기를 들려주시면 아주 고맙겠습니다.」

「판 헬싱 박사님, 그것에 관한 거라면 모든 것을 말씀드릴 수 있을 거예요.」

「그렇습니까. 그때 일을 세세한 것까지 다 기억하실 수 있겠습니까? 나이 어린 숙녀들이 그런 일을 다 기억해 내기는 쉽지 않을 텐데요.」

「그런 게 아니고요, 선생님, 그때 일을 다 적어 놓았거든요. 원하신다면 그걸 선생님께 보여 드리겠습니다.」

「오, 미나 여사, 그래 주시면 정말 고맙겠습니다. 아주 많은 도움이 될 것입니다.」 그때 갑자기 그이를 어리둥절하게 만들고 싶은 유혹을 느꼈다 — 아마도 그것은 창세기에 이브를 유혹했던 그 사과의 맛이 우리의 입에 여전히 남아 있는 탓이리라. 그래서 나는 속기법으로 기록된 일기를 그이에게 건네주었다. 그이는 감사의 표시로 절을 하면서 그것을 받았다.

「제가 읽어 봐도 되겠습니까?」

「얼마든지요.」 나는 시치미를 뚝 떼면서 대답했다. 그이가 그것을 펼쳤다. 잠시 그이의 얼굴에 낭패스럽다는 표정이 어렸다. 그이가 일어서면서 절을 했다.

「아, 정말 부인은 슬기로운 분입니다. 조너선 씨가 복이 많은 사람이라는 것은 진작부터 알고 있었습니다만, 그의 부인이 두루두루 안 갖춘 게 없군요. 제가 이것을 읽을 수 있도록 도와주시면 정말 영광이겠습니다. 유감스럽게도 저는 속기법을 모르거든요.」 이쯤 되자 나는 어설픈 장난을 그만두지 않을 수 없었다. 부끄러운 생각마저 들었다. 그래서 나는 작업용 바구니에서 타자기로 베껴 둔 것을 꺼내 그이에게 건네주었다.

「죄송합니다. 그것을 도와 드릴 수가 없어요. 그러나 선생님 드리려고 일기를 타자기로 다시 쳐놓았습니다. 선생님께서 루시와 관한 얘기를 들으러 오시리라고 짐작하고 있었습니다. 또, 선생님께서는 기다릴 만한 여유가 없을 거라고 생각했어요 — 제 사정 때문이 아니라, 선생님께서 바쁘실 것 같아서요.」

그이는 그것을 받고 눈을 반짝였다. 「정말 고맙습니다. 지금 읽어 봐도 되겠습니까? 읽고 나서 몇 가지 여쭤볼 게 생길지도 모르니까요.」

「그러세요. 저는 이제 점심 식사가 어떻게 되어 가는지 알아보러 갈 거예요. 그동안 쭉 읽어 보세요. 그러면 식사를 하는 동안에 질문을 하실 수 있을 거예요.」 그이는 절을 하더니 빛을 뒤로하고 의자에 앉아, 기록을 읽는 데 몰두하기 시작했다. 그동안에 나는 그이를 방해하지 않을 생각으로 점심 식사 준비하는 것을 살피러 갔다. 돌아와 보니, 그이는 방 안을 서성거리고 있었다. 그이의 얼굴이 벌겋게 상기되어 있었다. 나를 보자 그이는 급히 달려와서 내 두 손을 잡고 말했다.

「오, 미나 여사, 당신의 도움이 말할 수 없이 컸습니다. 이 기록은 햇빛과도 같습니다. 저에게 문을 활짝 열어 주었습니다. 빛이 너무 많아서 어릿어릿하고 눈이 부십니다. 그런데 그 빛 뒤로 구름이 여전히 뭉게뭉게 피어오르고 있습니다. 그러나 부인은 그게 뭔지 모를 것입니다. 알 수도 없는 것입니다. 오, 부인, 감사합니다. 부인은 정말 슬기로운 분입니다.」 그러면서 그이는 아주 엄숙하게 말을 이었다. 「이 사람 아브라함 판 헬싱이 부인이나 부군을 위해서 뭔가 할 수 있는 게 있다면 언제라도 알려 주시리라 믿습니다. 제가 부인을 친구로서 도울 수만 있다면, 아주 기쁘고 즐거울 것입니다. 친구로서 제가 알고 있는 모든 것, 제가 할 수 있는 모든 것을 부인과 부군을 위해 드리겠습니다. 삶에는 어둠이 있고, 빛도 있습니다. 부인은 빛의 삶을 사는 분입니다. 부인은 행복하고 훌륭한 삶을 누리실 것입니다. 부군께서도 당신을 통해 복을 누리실 것입니다.」

「과찬의 말씀이세요. 선생님, 선생님은 저를 모르시잖아요.」

「제가 부인을 모른다고요! 나이도 먹을 만큼 먹고, 평생을 바쳐서 남자들과 여자들을 연구해 온 제가요! 인간의 뇌와 그것에 속한 모든 것, 그리고 거기에서 나오는 모든 것을 전공으로 하고 있는 제가요! 더군다나 저는 부인이 친절하게 타자해 주신 일기도 읽었습니다. 그 일기의 한 행 한 행에 진실이 살아 숨쉬고 있던 걸요. 부인의 결혼이며 믿음에 관해서 미스 루시에게 말씀하신 그 훌륭한 편지들을 읽어 본 제가 부인을 모른다고 할 수 있을까요? 오, 미나 여사, 훌륭한 여자들은 그네의 모든 삶의 모습을, 하루 만에도, 한 시간 만에도, 아니 1분 만에도 보여 줍니다. 천사들은 그것을 알아볼 수 있습니다. 우리네 남자들은 천사의 눈과 같은 그런 것을 갖고 싶어 하지요. 부군은 고결한 분입니다. 부인도 고결한 분입니다. 서로 믿고 있기 때문입니다. 믿음이란 비열한 상품에는 깃들 수가 없는 법이지요. 부군에 대해서 말씀해 주십시오. 그는 이제 완전히 나았습니까? 그 열병은 사라졌습니까? 튼실하고 건강합니까?」 조너선에 대해서 말할 수 있는 기회가 왔다고 생각하고 나는 말했다 —

「거의 회복이 되었어요. 그렇지만, 호킨스 씨가 돌아가시면서 대단히 커다란 동요를 일으키고 있는 것 같아요.」 그이가 내 말을 자르고 끼어들었다 —

「아, 압니다. 알아요. 부인의 마지막 두 편지를 읽었습니다.」 나는 끊긴 말을 이어 갔다 —

「그것이 그이의 마음을 휘저어 놓았어요. 지난 화요일에 저희는 런던 시내에 있었는데, 그이가 어떤 것을 보고 충격을 받았어요.」

「충격이라고요. 뇌막염을 치유한 지 얼마 되지도 않았는데 말이지요. 그거 좋지 않은데요. 충격이라는 게 어떤 것이었습니까?」

「어떤 사람을 만났는데, 그 사람을 보면서, 뇌막염을 가져왔던 어떤 무시무시한 일을 떠올렸어요. 그 사람이 그 일의 장본인이라고 생각하는 것 같았어요.」 그 얘기를 하고 있는데, 이제껏 억누르고 있던 모든 두려움과 걱정 들이 봇물 터지듯 나를 엄습해 왔다. 조녀선에 대한 연민, 그이가 경험했던 공포, 그이의 일기에 적힌 무시무시한 불가사의, 그리고 그것을 읽은 뒤로 새록새록 커져 가는 나의 두려움, 이 모든 것들이 내 머릿속에서 아우성을 쳤다. 그때 내 신경이 대단히 흥분된 상태에 있었던 듯하다. 나는 털썩 무릎을 꿇고, 판 헬싱 박사를 향해 두 손을 들어 올리고 남편이 다시 건강을 되찾도록 해달라고 간청했다. 박사는 내 손을 잡고 나를 일으켜서 소파에 앉히고, 자신도 내 옆에 앉았다. 그이는 내 손을 꼭 쥐고 말했다. 한량없이 부드러운 목소리였다.

「내 삶은 황량하고 쓸쓸합니다. 그리고 일 더미에 파묻혀 지내다 보니, 벗들을 사귀기 위해 많은 시간을 갖지 못했습니다. 그러나 내 친구 존 수어드가 여기에 불러 준 이후로는, 좋은 사람들을 많이 알게 되었고, 고결한 모습도 많이 보았습니다. 그러다 보니 내 삶이 외롭다는 것을 — 나이가 들면서 부쩍 그런 생각이 더 들었습니다만 — 전보다 더 절실하게 느끼게 됩니다. 제가 부인 같은 분께 도움이 된다는 것은 더할 나위 없이 기쁜 일입니다. 저는 여기에 부인에 대한 존경심을 가득 담고 왔습니다. 그리고 부인은 저에게 희망을 주셨습니다. 단지 제가 찾고 있는 것에서 희망을 주었다는 것이 아니라, 우리의 삶을 행복하게 만들어 주는 훌륭한 여성 — 앞으로 태어날 아이들을 위해 생활과 참됨을 통해 교훈을 주는 훌륭한 여성 — 이 여전히 남아 있다는 것을 보여 줌으로써 희망을 주셨습니다. 부인에게 뭔가 도움을 주러 이곳에 올 수 있다는 것이 정말 기쁩니다. 부군께서 고통을 받고 계신다면, 그의 고통은 제가 연구하고 경험한 것과 관련이 있습니다. 부군을 위해서 제가 할 수 있는 모든 일을 하겠다고 약속합니다. 그의 삶을 건강하고 남자답게 만들고 부인의 삶을 행복하게 만들기 위한 모든 것을 하겠습니다. 부군은 부인이 그렇게 안색이 창백한 것을 보고 싶어 하지 않을 겁니다. 그가 사랑하는 부인의 얼굴에서 그런 모습을 보게 되면 그의 건강에 좋지 않을 겁니다. 그러니, 그를 위해서 잘 먹어야 하고 웃어야 합니다. 부인은 미스 루시에 대해서 모든 것을 말씀해 주셨습니다. 그러니, 이제 그 얘기는 하지 않기로 합시다. 그 얘기가 마음을 아프게 할지도 모르니까요. 저는 오늘 밤 엑서터에 머물 것입니다. 부인이 들려주신 얘기에 대해 깊이 생각해 보고 싶습니다. 생각해 보고 어쩌면 부인께 더 질문을 하게 될 것입니다. 그러면, 부군인 하커 씨의 고통에 대해서도 할 수 있는 데까지 얘기를 해주시기 바랍니다. 아니, 지금은 아닙니다. 지금은 식사를 하셔야 합니다. 이따가 모든 얘기를 들려주시면 됩니다.」

점심 식사를 끝내고, 다시 응접실로 돌아왔을 때, 그이가 말했다.

「자 이제 부군에 대한 이야기를 해볼까요?」 막상 학식이 많은 그이에게 이야기를 하려 하니, 그이가 나를 겁 많은 바보로 알지나 않을지, 그 해괴한 일기를 보고 조너선을 미친 사람으로 취급하지나 않을까 두려운 생각이 들었다. 그래서 머뭇거리면서 뜸을 들였다. 그러나 그이는 아주 상냥하고 친절한 사람이었다. 그리고 우리를 도와주겠다고 약속도 한 터였고, 믿음이 갔다. 그래서 나는 다시 말문을 열었다.

「선생님, 제 얘기는 아주 해괴한 것이어서 선생님이 저나 제 남편을 비웃으실지도 모르겠어요. 저는 어제부터 의혹 때문에 열병 같은 것에 휩싸여 있어요. 제가 아주 이상한 것들을 반쯤 믿고 있다고 해도 저를 어리석다고 생각하지 마시고 여전히 상냥하게 대해 주셔야 해요.」 그이의 말과 태도가 나를 안심시켰다. 그이가 말했다.

「오, 부인, 내가 여기에 와서 알아내려는 것이 얼마나 해괴한 것인가를 알면 정작 웃으실 분은 부인일 거요. 나는 어떤 사람이 믿고 있는 것은 그것이 아무리 이상한 것이라도 하찮게 여겨서는 안 된다는 것을 알고 있소. 나는 열린 마음을 가지려고 노력해 왔소. 게다가 그 일은 그냥 덮어둘 수 있는 일상의 평범한 일이 아니라, 이상하고 특별한 일이며, 미친 사람이든 온전한 사람이든 의혹을 갖지 않을 수 없게 하는 일이오.」

「그렇게 이해해 주시니 정말 감사합니다. 선생님 말씀을 들으니 마음이 한

결 가벼워졌어요. 선생님께서 달라고 하시면, 읽어 보실 기록을 하나 드리겠어요. 아주 긴 건데요, 제가 타자로 옮겨 놓았어요. 그걸 읽어 보시면 저와 제 남편이 겪고 있는 고통을 이해하게 되실 거예요. 그이가 외국에 나가 있을 때 겪은 모든 일을 기록한 일기를 타자기로 베껴 놓은 거예요. 그것에 대해 뭐라고 얘기할 엄두가 나질 않아요. 선생님께서 직접 읽어 보시고 판단하세요. 그리고 다시 만나거든, 선생님께서 생각하시는 걸 자상하게 이야기해 주세요.」
나는 일기를 건네주었다.

「약속하리다. 가능한 한 내일 오전 일찍 부인과 부군을 만나러 오겠소. 괜찮겠소?」

「조너선은 11시 반에 올 거예요. 점심 때 오셔서 저희랑 점심도 드시고 그이도 만나 보시는 게 좋겠네요. 그러고 나서 3시 34분발 급행열차를 타시면 해지기 전에 패딩턴에 도착하실 수 있을 거예요.」 그이는 내가 즉석에서 기차 시간을 정확하게 말하는 걸 보고 놀라는 눈치였다. 내가 엑서터에 드나드는 모든 기차들의 발착 시간을 훤히 꿰뚫고 있다는 사실을 알 리가 없다. 조너선이 서두를 때, 그이를 도와줄 생각으로 나는 그것을 모두 기억해 놓고 있다.

그이는 일기를 가지고 떠났다. 그리고 나는 이렇게 앉아서 생각에 잠겨 있다─뭔지 모를 것을 생각하면서.

판 헬싱이 하커 부인에게 보내는 편지
(인편에 보내 온 것임)

9월 25일, 오후 6시
미나 여사 보십시오.
부군의 아주 놀라운 일기를 다 읽어 보았습니다. 의혹을 느끼지 마시고 편

327

히 주무셔도 될 것입니다. 부군께서 겪었다는 그 일은 아주 이상하고 무서운 일이긴 하지만, 〈사실〉입니다! 내 목숨을 걸고 맹세할 수 있습니다. 다른 사람들 같으면 더 나쁜 상황에 빠졌을 것입니다. 그러나 부군이나 부인에게는 이제 두려워할 게 없습니다. 부군은 정말 용기 있는 사람입니다. 남자들을 겪어 봐서 드리는 말씀입니다만, 그 사람처럼 벽을 타고 내려가 그 방에 들어갈 수 있는 — 그것도 두 차례나 말입니다 — 사람이라면, 충격 때문에 받은 상처가 오래가지는 않을 것입니다. 그의 지력과 감성은 대단히 정상입니다. 아직 그를 본 적은 없지만 그것을 장담할 수 있습니다. 그러니 마음을 편히 가지십시오. 다른 것들에 대해서 그에게 물어볼 것이 많을 것입니다. 오늘 부인을 만나러 갔던 것은 커다란 행운이었습니다. 한꺼번에 너무나 많은 것을 알게 되어서 어릿어릿합니다. 일찍이 이런 적이 없었습니다. 계속 연구해 봐야 하겠습니다.

더할 나위 없이 신실한 당신의 벗,

아브라함 판 헬싱.

하커 부인이 판 헬싱에게 보내는 편지

9월 25일, 오후 6시 30분

판 헬싱 박사님께.

선생님의 친절한 편지, 정말 감사합니다. 제 마음이 날아갈 듯 가벼워졌어요. 그러나 그 일이 사실이라면, 이 세상에 그렇게 끔찍한 일이 있다는 게 너무나 무서워요. 게다가 그 사람, 아니 그 괴물이 런던에 와 있다고 생각하니 소름이 끼쳐요. 생각하기조차 싫어요. 편지를 쓰는 중에 조너선에게서 전보를 받았어요. 론스턴에서 오늘 저녁 6시 25분 기차로 출발해서 10시 18분에 여기에 도착할 거라는군요. 그래서 저는 오늘 밤 아무것도 두렵지 않아요. 조너선이 일찍 온다고 하니, 내일 점심을 함께 드시는 대신에, 8시에 아침을 드시러 오시는 것이 어떨지요. 선생님께 너무 이른 시간이 아닐는지요. 바쁘시면 10시 30분 기차로 떠나실 수 있을 거예요. 그러면 패딩턴에 2시 35분까지는 도착하실 수 있을 거예요. 답장은 안 하셔도 됩니다. 아무런 말씀이 없으시면 아침을 드시러 오시는 걸로 알고 있겠습니다.

감사의 마음을 담아, 당신의 신실한 벗,
미나 하커 드림.

조녀선 하커의 일기

9월 26일

이렇게 다시 일기를 쓸 수 있으리라고는 생각하지 않았는데, 그래야 할 때가 왔다. 어젯밤 집에 돌아왔더니 미나가 저녁을 차려 주었다. 저녁을 먹으면서 미나는 판 헬싱 박사가 다녀갔다는 얘기를 했다. 자기 일기와 내 일기의 복사본을 그에게 주었다는 이야기며, 자기가 나를 얼마나 걱정해 왔는지에 대한 이야기를 했다. 미나는 박사의 편지도 보여 주었다. 그 편지에서는 내가 옛날에 기록한 것이 다 사실이라고 말하고 있었다. 그것을 보고 나니 내가 아주 새사람이 된 기분이다. 나를 괴롭혔던 것은 바로 내가 겪은 모든 것이 사실인지 아닌지에 대한 의심이었다. 그런 의심 때문에 나는 무기력감을 느꼈고, 캄캄한 어둠 속에 있는 느낌이었으며, 의문투성이의 삶을 살아왔다. 그러나 이제 나는 〈알기 때문에〉 백작조차 두렵지 않다. 그는 결국 런던에 오겠다던 계획을 성사시켰다. 런던에서 내가 보았던 것이 바로 백작이다. 그가 젊어졌다. 어떻게 된 일일까? 미나가 말하는 대로라면 판 헬싱은 백작의 정체를 밝히고 그를 없앨 수 있는 사람이다. 우리는 늦은 시간까지 앉아서 모든 것들에 대해 이야기를 나누었다. 미나가 옷을 입고 있다. 잠시 후에 나는 호텔을 찾아가서 박사를 데려올 것이다……

그는 나를 보자 놀라는 눈치였다. 그가 머물고 있는 방 안으로 들어가서 나를 소개하자, 그는 내 어깨를 잡고 나를 빛이 있는 쪽으로 돌리더니, 찬찬히 살펴보고 나서 말했다.

「미나 여사의 말로는, 당신이 병을 앓았고 충격적인 일을 겪었다고 하더군요.」 그토록 강인한 인상을 지닌 노인이 내 아내를 〈미나 여사〉라고 부르니까 우스운 생각이 들었다. 나는 싱긋 웃으면서 말했다.

「저는 병을 〈앓았고〉, 충격을 〈받은 적〉이 있습니다. 그러나 선생님께서 저를 벌써 치료해 주셨습니다.」

「그렇소? 어떻게요?」

「어젯밤 미나에게 보내 주신 편지로 말이에요. 저는 의혹에 사로잡혀 있었어요. 그래서 모든 것들이 비현실적이라는 느낌을 가졌고, 뭘 믿어야 할지를 몰랐으며, 심지어는 나 자신이 보고 듣는 것마저 의심을 했지요. 그러다 보니 그저 이제껏 버릇처럼 해오던 일에 매달릴 수밖에 없었어요. 버릇처럼 해오던 이 일마저도 소용이 없게 되었어요. 저는 저 자신을 믿을 수가 없었습니다. 선생님, 모든 것을 의심한다는 게 어떤 건지 짐작이 가세요? 자기 자신마저도 의심한다는 게 어떤 건지 말이에요. 모르실 겁니다. 선생님과 같은 눈썹을 가진 분들은 아실 수가 없을 겁니다.」 그는 기분이 좋은 듯 웃으면서 말했다.

「그래요? 꼭 관상가처럼 말하시는구려. 여기서는 시간이 갈수록 점점 많은 것을 배우게 되는구려. 아침을 먹으러 아주 기꺼이 댁으로 가겠습니다. 아 참, 선생, 늙은이가 칭찬하는 것을 용서하시오. 당신은 정말 부인 복이 많은 사람인 것 같소.」 미나를 칭찬하는 얘기라면 하루 종일이라도 들을 생각이었다. 그래서 나는 그저 고개를 끄덕이면서 묵묵히 서 있었다.

「부인은 하느님이 특별히 보내 주신 여인들 중의 하나입니다. 당신의 손으

로 손수 지어서 보내 주신 겁니다. 남자들과 다른 모든 여자들에게, 우리가 들어갈 수 있는 천상의 나라가 있다는 것을 보여 주고, 이 지상에도 천상의 빛이 있을 수 있다는 것을 드러내시려고 말입니다. 아주 진실하고, 아주 착하며, 이기심이라고는 눈곱만치도 없지요 ── 이 시대에는 정말 그것이 대단한 것입니다. 너무 의심 많고 이기적인 이 시대에는 말이오. 나는 미스 루시에게 온 모든 편지를 읽어 보았습니다. 몇 통의 편지에서 당신 얘기를 하고 있더군요. 그래서 나는 다른 사람들을 통해서 얼마 전부터 당신을 알았소. 그러나 당신의 진짜 모습을 안 것은 어젯밤부터요. 나를 좀 도와주겠소? 우리 평생토록 친구가 되지 않겠소?」

우리는 악수를 했다. 그의 태도가 어찌나 신실하고 다정하던지 목이 멜 정도였다.

「자 이제, 내가 뭐 좀 부탁해도 되겠소? 나에게는 아주 중요한 임무가 있소. 그 일의 첫 단계는 우선 정확히 아는 일이오. 당신은 지금 여기서 나를 도와줄 수 있소. 당신이 트란실바니아로 가기 전에 어떤 일이 있었는지 말해 줄 수 있겠소? 나중에는 다른 도움을 더 많이 부탁하게 될 거요. 그러나 우선은 이거면 되겠소.」

「저, 선생님, 선생님께서 하셔야 한다는 일이 그 백작하고 관계된 것인가요?」

「그렇소.」 그의 대답이 사뭇 엄숙했다.

「그렇다면 저는 열과 성을 다해서 선생님과 함께하겠습니다. 10시 30분 기차를 타실 거면, 그것들을 읽을 시간이 없겠군요. 제가 서류 뭉치를 드리겠습니다. 그걸 가져가셔서 기차 안에서 읽어 보십시오.」

아침 식사를 끝내고 나서 나는 그를 역까지 배웅했다. 헤어지면서 그가 말했다.

「연락을 하거든 런던으로 오시오. 미나 여사도 함께 데리고 오시구려.」

「부르시면 둘이서 가겠습니다.」

나는 그에게 조간신문들과 엊저녁의 런던 신문들을 갖다주었다. 기차가 출발하기를 기다리면서 우리는 객차의 창문을 통해 이야기를 나누고 있었다. 그때 그의 눈길이 신문에 쏠렸다. 신문들 중의 하나에서 뭔가를 발견한 모양이었다. 신문의 색깔로 보아, 『웨스트민스터 가제트』임을 알 수 있었다. 그의 얼굴이 사뭇 창백해졌다. 그는 열심히 어떤 기사를 읽고 나서, 한숨을 내쉬면서 혼잣말을 했다.

「맙소사! 맙소사! 이렇게 빨리 올 줄이야. 이렇게 빨리 오다니!」 그 순간에 그는 내가 있다는 걸 잊고 있는 듯했다. 그때 기적 소리가 울리고 기차가 움직이기 시작했다. 그러자 그는 퍼뜩 정신을 차리고 창밖으로 몸을 내밀어 나에게 손을 흔들었다. 「미나 여사에게 사랑을 전해 주시오. 되도록 빨리 연락하겠소.」

수어드 박사의 일기

9월 26일

정말이지 마지막이라는 것은 없는 모양이다. 〈끝〉이라고 말한 지 일주일도 채 안 되었는데, 다시 시작하고 있다. 다시 시작한다기보다는 같은 기록을 이어 간다고 하는 편이 낫겠다. 오늘 오후가 될 때까지는 이렇다 하게 해야 할 일이 있다는 생각이 들지 않았다. 렌필드는 어느 모로 보나 예전처럼 정상으로 돌아왔다. 그는 이미 파리 모으는 일을 상당히 진척시켜 놓고, 거미의 단계에 막 들어가 있었다. 그래서 그는 아무런 말썽도 일으키지 않았다.

아서에게서 편지를 받았다. 토요일에 쓴 편지였다. 편지 내용으로 보아, 그는 아주 잘 버텨 가고 있는 것처럼 보인다. 퀸시 모리스가 그와 함께 있다. 그게 아서에게 많은 도움이 되고 있다. 퀸시는 그야말로 활력이 펑펑 솟는 샘과 같은 사람이다. 그도 나에게 짤막한 편지를 보냈다. 그가 전하는 바로는, 아서가 이제 예전의 굳건한 모습을 되찾아 가고 있다고 한다. 그들에 대해서는 마음이 놓인다. 나 자신으로 말할 것 같으면, 열정적으로 나의 일을 다시 시작했다고 할 수 있겠다. 예전의 일에 대해서 가졌던 열정을 되찾았다. 그래서 누가 물었다면, 나는 루시가 남긴 상처가 아물어 가는 중이라고 말했으리라. 그러나 모든 고통이 다시 시작되고 있다. 이 고통이 언제 끝날지는 하느님만이 아신다. 판 헬싱 선생도 그 끝을 아시는지 모르겠다. 그러나 안다 해도 그이는 한 번에 조금씩 그저 호기심을 자극할 만큼 변죽만 울리실 것이다. 그이는 어제 엑서터에 가서 하룻밤을 묵고 왔다. 오늘 그이가 돌아왔다. 오후 5시 반쯤에 그이는 뛰다시피 방으로 들어오더니, 엊저녁 『웨스트민스터 가제트』지를 내 손에 쥐여 주었다.

「그것에 대해서 어떻게 생각하나?」 그이는 뒤에 서서 팔짱을 끼면서 물었다.

나는 그이가 뭘 말하는지를 몰라서 신문을 훑어보았다. 그런데 그이가 신문을 뺏더니, 어떤 구절을 손으로 가리켰다. 햄스테드에서 아이들이 꼬임을 받고 실종된다는 내용이었다. 처음엔 별다른 생각 없이 기사를 읽다가, 아이들의 목에 작은 구멍이 뚫린 상처가 있다고 묘사하는 대목에 이르자 관심이 가기 시작했다. 어떤 생각이 머리를 스쳤다. 나는 선생을 올려다보았다. 「어떤가?」 그이가 물었다.

「상처가 루시의 것과 같은데요.」

「그것을 어떻게 생각하나?」

「그저 동일한 어떤 원인이 있다고밖에는 생각이 안 되는데요. 루시에게 상처를 냈던 어떤 것이 아이들에게도 상처를 입혔겠지요.」 나는 그이가 묻는 뜻을 전혀 모르고 있었다.

「간접적인 원인은 자네 말대로 동일하지만, 직접적인 원인은 달라.」

「무슨 뜻인지요, 선생님?」 내가 물었다. 나에겐 그이의 진지함을 가볍게 받아들이고 싶은 마음이 없지 않았던 듯하다 — 그것은 격렬하게 나를 괴롭히던 번뇌로부터 벗어나, 나흘 동안 휴식을 취한 덕에 명랑한 기분을 되찾고 있었던 탓이리라. 그러나 그이의 얼굴을 보는 순간, 정신이 퍼뜩 들었다. 루시의 일로 우리가 절망의 한가운데에 있을 때조차 그이는 그런 엄격한 표정을 지은 적이 없었던 것이다. 나는 사정하듯 말했다.

「말씀해 주세요. 저는 전혀 짐작이 가질 않아요. 어떻게 생각해야 할지 모르겠어요. 추측을 해볼 만한 자료도 없고요.」

「여보게 존, 자네는 불쌍한 루시가 왜 죽었는지 이상하게 생각해 본 적도 없다는 건가? 여러 사건들을 통해서뿐만 아니라 나를 통해서도 허다한 암시를 받았을 텐데 말이야.」

「엄청난 상실감 때문인지, 피를 너무 많이 쏟은 탓인지, 신경이 아주 망가져 있었던 것 같습니다.」

「여보게 존, 자네는 영리한 사람일세. 추리력도 비상하고, 대담한 생각도 곧잘 하지. 그런데 자네는 선입견에 너무 꽉 잡혀 있는 게 탈이야. 왜 눈을 활짝 열어서 보지 않고 귀를 활짝 열어 들을 생각을 안 하는 건가? 일상의 삶을 벗어난 것들에 대해서는 도통 관심을 가지려 들지 않는단 말일세. 자네가 이해할 수 없는 일이 실제로 있다고는 생각하지 않나? 그리고 다른 사람들은 볼 수 없는 것을 어떤 사람들은 볼 수 있는 경우가 있다는 생각이 안 드나? 세상에는 보통 사람들의 눈으로 보아서는 안 되는 일들이 있네. 오래된 것도 새로운 것도 있네. 보통 사람들은 그것을 볼 수 없지. 다른 사람들이 가르쳐 준 어떤 것만 알고 있기 때문이지 — 정확히 말하면 알고 있다고 생각하는 거지만. 아, 그건 사람들의 잘못이라기보다는 우리가 하는 과학의 잘못이지. 과학은 모든 걸 설명하려고 들거든. 그러다 설명이 안 되면, 설명할 게 없다고 말해 버리지. 그러나 매일 우리의 주위에서 새로운 신념들이 성장하는 걸 보라고. 스스로는 새롭다고 생각하지만, 새로운 척 흉내를 내는 것일 뿐, 정작은 새로운 것이 아니야 ─ 오페라 극장에 자주 가는 멋쟁이 귀부인들이 스스로 젊다고 생각하는 것과 비슷하지. 자네 지금은 자아가 하나의 몸에서 다른 몸으로 옮겨 가는 것을 믿지 않지? 그렇지? 영혼이 육체로 화한다는 것도 믿지 않지? 안 믿어? 그럼 성기체(星氣體)라는 것은 믿나? 안 믿지? 독심술은 믿나? 안 믿어? 그럼 최면술은 믿나?」

「예, 믿습니다. 샤르코[41]가 그것을 아주 잘 증명한 바 있지요.」그이는 빙긋 웃으면서 말을 이어 갔다. 「그럼 자네 그걸 이해하고 있나? 이해하고 있다고? 물론 자네는 최면술이 어떻게 작용하고, 위대한 샤르코 ─ 아, 그가 고인이 된 게 안타깝네 ─ 의 마음이 어떻게 환자들의 영혼 한가운데로 들어갈 수 있었는지는 알고 있겠지. 모른다고? 그럼, 여보게 존, 자네는 어떤 전제에서 어떤 결론이 나왔는지를 모르는 채, 그저 사실만을 받아들이고 있다고밖에 볼 수 없어. 아니라고? 그럼 어째서 최면술은 받아들이면서 독심술은 거부하는지 그 이유를 말해 보게 ─ 내가 뇌를 연구하는 사람이라서 자네 얘기를 듣고 싶네. 여보게, 내 말 좀 들어 보게. 오늘날 전기 과학에서 이루어지는 일들 중에는, 전기를 발견했던 사람들이 보면 사악하다고 할 만한 일들이 있네 ─ 그런 걸 알았더라면, 그들 자신이 마법사처럼 타 죽을 거라고 생각했을 거야. 삶에는 언제나 불가사의가 있는 법일세. 므두셀라[42]는 969년을 살았고, 올드 파[43]는 169년을 살았는데, 가련한 루시는 핏줄 속에 네 남자의 피가 들어갔는데도 하

<hr>

41 프랑스의 신경학자(1825~1893). 최면과 히스테리에 관한 연구로 프로이트의 초기 연구에 영향을 줌.

42 구약 성서「창세기」5장 27절.

43 15세기 말에 태어나 17세기 초반까지 살았다 해서 전설적인 인물이 된 영국의 농부. 고환이 대단히 컸다고 하는데, 혹자는 그 점을 장수의 이유로 들기도 함.

루를 더 못 견디고 죽었단 말인가? 하루만 더 살았어도, 우리가 그녀의 목숨을 구할 수 있었을 텐데 말이야. 자네 삶과 죽음의 신비를 아나? 자네 비교 해부학의 내용을 꿰뚫고 있지? 그럼, 어째서 어떤 사람들에게는 짐승의 특성이 나타나는데, 어떤 사람들에게는 나타나지 않는지를 설명할 수 있겠나? 다른 거미들은 작은 채로 일찍 죽는데, 어째서 스페인 고(古) 성당의 망루에 있었다는 왕거미는 수백 년을 살면서, 점점 덩치가 커져, 나중에는 기어 내려와서 교회의 등롱에 있는 모든 기름들을 마실 수가 있었겠나? 남미의 대초원이나 어떤 곳에는 밤에 나타나서 소나 말의 혈관을 째고 피를 몽땅 마셔 버리는 흡혈 박쥐가 있네. 그걸 어떻게 설명할 수 있겠나? 스코틀랜드 북서쪽 바다에 있는 섬에는 하루 종일 나무에 매달려 있는 박쥐들이 있네. 그것을 본 사람들은 그것들이 꼭 커다란 열매나 꼬투리 같았다고 얘기하고 있네. 그런데 말일세, 날씨가 더워서 선원들이 갑판 위에 누워 자고 있으면, 이놈들이 자고 있는 선원들에게 내려온다는 거야. 그러면 말일세, 다음 날 아침이 되면, 선원들이 죽어 있다는 거야. 미스 루시처럼 하얗게 되어서 말이야. 자네 그걸 어떻게 설명할 수 있겠나?」

「됐습니다, 선생님, 됐습니다.」 나는 더 이상 듣고 있을 수가 없어서 일어서면서 말했다. 「선생님 말씀은 루시가 박쥐 같은 거에 물렸다는 것입니까? 그리고 19세기의 여기 런던에서 그런 일이 일어나고 있다는 말씀이십니까?」 그이는 입을 다물라고 손을 저으면서 말을 이어 갔다.

「어째서 거북이는 사람들이 수세대 사는 것보다 더 오래 사는지 설명할 수 있겠나? 왜 코끼리는 왕조가 교체되는 것을 볼 만큼 오래오래 사는지 설명할 수 있나? 앵무새는 어찌하여 고양이나 개나 다른 것이 물어도 죽지 않는 거지? 동서고금을 막론하고 사람들은, 조건만 갖춰진다면 언제까지라도 살 수 있는 사람들이 아주 적지만 있다고 믿어 왔네. 죽지 않는 사람들이 있다고 믿고 있단 말일세. 어째서 그런지 설명할 수 있겠나? 수천 년 동안이나 바위 속에 갇혀 사는 두꺼비가 있다는 얘기 들어 봤나? 태초부터 작은 구멍에서 살아왔다는 두꺼비 말일세. 알고 있을 거야. 과학이 그걸 사실로 입증하고 있으니까 말일세. 그런 건 왜 그런가? 인도의 도승 얘기를 아나? 그는 스스로를 죽게 해서 묻어 달라고 한다지. 그의 무덤이 봉해지고 그 위에다 밀알을 뿌린다는군. 밀이 익고 수확을 하고, 또 밀알을 뿌리고 익어서 다시 수확을 하지. 그러고 나면, 사람들이 가서 부서진 무덤을 파헤친다는 거야. 그러면 거기에는 도승이 죽지 않은 채 누워 있다가, 벌떡 일어나서 예전처럼 사람들 사이로 걸어 나온다는군. 그런 건 어떻게 설명할 수 있겠나?」 거기서 나는 그이의 말을 끊었다. 내 머리가 온통 뒤죽박죽이 되어 가고 있었다. 그이는 내 머릿속에다 세상에 있는 온갖 기상천외한 것들과, 있을 수 있는 불가능성들을 마구 쑤셔 넣고 있었다. 그런 탓에 내 상상력이 점점 자극을 받고 있었다. 어렴풋하게나마 그이가 어떤 깨우침을 주려고 그런다는 것은 알 것 같았다. 오래전에 암스테르담에 있는 연구실에서도 그이는 늘 이런 식이었다. 그러나 그때는 명제를 먼저 제시해 주었기 때문에, 나는 내가 뭘 생각해야 하는지 알 수 있었다. 그러나 지금은 그런 도움이 없다. 여전히 난 그이의 가르침을 받고 싶었다. 그래서 다시 부탁을 했다.

「저 선생님, 제가 다시 선생님의 사랑받는 제자가 되게 해주십시오. 선생님의 명제를 설명해 주십시오. 그래야 제가 선생님께서 해나가시는 것처럼 선생님의 지식을 응용할 수가 있지 않겠습니까? 저는 지금 마음속에서 온전한 사람이 아니라 미친 사람처럼 갈팡질팡하면서 어떤 관념을 좇고 있습니다. 안개가 잔뜩 낀 늪지대에서 우왕좌왕하는 어리석은 풋내기가 된 기분입니다. 어디로 가는지도 모르면서 그저 앞으로 가겠다는 맹목적인 의지 하나로, 이 수풀에서 저 수풀로 풀쩍거리고 있는 느낌이에요.」

「그것 참 좋은 비유일세. 자, 그럼 내 이야기를 함세. 내 명제는 이런 것일세. 자네가 믿어 주었으면 하네.」

「뭘 믿어 달라는 말씀이신지요?」

「자네가 믿을 수 없는 것을 믿어 달란 말이지. 말하자면 이런 거야. 어떤 미국인이 믿음이라는 것을 이렇게 정의하는 것을 들은 적이 있네. 즉, 〈믿음이란, 우리가 사실이 아니라고 알고 있는 것을 믿게 하는 능력〉이라고 하더군. 내가 보기엔 일리가 있는 말이야. 그 사람 얘기는, 우리가 열린 마음을 가져야 한다는 것이지. 작은 바위 덩어리가 철도의 화차를 막는 것처럼, 진실의 작은 조각이 커다란 진실이 나아가는 것을 막게 해서는 안 된다는 것일세. 우리는 먼저 작은 진실을 알아내는 거야. 좋아! 우리는 흔들리지 말고 그 진실을 존중해야 하네. 그래도 그 작은 진실이 세상의 모든 진리인 것처럼 생각하는 건 금물이야.」

「그러면, 선생님 말씀은 그러니까, 어떤 선입견 때문에 어떤 이상한 일에 대해 제 마음을 닫아서는 안 된다는 건가요?」

「그렇지. 자네는 역시 나의 수제자야. 자네는 가르칠 맘이 나거든. 이제 자네가 이해할 마음의 준비를 했으니, 이해를 위한 첫발자국은 디딘 셈이야. 그럼, 이제 생각해 보세. 아이들의 목에 있는 작은 구멍은 미스 루시에게 상처를 낸 뭔가와 똑같은 것이 만들었다고 생각하나?」

「그런 것 같습니다만.」 그이는 벌떡 일어서더니 엄숙한 어조로 말했다 —

「그럼 자네의 생각이 틀렸네. 아, 그런 거라면 얼마나 좋겠나! 그러나 유감스럽게도 아닐세. 아니란 말일세. 사실은 그보다 훨씬, 아주 훨씬 나쁜 것일세.」

「선생님, 도대체 무슨 말씀을 하시는 겁니까?」 나는 소리를 질렀다.

그이는 절망에 빠진 몸짓으로 의자에 털썩 주저앉았다. 그러고는 책상 위에다 팔꿈치를 올려놓고 양손으로 얼굴을 감싸면서 신음을 토하듯 내뱉었다.

「그것들은 미스 루시가 만든 거라네.」

15

수어드 박사의 일기

9월 26일(계속)

화가 머리끝까지 치밀어 견딜 수가 없었다. 살아 있을 때의 루시가 따귀를 맞고 있는 거나 매한가지였다. 나는 책상을 거칠게 내리치면서 선생에게 대들었다.

「아니, 박사님. 지금 제정신으로 하시는 말씀이세요?」 그이가 고개를 들고 나를 지긋이 바라보았다. 부드러운 그이의 표정을 보자 이내 마음이 누그러졌다. 그이가 말했다. 「차라리 내가 미친 거라면 좋겠네. 이런 냉혹한 진실을 감내하는 것보다 미쳐서 아무것도 모르는 게 속 편할 걸세. 아, 여보게, 내가 왜 얘기를 그렇게 빙빙 돌렸겠는가. 간단히 한마디만 하면 될 걸, 뭐 하자고 그렇게 뜸을 들였겠나 말일세. 자네가 미워서 그랬겠나? 자네에게 고통을 주려고 그랬겠나? 자네는 내 생명을 구해 준 사람이네. 그 무서운 죽음에서 나를 건져 준 자네에게 내가 무슨 억하심정이 있어서 자네를 괴롭히겠나? 이제 와서 내가 은혜를 원수로 갚을 맘이라도 먹고 있다는 말인가?」

「죄송합니다.」 내가 사과를 하자 그이가 말을 이었다.

「여보게, 난 자네가 받을 충격을 덜어 주고 싶었네. 자네가 그 아름다운 아가씨를 얼마나 사랑하는지 알기 때문일세. 아직 내 말이 곧이들리지 않을 거야. 자기 눈으로 확인하지 않은 사실을 당장 받아들이기는 어려울 거네. 여태껏 있을 수 없다고 생각해 왔는데, 갑자기 그것을 있을 수 있는 일로 받아들이기는 쉽지 않겠지. 더군다나 다른 사람도 아니고 미스 루시가 그런 엄청난 일을 저질렀다는 사실을 받아들이기는 더욱 어려울 걸세. 오늘 밤에 나는 그것을 증명하러 가네. 자네도 같이 갈 생각 없나?」

이 말에 나는 머뭇거렸다. 사랑하는 여자의 부정을 증명하는 일에 선뜻 나설 남자가 누가 있겠는가. 사랑을 잃어버릴지도 모른다는 염려 때문에 그것이 싫은 것이다. 시인 바이런은 예외적으로 질투심 때문에 그런 일에 나설 사람이 있다고 했지만 말이다.

그가 가장 혐오하던 바로 그것이 사실임을 입증하라[44]

그이가 나의 망설임을 눈치채고서 말했다.

「복잡하게 생각할 거 없네. 자네가 아까 말한 것처럼, 안개 낀 늪지대에서 이 수풀 저 수풀로 우왕좌왕할 그런 문제가 아니란 말일세. 만에 하나, 사실이 아니라면, 모든 근심을 다 털어 버릴 수 있게 되겠지. 그 경우라면 득이 되면 되었지 해가 될 것은 조금도 없네. 만일 사실이라면! 아, 정말 두려운 일이지. 그러나 그 두려움을 겪고 나면 내가 하려는 일을 도와주게 될 걸세. 어떤 믿음 없이는 그 일을 할 수가 없다네. 자, 어떻게 증명하러 갈 건지, 내 생각을 말해 보겠네. 우선 나가는 길로 병원에 들러서 부상당한 아이를 만나 보기로 하세. 신문에 난 걸 보면 그 아이가 북부 병원에 있다고 하는데, 그 병원에는 빈센트

---

44   바이런의 풍자 서사시 『돈 후안』 1편 139연 1111행(〈그가 가장 혐오하던 자가 바로 자신임을 입증한 셈이다〉)을 조금 다르게 인용한 것.

박사라고 내가 아는 친구가 있네. 아마 자네도 알 거야. 암스테르담에서 함께 공부를 했을 테니까 말일세. 친구라고 해서 환자를 보여 줄 수 있는 게 아니라도, 의학 박사 둘이 환자를 보겠다는데 못 하게 하지는 않겠지. 그 친구한테는 아무런 얘기도 하지 말고, 그저 뭘 좀 연구하러 왔다고 하면 될 거야. 아이를 보고 난 다음에는…….」

그이는 주머니에서 열쇠 하나를 꺼내 그것을 들어 올렸다. 「그다음에는 자네하고 나하고 루시가 누워 있는 공동 묘지에서 밤을 보내는 거야. 이게 그 납골당 문의 열쇠일세. 아서에게 주기로 하고 내가 묘지기한테 받아 놓은 거지.」 가슴이 덜컥 내려앉았다. 우리 앞에 어떤 무시무시한 시련이 가로놓여 있다는 느낌이 들었다. 무엇을 어떻게 해야 할지 알 수가 없었다. 나는 힘을 내려고 갖은 애를 쓰면서, 서두르는 게 좋겠다고 말했다. 벌써 해거름이 가까워 오고 있었기 때문이었다…….

우리가 갔을 때 아이는 깨어 있었다. 아이는 잠을 한차례 자고 일어나서 약간의 음식도 먹은 뒤였다. 모든 게 잘되어 가고 있었다. 빈센트 박사가 아이의 목에 감겨 있던 붕대를 풀어, 구멍 난 상처를 보여 주었다. 틀림없이 루시의 목에 있던 상처와 비슷했다. 차이가 있다면 크기가 더 작고, 구멍의 가장자리로 보아 상처가 갓 생겼다는 점이었다. 우리는 빈센트 박사에게 그것들이 어떻게 해서 생긴 것으로 보느냐고 물어보았다. 그는 쥐 같은 어떤 동물한테 물렸을 것이라고 대답했다. 그러나 자신의 개인적인 견해로는, 런던 북부 언덕에 많은 박쥐들 중의 한 놈에게 물린 것으로 보고 싶다고 덧붙였다. 그의 생각은 이러했다. 「그 박쥐들 대부분은 해롭지 않은 것들입니다. 그러나 남부 지방에서 해로운 종류의 것들이 올라왔을 수도 있습니다. 뱃사람들이 고향에 오면서 한 마리를 가져왔는데, 그놈이 어찌어찌해서 도망을 쳤는지도 모를 일이고요. 동물원에서 새끼 하나가 도망을 쳤을 수도 있고, 동물원에서 흡혈 박쥐의 씨를 받은 놈이 있을지도 모를 일입니다. 아시다시피, 이런 일들은 얼마든지 일어날 수 있습니다. 불과 열흘 전만 해도 동물원에서 이리 한 마리가 도망쳤었습니다. 제 생각에는 그놈이 런던 북구 햄스테드 쪽으로 갔던 것 같습니다. 그 일이 있고 나서 일주일 동안 햄스테드 히스와 그 일대의 모든 골목에서는 아이들이 〈빨간 모자〉라는 동화의 늑대 흉내를 내면서 놀았습니다. 그런 다음에 이〈블루퍼 레이디〉 소동이 일어나고 아이들은 운동회라도 하는 것처럼 살판났었지요. 이 꼬마도 오늘 깨어나서 한다는 소리가, 대뜸 퇴원하고 싶다는 거였지요. 이유가 뭐냐고 간호사가 물으니까, 〈블루퍼 레이디〉하고 놀고 싶다고 하더랍니다.」

그의 얘기를 묵묵히 듣고 있던 판 헬싱 선생이 입을 열었다. 「아이를 집으로 돌려보낼 때는 그 부모들한테 아이를 잘 지키라고 단단히 주의를 주어야 할 걸세. 자꾸 집을 나가고 싶어 하는 것은 대단히 위험한 것일세. 이 애가 또 한 번 밤에 집을 나갔다가는 목숨을 잃을 수도 있네. 그러나 어쨌든 며칠간은 이 아이를 병원에서 내보내지 않을 테지?」

「물론이지요. 적어도 일주일간은 여기에 있게 할 겁니다. 상처가 아물지 않으면 더 오래 있을 수도 있겠고요.」

생각했던 것보다 병원에서 더 많은 시간을 보냈다. 병원을 나왔을 때는 벌써 어둠이 깔려 있었다. 판 헬싱 선생은 시간이 어느 정도 되었는지를 확인한 다음 말했다.

「서두를 건 없어. 생각했던 것보다 늦긴 했지만 상관없네. 자, 어디 가서 저녁이나 먹지. 그리고 나서 우리 일을 계속하세.」

우리는 〈잭 스트로의 성〉이라는 여관 겸 식당에서 저녁을 먹었다. 식당 안에서는 자전거 여행을 하는 사람들 한 무리와 다른 사람들이 기분 좋게 떠들어 대고 있었다. 10시쯤 되어서 우리는 식당을 나왔다. 밖에는 칠흑 같은 어둠이 깔려 있었다. 여기저기 등불이 밝혀져 있었는데, 그 불빛을 벗어날 때마다 어둠은 더욱 짙게 우리를 휘감아 왔다. 선생이 머뭇거리지 않고 성큼성큼 나아가는 것으로 보아, 우리가 가려는 곳을 이미 잘 익혀 둔 것이 분명했다. 그러나 나로서는 어디가 어딘지 전혀 알 수가 없었다. 가면 갈수록 우리 곁을 지나가는 사람들의 발길이 뜸해졌다. 그러다가 런던 교외를 순찰하는 기마경찰들과 마주치면서, 우리가 와 있는 곳이 어딘지를 새삼 깨닫고 조금 놀라기도 했다. 마침내 우리는 교회 묘지의 담벽에 이르러, 그 담을 타고 넘었다. 너무 어둡고 그곳이 처음 오는 곳처럼 낯설었기 때문에, 웨스턴라 가문의 납골당을 찾는 데 약간의 어려움이 있었다. 선생이 열쇠를 꺼내 삐걱거리는 문을 열었다. 선생은 뒤로 물러서서 정중하게 나보고 먼저 들어가라는 몸짓을 했다. 평상시와 같은 아주 무의식적인 동작이었다. 그러나 그런 으스스한 경우에, 우선권을 주는 그 정중함에서 묘한 아이러니가 느껴졌다. 선생은 재빨리 뒤따라 들어오더니, 자물쇠가 용수철식이 아니라 빗장식임을 조심스럽게 확인하고 문을 닫았다. 용수철 자물쇠라면 자칫 덜컥 잠겨 버려 우리를 곤경에 빠뜨릴지도 모를 일이었다. 그런 다음, 그이는 가방을 뒤져서 성냥갑과 초 한 자루를 꺼내더니 불을 밝혔다. 낮에 신선한 꽃들로 꾸며져 있는 납골당을 보았을 때는, 아주 숙연하고 등골이 서늘하였는데, 며칠이 지난 지금의 느낌은 사뭇 달랐다. 꽃들은 말라비틀어져, 하얀 꽃잎들은 녹이 슨 것처럼 되어 버리고 푸른 잎사귀들은 갈색이 되었다. 거미와 딱정벌레 들이 제 세상을 만난 듯 마음 놓고 돌아다니고 있었다. 벽돌은 긴 세월을 지내는 동안 제 빛을 잃었고, 벽돌 사이의 모르타르에는 먼지가 더께를 이루고 있었으며, 축축한 쇳덩이에는 녹이 잔뜩 슬어 있었다. 놋쇠에도 푸르죽죽하게 녹이 나 있고, 은도금에도 거뭇거뭇한 얼룩이 져 있었다. 촛불의 희미한 빛이 이것들을 비추자, 분위기는 상상했던 것보다 훨씬 참담하고 추잡하다는 느낌을 주었다. 덧없이 사라지는 것은 사람의 생명이나 동물의 생명만이 아니라는 생각이 들게 했다.

판 헬싱 선생은 준비한 대로 일을 착착 진행시켰다. 촛불을 손에 들고 관에 붙어 있는 표찰들을 읽어 나갔다. 초를 기울일 때마다 금속판 위에 촛농이 떨어져 하얗게 엉겨 붙었다. 그이는 루시의 관을 찾아낸 다음, 다시 가방을 뒤져 나사돌리개를 꺼냈다.

「뭐 하시려고 그러시죠?」

「관을 열려고. 곧 확인하게 될 거야.」 그이는 지체 없이 나사를 뽑기 시작했다. 이윽고 관 뚜껑을 들어 올리자 납으로 된 내관(內棺)이 드러났다. 너무 엄청난 일을 저지르고 있다는 생각이 들었다. 망자에 대한 심한 모욕인 것만 같았다. 살아 있을 때로 말하면 자고 있는 사람의 옷을 벗기는 거나 매한가지일 거였다. 그런 생각이 들자, 나는 그이의 손을 잡고 말렸다. 그이는 그저, 〈곧 알게 될 거야〉라고만 말하고 다시 가방을 뒤져 작은 실톱을 꺼냈다. 그러더니 납 위에다 나사돌리개를 대고 힘껏 내리쳐서 — 그 모습을 보는 순간 나는 몸을 움츠렸다 — 작은 구멍을 만들었다. 작기는 했지만 실톱의 끝이 들어가기에는 충분한 크기였다. 일주일이 지난 시체라면, 가스가 한바탕 쏟아져 나오리라고 생각했다. 우리 의사들은 우리들이 일을 하면서 겪게 될 위험에 대해서 연구를 하기 때문에, 그런 일에 대해서도 잘 알고 있게 마련이었다. 나는 급히 문 쪽으로 물러섰다. 그러나 선생은 한순간도 멈추지 않고 일을 계속했다. 그이는 납관의 한쪽을 두 피트가량 썰어 내려갔다. 그러더니 건너편으로 가서 다른 쪽도 마저 썰었다. 납관의 한쪽 끝이 헐거워지자 그이는 불룩한 테두리를 잡고, 납판을 뒤로 젖혔다. 그이는 그 틈으로 촛불을 들이대면서 나보고 들여다보라고 신호를 했다.

나는 다가가서 들여다보았다. 관은 비어 있었다.

너무나 놀라운 일이어서 나는 커다란 충격을 받았다. 그러나 판 헬싱 선생은 꼼짝도 하지 않았다. 그이는 자신의 생각에 전보다 더욱 확신을 갖게 되고 힘을 얻은 듯했다. 「이제 알겠나, 존?」 그이가 물었다.

호락호락 물러설 줄을 모르는 논쟁적인 기질이 되살아남을 느끼면서 내가 대답했다.

「루시의 시체가 이 관 안에 없다는 걸 알았습니다. 그러나 이것이 증명하는 것은 한 가지밖에 없습니다.」

「그게 뭐지, 존?」

「루시의 시체가 거기에 없다는 것입니다.」

「멋진 논리야. 그 자체로는 말이야. 그렇다면, 그게 거기에 없다는 것은 어떻게 설명할 수 있지?」

「시체 도둑의 소행일지도 모르지요. 장의사 일꾼들 중의 어떤 자가 훔쳐 갔을 수도 있고요.」 나는 자신이 어리석은 소리를 지껄이고 있다는 것을 느끼고 있었다. 그러나 내가 떠올릴 수 있는 이유란 고작 그런 것밖에 없었다. 선생이 한숨을 내쉬며 말했다. 「아, 좋아. 증거를 더 찾아야 하네. 나를 따라오게.」

그이는 관 뚜껑을 다시 닫고, 물건들을 챙겨서 가방 안에 넣더니, 촛불을 불어 끄고 초도 가방 안에 넣었다. 우리는 문을 열고 밖으로 나왔다. 그이는 문을 닫고 자물쇠로 잠그더니, 열쇠를 나에게 건네면서 말했다. 「자네가 맡아 두겠나? 확실히 하는 게 좋을 거야.」 그 말에 나는 피식 웃었다 — 솔직히 말해서 그 웃음은 전혀 즐거운 기분에서 나온 웃음이 아니었다. 나는 그이보고 열쇠를 보관하라고 손짓을 하면서 말했다. 「열쇠 따위는 아무것도 아니지요. 복제를 할 수도 있는 것이고, 저런 자물쇠쯤이야 비틀어 여는 것도 별로 어렵지 않을 텐데요, 뭘.」 그이는 아무 말도 하지 않고 열쇠를 자기 주머니에 넣었다. 그러고 나서 자기가 교회 묘지의 한쪽을 감시할 테니 나보고 다른 쪽을 감시하라고 지시했다. 나는 묘지에서 흔히 볼 수 있는 주목 한 그루가 서 있는 뒤쪽에 자리를 잡았다. 그이의 거뭇거뭇한 모습이 묘석과 나무 들 사이로 사라졌다.

을씨년스러운 불침번이었다. 자리를 잡은 지 얼마 안 되어서, 12시를 알리는 시계 종소리가 멀리서 들려왔다. 시간이 흘러 시계 종이 1시를 알리고 2시를 알렸다. 몸이 오슬오슬 춥고 지쳐 버렸다. 나에게 이런 일을 시키는 선생에게 화가 났고, 따라나선 자신에게도 화가 났다. 너무나 춥고 졸음이 와서 물 샐

틈 없이 감시를 할 수는 없었지만, 의무를 저버릴 수가 없어서 잠을 잘 수도 없는 노릇이었다. 결국 울며 겨자 먹기로 지겹고 비참한 시간을 보내야 했다.

그때, 아무 생각 없이 주위를 둘러보다가, 하얀 것이 언뜻 스치는 것을 보았다. 루시네 납골당에서 멀리 떨어져 있는 교회 묘지의 한쪽에서 거뭇한 두 그루의 주목 사이로 뭔가가 지나가는 것 같았다. 그와 때를 같이하여, 선생이 있던 쪽에서도 검은 형체가 나타나서 급히 그 하얀 형체가 있는 쪽으로 갔다. 나도 움직였다. 그러나 나는 곧바로 가지 못하고 묘석들을 비켜 가고, 난간이 둘러쳐진 무덤들을 돌아가야만 했다. 거기다가 무덤 위로 나뒹그러지기까지 했다. 하늘엔 구름이 잔뜩 끼여 있었고 어디 멀리선가 새벽닭이 우는 소리가 들려왔다. 교회로 가는 길을 표시해 주면서 줄지어 서 있는 노간주나무들 건너쪽에서, 루시네 납골당 쪽으로 희끄무레한 형체가 휙 지나갔다. 납골당이 나무에 가려져 있었기 때문에 그 형체가 어디로 사라졌는지 알 수가 없었다. 처음 하얀 형체가 나타났던 자리에서 무엇이 움직이는지 바스락거리는 소리가 들리더니, 내가 있는 쪽으로 다가왔다. 선생이었다. 선생은 팔에 어린아이를 안고 있었다. 나를 보자 그이는 아이를 나에게 내밀며 말했다.

「이제 알겠나?」

「아니요.」 내 대답에 반감이 섞여 있음을 느꼈다.

「이 어린애가 안 보이나?」

「물론. 어린애죠. 그런데, 누가 애를 여기다 데려다 놓은 거지요? 그리고, 그 애도 상처를 입었나요?」

「보면 알겠지.」 우리는 그것을 확인하려고 교회 묘지를 빠져나왔다. 그이가 잠들어 있는 아이를 들고 나왔다. 얼마쯤 걷다가 우리는 수풀로 들어갔다. 성냥을 그어서 아이의 목을 살펴보았다. 긁힌 자국도 상처 같은 것도 없었다.

「제가 맞았지요?」 나는 의기양양하게 말했다.

「하마터면 큰일 날 뻔했던 거지. 우리가 때맞춰 있었기에 망정이지.」 그이는 다행스럽다는 듯이 말했다.

이제 그 아이를 어떻게 할 건지 결정해야 했다. 우리는 그 문제에 대해서 상의했다. 그 아이를 경찰서에 데려갔다가는, 밤중에 우리가 한 일에 대해서 설명을 하지 않으면 안 될 판이었다. 그 정도는 아니더라도, 어떻게 해서 아이를 발견하게 되었는지에 대해서는 진술을 해야 할 것이었다. 그래서 결국 아이를 햄스테드 히스로 데려가기로 결정했다. 그랬다가 경찰관이 가까이 오는 소리가 들리면, 그가 아이를 발견할 수 있도록 해놓고 거기를 떠날 생각이었다. 그러고 나서 되도록 빨리 집으로 돌아가기로 했다. 모든 게 우리가 생각했던 대로 맞아떨어졌다. 햄스테드 히스 가장자리에서 우리는 경찰관의 묵직한 발걸음 소리를 들었다. 그러자 아이를 길 위에다 내려놓고 기다리면서 지켜보았다. 이윽고 등불을 이리저리 비춰 보던 경찰관이 아이를 발견했다. 그가 놀라서 소리를 지르는 것을 들으면서 우리는 슬그머니 자리를 떴다. 운 좋게도 〈스패니어즈〉 여관 근처에서 승합 마차를 잡아타고 시내로 달렸다.

잠을 이룰 수가 없다. 그래서 오늘의 일을 여기에 녹음하고 있다. 잠을 좀 자기는 자야 한다. 판 헬싱 선생이 정오에 찾아오겠다고 했다. 그이는 다른 것을 확인하기 위하여 나를 또 데리고 갈 모양이다.

9월 27일

2시나 되어서야 납골당에 다시 들어갈 수 있는 기회가 생겼다. 그제야 정오에 시작된 어떤 장례식이 모두 끝났던 것이다. 막판에 뒤늦게 찾아왔던 조문객들이 어슬렁거리며 묘지를 빠져나가자, 교회 묘지의 관리인이 문을 잠그고 사라졌다. 오리나무 뒤에 숨어서 우리는 그 모습을 지켜보았다. 내일 아침까지는 아무의 눈에도 띄지 않고 우리가 있고 싶은 대로 있을 수 있게 된 것이다. 그러나 선생은 우리에게 필요한 시간은 기껏해야 한 시간도 안 된다고 말했다. 모든 게 사실일지도 모른다는 무서운 느낌이 들었다. 아무리 다른 식으로 상상해 보려고 해도 소용이 없었다. 납골당에 다시 들어가고 싶은 생각이 들지 않았다. 우리가 불경스러운 짓을 하면서 법을 어기고 있다는 사실을 새삼스럽게 깨달았다. 그뿐만 아니라, 쓸데없는 짓을 하고 있다는 생각도 들었다. 관을 열어 보고 일주일 전에 죽은 여자가 안에 들어 있는지를 확인한다는 게 불법 무도한 짓이기도 하거니와, 이제 와서 다시 그 일을 되풀이하는 것은 어리석기 짝이 없다는 생각이 들었다. 이미, 관이 비어 있다는 것을 확인한 마당이 아닌가. 그러나 판 헬싱 선생은 누가 뭐라고 하든 자기 길을 갈 사람이었다. 나는 어깨를 으쓱하고 그저 침묵을 지킬 수밖에 없었다. 그이는 열쇠를 꺼내서 납골당의 문을 열었다. 그러고는 다시 나에게 먼저 들어가라고 정중하게 몸짓을 했다. 그곳은 어젯밤만큼 그렇게 을씨년스럽지는 않았다. 그러나 햇빛이 쏟아져 들어왔을 때 드러난 그 추잡한 모습이란 이루 형언할 수가 없었다. 판 헬싱 선생은 루시의 관으로 걸어갔다. 나도 뒤를 따랐다. 그이는 몸을 숙여 다시 납관의 테두리를 뒤로 잡아당겼다. 그러자 온몸에 소름이 돋는 충격이 나를 휘감았다.

루시가 누워 있었다. 장례식 전날 밤에 보았던 바로 그 모습처럼 보였다. 어떻게 보면 전보다 더 아름다워진 것 같기도 했다. 그녀가 죽어 있다는 게 믿어지지 않을 정도였다. 입술을 빨갛고 — 아니, 전보다 더 빨갛고 — 뺨에도 발그레한 기색이 감돌고 있었다.

「무슨 요술을 부리신 겁니까?」

「이제 믿겠나?」 선생은 대답 대신 되물으면서, 관 속으로 손을 집어넣었다. 나는 몸을 부르르 떨었다. 선생이 시체의 입술을 밀어 올리자 하얀 이빨이 드러났다.

「보게. 보라고. 전보다 훨씬 날카로워졌어. 아이들의 목에 상처를 낸 이빨이 이거하고 이거일 거야.」 그러면서 그이는 송곳니 하나와 그 아래에 있는 이빨을 건드렸다. 「자 이제 믿겠나, 존?」 또다시 내 마음속에는 반발하고 싶은 생

350

각이 꿈틀거렸다. 나는 그이가 주장하는 그런 엄청난 생각을 도저히 받아들일 수가 없었다. 그래서 나는 반박을 하겠다는 생각으로 — 그 순간에도 사실 나는 그러는 자신을 부끄러워하고 있었다 — 말했다.

「이 시체는 어젯밤부터 이 자리에 있었을 겁니다.」

「그래? 그건 그렇지. 그럼, 누가 가져다 놓았지?」

「그건 모르죠. 누군가가 그 짓을 했겠지요.」

「그러나 이 아가씨는 일주일 전에 죽었어. 일주일 된 시체는 대부분 이렇게 보이질 않지.」 나는 그 말에는 대꾸할 수가 없었다. 그래서 입을 다물었다. 판 헬싱 선생은 내 침묵을 눈치채지 못한 것 같았다. 여하튼 그이는 분하다는 표정도 의기양양해 하는 표정도 짓지 않았다. 그이는 죽은 여자의 얼굴을 뚫어져라 쳐다보다가, 눈꺼풀을 뒤집어서 눈을 들여다보기도 하고, 다시 입술을 젖혀서 이빨을 조사하기도 했다. 그런 다음 내 쪽으로 몸을 돌리면서 말했다.

「이 여자에게는 모든 기록에서 말하는 것과 다른 점이 하나 있네. 보통 것들하고는 다른 이중적인 특성이 있어. 루시는 몽중방황하다가 혼수상태에 빠져 흡혈귀한테 물렸지 — 아, 자네 놀라는군. 자네는 아직 모르는 일일세. 나중에 모든 걸 알게 될 걸세 — 혼수상태에 있었기 때문에 그자가 마음껏 더 많은 피를 빨 수 있었을 테고 말이야. 루시는 혼수상태에서 죽었고, 역시 혼수상태에서 불사귀(不死鬼)가 된 걸세. 그래서 다른 불사귀들하고 루시가 다른 거야. 대개 불사귀들이 집에서 자고 있을 때는……」 그이는 그 말을 하면서 흡혈귀의 〈집〉이라는 게 무엇인지를 알려 주려는 듯 팔을 벌려서 한 번 휘둘렀다. 「그들이 불사귀라는 것을 보여 준다네. 그런데, 이 여자가 자고 있는 모습을 보면 도무지 불사귀라는 느낌을 주지 않아. 불사귀가 아닐 때의 아름다운 모습을 보여 주기 때문이지. 보게, 사악한 구석이 없지 않은가 말일세. 잠들어 있을 때 죽이기가 어렵겠어.」 그 말에 나는 피가 얼어붙는 느낌을 받았다. 그리고 판 헬싱 선생의 이론을 나 자신이 받아들이고 있음을 깨닫기 시작했다. 그러나 그녀가 정말 죽은 거라면, 그녀를 다시 죽인다는 생각은 얼마나 끔찍한 것인가! 그이가 나를 올려다보았다. 내 표정에서 생각의 변화를 읽어 낸 듯, 그이는 반색을 하다시피 하면서 말했다.

「아, 자네 이제 내 말을 믿는가?」

「그렇다고 당장 너무 심하게 몰아붙이지는 마십시오. 받아들일 마음은 되었습니다. 그런데 어떻게 죽이겠다는 것이지요?」

「목을 자르고 입 안에 마늘을 채워 넣고, 몸통에다 말뚝을 박을 생각이네.」 내가 사랑했던 여자의 시신에 그렇게 모욕을 가한다고 생각하니 등골이 오싹하는 느낌이 일었다. 그러나 그 느낌이 그렇게 강하지는 않았다. 사실은 판 헬싱 선생이 불사귀라고 부르는 그것을 앞에 두고 나는 전율하기 시작했고 혐오감을 느끼기 시작했던 것이다. 사랑이 온전히 주관적이거나 온전히 객관적일 수 있을까?

판 헬싱 선생이 일을 시작하기를 이제나저제나 하고 기다렸다. 그러나 그이는 깊은 생각에 잠긴 것처럼 서 있었다. 그러더니 가방의 걸쇠를 찰칵 채우면서 말했다.

「어떻게 하는 것이 최선인지 생각한 끝에 이제 마음을 정했네. 내 기분 같아서는 지금 당장 해야 할 일을 해치우고 싶네. 그러나 이 불사귀 하나 처치하는 걸로 우리 일이 끝나는 게 아닐세. 천배나 어려운 일이 우리를 기다리고 있다네. 이 일은 간단해. 이 여자는 불사귀가 된 지 얼마 되지 않아서 아직 사람을 죽이지 않았네. 그리고 지금 처치하면 이 여자로부터 그 위험을 영원히 제거할 수 있을 거야. 그러나 우리는 아서의 도움을 받아야 할 때가 있을지도 모르네. 그때 가서 아서에게 이 사실을 어떻게 얘기하지? 자네마저도 루시가 불사귀라는 것을 받아들이기까지 그렇게 망설였는데 아서는 오죽하겠는가? 자네는, 루시의 목에 난 상처도 보고, 병원에 가서 아이의 목에도 비슷한 상처가 있다는 것을 확인했지. 그리고 어젯밤에는 관이 비어 있다가 오늘은 관에 여자가 들어 있는 것도 보았고, 죽은 지 일주일 만에 더 발그레해지고 더 아름다워졌다는 것도 알았네. 게다가 지난밤에 희끄무레한 형체가 아이를 교회 묘지로 데려왔다는 것도 알고 있네. 그런 자네마저도 자기 지각으로 확인한 것을 의심하는 판인데, 하물며 이런 것들을 전혀 모르는 아서가 어떻게 나를 믿어 주리라고 기대할 수 있단 말인가? 루시가 죽어 갈 때 그가 입 맞추려는 것을 못하게 말렸을 때, 그는 나를 의심했네. 그는 자기가 의당히 해야 할 입맞춤을 못 하게 한 것이 그저 내가 뭔가를 잘못 생각했기 때문이려니 생각하고 나를 용서했네. 그래서 그는 내가 루시를 죽였다고 얘기하면, 뭔가를 또 잘못 생각해서 내가 루시를 산 채로 관에 넣었다고 생각할지도 모르지. 그리고 우리가 루시를 또 한번 죽인 것을 실수 중에서도 가장 큰 실수라고 생각할 걸세. 그렇게 되면, 우리가 그릇된 관념 때문에 결국 루시를 죽게 한 거라고 따지고 들 거야. 그가 영원히 불행하게 될지도 몰라. 그는 아무것도 믿으려 들지 않을 걸세. 그게 무엇보다도 불행한 일이지. 이따금씩, 자기가 사랑하던 여인이 산 채로 무덤에 들어갔다고 생각하고, 사랑했던 여인이 얼마나 두려움에 떨었을까를 생각하면서 악몽에 시달릴 거야. 그러나 우리가 하기에 따라서는, 우리를 믿게 만들 수도 있네. 우리가 옳았다는 것을 알고, 자기의 애인이 결국 불사귀였다는 것을 믿게 될 거야. 물론 한 번 그에게 어렴풋하게 말한 적이 있긴 하지. 그 이후로 많은 것을 새로이 알았네. 이제 내가 생각했던 모든 것이 사실이라는 것을 알았기 때문에, 행복의 땅에 닿으려면 그가 이 고통스러운 강물을 건너야 한다는 것을 십만 배나 더 잘 알게 되었네. 가혹한 일이긴 하지만, 아서에게 먼저 진실을 알려야 하네. 그 얘기를 듣는 시간엔 하늘이 와르르 무너져 내리는 듯한 충격을 받을 것일세. 그러나 그 시간을 거쳐야 하네. 그러고 나면 우리는 모든 선한 사람들을 위해 행동할 수 있을 것이고 아서에게 평화를 줄 수 있을 것이네. 내 마음을 정했네. 자, 가세. 자네는 오늘 자네 병원으로 돌아가서 별일이 없는지 살펴보게. 나는 나대로 이 교회 묘지에서 밤을 보낼 생각이네. 내일 밤 10시에 버클리 호텔로 나를 찾아오게. 아서에게도 사람을 보내서 그 시간에 오라고 하겠네. 그러면 헌혈을 했던 그 멋있는 미국 청년도 오겠지. 나중에 우리 모두가 할 일을 갖게 될 걸세. 피커딜리 거리까지는 자네랑 함께 가겠네. 해 지기 전에 여기로 돌아와야 하니까 거기서 저녁을 먹어야겠네.」

납골당 문을 잠그고 우리는 밖으로 나왔다. 교회 묘지의 담을 타고 넘었다. 그 정도는 이제 대수로운 일이 아니었다. 우리는 피커딜리를 향해 마차를 몰았다.

존 수어드 앞으로, 판 헬싱이 버틀리 호텔에 있는 여행 가방에 남겨 놓았던 메모
(전달되지 않았음)

9월 27일
존에게.

만일에 대비해서 이 글을 쓰네. 불사귀를 감시하기 위해 혼자서 교회 묘지로 가네. 불사귀가 된 미스 루시가 오늘 밤엔 나가지 않기를 바라고 있네. 그래야 내일 밤에 더욱 피를 갈망할 테니까 말일세. 그래서 그녀가 싫어하는 것들 — 마늘과 십자가 — 을 꽂아서 납골당 문을 봉쇄할 생각이네. 루시는 불사귀로는 아직 풋내기라서 겁이 많다네. 그렇지만 그런 것들은 그녀가 나가는 것을 막을 뿐이고, 안에 머물러 있고 싶은 마음을 갖게 해주는 건 아니라네. 불사귀는 자기의 뜻이 좌절되면 어떻게든 저항의 수단을 찾게 마련이지. 나는 해가 지고 나서 해가 뜰 때까지 가까이에서 지켜 볼 생각이네. 뭔가 새로운 것을 알아낼지도 모르지. 미스 루시를 걱정하거나 그녀에게서 두려움을 느끼지는 않네. 그러나 미스 루시를 불사귀로 만든 자는 달라. 그자는 미스 루시의 납골당을 충분히 찾아낼 수 있고, 자신의 몸을 숨기는 능력을 가지고 있네. 그자는 교활하다네. 조너선 씨가 경험한 바를 보아도 그렇고, 이제껏 그자가 미스 루시의 생명을 지키려는 우리를 우롱하면서 미스 루시를 앗아 간 것을 봐도 알 수 있네. 그리고 여러 가지 점으로 미루어 그 불사귀가 대단한 힘을 가지고 있음을 알 수 있네.

그자의 손아귀에는 장정 스무 명의 힘이 들어 있네. 우리가 루시에게 주었던 힘마저도 모두 그자에게로 갔네. 그뿐만 아니라, 그자는 이리나 그 밖의 것들을 불러낼 수도 있네. 그자가 오늘 밤 거기에 온다면 나를 발견하게 되겠지. 그러나 다른 불사귀들은 나타나지 않을 거라고 생각하네. 그 교회 묘지를 노리지는 않을지도 몰라. 그럴 만한 이유가 없어. 그 묘지에는 불사귀 여인이 잠자고 있고 늙은 나 하나만이 지키고 있는데, 그자의 사냥터에는 사냥감이 가득할 테니까 말일세.

내가 이 글을 쓰는 것은 만에 하나 있을지도 모를 일에 대비하려는 것일세. 만일 무슨 일이 생기거든, 이것과 함께 있는 서류들과 하커 부부의 일기들, 그리고 나머지 것들을 가져가서 읽어 보게. 그런 다음 그 불사귀를 찾아내어 목을 자르고 심장을 태워 버리거나 심장에 말뚝을 박아 버리게. 그러면 세상이 그에게서 벗어나 평화를 찾을 걸세.

만일 그런 일이 생긴다면, 이것으로 작별 인사를 삼아야 할지도 모르겠네.

판 헬싱.

수어드 박사의 일기

9월 28일

하룻밤을 푹 자고 났더니 몸이 무척 가뿐하다. 어제 나는 판 헬싱 선생의 해괴망측한 생각을 거의 받아들이려고 했다. 그런데 지금은 그이의 생각이 상식에 대한 모독으로서 너무나 무시무시하다는 생각이 든다. 그이가 그 모든 것을 믿고 있다는 것에는 한 치의 의심도 없다. 혹시 그이의 머리가 어떻게 잘못된 것은 아닌지 모르겠다. 온통 알 수 없는 것투성이인 이 일을 상식적인 수준에서 이해할 수 있으려면, 확실히 〈뭔가〉 합리적인 설명이 있어야 한다. 선생 자신이 그 일을 했을 가능성은 없는가? 그이는 비정상적으로 머리가 좋기 때문에, 만일 그이의 머리가 돌아 버렸다면, 어떤 고정 관념과 관련된 자신의 의도를 아주 완벽하게 실행해 낼 수도 있었을 것이다. 그런 것은 생각조차 하기 싫다. 그리고 판 헬싱 선생이 미친다는 것 자체가 사실은 거의 있을 수 없는 일이기도 하다. 그렇긴 하지만, 여하튼 그이를 주의 깊게 지켜볼 생각이다. 불가사의를 풀 수 있는 어떤 빛을 발견하게 될지도 모르는 일이다.

9월 29일, 아침

어젯밤에 있었던 일들을 기록하고자 한다. 10시가 되기 조금 전에 아서와 퀸시가 판 헬싱 선생의 호텔 방으로 들어왔다. 선생은 우리 모두에게 우리가 해주기를 바라는 일들을 이야기했다. 그이는 특히 아서를 쳐다보면서 이야기를 했는데, 우리 모두의 의지가 아서에게 모여 있다는 느낌을 줄 정도였다. 그이는 우리 모두가 자기와 함께 가주기를 바란다면서 이야기를 시작했다. 「거기에서 해내야 할 중대한 의무가 있기 때문일세. 내 편지를 받고 놀랐겠지?」이 질문은 고덜밍 경에게 직접 떨어졌다.

「예, 놀랐습니다. 좀 흥분이 되기도 했습니다. 최근에 저의 집안에 우환이 많습니다만, 이제는 그런 것에서 놓여날 수가 있게 되었습니다. 선생님께서 말씀하시는 것에 대해서 퀸시하고 이야기를 나누어 보았습니다. 그러나 얘기를 하면 할수록 점점 알쏭달쏭하더군요. 저로서는 지금 뭔가 뭔지 전혀 모르겠습니다. 미궁에 빠진 느낌입니다.」

357

「저도요.」퀸시 모리스가 간결하게 말했다.

「아, 그러면 자네들은 둘 다 여기 이 친구 존보다 출발점에 가까이 간 걸세. 이 친구는 출발점에 도착하려면 먼 길을 돌아와야 해.」

선생은 내가 한 마디도 안 하는 걸 보고 이전의 미심쩍어하는 기분으로 되돌아와 있다는 것을 눈치채고 있었다. 그이는 두 사람을 돌아보면서 아주 심각한 어조로 말했다.

「나는 오늘 밤 뭔가 좋은 일을 하려고 하는데, 자네들이 허락해 주기를 바라고 있네. 부탁하기가 대단히 어려운 일이라고 생각하네. 내가 제안하려는 게 무엇인 줄 알게 되면 자네들도 그것이 얼마나 엄청난 일인지 깨닫게 될 걸세. 일단 그 일이 무엇인지를 묻기 전에 내가 하려는 일을 허락하겠다고 약속해 주지 않겠나? 당분간은 나에게 화가 나겠지만 ─ 그럴 가능성이 있다는 것을 굳이 감추고 싶지는 않네 ─ 나중에 후회하지 않으려면 그편이 나을 걸세.」

퀸시가 끼어들었다. 「어쨌든 솔직한 말씀이십니다. 제가 선생님의 보증을 서겠습니다. 선생님께서 하시려는 일이 무엇인지는 전혀 모르지만, 선생님이 정직한 분이시라는 것은 장담할 수 있습니다. 그거면 저에겐 충분합니다.」

그 말에 힘을 얻은 듯 판 헬싱 선생이 말했다. 「고맙네. 나를 믿어 주는 자네를 친구로 삼았던 게 얼마나 자랑스러운지 모르겠네. 그런 믿음이 나에게는 소중하다네.」 그이가 손을 내밀자 퀸시가 그 손을 잡았다.

그때 아서가 입을 열었다.

「판 헬싱 선생님, 스코틀랜드 속담에 〈자루 속에 든 돼지를 산다〉는 말이 있는데, 저는 그런 것을 전혀 좋아하지 않습니다. 귀족으로서의 제 명예와 기독교인으로서의 제 신앙에 누가 될 것이 있다면 저는 그런 약속을 할 수가 없습니다. 선생님께서 의도하시는 것이 그 둘 중의 어느 것도 침해하지 않는다는 것을 보증하시면, 당장이라도 동의를 하겠습니다. 아무리 생각해 봐도, 선생님께서 뭘 하시려는 건지 전혀 이해할 수가 없습니다.」

「자네의 단서를 받아들이겠네. 내가 하려는 행위 중에 비난받을 만한 것이 있다면, 먼저 그것을 잘 생각해 주기 바라네. 그런 다음 그것이 자네의 명예나 신앙에 저촉되는지 어쩌는지를 판단해 보게.」

「좋습니다. 그래야 공정합니다. 이제 pourparlers(사전 협의)가 끝났으니, 우리가 해야 할 일이 무엇인지 여쭤봐도 되겠습니까?」 아서가 말했다.

「자네들이 나와 함께 가주었으면 하네. 햄스테드에 있는 교회 묘지에 몰래 들어가자는 것일세.」

아서의 낯빛이 어두워졌다. 놀란 빛을 보이며 그가 말했다.

「루시가 묻혀 있는 묘지 말씀이신가요?」

선생이 고개를 끄덕였다. 아서가 계속 물었다. 「거기에 가서는요?」

「납골당에 들어가는 걸세.」 그 말에 아서가 벌떡 일어섰다.

「선생님, 진정이십니까? 아니면, 해괴망측한 농담을 하고 계시는 겁니까? 죄송합니다. 진정으로 말씀하고 계시군요.」 그가 다시 자리에 앉았다. 그러나 의자에 앉은 품이 단호하고 당당해서, 위엄을 차리려고 애쓰는 사람처럼 보였다. 그가 다시 질문을 던질 때까지 잠시 침묵이 흘렀다.

「납골당에 들어가서는요?」

「관을 여는 걸세.」

「이거 정말 너무 하십니다.」 아서가 화를 내면서 다시 일어섰다. 「이치에 닿는 거라면 얼마든지 참을 수 있습니다. 그러나 이건, 유택(幽宅)에 대한 모독이 아닙니까? 다른 사람도 아니고 제…….」 그는 화가 나서 말을 잇지 못했다. 선생은 안쓰러워하는 표정으로 그를 바라보다가 입을 열었다.

「여보게, 자네에게 고통을 주지 않을 수 있다면, 그렇게 하겠네. 하느님은 내 마음을 아실 걸세. 그러나 고통스럽더라도 오늘 밤 우리 발로 가시밭길을 밟아야 하네. 그렇지 않으면, 나중에, 그리고 영원히, 자네가 사랑하는 여인의 발이 불꽃이 너울대는 길을 걷게 된다네.」

핏기가 가신 얼굴로 쳐다보면서 아서가 말했다.

「자중하십시오, 선생님, 자중하셔야 합니다!」

「내 얘기를 끝까지 들어 보는 게 좋지 않겠나? 그래야 내 의도가 어디까지인지를 알게 될 거야. 내 얘기를 계속할까?」 판 헬싱 선생이 물었다.

「그렇게 하십시오.」 모리스가 끼어들었다.

잠시 뜸을 들인 판 헬싱 선생이 말을 이어 갔다. 어떻게 말을 해야 할지 고심하는 표정이 역력했다.

「미스 루시는 죽었네. 그렇지 않나? 그래, 죽었어. 그렇다면 그녀에게 나쁜 짓을 한다는 게 말이 안 되지? 그런데 말이야. 만일 그녀가 죽지 않았다면…….」

그 말에 아서가 펄쩍 뛰어오르며 소리를 질렀다.

「맙소사! 도대체 무슨 말씀이십니까? 무슨 실수가 있었다는 겁니까? 그녀를 산 채로 묻었단 말입니까?」 그는 괴로움을 이기지 못하고 신음을 토했다.

「그녀가 살아 있다는 얘기가 아닐세. 그런 생각을 왜 하겠나. 그녀가 죽지 않았다는 얘기를 하려는 걸세.」

「죽지 않았다고요? 살아 있지 않다면서요. 도대체 무슨 얘기를 하시는 겁니까? 지금 무슨 악몽을 꾸고 있는 건 아닌가요? 아니라면 어떻게 그런 얘기가 있을 수 있습니까?」

「세상에는 불가사의한 일들이 많다네. 사람들은 그런 것들에 대해 그저 추측만 할 뿐이지. 세월이 흐르면서 수수께끼가 풀리기도 하지만 그것도 부분적으로만 그렇다네. 내 말 잘 듣게. 우리는 바야흐로 불가사의한 일을 하러 갈 참이네. 나는 아직 그 일을 하지 않았네. 죽은 미스 루시의 목을 잘라도 되겠나?」

「말도 안 됩니다.」 아서가 소리쳤다. 그는 격노의 폭풍에 휩싸여 있었다. 「대명천지에 어찌 그런 일을 할 수가 있습니까? 저더러 그녀를 육시(戮屍)하는 데 동의하란 말씀입니까? 판 헬싱 박사님, 저에게 너무 심하게 구시는군요. 제가 선생님한테 뭘 어떻게 했기에, 저를 그렇게 괴롭히십니까? 그 가련하고 착한 아가씨가 뭘 잘못했다고 시신에 그런 모욕을 가하려고 하시는 겁니까? 그런 얘기를 하시는 선생님이 미치신 겁니까? 아니면 그런 얘기를 듣고 있는 제가 미친 겁니까? 그런 불경한 짓은 더 이상 생각하지도 마세요. 선생님이 하시려는 어떤 일에도 동의하지 않겠습니다. 그녀의 무덤을 모욕으로부터 지키는 것은 제 의무입니다. 어떤 일이 있어도 저는 의무를 다할 것입니다.」

판 헬싱 선생이 내내 앉아 있던 자리에서 일어나며 말했다. 심각하고 엄격한 음성이었다.

「고덜밍 경, 나에게도 의무가 있다네. 다른 사람들에 대한, 자네에 대한, 그리고 고인에 대한 의무일세. 어떠한 일이 있어도 나는 의무를 다할 생각이네. 이제 내가 자네에게 부탁할 수 있는 것은 나랑 함께 가서 보고 듣자는 것뿐일세. 그때 가서 내가 똑같은 요구를 했을 때, 내 의무를 수행하려는 열망보다 자네 의무를 수행하려는 열망이 더 절실하지 않게 된다면, 그러면 나는 어떠한 일이 있어도 내 일을 하겠네. 그리고 나서 자네 뜻을 따르겠네. 자네가 설명을 요구하면 언제, 어디에서나 답변을 하겠네.」 그이는 잠깐 말을 멈추었다가, 연민이 가득 담긴 목소리로 말을 이었다.

「그러나 나에게 화를 내진 말게. 오랫동안 살아오면서 언짢은 일을 자주 겪어 보고 괴로운 일도 이따금 당해 보았지만, 지금처럼 힘겨운 일은 처음일세. 나에 대한 자네의 생각이 바뀔 때가 올 걸세. 내 말을 믿게. 그때가 되면 이토록 가슴 아픈 모든 시간들이 사라져 버릴 걸세. 나는 자네의 슬픔을 없애 줄 일을 하려는 것일세. 생각해 보게나. 무엇 때문에 내가 그렇게 많은 고생을 하고 걱정을 했겠나? 나는 뭔가 좋은 일을 해보자고 대륙에서 여기로 건너왔네. 애초에는 내 친구 존을 기쁘게 해주려고 왔지만, 그다음에는 한 아름다운 아가씨를 돕는 일에 몰두해 왔지. 나도 그 아가씨를 사랑하게 되었던 거라네. 그녀를 위해서…… 이런 얘기까지 하기는 쑥스럽지만, 내 마음을 보이기 위해 다 얘기를 해야겠네. 자네가 준 것을 나도 주었네. 내 핏줄의 피를 말일세. 자네처럼 연인도 아니고 그저 의사이고 친구일 뿐인 내가 그것을 주었네. 나는 내 낮과 밤을 그녀에게 바쳤네. 죽기 전에도 그랬고, 죽은 다음에도 그랬네. 이제 죽어서 불사귀가 되어 버린 지금이라도, 내 죽음이 그녀에게 평안을 줄 수 있다면, 내 기꺼이 내 목숨을 바칠 생각이네.」 그이는 이 말을 아주 진지하고 자신만만하게 했다. 그 말에 아서가 크게 감동을 받은 듯했다. 그는 노인의 손을 잡고 띄엄띄엄 이어지는 말투로 말했다.

「아, 그런 일은 생각하기도 힘들고, 이해할 수도 없지만, 선생님과 같이 가기는 하겠습니다. 가서 지켜보겠습니다.」

16

수어드 박사의 일기

9월 29일, 아침(계속)

우리가 야트막한 담을 넘어 교회 묘지로 들어간 것은 정확하게 12시 15분 전이었다. 어둠이 짙었다. 하늘에 흘러가는 두터운 구름장 틈새로 이따금 달빛이 희미하게 새어 나왔다. 우리는 모두 바싹 붙어서 걸었다. 판 헬싱 선생만이 길을 인도하느라고 조금 앞서 걸을 뿐이었다. 납골당에 가까이 갔을 때, 나는 아서를 살펴보았다. 가슴 아픈 추억이 가득 담긴 장소에 가까이 다가듦으로써 그의 마음이 어지러워지지나 않을지 걱정이었다. 그러나 그는 용케도 잘 견디고 있었다. 불가사의한 일을 겪게 될 거라는 긴장감이 그의 아픔을 중화시키고 있는 것일 터였다. 선생이 문을 땄다. 각자 이유는 달랐겠지만 우리는 선뜻 들어갈 생각을 하지 않았다. 우리들 사이에 머뭇거리는 기색이 있음을 눈치채고, 그이는 시원스럽게 자신이 먼저 들어갔다. 우리가 따라 들어가자 그이는 문을 잠갔다. 그런 다음, 앞으로만 비치는 등롱에 불을 밝히고 루시의 관을 가리켰다. 아서는 쭈뼛거리며 앞으로 걸어갔다. 판 헬싱 선생이 나에게 말했다.

「자네는 어제 나랑 같이 여기에 왔었지. 미스 루시의 시신이 저 관 안에 있었나?」

「예, 있었습니다.」선생이 다른 사람들에게로 몸을 돌리며 말했다.

「자네들도 들었지. 이제 저 안에 시신이 있다는 사실을 의심할 사람은 아무도 없겠지?」

그이는 나사돌리개를 꺼내어 나사를 뽑고 다시 관 뚜껑을 들어 올렸다. 아서가 바라보았다. 얼굴이 아주 창백해졌지만 말은 없었다. 관 뚜껑이 치워지자 그는 앞으로 다가들었다. 그는 안에 납으로 된 내관이 있다는 사실을 몰랐던 모양이다. 알았다 해도 그 순간에는 그 생각을 미처 못 했는지도 모른다. 납관의 틈새로 안을 들여다보더니, 잠깐 동안 그의 얼굴에 피가 확 몰렸다. 그러더니 이내 핏기가 가시고 백지장처럼 하얀 얼굴로 되돌아왔다. 그는 여전히 말이 없었다. 판 헬싱 선생이 납관의 테두리를 힘껏 뒤로 젖혔다. 우리 모두는 안을 들여다보고 나서 뒷걸음질을 쳤다.

관이 비어 있었다!

몇 분이 지나도록 아무도 입을 열지 않았다. 퀸시 모리스가 그 침묵을 깼다.

「선생님, 저는 아까 선생님을 믿어도 좋다고 보증한 사람입니다. 뭐라고 말씀을 좀 해주십시오. 아까는 구차스러운 생각이 들어서 아무것도 묻지 않았습니다. 의심을 내비쳐서 선생님을 욕되게 하고 싶지 않았기 때문입니다. 그러나 이건 명예, 불명예를 따질 일이 아닙니다. 너무나 엄청난 일이기 때문입니다. 선생님께서 이렇게 하신 겁니까?」

「내가 신성시하는 모든 것을 두고 맹세하네만, 나는 시신을 치우지도 않았고 건드리지도 않았네. 그간에 있었던 일을 이야기하지. 엊그제 밤에 수어드와 함께 여기에 왔네. 나쁜 의도는 전혀 없었네. 내 말을 믿어 주게. 밀폐되어 있는 관을 열었네. 그런데 지금처럼 비어 있었네. 그다음에 우리는 밖에서 기다렸지. 나무 사이에서 하얀 옷을 입은 뭔가를 보았네. 다음 날 낮에 여기에 다시 왔네. 그런데 그때는 저 관에 시신이 들어 있었어. 그렇지, 존?」

「그렇습니다.」

「그날 밤에 우리가 때맞춰 있지 않았더라면 또 한 차례의 불상사가 있을 뻔했네. 어린애가 또 실종되었는데, 그 애가 다치기 전에 우리가 무덤 사이에서 찾아냈지. 어제 나는 해 지기 전에 여기에 왔었네. 불사귀는 해가 지고 나서 움직이기 때문에 미리 온 거지. 여기서 해가 뜰 때까지 감시를 했네만 아무것도 보지 못했네. 불사귀들이 역겨워 하는 마늘과, 그자들이 꺼리는 다른 것들을 문지도리 위에 올려놓았기 때문에 꼼짝을 못 한 것이 아닌가 싶네. 어젯밤에는 불사귀가 빠져나가지 않았네. 오늘 저녁 해 지기 전에 나는 마늘과 다른 것들을 치워 버렸네. 그 결과가 지금 보는 것처럼 관이 비어 있는 것으로 나타난 걸세. 나에게 화를 내지는 말게. 정작 이상한 일은 이제부터네. 밖에 나가서, 눈에 띄지 않게, 아무 소리도 내지 말고 함께 지켜보세. 아주 해괴한 일이 벌어질 걸세. 그럼 밖으로 나가도록 하세.」 그이는 등롱의 덮개를 닫았다. 그이가 문을 열자 우리는 줄지어 나왔다. 그이가 맨 뒤에 나오고 나서 문을 잠갔다.

납골당의 으스스한 분위기를 겪고 난 탓인지, 밤공기가 맑고 신선하게 느껴졌다. 경주를 하듯 나란히 흘러가는 구름이며, 구름장 사이에서 숨바꼭질을 하며 간간이 내비치는 달빛을 바라보는 일이 얼마나 유쾌했는지. 죽음과 부패의 냄새로 오염되지 않은 신선한 공기를 들이마시는 일이 얼마나 기분 좋았는지. 언덕 위의 하늘에 비치는 도시의 불그레한 불빛을 바라보고, 저 멀리서 살아 움직이는 대도시의 숨결이 잔잔한 소리로 고즈넉하게 전해지는 것을 듣노라니, 어찌나 마음이 따사로워지던지…… 우리는 저마다 긴장을 느끼면서 엄숙한 분위기에 젖어 들었다. 아서는 말이 없었다. 이 일의 의도와 불가사의 속에 담긴 의미를 파악하려고 애를 쓰고 있는 모습이 역력했다. 나는 그 사실을 그런대로 감내할 수 있게 되었다. 그래서 의심을 걷어 버리고, 판 헬싱 선생의 결론을 받아들이고 싶은 기분이 다시 들었다. 퀸시 모리스는 모든 것을 느긋하게 받아들일 줄 아는 점액질의 사람이다. 모든 것을 시원스럽고 담대하게 받아들인다. 또 모든 위험을 무릅쓰고라도 내기를 할 줄 아는 사람이다. 담배를 피울 수가 없었기 때문에, 그는 씹는담배를 큼직하게 잘라서 질겅거리기 시작했다. 판 헬싱 선생은 이미 해야 할 일을 정해 놓았던 듯, 자신의 일을 착착 진행시키고 있었다. 먼저, 가방에서 하얀 냅킨으로 정성스럽게 싼 뭉치를 꺼냈다. 그 뭉치에는 성체 성사 때 쓰는 빵처럼 생긴 얇고 하얀 것들이 들어 있었다. 다음에는 희읍스름한 덩어리를 두 손 가득히 끄집어냈다. 밀가루 반죽 같기도 하고 창유리 접합제 같기도 했다. 그이는 성찬식의 빵 같은 것을 곱게 빻더니 그것을 반죽 덩어리에 섞어서 양손으로 주물렀다. 그런 다음, 그것을 비벼서 길고 가느다란 조각으로 만들었다. 그이는 그것을 들고 납골당 쪽으로 가서, 문과 문설주 사이에 끼워 넣었다. 나는 의아한 생각이 들어서 그이에게 다가가 무엇을 하는 거냐고 물었다. 아서와 퀸시도 궁금증을 참을 수가 없어서 가까이 왔다. 그이의 대답은 이러했다.

「납골당을 봉쇄하고 있는 거라네. 불사귀가 들어가지 못하도록 말일세.」

「선생님이 끼워 넣고 있는 그것이 불사귀가 들어가는 것을 막을 수 있단 말인가요? 세상에, 이렇게 놀이를 하듯 하는 건가요?」 퀸시가 물었다.

「그렇다네.」

「지금 사용하고 계신 게 뭡니까?」 이번에는 아서가 질문을 했다. 판 헬싱 선생은 예를 갖추어 모자를 들어 올리고 나서 대답했다.

「성찬식의 빵이라네. 암스테르담에서 가져왔지. 특별히 허락을 받았네.」 우리 중에 가장 신앙심이 적은 사람조차 질겁하게 할 만한 대답이었다. 선생이 하려는 일이, 가장 신성한 물건을 그처럼 사용해도 좋은 일이라면, 그이의 의도를 의심해선 안 된다는 생각이 들었다. 존경을 표하듯 묵묵하게 우리는 그이가 지정해 주는 대로 납골당 주위에 자리를 잡았다. 누가 다가오더라도 우리를 발견하지 못하게 몸을 숨겼다. 다른 친구들, 특히 아서가 걱정이었다. 나는 이미 지난번에 와서 그렇게 감시하는 일을 경험한 바가 있었다. 그런데 한 시간

전만 해도 나는 그 증거들을 받아들이려 하지 않았고, 지금도 우리가 겪게 될 일을 생각하면 가슴이 무너지는 듯하다. 하얗게 빛나는 무덤들이 무섭다는 느낌이 들지 않았다. 죽음에 대한 애도를 상징한다는 삼나무며 주목이며 노간주나무도 음울한 느낌을 주지 않았다. 나무나 풀 따위가 살랑대거나 바스락거려도 사위스러운 느낌이 들지 않았다. 커다란 나뭇가지가 소리를 내도 괴이쩍다는 느낌이 오지 않았다. 멀리서 개들이 울부짖는 소리가 밤하늘에 울려 퍼져도 불길한 일을 알리는 애처로운 조짐으로 들리지는 않았다.

한동안 침묵이 흐르고 휑뎅그렁한 적막이 깃들었다. 그때, 선생 쪽에서 〈슛〉 하는 소리가 날카롭게 들려왔다. 그이가 손가락으로 가리켰다. 주목들이 늘어선 길 아랫녘에서 희끄무레한 형체가 다가오고 있었다. 그 형체는 품에 뭔가 시커먼 것을 안고 있었다. 그 형체가 발길을 멈추었다. 그 순간에, 흘러가는 구름장들을 비집고 한 줄기 달빛이 쏟아졌다. 그 빛 속에서 수의를 입은 검은 머리의 여인이 확연하게 모습을 드러냈다. 얼굴은 보이지 않았다. 금발의 아이로 보이는 것을 향해 머리를 숙이고 있기 때문이었다. 여자가 그렇게 잠시 멈춰 서 있을 즈음, 새된 비명이 짧게 들려왔다. 잠자는 아이가 지르는 소리 같기도 하고, 개가 불가에 누워 있다가 꿈을 꾸면서 내지르는 소리 같기도 했다. 우리는 앞으로 움직이기 시작했다. 그러나 주목 뒤에 몸을 감추고 있던 선생이 손짓으로 제지를 했기 때문에 다시 제자리로 돌아왔다. 그러고 나서 바라보니, 하얀 수의를 입은 여인이 다시 우리 쪽으로 다가오고 있었다. 그 모습이 명확히 눈에 들어올 만큼 가까워지고, 달빛도 여전히 비치고 있었다. 그 여자는 틀림없이 루시 웨스턴라였다. 그것을 확인하자, 내 심장이 얼어붙는 듯했고, 아서의 가쁜 숨소리가 들렸다. 루시 웨스턴라는 분명 루시 웨스턴라인데 예전의 그 모습이 아니었다. 그 참하던 모습이 냉혹하고 잔인한 모습으로 바뀌었고, 그 청순하던 모습이 관능적이고 음탕한 모습으로 변했다. 판 헬싱 선생이 나무 뒤에서 걸어 나갔다. 그의 손짓에 따라 우리도 앞으로 나아갔다. 우리는 납골

당 문 앞에 한 줄로 나란히 섰다. 판 헬싱 선생이 등롱을 들어서 덮개를 벗겼다. 루시의 얼굴에 빛이 쏟아졌다. 입술이 신선한 피로 새빨갛게 물들어 있고, 핏방울이 턱 위로 뚝뚝 흘러내리면서 하얀 한랭사 수의를 더럽히고 있었다.

두려움으로 온몸이 부들부들 떨렸다. 등불의 빛이 바르르 떨리고 있는 걸 보면 판 헬싱 선생의 강철 같은 신경마저도 떨리고 있음을 알 수 있었다. 아서는 내 옆에 있었는데, 내가 그의 팔을 잡고 곁부축을 하지 않았더라면, 그는 쓰러지고 말았을 것이었다.

루시 — 나는 우리 앞에 있던 그 요괴를 그렇게 부를 수밖에 없는데 어쨌든 루시의 형상을 지니고 있었기 때문이다 — 는 우리를 보자 화가 나서 으르렁 거리며 뒤로 물러섰다. 불의의 습격을 받은 고양이가 내지르는 소리 같았다. 그 눈이 우리를 쭉 훑어보았다. 생김새며 눈동자의 빛깔은 분명히 루시의 눈이었으되, 우리가 알고 있던 맑고 상냥한 눈이 아니라, 탁하고 지옥 불이 이글거리는 눈이었다. 그것을 보는 순간, 그나마 남아 있던 내 사랑이 미움과 혐오감으로 바뀌었다. 그녀를 죽여야 한다면, 나라도 아주 기꺼이 그 일을 해낼 수 있을 것 같았다. 우리를 바라보는 그 눈빛이 사악하게 번득이고, 음탕한 미소가 얼굴 가득히 번졌다. 오, 하느님, 어쩌면 저럴 수가 있단 말입니까? 나는 진저리를 쳤다. 루시는 이제껏 품 안에 꼭 안고 있던 아이를, 거친 동작으로 악마처럼 매정하게 내팽개쳤다. 그러고는 개가 뼈다귀를 보고 으르렁거리듯, 아이를 향해 아르렁댔다. 아이는 새된 비명을 지르더니, 땅바닥에 누워 끙끙거렸다. 그 잔인무도한 광경을 본 아서가 힘겹게 신음 소리를 냈다. 루시가 팔을 벌리고 헤픈 미소를 흘리면서 아서에게로 다가가자, 그는 뒤로 물러서면서 손으로 얼굴을 가렸다.

루시는 여전히 께느른하고 음탕한 눈빛을 하고 다가왔다.

「이리 오세요, 아서. 저 사람들을 떠나서 저에게로 오세요. 내 팔이 당신을 그리워하고 있잖아요? 어서요. 우리는 함께 쉴 수 있을 거예요. 이리 오세요. 여보,

어서요.」

그 목소리에는 온몸에 소름이 돋게 하는 낭랑함 같은 것 — 유리잔을 두드릴 때 들리는, 귀를 후벼 파는 소리처럼 — 이 배어 있어서, 당사자가 아닌 우리들의 정신조차 아찔하게 만들었다. 아서는 주술에 걸리기라도 한 것처럼, 얼굴을 가리고 있던 손을 치우고 팔을 활짝 벌렸다. 루시가 뛰어들려는 찰나, 판 헬싱 선생이 앞으로 튀어 나가 그들 사이에 작은 금십자가를 내밀었다. 루시는 그것을 보자 멈칫하며 뒤로 물러서더니, 분노에 가득 차서 갑자기 얼굴을 일그러뜨리고, 납골당으로 들어가려는 듯 그이를 지나쳐 돌진해 갔다.

그런데 문에서 1~2피트쯤 떨어진 곳에서, 마치 불가항력에 붙잡힌 사람처럼 그녀가 멈춰 섰다. 뒤돌아선 그녀의 얼굴에 달빛이 쏟아지고, 등불이 비춰졌다. 판 헬싱 선생의 신경이 본래의 강인함을 되찾은 듯 이제 등불은 흔들리지 않았다. 그토록 적의에 불타는 얼굴은 일찍이 본 적이 없었다. 앞으로도 다시 보기는 어려우리라. 아름답던 낯빛은 흙빛으로 되었고, 눈에서는 지옥 불의 불꽃이 튀는 듯했으며, 이맛살을 찌푸리고 있는 모습은 마치 메두사의 뱀들이 똬리를 틀고 있는 것처럼 보였고, 피로 얼룩진 입은 사각으로 크게 벌어져 그리스나 일본 사람들이 쓰는 격정적인 가면을 생각게 했다. 한 번 쳐다보는 것만으로 사람을 죽일 수 있는 얼굴이 있다면 그 순간에 우리가 본 얼굴이 바로 그 얼굴일 것이다.

루시는 십자가와 문틈에 끼인 성물 사이에서 꼼짝 못 하고 있었다. 그 시간은 불과 1분도 안 되는 짧은 시간이었지만, 나에겐 너무나 길게 느껴졌다. 판 헬싱 선생이 침묵을 깨고 아서에게 물었다.

「이보게, 어떻게 할까? 내 일을 계속할까? 대답해 주게.」

아서는 털썩 무릎을 꿇고 얼굴을 가리면서 대답했다.

「선생님 뜻대로 하십시오. 선생님 뜻대로요. 이보다 더 끔찍한 일은 다시는 없어야 해요.」 그러면서 그는 고뇌 어린 신음을 토했다. 퀸시와 나는 동시에 아서에게 다가가서 팔을 잡았다. 판 헬싱 선생이 등롱을 내려놓으면서 덮개를 찰칵 하고 닫는 소리가 들렸다. 그이는 납골당으로 다가가서, 문틈에 끼워 놓았던 성물들을 치우기 시작했다. 우리 모두는 의아함을 느끼며 두려운 눈초리로 그이가 하는 양을 바라보았다. 그이가 일을 끝내고 뒤로 물러서자, 여자가 분명히 우리처럼 형체를 가지고 있었음에도, 칼날이나 겨우 빠져나갈 그 틈새를 통해 안으로 들어갔다. 선생은 침착하게 문틈을 다시 반죽으로 메우고 있었다. 그 모습을 보자 이제 안심해도 된다는 반가운 느낌이 우리의 내면에서 일렁였다.

일을 끝내자, 그이는 아이를 들어 올리며 말했다.

「자 이제 가세. 오늘 할 일은 다했네. 내일 할 일이 있네. 내일 정오에 장례식이 있을 거야. 그것이 끝나면 바로 여기에 다시 모이세. 조문객들은 2시까지는 다 돌아갈 거야. 묘지기가 대문을 잠글 때, 우리는 안에 남아 있는 걸세. 그러고 나서 할 일이 있네. 오늘 했던 일과는 종류가 다르지. 이 아이 문제는 이렇게 하기로 하세. 그리 많이 다치지는 않았네. 내일쯤이면 괜찮아질 거야. 경찰에서 애를 발견할 수 있는 곳에다 갖다 놓기로 하지. 전에 했던 것처럼 말일세. 그러고 나서 집으로 가기로 하세.」그이는 아서에게로 다가가서 말했다.

「여보게 아서, 자네 정말 혹독한 시련을 겪었네. 그러나 나중에 돌이켜 보면 그게 얼마나 필요했던 일인지 깨닫게 될 걸세. 자네는 지금 고통의 강물을 건너가고 있네. 내일 이맘때쯤이면, 그 강물을 다 건널 수 있을 걸세. 그러고 나면 기쁨의 강물을 마음껏 들이켤 수 있을 걸세. 그러니 너무 비통해 하지 말게나. 그때까진 나를 용서해 달라고 부탁하지 않겠네.」

아서와 퀸시는 나와 함께 집으로 돌아왔다. 돌아오면서 우리는 서로서로 기분을 북돋아 주려고 애썼다. 아이는 무사히 경찰의 손으로 들어갔다. 우리는 모두 지쳐 있었다. 그래서 모두 깊은 잠을 잤다.

9월 29일, 밤

12시 조금 전에, 우리 셋, 아서, 퀸시, 그리고 나는 선생을 찾아갔다. 우리 모두가 한결같이 검은색 옷을 입었다는 것이 우연의 일치치고는 심상치 않았다. 물론 아서는 아직 상중이기 때문에 검은 옷을 입었다고 볼 수도 있었다. 그러나 다른 사람들은 직감으로 그것을 입은 것이었다. 우리는 1시 반쯤 해서 교회 묘지에 도착했다. 우리는 관리인들의 눈에 띄지 않게 어슬렁거렸다. 산역꾼들이 일을 다 끝내고, 묘지기가 모든 사람들이 나갔다고 생각하고 문을 잠그고 나자, 마음 놓고 그곳에 있을 수가 있게 되었다. 판 헬싱 선생은, 늘 가지고 다니던 검은색 가방 대신에 오늘은 크리켓 가방 같은 길쭉한 가죽 가방을 가지고 왔다. 무게가 꽤 나갈 것처럼 보였다.

교회 묘지를 마지막으로 빠져나간 사람들의 발자취가 길 위에서 사라지고 나자, 우리는 조용히, 그리고 마치 명령에 따라 움직이듯이, 선생을 따라 납골당으로 갔다. 그이가 문을 따자 우리는 안으로 들어가서 문을 잠갔다. 그이는 가방에서 랜턴을 꺼내어 불을 밝혔다. 그리고 초도 두 자루 꺼내어 불을 붙인 다음, 촛농을 떨어뜨려 다른 관들 위에 세워 놓았다. 그렇게 불을 밝혀 놓으니 일을 하기에는 충분한 밝기가 되었다. 그이가 다시 루시가 들어 있는 관의 뚜껑을 열자 우리는 안을 들여다보았다. 아서는 사시나무 떨 듯 하였다. 죽었을 때의 아름다웠던 모습을 모두 그대로 간직한 채 루시가 누워 있었다. 그러나 내 마음에 사랑은 조금도 남아 있지 않았다. 오로지 영혼은 사라지고 루시의 껍데기만을 쓰고 있는 사악한 불사귀에 대한 혐오감만이 일 뿐이었다. 그것을 바라보는 아서의 얼굴조차 사나워지고 있었다. 이윽고 그가 판 헬싱 선생에게 말했다.

「이게 정말 루시의 시신입니까, 아니면, 루시의 껍데기를 쓴 악마입니까?」

「그녀의 시신이기도 하고 아니기도 하다네. 그러나 조금만 기다리게. 원래 그대로의 그녀 모습을 보게 될 걸세.」

거기에 누워 있는 것은 루시가 아니라 루시의 악령처럼 보였다. 보는 사람으로 하여금 몸서리를 치게 하는 날카로운 이빨이며 피로 얼룩진 육감적인 입술, 영혼의 순수함이라고는 찾아볼 수 없이 육욕으로 가득 차 보이는 그 모습은 루시의 모습이라기보다는 그녀의 어여쁜 고결함을 흉내 낸 악마의 모조품이라는 느낌을 주었다. 판 헬싱 선생은 여느 때와 다름없이 치밀하게, 가방에 담긴 여러 가지 물건들을 꺼내 놓고 사용할 채비를 갖추었다. 먼저 납땜인두와 땜납을 약간 꺼내고, 다음에 작은 석유램프를 꺼냈다. 납골당 한구석에 석유램프를 켜놓자, 파란 불꽃을 일으키면서 맹렬한 열기를 뿜어 댔다. 다음에 그이는 해부칼을 꺼내서 가까이에 놓았다. 마지막으로 꺼낸 것은 둥근 나무막대와 묵직한 망치였다. 나무 막대는 길이가 3피트쯤 되고, 굵기가 2인치 반이나 3인치쯤 되는 것으로서, 한쪽 끝이 뾰족하게 다듬어져 있고, 불에 까맣게 그을려 있었다. 망치는 가정에서 석탄 덩어리를 부술 때 쓰는 그런 종류의 것이었다. 선생이 뭔가를 하기 위해서 준비하고 있는 모습을 바라보고 있으니, 힘이 솟고 긴장감이 일었다. 그러나 아서와 퀸시는 그 물건들을 보고 섬뜩한 느낌을 받는 모양이었다. 그래도 그들은 내색하지 않고 잠자코 바라보기만 했다.

모든 준비가 갖춰지자 판 헬싱 선생이 말했다.

「일을 하기 전에 몇 가지 이야기하고 싶은 것이 있네. 여기 이것들은 고대 문명인들로부터 전해 내려오는 민간요법과 불사귀를 연구해 왔던 사람들의 경험을 따른 것이네. 불사귀가 되면 여러 가지 변화가 일어나면서 불멸이라는 저주가 내린다네. 그자들은 죽을 수가 없어. 시대와 시대를 이어 가면서 희생자들을 더해 가고 세상의 악을 늘려 나가야 한다네. 불사귀의 제물이 되어 죽은 사람은 자신도 불사귀가 되어 자신이 당한 것처럼 다른 사람을 또 제물로 삼는 것일세. 이런 악순환이 점점 확대되어 가는 거라네. 마치 호수에 돌멩이가 떨어져 파문이 번져 가는 것처럼 말일세. 여보게, 아서, 루시가 죽기 전에 자네에게 입 맞추려던 것이 생각나나? 그리고 어젯밤에 자네가 그녀에게 팔을 벌린 것도 기억하고 있지? 자네가 그녀의 요구에 응했더라면, 시간이 흘러 자네가 죽게 되었을 때, 노스페라투 — 동부 유럽에서는 불사귀를 그렇게 부르지 — 가 되었을 걸세. 그렇게 되면, 불사귀들을 더 많이 만들게 되어 우리를 온통 공포로 몰아넣었겠지. 이 아가씨는 이제 갓 불사귀 노릇을 시작했네. 이 여자에게 피를 빨린 아이들은 아직 그렇게 나쁜 상태는 아니지. 그러나 이 여자가 불사귀로서 계속 살아 있게 되면, 그 아이들은 점점 많은 피를 잃게 될 것이고, 나중에는 이 여자가 자신의 힘으로 아이들을 불러내서 저 사악한 입으로 아이들의 피를 빨게 된다네. 그렇지만 이 여자가 진정한 죽음을 맞게 되면, 모든 일이 마무리될 걸세. 아이들의 목에 있는 상처들도 사라지고, 아이들은 자기들이 겪은 일을 까맣게 잊고, 원래의 모습으로 돌아가게 된다네. 지금의 이 불사귀가 참된 안식을 얻게 되었을 때, 무엇보다도 다행스러운 일은, 우리가 사랑했던 이 가련한 아가씨의 영혼이 다시 자유를 얻게 된다는 것일세. 밤이면 사악한 짓을 하고 낮이면 그것을 소화하느라고 점점 더 추잡해지는 불사귀의 삶에서 벗어나, 다른 천사들 옆에 자리를 잡을 수 있을 것이네. 그러니 여보게, 그녀를 자유롭게 하기 위하여 일격을 가하는 손은 축복받은 손이 될 걸세. 나는 기꺼이 그 일을 맡고 싶네. 그러나 우리 중에는 그 권리를 마땅히 누려야 할 사람이 따로 있다고 생각하네. 나중에 잠 못 드는 적막한 밤이 찾아왔을 때, 이런 생각을 할 수 있다면 얼마나 기쁠지 한번 상상해 보게나. 〈바로 이 손으로 나는 그녀를 천상의 나라로 보냈지. 그녀 자신에게 자신을 구원할 손을 선택하라고 했으면 바로 이 손을 선택했을 거야〉라고 말이야. 우리 중에 그런 사람이 있는지 나에게 말해 주지 않겠나?」

우리는 모두 아서를 바라보았다. 우리의 눈빛에는, 루시를 성스러운 모습으로 우리에게 되돌려 줄 사람에 대한 한량없는 호의가 가득 담겨 있었다. 아서가 우리의 눈빛에 담긴 뜻을 읽었다. 그의 손은 떨리고 그의 얼굴은 눈처럼 창백했지만, 그는 앞으로 성큼 다가가서 다부지게 말했다.

「선생님, 감사합니다. 진심으로 감사를 드립니다. 제가 할 일을 말씀해 주십시오. 주저하지 않겠습니다.」판 헬싱 선생은 그의 어깨에 손을 얹고 말했다.

「장하이! 한순간의 용기로 이 일을 해낼 수가 있다네. 이 말뚝으로 저 여자의 몸을 꿰뚫어야 하네. 엄청난 시련이지. 그러나 오래 걸리지는 않네. 자네의 고통이 컸던 만큼 이 일을 끝내고 났을 때의 기쁨은 더욱 클 것일세. 이 모진 시련을 겪고 이 납골당을 나설 때면 공기를 밟는 기분이 될 걸세. 일단 시작을 했다 하면, 머뭇거려서는 안 되네. 자네의 진정한 벗들인 우리가 옆에 있고, 우리가 내내 자네를 위해 기도하고 있다는 것만 생각하게.」

「알겠습니다. 그럼, 어떻게 하면 되는지 알려 주십시오.」긴장한 탓인지 아서의 목이 쉰 듯했다.

「이 말뚝을 왼손에 잡고, 심장 위에 끄트머리를 갖다 대게. 그리고 오른손에 망치를 들게. 그런 다음, 우리가 망자를 위한 기도를 올리기 시작하거든 — 내가 읽을 것이네, 여기 기도서를 가지고 왔네. 나머지 사람들은 나를 따라 하게 — 힘껏 내리치게. 그것이 우리가 사랑하는 망자를 위하고 불사귀를 쫓는 길일세.」

아서는 말뚝과 망치를 들었다. 일단 행동을 하기로 마음먹고 나자 그는 떠는 모습을 보이지 않았고 한 치의 흔들림조차 보이지 않았다. 판 헬싱 선생이 기도서를 펼쳐 읽기 시작했다. 퀸시와 나도 성의를 다하여 따라 했다. 아서는 심장 위에 말뚝의 뾰족한 끝을 댔다. 하얀 살가죽 위에 움푹 팬 자국이 나타났다. 그런 다음 그는 있는 힘을 다하여 내리쳤다.

관 안에 있는 것이 버둥거리면서, 피를 얼어붙게 하는 비명이, 벌어진 빨간 입술 사이로 새어 나왔다. 사지를 심하게 뒤틀면서 몸뚱이가 버둥거렸다. 날카로운 하얀 이빨을 악물면서 입술이 찢어지고, 입 주위는 선홍빛 거품으로 칠갑을 했다. 그러나 아서는 조금도 머뭇거리지 않았다. 흔들림 없이 팔을 들어

올렸다가 내리꽂는 그의 모습은 천둥 신 토르[45]처럼 보였다. 심장에 구멍이 뚫리고, 그 주위로 피가 용솟음칠 때까지, 그는 사랑이 담긴 막대기를 깊이깊이 쑤셔 넣었다. 그의 얼굴을 보면서 우리도 용기를 얻게 되었고, 그러자 자그마한 납골당 안에 우리의 기도 소리가 크게 울려 퍼졌다.

몸뚱이의 버둥거림이 이내 잦아들고, 이빨을 악물면서, 얼굴을 바르르 떨더니, 마침내 평온이 깃들였다. 비로소 무시무시한 임무를 끝낸 것이었다.

아서의 손에서 망치가 떨어져 나갔다. 그가 휘청거렸다. 우리는 그가 쓰러지지 않도록 곁부축을 했다. 그의 이마에 굵직한 땀방울이 송송 맺혔고, 그의 숨결은 가쁘고 거칠었다. 그에게는 정말 너무나 끔찍하고 버거운 일이었으리라. 인정에 얽매여 더욱 숭고한 가치의 부름에 응하지 않았더라면, 그는 결코 그 일을 감당해 낼 수 없었을 것이다. 그를 돌보느라고 잠시 관을 바라보지 않다가, 다시 그것을 바라보게 되었을 때, 우리는 깜짝 놀라서 서로 알아들을 수 없는 소리들을 웅얼거렸다. 우리가 그렇게 뚫어져라 바라보고 있었더니, 그때까지 바닥에 앉아 있던 아서가 벌떡 일어나서 앞으로 다가가 그것을 바라보았다. 그의 얼굴에 반가움과 놀라움의 빛이 찾아 들면서 공포로 짓눌려 있던 어두운 기색이 사라졌다.

관 안에 누워 있는 것은, 우리가 그토록 두려워하고 혐오했기에 그것을 처단하는 것을 선택받은 사람의 특권으로 생각했던 그 사악한 요괴가 아니었다. 살아 있을 때의 모습 그대로 아름다움과 청순함을 지닌 루시였다. 살아 있을 때, 우리가 보았던 그대로, 근심과 고통과 피폐의 흔적이 남아 있었다. 그러나 그 자취들은 우리 모두에게 다 소중한 것들이었다. 우리가 알고 있는 그녀의 참모습을 나타내 주는 것들이기 때문이다. 지친 얼굴에 햇살처럼 내려앉은 그 고요함이 그녀가 영원한 안식을 누리게 되었음을 보여 주는 징표와 상징으로 느껴

---

45 북구 신화의 천둥 신 토르는 전통적으로 망치질하는 모습으로 묘사된다.

졌다.

판 헬싱 선생이 다가와 아서의 어깨 위에 손을 얹고 말했다.

「여보게 아서, 이제 나를 용서해 주겠나?」

아서는 과도한 긴장 상태에서 벗어나면서, 노인의 손을 잡아 자기 입술로 끌어당겨 입 맞추고는 말했다.

「용서하다마다요. 선생님은 제가 사랑하는 여인에게 영혼을 되돌려 주시고 저에게는 평화를 주셨습니다. 하느님의 축복이 있을 것입니다.」 그는 선생의 양 어깨 위에 두 손을 얹고, 선생의 가슴에 얼굴을 묻고는 잠시 나지막하게 울먹였다. 우리는 움직이지 않고 가만히 서서 그 모습을 지켜보았다. 아서가 고개를 들자 판 헬싱 선생이 말했다.

「여보게, 이제는 루시에게 키스를 해도 되네. 원한다면 죽은 그녀의 입술 위에 입을 맞추게. 그녀가 원했던 대로 말일세. 이제 루시는 이빨을 드러낸 악마가 아닐세. 영원히 사악한 불사귀로부터 벗어났다네. 루시는 참다운 죽음을 맞았네. 그녀의 영혼은 주님과 함께 있네.」

아서는 몸을 숙여 그녀에게 입 맞추었다. 그런 다음, 판 헬싱 선생과 나는 아서와 퀸시를 밖으로 내보냈다. 선생과 나는 말뚝의 밑부분을 몸에다 남겨 두고 윗부분을 톱으로 잘라 냈다. 그러고 나서 머리를 자르고 입 안에 마늘을 채웠다. 우리는 납관을 땜납으로 다시 봉해 놓고, 관 뚜껑에 나사를 박은 다음, 우리의 물건들을 챙겨 가지고 밖으로 나왔다. 선생은 문을 잠그고 열쇠를 아서에게 주었다.

밖으로 나와 보니, 공기가 상쾌하고 햇살이 다사로웠으며, 새들이 지저귀고 있었다. 모든 자연이 새로운 선율에 맞추어 노래하고 있었다. 우리 자신이 평화를 느끼고 있기에, 어디에나 기쁨과 명랑함과 평화가 있었다. 드러내 놓고 좋아하지는 않았지만, 우리의 마음엔 기쁨이 가득 차 있었다.

우리가 막 발길을 옮기려던 참인데, 판 헬싱 선생이 입을 열었다.

「여보게들, 이제 우리 일의 첫 단계가 끝났네. 우리에게 가장 힘겨운 단계였지. 그러나 더 큰 임무가 남아 있네. 이 모든 불행을 만들어 낸 자를 찾아내서 처단하는 일 말일세. 그자를 추적할 수 있는 실마리를 가지고 있네. 그러나 그것은 지루하고 힘겨운 과업이며, 위험과 고통도 따를 걸세. 자네들 나를 도와주지 않겠나? 우리는 모두 그자들의 존재를 믿게 되었네. 그렇지 않은가? 그러면서 우리가 해야 할 일이 무엇인지도 깨닫게 되었네. 그렇지? 자, 그렇다면 끝까지 어려움을 헤쳐 나가겠다고 약속하지 않겠나?」

각자 돌아가면서 우리는 그이의 손을 잡았다. 이로써 약속이 이루어졌다. 우리가 발걸음을 옮기기 시작했을 때, 선생이 다시 말했다.

「내일 밤에 다시 만나세. 7시에 존의 집에서 저녁 식사를 함께 하기로 하지. 두 사람을 더 오라고 했네. 그 두 사람은 아직 자네들이 모르는 사람들일세. 그 자리에서 그동안 내가 조사해 온 것을 보여 주고 내 계획도 밝히겠네. 여보게 존, 자네는 나와 함께 호텔로 가세. 의논할 게 있어서 말이야. 자네의 도움이 필요하네. 오늘 밤 나는 암스테르담으로 떠났다가 내일 저녁에 돌아올 것일세. 그때부터 우리의 탐색이 시작되는 것이지. 탐색에 앞서 자네들에게 이야기할 것이 많아. 그 얘기를 들어야 무엇을 해야 하는지를 알고, 무엇을 조심해야 하는지를 알게 될 걸세. 그 얘기가 끝나면 새로이 우리의 결의를 다져야 하네. 우리의 앞에 가로놓인 과업이 너무나 엄청난 것이기 때문이지. 그리고 일단 쟁기 날 위에 발을 올려놓은 바에는 뒤로 물러서선 안 되기 때문이라네.」

17

수어드 박사의 일기

9월 29일, 밤(계속)

우리가 버클리 호텔에 다다라 보니, 판 헬싱 선생에게 전보가 와 있었다.

　기차로 상경하겠습니다. 조너선은 휫비에 갔습니다. 중요한 소식이 있습니다.

　　　　　　　　　　　　　　　　　　　　미나 하커.

　선생이 반색을 했다. 「아, 미나 여사로구먼. 훌륭한 여자야. 여자 중의 진주라네. 그녀가 온다네. 나는 오늘 암스테르담을 가야 하니까, 자네 집으로 모시게. 역으로 마중을 나가게. 그 부인이 준비를 하고 있을 테니까 출발하라고 전보를 치게나.」

　전보를 치고 나서 그이는 차를 한잔 마셨다. 차를 마시면서, 조너선 하커가 외국에 나가 있을 때 쓴 일기와 하커 부인이 휫비에서 쓴 일기에 대해서 이야기를 하고 그것을 나에게 건네주었다. 둘 다 타자기로 다시 베낀 것들이었다.

「이것들을 가져가서 잘 연구해 보게. 내가 돌아올 때쯤이면 모든 사실들을 잘 알게 될 걸세. 그러면 탐색 작업을 더 순조롭게 시작할 수 있을 거야. 잘 보관하게. 그 안에는 소중한 것이 많이 들어 있다네. 오늘 엄청난 일을 경험했지만, 자네에겐 여전히 신념이 필요하다네. 여기에 적혀 있는 것이……」그 말을 하면서 그이는 그 서류들의 꾸러미 위에 진중하게 손을 얹었다. 「자네와 나와 다른 사람들이 해야 할 일의 출발점이네. 다시 말하면, 이것들이, 지상을 활보하고 있는 불사귀들의 소멸을 예고하고 있다는 말일세. 열린 마음을 가지고 모두 읽어 보게. 부탁하네. 여기 적힌 것에다 뭐 덧붙일 게 있으면, 첨가하게. 모든 것이 다 중요하다네. 자네도 우리가 겪었던 해괴한 사건들에 대해 기록을 해온 걸로 아는데. 그렇지? 그러면, 다음에 만날 때 모든 것들을 함께 검토할 수 있도록 준비를 해주게.」말을 마치자 그이는 떠날 채비를 했다. 곧 그이는 리버풀 스트리트 역으로 마차를 몰았다. 나는 패딩턴 역으로 갔다. 기차가 들어오기 15분 전에 역에 도착했다.

열차가 도착하고 난 플랫폼이 언제나 그렇듯이, 사람들이 한바탕 북새를 떨고 나서 저마다의 갈 길을 찾아 사라졌다. 내 손님을 놓친 거나 아닌가 하고 불안한 생각이 막 들려던 찰나에, 예쁘장한 얼굴의 세련되어 보이는 여자 하나가 내 쪽으로 다가왔다. 여자는 나를 슬쩍 쳐다보고 나서 물었다. 「수어드 박사 아니신가요?」

「하커 부인이시군요!」나는 바로 대답을 했다. 그러자 여인이 손을 내밀었다.

「전부터 선생님을 알고 있었습니다. 루시가 선생님에 대해서 말한 적이 있었거든요. 그런데……」여자가 갑자기 얼굴을 빨갛게 물들이면서 말을 중단했다.

내 뺨에도 홍조가 번졌는데, 그럼으로써 우리는 다소 편안한 느낌을 갖게 되었다. 내가 얼굴을 붉힌 것은 그녀가 얼굴을 붉힌 것에 대한 무언의 대답이었다. 나는 여인의 짐을 들었다. 짐 중에는 타자기도 있었다. 하녀에게 전보를 보내, 하커 부인을 위해 거실 하나와 침실 하나를 마련해 놓으라고 일러 놓고, 그녀와 함께 펜처치 스트리트 역으로 가는 지하철을 탔다.

이윽고 우리는 내 병원에 이르렀다. 하커 부인은 이곳이 정신병원이라는 것을 미리 알고 있었겠지만, 막상 병원 안으로 들어설 때는 꺼림칙한 기분을 느끼고 있는 모습이 역력했다.

하커 부인은 이야기할 것이 많아서 바로 내 서재로 올라오겠다고 말했다. 그래서 나는 지금 그녀가 오기를 기다리면서 이 일기를 녹음하고 있다. 이제 마무리를 해야겠다. 판 헬싱 선생이 읽어 보라고 준 일기들을 앞에 펼쳐 놓고는 있지만, 아직 읽을 기회가 없었다. 이것들을 읽을 시간을 가지려면, 부인이 뭔가에 관심을 갖고 몰두할 수 있도록 만들어 주어야 한다. 지금 우리에게 시간이 얼마나 소중한지, 우리에게 주어진 임무가 무엇인지 부인은 모를 것이다. 그녀가 놀래지 않도록 조심해야 한다. 그녀가 왔다!

미나 하커의 일기

9월 29일

몸을 씻고 나서 수어드 박사의 서재로 내려갔다. 문 앞에서 나는 잠시 발걸음을 멈추었다. 그가 누군가하고 이야기를 나누고 있다고 생각했기 때문이었다. 그렇지만 그가 빨리 오라고 얘기를 했던 터였으므로, 더 이상 개의치 않고 문을 두드렸다. 〈네, 들어오십시오〉라고 외치는 소리를 듣고 안으로 들어갔다.

방 안에 그 사람 혼자밖에 없다는 사실이 너무나 뜻밖이었다. 그의 맞은편에 있는 책상에는 말로만 듣던 축음기가 있었다. 처음 보는 것이어서 무척 관심이 갔다.

「너무 기다리시게 한 건 아닌지요. 누구랑 말씀을 나누고 계시는 줄 알고 문 앞에 서 있었어요. 누군가하고 함께 계시다고 생각했지요.」

「아, 일기를 녹음하고 있었을 뿐입니다.」 그가 빙그레 웃으면서 대답했다.

「일기를요?」 나는 놀라서 물었다.

「예. 저는 여기다가 매일의 일을 녹음한답니다.」 그는 대답을 하면서 축음 기 위에 손을 올려놓았다. 나는 그것에 무척 흥미를 느꼈다. 그래서 별생각 없 이 불쑥 말했다.

「어쩜. 이게 속기보다도 낫겠는데요. 이걸 좀 들어 봐도 될까요?」

「물론이지요.」 그는 선선히 대답하고, 그것을 작동시키려고 일어섰다. 그러 다가 문득 동작을 멈추고 난감해 하는 표정을 지었다. 그가 어눌하게 말했다.

「저, 사실은, 여기에는 제 일기만 녹음해 놓았습니다. 그게 전부…… 거의 전부…… 가 제 환자들에 대한 것이라서 말이죠. 들려 드리기가 좀 곤란한데 요.」 나는 그가 난처해하지 않게 하려고 애를 썼다.

「선생님은 루시를 간병하면서 임종을 지키셨습니다. 그 애가 어떻게 죽었는 지 들려주세요. 그 애에 대해서 뭐든지 알게 해주시면 고맙겠습니다. 그 애는 저에게 아주, 아주 소중했어요.」

그는 뜻밖에도 겁에 질린 표정을 지으며 대답했다.

「그녀의 죽음에 대해서 듣고 싶다고요? 그건 정말 곤란한데요.」

「왜요?」 왠지 심각하고 무서운 느낌이 들어서 내가 물었다. 그가 다시 뜸을 들이고 있었다. 어떤 핑곗거리를 찾고 있음을 알 수 있었다. 이윽고 그가 더듬 거리며 말했다.

「일기 중에서 어떤 부분만 발췌해서 들을 수가 없습니다. 제가 방법을 몰라 서 말이지요. 양해해 주십시오.」 그는 그 얘기를 하면서 자신의 변명이 그럴듯 하다고 생각한 듯, 무의식적으로 목소리를 바꾸면서 어린애처럼 순진하게 말 했다. 「정말이에요. 맹세할게요.」 나도 모르는 사이에 빙긋 웃음이 나왔다. 그 모습을 보고 그가 얼굴을 찡그리며 말했다. 「그땐 미처 그 생각을 못했어요. 지난 몇 달 동안 일기를 녹음해 오면서도, 어떤 특별한 부분을 되찾아서 조사하고 싶을 때는 어떻게 할 건지 전혀 염두에 두지를 못했어요. 아시겠어요?」 그쯤 되니까, 그의 기록에 뭔가가 있을 거라는 생각이 들었다. 그의 기록을 검토해 보면 그 끔찍한 요괴에 대해서 뭔가 새로운 것을 알아낼 수 있을 것 같았다. 그래서 나는 단도직입적으로 말했다.

「그러면, 선생님이 녹음해 놓은 것을 타자기로 쳐서 옮겨 드리면 어떨까요?」 그러자 그는 낯빛이 핼쑥해지면서 펄쩍 뛰었다.

「안 돼요! 안 돼! 그럴 순 없어요. 그 끔찍한 이야기를 부인에게 들려 드리고 싶진 않아요.」

내 직감이 옳았다! 그의 기록에는 무시무시한 내용이 들어 있는 것이다. 어쩌면 좋을까를 잠시 생각하다가, 뭔가 나를 도와줄 만한 것이 없을까 하고 방 안을 두리번거렸다. 그러다가 책상 위에 내가 타자한 일기들이 있는 것을 발견했다. 그의 눈이 내 표정을 살피다가 무심코 내 시선이 가는 곳을 따라갔다. 그 일기 뭉치에 시선이 닿으면서 그는 내 의도를 깨달았다. 나는 다시 힘을 얻어 그에게 말했다.

「선생님은 저를 모르세요. 저 일기들은 제가 타자한 건데요. 제 일기와 남편의 일기예요. 저걸 읽고 나시면 저를 더 잘 아시게 되겠지요. 저는 제가 알고 있는 것을 알리기 위하여, 제 마음속에 있는 모든 생각들을 주저 없이 드러냈어요. 그러나 아직 선생님은 저를 모르실 거예요. 그래서 지금으로서는 선생님이 저를 믿어 주시리라고 기대하지 않아요.」

그는 확실히 결곡한 사람이었다. 그에 대한 루시의 생각은 옳았다. 그는 일어서서 커다란 서랍을 열었다. 그 안에는 검은 밀랍을 바른 금속 원통 여러 개가 가지런히 정리되어 있었다. 그의 음성이 녹음되어 있는 원통들임이 분명했다. 그가 말했다.

「부인의 말씀이 옳아요. 저는 부인을 몰랐기 때문에 믿지 못했습니다. 그러나 이제 부인을 알겠습니다. 진작부터 부인이 어떤 분인 줄을 알았더라면 좋았을 것을 그랬습니다. 루시가 부인에게 제 얘기를 했다는 것을 알고 있습니다. 루시는 부인 얘기도 저에게 했습니다. 부인께서 일기를 내놓으셨으니 저도 그에 상응해서 제가 드릴 수 있는 것을 드려야겠지요? 이 원통들을 가져가셔서 들어 보십시오. 처음 여섯 개는 제 개인적인 신상에 관한 것입니다. 무서운 내용은 없을 것입니다. 그걸 들으시면 저를 더 잘 아시게 될 겁니다. 그런 다음에 저녁을 드시지요. 그동안에 저는 이 기록들을 읽으면서 새로운 것들을 알아야겠습니다.」 그는 축음기를 손수 내 거실로 옮겨다 주고 원통을 걸어 주었다. 이제 나는 루시와 수어드 박사 사이에 있었던 뭔가 즐거운 일들을 알게 될 것이다. 어떤 진실한 사랑 이야기의 다른 측면을 듣게 될 것이다. 이미 한쪽의 이야기는 들은 바 있다……

수어드 박사의 일기

9월 29일

조너선 하커와 그 아내의 경이로운 일기에 흠뻑 빠져서 시간 가는 줄 몰랐다. 하녀가 저녁 식사 시간을 알리러 왔을 때, 하커 부인은 아직 서재로 내려오질 않았다. 그래서 하녀에게, 〈부인이 피곤할 거야. 저녁 식사를 한 시간 뒤로 미루지〉라고 말하고서 내 일을 계속했다.

하커 부인이 들어왔을 때는 이미 나는 그녀의 기록을 다 읽은 뒤였다. 예쁜 부인의 얼굴에 슬픔이 가득했다. 눈물을 많이 흘린 듯 눈자위가 붉었다. 그 모습이 무척 마음을 아프게 했다. 근자에 나도 펑펑 울고 싶을 때가 있었지만 울지 않았다. 그런데 이제, 갓 울고 난 여인의 아름다운 눈매를 보고 있으니, 내

가슴이 아려 왔다. 그래서 나는 되도록 살가운 음성으로 말했다.

「제가 부인의 마음을 너무 아프게 한 건 아닌지 모르겠군요.」

「아, 아니에요. 선생님이 제 마음을 아프게 하신 게 아니라, 선생님이 겪으신 마음의 고통에 이루 말할 수 없는 감동을 받은 거예요. 이것은 참 멋진 기계예요. 그렇지만 너무 진실해서 잔인하다고 느낄 정도였어요. 선생님의 고뇌를 아주 생생하게 들려주었어요. 전능하신 주님을 향해 울부짖는 영혼의 소리를 들려주는 듯했어요. 다른 사람들에게 이것을 다시 들려줄 필요는 없다고 생각해요. 이 기록을 타자기로 옮기는 게 좋겠어요. 보세요. 이렇게 우리 일기들을 타자기로 옮겨 놓으니까 쓸모 있지 않아요? 이제 다른 사람들이 저처럼 선생님의 심장이 뛰는 소리를 듣게 할 필요는 없어요.」

「아무도 알 필요 없고, 알리고 싶지도 않습니다.」 나는 나지막한 소리로 말했다. 부인이 내 손 위에 손을 얹고 아주 드레지게 말했다 —

「그렇지만, 다른 사람들도 알아야 해요.」

「알아야 한다고요? 왜죠?」

「이건 우리 모두가 알아야 할 무서운 이야기의 일부로서, 루시의 죽음과 그 죽음을 일으킨 자에 대한 이야기를 담고 있기 때문이에요. 이 땅에서 그 가공할 요괴를 없애 버리기 위한 싸움이 우리 앞에 가로놓여 있습니다. 그 싸움을 위해서 우리가 얻을 수 있는 모든 지식과 모든 지원을 확보해야 해요. 선생님이 주신 원통의 기록들에 담긴 의미들을 제가 충분히 이해했다고는 생각하지 않아요. 그렇지만, 선생님의 기록 속에는 이 오리무중의 수수께끼를 풀 수 있는 실마리들이 들어 있음을 알 수 있지요. 제가 이 일에 도움이 될 수 있도록 해주시기 않겠습니까? 저도 어느 정도까지는 알고 있어요. 그리고 선생님의 기록을 9월 7일까지밖에는 듣지 않았지만, 루시가 얼마나 괴롭힘을 당했는지, 그 참혹한 죽음이 어떻게 일어났는지 이미 알고 있어요. 조너선과 저는 판 헬싱 선생을 만나고 나서부터 밤낮으로 일을 해왔어요. 그이는 더 많은 사실을 알아내려고 휫비로 갔는데, 내일 여기로 와서 우리와 합류할 거예요. 우리들 사이에 비밀을 만들 필요는 없어요. 우리 중의 누군가가 어둠에 묻혀 있을 때보다는, 절대적인 신뢰를 가지고 함께 일을 할 때 우리는 더욱 강해질 수 있을 거예요.」 나를 바라보는 부인의 눈에 호소하는 듯한 기색이 어려 있었고, 부인의 태도에는 용기와 결단력이 담겨 있었다. 더 이상 부인의 요구를 받아들이지 않을 수가 없었다. 「부인이 원하시는 대로 하시지요. 제가 잘못하고 있는 거나 아닌지 모르겠습니다. 아직 알아야 할 일들이 많습니다. 무시무시한 사건들입니다. 루시가 어떻게 죽었는지를 알려고 이제껏 애써 오셨다니, 모든 걸 알려드리지 않으면 만족하시지 않을 것 같군요. 죽음이 끝은 아니었습니다. 진짜 끝이 어떠했는지를 아시면 평화의 빛을 발견하시게 될지도 모릅니다. 자 이제, 가시죠. 저녁이 준비되어 있습니다. 우리 앞에 놓인 일을 위해서, 먹고 힘을 내야 하지 않겠습니까? 우리의 일은 너무나 가혹하고 두려운 일입니다. 식사를 하시고 나서 나머지를 들으시죠. 혹시라도 이해가 안 가시는 것이 있으면, 질문해 주십시오. 대답해 드리겠습니다.」

미나 하커의 일기

9월 29일

저녁을 먹고 수어드 박사와 함께 그의 서재로 돌아왔다. 그는 내 방에서 축음기를 날라 오고, 나는 타자기를 가져왔다. 그는 편안한 의자에 나를 앉게 한 다음, 축음기를 맞춤하게 놓아서 일어서지 않고도 다룰 수 있게끔 해주고, 멈추고 싶을 때 작동하는 방법을 일러주었다. 그러고는 아주 사려 깊게도 내 쪽으로 등을 돌리고 앉았다. 덕분에 나는 아주 편한 마음으로 그의 기록을 듣기 시작했다. 갈래가 진 쇠붙이를 귀에다 대고 들었다.

루시의 죽음에 관한 참담한 이야기와 이어지는 모든 이야기를 듣고 나서, 나는 힘없이 의자에 몸을 묻었다. 정신을 잃지 않은 게 다행이었다. 수어드 박사가 나를 보고 겁먹은 소리를 지르며 벌떡 일어났다. 그는 찬장에서 부랴부랴 네모난 브랜디 병을 꺼내어, 나에게 조금 따라 주었다. 그걸 마시고 나니 곧 마음이 진정되는 느낌이었다. 그렇게 한바탕 소동을 벌이지 않고는 그 이야기를 감내할 수가 없었다. 머릿속이 온통 소용돌이에 휩싸였고, 루시가 결국 평화 속에 잠들게 되었다는 사실만이 엄청난 공포를 이기게 해주었다. 너무나 무섭고 불가사의하고 해괴한 이야기라서, 트란실바니아에서 조너선이 겪은 일을 알고 있지 않았더라면, 도저히 믿을 수가 없었을 것이다. 믿긴 했지만, 충격이 너무도 커서 마음의 갈피가 잡히질 않았다. 어지러운 마음을 수습하는 데는 일에 정성스럽게 매달리는 것만큼 좋은 게 없었다. 나는 타자기의 뚜껑을 열고 수어드 박사에게 말했다 ―

「이제 이것을 모두 받아쓰겠어요. 판 헬싱 박사가 올 때까지는 모든 준비를 갖춰 놓아야 해요. 조너선에게도 전보를 쳤어요. 휫비에서 런던으로 오는 대로 여기에 오라고요. 이 일은 촌각을 다투는 일이에요. 우리 자료들을 모두 준비해 놓고, 모든 사건들을 시간 순서대로 정리해 놓으면, 도움이 많이 될 거예요. 고덜밍 경하고 모리스 씨도 올 거라고 하셨죠? 다들 모이시면, 보고할 수 있도록 해야 돼요.」 그는 축음기가 느린 속도로 돌아가도록 맞춤하게 조절해 주었다. 나는 일곱 번째 원통의 첫 부분부터 타자를 시작했다. 다른 것들을 타자할 때와 마찬가지로 먹지를 써서 세 부의 사본을 만들었다. 일을 끝냈을 때는 밤이 이슥했다. 내가 일을 하는 동안 수어드 박사는 회진을 하러 돌아다니다가, 회진을 끝내고 돌아와서는 내 곁에 앉아서 책을 읽었다. 그는 내가 너무 외로움을 느끼지 않도록 배려했다. 그는 참 착하고 사려 깊은 사람이다. 세상에 비록 괴물들이 있긴 해도, 훌륭한 남자들이 많다는 것은 얼마나 마음 든든한가! 그의 곁을 떠나려 하다가 그가 신문을 모아 놓은 것을 보고, 문득 판 헬싱 선생이 엑서터 역에서 저녁 신문을 읽다가 무슨 기사를 보고 당혹스러워했다고 조너선의 일기에 씌어 있던 것이 생각났다. 그래서 『웨스트민스터 가제트』와 『폴 몰 가제트』의 신문철을 빌려서 내 방으로 가져왔다. 전에 『데일리그래프』와 『휫비 가제트』의 기사를 스크랩해 놓은 것이, 드라큘라 백작이 상륙하던 날 휫비에서 있었던 그 가공할 사건을 이해하는 데 많은 도움을 주었었다. 이 석간신문들을 잘 검토해 봐야겠다. 어떤 새로운 실마리를 찾게 될지도 모른다. 지금 졸리지는 않지만, 수고로운 하루를 보냈기에 평화로운 휴식이 찾아올 것이다.

수어드 박사의 일기

9월 30일

하커 씨는 아침 9시에 도착했다. 휫비에서 막 출발하기 전에 부인의 전보를 받았다고 했다. 그는 얼굴 생김생김이 아주 똑똑하고 패기만만해 보였다. 그의 일기대로라면 — 물론, 나 자신이 겪은 놀라운 일에 비추어 사실 그대로임이 틀림없지만 — 대단히 용기 있는 사람이기도 하다. 그가 두 번째로 지하실에 내려가서 드라큘라 백작에게 일격을 가했던 것은, 그의 대담함을 웅변하는 하나의 본보기였다. 그 일에 대한 이야기를 읽고 나서, 남성다움의 본보기가 될 만한 사람을 만나게 되려니 기대했었는데, 정작 오늘 여기에 온 사람은 사업가풍의 조용한 신사였다.

시간이 흐른 뒤

점심 식사를 끝내고, 하커 부부는 자기들 방으로 돌아갔다. 그 방을 지나오는데, 타자기 두드리는 소리가 들렸다. 그들은 그 일에 정성을 다하고 있다. 하커 부인의 말로는, 자기들이 가지고 있는 증거 자료들을 낱낱이 시간 순서대로 꿰어 맞추고 있다고 했다. 하커는 휫비 항구에 도착했던 나무 상자들의 행방을 찾는데 도움이 될 편지들을 얻어 왔다. 휫비에 있는 그 화물의 수탁인(受託人)과 런던에서 그것들을 맡았던 운송업자 사이에 오간 편지였다. 그들이 그것을 어떻게 사용하려는지 모르겠다. 그걸 주긴 했는데······.

바로 옆집이 백작의 은신처일지도 모른다는 생각을 단 한 번도 해보지 않았다는 것이 이상하다! 렌필드의 일거수일투족에서 충분한 실마리를 발견할 수도 있었을 텐데 말이다. 그 저택의 구입과 관련된 서신들이 타자로 정리되어 있었다. 아, 좀 더 일찍 그것들을 손에 넣기만 했어도, 루시를 구할 수 있었을 것을. 이제 와서 그런 한탄이 무슨 소용이랴. 어차피 광기는 그렇게 생겨나기 마련인 것을.[46] 하커가 내 방에 들렀다가 돌아갔다. 그는 다시 자료들을 가지런하게 정리하고 있다. 저녁 식사 때까지는 모든 사건들을 하나로 엮어서 이야기할 수 있을 것이라고 한다. 그동안에 렌필드를 감시해 달라고 나에게 부탁했다. 지금까지 렌필드가 보여 준 행동을 보면, 백작이 오고 가는 것이 그의 행동을 통해 나타난다는 것이었다. 나는 아직 그것의 사실 여부를 판단하지 못하고 있다. 그러나 날짜를 따져 보면 알 수 있을 것이다. 하커 부인이 축음기 원통의 기록을 타자로 옮겨 놓은 것은 참 잘한 일이다. 그렇지 않았다면, 날짜를 파악하기가 상당히 어려웠을 것이다······.

렌필드를 보러 갔다. 그는 팔짱을 끼고 조용히 앉아서 곰살궂게 미소를 짓고 있었다. 그 순간에는 영락없이 성한 사람의 모습이었다. 나는 자리에 앉아서 그와 함께 여러 가지 주제를 가지고 이야기를 나누었다. 그가 자연스럽게 이야기할 수 있는 거라면 뭐든지 초들어 이야기를 했다. 그러다가 그가 퇴원에 관한 이야기를 꺼냈다. 그는 이 병원에 입원해 있는 동안 한 번도 입에 올린 적

---

46 셰익스피어, 『리어왕』 3막 4장 21행 참조.

이 없는 주제였다. 그는 당장 퇴원하겠다는 얘기를 아주 자신만만하게 했다. 하마터면 단기간 그를 더 관찰해 보다가 퇴원해도 좋다고 서명을 할 뻔했다. 다행히 하커에게 들은 얘기도 있고, 편지들도 읽어 보고, 렌필드가 발작을 일으킨 날짜를 정리해 놓은 것도 보았기 때문에, 나는 렌필드의 말을 곧이듣지 않았다. 그의 발작은 모두 백작이 근처에 와 있는 것과 연관이 있었다. 그렇다면 지금 렌필드가 최상의 만족을 보이고 있는 것은 무엇을 뜻하는 것인가? 그 흡혈귀의 궁극적인 승리를 본능적으로 알고 있다는 것인가? 생각을 가다듬어 보자. 렌필드 자신은 동물 탐식증을 가지고 있다. 이웃 저택의 예배당 문 밖에서 사납게 날뛸 때, 그는 〈주인님〉이라는 말을 끊임없이 지껄여 댔다. 바로 이런 것들이 우리의 생각을 뒷받침해 주고 있다. 잠시 후에 나는 그의 곁을 떠났다. 렌필드는 지금 너무 멀쩡한 상태에 있기 때문에, 깊이 파고들면서 심문하는 것은 별로 바람직하지 않다. 오히려 이상하게 여기고 나를 속이려 들지도 모른다. 그래서 나는 자리를 떴다. 지금 그가 보여 주고 있는 평온한 상태를 믿어서는 안 된다. 나는 간호인에게 렌필드를 잘 살피라고 귀띔을 하고, 만약에 대비해서 구속복을 챙겨 놓으라고 일렀다.

조너선 하커의 일기

9월 29일, 런던으로 가는 열차 안에서

횟비에 있는 빌링턴 씨가 정중한 전갈을 보내 왔다. 자기가 가지고 있는 모든 정보를 제공해 주겠다고 했다. 그 연락을 받고, 횟비에 직접 내려가 내가 원하는 조사를 현장에서 하는 게 가장 좋겠다는 생각을 했다. 내 여행의 목적은, 백작의 짐들이 런던의 어느 곳으로 옮겨졌는가를 알아내는 것이었다. 그것을 알아내면 나중에 긴요하게 쓰일 거라는 생각이 들었던 것이다. 빌링턴 2세가 역으로 나를 마중 나왔다. 훌륭한 청년이었다. 그는 부친의 집으로 나를 안내했는데, 그들은 그날 밤 내가 거기에 묵도록 배려했다. 그들의 대접이 극진했다. 손님에게 모든 것을 베풀되, 손님이 하고 싶은 대로 하게 한다는 전형적인 요크셔식의 대접이었다. 내가 바빠서 머물 시간이 별로 없다는 것을 알고, 빌링턴 씨는 사무실에다 미리 상자들의 탁송과 관련된 서류들을 준비해 놓고 있었다. 나를 제거하려는 백작의 잔혹한 계획을 알기 전에 그의 책상 위에서 보았던 편지였다. 백작은 모든 일을 치밀하게 계산하고, 체계적이고 정확하게 처리해 놓았다. 그는 자기의 의도를 실행에 옮기는 과정에서 우연히 생겨날 수도 있는 모든 장애 요인에 대해 대비책을 마련해 놓았던 것으로 보인다. 시쳇말로 그는 〈꼼수〉를 쓰지 않았고, 그의 지시대로 아주 정확하게 일이 진행되었던 것은 그런 치밀한 계산의 당연한 결과였다. 나는 화물 송장을 보고 그 내용을 적어 두었다. 〈실험용으로 쓸 찰흙 50상자.〉 빌링턴 씨가 런던의 카터-패터슨 상사에게 보낸 서신과 그 답신도 있었다. 나는 그것들의 사본을 얻었다. 빌링턴 씨에게 그와 같은 정보를 얻은 다음에, 항구로 내려가서 해안 경비원들과 세관원들과 항무관을 만났다. 그들은 모두 그 배의 기이한 입항에 대해서 한마디씩 했는데, 그 이야기는 이미 그 지방의 전설로 자리를 잡아 가고 있었다. 그러나 화물에 대해서는 〈찰흙 50상자〉라는 단순한 표현 말고 다른 말을 더 하는 사람이 없었다. 그러고 나서 휫비 역장을 찾아갔다. 그는 실제로 상자를 인수했던 사람들과 이야기할 수 있도록 친절하게 배려해 주었다. 50개라는 숫자에는 변함이 없었고, 그들이 덧붙여 준 얘기는 상자들이 〈엄청나게 무거웠다〉는 것과 그걸 옮기는 일이 갈증 나게 하는 일이었다는 것뿐이었다. 그들 중의 한 사람이 토를 달기를, 자기들의 수고를 치하하면서 술 한잔 사줄 만한 〈나으리 같은〉 신사가 없어서 일이 힘들었다고 했다. 또 한 사람이 사족을 붙이기를, 그때 생긴 갈증이 완전히 가시지 않고 여전히 남아 있다며 너스레를 떨었다. 더 말할 것도 없이, 나는 그곳을 떠나기 전에, 술 한잔 때문에 생긴 그들의 불평을 영원히 그리고 적절한 수준에서 씻어 주었다.

9월 30일

횟비 역장은 아주 친절한 사람이었다. 런던에 있는 킹스
크로스 역의 역장이 자기의 오랜 동료라면서 줄을 대주었다.
그래서 아침에 거기에 도착해서 그 역장에게 상자들이 도착한
일에 대해 물어 볼 수가 있었다. 그도 바로 담당 역무원들과 이야기
할 수 있도록 주선해 주었다. 그들이 말하는 상자의 개수도 여전히
50이었다. 그곳에서 지독한 목마름을 느낄 일은 없을 텐데도, 그들은 상자를
옮기면서 갈증을 느꼈다고 했다. 또다시 해소되지 않은 갈증을 사후에 처리해
주는 수밖에 다른 도리가 없었다.

그다음에 카터-패터슨 상사의 본사로 찾아갔다. 그 상사의 사람들도 극진
히 나를 대우해 주었다. 그들은 업무 일지와 서신철을 뒤져서 그 상자들이 어
떻게 처리되었는지를 조사하고, 더욱 세세한 것을 알려고 킹스 크로스에 있는
지사에 즉시 전화를 걸었다. 다행히 당시에 일을 했던 작업조가 일을 하려고
대기하고 있던 참이어서, 지사의 책임자는 즉시 그들을 올려 보내면서, 상자
들을 카팩스로 배달한 것과 관련된 일체의 서류들도 들려 보냈다. 상자의 개수
는 여전히 처음과 일치했다. 운송 회사의 일꾼들은 당시의 상황에 대한 조금
자세한 이야기를 덧붙여 주었다. 그들이 하는 이야기는 거의가 그 일을 하느라
고 갈증을 많이 느꼈다는 것이었다. 돈 몇 푼을 쥐여 주어, 뒤늦게나마 갈증을
풀 수 있는 기회를 주자, 그중의 한 사람이 입을 열었다.

「그렇게 괴상망측한 집은 난생처음 들어가 보았어요. 정말 못 봐주겠더라고
요. 사람이 살지 않은 지가 백 년은 되었겠습디다. 먼지가 어찌나 두텁게 쌓여
있는지 거기에 누웠다가는 몸이 성치 않겠더라고요. 전혀 손을 보지 않아서 냄
새는 또 어찌나 지독하던지. 낡은 예배당도 있었는데, 정말 끝내주더만요. 제

　동료하고 거기에 들어갔다가 기겁을 하고 나와 버렸어요. 해 진 뒤에는 돈을
준다고 해도 거긴 못 있겠더라고요.」

　그들이 말하는 집에 가본 적이 있기 때문에 나는 그의 말이 사실이라는 것
을 잘 알고 있었다. 그러나 그런 내색을 하지 않았다. 그걸 눈치채면 그가 손을
더 벌릴지도 모른다는 생각이 들었던 것이다.

한 가지 사실은 분명해졌다. 바르나에서 〈데메테르〉호에 실려 휫비에 도착한 상자들은 하나도 빠짐없이 카팩스에 있는 낡은 예배당으로 옮겨졌다는 사실이다. 그 뒤에 다른 데로 옮겨진 게 없다면, 거기에 50개가 그대로 남아 있을 것이다. 수어드 박사의 일기를 보면, 그중의 일부가 다른 데로 옮겨진 듯하다.

카팩스에서 상자를 실어 내다가 렌필드의 습격을 받았다는 그 마차꾼들을 만나 봐야겠다. 이 단서를 추적해 보면 많은 것을 알게 될 것이다.

시간이 흐른 뒤
미나와 하루 종일 일을 했다. 모든 서류들을 정리했다.

미나 하커의 일기

9월 30일
너무 기뻐서 어쩔 줄을 모르겠다. 이 험난한 일을 하다가 조너선의 옛 상처가 다시 도져서 그이에게 나쁜 결과를 빚지나 않을까 전전긍긍했었는데, 이제는 그것을 걱정하지 않아도 될 것 같다. 휫비로 떠날 때, 그이의 모습은 아주 장하고 믿음직해 보였는데도, 나는 그이가 떠난 뒤로 한시도 마음을 놓을 수가 없었다. 그러나 이제는 그럴 필요가 없다. 노력한 보람이 나타나고 있는 것이다. 지금 그이는 그 어느 때보다도 강하고, 활화산처럼 힘이 넘치며, 결의에 가득 차 있다. 판 헬싱 선생이 전에 말하기를, 조너선은 진정한 용기를 가진 사람이라서 나약한 모습을 씻고 강해질 거라더니, 그 말 그대로이다. 그이는 활기와 희망과 결의로 가득 차서 휫비로부터 돌아왔다. 오늘 저녁의 모임을 위해 우리는 모든 자료를 체계적으로 정리했다. 그 요괴를 생각하면 사나운 격정에 휩싸이는 것을 느낀다. 우리는 그자를 이 세상에서 추방해야 한다. 다른 것이

394

그렇게 추방된다면 연민을 느낄 이가 있을지도 모른다. 그러나 그자에겐 연민이 필요 없다. 그자는 인간도 아니고, 짐승도 아니다. 루시의 죽음과 그 뒤에 일어난 일에 관한 수어드 박사의 기록을 읽은 사람이라면, 연민의 샘이 말라 버리는 것을 느낄 것이다.

시간이 흐른 뒤

고덜밍 경과 모리스 씨가 생각했던 것보다 일찍 도착했다. 수어드 박사는 일이 있어서 출타 중이었고, 조너선도 그를 따라갔기 때문에 내가 그들을 맞이해야 했다. 그들을 만나니 가슴이 아려 왔다. 루시가 지니고 있던 모든 소망들이 생각나게 했다. 그게 불과 몇 달 전의 일이었는데. 그들은 물론 루시에게서 내 얘기를 들었다. 판 헬싱 선생도 내 자랑을 엄청나게 늘어놓았던 모양이다. 모리스 씨는 판 헬싱 선생이 나에 대해 〈나팔을 불었다〉고 표현했다. 그들을 보니 마음이 아프다. 그들은 둘 다 루시에게 구혼했던 사람들이다. 내가 그 사실을 알고 있다는 걸 그들은 모른다. 그들은 무슨 얘기를 해야 할지, 무엇을 해야 할지 모르고 있었다. 이 일에 대해서 내가 어느 만큼이나 알고 있는지 짐작할 수 없었기 때문이었다. 그러다 보니 그들의 화제가 어정쩡할 수밖에 없었다. 나는 어찌할까를 생각하다가 최근에 우리가 한 일들에 대해 알려 주는 게 좋겠다고 판단했다. 그들도 루시의 영혼을 되찾아 주는 일에 동참했다는 것을 수어드 박사의 일기를 통해 알고 있었기 때문에, 그런 얘기를 해도 사전에 비밀을 누설한다는 염려는 할 필요가 없었다. 그래서 모든 서류와 일기를 읽었다는 것과, 우리 부부가 그것들을 타자하고 정리했다는 얘기를 했다. 서재에서 읽으라고 그들에게 사본을 한 권씩 주었다. 고덜밍 경은 자기 것을 받아 들고 대충 훑어보고는 — 그것은 상당히 많은 분량이다 — 입을 열었다.

「부인이 이걸 다 타자하셨습니까?」

내가 고개를 끄덕이자 그가 다시 말했다.

「이렇게 하신 의도는 잘 모르겠습니다만, 두 분이 대단히 훌륭하고 착한 분들이시라는 걸 알겠습니다. 아주 진지하고 열성적으로 준비를 하셨군요. 저로서는 여기에 숨겨진 두 분의 뜻을 받들어서 두 분을 도와야겠다는 생각뿐입니다. 저는 이미, 생의 마지막 순간까지 부끄럽지 않으려면 사실을 있는 그대로 받아들여야 한다는 교훈을 얻은 바 있습니다. 그뿐만 아니라 저는 부인이 루시를 사랑했다는 것도 알고 있습니다…….」 그 말을 하다가 그는 돌아서서 얼굴을 손으로 가렸다. 그의 목소리에 울음기가 섞여 있었다. 모리스 씨는 본능적으로 고덜밍 경의 마음을 헤아린 듯, 고덜밍 경의 어깨에 잠시 손을 얹고 있다가 살며시 밖으로 나갔다. 고덜밍 경은 내 곁에 자기만 있다는 것을 깨닫자 소파에 앉더니, 자신의 슬픈 감정을 숨김없이 드러냈다. 여자의 본성에 무엇이 있길래, 여자들 앞에서 남자들은 이렇게 부드러워지는 걸까. 남자들이 자신들의 남성다움이 훼손된다는 느낌을 갖지 않고, 여자들 앞에서 마음껏 울기도 하고, 자신들의 연약하고 감정적인 마음을 드러내기도 할 수 있게 하는 여자의 본성은 무엇인지. 나는 그의 옆에 앉아서 그의 손을 잡았다. 내가 너무 주제넘은 행동을 했던 건 아닌지 모르겠다. 그가 그렇게 생각하지 않았기를 바란다. 나중에라도 그런 생각을 갖지 않았으면 좋겠다. 그가 그런 생각을 할 리가 없다. 그는 나무랄 데 없는 신사인 것이다. 그의 마음이 갈가리 찢어지고 있다는 것을 알았기에 나는 말했다.

「저는 루시를 사랑했어요. 그리고 루시가 당신에게 얼마나 소중한 사람이었는지, 당신이 그녀에게 얼마나 소중한 사람이었는지도 알아요. 루시와 나는 자매나 다름없었어요. 이제 그 애는 떠났어요. 당신이 괴로우실 때 저를 당신의 누이처럼 대해 주실 수는 없나요? 당신이 지닌 슬픔의 깊이를 헤아릴 수는 없지만, 저는 어떤 슬픔을 가지고 있는지는 알아요. 당신의 마음을 알아주고 함께 슬퍼하는 것이 당신의 고통을 더는 데 도움이 될 수 있다면, 제가 루시를 위해서 뭔가를 할 수 있도록 해주시기 않겠어요?」

그 말을 듣고 그는 곧 슬픔의 소용돌이에 휩싸였다. 이제껏 묵묵히 참아 왔던 모든 슬픔들이 봇물 터지듯 한꺼번에 밀려오는 듯했다. 그는 비통함을 가누지 못해 어쩔 줄 몰라 했다. 손을 들어 올려 손바닥을 맞부딪기도 하고, 일어났다 앉았다 하기도 했다. 그의 뺨으로 눈물이 비 오듯 흘러내렸다. 그에게 말할 수 없는 연민을 느끼면서 나는 무의식적으로 팔을 벌렸다. 그는 내 어깨에 얼굴을 묻고 눈물을 흘리면서 지친 아이처럼 울었다. 격렬한 감정을 이기지 못해 그의 몸이 떨리고 있었다.

우리 여자들에게 잠재해 있는 모성이 일깨워지면, 우리는 사소한 것들을 얼마든지 무시할 수 있다. 내 어깨 위에 얹혀 있는 커다란 그의 머리가, 앞으로 내 품에 안길지도 모를 아기의 머리처럼 느껴졌다. 나는 그가 나의 아기라도 되는 양 그의 머리카락을 쓰다듬었다. 그 순간에는 그게 얼마나 이상한 행동인지를 전혀 깨닫지 못했다.

잠시 후에 그가 울음을 그쳤다. 그는 고개를 들고 자기의 무례함을 용서해 달라고 했다. 그러나 자신의 감정에 가식은 없었다고 했다. 그는 자신이 슬픔에 빠져 있을 때, 자기를 드러내 놓고 이야기를 하고 싶었지만, 피곤한 낮과 잠 못 이루는 밤을 숱하게 보내면서도 아무하고도 이야기를 나눌 수가 없었다고 말했다. 자신의 슬픔을 둘러싸고 있는 무시무시한 상황 때문에, 자신의 마음을 따뜻하게 헤아려 주고, 마음껏 이야기를 나눌 수 있는 여자가 없었다는 것이다. 눈물을 닦으면서 그가 말했다. 「제가 얼마나 많은 고통을 받았는지를 이제 알 것 같습니다. 오늘 부인이 저에게 보여 주신 연민의 정이 저에게 얼마나 도움이 될지 아직은 모르겠습니다. 지금도 감사하고 있지만, 부인을 이해하게 되면, 감사의 마음이 더욱 커져 갈 것입니다. 우리 모두를 위해서, 루시를 위해서 저를 오라비처럼 생각해 주시지 않겠습니까?」

악수를 하면서 내가 〈루시를 위해서〉라고 말하자, 그가, 〈그리고 부인을 위해서〉라고 덧붙였다. 그가 계속 말했다. 「한 남자의 존경과 감사를 얻는 일이 가치 있는 일이라면, 오늘 부인은 저의 존경과 감사를 얻으셨습니다. 장차 남자의 도움이 필요하게 되거든, 언제라도 저를 부르십시오. 부인의 삶에서 햇살이 사라지는 순간은 단 한 순간도 찾아오지 않겠지만, 혹시라도 그럴 때가 온다면, 꼭 저를 불러 주겠다고 약속해 주십시오.」나는 약속하지 않을 수가 없었다. 그의 표정이 아주 진지한 데다가 그러는 것이 그에게 위로가 되리라는 생각이 들었기 때문이다.

「약속할게요.」

복도를 걷다가 모리스 씨를 만났다. 그는 창밖을 바라보고 있었다. 내 발자국 소리를 듣고 그가 몸을 돌렸다. 「아서는 어떻습니까?」 그는 묻고 나서, 내 눈자위가 불그레한 것을 보고는 말했다.

「아, 부인이 아서를 위로해 주셨군요. 가련한 친구 같으니. 그 친구에게는 그게 필요합니다. 남자가 마음의 고통을 받고 있을 때는 여자만이 그를 도울 수 있지요. 여태껏 그를 위로해 준 여인이 없었답니다.」

그 자신도 루시 때문에 고통을 받고 있으면서도 의연하게 견뎌 나가는 그의 모습이 가슴을 아프게 했다. 그는 내가 만들어 준 사본을 손에 들고 있었다. 그가 그것을 읽었다면 내가 얼마나 많은 것을 알고 있는지를 깨닫게 되었으리라 생각하고 그에게 말했다.

「마음의 고통을 겪고 있는 모든 이들을 위로할 수 있었으면 좋겠어요. 저를 친구로 생각하시고 위안이 필요하실 때는 저에게로 오세요. 제가 왜 이런 말씀을 드리는지 알게 되실 거예요.」그는 내가 진심 어린 얘기를 하고 있다는 것을 알고는, 몸을 구부려 나의 손을 잡아 들어 올리더니, 거기에 입 맞추었다. 용기 있고 사심 없는 영혼을 가진 이에게 그것은 너무나 빈약한 위안이라는 느낌이 들었다. 그래서 나는 그의 고개를 들게 하고 그에게 키스했다. 그의 눈에서 눈물이 솟았다. 목이 멘 듯 그는 잠시 침묵을 지키다가 아주 차분하게 말했다.

「아가씨, 지금 보여 주신 진심 어린 그 친절을 후회하실 일은 영원히 없을 것입니다.」 그러고 나서 그는 친구가 있는 서재로 들어갔다.

〈아가씨!〉라는 말은 그가 루시를 부를 때 썼던 바로 그 말이었다. 그렇다면, 아, 그러나 그는 자신이 친구임을 입증하였다.

<h1 style="text-align:center">18</h1>

<h2 style="text-align:center">수어드 박사의 일기</h2>

9월 30일

집에 닿으니 5시였다. 고덜밍과 모리스는 벌써 도착해서 하커와 그의 훌륭한 아내가 작성하고 정리한, 여러 일기며 편지 들의 사본에 대한 검토를 이미 마친 상태였다. 헤너시 박사가 편지에서 말했던 그 마차꾼들을 만나러 간 하커는 그때까지도 돌아와 있지 않았다. 하커 부인이 우리에게 차를 대접했다. 정말이지, 이곳에 살기 시작한 뒤 처음으로, 이 낡은 집에서 가정의 분위기가 느껴진다. 차를 다 마시자, 하커 부인이 말했다.

「수어드 박사님, 부탁 하나 드려도 될까요? 선생님 환자 렌필드 씨를 만나 봤으면 하는데요. 그 사람을 보게 해주세요. 선생님 일기를 보니 너무 흥미로워서, 꼭 한 번 만나 보고 싶어요.」 그렇게 예쁜 그녀가 그토록 간절하게 부탁을 하니 거절할 수가 없었다. 또, 딱히 거절해야 할 만한 까닭도 없었다. 나는 하커 부인과 함께 렌필드의 방으로 갔다. 먼저 방에 들어선 나는 렌필드에게, 한 숙녀께서 그를 만나고 싶어 하신다고 알렸다. 그의 대꾸는 간단했다. 「왜?」

「그분은 이 집을 한 바퀴 돌아보면서 집 안에 있는 사람들을 모두 만나 보고 싶어 하신다네.」 내가 대답했다. 「아, 그렇소? 좋소, 들어오시게 하오. 하지만, 그 전에 잠깐 이곳을 치워야겠는데.」 렌필드의 정돈 방식은 아주 독특했다. 내가 미처 말리기도 전에 상자들 안에 있던 파리와 거미 들을 꿀꺽 삼켜 버리는 게 다였다. 그것들과 자기 사이에 누구든 사람이 끼어드는 것을 두려워하거나 질투하고 있는 것임이 분명했다. 정나미가 뚝 떨어지는 정돈 작업을 마친 렌필드는 쾌활하게 말했다. 「그 숙녀분을 들어오시게 하시오.」 그러면서 그는 침대 끄트머리에 앉아 고개를 숙였다. 하지만 들어오는 사람의 모습을 살필 수 있도록 눈은 치켜뜨고 있었다. 언뜻, 그가 살의를 품고 있는지도 모른다는 생각이 들었다. 얼마 전 서재에서 나를 공격했을 때만 하더라도, 공격 직전에 얼마나 얌전하게 굴었던가! 나는 렌필드가 혹시 하커 부인에게 달려들 경우에 대비해서 바로 그를 붙잡을 수 있는 자리를 골라서 섰다. 하커 부인은 침착하고 우아한 태도로 방에 들어섰다. 어떤 정신병자라도 그런 모습엔 존경심을 금치 못하기 마련이다. 소탈함이야말로 미친 사람들이 가장 존경하는 속성들 가운데 하나이기 때문이다. 하커 부인은 다정하게 웃으며 렌필드에게 다가가 손을 내밀었다.

「안녕하세요, 렌필드 씨. 저 사실은 댁을 잘 안답니다. 수어드 박사님께서 당신 얘기를 해주셨거든요.」 렌필드는 그 말에 아무 대꾸도 하지 않았다. 그는 얼굴을 찌푸린 채 하커 부인을 유심히 뜯어보더니 이상하다는 표정을 지었고, 그것은 다시 의혹의 표정으로 바뀌었다. 탐색을 마친 그는 놀랍게도 이렇게 말했다 —

「당신은 박사님께서 결혼하고 싶어 하셨던 여자분이 아니군요. 그렇죠? 하긴 그럴 리가 없지. 아시다시피, 그 여자는 죽었으니까요.」 하커 부인이 상냥하게 웃으며 대답했다 —

「맞아요. 제겐 남편이 있고, 제가 남편과 결혼한 것은 수어드 박사님을 알기 전의 일이었거든요. 저는 하커 씨의 아내랍니다.」

「그런데 이곳에선 무슨 일을 하고 계십니까?」

「남편과 저는 수어드 박사님의 손님으로 이곳에 와 있답니다.」

「그렇다면 더 머물지 마십시오.」

「왜죠?」 나는 이런 식의 대화가 불쾌했고, 하커 부인에게도 그것이 유쾌한 일은 못 될 수도 있다는 생각이 들어 대화 중간에 끼어들었다 —

「내가 누군가와 결혼하고 싶어 한다는 것을 어떻게 알았소?」 렌필드는 잠깐 눈길을 내게 돌리더니 하커 부인을 바라보며 완전히 경멸 조로 답했다 —

「정말로 바보 같은 질문이로군!」

「제가 보기엔 전혀 그렇지 않은데요. 렌필드 씨.」 하커 부인이 바로 내 편을 들어 주었다. 그러자 렌필드는 나를 경멸했을 때 보인 모습과는 딴판으로 아주 공손하게 부인에게 설명했다 —

「하커 부인, 한 남자가 이 집주인 양반처럼 사랑과 존경을 한 몸에 받고 있을 때에는, 그 사람과 관계된 모든 일이 우리네 작은 공동체의 관심사가 된다는 것을 부인께서도 물론 알고 계시리라 봅니다. 수어드 박사는 집안사람들과 친구분들의 사랑만 받고 있는 것이 아닙니다. 심지어는 환자들도 박사를 아주 좋아합니다. 환자들은 원인과 결과를 왜곡하기 잘하는 사람들이고, 개중엔 정신의 균형이 무너진 사람도 더러 있지요. 정신 병원 환자 생활을 계속해 오면서, 저는 궤변론자의 성향을 지닌 일부 환자들이 non causae의 오류(원인도 없이 결론을 내리는 오류)와 ignoratio elenchi의 오류(논지 무시의 오류)에 빠지기 쉽다는 것을 깨닫지 않을 수 없었습니다.」 이 새로운 상황 전개에 나는 정말이지 눈이 휘둥그레졌다. 동물 탐식증에 관한 한 지금껏 내가 본 환자들 중에 가장 중증인 렌필드가 초급 철학을, 그것도 교양 있는 신사의 예를 갖춰 논하고 있다니! 하커 부인의 출현에 영향을 받아 렌필드의 옛 기억이 일부나마 되살아난 것일까? 이 새로운 발전 단계가 자연 발생적인 것이라면, 다시 말해서 어떤 식으로든 하커 부인의 무의식적인 감화력에 기인한 것이라면, 부인은 희귀한 재능이나 힘의 소유자임이 분명하다.

우리는 대화를 좀 더 이어 갔다. 렌필드에게서 참으로 합리적인 인물이라는 인상을 받은 하커 부인은 내게 의혹의 눈길을 던지고선 대담하게도 렌필드가 가장 관심을 보이는 화제로 그를 유도했다. 나는 다시 한번 깜짝 놀랐다. 렌필드는 완전히 정상인처럼 아무런 편견 없이 질문에 답했다. 심지어는 어떤 이야기를 하다가 자기 자신을 예로 들어 보이기까지 했다.

「참, 바로 저도 이상한 믿음을 가졌던 사람입니다. 사실, 제 친구들이 깜짝 놀라서 저를 가두어야 한다고 주장했던 것도 당연한 일이었지요. 저는, 생명이란 적극적이고 영속적인 실체이며 아무리 하등 생물체라도 대량으로 섭취하기만 하면 사람의 목숨을 무한히 연장할 수 있다는 환상에 빠지곤 했습니다. 때때로 확신이 아주 강해지면 실제로 사람의 생명을 빼앗으려고까지 했지요. 여기 이 박사가 산증인입니다. 한번은 제가 박사를 죽이려고 했던 적이 있으니까요. 피를 통해 박사의 생명을 제 몸에 동화시킴으로써 생명력을 강화하려고 했던 것이지요. 그 근거는 물론 피는 곧 생명이라는 성서의 말씀이었지요. 하기는 무슨 무슨 특효약 장사치들 때문에 그 자명한 진리가 경멸의 대상으로까지 전락한 것도 사실이지만 말입니다. 안 그렇습니까, 박사님?」 너무 놀라 생각도 말문도 막혀 있던 나는 엉겁결에 고개를 끄덕여 주었다. 저 사람이 불과 5분 전에 자기가 기르던 거미와 파리 들을 먹어 치운 바로 그 사람이라니, 상상하기 힘든 일이었다. 시계를 보니 판 헬싱 선생을 맞으러 역으로 가야 할 시간이었다. 나는 하커 부인에게 이제 떠나야 할 시간이라고 말했다. 부인은 바로 따라나서며 렌필드에게 다정한 인사말을 던졌다. 「안녕히 계세요. 앞으로도 종종, 더 좋은 환경에서 뵙게 되었으면 해요.」 렌필드의 인사는 다시 한번 나를 놀라게 했다 ─

「잘 가세요, 부인. 부인의 아름다운 얼굴을 두 번 다시 뵙지 않게 되기를 바랍니다. 하느님의 축복과 가호가 함께하시기를.」

나는 다른 사람들을 집에 남겨 둔 채 역으로 떠났다. 루시의 발병 이후로 침울해 있던 아서는 조금은 활기를 되찾은 듯했고, 퀸시는 오랜만에야 본연의 쾌활한 모습을 되찾았다.

판 헬싱 선생은 열차가 멈출 때만 기다렸다는 듯이 어린애처럼 재빠르게 객차에서 내렸다. 그는 대번에 나를 발견하고 잰걸음으로 다가왔다.

「여, 존. 어떤가, 잘 지냈나? 물론 그렇겠지. 혹 이곳에 머물러야 될지도 몰라. 그동안 내 문제들은 다 해결되었네. 자네에게 들려줄 말이 많아. 미나 여사는 자네와 함께 있나? 좋아. 그녀의 멋진 남편도? 아서하고 내 친구 퀸시는, 그들도 자네와 함께 있나? 좋아. 아주 잘됐네.」

집으로 마차를 몰면서 나는 그동안 일어났던 일들을 판 헬싱 선생에게 들려주었다. 그리고 하커 부인의 제안으로 내 기록이 쓸모를 지니게 되었다고 설명하자, 판 헬싱 선생은 감탄을 금치 못했다.

「정말이지, 미나 여사는 대단한 사람이야. 그녀는 많은 재능을 타고난 남자가 가질 법한 남성의 머리에 여성의 마음을 겸비한 사람일세. 선하신 하느님께서 그렇게 훌륭한 요소들을 겸비토록 그녀를 지으신 데에는 다 뜻하시는 바가 계셨을 것으로 나는 믿네. 여보게 존. 지금까지 그 사람이 우리를 도운 것은 숙명이었겠지만, 오늘 밤 이후로는 이 무시무시한 사건에서 손을 떼게 해야 하네. 그녀가 그토록 큰 위험을 무릅쓰는 것은 좋지 않아. 우리네 남자들은 이 괴물을 쳐 없애겠다는 결의에 차 있네. 그러겠노라고 맹세까지 하지 않았는가. 하지만 그것은 여성이 할 일은 못 되네. 설령 그녀가 해를 입지는 않더라도, 헤아릴 수 없는 공포를 그녀의 심장은 배겨 낼 수 없을 거야. 그리고 그녀가 그일에 동참했다가는 앞으로, 깨어 있을 때는 긴장에, 잠든 동안에는 악몽에 시달리게 될 걸세. 게다가 부인은 결혼한 지 얼마 안 되는 젊은 여성 아닌가. 지금 당장은 아니더라도, 언젠가는 그녀가 생각해야 할 다른 일들이 생길 거야. 그녀가 기록 작업을 마쳤다고 했으니, 틀림없이 우리에게 다음 일을 상담해 올걸세. 하지만, 내일부터 부인은 이 일에서 손을 떼고, 우리끼리 해나가야 하네.」나는 판 헬싱 선생의 말에 기꺼이 동의했다. 그리고 그이가 떠나 있던 동안에 우리가 발견한 사실을 알려 주었다. 알고 보니 드라큘라가 구입한 집이 병원 바로 옆의 저택이더라는 말에 판 헬싱 선생은 깜짝 놀랐고, 큰 걱정에 빠져 드는 듯했다. 「저런, 그 사실을 진작 알았더라면 제때에 그자를 붙잡아 불쌍한 루시를 구할 수 있었을 텐데. 하지만, 자네 말마따나 우유를 엎지르고 나서 울면 무슨 소용이 있겠나. 지난 일에 매달리지 말고 갈 길을 끝까지 가야지.」말을 마친 판 헬싱 선생은 마차가 병원 정문을 지나도록 계속 침묵에 잠겨 있었다. 저녁 식사를 하러 가기 바로 전에 판 헬싱 선생이 하커 부인에게 말을 걸었다 ―

「미나 여사, 존이 그러던데, 부인과 남편께서 지금까지 있었던 일들을 빠짐없이 일목요연하게 정리해 놓으셨다지요?」

「지금까지는 아니에요, 선생님. 오늘 아침까지죠.」하커 부인의 대답이 바로 떨어졌다.

「왜 오늘 아침까지만 해놓으셨죠? 아무리 사소한 일들도 얼마나 훌륭한 단서가 되는지 지금껏 익히 보아 온 터에. 우리는 각자의 비밀을 털어놓았고, 그 때문에 더 안 좋은 일을 당한 사람은 지금까지 아무도 없지 않습니까?」

하커 부인은 얼굴을 붉히더니 주머니에서 종이를 한 장 꺼냈다.

「판 헬싱 박사님, 이걸 읽어 보시고 이것도 기록에 포함해야 하는지 말씀해 주시겠어요? 이게 오늘 기록이에요. 지금은 아무리 사소한 일도 빠짐없이 기록해 둘 필요가 있다는 것은 저도 잘 알고 있답니다. 하지만 여기엔 거의 사적인 내용밖에 없어서요. 이것도 포함해야 할까요?」판 헬싱 선생은 심각한 표정으로 종이를 훑어보더니 부인에게 돌려주며 말했다 ―

「부인께서 원하시지 않는다면 꼭 포함시키실 필요는 없습니다. 하지만 그것도 포함될 수 있었으면 합니다. 그걸 보면 남편께서는 부인을 더욱 사랑하시게 될 것이고, 우리들 역시 부인을 더욱 존경하고 사랑하게 되겠지요.」종이를 돌려받은 하커 부인의 얼굴이 다시 한번 붉어졌다. 그리고 홍조 띤 그 얼굴엔 환한 미소가 피어올랐다.

그래서 이제는 모든 기록이 바로 이 순간까지 완벽하게 정리되어 있다. 판 헬싱 선생은 9시로 정해진 모임 전에 검토할 요량으로 저녁 후에 사본을 한 부 가져갔다. 나머지 사람들은 이미 사본을 완독한 터였다. 따라서, 나중에 서재에서 모이면, 우리는 모두가 사실들을 숙지하고 있는 상태에서 저 무시무시하고 신비스러운 적과 맞서 싸울 계획을 짤 수 있게 될 것이다.

미나 하커의 일기

9월 30일

저녁을 먹고 두 시간이 지나 우리가 앞서 예정한 9시가 되었을 때, 우리는 수어드 박사의 서재에 모였다. 우리도 모르는 사이에 위원회 비슷한 것을 구성한 셈이다. 수어드 박사의 제안으로 판 헬싱 선생이 의장을 맡았다. 그이는 나를 의장석의 오른쪽 옆자리에 앉히고는 서기 일을 맡아 달라고 부탁했다. 내 옆에는 조너선이 앉았다. 맞은편에는 의장석을 기준으로 고덜밍 경, 수어드 박사, 그리고 모리스 씨가 차례로 앉았다. 판 헬싱 선생이 말문을 열었다.

「저는 우리 모두가 이 서류들에 담긴 사실들을 숙지하고 있다고 봅니다.」 우리 모두는 동의를 표시했다. 선생의 말이 이어졌다—

「그렇다면 여러분께 우리가 겨뤄야 할 적이 어떠한 존재인지 간략하게 말씀드리는 게 좋을 듯합니다. 그다음엔 제가 확인한 그자의 경력을 간략히 알려 드리겠습니다. 그러고 나면 행동 방침을 토론할 수 있을 것이고, 그에 따른 조치를 취할 수 있게 되겠지요.

이 세상엔 이를테면 흡혈귀 같은 존재들이 있습니다. 우리 가운데 몇 사람

은 그것들이 존재한다는 증거를 갖고 있습니다. 설령 우리 자신이 불행한 경험을 했다는 산 증거를 지니고 있지 않다 하더라도, 과거의 가르침과 기록 들은 정상인이라면 누구나 수긍할 만한 증거들을 충분히 전하고 있습니다. 솔직히 말씀드리건대, 저는 처음에는 회의적이었습니다. 하지만, 늘 열린 마음을 잃지 않도록 스스로를 채찍질해 왔기에 내 생각을 끝까지 밀고 나갈 수 있었고, 마침내 확증을 잡게 되었습니다. 아아, 지금 알고 있는 사실을 처음에 알았더라면, 아니 그자일 것이라고 짐작만 했더라도 우리가 사랑하던 한 여인의 너무도 소중한 생명을 구할 수 있었으련만! 하지만 그것은 이미 지난 일입니다. 그리고 바로 그런 뼈아픈 경험을 했기에 우리는 다른 사람들의 희생을 막기 위해 온 힘을 다해야 합니다. 〈노스페라투〉는 한 번 침을 쏘곤 죽어 버리는 벌과는 다릅니다. 그자는 오히려 더 강해집니다. 그리고 더 강해지면, 더 많은 악행을 저지를 수 있게 됩니다. 우리가 맞닥뜨린 흡혈귀는 혼자서 남자 스물을 당할 만큼 힘이 셉니다. 그자는 인간이 도저히 따를 수 없을 만큼 영리합니다. 나이를 먹을수록 더 영리해지기 때문이지요. 게다가 흡혈귀라는 말의 어원이 암시하듯이, 그자는 죽은 이들의 영혼을 불러내 미래를 점칠 줄도 압니다. 그자가 접근한 죽은 이들은 모두 부하가 되어 그자를 보호합니다. 그자는 잔인합니다. 아니, 잔인하다는 것만으로는 표현이 부족합니다. 그자는 피도 눈물도 없는 악마입니다. 그자는 어느 한계 내에서는 언제나 어느 곳에든 마음대로 나타날 수 있습니다. 그자는 자연력도 어느 정도 부릴 줄 압니다. 폭풍우를 몰아오고, 안개를 부르며, 천둥을 치게 하지요. 그자는 또 하등 동물들을 마음대로 부릴 수 있습니다. 쥐, 올빼미, 박쥐, 나방, 여우, 이리 따위 말이지요. 그자는 몸의 크기를 자유자재로 조절할 수 있습니다. 또, 때로는 갑자기 사라지고 아무도 모르게 다가오기도 합니다. 그렇다면 우리는 어디서부터 그자를 공격해야 할까요? 어떻게 그자가 있는 곳을 파악할 것이며, 또 설령 찾는다 한들 어찌해야 그자를 없앨 수 있겠습니까? 여러분, 이것은 힘겨운 일입니다. 우리는 엄청난 과제를 떠안고 있습니다. 그리고 우리 앞에는 용감한 사람들마저 오싹해질 만큼 끔찍한 결과가 기다리고 있는지도 모릅니다. 우리가 싸움에서 진다면, 그자가 이긴다는 것은 자명한 이치입니다. 그때 우리의 말로는 어디일까요? 목숨 따위는 중요하지 않습니다. 만일 패한다면, 죽느냐 사느냐의 문제에만 그치는 게 아닙니다. 지는 날에는 우리도 그자처럼 되는 겁니다. 그래서 그 뒤로는 그자처럼 밤의 악독한 괴물이 되어 감정도 양심도 없이 우리가 가장 사랑하는 사람들의 몸과 영혼을 덮치게 될 것입니다. 그러면 천국으로 가는 문은 영원히 닫히고, 우리에게 그 문을 다시 열어 줄 이는 아무도 없겠지요. 우리는 영원히 모든 사람의 증오를 살 것이요, 하느님의 찬란한 얼굴을 더럽히는 오점, 인간을 위해 돌아가신 그분의 몸에 박힌 화살 신세를 면할 수 없을 것입니다. 자, 우리는 임무를 앞두고 있습니다. 이 마당에 위험이 따른다고 해서 물러서야 할까요? 저는 답하렵니다. 아니라고. 하지만 그것은 제가 이미 늙은 데다 인생의 즐거움을 누릴 만큼 누린 몸이기 때문일 수도 있습니다. 여러분은 아직 젊습니다. 어떤 분은 슬픔을 맛보기도 했지만, 누려야 할 즐거운 날들이 여러분을 기다리고 있습니다. 자, 여러분은 어떻게 답하시겠습니까?」

판 헬싱 선생의 말이 계속되던 중에 조너선이 내 손을 잡았다. 조너선이 손을 뻗는 것을 보았을 때, 우리가 처한 섬뜩한 위험에 그이가 압도당하는 것은 아닌지 두려웠다. 너무너무 두려웠다. 하지만 그이의 손길은 내게 생기를 불어넣어 주었다. 그것은 힘과 자신감과 결의에 찬 손이었다. 용감한 남자는 손으로도 말한다. 설령 그 말을 들어 줄 여인이 없더라도 그렇다.

선생의 말이 끝나자, 우리는 서로의 눈을 마주 보았다. 말이 필요 없었다.

「미나와 저는 선생님과 같은 생각입니다.」

「나도 그렇소.」 퀸시 모리스 씨가 언제나 그렇듯 간결하게 답했다.

「저도 참여하겠습니다. 다른 건 몰라도 루시를 위해서라도.」 고덜밍 경이 뒤를 이었다.

수어드 박사는 고개만 끄덕였다. 판 헬싱 선생은 자리에서 일어나 금십자가를 탁자 위에 놓은 다음, 양쪽으로 손을 내밀었다. 내가 그이의 오른손을 잡았고, 고덜밍 경이 왼손을 잡았다. 조너선이 왼손으로 나의 오른손을 잡고 맞은편의 모리스 씨에게 오른손을 내밀었다. 이렇게 서로 손을 잡으니 엄숙한 결사가 이루어졌다. 심장이 얼어붙는 듯했다. 하지만 물러설 생각은 추호도 없었다. 모두가 다시 자리에 앉자 판 헬싱 선생이 쾌활한 어조로 말을 이었다. 중대한 작업이 시작되었다는 징표였다. 살아가면서 맺게 되는 다른 계약들과 마찬가지로, 우리의 맹세는 진지하게 받아들여져야 한다.

「자, 여러분은 우리가 맞서 싸워야 할 적의 정체를 알았습니다. 하지만 우리에게도 힘은 있습니다. 우리 쪽엔 결속력이 있고, 이것은 흡혈귀 무리가 가질 수 없는 힘입니다. 우리는 또 과학이라는 자원을 가지고 있습니다. 우리는 자유롭게 행동하고 사고합니다. 그리고 낮이든 밤이든 활동에 제약을 받지 않습니다. 사실, 우리의 힘이 계속 커질 때에만 그 힘이 자유로워지고, 그래야 우리가 그 힘을 자유롭게 활용할 수 있습니다. 우리는 대의에 헌신하며, 우리가 이루려는 목표는 우리만을 위한 이기적인 것이 아닙니다. 이 점들은 매우 중요합니다.

이제 우리에게 맞서 결집될 수 있는 저들의 힘이 얼마나 한정되어 있는지, 그리고 특수한 한 흡혈귀의 힘이 얼마나 큰지 똑똑히 알아 둡시다. 요컨대, 일반적인 흡혈귀의 약점과 우리와 맞선 특수한 흡혈귀의 약점을 나누어 생각하자는 것입니다.

우리가 판단 기준으로 삼아야 할 것은 여러 가지 전설과 미신 들입니다. 생사가 걸려 있는 상황에서, 아니 사느냐 죽느냐보다 더한 것이 문제가 되는 상황에서, 그것들은 일견 별로 도움이 안 되는 것처럼 보일 것입니다. 하지만 우리는 그것들을 기준으로 삼는 데에 만족해야 합니다. 첫째는 다른 수단들이 없으니 달리 어쩔 도리가 없고, 둘째는 이 전설과 미신 들이야말로 따지고 보면 모든 것의 열쇠이기 때문입니다. 다른 사람들이 흡혈귀를 믿는 것도 다 전설과 미신에 바탕을 둔 것 아닙니까? 1년 전만 하더라도 우리 가운데 누가 그 가능성을 받아들이려 했겠습니까? 과학과 무신론을 존중하고 실제적인 것을 추구하는 이 19세기를 사는 사람으로서 말입니다. 우리는 심지어 우리 눈으로 직접 보아 정당성이 입증된 믿음마저도 거부했습니다. 그러니 우선은 흡혈귀가 존재한다는 미신과 흡혈귀도 약점이 있으며 그것을 퇴치할 수 있다는 미신이 같은 뿌리에서 나온 것임을 인정합시다. 예로부터 사람이 사는 곳에서는 어디서고 흡혈귀가 존재한다고 알려져 왔습니다. 고대 그리스와 고대 로마에도 흡혈귀는 있었습니다. 지금은 독일 전역에서 창궐하고 있고, 프랑스와 인도, 심지어는 황금반도에도 존재합니다. 우리와 모든 면에서 판이한 중국에도 있어, 사람들이 그자를 두려워합니다. 흡혈귀는 아이슬란드인 전사(戰士), 악마의 자손인 훈족, 슬라브족, 색슨족, 그리고 마자르족의 뒤를 따라다녔습니다. 자, 이것으로 행동 지침이 될 만한 것은 다 알아보았습니다. 이런 미신들 가운데 상당수가 우리 자신이 불행한 체험 과정에서 목격한 바에 의해 정당화되고 있음을 상기합시다. 흡혈귀는 세월이 흐르면 죽어 없어지는 존재가 결코 아닙니다. 그자는 산 사람의 피로 몸을 살찌울 수 있을 때 활개를 칩니다. 아니, 우리가 직접 보았듯이 더 젊어지기까지 하며, 생명력은 더 강해집니다. 그리고 그자가 즐기는 독특한 양식이 풍부할 때, 그 생명력은 새롭게 충전되는 듯합니다. 하지만 피의 성찬을 즐길 수 없으면, 그자는 맥을 못 춥니다. 그자는 다른 사람들이 하는 식사는 하지 않습니다. 그자와 몇 주를 같이 지낸 조너선은 그자가 식사하는 것을 단 한 번도 보지 못했답니다. 그자에겐 그림자가 없고, 거울에 모습이 비치지도 않습니다. 이것 역시 조너선이 직접 관찰한 바입니다. 또, 이리 떼의 침입을 막으려고 성문을 닫았을 때나 시중들 사람들이 없는데도 조너선의 시중을 꼼꼼히 들었을 때 조너선이 확인했듯이, 그자는 여러 사물을 마음대로 부릴 수 있는 힘을 지니고 있습니다. 휫비에 배가 도착한 이후에 개를 찢어 죽였던 데서 보듯이, 그자는 이리로 변신할 수 있습니다. 또 그자는 박쥐로 변신할 수도 있습니다. 미나 여사는 그자가 창에 매달려 있는 것을 보았고, 존은 그자가 바로 옆집에서 박쥐 형상으로 날아다니는 것을 보았으며, 퀸시는 미스 루시의 방 창문에 그자가 매달려 있는 것을 보았지요. 그자는 안개를 만들어 그 속에 몸을 감추고 다가올 수 있는 능력이 있습니다. 휫비에 들어온 배의 고결한 선장이 이것을 증명한 바 있습니다. 하지만 우리가 알고 있는 사실들에 비추어 보건대, 그자가 안개로 가릴 수 있는 범위는 그자의 주위로 한정되어 있습니다. 그자는 달빛을 타고 먼지 알갱이 같은 모습으로 다가오기도 합니다. 조너선이 드라큘라의 성에서 본 세 여자가 바로 그랬지요. 그자는 아주 작게 변신하기도 합니다. 미스 루시가 납골당 문의 머리카락만 한 틈새로 빠져나오는 것을 우리 눈으로 목격한 바 있습니다. 그자는 일단 그 나름의 길을 발견하기만 하면 어디서든 빠져나올 수 있고 어디로든 스며들 수 있습니다. 아무리 단단히 묶고 심지어 용접까지 해놓아도 그렇습니다. 그자는 어둠 속에서도 볼 수 있습니다. 하루의 절반이 빛으로부터 차단되어 있는 세계에서 이것은 무시 못 할 능력입니다. 아, 하지만 제 말씀을 끝까지 들어 주시기 바랍니다. 그자는 앞서 말씀드린 일들을 모두 할 수 있습니다. 하지만 그자는 완전히 자유로운 존재는 아닙니다. 아니, 그자는 노예선의 노예보다도, 병실에 갇힌 정신병자보다도 훨씬 더 속박된 몸입니다. 그자에겐 가고 싶어도 갈 수 없는 곳이 있습니다. 초자연적인 존재이면서도 어떤 자연 법칙에는 따를 수밖에 없는 것입니다. 하지만 그 이유를 우리는 아직 모릅니다. 그자는 처음에 집안사람 가운데 누군가가 들어오도록 허락하지 않으면, 아무 데도 들어가지 못합니다. 하지만 일단 허락을 받은 뒤로는 마음대로 드나들 수 있지요. 모든 사악한 것들이 그렇듯이, 날이 밝으면 그자의 힘은 사라집니다. 그리고 하루 중 어느 특정한 때에만 제한된 자유를 누릴 수 있게 됩니다. 있어야 할 곳에 있지 않으면, 그자는 정오나 정확히 해가 뜰 때 또는 해질 때에만 변신할 수 있습니다.

우리가 들은 이야기들을 생각해 보면 또 우리 기록들을 바탕으로 추리해 보면 그 증거를 발견하게 됩니다. 요컨대, 그자는 무덤이나 관이나 지옥처럼 성스럽지 못한 곳에 있을 때는 비록 어떤 한계 내에서나마 마음대로 활동할 수 있는 반면에, 그렇지 않은 경우에는 때가 와야만 변신할 수 있습니다. 또, 그자는 간만이 바뀔 때나 밀물 때에만 흐르는 물을 건널 수 있다고 합니다. 그런가 하면 그자에게 고통을 주어 힘을 못 쓰게 하는 사물들이 있습니다. 마늘이 바로 그렇습니다. 또, 우리가 결의를 다지는 바로 이 자리에 있는 이 십자가처럼 신성한 물건을 들이대면, 그자는 맥을 못 추고 멀찌감치 달아나 조용히 몸을 도사립니다. 그 밖에도 그자를 쫓는 데 혹 필요할는지 몰라 더 알려 드려야 할 것들이 있습니다. 들장미 가지를 관 위에 올려놓으면, 그자는 관에서 빠져나오지 못합니다. 또 성스러운 탄환을 관 속으로 발사하면 그자를 진짜로 죽일 수 있습니다. 그리고 심장에 말뚝을 박는 방법도 있는데, 우리는 그 효력을 이미 알고 있습니다. 아니면, 목을 잘라도 됩니다. 그 효과도 우리 눈으로 확인한 바 있습니다.

따라서 흡혈귀가 있는 곳을 알아내면, 우리의 지식을 활용해 그자를 관에 가두고서 처치할 수 있습니다. 하지만 그자는 영리합니다. 부다페스트 대학에 있는 제 친구 아르미니우스[47]에게 흡혈귀에 관한 기록을 작성해 달라고 부탁했더니, 온갖 자료를 뒤져서 그자의 경력을 알려 주더군요. 여러분, 그자는 다뉴브강을 건너 튀르크 땅으로 쳐들어가 튀르크인들을 무찌름으로써 명성을 얻은 드라큘라 총독이었음이 분명합니다. 만일 그렇다면, 그자는 결코 평범한 인물일 리가 없습니다. 왜냐하면 그자는 당대에는 물론이고 그 뒤로도 몇 세기

47 아르미니우스 뱀베리(1832~1913). 아르민 범베리(헝가리어 인명 표기 방식으로는 성을 앞에 두어 뱀베리 아르민)이라고도 한다. 문헌학자이자 여행가로서 1905년까지 부다페스트 대학에서 동양어들을 가르쳤다. 1890년 4월 30일에 헨리 어빙의 라이시엄 극장을 방문하고 함께 저녁 식사를 했다. 이미 7주쯤 전에 훗날 『드라큘라』가 될 작품의 첫 기록을 작성한 바 있던 브램 스토커는 이 뱀베리를 통해서 자기 소설과 관련된 배경 지식을 얻었다고 한다.

동안이나 〈숲 저편 땅〉[48]의 아들들 가운데 가장 용감하고 가장 총명하며 가장 교활한 자로 알려진 위인이기 때문입니다. 그 대단한 지혜와 강철 같은 결단력은 그자와 더불어 무덤으로 갔는데, 그것들이 지금 이 순간에 우리에 맞서 전열을 정비하고 있는 것입니다. 아르미니우스 말에 따르면, 드라큘라 집안은 위대하고 고결한 가문이었지만 그 후손들 가운데엔 같은 시대 사람들로부터 마왕과 거래를 한다는 소리를 들은 자들이 이따금 나왔다고 합니다. 그들은 헤르만슈타트 호수를 둘러싼 산들 가운데 하나인 스콜로만스[49]에서 마왕의 비법들을 전수받았는데, 마왕은 열 번째 제자를 그의 몫으로 요구했습니다. 기록들을 보면 마녀를 뜻하는 〈스트레고이카〉와, 악마와 지옥을 뜻하는 〈외르되그〉, 〈포콜〉 같은 단어들이 나옵니다. 또 어떤 필사본에서는 바로 그 드라큘라를 밤쀠르wampyr라고 부르고 있습니다. 그 뜻은 우리가 익히 알고 있는 바이지요. 이 드라큘라의 가문에서 선남선녀들이 태어났고 그들의 무덤이 대지를 신성하게 하는데, 오직 그곳에서만 이 악마는 살아갈 수 있습니다. 왜냐하면, 악한 것은 모든 선한 것 속에 깊이 뿌리내리고 있는 법이기 때문입니다. 신성한 기억들이 깃들인 흙이 없으면 그 악마는 편히 쉴 수 없습니다.」

판 헬싱 선생의 말이 계속되는 동안, 모리스 씨는 계속해서 창문을 바라보고 있었다. 그러더니 조용히 일어나 방 밖으로 나갔다. 잠시 말을 멈췄던 선생이 이야기를 계속했다.

「자, 이제 우리는 무엇을 할 것인지 결정해야 합니다. 우리에겐 많은 자료가 있고, 우리는 그것들을 바탕으로 계획을 세워야 합니다. 조너선의 조사를 통해, 드라큘라성에서 휫비까지 흙이 담긴 50개의 관이 실려 와서 모두 카팩스로 배달되었다는 것을 우리는 알았습니다. 또, 그 관들 가운데 적어도 몇 개가

48　트란실바니아를 말함.

49　트란실바니아의 전설에 나오는, 악마의 지식을 가르치는 비밀 학교 헤르만슈타트 근처에 있는 산속에 숨겨져 있었다고 한다.

어디론가 옮겨졌다는 것도 알고 있습니다. 저는 우리가 처음 할 일은, 나머지 관들이 우리가 지금 보고 있는 저 담 너머에 있는 집에 그대로 남아 있는지 아니면 더 많은 관이 없어졌는지 확인하는 것이라고 봅니다. 만일 관이 더 없어졌다면, 우리는 그것을 추적해야 ―」

갑자기 밖에서 총소리가 들려왔다. 날아든 총알에 창문 유리가 박살이 났고, 창틀을 맞고 튄 총알은 건너편으로 날아가 벽을 때렸다. 나는 정말 겁쟁이인가 보다. 나도 몰래 〈악〉 하고 비명을 질렀으니 말이다. 남자들이 튀듯이 일어났다. 고덜밍 경이 창으로 달려가 창틀을 밀어 올렸다. 그러자 모리스 씨의 목소리가 들려왔다.

「미안하이. 놀라지 않았나? 들어가서 무슨 일인지 말해 주겠네.」 잠시 후, 모리스 씨가 방으로 들어섰다.

「제가 바보 같은 짓을 했군요. 특히 하커 부인께 진심으로 사과드립니다. 너무 놀라셨죠? 사실을 말씀드리죠. 선생님께서 말씀하시는 중에 큰 박쥐 한 마리가 날아와 창턱에 앉더군요. 최근에 겪은 사건들 때문에 그 망할 놈의 짐승들을 아주 무서워하게 된 터라, 그냥 두고 볼 수가 없었습니다. 그래서 밖으로 나가서 한 방 쐈지요. 이전에 늦은 밤에 박쥐를 볼 때마다 그랬듯이 말이죠. 그때마다 자네는 나를 비웃곤 했지, 아서?」

「그놈을 맞췄나?」 판 헬싱 선생이 물었다.

「글쎄요, 아마 못 맞춘 것 같습니다. 숲속으로 날아간 걸 보아서 말입니다.」 모리스 씨는 말을 마치고 자리로 돌아가 앉았다. 판 헬싱 선생이 하던 말을 다시 이어 갔다.

「우리는 그 관들을 하나하나 추적해야 합니다. 그리고 준비가 되면 그 괴물이 휴식을 취할 때에 그놈을 잡거나 죽여야 합니다. 아니면, 그 흙을 불모의 것으로 만든다든가 해서, 그자가 더 이상 그곳에서 안전을 구할 수 없게 만들어야 합니다. 그러면 언젠가는 반드시 인간의 형상을 하고 있는 그자를 정오와

해 질 녘 사이에 발견해서, 그자가 가장 약해져 있는 시간에 그자와 싸울 수 있게 될 것입니다.

그리고 미나 여사, 오늘 밤을 끝으로 모든 일이 해결될 때까지 이 일에서 손을 떼셔야 합니다. 위험을 무릅쓰기엔, 부인은 우리에게 너무도 소중한 분입니다. 오늘 밤 모임이 끝나면, 그 뒤로는 질문은 금물입니다. 때가 되면, 우리가 모든 것을 알려 드리겠습니다. 우리는 남자이고 위험을 이겨 낼 수 있지만, 부인은 우리의 별이요 희망으로 남아야 합니다. 그리고 부인이 안전해야 우리가 훨씬 더 자유롭게 행동할 수 있습니다. 바로 지금처럼 말이지요.」

남자들은 모두, 심지어는 조너선까지도 한시름 놓았다는 표정들이었다. 하지만 나에 대한 배려 탓에 그들이 더 큰 위험을 무릅써야 할지도 모른다고 생각하니, 내 마음은 편치 못했다. 그러나 그들의 결심이 워낙 굳어서, 기사도에 입각한 그들의 배려를, 쓴 약을 삼키는 심정으로 받아들일 수밖에 없었다.

모리스 씨가 토론에 다시 불을 붙였다.

「낭비할 시간이 없습니다. 지금 당장 그자의 집을 수색해야 합니다. 그자에겐 시간이 모든 것이니까, 우리 쪽에서 신속하게 행동하면 또 다른 희생자가 생기는 것을 막을 수 있을 것입니다.」

솔직히 고백하건대, 행동 시간이 다가오자 내 심장은 나를 배반하기 시작했다. 하지만 나는 아무 말도 하지 않았다. 행여 그들의 일에 방해가 된다는 인상을 주었다가는, 아예 회의에도 참석하지 못하게 하자는 말이 나올지 모른다. 그것은 더 겁나는 일이었다. 그들은 이제 카팩스로 가고 없다. 그 저택으로 들어가는 데 쓸 연장들을 가지고.

떠나면서 그들은 남자답게 말했다. 한숨 자라고. 여자는 사랑하는 이들이 위험에 처해 있을 때도 단잠에 취할 수 있단 말인가! 그래도 누워서 잠든 체를 해야겠지, 조너선이 돌아왔을 때, 나 때문에 걱정 하나를 더하는 일이 없도록.

수어드 박사의 일기

10월 1일, 오전 4시

우리가 그 집으로 떠나려는 참에 렌필드가 내 앞으로 긴급 전언을 보내왔다. 내게 말할 아주 중요한 일이 있는데 당장 만나 볼 수 없겠느냐는 내용이었다. 나는 말을 전한 간호인에게, 아침에 만나 보겠다고 전하라고 했다. 당장은 바빠서 틈을 못 내기 때문이었다. 그러자 간호인은 자기 생각을 밝혔다.

「선생님, 그 사람 아주 끈질기게 조르던데요. 그 사람이 그렇게 애원하는 것은 처음 봤어요. 잘은 모르겠지만, 선생님께서 안 가보시면 발광을 할 것 같아요.」 그 간호인은 근거 없는 말을 하는 사람이 아니었다. 그래서 나는 〈알았네, 내 곧 가도록 하지〉 하고서 다른 사람들에게 〈환자〉를 보러 가야 하니 몇 분만 기다려 달라고 부탁했다.

「여보게 존, 나도 같이 가세.」 판 헬싱 선생이 따라 나섰다. 「자네 일기를 보니 그 사람 증세가 무척 흥미롭더군. 게다가 그의 증세가 우리 문제하고 더러 관계도 있고 말이야. 한번 그 사람을 보고 싶네. 특히 그 사람이 심리적으로 동요하고 있을 때 말일세.」

「나도 같이 가면 안 되겠나?」 고덜밍 경도 끼어들었다. 퀸시 모리스와 하커도 마찬가지였다. 나는 고개를 끄덕였고, 우리는 다 함께 복도를 걸어 내려 갔다.

렌필드는 상당히 흥분한 상태에 놓여 있었다. 하지만 말과 행동이 그 어느 때보다도 조리가 있었다. 자기 자신에 대한 생각도 평소와는 사뭇 달랐다. 정신병자에게서 그런 모습을 발견하기는 처음이었다. 게다가 그는 자기의 이성으로 완전히 정상인 다른 사람들을 당연히 설득할 수 있을 것으로 여기고 있었다. 우리 넷은 렌필드의 방으로 들어갔다. 처음에 다른 사람들은 입을 다물고 있었다. 렌필드는 자기를 당장 퇴원시켜 집으로 돌려보내 달라고 요청했다.

그러면서 그는 자기가 말끔히
회복되어 현재 완전히 정상이
라는 점을 그 근거로 제시했다.
「선생 친구분들께 부탁드려 보겠
소. 친구분들께선 기꺼이 내 증세를
판정해 주시리라고 보오. 그런데 내
소개를 안 해주었군.」 나는 그때 어찌
나 놀랐던지, 정신 병원에서 환자를
남에게 소개한다는 것이 참으로 우
스꽝스러운 일이라는 생각조차 못 했다.
게다가 렌필드의 태도에 어쩐지 기품
있는 구석도 있고 해서, 나는 바로 소
개에 들어갔다. 「자 이쪽은 고덜밍 경,
판 헬싱 박사님, 그리고 텍사스에서 오신 퀸시 모리스 씨이고, 이쪽은 렌필드
씨입니다.」 렌필드는 한 사람씩 악수하며 차례로 인사말을 던졌다 ―

「고덜밍 경, 저는 윈덤[50]에서 경의 부친을 모시는 영광을 누린 적이 있었습
니다. 경께서 작위를 승계하신 것을 보니, 부친께선 이미 이 세상 분이 아니시
군요. 참으로 애통한 일입니다. 선대인을 아는 사람들은 모두가 그분을 사랑하
고 존경했지요. 그리고 내가 듣기로는, 더비 경마일 저녁에 으레 마시는 럼펀
치를 선대인께서 만드셨다더군요. 모리스 씨, 선생님께선 틀림없이 위대한 텍
사스주를 자랑스럽게 여기고 계시겠지요. 텍사스주의 연방 가입은 앞으로 북
극과 열대 지방이 성조기의 대열에 합류할 경우에 큰 영향을 주게 될 선례였지
요. 먼로주의가 정치적 신화로서 본연의 자리를 찾게 되면, 가맹 조약은 연방

50 런던에 있던 신사들의 클럽.

확대의 강력한 엔진으로서 그 위력을 발휘하게 될 것입니다. 판 헬싱 박사님, 선생님을 만나 뵙는 즐거움을 무엇이라 표현해야 할까요? 선생님 존함 앞에 으레 따라붙은 온갖 경칭들을 생략한 점에 대해서는 굳이 사과드릴 필요가 없겠지요. 뇌를 이루는 물질의 지속적인 진화에 관한 발견을 바탕으로 치료법에 혁명을 일으키신 분에게, 사람을 특정 부류로 한정하기 십상인 관습적인 경칭들은 어울리지 않습니다. 국적으로 보나 유전 형질로 보나 타고난 능력으로 보나, 모든 면에서 이 변화 심한 세상에서 능히 존경받는 지위를 누릴 만한 진정한 신사분인 선생님을, 완전한 자유를 누리는 사람들의 적어도 절대 다수와 마찬가지로 제가 완전히 정상임을 입증해 줄 증인으로 신청하는 바입니다. 그리고 저는 여기 과학자이자 인도주의자요 의학 저술가이신 수어드 박사가, 본인을 이례적인 상황에 처해 있는 사람으로 인정하는 것이야말로 도덕적 의무라고 여기시게 될 것으로 확신합니다.」

누구 하나 깜짝 놀라지 않은 사람이 없었으리라. 렌필드의 성격이며 전력을 잘 알고 있는 나조차 그의 이성이 되돌아왔다고 믿고 싶을 정도였다. 나는 하마터면 그의 정신이 온전하다는 것을 인정하고, 내일 아침에 퇴원 수속을 밟아 주겠다고 말할 뻔했다. 그러나 나는 전부터 이 유별난 환자가 갑작스러운 변화를 곧잘 보이곤 했다는 것을 알고 있었기 때문에, 그런 중대한 발언을 하기 전에, 더 지켜보는 것이 좋겠다는 생각을 했다. 그래서 나는 다른 얘기는 하지 않고, 그의 상태가 아주 빠르게 좋아지고 있으며, 내일 아침에 좀 더 길게 이야기를 나누어 보고, 그가 원하는 대로 해줄 수 있는지를 판단해 보겠다는 평범한 얘기를 하는 것으로 그쳤다. 그는 내 얘기에 전혀 만족하지 않았다. 그가 재빨리 말했다 ─

「선생은 내 바람을 거의 이해하지 못하시고 있는 것 같소. 나는 가능하면 지금, 당장, 바로 이 시간, 바로 이 순간에 가고 싶단 말이오. 시간이 임박해 오고 있소. 시간은 우리가 저승사자와 암묵적인 동의하에 맺은 계약에서 가장 중요한 것이오. 그 계약을 완수하기 위해서, 아주 간단하면서도 아주 중요한 소망을 수어드 박사처럼 훌륭한 의사에게 제시하지 않을 수가 없소.」그는 나를 뚫어져라 쳐다보았다. 내 표정에서 부정적인 답변을 읽자, 그는 다른 사람들에게 몸을 돌려 그들을 유심히 들여다보았다. 아무도 이렇다 할 반응을 보이지 않자 그가 말을 이었다 —

「내가 잘못 생각한 거요?」

「그렇소.」나는 솔직하게 말했다. 한편으로는 내가 억지를 쓰고 있다는 느낌도 들었다. 한동안 침묵이 흘렀다. 렌필드가 다시 천천히 이야기를 시작했다 —

「그렇다면, 다른 근거를 들어서 부탁하는 수밖에 없군. 나는 개인적인 이유에서가 아니라 다른 사람들을 위해서 간청을 드리겠소. 내가 나가려는 이유를 마음대로 다 말씀드릴 수는 없소. 그렇지만 그 이유들은 선량하고 건전하며 사심이 없는 것들이오. 그리고 고귀한 의무감에서 나온 것이오. 선생이 내 마음을 안다면, 나에게 생기를 불어넣어 주고 있는 그 취지에 완전히 동감할 거요. 아니, 더 나아가서 나를 가장 착하고 신실한 친구의 한 사람으로 생각해 줄 거요.」그가 다시 우리를 날카롭게 응시했다. 그가 갑작스럽게 온전한 지력을 회복한 것처럼 보이는 것이 광기의 또 다른 형태이거나 새로운 국면이라는 생각이 점점 굳어졌다. 그래서 나는 그가 더 얘기를 하도록 내버려두기로 했다. 그도 다른 정신병자들처럼 결국에는 본색을 드러낼 거라는 것을 나는 경험을 통해 알고 있었다. 판 헬싱 선생은 자못 심각한 표정으로 렌필드를 바라보고 있었다. 그이가 렌필드에게 말을 걸었다. 대등한 사람에게 말을 거는 듯한 어조였다. 그 순간에는 그 어조가 놀랍다는 느낌이 들지 않았는데, 나중에 그걸 생각할 때는 무척 그렇다는 생각이 들었다.

「오늘 밤에 나가고 싶어 하는 진짜 이유를 말해 줄 수 없겠소? 나는 당신을 처음 보는 사람이고, 선입견도 없고, 언제나 열린 마음을 가지려고 노력하는 사람이오. 나를 이해시키면, 수어드 박사가 책임지고 당신이 찾는 권리를 줄 거요. 내가 그걸 보장하겠소.」 그는 씁쓸하고 슬픈 표정을 지으며 고개를 저었다. 판 헬싱 선생이 계속 재촉했다 ─

「여보시오, 선생. 잘 생각해 보시오. 당신이 완전히 이치에 닿는 얘기로 우리를 설득할 수 있으려면, 그 얘기를 해야 됩니다. 당신이 얘기를 안 하면, 우리는 당신이 온전하다는 것을 의심할 수밖에 없고, 그런 약점이 있기 때문에 당신은 계속 치료를 받아야 하는 겁니다. 우리가 현명한 길을 택하도록 도와주지 않으면, 당신이 우리에게 부과한 의무를 우리가 어떻게 수행할 수 있겠소? 잘 생각해 보시고 우리를 도와주시오. 가능하면 우리는 당신의 소망이 이루어지도록 도울 생각이오.」 렌필드는 여전히 고개를 저으면서 말했다 ─

「선생님, 말씀드릴 게 없습니다. 선생님 말씀이 전적으로 옳습니다. 저도 제가 자유로이 말할 수 있는 처지에 있다면, 한순간도 망설이지 않고 이야기를 했을 것입니다. 그러나 저는 그 문제를 제 마음대로 할 수가 없습니다. 저를 믿고 내보내 달라는 부탁밖에 드릴 수가 없습니다. 만약 거절하면, 그 책임은 저에게 있는 게 아닙니다.」 나는 이쯤 해서 이 소동을 끝내야 한다고 생각했다. 너무 우습게 심각해지고 있기 때문이었다. 그래서 문 쪽으로 가면서 짤막하게 말했다 ─

「자, 우리는 할 일이 있어서 가겠소. 잘 주무시오.」

그런데 내가 문으로 다가가자 환자에게 새로운 변화가 일어났다. 그는 쏜살같이 나에게로 다가왔다. 그 순간에는 그가 나를 죽이려고 또다시 공격해 오는 거나 아닌가 하고 겁을 먹었다. 그러나 나의 두려움은 근거가 없는 것이었다. 그는 두 손을 들어 올리고 간절하게 애원을 했다. 자기 감정을 과도하게 드러내 봐야 그의 정신 상태를 더 의심받게 될 뿐 자기에게 좋을 게 없다는 것을 알고 있을 텐데도, 그는 훨씬 노골적으로 애원을 했다. 나는 판 헬싱 선생을 흘끗 쳐다보았다. 그의 눈빛에서 내 판단이 옳았다는 것을 감지했다. 그래서 나는 내 태도를 좀 더 단호하게 보여 주면서 그가 아무리 그래 봐야 소용없다는 몸짓을 했다. 전에도 그가 그렇게 애원하는 것을 본 적이 있었다. 고양이를 달라고 할 때처럼, 많이 생각해 오던 어떤 것을 요구할 때도 지금처럼 흥분 상태가 점점 더 고조되어 갔다. 그래서 나는 이 경우에도 결국은 제풀에 꺾여 침울하게 체념하고 말 거라고 기대했다. 내가 기대한 대로 되지는 않았다. 자신의 간청이 먹혀 들어가지 않는다는 것을 깨닫자, 그는 완전히 발광 상태로 돌입했다. 그는 털썩 무릎을 꿇고 손을 들어 올린 다음, 두 손을 맞잡고 흔들어 대면서 애원했다. 눈에서는 간청의 눈물이 펑펑 쏟아져 뺨을 타고 흘러내렸다. 그의 얼굴이 격렬한 감정을 이기지 못해 온통 일그러졌다 —

「선생, 이렇게 간청하오. 오, 이렇게 애원하오. 지금 당장 이 병원에서 나가게 해주시오. 어떻게 내보내든 어디로 내보내든 상관없소. 그저 여기서 나가게만 해주시오. 채찍과 쇠사슬을 든 감시인을 딸려 보내도 좋소. 구속복과 수갑과 족쇄를 채워서 감옥에라도 데려다주시오. 어쨌든 여기서 나가게만 해주시오. 내 심장과 내 영혼의 깊은 곳으로부터 하는 말이오. 선생은 지금 누구에게 해를 끼치고 있는지를 모르고 있는 거요. 얼마나 해를 끼치고 있는지도 모르고 있소. 말을 해서는 안 돼요. 아아 슬프게도, 말을 할 수가 없소. 선생이 성스럽게 여기는 모든 것을 생각해서, 선생이 소중히 여기는 모든 것을 생각해서, 잃어버린 사랑과 남아 있는 희망을 생각해서라도 제발 나를 여기서 내보내주고 내 영혼을 죄악에서 구해 주시오. 내 말이 들리지 않소? 응? 내 말을 못 알아듣겠소? 정말 모르겠소? 내가 이제 멀쩡하고 진지하다는 것을 모르겠소? 나는 발작을 일으킨 미치광이가 아니오. 자기 영혼을 찾으려고 싸우는 온전한 사람이란 말이오. 그걸 모르겠소? 아아, 내 말을 들어주오. 들어주오. 날 내보내주오. 내보내 주오. 내보내 달란 말이오!」

이런 상태가 더 오래가다가는 그가 점점 더 사나워져서 발작을 일으킬 거라는 생각이 들었다. 그래서 나는 그의 손을 잡고 일으켜 세웠다. 나는 엄한 어조로 말했다.

「자, 이제 됐소. 우리 얘기는 이제 끝났소. 침대로 가서 얌전히 좀 있어요.」

그가 갑자기 잠잠해졌다. 그는 잠깐 동안 나를 뚫어져라 쳐다보더니, 아무 말 없이 걸어가서 침대의 가장자리에 앉았다. 내가 예상했던 대로 지난번처럼 허탈 상태에 빠진 것이다.

우리 일행 중에서 맨 마지막으로 병실을 나서는데, 그가 조용하고 점잖은 목소리로 말했다 ──

「선생, 언젠가는 내가 옳다는 걸 인정하고, 오늘 밤 내가 선생을 설득시키기 위하여 최선을 다했다는 것을 알게 될 거요.」

19

조너선 하커의 일기

10월 1일, 오전 5시

편안한 마음으로 일행과 함께 탐색을 하러 갔다. 미나가 어느 때보다도 강하고 건강해 보여 마음이 놓였다. 그녀가 더 이상 나서지 않고 우리 남자들끼리 그 일을 하라고 동의해 준 게 기쁘다. 어쨌든 여자 몸으로 이런 무시무시한 일에 끼여 있다는 게 나는 두려웠다. 그러나 이제 그녀가 할 일은 끝났다. 모든 사건들을 아귀가 맞게 정리할 수 있었던 것은 순전히 그녀의 열성, 두뇌, 통찰력 덕택이라고 할 수 있다. 미나는 자신의 임무가 끝났음을 잘 알고 있다. 이제 남은 일은 우리에게 맡겨야 한다는 것도 아주 잘 알고 있다. 렌필드 씨 소동으로 우리 모두가 약간은 당황했던 듯하다. 그의 방에서 나와 서재에 다다를 때까지 우리는 한결같이 침묵을 지켰다. 그러다가 모리스 씨가 수어드 박사에게 말했다 ―

「여보게, 잭. 그 사람이 우리를 속이려고 한 건지는 모르지만, 그렇게 정신이 멀쩡한 정신병자는 처음 보네. 확실치는 않네만, 그가 어떤 심각한 목적을 가지고 있는 듯하네. 만약 그렇다면, 자기 뜻대로 하게 내버려 두는 것도 좋지 않았을까?」 고덜밍 경과 나는 침묵을 지켰으나, 판 헬싱 선생이 그 말을 받아서 덧붙였다 ―

「존, 자넨 정신병자들을 나보다 잘 알고 있네. 그게 참 다행한 일일세. 내게 판단을 내리라고 했다면, 아까 그 히스테리가 터지기 전에 그를 풀어 주어 버렸을지도 몰라. 하지만 모험을 할 필요는 없지. 퀸시가 말하려는 것도 이해는 하지만, 현재의 임무를 수행하면서 요행을 바라서는 안 되지. 자네가 잘한 걸세.」 두 사람에게 수어드 박사가 알 듯 말 듯 하게 대답했다 ―

「선생님 말씀이 옳습니다. 만약 그 남자가 보통의 정신 이상자였다면, 아마 그를 믿어 버렸을 겁니다. 하지만 그 사람은 백작과 깊은 연관을 맺고 있는 듯합니다. 그 사람의 증상은 백작의 움직임과 관련이 있습니다. 그래서 그의 변덕에 놀아나다가 일을 그르치게 되는 건 아닌지 겁이 납니다. 그가 고양이를 달라고 간절하게 애원했던 일을 잊을 수가 없습니다. 이빨로 내 목을 물어뜯으려고 한 적도 있어요. 그뿐만이 아닙니다. 그는 백작을 〈나으리, 주인님〉이라고 불렀습니다. 그는 어떤 무시무시한 방법으로 백작을 돕기 위해 밖으로 나가려고 하는지도 모릅니다. 백작에게는 그를 도와주는 이리와 쥐 들, 그리고 자기와 같은 종류의 불사귀들이 있습니다. 제가 보기엔 백작이 쓸 만한 정신병자 하나를 이용하려고 하는 게 아닌가 싶습니다. 하지만 그가 신실한 사람처럼 보였던 것도 사실이지요. 우리가 한 일이 최선이기를 바랄 뿐입니다. 할 일이 태산인데 이런 일들이 힘을 빼는군요.」 선생이 그에게로 다가가서 어깨 위로 손을 얹으며 드레지면서도 상냥한 특유의 어조로 말했다 ―

「존, 걱정할 것 없네. 우리가 처한 상황이 아주 슬프고 무섭지만, 우린 의무를 다하고 있네. 우리가 최선이라고 생각하는 것을 밀고 나가면 되는 거지. 전능하신 하느님이 알아주시면 됐지, 더 이상 무엇을 바라겠나?」 몇 분 동안 고덜밍 경이 슬그머니 나갔다가 돌아왔다. 그는 은으로 된 작은 호루라기를 들어 올리며 말했다 ―

「그 낡은 집엔 쥐들이 득실거릴 겁니다. 만약에 대비해서 준비를 한 겁니다.」 달빛이 비치고 있었기 때문에, 우리는 담을 넘어 그 저택으로 나아갈 때 잔디밭에 드리워진 나무 그림자 속에 몸을 숨기면서 갔다. 현관에 도착하자, 선생은 가방을 열고 많은 물건들을 꺼냈다. 그이는 그것들을 네 뭉치로 갈라서 계단 위에 올려놓았다. 한 사람 앞에 하나씩 돌아가도록 한 것이었다. 이윽고 그이가 입을 열었다 ──

「여보게들, 우린 무서운 위험 속에 뛰어들려고 하는 걸세. 그러니 우리에겐 여러 가지 무장이 필요해. 우리의 적은 그저 혼령 같은 것만은 아닐세. 그자는 스무 명에 상당하는 힘을 갖고 있다는 사실을 명심하게. 우리의 목이나 숨통은 그저 사람의 것이라서, 부러지거나 박살 나기 쉽다네. 하지만 그놈의 목이나 숨통은 힘만으로는 다룰 수가 없어. 그놈보다 힘센 장사가 있다면 그자를 잡을 수야 있겠지. 하지만 그놈은 쉽게 우리를 다치게 할 수 있어도 우리는 그놈을 다치게 하기가 쉽지 않다네. 그렇기 때문에 그놈으로부터 우리 자신을 보호하지 않으면 안 되네. 이걸 심장 가까이에 지니고 있게.」 그 말을 하면서 그이는 은으로 된 십자가를 들어 가장 가까이 서 있던 내게 내밀었다. 「그리고 이 꽃들을 목에 걸게나.」 그이는 내게 시든 마늘꽃 화환을 건네주었다. 「좀 더 평범한 다른 적들에겐 이 리볼버와 칼이면 될 거고, 이 작은 전등도 여러 가지로 도움이 될 걸세. 가슴에 단단히 붙들어 맬 수 있게 되어 있네. 그리고 이것은 어떤 적들에게나 써먹을 수 있는 것인데, 특히 다른 수단이 먹히지 않는 마지막 순간에 사용하는 거라네. 신성한 물건이니까 함부로 써서는 안 되겠지.」 그것은 미사 때 쓰는 성찬식의 빵이었다. 그이는 그것을 봉투에 넣어 건네주었다. 다른 사람들도 각자 똑같이 장비를 갖췄다. 그러자 그이가 말했다. 「존, 마스터키 어디 있나? 그걸로 문을 열 수 있으면, 전에 미스 루시의 집에서처럼 굳이 창문을 부수고 들어갈 필요 없겠지.」

수어드 박사가 열쇠를 바꿔 가며 문을 열려고 시도했다. 수술을 많이 해본

의사답게 그는 아주 침착하게 능숙한 솜씨를 발휘하고 있었다. 드디어 맞는 열쇠를 찾아냈다. 조금씩 빗장이 놀기 시작하더니 녹이 슬어 뻑뻑거리는 소리를 내면서 뒤로 빠졌다. 문을 밀자, 녹슨 돌쩌귀가 삐걱거리며 천천히 열렸다. 웨스턴라 양의 납골당 문이 열리던 장면을 묘사한 수어드 박사의 일기를 읽으며 받았던 느낌이 되살아났다. 다른 사람들도 한결같이 뒤로 움찔한 걸로 보아, 나만 그런 생각을 한 건 아닌 듯했다. 선생이 가장 먼저 앞으로 움직이면서 열린 문안으로 들어갔다.

「In manus tuas, Domine(주여, 당신의 손에 맡깁니다)!」[51] 문턱을 넘어설 때 그는 성호를 그으면서 말했다. 등을 켜면 밖의 관심을 끌게 될까 봐 우리는 문을 닫았다. 선생은 빗장이 안에서도 잘 열리는지 조심스럽게 점검했다. 혹시나 급히 탈출해야 할 일이 벌어질 때, 문을 열 수 없게 되면 곤란하기 때문이었다. 그리고 나서 우리는 모두 전등을 켜고 탐색에 들어갔다.

작은 전등에서 나오는 빛줄기가 서로 엇갈리고, 우리의 몸에 가려 커다란 그림자가 만들어지면서 갖가지 괴기스러운 형상이 드리워졌다. 나는 우리 가운데 누군가 다른 사람이 있다는 느낌을 지워 버릴 수가 없었다. 그 소름 끼치는 분위기 탓으로 트란실바니아에서의 그 무시무시한 경험이 생생하게 되살아났다. 나만 그렇게 느낀 것 같지는 않았다. 다른 사람들도 무슨 소리가 들리거나 새로운 그림자가 나타날 때마다 어깨 너머로 주위를 두리번거렸다.

집은 어디나 두터운 먼지투성이였다. 바닥의 먼지는 두께가 몇 인치는 될 듯싶었다. 바닥에 전등을 비춰 보니, 구두 징 자국이 선연한, 생긴 지 얼마 안 되는 발자국들만이 먼지를 뭉개 놓고 있었다. 벽에는 보풀이 일고, 먼지가 더께가 져 있었다. 구석구석에 거미줄이 늘어져 있었는데, 잔뜩 쌓인 먼지의 무게를 견디지 못하고 갈기갈기 찢어진 채 축축 처져 있는 품이, 꼭 낡아서 너덜

---

51 신약 성서 「루가의 복음서」 23장 46절(예수께서는 큰 소리로 〈아버지, 제 영혼을 아버지 손에 맡깁니다!〉 하시고는 숨을 거두셨다) 참조.

너덜해진 누더기처럼 보일 정도였다. 홀 안에 있는 탁자 위에 커다란 열쇠 꾸러미가 있었다. 노르끄레하게 색이 바랜 꼬리표가 열쇠마다 붙어 있었다. 그것들이 여러 번 사용되었다는 것을 알 수 있었다. 선생이 열쇠 꾸러미를 들어올렸을 때, 먼지를 두껍게 뒤집어쓰고 있는 책상 위에 열쇠 꾸러미 자국이 나타났는데, 그와 유사한 자국이 여러 군데 나 있었던 것이다. 선생이 나를 돌아보며 말했다——

「조녀선, 자네는 이곳을 좀 알지? 이 저택 평면도의 사본을 가지고 있지? 훤하지는 않더라도 우리보단 나을 거야. 예배당으로 가는 길은 어느 쪽인가?」 전에 이곳을 찾아왔을 때, 예배당에 들어가 볼 수는 없었지만 어느 쪽에 있는지는 알고 있었다. 그래서 내가 길을 안내하게 되었다. 몇 번 길을 잘못 든 끝에, 마침내 나지막한 문 하나를 발견했다. 참나무로 된 아치형 문이었는데, 쇠테를 두르고 있었다. 「여기가 바로 그 자리일세.」 선생이 자그마한 평면도 위에 전등을 비추면서 말했다. 그 평면도는 이 저택의 구입과 관련된 보고서 묶음에서 원본을 찾아 복사한 것이었다. 꾸러미에서 열쇠를 찾느라고 조금 뜸을 들이다가, 이윽고 열쇠를 찾아 그 문을 열었다. 역겨운 것을 경험하게 되리라는 지레짐작대로, 문이 열리기 시작하자, 그 틈으로 뿌옇고 악취 나는 공기가 뿜어져 나왔다. 그러나 악취는 우리가 생각했던 것보다 훨씬 심했다. 다른 사람들은 아무도 백작을 아주 가까이서 만나 본 적이 없다. 내가 백작을 만났을 때, 그에게서 이렇게 역겨운 냄새를 맡은 적은 없었다. 방 안에서 만났을 때는 피를 마시지 않을 때였고, 신선한 피를 실컷 빨아 먹고 누워 있는 것을 본 그 낡은 건물은 밀폐되어 있지 않았기 때문이리라. 그러나 여기 이 예배당은 작고 밀폐되어 있다. 게다가 오랫동안 사용하지 않아 더러운 공기가 괴어 있었다. 메마른 독기를 풍기는 흙냄새가 퍼져 공기의 냄새가 더욱 고약했다. 뭐라고 형언하기 어려운 냄새였다. 그것은 죽음을 가져오는 모든 질병들의 냄새와, 코를 후벼 파는 역겨운 피 냄새로 뒤범벅이 되어 있었다. 썩은 것이 다시 썩어 문

드러진 냄새였다고나 할까, 휴우! 그걸 생각하면 지금도 구역질이 난다. 그 괴물이 내뿜은 숨이 모두 그곳에 달라붙어 역겨운 냄새들이 더욱 심해진 것 같았다.

보통 때라면 그런 냄새를 맡는 즉시 모험을 중단했을 것이다. 그러나 그런 한가로움을 즐기고 있을 때가 아니었다. 우리에게 주어진 고결하고 험난한 목적을 생각하면서 우리는 생리적인 인내의 한계를 뛰어넘었다. 처음엔 메스꺼운 냄새를 이기지 못하고 뒷걸음질을 쳤으나, 이내 우리는 한 사람씩 한 사람씩 그 지겨운 곳이 장미 정원이나 되는 것처럼 기꺼운 마음으로 우리 일을 시작했다.

우리가 그곳을 세밀히 조사하기 위해 일을 시작하려 할 때, 선생이 말했다.

「첫 번째 일은 관이 몇 개 남아 있는지 세어 보는 걸세. 개수가 모자라거든, 그 행방을 알아내야 하니까, 모든 구멍과 구석과 틈새를 샅샅이 조사해야만 하네.」흙 상자들은 덩치가 큰 물건들이므로, 언뜻 봐서도 몇 개가 남았는지 충분히 알 수 있었고, 잘못 셀 염려도 없었다.

50개 중에서 남아 있는 것은 29개뿐이었다! 더럭 겁을 집어먹은 적이 한 번 있었다. 고덜밍 경이 느닷없이 몸을 돌려 아치 문밖 저편 어두운 통로를 바라보고 있었기 때문이었다. 나도 그쪽을 바라보았다. 잠시 심장이 멎는 듯했다. 어둠 속 어딘가에서 백작의 사악한 얼굴이 번쩍거리는 것을 보았다는 느낌이 들었다. 그 콧마루, 충혈된 눈, 붉은 입술, 무서울 정도로 파리한 안색, 아주 잠깐 동안의 일이었다. 고덜밍 경이 말했다. 「얼굴이 보였는가 싶었는데, 그저 그림자였군.」그는 다시 탐색을 시작했다. 나는 전등을 그쪽으로 비추면서 통로 쪽으로 걸음을 옮겼다. 사람의 흔적이라곤 없었다. 통로의 견고한 벽만 있을 뿐, 구석진 곳도, 문도, 틈새도 하나 없었다. 아무리 그라고 한들 숨을 데라곤 하나도 없었다. 두려움 때문에 그런 상상이 들었으려니 생각하고 아무 말도 하지 않았다.

잠시 후에 모리스가 갑자기 자기가 탐색하고 있던 구석에서 뒷걸음질을 쳤다. 우리의 시선이 모두 그에게로 쏠렸다. 우리에게 약간의 신경과민 증세가 일어나고 있었던 게 분명하다. 그때 우리는 별처럼 반짝거리는 한 무리의 인광(燐光)을 보았다. 우리는 본능적으로 뒷걸음질을 쳤다. 온통 쥐들이 들끓고 있었다.

　소스라치게 놀라서 우리는 한순간 어찌할 바를 몰랐다. 고덜밍 경만이 예외였다. 그는 그런 상황을 예견하고 있었던 듯했다. 그는 쇠테를 두른 커다란 떡갈나무 문을 향해 내달아, 자물쇠 안에 열쇠를 꽂아 돌렸다. 커다란 빗장이 빠지고 문이 휙 열렸다. 그런 다음, 주머니에서 은으로 된 작은 호루라기를 꺼내 불었다. 날카로운 소리였다. 수어드 박사의 병원 뒤에서 개들이 짖어 대며 응답했다. 몇 분이 지났을까, 세 마리의 테리어가 병원 모퉁이를 돌아 달려들었다. 우리는 무의식적으로 문 쪽으로 갔다. 움직이면서 나는 먼지가 어지러이 흩트려져 있음을 알아차렸다. 없어진 상자들이 이쪽으로 옮겨졌음을 알 수 있었다. 잠깐 사이에 쥐들이 엄청나게 불어났다. 그곳을 단숨에 가득 메울 기세였다. 시커먼 몸뚱어리와 악의에 찬 눈에 전등 빛이 비치자, 그곳은 흡사 반딧불로 뒤덮인 둑 같았다. 개들이 달려들다 말고, 문턱에서 멈칫하며 으르렁거렸다. 그러다가 일제히 머리를 쳐들고 애처롭게 울부짖기 시작했다. 쥐들이 수천 마리로 불어나고 있었다. 우리는 문밖으로 나왔다.

　고덜밍 경이 개 한 마리를 안아다가 안에다 들여놓았다. 그 개는 발을 바닥에 디디는 순간 용기를 되찾고, 자신의 천적(天敵)들을 향해 돌진했다. 개를 보자 쥐들이 쏜살같이 도망쳤다. 너무 재빨리 도망을 치는 통에, 그것들이 모두 자취를 감추기 전까지, 먼저 들어간 개만이 스무 마리 남짓 되는 쥐를 잡았을 뿐이고, 뒤늦게 합류한 다른 개들은 겨우 몇 마리만을 잡는 데 그쳤다.

　그것들이 사라지자 악마들이 있다가 사라지기라도 한 듯, 개들은 깡충거리면서 즐겁게 짖어 댔다. 개들은 거꾸러진 쥐들에게 달려들어, 그것들을 이리

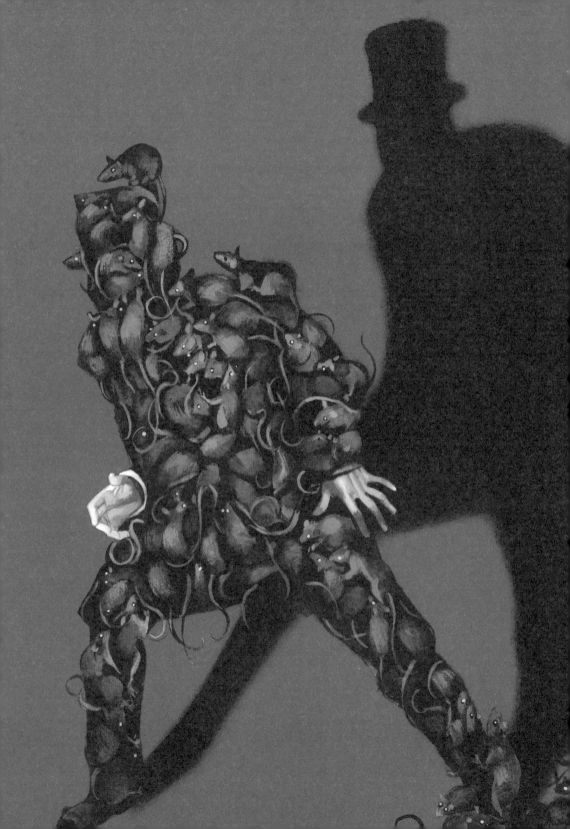

저리 돌리다가 잔인하게 공중으로 던져 버렸다. 우리의 기분도 되살아나는 듯한 느낌이 들었다. 예배당 문이 열리면서 역겨운 공기가 정화된 탓이리라. 아니면 밖으로 나오면서 안도감을 갖게 된 탓인지도 모르겠다. 어쨌든 장막처럼 우리를 덮고 있던 공포의 그림자가 스러져 버린 것은 확실했다. 우리가 그렇게 밖으로 나옴으로써, 우리의 결의를 조금도 늦추지는 않았지만, 대단히 중요한 무언가를 놓쳤다는 느낌이 들었다. 우리는 바깥쪽 문을 닫고, 빗장을 질렀다. 그런 다음 개들을 데리고 가서 저택 안을 수색하기 시작했다. 두텁게 쌓인 먼지를 제외하고는 아무것도 발견하지 못했다. 내가 처음 저택을 찾아왔을 때 남긴 발자국을 제외하면, 사람이 들어왔던 흔적이 없었다. 개들은 한 번도 불안해하는 낌새를 보이지 않았다. 우리가 예배당으로 다시 돌아왔을 때에도 개들은 여름날 숲에서 토끼 사냥을 하고 있기라도 하듯 깡충거렸다.

현관을 나왔을 때는 동녘에 새벽 기운이 번져 오고 있었다. 판 헬싱 선생은 열쇠 꾸러미에서 현관 문 열쇠를 골라 변칙적인 방법이 아니라 정식으로 문을 잠갔다. 그런 다음, 열쇠를 자기 호주머니에 넣었다. 그이가 말했다.

「간밤의 탐색은 대단히 성공적이었어. 걱정을 했었는데 무사해서 다행일세. 게다가 없어진 상자가 몇 개인지도 확인했네. 우리 일의 첫 단계를 잘 끝내서 무엇보다도 기쁘다네. 아마 이게 우리가 밟아야 할 단계 중에 가장 어렵고 위험한 단계였을 걸세. 우리의 착한 미나 여사를 그 안으로 데려가지 않길 아주 잘했어. 그 끔찍한 광경이며 소리며 냄새를 그녀가 겪었더라면 자나 깨나 공포에 시달릴 뻔했네. 간밤의 일을 통해 우리가 알게 된 게 또 하나 있네. 특수한 사실을 지나치게 일반화하는 것인지는 모르지만, 백작의 명령을 따르게 되어 있는 사나운 짐승들에게 아직은 백작의 영력이 완벽하게 미치고 있지 않다는 사실일세. 옛날 조너선 자네가 백작의 성에서 나가려 했을 때나, 어떤 여인이 울부짖고 있을 때 백작이 성 꼭대기에서 이리 떼를 부른 것처럼, 내가 보기엔 그 쥐들도 백작의 부름을 받고 온 것 같기는 한데, 아서의 작은 개들을 보고 도망을 쳤단 말일세. 우리 앞엔 다른 문제들이 가로놓여 있네. 다른 위험들, 다른 공포들이 도사리고 있는 것이지. 그 괴물이 간밤에 짐승을 상대로 힘을 발휘하지는 않았지만, 그게 처음이자 마지막일 걸세. 그걸 보면, 그자는 지금 어디 다른 데로 가버린 걸세. 좋은 기회일세. 인간의 영혼을 건 이 체스 게임에서 어떤 식으로든 〈장군〉을 부를 기회가 우리에게 온 것일세. 이제 집으로 가세. 동틀 녘이 가까워졌네. 첫날 밤의 작업은 이 정도로 만족하세. 위험으로 가득 차 있을지도 모를 많은 날들이 우리를 기다리고 있네. 하지만 우린 가야 하네. 어떤 위험에도 굴하지 않고 말일세.」

병원으로 돌아와 보니, 멀찌감치 떨어진 한 병동에서 어떤 가련한 환자가 외치는 소리와 렌필드 방에서 들리는 신음 소리만이 정적을 깨고 있었다. 렌필드는 그 소동을 벌인 이후, 고통스러운 망상에 사로잡혀 괴로워하고 있었을 것이다.

나는 발소리를 죽이며 살금살금 우리 방으로 들어갔다. 미나는 귀를 들이대야 겨우 소리가 들릴 정도로 조용히 숨을 쉬며 잠들어 있었다. 그녀가 평소보다 더 창백해 보였다. 지난밤의 모임 때문에 기분이 상하지 않았기를 바란다. 미나가 우리의 일이나 우리의 토의에서조차 빠지게 된 것이 다행스럽다. 그 일은 여자가 감당하기에는 너무나 버겁다. 처음에는 그렇게 생각하지 않았지만, 지금은 그러길 잘했다는 생각이 든다. 그렇게 결정이 내려져 기쁘다. 그녀가 들으면 충격을 받을 일이 생길지도 모른다. 그러나 숨기는 것만이 능사는 아닐 수도 있다. 미나가 뭔가를 눈치채고 있다면, 사실을 들려주는 것이 숨기는 것보다 나을 것이다. 이제부터 우리 일은 그녀에게 비밀이다. 모든 일이 끝나고 세상이 지하 세계의 악마로부터 자유로워졌다고 말할 수 있을 때까지는 그렇다. 서로 비밀이 없이 지내 오다가 입을 다물기 시작한다는 것이 쉽지는 않을 것이다. 그러나 단호해져야 한다. 내일이 되면 간밤의 일들일랑 어둠 속에 묻어 버리고, 무슨 일들이 일어났는지에 대해 한마디도 하지 않을 것이다. 나는 지금 소파에 누워 있다. 그녀를 깨우고 싶지 않기 때문이다.

10월 1일, 시간이 흐른 뒤

우리 모두가 늦잠을 잔 건 당연하다. 낮엔 바빴고 밤엔 한숨도 못 잤으니 말이다. 미나조차 피로를 느꼈던 게 분명하다. 비록 해가 중천에 뜰 때까지 잠을 자긴 했지만, 내가 미나보다 일찍 일어났다. 미나는 깊은 잠에 빠져 있었던 듯, 여러 번 깨운 뒤에야 눈을 떴다. 눈을 뜨고서도 잠시 나를 알아보지 못할 정도였다. 악몽에서 깨어난 사람처럼 겁먹은 얼굴로 나를 쳐다보았다. 미나는 좀 피곤하다고 했다. 그래서 그녀에게 더 누워 있으라고 권했다. 우리는 이제 21개의 관이 옮겨졌다는 것을 알고 있다. 그중에 몇 개만 찾을 수 있으면, 나머지 전부를 추적할 수 있을 것이다. 그렇게 되면, 물론 우리의 수고가 많이 덜어지고, 그만큼 일이 훨씬 순조롭게 진행될 것이다. 오늘은 저택에서 상자를 실어 갔다는 토머스 스넬링이라는 마차꾼을 만나 봐야겠다.

수어드 박사의 일기

10월 1일

선생이 내 방에 들어왔을 때에야 비로소 잠에서 깨어났다. 정오가 다 될 무렵이었다. 그이는 평상시보다 쾌활하고 즐거워 보였다. 어젯밤 일이 그이의 마음을 가뿐하게 해준 모양이었다. 어젯밤의 모험을 되새기다가 그이가 갑자기 말했다.

「자네 환자에게 관심이 많이 가네. 오늘 낮에 자네와 같이 그 환자를 보러 갈 수 있겠지? 자네 일이 너무 많다면, 나 혼자라도 갈 수 있겠는데. 물론 자네가 허락한다면 말이야. 그렇게 온전한 정신으로 철학과 이성을 논하는 정신병자를 만나긴 처음이라네.」 나는 급하게 할 일이 좀 있어서, 기다릴 것 없이 그이 혼자 가는 게 좋겠다고 말했다. 나는 간호인을 불러 필요한 지시를 내렸다. 선생이 방을 나가기 전에, 렌필드 때문에 기분이 상하지나 않을까 걱정이 되어 주의를 환기시켰다. 그러자 그이가 대답했다. 「그렇지만, 난 그 사람 자신의 얘기와, 동물 탐식에 대한 그의 망상을 듣고 싶네. 그 친구가 미나 여사에게 말하기를, 전에는 동물 탐식에 대한 믿음을 가지고 있었다고 했다던데. 자네, 왜 웃나?」

「죄송합니다. 그 대답은 여기 있습니다.」 나는 타자한 병상 일지에 손을 얹으면서 말했다. 정신이 멀쩡하고 학식 있는 우리의 정신병자가, 자기가 전에 동물을 산 채로 〈먹곤 했었다〉는 바로 그 얘기를 하고 있을 때, 그의 입은 구역질이 날 정도로 지저분했다. 하커 부인이 방에 들어오기 바로 전에 그는 파리와 거미들을 먹어 치웠던 것이다. 이번엔 판 헬싱 선생이 빙그레 웃었다. 「알겠네! 존, 자네 기록은 틀림없지. 그걸 잊고 있었구먼. 그렇지만 렌필드 같은 사람이 보여 주는 사고와 기억의 왜곡이 있기에 정신 질환에 대한 연구가 매혹적인 것 아니겠나? 아마 가장 똑똑한 사람들의 가르침에서보다 이런 미친 사람의 어리석음에서 더 많은 지식을 얻을지도 모르지. 그렇지 않나?」 나는 내 일을 계속했다. 일을 완전히 마치는 데는 그리 오래 걸리지 않았다. 정말 금방이었던 것 같은데, 판 헬싱 선생이 서재로 돌아왔다. 「들어가도 되겠나?」 문 앞에 서서 그이가 정중히 물었다.

「물론이지요. 들어오십시오. 일이 다 끝나서 이젠 시간이 있습니다. 렌필드에게 같이 가볼까요?」

「아닐세. 지금 만나고 오는 길이네.」

「그러세요?」

「그 친구 날 상대도 안 하려 들더군. 얘기를 조금밖에 못했어. 병실에 들어갔더니, 그는 방 한가운데 놓인 의자에 앉아 있더군. 팔을 턱에 괴고 불만에 차

438

부루퉁한 얼굴로 말이지. 되도록 쾌활하게 말을 걸었지. 가능한 한 아주 정중하게 말이야. 아무런 대꾸도 안 하더군. 〈나 모르겠소?〉하고 물었더니, 그 대답이 완전히 내 기를 꺾어 놓더군. 〈아주 잘 알고 있소. 당신은 늙은 바보 판 헬싱 아니오? 좀 꺼져 줬으면 좋겠소. 그 잘나 빠진 두뇌 이론은 딴 데 가서나 써먹으시지. 제기랄, 돌대가리 네덜란드 놈!〉그렇게 말하고는 더 이상 아무 말도 하지 않더군. 내가 있다는 것도 아랑곳하지 않고, 달래기 힘들 만큼 부루퉁한 얼굴로 앉아 있었어. 결국 그 영리한 정신병자에게서 많은 걸 배울 기회를 포기하고 말았지. 그래서 이제 미나 여사에게 가서 재미있는 얘기라도 나누며 기분 전환이나 할 생각이네. 그녀가 더 이상 고통받지 않아도 되고 우리의 험악한 일들에 대해 더 이상 걱정을 하지 않아도 된다는 게 한없이 기쁘네. 비록 우리가 그녀에게 많은 도움은 못 준다 해도 그편이 낫지.」

「제 생각도 그렇습니다.」나는 진지하게 대답했다. 이 문제로 그이가 마음 상하지 않기를 바랐다. 「하커 부인은 그 일에서 빠지는 게 좋습니다. 그 일은 우리에게도, 아니 이 세상 모든 남자들에게도 좋을 턱이 없죠. 허다한 곤경을 헤쳐 온 남자들에게도 버거운 일인데, 여성에겐 말할 것도 없지요. 부인을 그 일을 하게 내버려 두었다가는, 틀림없이 조만간 그녀를 망가뜨리게 되고 말 겁니다.」

판 헬싱은 하커 부부를 만나러 갔다. 퀸시와 아서는 상자에 대한 단서를 찾으러 나갔다. 오늘 밤 우리는 다시 만날 것이다. 회진을 끝내 놓아야겠다.

미나 하커의 일기

10월 1일

간밤의 일에 대해 아무 얘기가 없는 것이 이상하다. 그렇게 오랫동안 모든 걸 터놓고 얘기하던 조녀선이 뭔가를, 그것도 가장 중요한 일에 대해 얘기하기를 꺼리는 눈치가 역력하다. 어제의 피로 때문인지 오늘 아침 늦게까지 잠을 잤다. 조녀선 역시 늦게까지 잠을 잤지만, 나보다는 일찍 일어났다. 그이는 나가기 전에 더할 나위 없이 상냥하고 부드럽게 이야기를 하면서도 정작 백작의 저택을 탐색했던 일에 대해서는 일언반구 얘기가 없었다. 내가 얼마나 무서워하고 있는지를 알고 있는 게 틀림없다. 가련한 사람! 틀림없이 그이가 나보다 훨씬 더 괴로워하고 있을 것이다. 그이들은 내가 그 무서운 일에서 빠지는 게 최선이라는 데 의견을 모았다. 나는 그 결정에 묵묵히 따랐다. 그렇다고 그이가 내게 한마디도 하지 않다니! 지금 나는 바보처럼 울고 있다. 물론 나는 안다. 그것이 다 남편의 크나큰 사랑과 다른 강직한 남자들의 선의에서 비롯된 것이라는 것을…….

그건 내겐 잘된 일이었다. 언젠가 조녀선이 모든 걸 말하게 될 날이 올 것이다. 그리고 나는 여느 때처럼 계속 일기를 쓸 것이다. 그이가 한순간이나마 내가 그이에게 뭔가 감추는 게 있다고 생각하는 일이 없도록 하기 위해서이다. 그이가 혹시라도 나를 믿지 못하게 되면, 내 일기를 보여 줄 것이다. 내 마음속의 모든 생각들을 담아 그 사랑스러운 눈이 읽을 수 있도록 일기를 써야겠다. 나는 오늘 이상하게 슬프고 기분이 가라앉아 있다. 그동안 일을 하느라고 너무 긴장해 있다가 일을 놓고 나서 맥이 풀린 탓이리라.

어젯밤 나는 남자들이 떠나고 나서야 잠자리에 들었다. 그저 그이들이 그렇게 하라고 했기 때문이었다. 잠이 오지 않았다. 걱정이 되어 견딜 수가 없었다. 나는 내내 조녀선이 나를 만나러 런던에 온 이후에 있었던 모든 일들을 생각했다. 모든 것이 끔찍한 비극처럼 느껴진다. 마치 어떤 정해진 종말을 향해 냉혹하게 치달아 가는 운명을 지닌 비극처럼, 내가 한 일이 아무리 옳았다 해도 결국 그것이 가장 비통하게 여기는 바로 그 일을 초래한 것처럼 보인다. 내가 만약 휫비에 가지 않았더라면, 아마 루시는 지금 우리와 함께 있을 것이다. 루시는 내가 휫비에 가게 되면서 교회 묘지를 오르내리게 되었다. 그날 낮에 루시가 나와 함께 거기에 가지 않았더라면, 몽중방황을 하면서 거기에 가지도 않았을 것이다. 루시가 밤에 잠이 든 채 거기로 가지 않았다면, 그 악마가 루시를 그렇게 파멸시킬 수도 없었으리라. 아, 내가 왜 휫비에 갔더란 말인가? 다시 울음이 나온다! 오늘은 내가 왜 이러는지 모르겠다. 조녀선에게는 눈물을 보이지 말아야 한다. 나는 나 자신의 문제로 한 번도 눈물을 흘려 본 적이 없다. 조녀선이 나를 울린 적도 없다. 그런 내가 한나절에 두 번씩이나 울었다는 것을 그이가 알면, 그이의 마음이 무척 아플 것이다. 짐짓 의연한 표정을 지어야겠다. 내가 슬픔에 젖어 있긴 하지만, 결코 그이는 그것을 알아채지 못할 것이다. 이것도 우리 여자들이 지녀야 할 덕의 하나는 아닐는지……

간밤에 어떻게 잠이 들었는지 전혀 기억이 나지 않는다. 갑작스레 개들이 짖어 대는 소리를 들었던 것이다. 그리고 괴상한 소리도 들렸다. 아주 소란스럽게 간청하는 듯한 소리였다. 렌필드 방에서 나는 소리가 아니었던가 싶다. 그러고 나서 적막이 찾아왔다. 겁이 날 만큼 괴괴한 적막이었다. 일어나 창밖을 내다보았다. 사위가 어둡고 고요했다. 달빛을 받고 드리운 검은 그림자들이 고요한 신비를 가득 담고 있었다. 아무것도 움직이지 않고, 모든 것이 죽음과 숙명처럼 정지해 있었다. 그런 탓인지, 희끄무레한 안개가 한 줄기 가느다랗게 피어올라 잔디밭을 가로질러 집 쪽으로 거의 알아보지 못할 정도로 천천히 다가오고 있었는데도, 그것이 마치 살아 움직이는 것처럼 보였다. 그런 엉뚱한 생각이 내 기분을 바꾸어 주었는지, 침대로 돌아와 누우니, 잠기운이 서서히 밀려오는 듯했다. 그러나 한동안 누워 있었는데도 잠을 이룰 수가 없었다. 그래서 다시 침대 밖으로 나가 창밖을 내다보았다. 안개가 넓게 퍼지기 시작하더니 건물로 바짝 다가들어 건물 벽에 두텁게 깔렸다. 창문을 향해서 기어오르고 있는 듯한 모습이었다. 불쌍한 남자는 아까보다 더 시끄럽게 굴었다. 그의 말이 제대로 들리지는 않았으나, 뭔가를 간절히 호소하고 있다는 것은 알 수 있었다. 그러고 나서 싸우는 소리가 들렸다. 간호인이 그를 다루고 있다고 생각했다. 나는 너무 무서워 침대로 쏙 들어가 손가락으로 귀를 틀어막고 옷을 머리 위에 뒤집어썼다. 그러다가 잠이 들었던 모양이다. 잠을 잤다는 생각은 전혀 들지 않았지만, 잠에 빠져든 게 분명하다. 꿈을 꾼 것 말고는 아침에 조녀선이 나를 깨울 때까지 기억나는 거라곤 아무것도 없었으니 말이다. 조녀선이 나를 깨웠을 때, 내가 어디에 있는지, 나를 굽어보고 있는 사람이 누군지를 한참만에야 깨달았다. 내 꿈은 아주 특이했다. 깨어 있을 때의 생각이 그대로 꿈에 나타나서 지속되었다.

잠을 자면서도 조녀선이 돌아오기를 기다리고 있었던 듯하다. 그가 몹시 걱정이 되었다. 그렇지만 나는 움직일 힘이 없었다. 발이며 손이며 머리가 무거워서 모든 게 여느 때처럼 여의치가 않았다. 꿈자리가 뒤숭숭하고 이런저런 생각으로 뒤척였다. 그때 문득 공기가 무겁고 축축하면서도 썰렁하다는 생각이 들었다. 머리를 덮고 있던 옷을 치워 버렸다. 주위가 온통 뿌연 것을 보고 깜짝 놀랐다. 조녀선을 위해 가스등을 켜두었는데, 뿌연 안개 속에서, 작고 빨간 불꽃으로 줄어들고 있었다. 안개가 점점 자욱하게 방으로 흘러 들어온 게 분명했다. 침대로 돌아오기 전에 창문을 닫아 두었는데 어디로 들어오는 걸까. 그 점을 확인하기 위해 나가 보려고 했다. 그러나 어떤 나른한 무기력증이 수족과 의지까지도 묶어 버린 것 같았다. 나는 그대로 누워 참았다. 그게 전부였다. 나는 눈을 감았다. 그러나 여전히 눈꺼풀 사이로 볼 수가 있었다(우리의 꿈은 우리에게 갖가지 속임수를 쓰고, 우리의 상상력을 무한히 자유롭게 만든다. 경이로운 일이 아닐 수 없다). 안개가 점점 더 자욱해진다. 이젠 안개가 어떻게 방으로 들어오는지 볼 수 있었다. 그것은 연기처럼, 혹은 끓는 물에서 나는 하얀 김처럼, 창문을 통해서가 아니라 문틈으로 들어왔다. 안개가 점점 짙어지면서, 방 안에 구름 기둥 같은 것을 만들어 놓았다. 그 구름 기둥의 꼭대기에서 가스 불빛이 빨간 눈처럼 빛나고 있었다. 구름 기둥이 빙글빙글 돌게 되자 머

릿속에서 갖가지 것들이 소용돌이치기 시작했다. 성서에 나오는, 〈낮에는 구름 기둥이, 밤에는 불기둥이〉라는 말이 떠올랐다. 그것이 정말 잠결에 내게 다가오고 있던 영적인 길잡이 같은 것이었을까? 그러나 내가 본 기둥은 낮과 밤을 모두 인도하는 기둥이었다. 불기둥이 빨간 눈 속에 있었기 때문이다. 그런 생각이 들자 나는 새로운 황홀경에 빠졌다. 불이 두 갈래로 갈라져 두 개의 빨간 눈처럼 안개를 뚫고 나를 비추고 있는 듯했다. 그것은 마치 횟비의 절벽 위에서 석양이 성모 마리아 교회의 창문을 비추고 있을 때, 루시가 순간적으로 정신적 방황에 빠지면서 말했던 빨간 눈빛과 같았다. 갑자기 공포가 엄습했다. 달빛 속에서 소용돌이치는 안개를 뚫고 무시무시한 여자들이 나타나는 것을 보았을 때 조너선이 느꼈던 공포와 같은 것이었다. 꿈속에서 나는 의식을 잃었던 듯하다. 모든 것이 칠흑 같은 어둠으로 변했다. 꿈속에서 의식을 잃기 전에 내가 마지막으로 보았던 것은, 안개 속에서 나온 창백한 얼굴이 내 위에 몸을 구부리고 있는 것이었다. 그런 꿈들을 조심해야 한다. 그런 꿈이 계속 찾아오면, 판 헬싱 선생과 수어드 박사가 나를 위해 잠이 잘 오게 하는 어떤 처방을 내릴 것이다. 그이들을 놀라게 할까 봐 걱정이다. 현재의 그런 꿈 때문에 그이들이 나를 걱정하게 될지도 모른다. 오늘 밤엔 꿈자리가 뒤숭숭해지지 않도록 애써야겠다. 오늘 밤도 편안히 자지 못하면, 내일 밤엔 그들에게 클로랄을 달라고 해야지. 그것을 한 번 쓴다고 해서 해가 되지는 않을 것이고, 숙면을 취하도록 해줄 것이다. 어젯밤은 전혀 잠을 못 잔 것보다 더 나를 피곤하게 했다.

10월 2일, 밤 10시

어젯밤 나는 잠을 잤다. 그러나 꿈을 꾸진 않았다. 깊은 잠을 잤던 게 틀림없다. 조너선이 침대로 왔을 때까지도 깨지 않았으니 말이다. 그러나 잠을 잤는데도 개운하지가 않았다. 아주 무기력하고 생기가 없음을 느낀다. 어제는 하루 종일 책을 읽거나 선잠을 자면서 보냈다. 오후에 렌필드 씨가 나를 만나고 싫어 했다. 불쌍한 사람. 그는 아주 친절했고, 헤어질 때 내 손에 키스를 하면서 하느님의 은총을 빌어 주었다. 그것이 내게 깊은 감동을 주었다. 나는 그를 생각하면서 울고 있다. 약해졌다는 얘기이다. 조심해야 한다. 조녀선이 내가 울었다는 것을 알면, 무척 가슴 아파할 것이다. 그이와 다른 사람들은 저녁때까지 집에 없었다. 그들은 모두 지친 몸으로 돌아왔다. 나는 그들에게 활력을 주려고 최선을 다했다. 그 노력이 내게 도움이 되었다. 그 덕분에 내가 얼마나 피곤한지를 잊어버렸으니 말이다. 저녁 식사가 끝나자, 그들은 나를 침대로 보내고, 자기들은 함께 담배를 피우겠다며 밖으로 나갔다. 그러나 나는 그들이 낮에 있었던 일들을 서로에게 이야기하려 한다는 것을 알고 있었다. 조녀선의 태도에서, 상의해야 할 뭔가 중요한 일이 있음을 알 수 있었다. 잠을 자려고 해도 잠이 오질 않았다. 그래서 그들이 가기 전에 수어드 박사에게 잠이 오게 하는 약을 좀 달라고 했다. 그는 친절하게 수면제 1회분을 조제해서, 순한 거니까 해롭지 않을 거라면서 나에게 주었다. 나는 그 약을 먹고 잠들기를 기다리고 있다. 아직은 효과가 나타나고 있지 않다. 잠기운이 남실대기 시작하자 새로운 걱정이 찾아온다. 약을 먹은 게 잘못한 일이 아니었기를 바란다. 깨어 있는 힘을 스스로에게서 빼앗아 버린 어리석음을 범한 것은 아닌지 모르겠다. 그걸 바랐는지도 모른다. 잠이 온다. 안녕.

20

조너선 하커의 일기

10월 1일, 저녁

베스널 그린에 있는 토머스 스넬링의 집에서 그를 만났다. 그러나 불행히도 그는 아무것도 기억할 수 없는 형편에 놓여 있었다. 내가 오면 으레 술 한잔을 하게 되리라고 믿고, 너무 일찌감치 폭음을 시작했던 것이었다. 그렇지만 그의 아내에게서 한 가지 사실을 알아냈다. 그의 아내는 음전하고 뱀뱀이가 있는 여자였다. 그녀의 말로는, 토머스는 스몰렛과 함께 일하는데, 스몰렛이 책임자고 토머스가 조수라고 했다. 내가 월워스로 마차를 몰아 조지프 스몰렛 씨의 집으로 갔다. 그는 셔츠 바람으로, 잔도 받치지 않은 채 차를 마시고 있었다. 그는 점잖고 영리한 사람이었다. 착하고 믿을 만한 일꾼으로 보였고, 머리도 괜찮은 사람 같았다. 그는 상자 사건을 모조리 기억하고 있었다. 바지 엉덩이에 달린 신비한 주머니에서 귀퉁이가 꼬깃꼬깃해진 공책을 꺼냈다. 공책에는 뭉툭한 몽당연필로 꾹꾹 눌러쓴 듯한 알아보기 힘든 기록이 있었다. 공책을 보며 그는 내게 상자들이 배달된 곳을 알려 주었다. 그의 말로는, 6개는 카팩스에서 짐마차에 실어 지크샌드가 197번지, 마일 엔드 뉴 타운에 옮겨 놓았고,

또 다른 6개를 버몬지의 저메이카 레인으로 배달했다고 했다. 만약 백작이 이 소름 끼치는 은신처들을 런던 전역에 분산시키고자 했다면, 이런 장소들을 먼저 배달지로 선택한 것이고, 나중에 더욱 완전하게 배치하게 될 것이다. 배달이 체계적으로 이루어진 점으로 보아, 그가 런던 양쪽으로 은거지를 제한하려 하지는 않으리라는 생각이 든다. 그자는 이제 템스강 북쪽 기슭의 동쪽 끝, 남쪽 기슭의 동쪽, 그리고 남쪽에 근거지를 마련해 두었다. 북쪽과 서쪽이 그의 악마 같은 계획에서 배제되지는 않았을 것이다. 그리고 남서쪽과 서쪽에 있는 상업의 중심지와 런던 사교계의 심장을 내버려 둘 리도 없다. 나는 스몰렛에게 또 다른 상자들이 카팩스에서 옮겨졌는지를 말해 줄 수 있느냐고 물었다.

그가 대답했다.

「그럼요, 선생님. 저를 후하게 대접해 주셨으니(나는 그에게 반 파운드짜리 금화를 쥐여 주었었다), 제가 알고 있는 것을 모조리 말씀드리겠습니다. 나흘 전에 말이죠, 핀처스 앨리에 있는 〈토끼와 사냥개〉라는 술집에서, 블록섬이란 사람이 이야기하는 걸 들었는데, 그는 자기 동료와 함께 퍼플리트에 있는 낡은 집에서 먼지투성이의 일을 했다고 하더군요. 이런 데서는 그런 일이 흔치 않거든요. 제 생각에는, 샘 블록섬이 뭔가를 얘기해 줄 것 같은데요.」 나는 어딜 가면 그를 찾을 수 있느냐고 물었다. 블록섬의 주소를 알아내면 반 파운드짜리 금화를 더 주겠노라고 했다. 그러자 그는 남아 있는 차를 쭉 들이켜더니 그렇지 않아도 조만간 그를 찾아 나설 참이었다고 말하면서 일어섰다. 문 앞에서 그가 멈추더니 말했다.

「그런데 말이죠, 선생님. 여기에 머물 필요는 없을 겁니다. 샘을 금방 찾을 수도 있겠지만 그러지 못할 수도 있습니다. 그야 어쨌든 오늘 밤 샘이 당신에게 많은 얘기를 해주기는 틀렸어요. 샘은 술만 마셨다 하면 인사불성이 되는 사람이거든요. 봉투에 우표를 붙여 가지고 선생님 주소를 적어 주십시오. 샘을 찾는 즉시 오늘 밤 안으로 연락을 드리겠습니다. 아침 일찍 올라오시는 게 좋을 겁니다. 그렇지 않으면 그 사람을 만나 보지 못할 거예요. 샘은 아주 일찍 일을 나가거든요. 전날 밤에 술을 많이 마신 건 신경 쓰지 않으셔도 될 겁니다.」

그게 좋겠다는 생각이 들었다. 그의 아이들 중의 하나가 1페니를 들고 나가더니, 봉투와 편지지를 사 오고 거스름돈은 자기가 챙겼다. 아이가 사 온 봉투에 주소를 적고 우표를 붙였다. 스몰렛이 그를 찾으면 꼭 연락을 하겠다고 재차 다짐한 뒤에, 나는 길을 나섰다. 어쨌든 추적의 실마리는 잡았다. 오늘 밤엔 피곤하다. 자고 싶다. 미나는 깊이 잠들어 있다. 조금 창백해 보인다. 그녀의 눈을 보니 울었던 것 같다. 가엾은 사람. 미나에게 모든 걸 비밀로 하고 있는 것이 그녀를 슬프게 하고 있음이 분명하다. 그것이 나와 다른 사람들에 대한 그녀의 걱정을 한층 더 심하게 만들고 있을 것이다. 그러나 그게 최선이다. 미나의 신경이 망가지는 것보다는 지금처럼 실망하고 걱정하고 있는 편이 낫다. 이런 무서운 일에서 그녀를 빼는 게 좋다는 의사들의 말이 전적으로 옳다. 흔들리면 안 된다. 차라리 내가 이런 특별한 침묵의 짐을 지는 게 낫다. 무슨 일이 있어도 미나와 그것을 화제로 이야기를 나누지는 않겠다. 그건 어려운 일이 아닐지도 모른다. 우리가 내린 결정을 말해 준 이후, 그녀 자신이 그 문제에 대해 입을 다물고 있고, 백작이며 그자의 소행에 대해 지금껏 한마디도 안 하고 있으니 말이다.

10월 2일, 저녁

길고 고되고 흥분된 하루를 보냈다. 내가 주소를 써넣었던 그 봉투를, 제일 먼저 오는 우편 편으로 받았다. 봉투 속에는 목수들이 쓰는 연필로 휘갈겨 쓴 더러운 종이쪽지가 들어 있었다.

〈샘 블록섬의 주소는, 월워스구, 바텔 스트리트, 포터스 코트 4번지, 코크랜스 하숙집. 데피트 일 하는 사람을 찾으시오.〉

잠자리에서 편지를 받고는 미나를 깨우지 않고 그냥 일어났다. 미나는 깊이 잠들어 있었고 얼굴이 창백한 게 건강이 안 좋아 보였다. 그녀를 깨우지 않기로 했다. 이 새로운 조사를 하고 돌아오면 그녀가 엑서터로 돌아가는 문제를 가지고 그녀와 상의할 작정이다. 그녀가 아무것도 모르는 상태로 여기서 우리들과 같이 지내기보다는 날마다 흥미 있는 일이 있는 우리 집에서 더 행복하게 지낼 수 있을 거라고 생각한다. 수어드 박사만 잠깐 만났다. 그에게 내가 가는 곳을 말해 주면서, 뭔가를 찾는 대로 바로 돌아와 자세한 얘기를 해주겠노라고 약속했다. 마차를 몰아 월워스로 갔다. 약간 헤맨 끝에 파터스 코트를 찾아냈다. 스몰렛 씨가 철자를 틀리게 쓰는 바람에 길을 잘못 들었던 것이다. 파터스 코트 대신에 포터스 코트라고 묻고 다녔던 것이다. 하숙집 이름도 코크랜스가 아니라 코코랜스였으나 일단 그 골목을 찾아내자 그 하숙집을 찾는 데는 아무 어려움이 없었다. 그 집 문으로 들어가려는 남자에게 데피트 일 하는 사람이 있느냐고 물어보자 그는 머리를 저으면서 말했다. 「그런 사람 모르겠는뎁쇼. 여기엔 그런 사람 안 살아요. 그런 사람이 있다는 얘기는 듣느니 처음이오. 여기 아니라 다른 데도 그런 일 하는 사람은 없을 거요.」 나는 스몰렛의 편지를 꺼냈다. 쪽지를 다시 읽으면서, 골목 이름의 철자가 틀렸던 것처럼 데피트도 뭔가를 잘못 쓴 것일지도 모른다는 생각이 들었다. 「실례지만 뭐 하는 분이십니까?」 내가 물었다.

「난 데피티 일을 하지요.」 그가 대답했다. 나는 단번에 내가 제대로 찾긴 찾았다는 걸 알았다. 발음하는 대로 쓴 철자 때문에 또 한 번 애를 먹었던 것이다. 그게 대리인을 뜻하는 데퓨티임을 깨닫고 나는 선뜻 그 사람에게 5실링짜리 은화를 손셋으로 쥐어 주고 그가 알고 있는 것을 손에 넣었다. 그리하여 블록섬 씨가 전날 밤 코코랜스 집에서 술을 마시고 잠에 곯아떨어졌다가, 아침 5시에 포플라로 일하러 떠났다는 것을 알았다. 그러나 그는 작업장이 어디에 있는지까지 말해 줄 수는 없었다. 〈새로 짓는 창고〉라고만 막연하게 알고 있었다. 나는 미덥지 못한 단서만 가지고 포플라로 출발할 수밖에 없었다. 그런 건물에 대해 내가 만족할 만한 힌트를 얻게 된 것은 정오가 다 되어, 어느 커피숍에서였다. 몇 사람이 식사를 하고 있었는데, 그중 한 사람이 크로스 엔젤가에 새로운 〈냉동 창고〉 건물이 들어서고 있다는 말을 했다. 그게 〈새로 짓는 창고〉와 같은 것임을 깨닫고, 나는 즉시 마차를 몰아 그곳으로 갔다. 무뚝뚝한 경비와 그보다 더 퉁명스러운 감독을 돈으로 달래 가며 몇 마디 얘기를 나눈 끝에 블록섬이 있는 곳을 알아냈다. 나는 블록섬에게 사적인 문제로 몇 가지 물어볼 수 있게 해주면 그날 일당을 감독에게 지불하겠다고 제안을 해서 블록섬을 만났다. 블록섬은 비록 말과 행동이 거칠기는 했지만 반지빠른 친구였다. 정보를 제공해 주면 대가를 지불하겠다고 약속하고 착수금을 건네주자, 그는 자기가 카팩스와 피커딜리에 있는 저택 사이를 두 번 왔다 갔다 했으며, 카팩스의 저택에서 피커딜리에 있는 저택까지 9개의 커다란 상자를 옮겼다고 했다. 〈아주 무거운 상자들〉이었으며, 그 일을 하느라고 마차를 세냈다고 했다. 그에게 그 집이 피커딜리 몇 번지인지 가르쳐 줄 수 있겠느냐고 묻자, 그가 대답했다.

「글쎄요. 번지수는 까먹어 버렸네요. 하지만 지은 지 얼마 안 된 커다란 흰색 교회던가 뭐 그 비슷한 데서 몇 번째 대문이었던 같습니다. 먼지투성이인데다가 오래된 집이었죠. 물론 우리가 그 지독한 상자들을 옮겨 온 집에 대면 아무것도 아니었지만서도요.」

「둘 다 빈집이었는데, 어떻게 들어갔습니까?」

「퍼플리트의 카팩스 저택에서는 나를 고용한 노인네가 기다리고 있었지요. 그 노인네가 상자들을 짐마차에 싣는 걸 도와주었죠. 빌어먹을, 말이 노인네지 그렇게 힘센 사람은 생전 처음 보았소. 하얀 콧수염에 비쩍 마른 늙은인데, 너무 호리호리해서 그림자도 안 생기겠더라고요.」

그 말을 듣자 오싹 소름이 끼쳤다.

「무슨 재주를 부리는 건지 아무튼 그 노인네는 몇 파운드밖에 안 나가는 상자를 들어 올리듯이 그것들을 대번에 들어 올리더라고요. 그런 일에 이골이 난 나도 그걸 드느라고 헉헉대는데 말이죠.」

「피커딜리에 있는 집엔 어떻게 들어갔습니까?」

「거기에도 그 노인이 있었죠. 언제 출발한 건지 내가 도착하기도 전에 분명히 거기 와 있었습니다. 벨을 눌렀을 때 그 노인네가 문을 열고 나와 상자 나르는 것을 끝까지 도와주었으니까요.」

「전부 해서 9개였습니까?」

「그렇죠. 처음에 5개, 나중에 4개니까요. 지독하게 힘이 들었어요. 어떻게 집에 돌아왔는지 기억이 나지 않을 정도였지요.」 나는 그의 말을 중동무이하고 재우쳐 물었다 —

「상자들은 홀 안에 내려놓았나요?」

「그렇죠. 홀은 굉장히 크두만요. 근데 다른 건 아무것도 없더라고요.」 나는 좀 더 확인할 것이 있어서 다시 물었다 —

「당신은 열쇠를 갖고 있지 않았습니까?」

「열쇠를 쓸 필요가 없었대도 그러네요. 그 노인 양반이 직접 문을 열어 주었고, 내가 출발하자 다시 닫았단 말이오. 두 번째 집에서는 어땠는지 기억이 안 나누만. 술을 마셨거든요.」

「혹시 번지수를 기억 못 하겠습니까?」

「몰라요. 하지만 헤매지는 않을 거요. 정면에 활 모양의 돌 석상이 있고, 문으로 올라가는 높은 계단이 있으니까. 그 계단이 생각나요. 그 계단으로 상자를 날랐으니까요. 동전 몇 닢을 벌려고 온 세 부랑자들과 함께 말입니다. 노인네가 그들에게 몇 실링인가를 주었죠. 내 눈엔 꽤 된다 싶었는데 그들은 더 내놓으라고 했어요. 그러니까 그 노인네가 그중 한 명의 어깨를 콱 낚아채더니만 계단 아래로 던져 버릴 기세더라고요. 놈들이 악다구니를 쓰면서 줄행랑을 쳤지요.」 그 정도의 묘사만 가지고도 그 집을 충분히 찾을 수 있겠다는 생각이 들었다. 그래서 그 친구에게 정보에 대한 대가를 치르고 피커딜리로 출발했다. 새로운 사실을 깨닫게 되었다. 백작이 손수 관을 다룰 수도 있음을 안 것이다. 그렇다면 시간이 촉박하다. 이제 어느 정도의 배치를 완료하고 나면, 그자는 시간을 자기 맘대로 골라 나머지 일을 마저 끝낼 수 있을 것이다. 피커딜리 광장에서 승합 마차를 내려 서쪽으로 걸어갔다. 청소년 보건 센터 건너편에서 아까 들은 것과 비슷한 저택을 발견했다. 드라큘라가 장만한 다음 소굴이라는 것을 알 수 있었다. 집은 오랫동안 비어 두었던 것 같았다. 창문엔 먼지가 뿌옇게 뒤덮여 있었고, 겉창은 닫혀 있었다. 모든 골조들은 오래되어 온통 시커멓게 변해 있었고, 쇠붙이에서는 페인트가 벗겨져 있었다. 최근까지도 발코니 앞에는 커다란 게시판이 있었던 게 분명했다. 하지만 그것은 심하게 찢겨 있었다. 게시판을 지탱시켜 주던 기둥은 아직도 남아 있었다. 발코니 창틀 뒤에 판자 조각 몇 개가 떨어져 있었다. 원목이 드러난 가장자리가 하얗게 보였다. 잘 맞춰 보면 본래의 게시판을 볼 수 있어 그 집주인에 대한 어떤 단서를 잡을 수 있을지도 모른다. 나는 탐색의 경험과 카팩스 저택의 매입 과정을 상기해 보았다. 전 주인을 찾을 수만 있다면, 이 집 안으로 들어갈 방도가 있을 것 같은 느낌이 들었다.

현재로선 피커딜리에서 알아낸 게 아무것도 없었다. 그러니 할 수 있는 것도 없었다. 이 구역에서 뭔가를 알아낼 수 있을지도 모르겠다 싶어 뒤로 돌아가 보았다. 길가에 늘어선 마구간들이 활기에 차 있었다. 피커딜리의 집들은 대부분 사람이 살고 있었다. 나는 마부 한두 사람과 근처에서 만난 몇 사람에게 그 빈 저택에 대해 아는 게 없느냐고 물어보았다. 그중 한 사람이 말하기를, 최근에 그 집이 팔렸다는 소리를 듣긴 했지만 원주인이 누구인지는 모르겠다고 했다. 다만 아주 최근까지도 〈매물(賣物)〉임을 알리는 공고가 나붙었었는데, 그 게시판에서 부동산 중개 회사인 〈미첼 선스 앤드 캔디〉라는 이름을 본 기억이 난다면서, 거기 가서 물어보면 뭔가를 알 수 있을 거라고 일러 주었다.

나는 지나치게 관심을 보이는 것 같은 인상을 주고 싶지 않았고, 또 내게 말을 해준 사람이 너무 많은 것을 알게 되거나 눈치채는 것도 바라지 않았다. 그래서 짐짓 심드렁하게 고맙다는 인사를 하고는 천천히 걸어 나왔다. 가을밤을 알리는 땅거미가 깔리고 있었다. 시간을 지체할 수가 없었다. 버클리 인명부에서 〈미첼 선스 앤드 캔디〉 회사의 주소를 알아낸 다음, 곧장 색빌 스트리트에 있는 그들의 사무실로 갔다.

나를 맞아 준 신사는 아주 정중하기는 했지만, 탁 터놓고 말을 하지는 않았다. 피커딜리의 집 — 그는 그 집을 줄곧 〈대저택〉이라고 말했다 — 이 팔렸다고 말한 것으로, 볼일이 끝났다는 투였다. 누가 그 집을 샀느냐고 묻자, 그는 눈이 휘둥그레지며 잠깐 멈칫하다가 대답했다.

「선생님, 그 집은 팔렸습니다.」

나 역시 정중하게 말했다. 「죄송합니다. 제가 그 집을 산 사람을 알려는 데는 좀 특별한 이유가 있습니다.」

그가 이번에는 더 오래 뜸을 들였다. 아까보다 더 눈썹을 치켜올리며, 그가 짧게 되뇌었다.

「선생님, 그 집은 팔렸습니다.」

「좀 더 알려 주셔도 될 것 같은데요.」

「안 됩니다. 고객들의 신상에 관한 비밀을 안전하게 보장하는 것이 저희 미첼 선스 앤드 캔디의 방침입니다.」 그는 아주 깐깐한 사람임이 분명했다. 더 이상 그와 입씨름을 할 필요가 없었다. 나는 그의 입장을 존중하는 편이 낫겠다고 생각하고 말했다.

「이리도 신용을 지켜 주시니, 당신 고객들은 아주 행복하겠습니다. 전 변호사 일을 하는 사람입니다.」 이 말을 하면서 명함을 그에게 건네주고 나는 덧붙였다. 「그저 단순한 호기심에서 여쭤본 게 아닙니다. 전 고딜밍 경을 위해 일하고 있습니다. 그분이 그 집에 대해 뭔가를 알고 싶어 하십니다. 그분은 최근

에야 그 집을 내놓은 사실을 아셨습니다.」 이 말이 일의 양상을 바꾸어 놓았다. 그가 말했다 ─

「하커 씨, 되도록 부탁을 들어 드리고 싶습니다. 특히 고덜밍 경의 부탁이라니까 말입니다. 언젠가 그분이 아서 홈우드 영식(令息)이실 적에, 그분을 위해 방 몇 개를 빌려 드리는 작은 일을 수행한 적이 있었습니다. 제게 경의 주소를 주시면, 문제의 저택에 대해 조언해 드리도록 하겠습니다. 무슨 일이 있어도 오늘 밤 우편으로 경께 연락을 드리겠습니다. 우리의 규칙을 벗어나지 않고도 원하시는 정보를 고덜밍 경께 드릴 수 있었으면 좋겠습니다.」

나는 그를 우리 편으로 삼고 싶었고, 적으로 만들고 싶지 않았다. 그래서 그에게 사례하면서 수어드 박사의 집 주소를 건네주고 나왔다. 날이 어두워졌다. 피곤하고 배가 고팠다. 효모를 쓰지 않고 탄산 가스로 부풀린 빵을 파는 제과점에서 간단하게 식사를 하고, 다음 열차 편으로 퍼플리트로 내려왔다.

다른 사람들은 모두 집에 있었다. 미나는 피곤하고 창백해 보였으나, 밝고 쾌활해 보이려고 무척 애를 썼다. 그녀에게 아무 말도 하지 말아야 하고, 그래서 그녀가 수심에 잠겨 있다고 생각하니 마음이 아팠다. 오, 하느님, 오늘 밤이 그녀가 우리의 회의를 지켜보며 우리가 비밀을 내보이지 않는 것에 괴로움을 느끼는 마지막 밤이 되게 해주소서. 그녀에게 우리의 냉혹한 임무를 비밀에 부친다는 현명한 결정을 지켜 나가기 위해 나는 무척 애를 썼다. 어쩌다가 비슷한 얘기만 나와도 몸서리치는 걸 보면, 미나는 이제 우리의 일에 대해 알고 싶어 하지 않는 것 같다. 그렇지 않으면 그와 관련된 얘기들을 싫어하게 된 건지도 모르겠다. 우리가 제때에 결단을 내린 것 같아 기쁘다. 우리가 아는 것이 많아질수록 그녀의 고통이 커졌을 것이기 때문이다.

미나가 자리를 뜰 때까지는 오늘 있었던 일을 다른 사람들에게 말할 수 없었다. 그래서 저녁을 먹고 아무 일도 없다는 듯이 음악을 들은 다음, 미나를 방으로 데리고 가 잠자리에 들게 했다. 그녀가 그렇게 강하게 애정을 표시하는 걸 일찍이 본 적이 없었다. 미나는 마치 못 가게 붙들기라도 하듯 내게 매달렸다. 그러나 사람들에게 해줄 얘기가 많았기 때문에 미나 곁에 머물 수는 없었다. 그 일들에 대한 얘기를 중단한 것이 우리의 애정에 변화를 가져오지 않은 것이 얼마나 다행스러운지 몰랐다.

다시 서재로 내려와 보니, 다른 사람들이 벽난로 주위에 모여 있었다. 기차 안에서 나는 일기를 써두었다. 내가 알아낸 것을 그들에게 알려 주기 위해서 일기를 읽어 주었다. 다 읽고 나자 판 헬싱 선생이 말했다.

「조녀선, 이건 대단한 성과구면. 사라진 관들을 찾을 실마리를 잡은 거야. 그 집에서 그걸 모조리 찾으면, 우리 일이 결말에 접근하는 걸세. 하지만 몇 개 밖에 못 찾으면, 나머지를 다 찾을 때까지 우린 계속 추적을 해야 할 거야. 그 래야 최후의 일격을 가하여, 그자를 진짜 죽음 속으로 처박을 수 있을 거야.」

우리는 모두 잠시 말이 없었다. 모리스 씨가 입을 열었다 ——

「그렇다면! 그 집엔 어떻게 들어가죠?」

「우린 이미 다른 데도 들어갔네.」 고덜밍 경이 재빨리 대답했다.

「그렇지만 아서, 이건 달라. 카팩스에서 우린 문을 부수고 들어갔어. 하지만 그땐 밤이었고, 담으로 둘러싸인 정원이 우리를 막아 주었어. 낮이든 밤이든 피커딜리의 집에 들어가려면 주거 침입이 되지 않도록 다른 수단을 강구해야 될 거야. 그 부동산 중개업자가 열쇠 같은 거라도 찾아 주지 못한다면, 어떻게 들어갈 수 있을지 나로선 잘 모르겠어. 내일 아침에 편지를 받아 보면 알겠 지.」 고덜밍 경이 눈썹을 모으고 생각에 잠겨 있다가, 일어서서 방 안을 이리 저리 거닐었다. 이윽고 그가 발걸음을 멈추고 한 사람 한 사람을 번갈아 쳐다 보며 말했다.

「퀸시는 분별 있는 사람입니다. 가택 침입이 심각한 문제가 될 것입니다. 한 번은 무사히 해치웠지만, 백작의 열쇠 꾸러미를 찾을 수 없다면, 난감한 일이 되겠는데요.」

아침이 될 때까지는 아무것도 할 수 없었다. 고덜밍 경이 미첼 상사로부터 뭔가를 들을 때까지 기다리는 수밖에 없었다. 우리는 아침 식사 때까지 행동하는 것을 보류했다. 잠시 우리는 앉아서 담배를 피워 가며 여러 가지 사실들과 행동을 놓고 토론을 했다. 짬이 났기에 일기를 덧붙여 썼다. 졸음이 온다. 잠자리에 들어야겠다…….

한 줄만 더 써야겠다. 미나가 깊은 잠에 들어 있다. 숨결이 고르다. 이마엔 잔주름이 잡혀 있다. 잠자면서까지 생각을 하고 있나 보다. 여전히 너무 창백하다. 하지만 오늘 아침만큼 수척해 보이지는 않는다. 내일은 모든 것이 나아지길 바란다. 그녀는 엑서터의 우리 집으로 가게 될 것이다. 아아, 이제 자야겠다.

수어드 박사의 일기

10월 1일

렌필드 때문에 다시 혼란에 빠졌다. 그의 기분은 너무나 급속하게 변하기 때문에 포착하기가 어려웠다. 그의 기분이 변하는 것은 그저 그의 상태를 보여 주는 것만이 아니라 백작의 움직임과도 관련이 있는 것이므로, 그것들이 흥미 있는 연구 대상에 머물 수는 없었다. 오늘 아침, 그가 판 헬싱 선생을 뿌리친 후, 내가 그를 만나러 갔을 때, 그의 태도는 운명을 예견하는 사람 같았다. 사실, 그는 주관적으로 운명을 예고하고 있었다. 그는 세상의 일에는 아무런 관심이 없었다. 구름 속에서 우리네 가련한 인생들의 온갖 약점들과 욕망들을 굽어보고 있었다. 그 기회를 틈타서 뭔가를 알아내야겠다고 생각하고, 나는 그에게 물었다.

「파리를 좀 모아 보는 게 어떻겠소?」 그는 아주 우쭐한 태도로 나에게 미소를 보냈다. 마치 말볼리오[52]의 표정을 연상케 하는 미소를 띤 채 그가 대답

457

했다.

「선생, 파리에게는 한 가지 기가 막힌 특징이 있소. 파리의 날개는 심령적인 능력이 공중을 날아다니는 힘으로 나타나는 전형적인 경우이지요. 고대인들이 영혼을 나비의 형태로 나타낸 것은 잘한 일이오.」

나는 그의 비유를 논리적인 극단으로까지 밀고 나갈 양으로, 재우쳐 물었다.

「아, 당신이 지금 찾고자 하는 것은 영혼이군요. 그렇죠?」그의 광기가 이성을 눌렀다. 당황한 표정이 그의 얼굴에 퍼졌다. 좀처럼 볼 수 없었던 단호한 태도로 고개를 저으면서 그가 말했다 ─

「아, 아니오, 아니란 말이오! 난 영혼 같은 건 원치 않소. 생명이야말로 내가 바라는 전부란 말이오.」이 말을 하면서 그는 생기를 찾았다. 「파리엔 지금 관심이 전혀 없소. 생명이면 되지요. 난 내가 원하는 모든 것을 가지고 있소. 선생, 동물 탐식증을 연구하고 싶으면 이제 새로운 환자를 받아야 할 거요!」

이 말에 나는 잠시 어리둥절했다. 나는 그의 이야기를 이끌어 냈다 ─

「그럼 당신이 생명을 지배하겠군. 그렇담 당신이 신이란 말이오?」그는 우월감에 젖은 듯 무어라 형언할 수 없을 만큼 인자한 미소를 지었다.

「아, 아니오! 신의 속성을 가로채는 것은 나하고 거리가 멀어요. 그분이 영적으로 행하신 일에 대해서는 관심조차 없소. 나의 지적인 지위로 말하자면, 현세만 놓고 볼 때 나는 어떤 점에서 에녹이 영적으로 차지한 지위에 있다고 할 수 있소!」나는 그 말을 이해하기가 어려웠다. 그 순간에는 에녹이 어떤 사람인지 떠오르질 않았다. 나는 그에게 간단한 질문을 하지 않을 수 없었다. 그렇게 하면 정신병자에게 내 위신이 깎인다는 것을 느끼기는 했지만 어쩔 수 없었다.

52 셰익스피어의 『십이야』에 나오는 올리비아네 집사.

「왜 에녹에다 비교를 하는 거요?」

「그는 하느님과 함께 살았으니까요.」[53] 나는 그 비유를 이해할 수가 없었지만, 그것을 받아들이고 싶진 않았다. 그래서 나는 그가 부인한 이야기로 되돌아갔다.

「그렇다면 당신은 생명에 대해 관심도 없고, 또 영혼을 원하지도 않는단 말이로군요. 어째서요?」 그를 난처하게 할 목적으로 재빨리 그리고 힐난하듯이 질문을 던졌다. 그게 효과를 보았다. 순간 그는 무의식적으로 옛날의 그 비굴한 태도로 되돌아갔다. 그는 내 앞에서 몸을 낮게 구부리더니 내 비위를 맞추면서 대답했다.

「난 아무 영혼도 바라지 않소. 정말, 정말이오! 설사 그걸 가지고 있다 해도 그것들을 사용할 수가 없을 것이오. 영혼은 내겐 아무런 쓸모가 없단 말이오. 난 그걸 먹어 버릴 수도 없소. 아니면⋯⋯.」 그는 갑자기 말을 중동무이했다. 그의 얼굴에 예전의 그 반지빠른 표정이 마치 파문처럼 번졌다. 「선생, 생명이라 하지만 결국 그게 뭐요? 원하는 걸 모두 얻고, 또 더 이상 원할 게 없다는 것을 알게 되면, 그게 전부 아니오? 내겐 친구들이 있소. 수어드 선생처럼 훌륭한 친구들이오.」 이 말을 하면서 그는 교활함을 감추고 흘끗거렸다. 「난 생명을 취할 수단이 결코 부족하지 않으리라는 걸 알고 있소!」

그는 내가 반감을 느끼고 있다는 것을 음울한 광기를 통해 감지한 것 같았다. 그가 즉각 그와 같은 사람들의 최후의 은신처인 완강한 침묵으로 빠져들었던 것이다. 잠시 후 나는 이제 그에게 말을 걸어도 소용없다는 것을 깨달았다. 그는 실쭉해졌고 나는 자리를 떴다.

얼마쯤 지나서 그가 나에게 와달라고 했다. 대개는 특별한 이유가 없는 한, 환자가 부른다고 해서 가는 일은 없다. 그러나 지금은 그의 호출을 기꺼이 받

---

53 므두셀라의 아버지 에녹은 〈하느님과 함께 살다가 사라졌다〉(구약 성서 「창세기」 5장 24절).

아들일 만큼 그에게 흥미가 있다. 게다가 시간을 보내는 데 도움이 될 일이 생긴 게 반가웠다. 하커는 단서들을 찾아서 나갔다. 고덜밍 경과 퀸시도 마찬가지다. 판 헬싱 선생은 하커 부부가 정리한 기록을 찬찬히 보면서 내 서재에 앉아 있다. 모든 세세한 것들을 정확하게 검토하다 보면 어떤 실마리를 얻게 되리라고 생각하는 듯했다. 그이는 되도록 일에 방해를 받고 싶어 하지 않는다. 그이와 함께 렌필드를 보러 가려고 했었는데, 지난번에 홀대를 당한 뒤로는 다시 가고 싶어 하지 않을지도 모른다는 생각이 들었다. 또, 다른 사람이 있으면, 단둘이 있을 때만큼 렌필드가 터놓고 말을 하지 않을지도 몰랐기 때문에 혼자서 그에게 갔다.

그는 방바닥 가운데 의자를 갖다 놓고 앉아 있었다. 자신에게 어떤 정신력이 작용하고 있다는 것을 암시하는 듯한 자세였다. 내가 들어서자, 기다렸다는 듯이 그가 물었다.

「영혼을 어떻게 생각하시오?」 아까 내 짐작이 옳았다. 정신병자에게조차 무의식적인 뇌 작용이 일어나고 있었던 것이다. 나는 그 문제의 결말을 짓기로 마음먹었다. 「당신은 어떻게 생각하시오?」 내가 되물었다. 그는 한동안 대답을 하지 않고, 대답을 하기 위한 어떤 영감을 기대하는 양, 주위를 둘러보고 일어났다 앉았다.

「난 영혼을 원치 않소!」 그는 변명이라도 하듯 가냘프게 말했다. 그 문제로 고민을 했던 듯하다. 이때를 이용해야 한다는 생각이 들었다. 〈그저 인정을 베풀기 위해서라도 우선은 잔인하게 굴어야〉 했다.[54] 나는 재우쳐 물었다.

「당신은 생명을 좋아하고 또 생명을 원하죠?」

「그렇소! 하지만 됐소. 선생이 그걸 걱정할 필요는 없소!」

「그렇지만, 영혼을 얻지 않고서야 어찌 생명을 얻을 수 있겠소?」 이 말에 그

---

54 『햄릿』 3막 4장 참조.

가 곤혹스러워했다. 나는 계속 추궁했다.

「당신은 언젠가는 저 밖을 날아다니며 멋진 시간을 보내게 될 거요. 당신 주위에는 파리와 거미와 새와 고양이 들의 수천 영혼이 윙윙거리고 지저귀고 야옹야옹 울어 대겠지요. 당신은 그것들의 생명을 취했으니, 그것들의 영혼도 함께 받아야 한다는 것을 당신도 알 거요.」 무엇인가가 그의 상상력에 영향을 준 것 같았다. 그가 갑자기 손가락으로 귀를 틀어막고 눈을 감았다. 점점 꽉 죄어 가는 품이 비누질 세수를 하는 어린아이가 비눗물이 들어가지 않도록 애쓰는 것처럼 보였다. 그 모습에는 가슴을 찡하게 하는 애처로운 구석이 있었다. 거기에서 또 하나의 사실을 발견했다. 얼굴은 찌들 대로 찌들고, 턱수염은 허옇게 났지만 내 앞에 있는 사람은 바로 어린아이였던 것이다. 그는 어떤 심리적 갈등을 겪고 있었고, 침울한 기분 때문에 사물을 얼마나 자신과 동떨어진 것으로 생각해 왔는지를 깨닫고 있음이 분명했다. 나는 가능한 한 그의 마음속으로 들어가 그와 어울리고 싶었다. 첫 번째 단계는 믿음을 회복시켜 주는 것이었다. 그래서 귀를 꽉 틀어막았어도 내 소리를 들을 수 있도록 약간 큰 소리로 물었다.

「파리들을 다시 끌어들일 설탕을 원하지 않소?」 그는 정신이 번쩍 드는 모양이었다. 고개를 가로젓고, 웃으면서 그가 대답했다.

「당치도 않소! 파리는 결국 하찮은 것이오!」 잠시 말을 끊었다가 그가 덧붙였다. 「어쨌거나 내 주위를 윙윙거리는 그것들의 영혼도 원치 않소.」

「거미들은 어떻소?」 내가 재우쳐 물었다.

「젠장맞을 놈의 거미들! 거미가 무슨 쓸모가 있소? 그놈들에게 뭐가 있소? 먹을 게 있소, 아니면 ─」 그가 갑자기 말을 중단했다. 입에 담아서는 안 될 무슨 말이 생각난 것처럼.

문득 어떤 생각이 머리를 스쳤다. 그가 〈마신다〉는 말을 꺼내려다 입을 다문 것이 이로써 두 번째였다. 무슨 뜻일까? 자기 실언을 깨달았는지 내 관심을 딴

데로 돌리려는 듯 그가 서둘러 말했다.

「이제 그따위들을 키우지 않아요. 셰익스피어의 말마따나, 〈쥐, 생쥐, 그리고 그런 하찮은 버러지들〉은, 〈식품 창고의 닭 모이〉[55]밖에 안 되는 것들이오. 나는 이제 그런 시시껄렁한 것들에는 관심이 없소. 지금 내 앞에 무엇이 기다리고 있는지 번연히 알고 있는 나에게, 그런 하찮은 동물에 관심을 가지라고 하느니 차라리 젓가락으로 분자(分子)를 집어 먹으라고 하지 그러오?」

「알겠소. 씹어 먹을 수 있을 만큼 커다란 걸 원한단 말이죠? 코끼리로 아침을 드시는 건 어떻소?」

「무슨 그런 터무니없는 농담을 하시오!」 그가 눈을 휘둥그렇게 떴다. 더 이상 그를 재우치기가 어려울 듯했다. 「코끼리의 영혼이 어떨는지 모르겠소.」 나는 잠시 생각하다가 말했다.

내가 바라던 효과가 나타났다. 그가 거만하던 태도를 버리고 다시 어린아이로 돌변했던 것이다.

「난 코끼리의 영혼을 원치 않소! 아니, 어떤 영혼도 원치 않는단 말이오!」 그렇게 말하고, 그는 한동안 시무룩하게 앉아 있었다. 갑자기 그가 두 눈을 반짝이고 뇌신경이 흥분한 듯한 조짐을 보이며 벌떡 일어섰다. 그가 악을 썼다. 「그놈의 영혼 얘기는 집어치우고 당신도 꺼져 버리시오! 영혼을 들먹이면서 나를 괴롭히는 이유가 대체 뭐요? 영혼이 아니라도 충분히 걱정하고 고통받고 골치를 썩이고 있는데 영혼까지 생각하란 말이오?」 그가 심한 적대감을 보이고 있었기 때문에, 다시 살인적인 발작을 일으킬 것 같은 생각이 들었다. 그래서 나는 간호인들을 부르려고 휘파람을 불었다. 그러자 그는 침착해졌다. 그러고는 사과하듯이 말했다.

「선생, 용서하시오. 내가 흥분했소. 사람을 부를 필요는 없소. 이리 쉽게 흥

---

55 『리어왕』 3막 4장 142행을 조금 다르게 인용한 것.

분을 하니 참 걱정이오. 내가 직면한 문제가 무엇인지, 내가 해내려는 것이 무엇인지를 안다면, 나를 불쌍히 여겨, 참고 용서해 주시오. 내게 구속복을 입히지 말아 줘요. 생각을 좀 하고 싶은데, 몸이 구속을 받으면 생각을 자유롭게 할수가 없소. 이해해 주리라 믿소!」 그는 분명히 자기 통제력을 지니고 있었다. 간호인들이 왔을 때, 나는 그들에게 신경 쓰지 말라고 했다. 그들이 물러갔다. 렌필드는 그들이 돌아가는 것을 바라보다가, 문이 닫히자 상당히 위엄 있고 부드러운 목소리로 말했다.

「수어드 선생, 내 마음을 잘 헤아려 주시는군요. 정말 고맙소. 진정이오.」 나는 이쯤에서 그의 곁을 떠나는 게 좋겠다고 생각하고 병실을 나왔다. 이 사람의 상태에서 확실히 숙고할 만한 무언가가 있었다. 누군가 적당한 순서대로 그것들을 꿰어 맞출 수만 있다면, 몇 가지 점에서는, 퀸시가 말했듯이, 〈이야기〉가 될 만하다. 그 몇 가지 점을 말하자면 이렇다.

〈마신다〉는 말을 하지 않으려고 한다.
어떤 것의 〈영혼〉이 자신에게 깃든다는 생각을 두려워한다.
장차 〈생명〉이 모자라게 될 것에 대한 두려움을 전혀 갖고 있지 않다.
하찮은 동물들의 영혼에 씌는 것을 두려워하지만, 그것들을 한결같이 경멸한다.

논리적으로 이 모든 것들은 한 가지 길을 보여 주고 있다! 그는 더 높은 단계의 생명을 얻으리라는 일종의 확신을 갖고 있다. 하지만 그 결과물, 즉 영혼의 짐을 두려워한다. 그렇다면 그가 기대하고 있는 것은 인간의 생명이다!
그러면 그 확신은 어디에서 오는 걸까?
오 자비로우신 하느님! 백작이 그에게 왔다. 그리고 뭔가 새로운 공포의 음모가 바야흐로 진행되고 있다!

시간이 흐른 뒤

한 번 회진을 돈 다음, 판 헬싱 선생에게 가서 내 의혹을 털어놓았다. 그이는 아주 심각해져, 한동안 그 문제를 숙고하더니 렌필드에게 가봐도 되느냐고 물었다. 나는 그렇게 하라고 했다. 문 가까이 갔을 때, 우리는 그가 쾌활하게 노래를 부르는 소리를 들었다. 꽤 오래전부터 그러고 있었던 듯했다. 안으로 들어서면서 우리는 깜짝 놀라고 말았다. 그가 예전처럼 방 안에 온통 설탕을 뿌려 놓고 있었던 것이다. 가을이 되면서 활동력이 둔해진 파리들이 방 안에서 윙윙거리면서 날아 들어오기 시작했다. 우리는 아까 이야기했던 주제에 대해 말을 시키려고 했다. 그러나 그는 전혀 주의를 기울이지 않고, 계속 노래만 불러 대고 있었다. 우리가 곁에 있는 것을 아랑곳하지 않았다. 그는 신문을 스크랩해 둔 것을 공책에 끼우고 있었다. 우리는 들어갈 때와 마찬가지로 완전히 무시당한 채 나오는 수밖에 없었다. 그의 증상이 범상치가 않다.

오늘 밤 그를 감시해야 한다.

미첼 선스 앤드 캔디 회사에서 고덜밍 경에게 보내는 편지

10월 1일

고덜밍 경 보십시오.

귀하의 요구에 응하게 되어 그저 행복할 따름입니다. 귀하를 대신하여 하커 씨가 말씀하신 귀하의 요구와 관련하여, 피커딜리 347번지 저택의 매매에 관한 정보를 다음과 같이 알려 드립니다. 원매각인은 고(故) 아치볼드 윈터서필드 씨가 지정한 유언 집행인들입니다. 매입자는 외국 귀족인 드 빌 백작으로, 그분은, 속된 표현을 써서 죄송합니다만, 〈웃돈〉을 얹어 주면서 직접 매입을 했습니다. 그것 이상으로 저희가 그분에 대해 알고 있는 것은 없습니다.

언제라도 귀하의 요구에 응하겠습니다. 여불비례.
미첼 선스 앤드 캔디.

수어드 박사의 일기

10월 2일

어젯밤 한 사람을 복도에 세워 두면서, 렌필드의 방에서 무슨 소리가 들린다 싶으면 정확하게 적어 두라고 일렀다. 그리고 이상한 조짐이 있으면 즉각 나를 부르라고 지시했다. 저녁을 먹은 후, 하커 부인이 침실로 올라간 뒤에, 우리는 모두 벽난로 주위에 둘러앉아 그날 한 일과 알아낸 것들을 가지고 토론했다. 성과를 가져온 사람은 하커뿐이었다. 우리는 지금 하커가 찾은 실마리가 크게 도움이 될 거라는 기대에 부풀어 있다.

잠자러 가기 전에 렌필드의 방에 가서 시찰구로 안을 들여다보았다. 그는 조용히 잠들어 있었다. 그의 가슴이 고르게 오르내리고 있었다.

오늘 아침에, 어젯밤 불침번을 섰던 사람이 보고하기를, 자정이 조금 지나자 렌필드가 잠도 자지 않고 조금 큰 소리로 계속해서 기도를 드렸다고 했다. 나는 그게 전부냐고 했더니, 그것 이외에는 듣지 못했다고 대답했다. 그의 태도에 뭔가 수상한 점이 있었다. 혹시 잠을 잔 게 아니냐고 추궁하자, 그는 부인을 하면서도, 잠시 〈졸았다〉는 사실은 인정했다. 남이 보지 않는다고 의무를 소홀히 한다는 건 너무나 고약한 짓이다.

하커는 그가 발견한 단서를 좇기 위해 나갔다. 아서와 퀸시는 말을 구하러 갔다. 아서는 언제라도 말을 대기시켜 놓는 게 좋을 거라고 생각한다. 우리가 찾는 정보가 얻어지면, 한시도 시간을 지체해서는 안 된다는 것이다. 백작이 들여온 모든 흙들을, 일출과 일몰 사이에 불모의 흙으로 만들어야 한다. 그럼으로써 그자가 가장 약해져 있을 때, 또 도망갈 은신처가 하나도 없는 상태에서 그자를 붙잡을 수 있을 것이다.

판 헬싱 선생은 고대 의학에 관한 몇 가지 문헌을 찾아보러 대영 박물관에 갔다. 옛날 의사들은 그 후예들이 받아들이지 않고 있는 것들을 중요하게 여겼다. 선생은 또 나중에 우리에게 필요하게 될지도 모를 마녀·악마 퇴치법을 연구하고 있다.

우리가 전부 미쳐 버린 건 아닌지, 그래서 구속복을 입고 정신을 차려야 하는 건 아닌지, 이따금 그런 생각이 든다.

시간이 흐른 뒤

모두 다시 모였다. 마침내 추적에 성공한 듯하다. 내일 우리의 일이 그 결말을 향해 첫발을 내딛게 될지도 모른다. 렌필드가 조용한 게 이와 무슨 관련이 있지 않을까 생각한다. 그의 상태가 백작의 행위와 관련을 맺어 왔으므로, 임박해 온 괴물의 파멸이 뭔가 민감한 방식으로 그에게 전해질지도 모른다. 오늘 그와 논쟁하던 시간과 파리 잡기를 다시 시작한 시간 사이에, 그의 마음을 스쳐 지나간 것이 무엇인지에 대해 어떤 암시를 얻을 수만 있다면, 우리는 유용한 단서를 얻을 수 있을 것이다. 일견 그는 지금 잠잠한 상태를 맞고 있는 것처럼 보인다……. 어? 그 사람인가? 그의 방에서 사나운 외침이 들린 듯했다…….

간호인이 내 방으로 뛰어 들어와 렌필드에게 무슨 일이 터졌다고 했다. 렌필드의 고함 소리를 듣고 그에게 가보니, 피로 범벅이 된 채 마루에 엎어져 있었다는 것이다. 당장 가봐야 한다…….

21

수어드 박사의 일기

10월 3일

지난번에 기록한 뒤로 일어난 모든 일들을 기억할 수 있는 한 정확하게 적어 두기로 한다. 떠올릴 수 있는 것이라면 어느 하나라도 빠뜨려서는 안 되며 아주 침착하게 적어 나가야 한다.

내가 렌필드의 방으로 들어섰을 때 그는 몸 왼쪽을 바닥에 대고 모로 쓰러져 있었고, 그 주위로 핏물이 흥건하게 고여 있었다. 그를 옮기려고 다가가 보니 언뜻 보기에도 그는 끔찍한 상처를 입은 것이 분명했다. 기력이 다 빠진 몸의 각 부분이 제멋대로 놀고 있는 것처럼 보였다. 얼굴을 드러내 놓고 있었는데, 마치 바닥에 부딪쳐 짓찧인 듯, 끔찍한 상처가 나 있었다. 사실 핏물 웅덩이가 생겨난 것은 얼굴의 상처 때문이었다. 우리가 그를 뒤집어 놓자 한 옆에서 무릎을 꿇고 지켜보던 간호인이 내게 말했다.

「제 생각으론 등뼈가 부러진 것 같습니다. 보십시오, 오른쪽 다리와 팔, 그리고 얼굴 전체가 마비되어 있습니다.」 간호인은 어떻게 그런 일이 벌어질 수 있는지 도저히 짐작이 가지 않는 모양이었다. 그는 어리둥절한 표정으로 이맛

살을 찌푸리며 말했다.

「저는 이 두 가지 일을 이해할 수가 없습니다. 바닥에 머리를 찧으면 얼굴에 이런 상처가 날 수 있어요. 언젠가 저는 에버스필드 정신 병원에서 누가 미처 손을 쓰기도 전에 이런 짓을 한 젊은 여인을 본 적이 있었어요. 그리고 만약 이 사람이 심하게 경련을 일으켰다면 침대에서 떨어지면서 등뼈가 부러졌을 수도 있습니다. 하지만 저로서는 아무리 생각을 해봐도 어떻게 이 두 가지 일이 동시에 일어났는지를 알 수가 없습니다. 만일 등뼈가 부러졌다면 머리를 찧을 수 없었을 것이고, 침대에서 떨어지기 전에 얼굴이 이렇게 되었다면 그 흔적이 있어야 할 테니까요.」 내가 그에게 일렀다 —

「판 헬싱 박사님께 가서 수고스러우시더라도 곧 이리로 좀 와주셨으면 한다고 전해 주게. 난 지체 없이 그분을 뵀으면 싶네.」 간호인이 달려 나간 지 몇 분 되지 않아서 선생이 실내복에 슬리퍼 차림으로 나타났다. 그가 잠시 바닥에 쓰러져 있는 렌필드를 찬찬히 살펴보고는 나를 돌아다보았다. 아마도 그는 내 눈을 보고 내 생각을 알아차린 것 같았다. 왜냐하면 분명히 간호인이 들으라는 듯, 아주 침착하게 이런 말을 했기 때문이었다.

「아아, 참으로 슬픈 사건이구먼! 이 사람, 아주 조심스럽게 관찰하고 세심한 주의를 기울여야 할 필요가 있어. 물론 나는 자네와 함께 있을 거지만 먼저 옷부터 갈아입어야겠네. 잠시만 여기에 있게. 곧 돌아오겠네.」

환자의 숨소리가 거친 것으로 보아, 심각한 부상을 당한 게 분명했다. 판 헬싱 선생은 곧바로 수술 가방을 가지고 돌아왔다. 문제를 따져 보고 나서 마음을 굳힌 것 같았다. 그는 환자를 살펴보기에 앞서 내게 속삭였다 —

「간호인을 내보내도록 하게. 수술이 끝난 뒤에 환자가 의식이 돌아오면 우리 두 사람만 있어야 되니까.」 그래서 나는 간호인을 돌아다보고 말했다 —

「이제 그만 가봐도 될 것 같네. 시몬스. 현재로서는 우리가 할 수 있는 일은 다 했으니까. 자네는 순찰을 돌도록 하게. 판 헬싱 박사님께서는 수술을 하실 거고. 어디에서든 이상한 일이 있으면 즉시 알려 주게.」

간호인이 물러간 후 우리는 환자를 면밀하게 조사하기 시작했다. 얼굴의 상처는 깊지 않았고, 정말로 중대한 부상은 운동 신경 부위까지 뻗친 두개골의 함몰 골절이었다. 선생이 잠시 생각을 해보고 나서 말했다.

「압박을 줄여서 되도록 정상적인 상태로 되돌려야겠어. 빠르게 충혈이 되는 것만 보아도 이 사람의 부상이 치명적이라는 걸 알 수 있거든. 운동 신경 부위 전체가 손상을 입은 것 같아. 뇌충혈이 급속히 증가할 테니까 당장에 관상톱으로 두개골에 구멍을 내고 수술을 해야 해. 그러지 않으면 너무 늦어질 걸세.」 그가 설명을 하고 있을 때 가볍게 문을 두드리는 소리가 들렸다. 나는 그쪽으로 건너가서 문을 열고 아서와 퀸시가 파자마에 슬리퍼 바람으로 바깥 복도에 서 있는 것을 보았다. 아서가 말을 꺼냈다. 「자네 간호인이 판 헬싱 박사님을 부르러 와서 사고가 생겼다고 했다는 말을 들었네. 그래서 나는 퀸시를 깨워 가지고, 아니, 아직 잠이 들지는 않았으니까 불러 가지고 온 걸세. 요 며칠 동안에는 사태가 너무도 빠르고 이상하게 전개되고 있어서 우리 누구도 깊은 잠을 이룰 수가 없거든. 난 내일 밤이면 우리가 사태를 있는 그대로 보게 될 거라는 생각을 하고 있었네. 우리는 지금까지 해왔던 것보다 좀 더 뒤를 돌아다보고, 예측도 해봐야 될 것 같아. 들어가도 되겠나?」 나는 고개를 끄덕이고 나서 그들이 들어올 때까지 문을 열고 있다가 다시 닫았다. 퀸시가 환자의 자세와 상태를 살펴보다가 바닥에 핏물이 고여 있는 것을 알아차리고 나지막하게 외쳤다.

「맙소사! 이 사람에게 무슨 일이 벌어진 건가? 이런 끔찍할 데가!」 나는 그에게 간단히 설명을 해주고 나서 수술이 끝나면 잠깐이기는 하겠지만 그의 의식이 돌아올 것으로 기대한다고 덧붙였다. 그가 곧장 침대 쪽으로 건너가서 고덜밍과 나란히 가장자리에 걸터앉았고, 우리 셋 모두 참을성 있게 선생을 지켜보았다.

「좀 기다려야 할 것 같네.」 판 헬싱 선생이 말했다. 「우선 관상톱으로 수술을 하기에 가장 적당한 자리를 정해서 될 수 있는 대로 신속하고 완벽하게 핏덩어리를 제거해야 돼. 출혈이 점점 심해지고 있는 게 분명하니까.」

우리가 기다리고 있는 동안 1분 1분이 지겹게도 더디게 흘러갔다. 나는 가슴이 조마조마했다. 판 헬싱 선생의 얼굴을 보니, 그가 앞으로 벌어질 일에 대해서 얼마쯤은 두려움 아니면 불안을 느끼고 있다는 생각이 들었다. 사실 나로서도 렌필드의 입에서 무슨 말이 나올지 몰라 두려웠고, 그래서 생각하기를 겁내고 있었지만, 임종을 지켜 본 사람들이 써놓은 글을 읽은 적이 있었기 때문에, 곧 무슨 일이 일어날지를 충분히 짐작하고 있었다. 그 불쌍한 사내의 숨결이 불안정한 헐떡임으로 바뀌었다. 매 순간 그는 눈을 뜨고 말을 할 것처럼 보이다가도 한참이나 씩씩거리는 숨을 몰아쉬다가 더 확실한 의식 불명 상태로 되돌아가곤 했다. 비록 내가 임종을 지켜보는 데 이력이 나 있다고는 해도, 그 불안한 긴장감은 점점 더 견디기가 어려웠다. 마치 내 가슴이 뛰는 소리가 들리는 것 같았고 관자놀이를 지나 몰려가는 피가 망치를 내리치듯 쿵쿵 울렸다. 그러다가 마침내 그 침묵은 견디기 어려운 고통이 되었는데, 나는 내 동료들을 하나하나 둘러보다가 그들의 상기된 얼굴과 땀에 젖은 이마를 보고 그들 역시 똑같이 고통스러워하고 있다는 것을 알았다. 우리들에게 조마조마한 긴장감이 엄습해 왔다. 뜻하지 않은 순간에, 어떤 무시무시한 벨이 요란스럽게 울릴 것만 같은 느낌이었다.

마침내 환자가 급격히 쇠약해져 가고 있다는 것이 분명해졌다. 그는 언제라도 죽을 것만 같았다. 나는 선생을 바라보았다. 선생은 나를 빤히 바라보다가 단호한 표정으로 입을 열었다.

「허비할 시간이 없네. 이 사람의 말 한마디가 여러 사람의 목숨을 구할 수도 있으니까. 나는 여기 서 있으면서 줄곧 그런 생각을 하고 있었네. 위험에 처해 있는 영혼이 있을지도 몰라. 귀 위 부분을 절제해야 되겠네.」

그 말만 하고 나서 그이는 수술을 시작했다. 부상자는 한동안 그르렁거리는 숨소리를 내다가, 다음에는 가슴이 터지지나 않을까 싶을 정도로 한참이나 숨을 들이쉬었다. 갑자기 그의 눈이 번쩍 뜨이더니 열에 뜬 멍한 기색이 눈에 어렸다. 그런 상태가 조금 더 이어졌다. 뒤이어 그의 눈길이 부드러워지면서 기쁨과 놀라움의 빛을 띠었다. 그는 발작적으로 경련을 하면서도 이렇게 말했다.

「조용히 있겠소, 의사 선생. 저 사람들에게 이 구속복을 좀 벗기라고 해주시오. 나는 끔찍한 꿈을 꿨는데 그 때문에 힘이 쪽 빠져서 움직일 수가 없소. 내 얼굴이 어떻게 된 거요? 온통 부은 것 같고 지독하게 쑤시고 있소.」 그는 고개를 돌리려고 했지만 그 정도의 힘을 쓰는 것만으로도 눈빛이 흐릿해지는 것 같아서 내가 살며시 그의 고개를 원래대로 돌려놓았다. 그러자 판 헬싱 선생이 근엄한 목소리로 입을 열었다.

「우리에게 당신의 꿈을 말해 보시오, 렌필드 씨.」 그 목소리를 듣자 절개 수술을 받는 중에도 그의 얼굴이 밝아졌다.

「판 헬싱 박사님이시군요. 여기에 와 계셔서 정말 감사합니다. 물을 좀 주십시오. 입이 바싹 말랐어요. 그러면 말씀드리도록 해보겠습니다. 제 꿈은······.」 그가 말을 끊고 기절하는 것처럼 보여서 나는 조용히 퀸시를 불렀다. 「브랜디 — 내 서재에 있어. 빨리!」 그가 재빨리 달려 나가서 유리잔과 브랜디병, 그리고 식탁용 유리 물병을 하나씩 가지고 돌아왔다. 우리가 갈라 터진 입술을 축여 주자 환자는 곧바로 소생했지만, 그의 처참하게 손상된 뇌는 한동안 더 애를 쓰고 있는 것 같았다. 왜냐하면 의식이 들자 그는 내가 결코 잊을 수 없는, 고통스러우리만큼 혼란스러운 눈으로 나를 뚫어져라 쳐다보았기 때문이다.

「저 자신을 속여서는 안 되겠지요. 그건 꿈이 아니라 분명한 현실이었습니다.」 다음에 그가 고개를 돌리지 않고 눈으로 방을 둘러보다가 침대 가장자리에 앉아 있는 두 사람의 모습이 보이자 말을 이었다.

「지금까지는 분명히 알지 못했지만 이제는 저분들을 보고 알겠습니다.」 잠시 그의 눈이 감겼다. 하지만 고통이나 졸음 때문은 아니고 마치 있는 힘을 다 끌어모으려는 듯 자발적인 것이었다. 그가 다시 눈을 뜨고 아까보다 좀 더 힘 있는 소리로 급히 말했다.

「빨리요, 선생님, 빨리요! 나는 죽어 가고 있습니다. 몇 분밖에 남지 않은 것 같아요. 다음에 나는 죽음으로 되돌아가거나…… 더 나쁘게 되겠지요. 내 입술 을 다시 브랜디로 축여 주세요. 내가 죽기 전에, 아니면 내 처참하게 망가진 뇌 가 죽기 전에 꼭 해야 할 말이 있습니다. 고맙습니다! 그건 내가 선생님께 풀어 달라고 애원을 했는데도 나를 그냥 버려두고 갔던 그날 밤의 일이었습니다. 그 때 나는 혀가 묶인 것 같아서 말을 할 수는 없었지만 제정신이었습니다. 그것 만 빼놓고는 지금과 같았지요. 선생님이 나를 그대로 두고 떠난 뒤에 나는 참 혹한 절망감에 빠졌는데, 그게 몇 시간은 되는 것 같았습니다. 그런데 갑자기 평화로운 느낌이 찾아 들었습니다. 정신이 다시 맑아지는 것 같았고 나는 내가 어디에 있는지를 알아차렸지요. 그리고 다음에는 병원 뒤에서 개 짖는 소리를 들었는데, 하지만 그자는 다른 데 있더군요!」 그가 이야기를 하는 동안 판 헬 싱 선생은 눈도 깜짝이지 않았지만 손으로 내 손을 더듬어 찾아 꼭 움켜쥐었 다. 그러나 자기의 생각을 털어놓지는 않고 가볍게 고개만 끄덕인 뒤 낮은 소 리로 재촉했다. 「계속하시오.」 렌필드가 이야기를 계속했다 —

「그자는 내가 전에 종종 보았던 것처럼 안개 속에서 창문으로 올라왔습니 다. ……하지만 그때는 유령이 아니라 형체가 있었고 그의 눈빛은 화가 난 사 람처럼 사나웠습니다. 그는 빨간 입을 벌리고 웃었는데, 그러다 개들이 짖고 있는 숲 쪽을 돌아다보자 날카롭고 하얀 이빨이 달빛에 번뜩였습니다. 난 처음 엔 그자에게 들어오라고 할 생각이 없었습니다. 비록 그자가 이제껏 늘 원해 왔던 것처럼 내가 그래 주기를 바라고 있다는 것을 알고 있기는 했어도요. 그 랬더니 그자가 뭔가를 약속하기 시작하더군요. ……말로가 아니라 행동으로 요.」 선생이 그의 말을 자르고 물었다 —

「어떻게?」

「어떤 일이 생기게 한 거지요. 태양이 비치고 있을 때 파리들을 들여보내곤 했던 것과 같은 방법으로요. 날개에 강철과 사파이어가 붙어 있는 크고 통통한 놈들이지요. 그리고 밤에는 등에 해적의 기표가 새겨진 커다란 나방들이고요.」 판 헬싱이 무의식적으로 그를 향해 고개를 끄덕여 보이고는 내게 속삭였다 ─

「박각싯과에 딸린 아케론티아 아트로포스라는 나방이야. 보통 해골박각시 나방이라 부르지 않나?」 환자는 쉬지 않고 이야기를 이어갔다 ─

「그런 다음 그자가 내게 속삭이기 시작했어요. 〈쥐, 쥐, 쥐들을 주겠다! 수백 수천 수백만 마리의 쥐들, 그 하나하나가 생명을 지녔다. 또 그것들을 잡아먹을 개와 고양이 들도 주마. 모든 생명체들을! 붕붕거리는 파리들만이 아니라 오랜 세월의 생명이 들어 있는 온갖 붉은 피들을!〉 나는 그가 무엇을 할 수 있는지 보고 싶어서 그를 바라보며 웃었습니다. 그랬더니 검은 숲 너머에 있는 그의 집에서 개들이 짖더군요. 그가 내게 창문으로 오라고 손짓을 했습니다. 나는 일어서서 밖을 내다보았습니다. 그가 손을 들어 올렸는데, 말을 하지 않고 뭔가를 불러내려는 것 같았습니다. 시커먼 덩어리가 불길 같은 모양으로 다가오면서 잔디를 덮었고 다음에 그가 안개를 오른쪽 왼쪽으로 움직이자 핏빛으로 ─ 작기만 할 뿐 꼭 그자의 눈처럼 ─ 번들거리는 눈을 한 수천 마리의 쥐 떼들이 보였습니다. 쥐들은 그가 손을 들어 올리자 모두 멈춰 섰는데 나는 그가 이런 말을 하는 걸로 생각했습니다. 〈이 모든 생명들을 너한테 주겠다. 그래, 그리고 네가 엎드려 나를 숭배한다면 수많은 세월 동안 내내 더 많고 더 굉장한 것을 주겠어!〉 다음에는 붉은 구름이 핏빛처럼 내 눈을 덮는 것 같았습니다. 내가 뭘 하고 있는지도 모르는 사이에 나는 유리창을 열고 그에게 말했습니다. 〈들어오십시오, 주인님!〉 쥐들은 모두 가버렸지만 그자는 창문이 1인치 정도밖에 열려 있지 않은데도 창문 틈을 통해 방으로 들어왔습니다. 흔히 달빛이 아주 조그만 틈을 통해 크고 화려한 모습으로 내 앞에 서는 것처럼요.」

그의 목소리가 잦아들고 있어서 나는 다시 브랜디로 그의 입술을 축여 주었다. 그는 이야기를 계속했지만 그의 기억력은 그사이에도 작용을 하고 있었던 듯, 이야기가 훨씬 더 앞쪽으로 가 있었다. 내가 막 그에게 방금 전의 이야기를 일깨워 주려고 하자 판 헬싱 선생이 내게 속삭였다. 「중단시키지 말고 그대로 두게. 저 사람은 되돌아갈 수 없고 생각의 실마리를 놓쳐 버리고 나면 아예 앞으로 나갈 수도 없을 테니까.」 그가 이야기를 계속했다 ─

「하루는 그에게서 소식이 있기를 기다렸지만 그는 내게 아무것도, 하다못해 검정 파리 한 마리도 보내 주지 않았습니다. 그래서 달이 떠오를 무렵이 되자 나는 그에게 잔뜩 부아가 돋아 있었지요. 그러다 그가 창문이 닫혀 있는데도 노크조차 하지 않고 문틈으로 새어 들어오는 것을 보자 나는 몹시 화가 났습니다. 그는 나를 보고 씩 웃었는데, 창백한 얼굴이 붉게 번들거리는 눈과 함께 안개 속에서 나오는 것처럼 보이더군요. 그는 마치 내 병실이 자기 방이라도 되는 양, 나는 안중에도 없다는 듯이 돌아다녔습니다. 내 옆을 지나갈 때 보니 냄새도 전과 같지가 않았습니다. 나는 그를 붙잡을 수가 없었습니다. 그런데 어찌 된 일인지 하커 부인이 방으로 들어온 것 같았어요.」

침대에 앉아 있던 두 남자는 일어서서 렌필드가 자기네들을 볼 수 없는, 그러나 그의 이야기가 좀 더 잘 들리는 뒤쪽으로 건너가 섰다. 그들은 둘 다 입을 열지 않았지만 선생은 움찔 놀라서 몸을 떨었다. 하지만 그의 얼굴은 점점 더 근엄해졌다. 렌필드는 알아차리지 못하고 이야기를 계속했다.

「오늘 오후 하커 부인이 나를 보러 들어왔을 때 부인은 예전 같지가 않았습니다. 꼭 찻주전자에 물을 타서 묽게 만든 차 같았지요.」 거기서 우리 모두는 충격을 받았지만 아무도 입을 열지 않았고 그는 이야기를 계속했다.

「나는 부인이 말을 하기까지는 여기에 와 있다는 걸 몰랐는데, 부인은 전 같지가 않았습니다. 나는 창백한 사람들을 좋아하지 않습니다. 내가 좋아하는 건 핏기가 많은 사람들인데, 그녀의 안색은 피가 모두 빠져 달아난 것처럼 보

476

이더군요. 난 처음엔 그런 생각을 하지 않았지만 그녀가 가고 나자 생각을 하기 시작했습니다. 그자가 그녀에게서 생명을 빼앗아 갔는지 알고 싶어 미칠 지경이었거든요.」나는 다른 사람들도 나처럼 떠는 것을 느낄 수 있었지만 우리는 그대로 입을 다물고 있었다. 「그래서 나는 오늘 밤 그자가 오면 따져 보리라 벼르고 있다가, 안개가 슬며시 기어드는 것을 보고 힘껏 움켜쥐었지요. 나는 미친 사람들이 비정상적으로 힘이 세다는 말을 들었는데, 내가 알고 있기로 나는 — 이따금씩이기는 하지만 — 미친 사람이었고, 그래서 내 힘을 써먹기로 작정했던 겁니다. 그자도 그걸 느낀 게 분명했습니다. 나하고 싸우기 위해 안개에서 모습을 드러냈으니까요. 나는 있는 힘껏 그자를 움켜쥐고서 내가 이길 것 같다는 생각이 들었습니다. 그자의 눈을 보기 전까지는요. 나는 그자가 더 이상 그녀의 목숨을 빼앗아 가지 못하게 할 작정이었습니다. 하지만 그자가 내 눈을 뚫어져라 들여다보자 맥이 탁 풀렸습니다. 그 틈을 타서 그자는 슬쩍 빠져나갔고, 내가 다시 붙잡으려고 하자 나를 번쩍 들어 올려 내동댕이쳐 버린 거지요. 눈앞에 붉은 구름이 보이고 천둥 같은 소리가 들렸는데, 안개는 문 밑으로 슬그머니 빠져나가는 것 같았습니다.」그의 목소리는 점점 더 약해졌고 숨소리는 점점 더 거칠어졌다. 판 헬싱 선생이 본능적으로 벌떡 일어섰다.

「이제 가장 고약한 걸 알아냈네.」그가 말했다. 「그자는 여기에 있고 우리는 그자의 목적을 알고 있어. 아마 너무 늦지는 않았을 거야. 우리 모두 무장을 하세. 첫날 밤에 했던 것처럼 하면 되지만 시간을 허비하지 마세. 지체할 시간이 조금도 없으니까.」우리의 두려움을 몰아내거나 확신을 말로 표현할 필요는 없었다. 우리는 모두 공통적으로 느꼈다. 우리는 서둘러 각자 자기의 방으로 돌아갔다가 백작의 집을 습격했을 때 가져갔던 것과 같은 물건들을 가지고 돌아왔다. 선생도 준비가 되어 있었다. 우리가 복도에 모이자 선생이 의미심장하게 무기들을 가리키면서 말했다.

「이 불행한 일이 끝나기 전까지는 이 무기들이 절대로 내 손을 떠나지 않을 걸세. 우리는 현명해야 되네. 우리가 다루고 있는 적은 보통이 아니니까. 아아! 그 가엾은 미나 여사가 고통을 받아야 하다니!」목소리가 갈라지면서 그는 말을 멈췄고 나는 내 마음을 사로잡고 있는 것이 분노인지 두려움인지 알 수 없었다.

하커의 방 문밖에서 우리는 멈춰 섰다. 아트와 퀸시가 뒤로 물러섰다. 퀸시가 물었다.

「부인을 깨워야 하나요?」

「그래야 되네.」판 헬싱 선생이 단호하게 말했다. 「문이 잠겨 있다면 부수고 들어가야 하고.」

「그런다면 하커 부인이 몹시 놀라지 않을까요? 숙녀의 방으로 쳐들어간다는 건 예삿일이 아닙니다!」그러자 판 헬싱 선생이 경건한 목소리로 말했다 —

「자네 말은 언제나 옳지만, 이것은 생사가 걸린 문제야. 의사에게는 어느 방이나 똑같네. 아니, 설령 똑같지 않다 하더라도 오늘 밤만큼은 내겐 똑같아. 여보게, 존, 내가 손잡이를 돌릴 때 문이 열리지 않으면 어깨로 문을 밀치게. 그리고 자네들도. 지금!」

그가 손잡이를 돌렸지만 문은 열리지 않았다. 우리는 문을 향해 몸을 던졌고, 요란스러운 소리와 함께 문이 벌컥 열리는 서슬에 우리는 하마터면 곤두박질칠 뻔했다. 선생은 실제로 넘어졌다. 나는 두 손과 무릎을 바닥에 대고 있던 선생이 몸을 추스르는 모습을 건너다보았다. 그 순간 눈앞에 벌어진 다른 장면에 소스라치게 놀랐다. 목덜미의 털이 빳빳하게 일어서는 느낌이었고 심장이 멎는 듯했다.

창에는 두꺼운 노란 커튼이 쳐져 있었지만, 달빛이 너무 밝아서 방 안은 충분히 볼 수 있을 만큼 훤했다. 창문가의 침대에는 조너선 하커가 누워 있었는데 얼굴이 벌겋게 달아 있었고, 마치 혼수상태에 빠진 듯 거친 숨을 몰아쉬고 있었다. 우리 쪽에 더 가까운 다른 침대 가장자리에 무릎을 꿇고 앉아 있는 것은 하얀 옷을 입은 그의 부인이었다. 그녀 옆에는 검은 옷을 입은 크고 호리호리한 사내가 서 있었다. 그의 얼굴은 우리에게서 돌려져 있었지만 우리 모두는 첫눈에 그가 백작임을 — 어느 모로 보나 심지어는 이마의 흉터까지도 — 알아보았다. 왼손으로 그는 하커 부인의 양손을 잡아 힘껏 끌어당기면서 오른손으로는 그녀의 목덜미를 움켜쥐고 얼굴을 자기 가슴에다 찍어 누르고 있었다. 그녀의 하얀 잠옷에는 피가 배어 있었고, 찢긴 옷 틈으로 드러난 사내의 맨가슴을 타고 피가 한 줄기 가늘게 흘러내렸다. 그 두 사람의 자세는 고양이에게 억지로 우유를 먹이려고 주둥이를 접시에 처박고 있는 아이와 끔찍하게도 닮아 있었다. 우리가 그 방으로 들어가자 백작은 고개를 들었는데, 그의 얼굴은 내가 전에 들어 본 적이 있는 소름 끼치는 표정이 서리는 것 같았다. 그의 눈이 악마의 열정으로 붉게 타오르면서, 하얀 매부리코 밑으로 거대한 콧구멍이 넓게 열려 가장자리가 바르르 떨렸고, 피를 뚝뚝 흘리는 두툼한 입술 뒤의 하얗고 날카로운 이빨이 야수의 이빨처럼 우두둑 갈렸다. 자기의 희생자를 침대 위로 내동댕이치고 몸을 휙 비틀면서 그가 우리에게로 달려들었다. 하지만 이번에는 선생이 이미 몸을 일으키고서 그를 향해 성체가 담긴 봉투를 내밀고 있었다. 백작은 가엾은 루시가 납골당 밖에서 그랬던 것처럼 갑자기 멈춰 서서 뒷걸음질을 쳤다가 우리가 십자가를 하나씩 들고 한 발짝 한 발짝 나아가는 동안 계속 뒤로 물러났다. 그러나 갑자기 커다란 검은 구름이 하늘을 가로지르는 듯 달빛이 스러졌고, 퀸시가 성냥을 켜서 가스등에 불을 댕겼을 때는 희미한 증기 외에는 아무것도 볼 수 없었다. 그 증기는 우리가 멀거니 지켜보고 있는 사이, 왈칵 열리는 반동으로 인해 다시 닫혀 있던 문 밑으로 기어 나갔다. 판 헬싱과 아서, 그리고 나는 하커 부인에게로 다가갔다. 그녀는 이제 숨을 깊이 들이쉬고는 너무도 처절하게 미친 사람처럼, 귀가 찢어질 듯한 비명을 지르고 있어서, 내게는 그 소리가 죽는 날까지 귀에서 울릴 것 같았다. 몇 초 동안 그녀는 맥없이 흩어진 모습으로 누워 있었다. 그녀의 얼굴은 입술과 뺨과 턱에 배어든

피와 대조가 되어 소름이 끼치도록 창백했고 그녀의 목에서는 가느다란 피가 한 줄기 흘러내렸다. 그리고 눈은 공포로 뒤집혀 있었다. 다음에 그녀는 백작이 사정없이 움켜쥐었던, 붉은 자국이 남아 있는 하얗고 가녀린 손으로 얼굴을 가렸고 그 손 뒤에서 처량한 울부짖음이 나지막하게 새어 나왔다. 좀 전의 끔찍한 비명 소리가 끝없는 슬픔의 찰나적인 표현에 불과했다는 것을 보여 주는 울부짖음이었다. 판 헬싱 선생이 앞쪽으로 걸어가 그녀에게 가만히 침대보를 둘러 주었다. 그러는 사이 아서는 잠시 절망한 눈으로 그녀의 얼굴을 바라보다가 방을 뛰쳐나갔다. 판 헬싱 선생이 내게 속삭였다.

「조너선은 우리가 아는 것처럼 그 흡혈귀가 불러일으킬 수 있는 마비 상태에 빠져 있어. 우리는 가엾은 미나 여사가 정신을 차리기 전까지는 그녀에게 아무것도 해줄 수가 없네. 이제 조너선을 깨워야겠어.」 그가 수건 한쪽 끝을 차가운 물에 적셔서 그것으로 조너선의 얼굴을 때리기 시작했다. 그러는 동안 내내 그의 아내는 손으로 얼굴을 가리고 듣기에도 비통하게 흐느끼고 있었다. 나는 블라인드를 걷어 올리고 창문 밖을 내다보았다. 달빛이 교교하게 비치고 있었는데, 퀸시 모리스가 잔디밭을 가로질러 커다란 주목 그늘로 숨는 것이 보였다. 나는 그가 왜 그런 행동을 하는지 이상하다는 생각이 들었지만, 바로 그 순간 하커가 의식을 일부 회복하면서 짤막하게 내지른 탄성을 듣고 침대 쪽을 돌아다보았다. 그의 얼굴에는, 당연한 일이기는 했어도, 몹시 놀란 표정이 서려 있었다. 그는 잠시 멍해 보였지만 곧 이어서 정신이 번쩍 돌아온 듯 벌떡 일어섰다. 급격한 움직임에 정신을 차린 그의 아내가 그를 껴안으려는 듯 팔을 뻗치고 그에게로 몸을 돌렸다가 다시 팔을 거두었다. 그러고는 양 팔꿈치를 붙인 채 손으로 얼굴을 가리고서 그녀가 앉아 있는 침대가 들썩거릴 정도로 심하게 몸을 떨었다.

「이게 도대체 어떻게 된 일입니까?」 하커가 소리쳤다. 「수어드 박사, 판 헬싱 박사님, 어떻게 된 일입니까? 무슨 일이 벌어진 겁니까? 뭐가 잘못된 겁니까?

미나, 여보, 어떻게 된 거요? 이 피는 뭐고? 맙소사, 맙소사, 일이 이렇게 되다니!」 그가 무릎을 꿇고 앉아 미친 듯이 주먹으로 가슴을 쳤다. 「하느님, 우리를 도와주소서! 제 아내를 도와주소서! 오, 아내를 도와주소서!」 그가 재빨리 침대에서 뛰어내려 급히 옷을 주워 입기 시작했다. 즉각적으로 분발을 해야 한다는 필요성 때문에 그의 모든 남자다움이 일깨워진 것이었다. 「무슨 일이 벌어진 겁니까? 제게 모두 말해 주십시오.」 그가 쉬지 않고 소리쳤다. 「판 헬싱 박사님, 박사님께서 미나를 사랑하신다는 걸 알고 있습니다. 어떻게든 제 아내를 구해 주십시오. 아직 너무 늦었을 리는 없습니다. 제가 그자를 찾는 동안 아내를 지켜 주십시오!」 두려움에 질리고 절망에 싸인 중에도 그의 아내는 뭔가 분명한 위험을 알아차렸다. 그녀는 이내 자신의 슬픔은 잊어버린 채 남편을 붙들고 소리쳤다 —

「안 돼요! 안 돼요! 조너선, 내 곁을 떠나서는 안 돼요. 난 오늘 밤 하느님도 아시겠지만 많은 고통을 겪었어요. 거기다가 당신까지 그자에게 해를 입는다면 견딜 수가 없을 거예요. 당신은 나하고 같이 있어야 돼요. 당신을 돌보아 줄 이 친구들과 함께 계세요.」 그 말을 하는 동안 그녀의 표정이 점점 더 미친 사람 같아지더니, 조너선이 자기의 뜻에 굽히자 그를 끌어당겨 침대가에 앉히고 격렬하게 매달렸다.

판 헬싱 선생과 나는 그 두 사람을 진정시키려고 했다. 선생이 조그만 금십자가를 들어 올리고 놀라우리만큼 침착한 목소리로 말했다.

「두려워하지 말아요. 우리가 여기에, 부인 가까이에 있는 한 어떤 사악한 것도 접근할 수 없으니까 오늘 밤 부인은 안전할 겁니다. 그러니 우리는 진정을 하고 함께 의논해 봐야 됩니다.」 부인은 몸서리를 쳤다가 남편의 가슴에 머리를 기대고서 잠잠해졌다. 하지만 그녀가 머리를 들었을 때 그녀의 흰 잠옷은 피로 얼룩져 있었다. 입술의 피와 목에 난 상처에서 방울방울 떨어져 나온 피가 묻은 거였다. 그것을 본 순간 그녀는 나지막한 울부짖음을 토해 내면서 뒤로 물러났고, 목이 메어 흐느끼는 사이사이에 웅얼거렸다.

「더러워, 더러워, 이제 저이를 만지거나 키스를 할 수도 없어. 아아, 이제는 내 남편의 가장 지독한 적이 바로 나라니! 저이가 가장 두려워할 사람이 바로 나라니!」 그 말에 조녀선이 결연히 말했다 —

「말도 안 돼, 미나. 그런 말을 들으니 내가 부끄럽소. 나는 당신에게서 그런 말을 듣지 않을 거고, 들으려고도 하지 않을 거요. 하느님은 나의 잘잘못으로 나를 심판하실 것이고, 만일 나의 어떤 행동이나 의지로 우리 사이에 무슨 일이 생긴다면 이 시간보다도 더 지독한 고통으로 나를 벌하실 거요.」 그가 팔을 뻗쳐 그녀를 끌어안았고 부인은 흐느끼면서 한동안 그대로 있었다. 그는 부인의 숙인 머리 너머로 우리를 바라보았다. 껌벅거리는 눈이 촉촉하고 콧구멍이 바르르 떨렸지만 입은 굳게 다물고 있었다. 얼마쯤 뒤에 그녀의 흐느낌이 좀 더 뜸해지면서 잦아들자 그가 내게 부자연스러우리만큼 침착한 — 내가 느끼기에는 그의 의지력이 총동원된 — 어조로 말했다.

「자, 그러면 수어드 박사, 내게 모두 말해 주게. 나는 이 명백한 사실을 너무도 잘 알고 있으니까 이제까지 있었던 일을 모두 얘기해 줘.」 나는 그에게 벌어졌던 일들을 있는 그대로 알려 주었다. 그는 겉으로 보기엔 태연하게 듣고 있었지만, 내가 그 백작의 무자비한 손길이 어떻게 그의 아내를 끔찍스럽고 무시무시한 자세로 붙잡아 그녀의 입을 자기의 가슴에 난 상처에 갖다 댔는지를 이야기하자 콧구멍이 벌름거렸고 눈에서는 불똥이 튀었다. 하지만 바로 그 순간에도, 아내의 숙여진 머리 위에서 분노로 하얗게 질린 얼굴이 경련을 일으키는 동안 양손은 다정하고 사랑스럽게 헝클어진 머리를 쓰다듬는 것이 눈길을 끌었다. 내가 막 말을 마쳤을 때 퀸시와 고덜밍이 문을 두드렸다. 우리에게서 들어오라는 말이 떨어지자 그들이 안으로 들어섰다. 판 헬싱 선생이 묻는 듯한 눈길로 나를 바라보았다. 나는 그이의 눈길이, 불행한 아내가 상대방과 자신에 대한 생각에서 벗어날 수 있도록 그들이 온 것을 이용할 수 있을지 묻는 것임을 알아차렸다. 내가 고개를 끄덕이자 그이는 두 사람에게 무엇을 보았는지, 아니면 무엇을 했는지 물었다. 고덜밍 경이 대답했다.

「복도나 방 어디에서도 그자를 볼 수 없었습니다. 서재를 조사해 보았더니 그자가 거기에 있긴 했었지만 이미 가버린 뒤였고요 그런데 그자가…….」 그가 침대에 맥없이 앉아 있는 가엾은 부인의 모습을 보고 말을 중동무이했다. 판 헬싱 선생이 엄숙하게 말했다.

「계속하게, 아서. 우리는 여기에서 더 이상 숨기는 걸 원치 않아. 우리가 지금 원하는 건 모든 것을 다 아는 걸세. 그러니 거리낌 없이 말해 보게!」 그러자 아서가 이야기를 계속했다 ─

「그자는 여기를 다녀갔는데, 시간이 불과 몇 초밖에 안 되었을 텐데도 그곳을 엉망으로 만들어 놓았더군요. 원고들은 모두 태워져서 하얀 재 사이로 푸르스름한 불꽃이 날름거렸고 수어드 박사의 축음기 원통들 역시 불 속에 던져져서 밀랍이 불길을 부추기고 있었습니다.」 거기에서 내가 말을 잘랐다. 「다행스럽게도 금고에 다른 복제품이 있어!」 잠시 그는 얼굴이 밝아졌지만 이야기를 계속하면서 다시 어두워졌다. 「다음에 저는 아래층으로 달려 내려갔지만 그자의 흔적은 아무것도 볼 수 없었습니다. 그래서 렌필드의 방을 들여다보았지만 거기에도 흔적은 전혀 없었고요. 한 가지만 빼놓고는…….」 그가 다시 말을 멈추었다. 「계속하게.」 하커가 목쉰 소리로 재촉했다. 그러자 그가 고개를 끄덕이고는 혀로 입술을 축이고 나서 덧붙였다. 「그 불쌍한 친구가 죽은 것 외에는.」 하커 부인이 고개를 들더니 우리들 하나하나를 바라보면서 엄숙하게 말했다 ─

「하느님의 뜻이 이루어지게 하소서!」 나는 아서가 뭔가를 숨기고 있다는 느낌을 지울 수 없었지만 그러는 데는 뭔가 이유가 있는 것 같아서 아무 말도 하지 않았다. 판 헬싱 선생이 모리스를 돌아다보고 물었다.

「그런데 퀸시, 무슨 할 말이 있나?」

「조금요.」그가 대답했다. 「이건 나중에 가면 더 중요한 얘기가 될 수도 있지만 지금으로서는 장담할 수가 없습니다. 저는 백작이 이 집을 떠났을 때 어디로 갈 것인지를, 가능하다면 알아 두는 게 좋을 것 같았습니다. 그자를 보진 못했지만 렌필드의 방 창문에서 박쥐 한 마리가 날아올라 서쪽으로 퍼덕거리며 날아가는 것을 보았거든요. 제 생각엔 그자가 어떤 형체를 띠고서 카팩스로 돌아갈 것 같았지만, 그자는 다른 어떤 소굴을 찾아간 게 분명합니다. 어쨌든 그자는 오늘 밤에는 돌아오지 않을 겁니다. 동쪽 하늘이 불그스름해져 가면서 새벽이 가까워 오고 있으니까요. 우리는 내일 일을 시작해야 합니다.」

그 마지막 말을 하면서 그는 이를 악물었다. 아마도 2분쯤 되는 동안 침묵이 흘렀고 나는 우리들의 심장이 뛰는 소리를 들을 수 있을 것 같았다. 뒤이어 판 헬싱 선생이 하커 부인의 머리에 아주 다정스럽게 손을 얹으면서 말했다.

「자, 그러면 미나 여사, 가련하고도 사랑스러운 미나 여사, 우리에게 있었던 일을 정확히 말해 주세요. 내가 부인이 고통받기를 원치 않는다는 것은 하느님도 아십니다. 하지만 우리 모두 알아야 할 필요가 있습니다. 지금은 그 어느 때보다도 모든 일이 신속하고 분명하게, 그리고 더할 나위 없이 신중하게 처리되어야 합니다. 만약 일이 제대로 된다면 이 모든 사태가 끝날 날이 우리에게 가까워지고 있고, 지금이 바로 우리가 살 수 있고 배울 수 있는 기회입니다.」

그 말에 미나 여사가 몸서리를 쳤다. 나는 그녀가 남편에게 바짝 매달려 그의 가슴으로 점점 더 머리를 숙이는 사이 그녀의 신경이 긴장되는 것을 알 수 있었다. 뒤이어 그녀가 꿋꿋하게 머리를 치켜들더니 판 헬싱 선생에게 손을 내밀었다. 선생이 그녀의 손을 잡고 허리를 굽혀 공손히 입을 맞춘 다음, 그 손을 꼭 쥐었다. 다른 한 손은 그녀의 남편이 쥐고 있었는데, 그는 다른 팔로 보호를 해주려는 듯 그녀의 몸을 두르고 있었다. 생각을 정리하느라 잠시 침묵을 지키고 있다가 그녀가 입을 열었다.

「저는 박사님께서 처방해 주신 수면제를 복용했지만 한참 동안이나 약이 들지를 않았어요. 오히려 잠이 더 달아나는 것 같았고 제 마음속으로 수만 가지 무시무시한 환상들이 몰려들기 시작했는데, 그것들 모두가 죽음, 흡혈귀, 그리고 피, 고통, 재난과 관련된 것이었어요.」 그녀의 남편이 자기도 모르게 신음 소리를 토해 내자 그녀가 고개를 돌리고 다정하게 말했다. 「괴로워하지 마세요, 여보. 당신은 용감하고 강해야 돼요. 그래서 이 끔찍한 일이 끝날 때까지 나를 도와야 해요. 이 무시무시한 일을 얘기하는 것만으로도 내게 얼마나 큰 노력이 필요한지를 안다면 당신은 내가 얼마나 당신의 도움을 필요로 하는지 이해하게 될 거예요. 어쨌든, 저는 약이 어떤 효과가 있을 거라면 제 의지로 효과가 생기도록 해야 한다는 것을 알아차리고서 어떻게든 잠을 자보려고 했어요. 그런 뒤에 곧 잠이 들었던 모양이에요. 더 이상은 기억이 나지 않으니까요. 조녀선이 들어왔을 때도 잠이 깨지 않았어요. 나중에 깨어났을 때 그이가 누워 있는 것을 알았거든요. 그런데 방에 제가 전에 보았던 것과 똑같은 엷고 흰 안개가 끼어 있었어요. 저는 지금 여러분들이 그걸 아시는지는 모르지만, 나중에 제가 여러분에게 보여 드릴 일기장에서 그걸 찾아볼 수 있을 거예요. 전에 느꼈던 것과 같은 어렴풋한 두려움과 함께 누군가가 와 있다는 것을 느꼈어요. 그래서 조녀선을 깨우려고 몸을 돌렸지만 이이는 너무 깊이 잠들어 있어서 수면제를 복용한 게 제가 아니라 이이 같았어요. 제가 아무리 이이를 깨우려고 해도 깨울 수가 없었거든요. 저는 더더욱 겁이 나고 두려워져서 주위를 돌아보았는데, 정말로 가슴이 철렁 내려앉게도 침대 옆에 마치 안개에서 걸어 나온 것처럼 — 아니, 그보다는 안개가 완전히 사라진 것으로 보아 안개가 그의 모습으로 변한 것처럼 — 온통 검은 옷을 입은 키가 크고 호리호리한 사내가 서 있었어요. 저는 다른 사람들에게 들은 얘기가 있어서 당장에 그를 알아보았어요. 창백한 얼굴, 빛을 받아 가느다랗게 하얀 선을 그린 높은 매부리코, 벌어진 붉은 입술과 그 틈새로 보이는 날카로운 흰 이빨, 석양 녘에 횟비에 있는 성모 마리아 교회의 창문에서 보았던 듯한 붉은 눈, 그리고 조녀선에게 얻어맞아 생긴 이마의 붉은 흉터까지도요. 한순간 저는 심장이 멎는 것 같았고 비명을 지르려고 해보아도 몸이 말을 듣지 않았는데, 그러는 사이에 그가 조녀선을 가리키면서 귀를 후벼 파는 듯한 날카로운 목소리로 속삭였어요.

〈조용히 해! 만일 소리를 지르면 바로 네 눈앞에서 이놈의 머리통을 박살 내버릴 테니까.〉 저는 온몸이 마비된 데다 너무도 혼란스러워서 무슨 말이나 행동을 해야 할지 몰랐어요. 그런데 그가 비웃으면서 한 손을 제 어깨 위에 올려놓더니 저를 꼭 붙잡고 다른 손으로는 제 목 단추를 풀어 내리면서 이러는 것이었어요. 〈우선 내가 힘을 쓴 것에 대한 보상으로 원기 회복을 좀. 조용히 있는 게 좋아. 네 핏줄이 내 갈증을 달래 주었던 게 이번이 첫 번째도 아니고 두 번째도 아니니까!〉 저는 그 말에 어리둥절했는데 참으로 이상하게도 그자에게 저항할 엄두가 나지 않았어요. 저항할 마음을 먹지 못하는 것도, 그의 손길이 희생자에게 닿았을 때 치러야 할 끔찍한 저주의 일부인 것만 같아요. 그런데 오, 하느님, 하느님, 저를 불쌍히 여기소서! 그자가 악취 풍기는 입술을 제 목에 갖다 대는 것이었어요!」 그녀의 남편이 다시 신음 소리를 토해 냈다. 그녀가 남편의 손을 더 세게 움켜쥐고 마치 그가 상처를 입은 사람이기라도 한 것처럼 측은한 눈길로 바라보다가 말을 이었다.

「저는 힘이 점점 빠져나가는 것을 느꼈고 반쯤은 졸도를 했어요. 그 끔찍한 일이 얼마나 오래 지속될지는 몰랐지만, 그자가 더럽고 끔찍스럽고 비웃음 띤 입술을 떼어 내기까지는 오랜 시간이 흐른 것 같았어요. 그리고 정신이 들어서 보니까 그자의 입술이 새빨간 피로 젖어 있는 것이었어요!」 그 기억이 한동안 그녀를 짓누르는 것 같았다. 만일 남편의 받쳐 주는 손이 아니었더라면 그녀는 허물어지듯 무너져 내렸을 것이었다. 안간힘을 써서 그녀가 기운을 차리고 이야기를 계속했다.

「뒤이어 그가 놀리는 투로 내게 이랬어요. 〈그런데 너도 다른 놈들처럼 내게 대항해서 머리를 굴리려고 들었어. 너는 나를 사냥해서 내 계획을 망치려고 드

는 그놈들을 도우려고 했단 말이다! 이제 너는, 그리고 또 그놈들도 이미 조금은 깨닫고 있겠지만, 내 앞길을 가로막은 대가가 어떤 건지를 알고 있을 거고, 모른다면 얼마 안 가서 곧 알게 될 거다. 그놈들은 남아도는 힘이 있으면 집안 일이나 돌보아야 했어. 그놈들이 내게, 그놈들이 태어나기 전부터 수백 년 동안 여러 나라들을 지배하고 그 나라들을 위해 계략을 쓰고 싸워 온 내게 저항해서 재간을 부리는 동안 나는 그놈들을 역이용하고 있었지. 그리고 너, 그놈들이 가장 사랑하는 너는, 내겐 내 살 중의 살, 내 피 중의 피, 내 피붙이 중의 피붙이로서, 당분간은 아낌없이 포도주를 짜내 주는 착즙기 노릇을 하다가, 나중에는 내 동반자, 내 조력자가 될 거다. 너도 결국엔 원수를 갚으러 나서겠지. 그들 가운데 어느 누구도 네 욕구를 충족시켜 주지 않을 테니까. 하지만 너는 아직 네가 했던 짓 때문에 벌을 받아야 한다. 나를 훼방 놓는 데 손을 빌려 준 이상, 이제 내 부름에 응해야 한다는 말이다. 내 두뇌가 네게《와라!》하고 명령하면 너는 내 명령에 따라 땅이든 바다든 건너야 한다. 그 목적에 맞춰 이렇게 해주마!〉그러면서 그가 자기의 셔츠를 잡아당겨 찢고는 길고 날카로운 손톱으로 자기 가슴의 핏줄을 땄어요. 그리고 피가 솟기 시작하자 한 손으로 내 손을 움켜쥐고 다른 손으로는 내 목을 움켜쥐고서 내 입을 상처에다 대고 눌렀어요. 저는 숨이 막혀 죽거나 그것을 삼킬 수밖에 없었어요. 오, 하느님! 하느님! 내가 그런 짓을 다 하다니요? 이때껏 내내 온유하고 올바른 길을 걷기 위해 노력한 내가 무엇 때문에 그런 운명을 당해야 하나요? 하느님, 저를 불쌍히 여겨 주소서! 죽음보다도 더 지독한 위험에 처해 있는 불쌍한 영혼을 굽어살피사, 저의 소중한 사람들에게 자비와 동정을 베풀어 주소서!」말을 마치고 나자 그녀는 더러운 것을 닦아 내려는 듯 입술을 문지르기 시작했다.

그녀가 그 무시무시한 이야기를 하는 동안, 동쪽 하늘이 훤해지기 시작하면서 모든 사물이 점점 더 뚜렷해졌다. 하커는 조용히 침묵을 지키고 있었다. 하지만 그 소름 끼치는 이야기가 진행되는 동안, 그의 얼굴에는 잿빛 표정이 어리더니 새벽빛을 받아 점점 짙어졌다. 그러다가 떠오르는 태양의 첫 붉은 햇살이 비치자, 희끗희끗해져 가는 그의 머리칼과 대조를 이루며 검은빛을 띠었다.

우리는 이 불행한 부부가 부를 때 달려갈 수 있도록 우리 중의 한 사람이 그들 가까이에 머물러 있기로 하였다. 다시 모여서 어떻게 해야 할지를 정할 수 있을 때까지 그러는 게 필요했다.

이것 하나는 내가 보기에 확실하다. 지금 떠오른 태양은 일상의 궤도를 따라 오늘 하루도 위대한 운행을 계속하겠지만, 이 집보다 더 불행한 집을 비추지는 못하리라.

22

조너선 하커의 일기

10월 3일

　뭐라도 하지 않으면 미칠 것 같아서 이 일기를 쓴다. 지금 시각은 오전 6시, 반 시간 뒤에 우리는 서재에 모여 무언가를 먹기로 했다. 판 헬싱 박사와 수어드 박사가 일을 제대로 할 수 있으려면 식사를 해야 한다고 입을 모았기 때문이다. 하느님께서도 아시다시피, 우리는 오늘 일에 최선을 다해야 한다. 나는 틈이 날 때마다 일기를 써야 한다. 생각에 빠져 아무것도 안 하는 것은 금물이다. 중요한 일이건 사소한 일이건 모든 것을 기록해 두어야 한다. 결국에는 사소한 것들이 가장 중요해질 수도 있는 거니까. 내가 얻은 교훈이 있다면 그것은 어떠한 일도 미나와 나를 오늘보다 더 비참한 상태로 몰아갈 수는 없으리라는 것이다. 우리는 믿고 희망을 품어야 한다. 가엾은 미나는 방금 전에 눈물을 줄줄 흘리며 이것은 우리의 믿음이 시험받는 고난과 시련이라고, 우리는 계속 믿음을 지켜야 하며 하느님이 우리를 끝까지 도와주실 것이라고 했다. 끝이라니? 오오, 하느님! 어떤 끝인가요? ……애써 보자! 열심히!

　판 헬싱 박사와 수어드 박사가 죽은 렌필드를 보고 돌아오자 우리는 해야 할 일이 무엇인지를 신중하게 의논하기 시작했다. 우선 수어드 박사는 자기와 판 헬싱 박사가 아래층으로 내려갔을 때 렌필드가 엉망이 되어 바닥에 쓰러져 있는 것을 발견했는데, 그의 얼굴은 온통 멍이 들고 짓이겨진 데다 목뼈가 부러져 있었다고 했다.

수어드 박사는 당직이었던 간호인을 불러 지나는 길에 무슨 소리를 듣지 못했는지를 물었다. 그는 자기가 그 방에서 요란한 소리를 들었을 때 자리에 앉아 있었는데 — 그는 반쯤 졸고 있었다고 고백했다 — 그러다 렌필드가 〈하느님! 하느님! 하느님!〉 하고 서너 번 외치는 큰 소리에 뒤이어 뭔가가 떨어지는 소리가 들려서 그 방으로 가봤더니, 박사들이 보았던 대로 그가 얼굴을 밑으로 하고 바닥에 쓰러져 있었다고 했다. 판 헬싱은 그에게 〈여러 목소리〉를 들었는지 아니면 〈한 목소리〉를 들었는지 물었는데 그러자 그는 분명히 알 수가 없다고 했다. 즉, 처음에는 두 목소리가 들린 것 같았지만 방에는 아무도 없었기 때문에 아마도 한 사람의 목소리 같았다는 것이었다. 하지만 그는 환자의 입에서 정말 〈하느님〉이라는 말이 나왔다고 맹세하라면 얼마든지 하겠다고 말했다. 우리끼리만 있게 되자 수어드 박사는 자기가 그 문제를 파고들고 싶지 않다고 했다. 부검을 하느냐 마느냐의 문제는 신중히 고려되어야 하고, 또 부검을 하더라도 아무도 믿으려고 하지 않을 것이므로 새로운 사실이 밝혀질 리 없다는 것이었다. 말하자면 그는 간호인을 증인으로 해서 렌필드가 침대에서 떨어져 사고로 죽었다는 확인서를 내줄 수 있을 것이라는 생각을 하고 있었다. 그리고 만일 검시관이 부검을 요구할 경우에는 같은 결과가 나오기 마련인 형식적인 부검이 이루어질 것이었다.

다음번에 할 일은 무엇이냐에 대한 논의가 시작되었을 때 우리가 맨 첫 번째로 결정한 일은 미나가 우리에게 모든 것을 다 알려야 한다는, 즉 여하한 것이건 간에, 그것이 아무리 고통스럽더라도 아내가 숨기는 것이 있어서는 안 된다는 것이었다. 미나 스스로도 그 현명한 조치에 동의했는데, 나는 그처럼 깊은 슬픔과 절망감에 빠져 있으면서도 그처럼 용감히 대처하는 아내를 보기가 안쓰러웠다. 미나가 말했다. 「어느 것 하나라도 숨기지 않겠어요. 아아, 우리는 이미 너무 많은 일을 겪었어요. 그뿐만 아니라 제가 이미 겪어 왔던, 그리고 지금 제가 겪고 있는 것보다 더한 고통을 안겨 줄 수 있는 건 이 세상에 아무것도 없어요. 무슨 일이 벌어지건 제게는 그것이 새로운 희망 아니면 새로운 용기가 될 거예요.」 판 헬싱이 아내에게 눈길을 두고 있다가 느닷없이 그러나 침착하게 물었다 ―

「하지만 친애하는 미나 여사, 두렵지 않으십니까? 부인 자신에게가 아니라 이런 일이 벌어진 뒤에 다른 사람들을 해치게 될까 봐 말입니다.」 아내는 잠시 얼굴에 주름이 잡혔지만 대답을 하면서 그녀의 눈은 순교자 같은 헌신으로 빛났다 ―

「절대로 아니에요! 제 마음은 정해졌으니까요!」

「어떻게요?」 그이가 은근히 물었다. 그러는 사이 우리 모두는 제각기 미나의 말뜻을 어렴풋이나마 짐작하고 있었기 때문에 조용히 지켜보고만 있었다. 아내의 대답은 마치 어떤 간단한 사실을 진술하듯, 단도직입적으로 나왔다.

「제게서 제가 사랑하는 사람을 해치려는 어떤 징후가 보인다면 ― 저는 그런 징후가 없는지 열심히 지켜 볼 거예요 ― 죽어 버릴 거니까요.」

「자살을 하려는 건 아니겠죠?」 그이가 목쉰 소리로 물었다.

「하겠어요. 저를 사랑하는, 제게서 그런 고통을 덜어 줄 친구가 아무도 없어서 죽는 게 낫겠다 싶으면요.」 그 말을 하면서 미나는 그이를 의미심장하게 바라보았다. 그이가 앉아 있던 자리에서 일어나 아내에게로 다가가서 그녀의 머리에 손을 얹고 엄숙하게 말했다.

「부인에게 도움이 된다면 그런 방법도 있을 겁니다. 나로서는 부인을 위해 그것이 가장 좋다면, 아니 그게 안전하다면 당장에라도 안락사의 방법을 기꺼이 고려해 볼 수 있습니다. 하지만……」 한동안 그이는 목이 메는 것 같았고 목구멍으로 슬픔이 치밀어 오르자 그것을 삼키고 나서 말을 이었다.

「여기에는 부인과 죽음 사이에 서려고 할 사람들이 있습니다. 부인은 죽어서는 안 됩니다. 어떤 손으로도, 무엇보다도 자신의 손으로 죽어선 안 됩니다. 부인의 행복한 삶을 망친 다른 자가 진정으로 죽기까지는 죽어서는 안 됩니다. 만일 그자가 아직도 살아 있는 불사귀들과 함께 있다면 부인은 죽더라도 그자와 똑같아질 테니까요. 아니, 부인은 죽어서는 안 됩니다. 비록 죽음이 더없는 축복처럼 보일지라도 살려고 열심히 애쓰고 싸워야 합니다. 죽음이 고통스럽게건 즐겁게건, 낮에건 밤에건, 안전하게건 위험하게건, 부인을 찾아오더라도 죽음 그 자체와 싸워야 합니다. 부인의 살아 있는 영혼에 나는 죽어서는 안 된다는 의무를 지우겠습니다 — 아니, 죽음은 아예 생각하지도 마십시오! — 이 엄청난 악이 지나가 버릴 때까지는요!」 가엾은 미나는 죽은 사람처럼 창백해져서 언젠가 내가 보았던, 밀려드는 파도에 흔들리며 무너져 내리는 유사(流砂)처럼 온몸을 떨고 있었다. 우리 모두는 입을 봉한 채 아무 말도 할 수가 없었다. 마침내 아내가 차츰차츰 진정이 되더니 그를 돌아다보고 다정하게, 그러나 안쓰럽게도 슬픔에 잠겨 손을 내밀었다 —

「박사님께 약속하겠어요. 하느님이 저를 살려 주신다면 그러도록 애써 보겠어요. 마침내 주님의 좋은 때가 돌아오면 제게서 두려움이 걷힐 것 같아요.」 미나의 모습이 너무도 훌륭하고 용감해서 우리 모두는 그녀를 위해 애쓰고 견뎌 낼 힘을 얻은 것 같았고, 그래서 우리가 할 일이 무엇인지에 대한 논의를 시작했다. 나는 아내에게 우리가 앞으로 이용하게 될 모든 서류와 일기 그리고 축음기를 금고에 넣어 두어야 하며, 지금껏 쭉 그래 왔던 것처럼 그 기록들을 보존해야 된다고 말했다. 미나는 무엇인가 할 일이 있다는 생각에 기뻐했다 — 만일 〈기뻐하다〉라는 표현이 그처럼 으스스한 일과 관련하여 사용될 수 있다면.

언제나처럼 판 헬싱은 우리 모두의 생각을 앞질러 해야 할 일의 정확한 순서를 마련했다.

「아마도 그게 잘한 일인 것 같아.」 그이가 말했다. 「우리가 카팩스를 둘러보고 나서 모임을 가졌을 때 거기에 있는 관들에 손을 대지 않기로 했던 것 말일세. 만일 그랬더라면 백작은 틀림없이 우리의 목적을 눈치채고서 그런 노력을 좌절시키기 위해 다른 것들에 대해서 미리 손을 썼을 테니까. 하지만 지금 그자는 우리의 의도를 알지 못하고 있네. 아니, 더군다나 어느 모로 보아도 그자는 그런 소굴들을 망쳐서 예전처럼 쓸 수 없게 할 수 있는 힘이 우리에게 있다는 것을 알지 못하고 있어. 우리는 그것들의 위치에 대해 훨씬 더 많은 지식을 갖게 되었고, 피커딜리에 있는 그 집을 조사하면 마지막 것까지 추적할 수가 있겠지. 그러니 오늘은 우리의 날이고 여기에 우리의 희망이 있네. 오늘 아침 우리의 슬픔 위로 떠오른 태양이 하루 동안 우리를 지켜 줄 거야. 오늘 해가 지기 전까지 그 괴물은 지금의 형상을 그대로 유지할 수밖에 없네. 그자는 이승의 외피라는 제한에 갇혀 있어. 이제는 엷은 공기로 녹아들 수도 없고 좁게 갈라진 틈새로 사라질 수도 없네. 그러니깐 만일 문을 통해 나가야 한다면 살아 있는 사람처럼 문을 열어야 하겠지. 오늘 우리는 그자의 소굴을 찾아내어 못 쓰게 해야 되네. 아직까지는 그자를 붙잡아 파멸시키지는 못했다 하더라도, 때가 되면 확실히 그자를 붙잡아서 파멸시킬 수 있는 궁지로 내몰아야 해.」 거기에서 나는 미나의 행복이 걸려 있는 그렇게도 귀중한 시간이, 우리가 이야기를 하는 동안에는 행동이 불가능한 이상, 헛되이 날아가 버릴 수도 있다는 생각에 참을 수가 없어서 벌떡 일어섰다. 그러나 판 헬싱이 손을 들어 올려 나를 제지하면서 말했다. 「아닐세, 조너선. 이 경우에는 속담에도 있듯이 서두르면 일을 망치네. 우리는 때가 오면 행동할 거고 지극히 신속하게 행동할 걸세. 하지만 생각해 보게. 어느 모로 보나 상황의 열쇠는 피커딜리에 있는 그 집에 있네. 백작은 이제껏 사들인 집을 여러 채 가지고 있을 걸세. 그런 집들에 쓸 열쇠며 다른 물건들도 샀을 테고, 또 자기가 직접 작성한 서류며 수표첩도 가지고 있겠지. 그자는 분명히 어디엔가 소유물을 잔뜩 쌓아 두고 있을 텐데, 아무 때건 수시로 오갈 수 있고 왕래가 한참 많은 시간에도 눈에 띌 염려가 없는, 이처럼 편리하고 조용한 장소에 어째서 소유물이 없겠나? 우리는 그 집으로 가서 수색을 할 거고 거기에 무엇이 있는지 알게 되면 우리 친구 아서가 사냥을 할 때 쓰는 말처럼 〈굴을 막고〉 나서 늙은 여우를 때려눕힐 걸세. 어때, 안 그런가?」

「그렇다면 당장에 합시다!」 내가 외쳤다. 「우리는 귀중하고 귀중한 시간을 허비하고 있습니다.」 그러나 선생은 꿈쩍도 하지 않고 이렇게만 물었다 ─

「그렇다면 우리가 어떻게 피커딜리에 있는 그 집에 들어가지?」

「어떻게든요!」 내가 외쳤다. 「만일 필요하다면 부수고 들어갈 겁니다!」

「그렇다면 경찰들은 어떻게 할 건가? 거기엔 경찰들이 있을 텐데, 그들이 뭐라고 할까?」

나는 머뭇거렸지만 그가 시간을 끌려고 한다면 거기에는 충분한 이유가 있다는 것을 알았다. 그래서 나는 되도록 침착하게 대답했다.

「필요 이상으로 시간을 낭비하진 마십시오. 제가 어떤 고통을 받고 있는지는 알고 계시리라 믿습니다.」

「아, 그야 물론일세. 그리고 정말로 자네에게 고통을 더해 주려는 생각도 전혀 없어. 하지만 생각해 보게. 온 세상이 움직이기 전에 우리가 뭘 할 수 있겠는지를. 우리의 시간은 그다음에 올 걸세. 나는 생각을 하고 또 해봤네만, 내가 보기에는 가장 간단한 방법이 가장 나을 것 같네. 이제 우리는 그 집으로 들어가기를 원하지만 우리에겐 열쇠가 없어, 안 그런가?」 나는 고개를 끄덕였다.

「자, 그러면 자네가 정말로 그 집의 주인인데 들어갈 수가 없다고 가정해 보게. 그리고 자네에겐 뭘 훔치거나 할 생각이 전혀 없다고 한다면 어떻게 하겠는가?」

「이름 있는 자물쇠 수리공을 불러다가 그 사람에게 자물쇠를 따라고 시킬 겁니다.」

「그러면 경찰은 어떻게 할 건가? 그들이 간섭을 할 것 같지 않은가?」

「아, 아닙니다. 자물쇠 수리공이 온당하게 고용되었다는 걸 안다면 그러지 않을 겁니다.」

「그렇다면…….」 그가 나를 찬찬히 들여다보면서 말을 이었다. 「문제가 되는 것은 고용주의 양심이고, 경찰이 고용주의 결백을 믿어 주느냐는 거지. 그런데 그런 일에 간섭하고 나설 경찰이라면 대단히 열성적이고, 사람의 마음을 꿰뚫어 보는 데 아주 이골이 난 사람이어야 하겠지. 그런 경찰이 있겠나? 없겠지. 이보게, 조너선, 이런 식으로라면 자네는 런던이건 세상의 어느 도시에서건 수백 곳의 빈집에 채워진 자물쇠를 딸 수 있을 거고, 자네가 그 일을 정당한 행위로 그런 일이 정당하게 벌어지는 시간에 한다면 아무도 방해하지 않을 걸세. 나는 책에서 런던에 아주 멋진 저택을 소유한 신사의 이야기를 읽은 적이 있는데, 그가 자기 집에 자물쇠를 채우고 몇 달 동안 스위스로 여행을 떠난 사이에 어떤 도둑이 뒤쪽 유리창을 깨고 침입했지. 그러고는 현관 쪽으로 가서 셔터를 따고 바로 경찰이 보는 앞에서 그 문으로 드나들었어. 그다음에는 그 집을 경매에 붙여 그 사실을 공표하고서 큼직한 표지판을 내걸었고, 그리고 경매일이 되자 다른 사람 소유의 물건들을 모두 어떤 유명한 경매인에게 팔아 치웠지. 그런 다음에는 건축업자를 찾아가서 일정한 기간 내에 그 건물을 헐어 없애 버린다는 약속을 받고 그 집을 팔아 치웠다네. 경찰과 다른 관청들은 있는 힘껏 그를 도왔지. 집주인이 휴가를 끝내고 스위스에서 돌아와 보니까 집이 있었던 자리에는 공터밖에 남아 있지 않았어. 이 일은 모두 합법을 가장하고 이루어진 건데, 우리가 하려는 일도 역시 합법을 가장해야 돼. 우리는 그곳을 너무 일찍 찾아가서, 할 일이 별로 없는 경찰관에게 의심을 살 게 아니라 사람들이 많이 돌아다니고 그런 일을 우리가 정말로 집주인인 것처럼 할 수 있는 10시 이후에 가야 하네.」

나는 그의 말이 참으로 옳다고 수긍할 수밖에 없었다. 그리고 미나의 얼굴에 서려 있던 참혹한 절망감도 그처럼 훌륭한 조언에서 희망을 찾았다는 듯 누그러졌다. 판 헬싱은 이야기를 계속했다.

「일단 그 집으로 들어서면 우리는 더 많은 실마리를 찾게 될 걸세. 어쨌든 우리들 중 몇 명은 거기에 남아 있을 수 있고, 그러는 사이 다른 사람들은 버몬지나 마일 엔드에서 관들이 있을 법한 다른 곳들을 찾아봐야 할 거야.」

고덜밍 경이 일어서면서 말했다. 「그런 일에서라면 제가 좀 소용이 될 것 같군요. 우리 집 사람들에게 전화를 걸어서 가장 편리한 곳에 말과 마차를 준비해 두라고 이르겠습니다.」

「이보게.」 모리스가 말했다. 「우리가 말을 타고 갈 생각이라면 그것들을 모두 준비하는 게 필요하겠지만, 자네의 그 화려하게 장식한 멋진 마차들이 월워스나 마일 엔드의 샛길에서 너무 많은 눈길을 끌 거라고 생각하지 않나? 내 생각으론 우리가 남쪽이나 동쪽으로 갈 때는 승합 마차를 이용해야 하고 우리가 가려는 곳 근처 어딘가에서 내려야 할 것 같네.」

「자네 말이 맞네, 퀸시.」 선생이 말했다. 「이 친구의 생각은 사람들 말마따나 조금도 빈틈이 없어. 우리가 이제부터 하려는 건 어려운 일이고 또 가능하다면 사람들이 우리를 보지 못하도록 해야 되네.」

미나는 그 모든 일에 점점 더 흥미를 보였는데, 나는 아내가 그 긴박한 상황 덕분에 간밤의 끔찍한 기억을 잊을 수 있게 된 것이 기뻤다. 그녀는 안색이 너무도 창백해서 거의 유령 같았고 힘없이 처진 입술 사이로 약간은 튀어나온 이가 보였다. 나는 그녀에게 쓸데없는 고통을 안겨 주게 될까 봐 이에 대한 얘기는 비치지도 않았지만 백작이 가엾은 루시의 피를 빨았을 때 그녀에게 벌어졌던 일을 생각하자 피가 얼어붙는 것 같았다. 아직까지는 이가 더 날카로워진다는 조짐이 보이지 않더라도, 시간이 얼마 흐르지 않은 만큼 두려운 일이 생겨날 수 있었다.

우리가 해야 할 일의 순서와 인원 배치에 대한 논의로 접어들자 새로운 논란 거리가 생겨났다. 하지만 일의 순서는 결국 우리가 피커딜리로 출발하기 전에 가까이에 있는 백작의 소굴을 파괴해야 된다는 것으로 낙착되었다. 우리가 관을 파괴하려 한다는 것을 그자가 너무 일찍 알아차린다 해도, 옆집에 있는 것들은 그자가 손을 쓰기 전에 우리가 선수를 칠 수 있을 것이고, 그가 나타난다 해도 가장 취약한 상태에서 순전히 육체적인 형상을 지닌 채 나타날 것이므로 어떤 새로운 실마리를 얻게 될 것이었다.

　인원 배치에 관해서는, 카팩스를 찾아가 본 뒤 모두 다 함께 피커딜리에 있는 그 집으로 들어갔다가 두 의사와 나는 거기에 남고, 그러는 동안 고덜밍 경과 퀸시는 월워스와 마일 엔드에 있는 소굴들을 찾아내어 파괴하자는 안이 선생에게서 나왔다. 선생의 주장으로는, 백작이 피커딜리에 대낮에 나타날 가능성이 많지 않고, 나타나더라도 낮 동안에는 쉽게 대항할 수 있으므로, 그의 뒤를 추적하는 데 힘을 기울일 수 있어야 한다는 것이었다. 그 계획에 대해서 나는 완강하게 반대를 했는데, 그것은 내가 함께 가느냐 마느냐 하는 문제에 관해서라면 나는 남아서 미나를 보호할 작정이라고 했던 이상, 내 마음이 정해졌다고 생각했기 때문이었다. 그러나 미나는 내 반대 의견을 들으려고 하지 않았다. 아내는 내가 소용이 될 수 있는 법률적인 문제가 있을 것이라고, 즉 백작의 서류들 중에 내가 트란실바니아에서 경험했던 일들로부터 알아낼 수 있는 어떤 실마리가 있을지도 모르고 또 비상한 힘을 가진 괴물과 맞서기 위해서는 우리가 끌어모을 수 있는 모든 힘이 필요하다는 것이었다. 미나의 결의가 너무도 굳어서 나는 뜻을 굽힐 수밖에 없었는데, 아내는 우리 모두가 함께 힘을 합치는 것이 자기의 마지막 희망이라고 했다. 아내가 말했다. 「저로서는, 아무런 두려움도 없어요. 이제껏 사정은 나빠질 대로 나빠졌으니까 어떤 일이 벌어진다 하더라도 희망과 위안의 요소가 있을 거예요. 가세요, 여보. 하느님께서 도와주실 생각이라면 누구 한 사람이 여기에 남아 있건 아니건 나를 잘 지켜 주실 거예요.」그래서 나는 일어나 외쳤다.「그렇다면 지금 당장 출발합시다! 우리는 시간을 허비하고 있어요. 백작은 우리가 생각했던 것보다 더 이르게 피커딜리로 올지도 모릅니다.」

「그렇진 않네.」판 헬싱이 손을 들어 올리며 말했다.

「아니, 어째서죠?」내가 물었다.

그이가 미소를 지으며 말했다.「자네 잊은 모양인데, 간밤에 그자는 제가 원하는 것을 실컷 먹었을 거야. 그러니 늦게까지 자지 않겠나?」

내가 잊었다니! 그 일을 어찌 잊을 것이며 잊을 수 있겠는가! 우리들 중 누구라도 그 끔찍한 장면을 어떻게 잊을 수 있을까! 미나는 꿋꿋한 모습을 유지하려고 안간힘을 쓰고 있었지만, 그 말에 고통을 못 이겨 손으로 얼굴을 가리고 몸서리를 치면서 신음을 토해 냈다. 판 헬싱은 아내의 끔찍한 기억을 떠올리려는 의도는 아니었다. 다만 생각을 하는 데에만 열중해서 미나를 보지 못했고 그녀가 당했던 일을 잊은 것이었다. 자기가 무슨 말을 했는지 알아차리자 선생은 생각이 없었던 것에 몹시 놀라서 아내를 위로하려고 들었다.「오, 미나 여사, 소중하고도 사랑스러운 미나 여사, 아아! 누구보다 더 부인에게 경의를 표해야 할 내가 그런 생각 없는 말을 하다니! 이 늙은이의 망령된 입과 머리는 부인에게 경의를 표할 가치도 없습니다. 하지만 부인은 그것을 잊어버리시겠지요?」선생이 몸을 굽히며 물었다. 아내는 그이의 손을 잡고 눈물 어린 눈으로 바라보면서 목쉰 소리로 대답했다.

「아니, 잊지 않겠어요. 제가 기억하는 편이 더 나으니까요. 그것과 더불어 저는 박사님과 함께했던 수많은 즐거운 일들도 모두 함께 기억하겠어요. 이제 여러분들은 모두 곧 떠나셔야 돼요. 아침 식사가 준비되어 있어요. 힘을 내려면 우리 모두 먹어야 돼요.」

그것은 우리 모두에게 이상한 식사였다. 우리는 쾌활해지려고 애쓰면서 서로를 격려했고 그중에서도 미나가 가장 발랄하고 쾌활했다. 아침 식사가 끝나

자 판 헬싱이 일어나서 말했다.

「자, 친구들, 이제부터 우리는 무시무시한 사업을 시작할 걸세. 우리 모두 처음에 우리가 적의 소굴을 찾아갔던 때처럼 육체적인 공격뿐 아니라 영적인 공격에 대해서도 무장이 되어 있나?」 우리 모두 고개를 끄덕였다. 「그렇다면 됐어. 자, 미나 여사, 부인은 무슨 일이 있더라도 해가 지기 전까지는 여기가 아주 안전할 겁니다. 그리고 우리가 해가 지기 전에 돌아올 겁니다. 만약……아니, 우리는 돌아옵니다. 하지만 우리가 떠나기 전에 나는 부인이 신변의 공격에 대해 무장이 되어 있는지 알아봐야 되겠습니다. 부인이 침실에서 돌아온 뒤에 나는 우리가 알고 있는 물건들을 가져다 놓음으로써 그자가 부인의 방에 들어오지 못하도록 했습니다. 이제 부인 자신을 지키도록 하십시오. 이 성스러운 빵을 부인의 이마에 가져다 댑니다. 성부와 성자와……」

그 순간 피를 얼어붙게 할 것 같은 끔찍한 비명이 터져 나왔다. 선생이 미나의 이마에 성체를 가져다 대자 그것이 마치 하얗게 달군 쇳조각이라도 되는 것처럼 살을 태워 버린 것이었다. 신경이 고통을 느끼는 것만큼이나 빠르게 미나는 그 행위에 중요한 뜻이 담겨 있음을 직감했고, 그 고통과 의미에 압도되어 무시무시한 외마디 소리를 질렀던 것이다. 허공을 울리던 비명의 메아리가 채 가시기도 전에 그 행위의 의미를 완전히 깨달은 미나는 수치의 고통을 못 이겨 무릎을 꿇고 바닥으로 무너져 내렸다. 그러고는 아름다운 머리칼을 얼굴 위로 늘어뜨린 채 세상에서 버림받은 문둥이처럼 울부짖었다.

「더러워! 더러워! 전능하신 하느님까지도 내 더럽혀진 몸뚱이를 피하고 계셔. 나는 내 이마에 난 이 부끄러운 표지를 최후의 심판 날까지 붙이고 다녀야 해.」 모두들 멈춰 서 있었다. 나는 어찌할 길 없는 슬픔의 고뇌에 빠진 아내에게로 달려가 팔을 둘러 힘껏 끌어안았다. 몇 분쯤 우리의 슬픈 가슴이 함께 뛰는 동안 우리 주위에 있던 친구들은 돌아서서 조용히 흐르는 눈물을 닦았다. 뒤이어 판 헬싱이 몸을 돌려 엄숙히 말했다. 그이의 목소리가 너무도 엄숙해서 나는 그이가 어떤 식으로든 영감을 받았다는, 그래서 자신을 초월하여 이야기를 하고 있다는 느낌을 지울 수 없었다.

「어쩌면 부인은 하느님께서 최후의 심판 날에 그분이 이 세상에 놓아두신 어린양들의 모든 잘못을 바로잡기 위해 알맞다고 여기실 때까지 — 그분은 아마도 틀림없이 그러시겠지만 — 그 표지를 지녀야 할지도 모릅니다. 하지만 아아, 미나 여사, 소중하고도 소중한 분이시여, 부인을 사랑하는 우리로서는 부인의 이마에서 그 붉은 상처가 사라지는 것을 보았으면 하는 마음뿐입니다. 무슨 일이 있었는지 하느님께서 아신다는 징표인 그 상처가 사라져서 부인의 이마가 우리가 잘 아는 부인의 마음처럼 순수해지는 것을 어서 보고 싶습니다. 우리가 살아 있는 한, 그 흉터는 분명 사라질 것입니다. 하느님이 우리가 진 무거운 짐을 들어내 주시는 게 옳다고 여기실 때 말입니다. 그때까지 우리는 그분의 아드님이 그분의 뜻에 따르셨듯이 우리의 십자가를 져야 합니다. 어쩌면 우리는 그분에게 진정한 기쁨을 주기 위해 선택되었고, 그래서 그분의 명령에 따라야 하는지도 모릅니다. 그분의 아드님이 채찍질과 수치를 당하면서, 눈물과 피를 흘리면서, 의심과 두려움을 품으면서, 그리고 하느님과 인간의 차이를 보여주는 그 온갖 고난을 겪으면서 그분의 명령을 따랐던 것처럼 말입니다.」

선생의 말에는 희망과 위안이 있었지만, 그것은 체념을 위한 것이기도 했다. 미나와 나 모두 그렇게 느꼈다. 우리는 동시에 그 노인의 손을 한쪽씩 잡고 입을 맞추었다. 그런 다음, 말없이 함께 무릎을 꿇고 손을 한데 모아 서로에게 진실할 것을 맹세했다. 우리 남자들은 각자 자기 나름의 방식으로 사랑하는 미나의 머리에서 슬픔의 베일을 걷어 내주리라 다짐했고, 우리 앞에 놓여 있는 무시무시한 과업에서 도움과 지침을 달라고 기도했다.

출발할 시간이 되자 나는 미나에게 작별을 고했다. 그 장면을 우리는 죽는 날까지 잊지 못할 것이다. 우리는 길을 나섰다.

어떠한 일이 있어도 미나가 흡혈귀가 되게 해서는 안 된다. 결국 미나가 흡혈귀가 된다면, 그것은 미나 혼자서 그 미지의 무서운 땅으로 들어간다는 것을 의미하지 않는다. 하나의 흡혈귀는 또 다른 흡혈귀를 만들어 낸다. 그자들의 소름 끼치는 몸뚱이가 무덤에서 쉬고 있는 바로 그때, 나의 지고한 사랑인 미나가 악마의 군대를 위한 징병관 노릇을 할지도 모르는 일이 아닌가.

우리는 별 어려움 없이 카팩스로 들어갔다. 모든 것들이 지난번과 그대로였다. 돌보는 사람 없이 버려져 먼지를 뒤집어쓴 채 부패의 냄새를 풍기는 그 무미건조한 환경 한가운데에 우리가 이미 알고 있는 것과 같은 그런 두려움의 원인이 있다는 것이 여간해서 믿기지 않았다. 우리의 마음이 정해지지 않았더라면, 그리고 우리에게 박차를 가하는 끔찍한 기억이 없었더라면, 우리는 여간해서 일을 진척시킬 수 없었을 것이다. 그 집에 누가 들어왔던 흔적은 전혀 없었고, 낡은 예배당 단에 있는 커다란 관들도 지난번에 보았던 그대로 있었다. 우리가 그 관들 앞에 서자 판 헬싱 박사가 엄숙하게 말했다.

「자, 이보게들, 여기에서 해야 할 임무가 있네. 여기 담긴 흙은 그자가 사악한 용도에 쓰려고 먼 나라로부터 가져온 걸세. 성스러운 기억으로 축성(祝聖)된 흙이지. 이 흙을 못 쓰게 만들어야 하네. 그자는 이 흙이 신성하기 때문에 선택을 한 것이네. 그러니까 우리는 이 흙을 더욱 신성하게 함으로써 그자의 무기로 그자를 패배시키는 셈이지. 그자의 사악한 용도를 위해 바쳐진 흙을, 이제 우리 하느님께 바치세.」 그 말을 하면서 그가 가방에서 나사돌리개와 렌치를 꺼내 들었고, 얼마 안 가서 관 뚜껑이 열렸다. 관에서는 퀴퀴한 곰팡이 냄새가 풍겼지만 우리의 관심은 선생에게 집중되어 있어서 아무도 꺼려하지 않는 것 같았다. 그가 가져온 상자에서 성체를 꺼내어 경건하게 관 속에 넣고 관 뚜껑을 닫은 뒤에 다시 나사를 조였다. 우리는 그가 일을 하는 동안 그를 도왔다.

하나씩 하나씩 관들을 같은 식으로 처리하여 그것들을 있던 자리에 그대로 놓아두었다. 그러나 관 속에는 각각 성체가 들어 있었다.

우리가 예배당에서 나와 문을 닫자 선생이 엄숙하게 말했다.

「우리는 벌써 많은 일을 했네. 다른 일들도 모두 아주 성공적일 수 있다면 오늘 저녁 해 질 무렵에는 미나 여사의 이마가 흠 한 점 없이 상아처럼 하얗게 빛날 것일세.」

기차를 잡기 위해 정거장으로 가느라 잔디밭을 가로지르면서 우리는 정신 병원의 정문을 볼 수 있었다. 나는 열심히 그쪽을 쳐다보다가 내 방 창문에서 미나를 보았다. 그녀에게 손을 흔들어 주고 거기에서의 우리 일이 성공적으로 완료되었다는 것을 알리기 위해 고개를 끄덕였다. 그녀도 알아들었다는 뜻으로 같이 고개를 끄덕여 주었다. 내가 아내에게서 눈길을 거두려 할 때 그녀는 작별 인사로 손을 흔들고 있었다. 역으로 향하는 마음이 무거웠다. 우리는 플랫폼에 이르자마자, 증기를 뿜고 있던 기차에 곧장 올라탔다.

나는 이 일기를 기차간에서 썼다.

피커딜리, 12시 30분

우리가 펜처치 스트리트에 이르기 직전, 고덜밍 경이 내게 말했다.

「퀸시와 나는 자물쇠 제조공을 찾아보겠네. 자네는 곤란한 일이 생기지 않도록 우리와 행동을 같이하지 않는 편이 낫겠어. 지금 같아서는 우리가 그 빈집에 들어간다고 해도 별 탈은 없을 것 같지만, 자네는 변호사니까 법률 협회에서 좀 더 현명하게 처신했어야 했다는 말을 듣게 될지도 모르네.」 나는 악평을 사는 위험조차 함께 나누지 못하도록 할 거냐고 이의를 제기했지만, 그는 이야기를 계속했다. 「또 그 외에도 사람이 많지 않아야 눈길을 덜 끌 걸세. 내 작위만 가지고도 자물쇠 제조공은 무사통과이고, 지나가는 경찰이 있더라도 마찬가지일 걸세. 자네는 존하고 선생님과 함께 그린 파크로 가서 그 집이 보이는 곳에 있는 편이 좋겠어. 문이 열리고 자물쇠 제조공이 떠나는 게 보이면 그때 모두 건너오면 되니까. 우리가 자네들을 지켜보고 있다가 들어오라고 신호를 해주겠네.」

「그거 아주 좋은 생각이구먼!」 판 헬싱 박사가 찬성을 하고 나서는 바람에 우리는 더 이상 아무 말도 할 수 없었다. 고덜밍과 모리스는 서둘러 승합 마차에서 내렸고 우리는 좀 더 갔다. 알링턴가 모퉁이에서 우리 나머지 사람들은 마차에서 내려 그린 파크로 걸어 들어갔다. 우리에게 그렇게도 많은 희망이 걸려 있는 그 집이 생기 있고 말쑥해 보이는 이웃집들 사이의 황량한 자리에 으스스하고 고즈넉하게 솟아 있는 것을 지켜보면서 나는 가슴이 뛰었다. 우리는 그 집이 잘 보이는 벤치에 앉아서 되도록이면 눈길을 적게 끌려고 시가를 피우기 시작했다. 퀸시와 고덜밍이 나타나기를 기다리는 동안 시간은 발에 납덩이를 매달고 지나가는 것 같았다.

마침내 우리는 사륜마차 한 대가 멈춰 서는 것을 보았다. 그 마차에서 고덜밍과 모리스가 유유히 내렸고 마부석에서는 골풀로 짠 연장 바구니를 든 다부진 체격의 사내가 내렸다. 모리스가 마부에게 요금을 치르자 그는 거수경례를 하고 마차를 몰아갔다. 모리스와 자물쇠 제조공이 함께 계단을 올라갔고 고덜밍이 맡기고 싶은 일을 지시했다. 자물쇠 제조공이 천천히 웃옷을 벗어서 그것을 난간의 뾰족침들 중의 하나에 걸고 때마침 어슬렁거리며 다가온 경찰에게 무슨 말인가를 했다. 경찰이 알았다는 듯 고개를 끄덕이자 그 사내가 자기 옆에 연장 바구니를 내려놓고 무릎을 꿇었다. 그 바구니를 훑어본 뒤 그가 연장들을 골라내어 자기 앞에 가지런히 늘어놓았다. 그런 다음, 몸을 일으켜 열쇠구멍을 들여다보다가, 그 구멍에 입김을 불어넣고 나서 자기를 고용한 사람들을 돌아다보고 무슨 말인가를 했다. 고덜밍 경이 미소를 지어 보이자 그 사내가 상당한 크기의 열쇠 꾸러미를 들어 올려 그중에서 하나를 골라잡고 자물쇠 안으로 더듬더듬 밀어 넣기 시작했다. 잠시 열쇠를 이리저리 돌려 보다가 그는 두 번째 것을 집어 들었고 다음에는 세 번째 것을 집어 들었다. 드디어, 그가 문을 살짝 밀치자 문이 열렸고 그와 나머지 두 사람이 현관으로 들어섰다. 우리는 조용히 벤치에 앉아 있었는데, 내 시가는 격렬하게 타 들어가고 있었지만 판 헬싱 선생의 것은 완전히 꺼져 있었다. 우리는 일꾼이 집 밖으로 나와 연장 바구니를 챙기는 것이 보일 때까지 초조하게 기다렸다. 자물쇠 제조공이 문을 반쯤 열어서 무릎 사이에 끼고 자물쇠에 열쇠를 하나 맞추더니 그 열쇠를 고덜밍 경에게 건네주었다. 그리고 고덜밍이 지갑을 꺼내어 그에게 대가를 지불하자 그 사내는 인사를 하고 나서 바구니를 집어 들고 웃옷을 걸치고는 떠났다. 그 일이 모두 진행되는 동안 어느 누구도 눈치조차 채지 못했다.

그 사내가 꽤 멀리 가버린 뒤에 우리 셋은 길을 건너가 문을 두드렸다. 퀸시 모리스가 당장에 문을 열었고 그 옆에서는 고덜밍 경이 시가에 불을 붙이고 서 있었다.

「여기도 냄새가 아주 고약한데.」 우리가 안으로 들어서자 고덜밍 경이 말했다. 사실 그곳은 카팩스의 낡은 예배당처럼 냄새가 고약했고 앞서의 경험으로 미루어 보아 백작이 그곳을 꽤나 자유롭게 이용해 왔다는 것이 분명했다. 우리는 공격을 받을 경우에 대비하여 계속 함께 움직이며 그 집을 조사했다. 우리가 상대하려는 적은 강하고 교활했을뿐더러 아직까지는 그 집 안에 놈이 있는지 없는지를 알 수 없었기 때문이었다. 홀 뒤쪽에 있는 식당에서 우리는 8개의 관을 찾아냈다. 우리가 찾고 있던 9개의 관 중에서 8개뿐! 우리의 일은 끝나지 않았고 없어진 관을 찾아내기 전까지는 절대로 끝나지 않을 것이었다. 먼저 우리는 밖으로 향한 창문의 덧창을 열고 밖을 살펴보았다. 돌이 깔린 좁은 마당 건너편에 마구간이 있는데, 벽에 창문이 나 있지 않고, 미니어처 하우스의 정면처럼 보이도록 벽돌 이음매에 회를 발라 놓았다. 마구간에 창문이 하나도 없었으므로 누가 우리를 엿볼 걱정은 없었다. 우리는 지체 없이 관들을 검사했다. 그리고 우리가 가져온 도구들로 그것들을 하나씩 열어 낡은 예배당에서 다른 관들에 했던 것과 같은 조치를 취했다. 백작이 그 집에 없다는 것은 분명했고 우리는 계속해서 그의 물건들을 찾아보았다.

지하실에서 다락방까지 나머지 방들을 대강 훑어본 뒤에 우리는 백작의 소지품들이 식당에 있을 것이라는 결론을 내리고서 그 방을 면밀하게 조사하기 시작했다. 그의 소지품들은 식탁의 커다란 테이블 위에 정돈된 듯하면서도 무질서하게 늘어놓여 있었다. 큼직한 꾸러미로 묶인 피커딜리 저택의 권리 증서, 마일 엔드와 버몬지에 있는 집들의 구매 증서, 편지지, 편지 봉투, 그리고 펜과 잉크 같은 것들이었는데, 그 모든 것들이 먼지가 앉지 않도록 얇은 포장지로 덮여 있었다. 거기에는 또한 옷솔과 솔, 빗 그리고 커다란 단지와 대야도 하나 있었다. 대야에는 아마도 피로 불그스름해진 듯한 더러운 물이 담겨 있었다. 마지막으로 찾아낸 것은 다른 곳에 있는 집들의 문을 여는 데 쓰이는 듯한 갖가지 종류와 크기의 조그만 열쇠 꾸러미였다. 그것들을 조사하고 나서 고덜밍과 퀸시 모리스가 이스트와 사우스에 있는 여러 집들의 주소를 정확히 적은 다음, 열쇠 꾸러미에 있던 열쇠를 집어 들고 거기에 있는 관들을 못 쓰게 하려고 떠났다. 나머지 사람들은 아주 참을성 있게 그들이 돌아오기를 — 아니면 백작이 나타나기를 — 초조하게 기다렸다.

23

수어드 박사의 일기

10월 3일

고덜밍 경과 퀸시 모리스가 돌아오기를 기다리는 시간이 끔찍이도 길게 느껴졌다. 그동안 판 헬싱 선생은 우리에게 줄곧 이런저런 질문을 던짐으로써 우리가 민활한 사고를 이어가도록 애를 썼다. 나는 이따금씩 선생이 곁눈질로 하커를 쳐다보곤 하는 것에서 그이의 자상한 마음을 알 수 있었다. 그 불쌍한 친구는 보기에도 안쓰러울 정도로 비참한 기분에 젖어 있었다. 전날 밤만 해도 그는 동안(童顏)에 검은 갈색 머리칼을 한 건강하고 기운이 넘치는 솔직한 사내였지만, 오늘은 허연 머리칼이, 움푹 꺼져 불타오르는 눈과 슬픔으로 찌든 주름살에 걸맞은, 축 늘어지고 수척한 늙은이처럼 보였다. 하지만 그의 정열은 아직 손상되지 않아서, 사실상 그는 살아 있는 불꽃과도 같았다. 그리고 아직 정열을 지니고 있다는 것이 그에게는 구원이 될 수도 있었다. 왜냐하면 모든 일이 제대로 될 경우, 그는 절망적인 기간을 넘기고 나서 어떤 식으로든 삶의 새로운 현실에 다시 눈뜨게 될 것이기 때문이었다. 가엾은 친구, 나는 나 자신의 곤경을 견디기 힘들다고 생각했지만 그의 고통이란! 선생은 그 점을 충분히 이해하고서 그의 정신이 계속 활동하도록 최선을 다하고 있었는데, 그러한 상황에서 그이가 했던 말은 지극히 흥미로운 것이었다. 그래서 나는 여기에 기억을 더듬을 수 있는 한 그이의 말을 옮겨 보도록 하겠다.

「나는 이 괴물과 관련된 모든 서류를 입수한 이후로 거듭거듭 연구를 해보았네. 그런데 연구를 하면 할수록 그자를 완전히 없애야 할 필요성이 점점 더 커지는 것 같았어. 이제껏 내내 그자가 힘뿐 아니라 지식으로도 발전해 왔다는 징후들이 있었단 말일세. 부다페스트에 있는 내 친구, 아르미니우스의 연구로부터 내가 알아낸 바에 의하면, 그자는 생존했을 당시엔 아주 뛰어난 사내였네. 군인, 정치가, 그리고 연금술사로서 ─ 연금술이란 그 당시에는 가장 진보된 과학적 지식이었지 ─ 그자는 뛰어난 두뇌와 비길 데 없는 학식, 그리고 두려움과 후회를 모르는 마음을 지녔었어. 그래서 학술원에까지도 진출했고, 당시에는 그자가 시도해 보지 않은 학문의 갈래가 없었는데, 어쨌든 그자에게는 육체적인 죽음 뒤에도, 비록 기억이 아주 완전한 것 같지는 않지만, 지력이 살아남았어. 그자가 지녔던, 그리고 지금도 지니고 있는 어떤 정신력은 어린아이에 지나지 않지만 그자는 성장하고 있고 처음에는 어린아이 같았던 것들이 이제는 어른다워졌지. 그자는 실험을 하고 있는데 그 실험이 썩 잘되어 가는 중이어서, 만일 우리가 그자의 앞길을 가로막지 않았더라면 그자는 아직까지도 ─ 그리고 만일 우리가 실패한다면 앞으로도 ─ 삶으로가 아니라 죽음으로 이끄는 새로운 사물의 질서를 더 확장시켜 갈 걸세.」

하커가 신음 소리를 내고 나서 말했다. 「그런데 이게 모두 제 아내를 대상으로 벌어지고 있단 말입니다! 하지만 그자가 어떻게 실험을 합니까? 그걸 알면 우리가 그자를 쳐부수는 데 도움이 될 텐데요.」

「그자는 출현한 이후로 줄곧 천천히, 그러나 확실하게 자기의 힘을 시험해 왔네. 그 거대한 어린아이 같은 뇌가 작용을 하고 있는 거지. 어쨌든 우리가 보기엔 그게 아직까지는 어린아이의 뇌야. 만일 그자가 처음부터 성인의 뇌를 가지고서 어떤 일들을 시도하려고 들었더라면 벌써 오래전에 우리의 힘을 앞질렀을 테니까. 하지만 그자는 뜻을 이루려 하고 있네. 이미 수백 년을 살아온 자답게 느긋하게 기다릴 줄도 알고 걸음을 늦출 줄도 알지. Festina lente(천천히 서둘러라)가 아마도 그자의 모토인 것 같아.」

「저는 무슨 말인지 모르겠습니다.」 하커가 맥없이 말했다. 「좀 더 쉽게 말씀해 주십시오. 아마도 슬픔과 곤경이 제 두뇌를 무디게 한 모양입니다.」 선생이 다정하게 그의 어깨에 손을 얹고 말했다 —

「알겠네. 좀 더 쉽게 얘기하지. 요즈음 그자는 실험을 통해서 자신의 힘을 확인해 왔네. 존의 병원으로 들어가기 위해 동물 탐식증 환자를 이용하기도 했지. 이 흡혈귀는 나중에는 자기 마음대로 드나들 수 있게 되었다고 해도, 처음에는 입원 환자가 청할 때만 거기로 들어갈 수가 있었을 테니 말이네. 하지만 이것은 그자의 가장 중요한 실험이 아닐세. 우리는 이 커다란 관들이 처음에 어떻게 해서 다른 사람들의 손으로 옮겨졌는지를 모르고 있잖은가. 그때만 해도 그자는 그렇게 되어야 한다는 것 외에는 알지 못했어. 하지만 그자의 거대한 어린아이 같은 뇌는 내내 자라 왔고, 그자는 자기가 직접 그 관들을 옮길 수 있을지에 대해서 생각을 하기 시작했지. 그래서 처음엔 일을 거들기 시작했다가 다음에는 충분히 그럴 수가 있다는 것을 알게 되자 자기 혼자서 그것들을 옮기려고 한 거야. 그렇게 해서 그자는 점점 더 강해졌고 자기의 무덤들을 여기저기에 흩어 놓았지. 그자 외에는 아무도 그것들이 어디에 숨겨져 있는지를 알지 못하도록. 그자는 아마도 그 관들을 땅속 깊은 곳에 묻으려고 했을 걸세. 그렇게 해야 그자만이 밤중에, 또는 그자가 형체를 바꿀 수 있는 시간에 그것들을 이용할 수 있을 테니까. 그리고 아무도 그런 곳이 그자가 숨는 장소임을 알지 못할 것이고. 하지만 이보게, 실망하지는 말게나. 그자도 아주 최근에야 그런 생각을 하게 되었으니까! 그자의 소굴은 이미 단 한 곳만 빼놓고는 못 쓰게 되었고, 해가 지기 전에 그 남은 하나도 역시 못 쓰게 될 걸세. 그렇게 되면 그자는 움직이거나 숨을 수 있는 곳이 아무 데도 없어. 나는 오늘 아침 이걸 확실히 알아보려고 시간을 끌었네. 지금 현재로서는 우리가 그자보다 더 위험할 것이 없어. 또 우리가 그자보다 더 조심스러워야 할 이유는 없네. 내 시계로는 이미 한 시간이 지났고 일이 다 잘되었다면 아서와 퀸시가 우리에게로 오고 있을 걸세. 오늘은 우리의 날이고, 우리는 일이 좀 늦어지더라도 확실히 해두어야만 하네. 기회를 놓쳐서는 절대로 안 돼. 보게나! 아서와 퀸시가 돌아오면 우리는 다섯이나 돼.」

그이가 이야기를 하던 중에 느닷없이 현관문을 두드리는 소리가 들렸다. 전보 배달부가 똑똑 두 번을 노크하는 소리였다. 우리가 모두 현관 쪽으로 옮겨가자 판 헬싱 선생이 우리에게 조용히 하라고 손을 들어 올리고 나서 문 쪽으로 다가가 문을 열었다. 배달부가 그이에게 속달 우편물을 건네주었다. 선생이 다시 문을 닫고 나서 배달부가 가버렸는지를 확인한 뒤에 전보를 꺼내 읽었다.

〈D를 조심하세요. 그자는 지금 12시 45분에 급히 카팩스에서 나와 서둘러 남쪽으로 향했습니다. 한 바퀴 돌아보려는 것 같은데 여러분들과 마주치게 될지도 모릅니다 — 미나.〉

잠시 흐르던 침묵이 조너선 하커의 목소리로 깨어졌다.

「하느님, 감사합니다! 이제 곧 마주치게 되겠군요!」 판 헬싱 선생이 그를 재빨리 돌아다보고 말했다 —

「하느님께서는 그분이 적당하다고 여기시는 시간에 그분의 방식으로 행동하실 걸세. 두려워하지 말게. 아직은 기뻐하지도 말고. 우리가 그 순간에 바라고 있는 것이 수포로 돌아갈 수도 있으니까.」

「저는 지금 아무것도 상관하지 않습니다!」 그가 열띤 목소리로 대답했다. 「이 짐승을 해치워 버릴 수만 있다면요. 그러기 위해서라면 영혼이라도 팔겠습니다!」

「아아, 진정하게, 진정하라니까!」 선생이 말렸다. 「하느님께서는 그런 식으로 영혼을 사지는 않으시네. 또 그 악마는 살지는 몰라도 신의를 지키지 않을 테고. 그러나 하느님은 자비롭고 공정하시네. 그리고 자네의 고통과 미나 여사에 대한 자네의 헌신을 알고 계셔. 자네 부인이 그런 말도 안 되는 소리를 듣게 되면 얼마나 더 고통스러워할지를 생각해 보게. 우리에 대해서는 걱정하지 않아도 되네. 우리는 이 일에 몸과 마음을 바쳤고 오늘 끝을 보게 될 테니까. 이제 행동할 시간이 다가오고 있네. 오늘 이 흡혈귀는 인간의 힘밖에 쓸 수 없을 거고 해가 지기 전까지는 모습을 바꾸지 못할 걸세. 그자가 여기까지 오려면 시간이 걸릴 거야. 보게, 21분이 지났어. 그자가 여기까지 올 수 있으려면 아직도 시간이 좀 더 지나야 할 걸세. 그자는 빠를 리가 없으니까. 우리가 바라는 건 아서와 퀸시가 먼저 도착했으면 하는 것뿐이네.」

우리가 하커 부인에게서 전보를 받은 지 30분쯤 뒤에 현관문을 조용히, 그러나 단호하게 두드리는 소리가 들렸다. 그것은 신사라면 누구나 그렇게 두드릴 법한 그저 평범한 노크 소리였지만, 그 노크 소리에 선생과 나는 가슴이 몹시 뛰었다. 우리는 서로를 바라보다가 함께 현관 쪽으로 갔다. 그리고 어느 때라도 쓸 수 있도록 무기들 — 왼손에는 영적인, 오른손에는 치명적인 — 을 집어 들었다. 판 헬싱 선생이 걸쇠를 벗기고 문을 반쯤 연 다음, 양손으로 행동을 취할 준비를 하고서 뒤로 물러섰다. 문 가까이의 계단에서 고덜밍 경과 퀸시 모리스가 보였을 때 우리의 마음속에서 인 기쁨이 얼굴로 번졌으리라. 그들이 재빨리 안으로 들어서서 문을 닫고 홀로 옮겨 가는 사이 고덜밍이 말했다.

「모두 옳았습니다. 우린 두 곳을 찾아냈습니다. 각각 6개의 관이 있었는데 그것들을 모두 파괴했습니다.」

「파괴했다고?」 선생이 물었다.

한 1분쯤 침묵이 흐른 뒤에 퀸시가 말했다.

「이제 여기서 그자를 기다리는 일만 남았습니다. 하지만 그자가 5시까지 나타나지 않는다면 우리는 출발해야 합니다. 해가 진 뒤에 하커 부인을 혼자 남겨 둘 수는 없으니까요.」

「그자가 벌써 여기로 왔어야 하는데…….」 판 헬싱 선생이 호주머니를 뒤적거리고 나서 말했다.

「Nota bene(주의하게). 부인의 전보로는 그자가 카팩스에서 남쪽으로 갔다고 했는데 그건 강을 건넌다는 뜻이고, 그렇다면 밀물과 썰물이 바뀔 때만 건널 수가 있으니까 한 시간쯤 전이라야 했어. 그자가 남쪽으로 갔다는 게 중요해. 그자는 아직 긴가민가 의심할 뿐이고, 그래서 카팩스를 출발하여 우선 가장 의심이 덜 가는 곳으로 간 거야. 자네들은 그자보다 바로 전에 버몬지로 갔던 게 틀림없네. 그자가 이미 여기로 오지 않았다는 건 다음에 마일 엔드로 갔다는 뜻이야. 그 때문이 시간이 좀 걸렸겠지. 그다음엔 어떤 식으로든 강을 건너야 했을 테니까. 내 말을 믿게. 이제 조금만 더 기다리면 돼. 우린 절대로 기회를 놓치지 않기 위해서 공격 계획을 좀 세워 둬야 할 걸세. 자, 이제 시간이 없어. 모두 무기들을 집어 들고! 준비!」 그이가 주의를 시키려고 손을 들어 올렸다. 우리 모두 현관문의 자물쇠에 열쇠가 들어가는 소리를 들을 수 있었다.

나는 그러한 순간에도 탁월한 사람은 자신의 능력을 유감없이 발휘한다는 것에 감탄하지 않을 수가 없었다. 우리가 세계 곳곳에서 경험했던 온갖 사냥과 모험에서 퀸시 모리스는 언제나 행동 계획을 짜는 사람이었고 아서와 나는 묵시적으로 그의 명령에 따르는 데 익숙해져 있었다. 그런데 이제 그 옛날의 습관이 본능적으로 되살아나는 것 같았다. 그 방을 재빨리 둘러본 뒤 그는 당장에 공격 계획을 세웠고, 말 한마디 없이 몸짓으로 우리들 각자에게 위치를 정해 주었다. 판 헬싱 선생과 하커 그리고 나는 문 바로 뒤에 배치되었다. 문이 열리고 그자가 들어오면, 하커와 내가 그자의 뒤에서 문을 막아서고, 선생이 문을 지킬 수 있을 것이었다. 고덜밍과 퀸시는 창문 앞으로 옮겨 갈 준비를 하고서 시야를 막 벗어난 곳에 앞뒤로 늘어섰다. 우리는 1초 1초가 악몽처럼 더

디게 흘러가는 긴장 속에서 기다렸다. 천천히 조심스럽게 현관으로부터 발자국 소리가 들렸다. 백작은 분명히 어떤 기습 공격에 대비하고 있었다. 적어도 그것을 두려워하고는 있었다.

갑자기 그가 한달음에 방 안으로 달려들더니 우리들 중 누가 손을 뻗쳐 붙잡을 새도 없이 우리를 지나쳤다. 그의 동작에는 어딘가 모르게 표범 같은 — 무엇인가 비인간적인 — 구석이 있어서 우리는 모두 그를 본 충격에서 벗어나 정신이 번쩍 드는 것 같았다. 처음으로 행동을 개시한 것은 하커였는데, 그는 재빠른 동작으로 몸을 던져 집 앞쪽에 있는 방으로 통하는 문을 가로막았다. 우리를 보는 순간 백작의 얼굴은 길고 날카로운 송곳니를 내보이며 끔찍스럽게 일그러졌지만, 그 사악한 미소는 재빨리 사자(獅子)처럼 냉소를 띠고서 싸늘하게 노려보는 표정으로 바뀌었다. 그의 표정은 우리가 일거에 그에게로 다가가자 다시 바뀌었다. 나는 우리가 공격 계획을 좀 더 잘 짜두지 못한 것이 아쉬웠다. 바로 그 순간에 무엇을 어떻게 해야 할지 알 수가 없어서였다. 나 자신으로서는, 우리의 치명적인 무기가 과연 소용이 닿을지 알 수 없었다. 하커는 이미 커다란 쿠크리 칼[56]을 뽑아 들고서 사정없이 그를 향해 내리치고 있는 것으로 보아, 그 문제를 시험해 보려는 것이 분명했다. 그의 일격은 신속하기 그지없는 것이어서 백작은 다만 악마 같은 민첩함 덕분에 목숨을 구할 수 있었다. 단 1초만 늦었더라도 그 예리한 칼날이 그의 가슴을 갈랐을 것이었다. 사실, 그 칼끝은 그의 웃옷 앞자락을 찢어 넓게 갈라진 자리를 내었고, 그 바람에 지폐 다발과 금화 들이 줄줄이 쏟아져 내렸다. 백작의 표정이 너무도 악마 같아서 한순간 나는 하커가 그를 또 한 차례 내리치려고 무시무시한 칼을 높이 치켜드는 것을 보면서도, 그가 해를 입지나 않을까 두려웠다. 본능적으로 나는 그를 보호하려는 생각에서 왼손으로 십자가와 성체를 치켜들고 앞으로 나

56 영국과 인도의 군대에서 복무하던, 네팔의 구르카 사람들이 사용하던 날이 넓은 단검.

아갔다. 나는 내 팔을 따라 강한 기운이 흐르는 것을 느꼈고, 그래서 우리 모두가 동시에 같은 움직임을 보이는 순간 그가 뒷걸음질 치는 것이 놀랍지는 않았다. 백작의 얼굴에 떠오른 증오와 좌절된 악의 — 분노와 몸서리쳐지는 노여움 — 의 표정을 설명할 길이란 없을 것이다. 그의 창백한 안색이 타오르는 눈과 대조되어 푸르스름한 노란빛으로 바뀌었고, 이마의 붉은 흉터는 창백한 피부 위에서 고동치는 상처처럼 보였다. 다음 순간 그가 하커의 일격이 떨어지기 전에 다이빙을 하듯이 하커의 팔 밑으로 뛰어들어 바닥에 흩어진 돈을 한 움큼 움켜쥐고 방을 가로질러 창문으로 뛰어들었다. 유리창이 깨어지고, 부서져 내리는 유리 조각들이 번쩍거리는 중에 그가 아래쪽의 자갈밭으로 떨어졌다. 유리가 박살 나는 소리와 함께 1파운드짜리 금화들이 자갈길에 떨어져 내는 〈팅〉 하는 소리가 들렸다.

우리는 창문으로 달려가 그가 다친 데도 없이 땅에서 벌떡 일어서는 것을 보았다. 그는 계단을 달려 올라가서 자갈이 깔린 마당을 가로질러 마구간 문을 밀쳐 열었다. 그러고는 거기에서 몸을 돌려 우리에게 말했다 —

「너희들은, 푸줏간에 매달린 양처럼 헬쑥한 낯짝을 하고 일렬로 늘어선 너희들은, 나를 꺾을 수 있다고 생각하겠지. 너희들 앞으로 후회를 하게 될 테니 두고 봐라. 너희들 모두 다! 너희들은 내가 쉴 곳을 모조리 없앴다고 생각하겠지만 내게는 얼마든지 더 있다. 내 복수는 이제 막 시작됐어! 나는 몇 세기에 걸쳐 이 일을 궁리해 왔고, 시간은 내 편이다. 너희들 모두가 사랑하는 계집들도 벌써 내 것이 되었고, 너희들과 다른 놈들도 모두 그 계집들을 통해 내 것이 될 거다 — 내 명령에 복종하고 내가 먹이를 주려고 하면 내 자칼 같은 앞잡이가 될 것들이, 흥!」 경멸스럽게 씩 웃으면서 그가 재빨리 문안으로 들어갔고, 우리는 그가 문을 잠그는 사이 녹슨 빗장이 삐걱거리는 소리와 마구간 뒤쪽 문이 열렸다 닫히는 소리를 들었다. 우리가 마구간을 지나서 그를 뒤쫓기란 어렵다는 사실을 알아차리고 다시 홀로 돌아오는 사이, 판 헬싱 선생이 먼저 입을 열었다.

「우리는 뭔가를 알았네. 그것도 아주 많이. 저자가 흰소리를 하고는 있지만 우리를 두려워하고 있네. 저자는 시간과 수단이 부족할까 봐 두려워하고 있는 거야. 그렇지 않다면 어째서 그렇게 서둘렀겠나? 저자의 목소리만 들어도 알 수 있네. 아니면 내가 잘못 들었거나. 그 돈은 어째서 가져갔지? 자네들 빨리 쫓아가 보게. 자네들은 야수 사냥을 많이 해보았으니까 이번에도 그런 식으로 하면 될 걸세. 나는 그자가 다시 돌아올 경우에 대비해서 여기에 있는 물건들 중 어느 것도 소용이 닿지 않도록 처리해 둬야겠네.」 그러고 나서 그는 남아 있던 돈을 호주머니에 집어넣은 뒤 하커가 읽다 만 권리 증서 꾸러미를 집어 들고 나머지 물건들을 그러모아 벽난로에 집어넣었다. 그리고 성냥으로 그것들에 불을 붙였다.

고덜밍과 모리스는 이미 마당으로 달려 나갔고 하커는 백작을 뒤쫓기 위해 창문을 타고 내려갔다. 하지만 빗장이 걸린 마구간 문을 우격다짐으로 열었을 때에는 그의 흔적이라고는 없었다. 판 헬싱 선생과 나는 집 뒤쪽을 조사해 보았지만 마구간은 텅 비었고, 아무도 그가 떠나는 것을 보지 못했다.

이제 늦은 오후가 되어 일몰이 얼마 남지 않았다. 우리는 게임이 끝났다는 것을 알아차리고 무거운 마음으로 선생의 말에 따랐다.

「자, 우리 미나 여사에게로 돌아가세, 가엾고 안쓰러운 미나 여사에게로 가세. 여기서 우리가 할 수 있는 일은 이제 끝났네. 다른 건 몰라도 병원으로 가서 그녀를 지켜 줄 수 있네. 그러니 실망할 필요는 없네. 남아 있는 관은 하나뿐이니까. 우린 반드시 그걸 찾아내야 돼. 그 일이 끝나면 모두가 다 괜찮아질 걸세.」 나는 그이가 하커를 위로하려고 되도록 침착하게 이야기를 하고 있다는 것을 알 수 있었다. 그 불쌍한 친구는 백작을 놓친 것에 낙심해서 더 이상 참지 못하고 이따금씩 나지막한 신음을 토해 내고 있었다. 자기의 아내를 생각하고 그러는 것이었다.

우리는 슬픈 심정으로 돌아왔고 거기에서 쾌활한 모습 — 그녀의 용감성과 이타심을 명예롭게 하는 — 으로 우리를 기다리고 있는 하커 부인을 보았다. 우리의 얼굴을 보자 그녀는 죽은 사람처럼 창백해지더니, 1~2초쯤 은밀히 기도라도 하듯 눈을 감았다가 쾌활하게 말했다.

「여러분 모두에게 어떻게 감사를 드려야 할지요! 오, 내 가엾은 남편!」그녀가 남편의 희끗희끗한 머리에 입을 맞추었다. 「당신의 머리를 여기에 기대고 쉬세요. 모두 다 괜찮아질 거예요, 여보. 하느님께서 좋은 뜻으로 하시는 일이라면 우리를 보호해 주실 거예요.」하커가 신음을 토해 냈다. 그의 참담한 심경은 말로 표현할 길이 없었다.

우리는 먹는 둥 마는 둥 하며 저녁 식사를 함께 했는데 내 생각에는 그 식사가 우리 모두의 기분을 얼마쯤 돋워 준 것 같았다. 그것은 아마도 단지 배고픈 사람들 — 우리는 모두 아침 식사 이후로 아무것도 먹지 못했다 — 에게 음식이 제공하는 동물성 열기였을 것이다. 아니면, 그저 함께 모여 있다는 것이 우리에게 힘을 준 것인지도 모른다. 어찌 되었건 우리 모두는 좀 덜 비참했고 다음 날을 아주 희망이 없게 보지는 않았다. 아침에 했던 약속대로 우리는 하커 부인에게 있었던 일들을 모두 이야기했는데, 그녀는 때때로 자기 남편이 위험스러웠다고 여겨지면 하얗게 질렸다가, 또 때로는 남편의 헌신에 감격해서 얼굴을 붉혔다 했지만, 용감하고 침착한 모습으로 이야기에 귀를 기울였다. 우리의 이야기가 조너선이 앞뒤 가리지 않고 백작에게 달려들었던 대목에 이르자, 그녀는 남편의 팔에 매달려 마치 그렇게 매달리는 것이 그를 모든 위험으로부터 보호할 수 있기라도 한 것처럼 그의 팔을 움켜쥐었다. 하지만 그녀는 우리가 이제껏 일어난 일을 다 이야기할 때까지 아무 말도 하지 않았다. 그러더니 남편의 손을 잡은 채로 일어나서 입을 열었다. 아아, 내가 그 장면에서, 젊음과 생기로 빛나는 아름다움을 발산하는 그 지극히 사랑스럽고도 훌륭한 부인이 이마에 붉은 흉터 — 그녀도 의식하고 있었고 우리는 그것이 어떻게 생겼는지를 알고 있었기에 이를 갈며 지켜 본 — 를 지니고서도, 우리의 불같은 증오에 대하여는 사랑 어린 친절을, 그리고 우리 모두의 두려움과 의심 — 흉터가 남아 있는 한 그녀가 아무리 선하고 순수하고 믿음이 깊더라도 하느님에게서 버림받았다는 — 에 대하여는 애정 어린 믿음을 보이는 장면에서, 내가 무슨 말이라도 할 수 있다면!

「조너선…….」 남편을 부르는 그녀의 말소리가 너무도 사랑스럽고 다정해서 마치 음악처럼 들렸다. 「사랑하는 조너선, 그리고 내 진정한 친구분들, 여러분들 모두가 이 무시무시한 시간이 다 지날 때까지 제 말을 마음속에 간직했으면 해요. 저는 여러분들이 싸워야 한다는 것 — 여러분들이 진정한 루시가 영원히 살 수 있도록 가짜 루시를 파멸시켰듯이, 그를 파멸시켜야 한다는 것을 알아요. 하지만 이것은 증오심을 품고서 할 일이 아니에요. 이 온갖 비참한 일을 벌인 그 불쌍한 영혼은 더없이 가련한 경우니까요. 그의 더 나은 부분이 영적으로 불멸할 수 있도록 더 나쁜 부분이 파멸되었을 때, 그가 얼마나 기뻐할지를 생각해 보세요. 여러분들은 또 그를 파멸시키는 데서 손을 뗄 수 없다 하더라도 그를 불쌍히 여겨야 해요.」

그녀가 이야기를 하는 동안 나는 조너선의 얼굴이, 마치 그의 내면에 있는 열정이 그의 존재를 바짝 오그라들게 하고 있는 것처럼, 어두워지면서 미간이 좁혀지는 것을 볼 수 있었다. 본능적으로 그가 손가락 관절이 하얗게 될 때까지 아내의 손을 움켜쥐었다. 그녀는 몹시 아팠을 것이 틀림없었을 텐데도 손을 빼지 않고서 그 어느 때보다도 더 애원하는 눈길로 그를 바라보았다. 그녀의 말이 끝나자 조너선이 벌떡 일어서더니 그녀의 손을 뿌리치듯이 하면서 외쳤다.

「하느님, 우리가 노리고 있는 그자의 목숨을 없애 버릴 동안만큼만 그자가 제 손아귀에 들어오도록 해주십시오! 그렇게만 된다면 저는 무슨 수를 써서라도 그자의 영혼을 영원히, 영원히, 불타는 지옥으로 보내 버리겠습니다!」

「오, 조용히 하세요! 조용해요! 자애로우신 하느님의 이름으로 그런 말은 하지 마세요, 조녀선. 안 그러면 당신은 나를 두려움과 공포로 으스러뜨릴 거예요. 이걸 생각해 보세요, 여보. 나는 이 긴긴 하루 동안 내내 그걸 생각했어요. 그러니까 어쩌면…… 어느 날엔가는…… 나 역시 그런 동정을 받아야 할지도 몰라요. 그리고 당신 같은 — 똑같이 분노할 이유가 있는 — 어떤 사람이 내게 동정을 거부할지도 몰라요. 오오, 여보! 여보, 다른 방법이 있기만 했다면 정말로 나는 당신의 그런 생각에 개의치 않았을 거예요. 하지만 나는 하느님이 당신의 거친 말을 애정 깊고 뼈아프게 상처받은 남자의 가슴 찢어지는 울부짖음이라고만 생각하시도록 기도하겠어요. 오오, 하느님, 이 가련한 머리칼이 평생 동안 나쁜 짓 한 번 안 했으면서도 그렇게 많은 슬픔을 당한 이 사람이 겪어야 했던 일들의 증거가 되게 하시옵소서!」

이제 남자들 모두가 눈물을 흘리고 있었다. 눈물을 참을 길이 없어서 우리 모두가 드러내 놓고 운 것이었다. 그녀 역시 자기의 마음씨 고운 충고가 받아들여지는 것을 알고 있었다. 조녀선이 아내 곁에 무릎을 꿇고 앉아 그녀를 부둥켜안고, 그녀의 옷주름에 얼굴을 묻었다. 판 헬싱 선생이 우리에게 손짓을 하자 우리는 두 사랑하는 남녀를 하느님과 함께하도록 남겨 두고 그 방을 살며시 빠져나왔다.

물러가기 전에 선생은 흡혈귀가 찾아올 것에 대비해서 그들의 방에 안전 조치를 하도록 이른 뒤, 하커 부인에게는 충분히 쉴 수 있을 것이라고 안심을 시켜 주었다. 그녀는 스스로 믿음을 가지려고, 남편을 위해 즐거워 보이려고 애를 쓰는 것이 분명했다. 그것은 용감한 투쟁이었고, 나는 거기에 보답이 없지는 않을 것이라고 믿었다. 판 헬싱 선생은 그 둘 중 누구라도 위급한 경우에 울릴 수 있도록 손 닿는 곳에 벨을 설치해 두었다. 그들이 물러가고 나자 퀸시와 고덜밍과 나는 번갈아 불침번을 서면서 가엾게도 흡혈귀의 공격을 받은 그 부인의 안전을 지켜 주기로 했다. 첫 번째 불침번은 퀸시에게로 떨어졌고, 고덜밍과 나는 될 수 있는 대로 빨리 잠자리에 들었다. 고덜밍은 두 번째 불침번을 서야 했으므로 벌써 잠이 들어 있다. 이제 내 일도 끝났으므로 나 역시 잠 속으로 빠져들 것이다.

조너선 하커의 일기

10월 3일에서 4일, 자정 무렵

나는 어제가 결코 끝나지 않으리라고 생각했다. 어서 잠이 들면 좋겠다 싶었다. 잠에서 깨어나면 사정이 바뀌었음을 알게 될지도 모르고, 어떤 변화가 있든 지금보다는 나을 거라는 일종의 믿음에 빠진 것이었다. 헤어지기 전에 우리는 다음에 어떤 조치를 취할 것인지 의논을 했지만 아무런 결론에도 이를 수가 없었다. 우리가 아는 것이라고는 하나의 관이 남아 있고, 그것이 어디에 있는지는 백작만이 안다는 것뿐이다. 만일 그자가 숨기로 작정을 한다면 우리의 계획은 오랫동안 수포로 돌아갈 것이고 그러는 동안에는! ― 그것은 너무도 끔찍한 일이라서 나는 지금 그것을 생각할 수조차 없다. 나는 이것을 알고 있다. 이 세상에 아주 완벽한 여인이 있다면 그것은 바로 가엾게 피해를 당한 내 아내라는 것을. 나는 전날 밤, 아내가 보여 주었던 마음씨 고운 동정심, 그 괴물에 대한 나 자신의 증오를 경멸스럽게 만든 그 동정심 때문에 아내를 천배나 더 사랑한다. 그러나 분명히 하느님은 그런 괴물을 하나 잃는다고 해서 세상이 더 보잘것없어지는 것을 허용하지는 않으실 것이다. 그것이 내게는 희망이다. 우리 모두는 지금 암초를 향해 표류하고 있고 믿음이 우리의 유일한 닻이다. 감사합니다, 하느님! 미나는 자고 있다. 꿈도 꾸지 않으면서 자고 있다. 나는 아내의 꿈이 어떨지 몰라서, 그렇게도 끔찍한 기억들이 꿈속으로 파고들까 봐 두렵다. 아내는 내가 보기엔 해가 진 뒤로 그리 침착하지 못했다. 그러나 다음에는 한동안 아내의 얼굴에 3월에 돌풍이 지나고 찾아온 봄 같은 평온함이 떠올랐다. 나는 그때 그것이 아내의 얼굴에 비친 붉은 석양의 부드러움이라고 생각했지만 지금은 어쩐지 거기에 더 깊은 의미가 있는 것 같다. 나 자신은 피곤하기는 해도 — 죽을 듯이 피곤하기는 해도 — 졸리지는 않다. 하지만 그렇더라도 잠을 자려고 애써야 한다. 내일을 생각해야 하고 그 흡혈귀를 없애기까지는 내게 휴식이란 없을 것이므로……

시간이 흐른 뒤

나는 분명히 잠이 들었던 모양이다. 놀란 표정으로 침대에 일어나 앉아 있는 미나 때문에 잠이 깨었으니까. 나는 방의 어둠에 눈이 익어서 아내를 바로 알아볼 수 있었는데, 아내는 내 입에다 손가락을 대고 이렇게 속삭이는 것이었다.

「쉿! 복도에 누군가가 있어요.」 나는 살며시 일어나 방을 가로질러 조용히 문을 열었다.

바로 문밖에 모리스가 눈을 뜬 채로 길게 누워 있었다. 그가 조용히 하라고 손을 들어 올리며 내게 속삭였다.

「쉿! 침대로 가게, 아무 일도 없으니까. 우리들 중 하나가 밤새도록 여기에 있을 걸세. 우리는 어떤 틈도 보이지 않을 거야!」

그의 표정과 자세가 너무도 단호해서 나는 두말없이 방으로 돌아와 미나에게 그 말을 전해 주었다. 아내는 한숨을 내쉬었지만 내게 팔을 두르고 나지막하게 이 말을 하는 사이, 아내의 창백한 얼굴에는 분명히 어렴풋한 미소가 스쳤다.

「오오, 정말 너무도 훌륭하고 용감한 분들이세요.」 한숨을 쉬고 나서 아내는 다시 잠 속으로 빠져들었다. 지금 나는 잠이 오지 않아서 이 일기를 쓴다. 다시 자려고 애를 쓰기는 해야겠지만.

10월 4일, 아침

밤중에 한 번 더 미나가 나를 깨웠다. 이번에는 다가오는 희뿌연 새벽빛에 장방형의 창문들이 뚜렷이 드러나고 가스등 불빛이 원광이라기보다는 조그만 반점처럼 보이는 것으로 보아 우리 둘 모두 잠을 꽤 잔 것이 분명했다. 그녀가 내게 급히 말했다.

「가서 선생님을 불러오세요. 지금 곧 그분을 뵈어야겠어요.」

「왜?」 내가 물었다.

「생각이 한 가지 떠올랐어요. 밤중에 떠오른 게 분명한 것 같은데 나도 모르는 사이에 무르익었어요. 해 뜨기 전에 그분이 내게 최면을 걸어야 해요. 그러면 나는 말할 수가 있을 거예요. 빨리 가세요, 여보. 그 시간이 점점 다가오고 있어요.」 나는 문으로 갔다. 수어드 박사가 매트리스 위에서 쉬고 있다가 나를 보자 벌떡 일어섰다.

「뭐 잘못된 거라도 있나?」 그가 깜짝 놀라서 물었다.

「아니, 하지만 미나가 지금 곧 판 헬싱 박사를 보고 싶다는군.」

「내가 가지.」 그러고 나서 그가 서둘러 선생의 방으로 들어갔다.

2~3분쯤 뒤에 판 헬싱 선생이 실내복 차림으로 방에 들어섰고 모리스와 고덜밍 경은 문간에서 수어드 박사에게 이것저것 묻고 있었다. 미나의 미소 — 그의 얼굴에서 근심을 거둬 가버린 분명한 미소 — 를 보자 선생이 손을 문지르면서 말했다.

「오, 미나 여사, 이건 실로 큰 변화입니다. 보게, 조녀선. 우리의 소중한 미나 여사가 예전처럼 되어 오늘 우리에게로 돌아왔네.」 다음에 그가 미나를 돌아다보고 쾌활하게 말했다. 「그런데 내가 부인을 위해서 해야 할 일이 뭡니까? 이런 시간에 아무 일도 없이 나를 보자고 했을 리는 없겠고요.」

「제게 최면을 걸어 주셨으면 해요.」 아내가 대답했다. 「해가 떠오르기 전에요. 그렇게 되면 저는 자유롭게 말할 수 있을 것 같은 느낌이 들어요. 서둘러

524

주세요. 시간이 얼마 남지 않았어요.」아무 말도 없이 그가 아내에게 침대에서 일어나 앉으라고 손짓했다.

아내를 응시하면서 그가 양손으로 번갈아 머리끝에서부터 아래쪽으로 최면을 걸기 시작했다. 미나는 몇 분 동안 그의 눈을 응시했는데, 그러는 동안 나는 어떤 위기가 다가왔다는 느낌으로 가슴이 몹시 두근거렸다. 차츰차츰 눈이 감기면서 아내는 얼어붙은 듯 앉아 있었고, 단지 가볍게 오르내리는 가슴으로만 아내가 살아 있다는 것을 알 수 있었다. 교수가 몇 차례 더 최면을 걸고 나서 손을 멈췄다. 나는 그의 이마에 굵은 땀방울들이 맺혀 있는 것을 보았다. 미나가 눈을 떴다. 그러나 같은 사람으로는 보이지가 않았다. 아내의 눈은 어딘가 먼 곳을 바라보았고 목소리에는 내게 생소한, 꿈결 같은 슬픔이 배어 있었다. 입을 열지 않으려고 손을 들어 올리면서, 선생이 내게 다른 사람들을 안으로 들이라고 일렀다. 그들이 발끝걸음으로 들어와 조용히 문을 닫고 침대 발치에 서서 미나를 바라보았다. 미나는 그들을 보지 못하는 것 같았다. 침묵은 판 헬싱 박사가 아내의 생각을 흩트리지 않으려는 듯 나지막하게 꺼낸 질문으로 깨졌다.

「지금 어디에 있지요?」그 대답은 감정이 배제된 목소리로 흘러나왔다 —

「모르겠어요. 잠에는 분명히 어디라고 할 수 있는 곳이 없어요.」3~4분쯤 침묵이 흘렀다. 미나는 꼿꼿이 앉아 있었고 선생은 그녀를 뚫어져라 쳐다보며 서 있었다. 우리는 숨조차 제대로 쉬지 못했다. 방이 점점 더 밝아 오고 있었다. 미나의 얼굴에서 눈을 떼지 않은 채, 판 헬싱 선생이 내게 자기 뒤로 가까이 오라고 손짓했다. 나는 그렇게 했다. 이제 막 태양이 떠오르는 것 같았다. 붉은 빛줄기가 뻗치더니 분홍빛이 방으로 스며들어 흩어지는 것처럼 보였다. 그 순간 선생이 다시 입을 열었다.

「지금 어디에 있습니까?」대답은 꿈꾸는 듯이 그러나 분명하게 흘러나왔다. 마치 뭔가를 해독하는 듯한 목소리였다. 나는 전에 그녀가 짤막한 편지들을 읽을 때 그런 목소리를 들어 본 적이 있었다.

「모르겠어요. 모두가 이상해 보여요.」

「뭐가 보입니까?」

「아무것도 볼 수 없어요. 사방이 캄캄해요.」

「무슨 소리가 들립니까?」 나는 선생의 참을성 있는 목소리에서 긴장감을 느낄 수 있었다.

「물이 철썩이는 소리요. 물이 콸콸거리며 흘러가고 작은 파도들이 일어요. 그 소리는 밖에서 들려오고 있어요.」

「그렇다면 지금 배 안에 있습니까?」 우리 모두는 뭐라도 좀 알아내려고 서로를 바라보았다. 우리는 생각하기가 두려웠다. 대답은 곧장 나왔다.

「예, 맞아요.」

「그 밖에 또 무슨 소리가 들립니까?」

「머리 위에서 사람들이 쿵쿵거리며 뛰어 돌아다니는 소리요. 쇠사슬이 삐걱거리는 소리, 그리고 닻줄이 끌어 올려지면서 도르래가 요란스럽게 끼르륵거리는 소리도 들려요.」

「지금 뭘 하고 있습니까?」

「조용히 있어요. 그냥 조용히요. 꼭 죽은 듯이요!」 아내의 목소리가 잠이 드는 것처럼 깊은 숨소리로 잦아들었고 눈이 다시 감겼다.

그때쯤엔 해가 완전히 떠올라서 방 안으로 햇살이 가득 비쳐 들고 있었다. 판 헬싱 박사가 미나의 어깨를 손으로 받치고 머리를 가만히 베개 위에 내려놓았다. 아내는 얼마쯤 잠든 아이처럼 누워 있다가 긴 한숨을 내쉬며 눈을 뜨고는, 주위에 둘러서 있는 우리를 놀란 듯이 바라보았다. 「제가 잠꼬대를 했나요?」 아내가 물은 말은 그것뿐이었다. 그러나 아내는 이야기를 듣지 않고서도 어떤 상황인지 알아차린 것 같았고 자기가 무슨 말을 했는지 몹시 알고 싶어했다. 선생이 최면 중에 했던 말을 되풀이해 주자 아내가 말했다.

「그렇다면 허비할 시간이 조금도 없어요. 아직 너무 늦지는 않았을 거예요.」 모리스와 고덜밍 경이 문 쪽으로 걸어가기 시작했지만 선생의 침착한 목소리가 그들을 다시 돌려세웠다 —

「기다리게들, 그 배가 어떤 것이건 간에 미나 여사가 얘기했을 때에는 닻을 끌어 올리고 있었으니까. 지금 이 순간에도 런던의 그 큰 항구에는 여러 척의 배들이 닻을 끌어 올리고 있을 걸세. 그것들 중 어느 것이 그 배인지 찾을 수 있겠나? 다행스럽게도 우리는 실마리를 한 가지 더 찾아냈네. 그것이 우리를 어디로 이끌지는 모르지만, 우리가 못 보고 지나친 게 있었어. 사람들의 행동 양식을 몰랐던 거지. 돌이켜 생각해 보니, 제대로 볼 수만 있었더라면 우린 앞일을 예측할 수가 있었어. 하지만 이런 소리는 하나 마나 한 거고, 안 그런가? 이제 우리는 조녀선이 그렇게 사정없이 칼을 내리쳐서 그자로서도 두려움을 느낄 위험 속으로 몰아넣는데도 그자가 돈을 움켜쥐면서 무슨 생각을 했는지 알수 있어. 그자는 도망을 치려고 했던 거야. 내 말 잘 듣게. 도망을 치려고 했었단 말이네! 관이 하나밖에는 남아 있지 않고 거기에다 여우를 뒤쫓는 개들처럼 한 무리의 사람들이 쫓아오고 있다는 것을 알게 되자, 이 런던은 더 이상 그자가 있을 만한 곳이 못 되었던 거야. 그래서 마지막 남은 관을 배에 싣고 이 나라를 떠나려 한 거지. 그자는 도망치려고 생각하지만 어림도 없는 소리! 우리가 쫓아갈 테니까. 우리 친구 아서가 붉은 사냥 재킷 차림으로 〈쉭쉭!〉 소리를 내면서 여우를 쫓을 때처럼 우리가 가는 걸세. 이 늙은 여우는 교활해, 너무도 교활하지! 그래서 우리도 속임수를 써서 뒤를 쫓아야 해. 한데 나 역시 교활하니까 잠시 그자의 생각을 더듬어야겠군. 그러는 사이 우리는 편히 쉴 수가 있어. 물이 그자와 우리를 갈라놓고 있거든. 그자는 바다를 건너려 하지 않아. 그리고 건너려 해도 건널 수가 없지. 배가 육지에 닿았다면 사정이 다르지만, 그건 밀물이 들 때나 조수가 정체되는 휴조 때나 가능한 일이야. 이제 막 해가 떠올랐네. 그리고 해 질 때까지 하루는 우리 것일세. 자, 이제 목욕을 하고 옷을 입

528

고 아침 식사를 하세. 그자가 우리와 같은 땅에 있지 않은 이상 편안히 식사를 할 수 있겠지.」미나가 애원하는 눈길로 그를 바라보며 물었다 —

「하지만 그자가 우리에게서 떠나 버린 지금, 무엇 때문에 더 뒤를 쫓아야 하나요?」그가 미나의 손을 잡고 가볍게 두드리면서 대답했다 —

「아직은 아무것도 묻지 마세요. 아침 식사를 하고 나면 그때 모두 대답해 드리리다.」그는 더 이상 대답을 하려고 들지 않았고 우리는 제각기 옷을 갈아입기 위해 흩어졌다.

아침 식사가 끝나자 미나가 다시 질문을 던졌다. 그가 한 1분쯤 근심스러운 눈으로 아내를 바라보다가 슬픈 목소리로 대답했다.

「그건 말입니다, 미나 여사, 지금은 그 어느 때보다도 우리가 그자를 찾아내야 하기 때문입니다. 지옥의 문턱까지 그자를 쫓아가는 한이 있더라도요.」아내가 창백해져서 힘없이 물었다 —

「왜요?」

그가 엄숙하게 대답했다. 「그것은, 그자는 몇 세기 동안을 살 수 있지만 부인은 죽음을 맞아야 하는 인간이기 때문입니다. 걱정해야 하는 건 이제부터입니다. 그자가 부인의 목에 일단 흔적을 남겨 놓은 이상에는요.」

아내가 기절해서 쓰러지는 순간 나는 아내를 붙잡았다.

24

수어드 박사의 축음기에 녹음된 판 헬싱의 말

조녀선 하커에게 전하는 말이네.

자네는 미나 여사와 함께 머물러야 하네. 우리는 수색을 나가려는 참일세. 아니, 수색이라기보다는 찾아내서 확인을 하려는 것뿐이니까 그것을 수색이라고 불러도 될지는 모르겠네만. 자네는 오늘 집에 남아서 부인을 돌보아야 하네. 그것이 자네의 가장 훌륭하고 가장 성스러운 직무일세. 오늘은 어떻게 해도 여기에서 그자를 찾아낼 수 없을 테니까. 이제부터 자네가 우리 네 사람이 이미 알고 있는 것들을 알 수 있도록, 자네에게 이야기를 하려네. 그자, 우리의 적은 가버렸네. 트란실바니아에 있는 자기의 성으로 돌아가 버렸다는 말일세. 나는 그자가 어떤 방법으로 이 일을 꾸며 왔고 맨 마지막 관은 이미 어디엔가 있는 배에 실렸다는 것을 불 보듯 훤히 알고 있네. 그 일을 하기 위해서 그자는 돈을 가져갔던 것이고, 해 지기 전에 우리가 그자를 붙잡을 수 없도록 그렇게 서둘렀던 것이지. 그것이 그자의 마지막 희망이었네. 가엾은 미스 루시가 — 그자의 생각으로는 자기를 좋아해서 — 그자를 위해 열어 놓고 있을 무덤 속으로 숨는 것만 제외한다면. 하지만 그러기에는 시간이 없었네. 그 일이 실패

531

로 돌아간 것을 확인하자, 그자는 마지막 남은 거처로 곧장 간 걸세. 프랑스 사람들이 말하는 〈두블 앙탕트(이중 의미)〉를 담아서 말하자면, 흙으로 만든 자기의 마지막 작품을 향해 간 셈이지. 그자는 영리하네. 너무도 영리하지! 그래서 이곳에서의 게임이 끝났다는 걸 알아차리고 자기 집으로 돌아갈 작정을 한 걸세. 그리고 자기가 왔던 길로 돌아가는 배를 찾아내어 거기에 오른 것이지. 우리는 그것이 어떤 배이고 어디로 향하는지를 알아보러 지금 떠나네만, 그것을 알게 되면 돌아와서 자네에게 모두 알려 주겠네. 그러면 우리는 자네와 가엾은 미나 여사를 새로운 희망으로 위로해 줄 수 있겠지. 이 일을 곰곰이 숙고해 보면 희망이 보일 걸세, 모두 다 잃은 것은 아니니까. 우리가 쫓고 있는 바로 그 괴물은 런던에 오기 위해 수백 년 공을 들였지만, 우리는 그자를 어떻게 처리해야 될지 알게 되어 하루 만에 그자를 내몰고 있네. 비록 그자가 아직 많은 해를 끼칠 수 있을 만큼 강력하고 또 우리처럼 고통을 받지는 않았다 할지라도, 그자의 힘은 줄어들었네. 우리는 강하고, 저마다 결의에 차 있어서 힘을 합치면 더욱더 강할 걸세. 그러니 마음을 새로이 다지게, 미나 여사의 남편으로서 말이네. 이 전쟁은 시작에 불과하고 마지막에 가서는 우리가 이길 걸세. 하느님이 높은 곳에서 그분의 어린양들을 지켜보시는 한 틀림없네. 그러니 부디 우리가 돌아올 때까지 마음을 편히 갖도록 하게.

판 헬싱.

조너선 하커의 일기

10월 4일

내가 축음기에 녹음된 판 헬싱의 메시지를 미나에게 읽어 주자 가엾은 아내의 얼굴이 눈에 띄게 밝아졌다. 백작이 분명히 우리의 땅을 벗어났다는 사실이 그녀에게 위안이 되었고, 그 위안이 힘을 준 것이었다. 하지만 나로서는 그자의 무시무시한 위험이 목전에 있지 않아서 그런지, 정말 그 일이 있었는지 믿기가 어렵다. 심지어는 나 자신이 드라큘라성에서 겪었던 끔찍한 기억들까지도 오래전에 잊힌 꿈처럼 여겨진다. 여기에서는 상쾌한 가을의 바람결 속으로 밝은 햇살이 스며들고 있다.

아아, 그러나 내가 어떻게 믿지 않을 수 있겠는가! 생각의 한가운데서 내 눈길은 여지없이 가엾은 아내의 흰 이마에 찍힌 붉은 흉터에 닿고 마는 것을. 그것이 남아 있는 한 믿지 않을 길이란 없을 것이다. 그리고 이후로도, 그 흉터에 대한 기억이 계속해서 그 일을 고스란히 떠올려 줄 것이다. 미나와 나는 그저 한가로이 있기가 두려워서 모든 일기들을 거듭거듭 훑어보았는데, 어쩐 일인지 그때마다 사실은 점점 더 분명해졌음에도 고통과 두려움은 줄어드는 것 같았다. 거기에는 분명히 위안이 되는 어떤 목적, 처음부터 끝까지 길잡이가 되는 어떤 목적이 있었다. 미나는 우리가 어쩌면 궁극적인 선을 위한 도구일지도 모른다고 한다. 그렇기만 하다면! 나는 그녀처럼 생각하려고 애를 쓸 것이다. 우리는 아직 미래에 대해서는 한마디도 이야기를 나누지 않았다. 선생과 다른 사람들이 조사를 마치고 돌아올 때까지는 기다리는 편이 더 낫다.

하루가 생각보다 빨리 지나가고 있다. 이보다 시간이 더 빠르게 흐른 적이 있을까 싶다. 지금은 오후 3시다.

미나 하커의 일기

10월 5일, 오후 5시

보고를 위한 모임. 참석자: 판 헬싱 선생, 고덜밍 경, 수어드 박사, 퀸시 모리스, 조너선 하커, 미나 하커.

판 헬싱 박사가 그날 드라큘라 백작이 무슨 배를 타고 어디로 도망쳤는지 알아보기 위해 취했던 조치들을 설명했다.

「그자가 트란실바니아로 돌아가려 한다는 것을 알고 있었기에 나는 그자가 틀림없이 다뉴브강 어귀나, 그자가 왔던 길인 흑해 어디로 지나갈 것이라고 확신했지. 그러나 어디서부터 손을 대야 할지 처음엔 막막했다네. Omne ignotum pro magnifico(모르는 것은 무엇이든 대단해 보이는 법). 그래서 무거운 마음으로 우리는 전날 밤에 흑해로 떠난 배가 있는지를 알아보기 시작했지. 미나 여사가 닻을 끌어올렸다고 한 걸로 보아 그자는 항해 중인 배를 타고 있었어. 무엇보다 중요한 것은 『더 타임스』에 실린 출항 선박 명단을 알아보는 것이었고, 그래서 우리는 고덜밍 경의 제안에 따라 아무리 작은 배라도 출항한 선박을 모두 기록하는 로이드 해양 보험 협회를 찾아갔지. 거기에서 우리는 밀물 때 흑해로 가는 배가 딱 한 척만 떠났다는 것을 알아냈네. 그 배는 〈예카테리나 황제〉호였는데, 둘리틀 부두를 출발해서 바르나로 갔다가 다른 곳을 거쳐 다뉴브강을 거슬러 올라가는 것으로 되어 있더군. 해서 나는 속으로 옳거니! 백작이 타고 있는 게 바로 이 배야! 하고 쾌재를 불렀지. 우리는 곧장 둘리틀 부두로 가서 아주 조그만 목조 사무실, 너무 작아서 사람이 더 커 보일 지경인 사무실에서 사내를 하나 찾아냈지. 그 사람에게 〈예카테리나 황제〉호의 항로를 물어보았는데, 그자는 입이 험하고 시뻘건 얼굴에 목소리가 컸지만 그래도 좋은 친구였어. 게다가 퀸시가 호주머니에서 빠닥빠닥 소리가 나는 지폐를 꺼내어 그것을 옷 속에 깊이 숨겨 둔 조그만 자루에다 넣어 주니까 더 친절해져서 아예 공손한 하인이 되더라고. 그 사내는 우리하고 같이 다니면서 거칠고 막돼먹은 사내들에게 질문을 했는데, 이 친구들 역시 목을 축이고 나니까 더 친절해지더군. 그들은 〈블러드〉와 〈블룸〉이 들어간 말들[57]과 다른 상소리들을 많이 섞어

---

57 〈blood와 bloom이 들어간 말들〉이란 〈피와 꽃이 들어간 말들〉이라는 뜻이 아니라, bloody와 blooming이라는 19세기 영국 사회의 아주 상스러운 욕설을 직접적으로 말하지 않고 조금 우회적으로

534

가며 떠들어댔어. 내가 잘 알아들을 수 있는 말들은 아니었지만, 무슨 뜻인지 짐작은 할 수 있었네. 어쨌거나 그들은 우리가 알고 싶어 하는 것을 다 말해 준 셈이야.

그들의 얘기에 따르면, 전날 오후 5시경에 어떤 사내가 몹시 급하게 왔었대. 호리호리하고 창백하고 키가 큰 사내였는데, 코가 높고 이빨은 아주 새하얗고 눈은 불타는 것처럼 보였다는 거야. 그자는 어울리지 않고 철에 맞지도 않는 밀짚모자만 제외하고는 온통 검은 옷차림이었는데, 어느 배가 흑해로 가서 또 어디로 가는지를 급히 알아보려고 돈을 뿌렸다더군. 그래서 누군가가 그자를 사무실로 데려갔다가 다음에는 배로 데려갔는데, 거기서 그자는 배에 오르지 않고 부두와 배다리[船橋]가 만나는 곳에 멈춰 서서 선장을 보자고 했다는 거야. 그리고 선장이 와서 뱃삯을 두둑이 내야 할 거라고 하니까 처음엔 심하게 욕설을 퍼붓기는 했어도 그 조건에 동의를 했다는 거였네. 그러고 나서 그 호리호리한 사내는 가버렸는데, 누군가가 그자에게 어디에서 말과 마차를 빌릴 수 있는지 알려 주었다더군. 그자는 일러 준 곳으로 갔다가 곧 다시 돌아왔는데 손수 커다란 상자가 실린 마차를 몰고 와서, 그것을 배에 실으려면 서너 사람이 필요했는데도, 자기가 직접 그것을 내렸다는 거였어. 그러고는 선장에게 자기의 상자를 어디에 어떻게 놓아야 할지 한참이나 떠들어 댔지만 선장은 그게 마음에 들지 않아서 여러 나라 말로 그자에게 욕을 하고는 원한다면 그게 어디에 놓이는지 와서 보라고 했다는 거야. 하지만 그자는 자기에겐 아직 할 일이 많아서 그럴 수가 없다고 했다더군. 그리고 선장이 자기의 배는 조수의 방향이 바뀌기 전에 그곳을 떠날 거니까 서두르는 편이 좋을 거라고 했대. 그 호리호리한 사내는 씩 웃더니 물론 자기는 적당하다고 생각되는 때에 가겠지

가리킨 것이다. 〈빌어먹을〉이나 〈지랄 같은〉 말로 번역될 수 없는 것은 아니지만, 작가 자신의 조심성을 감안하여 이하에서는 〈블러디와 블룸이 들어간 말을 섞어 가며〉라고 하기보다 그냥 〈상소리를 섞어 가며〉 하는 식으로 옮긴다.

만 그렇게 빨리 가면 놀랄 거라고 하더래. 선장은 다시 여러 나라 말로 욕했지만, 그 사내는 오히려 선장에게 고맙다고 절을 하면서 그의 친절에 너무도 감격해서 출항을 하기 전에 배를 타겠다고 했다더군. 결국 선장은 얼굴이 시뻘겋게 달아올라서, 여러 나라 말을 섞어서 상소리를 마구 해대며 자기 배에 프랑스 놈들은 들이지 않겠다고 했다더군. 그러자 그자는 배표를 살 수 있는 가까운 가게가 어디에 있는지 물어본 뒤에 떠났다는 거야.

그자가 어디로 갔는지는 아무도 알지 못했어. 아니, 그들이 상소리를 섞어가며 한 말로는, 신경 써야 할 다른 일이 생겼다는 거야. 〈예카테리나 황제〉호가 예정대로 출항하지 못하리라는 게 분명해졌대. 강에 엷은 안개가 피어오르더니 점점 더 짙어져서 마침내는 자욱한 안개가 그 배와 주위에 있는 모든 것들을 덮어 버렸거든. 선장은 여러 나라 말로 — 아주 많은 나라 말로 — 상소리를 해댔지만 어쩔 도리가 없었지. 물은 점점 더 높아졌고, 선장은 출항할 때를 아주 놓치게 될까 봐 걱정이 되어서 속을 끓이던 참이었어. 그런데 막 만조가 되었을 때 그 호리호리한 사내가 다시 배다리에 나타나더니 자기의 상자가 어디에 실려 있는지 보자고 했다는 거야. 그러자 선장은 많은 상소리를 섞어가며, 그자와 그자의 상자가 지옥으로 떨어졌으면 좋겠다고 응수를 했다네. 하지만 이 사내는 화도 내지 않고 항해사와 함께 아래로 내려가서 상자가 어디에 놓여 있는지를 보고 다시 올라오더니 안개 속에서 갑판에 잠시 서 있었다는 거야. 그자는 혼자서 도망친 게 분명해. 아무도 그자가 사라지는 것을 알아차리지 못했잖아. 사실 그들은 그자에 대해선 별생각을 하지 않고 있었어. 안개는 곧 걷히기 시작했고 모든 게 다시 맑아졌으니까. 목마르다며 술을 사달라던 그 친구들, 입이 험해서 상소리를 많이 하던 그 친구들은 선장의 욕설이 얼마나 심했는지를 얘기하면서 낄낄댔어. 선장이 평소보다 더 많은 나라의 언어를 지껄여 댔고, 지독한 상말을 더 많이 했다는 것이었네. 특히 그 시간에 강을 따라 오르내리던 다른 선원들에게 물어봤더니 안개를 보았다는 사람이 별로 없었고 그저 부두 근처에만 안개가 끼어 있었다는 사실을 알았을 때 선장이 그랬다고 하더군. 어쨌거나 그 배는 썰물 때 떠났으니까 아침쯤에는 틀림없이 강 입구 쪽으로 멀리 내려갔겠지. 그들이 우리에게 얘기를 해줬을 때쯤엔 벌써 바다로 멀리 나가 있었을 테고.

그래서 미나 여사, 그게 우리가 좀 쉬어야 하는 이유입니다. 우리의 적은 이제 안개를 자기 마음대로 부리면서 바다로 나가 다뉴브강 어귀로 가고 있으니까요. 하지만 배는 절대로 빠르지 못해서 거기까지 가려면 시간이 꽤 걸릴 거고, 우리는 육로로 더 빠르게 여행을 할 거니까 거기에서 그자를 만나게 될 겁니다. 우리에게 가장 바람직한 건 그자가 해 뜰 녘이나 해 질 녘에 관 속에 누워 있는 건데, 그런 때에는 싸울 힘이 없을 테니까 그자를 마음대로 다룰 수가 있거든요. 우리에게는 계획을 할 수 있는 여유가 며칠 있고, 또 어디로 가야 할지도 알고 있습니다. 배 주인을 만나 보았더니 우리에게 화물 송장과 가지고 있는 모든 서류들을 보여 주더군요. 우리가 찾고 있는 관은 바르나에서 양륙(揚陸)되어 거기에서 신임장을 제시하는 중개인에게 넘겨질 건데, 그러면 이 상인이 자기의 역할을 할 겁니다. 그런데 만일 이 친구가 뭐라도 잘못된 것이 없는지를 묻는다면, 바르나에서 전보로 문의할 수 있으니까, 우리는 없다고 해야 됩니다. 그건 경찰이나 세관에서 할 일이 아니라 우리가 우리 방식으로 해야 되는 일이니까요.」

판 헬싱 박사가 말을 마치자 나는 그에게 백작이 분명히 그 배를 타고 있는지 물어보았다. 그가 대답했다. 「거기에 대해서는 최상의 증거가 있습니다. 부인 자신의 증거, 오늘 아침에 최면을 건 혼수상태에서 말입니다.」 나는 다시 그에게 우리가 정말로 백작을 뒤쫓아야 할 필요가 있는지 물어보았다. 사실 나는 조녀선이 내 곁을 떠나는 것이 너무도 두려웠고, 다른 사람들이 간다면 그도 틀림없이 가게 되리라는 것을 알고 있었다. 선생은 처음엔 화를 누르고서 조용히 대답했다. 그러나 이야기가 진행될수록 점점 더 분노하고 격렬해져서,

마침내 우리는 그가 남자들 사이에서 그토록 오랫동안 지도자 노릇을 할 수 있었던 원동력이 무엇인지를 분명히 알게 되었다.

「그렇습니다, 필요하고 ─ 필요하고 ─ 필요하지요! 우선 부인을 위해서이고 다음에는 인류의 안전을 위해서입니다. 이 괴물은 벌써 그자가 출현한 좁은 범위에서 많은 해를 끼쳤는데 그것도 아직 그자가 시체나 다름없을 때, 어둠 속에서 얼마 되지도 않은 수단을 마구잡이로 쓸 수밖에 없던 시절에 그런 겁니다. 나는 이 모든 얘기를 여기 이 사람들에게 했습니다. 미나 여사는 그것을 이 친구 존의 축음기에서나 남편의 축음기에서 알게 될 겁니다. 나는 이들에게 그자가 불모의 땅인, 사람들이 없는 제 나라를 떠나 사람들의 생명이, 빽빽이 들어찬 옥수수처럼 충만한 새로운 땅으로 오는 데 몇 세기가 걸렸다는 말을 했습니다. 만일 그자와 같은 또 다른 불사귀가 그자의 행위를 따라 하려고 든다면, 이제까지 있었던, 또는 앞으로 올 모든 세대가, 다는 아니더라도 그자를 도울 수 있을 겁니다. 그자와 함께, 비밀스럽고 심오하고 강한 모든 자연력이 어떤 놀라운 방법으로 작용해 온 것이 분명하니까요. 그자가 살았던 바로 그곳, 이 모든 세기 동안 죽음이 없었고 그곳은 지질학과 화학 세계에서의 이상한 일들로 가득 차 있고 어디로 이를지 아무도 모르는 깊은 동굴들과 갈라진 틈들이 있습니다. 거기에는 화산들도 있어서, 그중 몇몇 분화구에서는 성질이 이상한 물과 목숨을 빼앗거나 생기를 주는 가스들을 분출하고 있었습니다. 의심할 바 없이, 육체적인 삶에 이상한 방법으로 작용하는 이 비밀스러운 힘들의 조합 중 몇 가지에는 뭔가 자기적이거나 전기적인 것이 있는데, 더군다나 그자는 원래부터도 비상한 자질을 좀 가지고 있었습니다. 전쟁 같은 어려운 시기에는 그자가 누구보다도 더 강한 정신력과 뛰어난 두뇌와 담대한 용기를 지닌 출중한 인물이었지요. 그자에게는 어떤 활력이 이상한 방법으로 절정을 이루었고, 그의 몸이 강해지고 성장해 감에 따라 그의 뇌도 성장했습니다. 하지만 이 모든 것들은, 그자에게 속하는 것이 분명한 마성(魔性)의 도움이 없다면 선의 상징으로부터 나오는, 선의 상징인 힘에 굴복할 수밖에 없습니다. 이것이 지금 우리가 알고 있는 그자의 실체입니다. 그자는 부인을 감염시켰습니다. 오, 부인, 이런 말을 해야 하는 나를 용서해 주십시오. 하지만 내가 이야기를 하는 편이 부인에게도 좋습니다. 그자는 부인을 그처럼 교묘하게 감염시켰는데, 비록 그자가 더 이상은 그런 짓을 하지 않더라도 부인은 살 수가, 예전처럼 즐겁게 살 수가 없습니다. 그리고 때가 되면 모든 인간에게 공통된 운명이자 하느님의 축성인 죽음이 부인을 그자처럼 만들 겁니다. 그래서는 절대로 안 됩니다! 우리 모두는 절대로 그래서는 안 된다고 함께 맹세했습니다. 우리는 하느님의 바람을 전파하는 사람들입니다. 그리고 존재 그 자체가 욕될 뿐인 그 괴물에게 이 세상을 넘기지도 않을 것이고, 그분의 아드님이 죽음을 통해 구원한 인간들을 넘기지도 않을 것입니다. 하느님은 이미 우리에게 한 생명을 되찾도록 허락해 주셨고, 우리는 더 많은 생명을 되찾기 위해 옛날의 십자군들처럼 나아갈 겁니다. 그들처럼 우리는 해가 떠오르는 방향을 향해 나아갈 것이고 만일 실패하더라도 그들처럼 훌륭한 기치 아래 실패할 것입니다.」

그가 말을 멈추자 내가 물었다.

「하지만 백작이 교활하게 방해를 하지 않을까요? 영국에서 쫓겨 다니던 그자는 호랑이가 제가 잡혔던 마을을 피해 가듯 그것을 피하지 않을까요?」

「아하!」 그가 감탄했다. 「부인의 그 호랑이에 대한 비유가 썩 훌륭한 것 같으니 나도 그걸 사용해 보겠습니다. 인도 사람들이 부르는 대로 하자면 사람 잡아먹는 범이라는, 인간의 피 맛을 본 그 호랑이는 다른 먹이에는 더 이상 관심이 없어서 인간을 잡을 때까지 끊임없이 잠복하지요. 우리가 여기에서 사냥하려던 것 역시 사람을 잡아먹으려고 끊임없이 잠복하는 호랑이입니다. 그래요, 본질적으로 그자는 멀찌감치 물러나 있을 존재가 아니지요. 살아 있던 동안에 그자는 튀르크 국경을 넘어 그 땅에 있던 적을 공격했다가 격퇴를 당했습니다. 하지만 그자가 멈췄던가요? 아닙니다! 그는 오고 오고 또 왔습니다. 그자의 끈기와 인내를 보세요. 그자는 어린아이 같은 머릿속에다 오래전부터 큰 도시로 갈 생각을 품고 있었습니다. 뭘 하려고 그랬을까요? 이 세상에서 자기에게 가장 장래가 유망한 곳을 찾아내려는 거였지요. 다음에 그자는 신중하게 그 일을 위한 계획을 짰습니다. 그리고 참을성 있게 자기의 힘이 어느 정도이며 어떤 성질의 것인지를 알아냈지요. 새로운 언어도 배웠고요. 그자는 새로운 사회생활, 오랜 전통을 가진 새로운 환경, 정치, 법률, 재정, 과학 그리고 자기가 찾아가려는 새로운 나라, 새로운 사람들의 습관을 알게 되었습니다. 그의 눈에 띄었던 사람들은 다만 그의 식욕을 자극하고 욕망을 부추겼을 뿐이었지요. 아니, 그뿐만 아니라 그자의 두뇌가 성장하는 데에도 도움이 되었습니다. 왜냐하면 그것은 맨 처음부터 그자의 추측이 얼마나 옳았는가 하는 확실한 증명이 되었으니까요. 그자는 잊힌 땅의 폐허가 된 무덤으로부터 이 일을 혼자서, 완전히 혼자서 했습니다. 그러니 위대한 지식의 세계가 그자에게 열렸을 때 무슨 짓인들 더 못 하겠습니까? 우리가 알기로 그자는 죽으면서 미소를 지을 수 있습니다. 모든 사람들을 죽여 없애는 질병의 와중에서 번성할 수 있는 자이니까요. 오오, 만일 그런 능력을 지닌 사람이 악마가 아니라 하느님으로부터 왔다면, 선을 위한 크나큰 힘을 발휘하여 그런 자가 우리의 이 유구한 세상에 범접하지 못하게 했겠지요! 우리는 세상을 자유롭게 만들겠다고 맹세했습니다. 이 힘든 일은 조용히 치러져야 하고, 우리의 노력은 완전히 비밀에 부쳐져야 합니다. 사람들이 자기 눈으로 본 것도 믿지 않으려 드는 이 개화된 시기에는 현명한 자들의 의심이 그자에게는 크나큰 힘이 될 테니까요. 그 의심은 그자의 칼집이자 갑옷이자 무기가 되어 그자의 적인 우리를 파괴할 수도 있어요. 우리는 사랑하는 사람의 안전을 위해, 나아가서는 인류의 행복을 위해, 그리고 하느님의 명예와 영광을 위해, 우리 자신의 영혼까지 위태롭게 할 각오가 되어 있는데, 그런 우리를 파멸시키는 데 쓰일 수 있다는 것입니다.」

전반적인 논의가 끝난 뒤에 오늘 밤에는 아무것도 확정 짓지 말자는 결론이 내려졌다. 즉, 우리는 그 사실을 염두에 두고 하룻밤 자면서 적당한 결론을 생각해 내기로 한 것이었다. 내일 아침 식사 때 우리는 다시 만날 것이고 각자의 결론을 서로에게 알린 뒤 어떤 명확한 행동 방침을 정하게 될 것이다.

오늘 밤 나는 경이로운 평화와 안식을 느낀다. 마치 내게서 어떤 소름 끼치는 존재가 제거된 것 같다. 어쩌면……

내 추측은 끝나지 않았고 끝날 수도 없다. 왜냐하면 나는 거울에서 내 이마에 나 있는 붉은 자국을 보았고, 내가 아직 정결하지 못하다는 것을 알고 있기 때문이다.

수어드 박사의 일기

10월 5일

우리는 아침 일찍 일어났는데, 나는 잠이 우리 모두에게 큰 도움이 되었다는 생각이 들었다. 이른 아침 식사를 하려고 모였을 때, 우리들 사이에는 예상했던 것보다 더 쾌활한 분위기가 감돌았다.

인간의 본성에 그처럼 많은 회복력이 있다는 것은 실로 놀라운 일이다. 어떤 장애 요인이, 그것이 무엇이건 간에, 어떤 식으로든 제거되면 — 하다못해 죽음으로라도 — 우리는 원래의 희망차고 즐거운 기분으로 되돌아온다. 우리가 식탁에 둘러앉아 있는 동안 나는 지난날의 모든 일들이 꿈이었던 게 아닐까 해서 몇 번씩이고 눈을 감았다 떴다. 내가 현실로 돌아온 것은 하커 부인의 이마에 난 붉은 흉터에 눈길이 닿았을 때였다. 하지만 내가 심각하게 그 문제를 숙고해 보고 있는 지금 이 순간에도 우리의 모든 문젯거리들이 아직까지 존재한다고 믿기가 어렵다. 심지어는 하커 부인까지도 그동안 내내 겪었던 고통을 잊어버린 듯했고, 자기의 끔찍한 상처를 생각하는 것은 아주 이따금씩 무언가가 그 사실을 일깨울 때뿐이다. 우리는 반 시간 뒤에 여기 내 서재에서 만나 행동 방침을 결정하기로 했다. 우리에게 당면한 어려움은 한 가지뿐인데, 나는 그것을 추론으로보다는 본능으로 알고 있다. 우리 모두는 솔직하게 이야기하겠지만, 그럼에도 불구하고 나는 어떤 불가사의한 방법으로 하커 부인의 혀가 붙들어 매어지지나 않을까 두렵다. 물론 나는 그녀가 자신의 결론에 이르렀다는 것을 분명히 알고 있고, 이제까지의 모든 일로 보아 그녀의 결정이 얼마나 눈부시고 옳은 것인지도 미루어 짐작할 수 있다. 하지만 그녀는 말을 하려고 들지 않거나 또는 하지 못할 수도 있을 것이다. 나는 판 헬싱 선생에게 나의 그런 생각을 알렸고, 우리 둘만이 있게 되자 그 문제에 대해서 상의해 보았다. 내 생각에는 그녀의 혈관 속으로 주입된 어떤 무시무시한 독이 효력을 나타내기 시작하는 것 같다. 백작은 판 헬싱 선생의 말대로 〈흡혈귀의 피의 세례〉를 그녀에게 주었을 때 그 나름대로 목적이 있었을 것이다. 어쩌면 독성이 없는 원료로부터 스스로 증류되는 독이 있을 것이다. 프토마인[屍毒]이 수수께끼로 남아 있는 시대에 우리가 놀랄 일들은 얼마든지 있다. 나는 이 한 가지를 알고 있다 — 만일 가엾은 하커 부인의 침묵에 대한 내 직감이 옳다면 우리 앞에는 무시무시한 어려움, 알려지지 않은 위험이 있다는 것이다. 그녀의 입을 다물게 하는 똑같은 힘이 그녀의 입을 열게도 할 수 있는 거니까. 나는 감히 더 이상 생각을 할 수 없다. 그렇게 한다면 내 생각 속에서 한 고상한 여인의 품격을 떨어뜨려야 할 것이므로.

판 헬싱 선생은 다른 사람들보다 좀 더 일찍 내 서재로 올 예정이다. 그이와 함께 이 문제를 상의해 봐야겠다.

시간이 흐른 뒤

선생이 들어오고 나서 우리는 이런저런 이야기를 나누었다. 나는 선생이 마

542

음속에 뭔가 하고 싶은 말이 있으면서도 그 이야기를 꺼내기 곤란해한다는 것을 알 수 있었다. 좀 더 변죽을 울리고 난 그이가 이윽고 본론을 꺼냈다.

「이보게, 존, 단도직입적으로 말해서, 자네와 나 둘이서 해야만 할 이야기가 있네. 다른 사람들에게는 나중에 알려 주어도 될 걸세.」 그리고 나서 그이는 말을 멈추었고 나는 기다렸다. 잠시 뒤에 그이가 다시 이야기를 계속했다.

「미나 여사가, 우리의 가련하고 사랑스러운 미나 여사가 변하고 있네.」 가장 두려워했던 일이 그처럼 분명해지자 내 등골을 타고 서늘한 전율이 흘렀다. 판 헬싱 선생은 이야기를 계속했다.

「미스 루시가 당했던 슬픈 일을 알고 있는 우리로서는, 이번엔 일이 너무 늦어지기 전에 경계를 해야 되네. 때가 너무 늦어지기 전에. 지금부터 우리가 해야 할 일은 사실상 그 어느 때보다도 더 어려운데, 이 새로운 고통에 대처하려면 한시라도 소홀히 해서는 안 되네. 나는 그녀의 얼굴에 흡혈귀의 특성이 나타난 것을 알 수 있네. 현재로서는 그 징후가 아주 미약하지만 편견 없이 눈여겨본다면 알아볼 수 있을 걸세. 우선 이빨이 약간 날카로워졌고 때로는 눈빛도 조금 사나워 보인다네. 한데 그것뿐만이 아니라 이제는 미스 루시가 그랬던 것처럼 자주 침묵에 빠져들곤 해. 나중에 알리고 싶은 것을 글로 적을지언정 말은 하지 않아. 지금 내가 두려워하는 게 바로 그걸세. 그녀가 우리의 최면술에 의해서 그자가 보고 듣는 것을 말하는 것이 더 이상 사실이 아닐 수도 있고, 또 그녀에게 처음으로 최면술을 걸었던, 바로 그녀의 피를 마시고 그의 피를 그녀에게 마시도록 한 그자가 그녀로 하여금 알고 있는 것을 자기에게 발설하도록 강요할 수도 있지 않겠나?」 내가 고개를 끄덕이자 그이가 말을 이었다.

「그렇다면 우리가 해야 할 일은 그러지 못하도록 막는 걸세. 우리는 그녀가 우리의 의도를 전혀 모르도록 해야 하네. 그러지 않으면 그녀가 알고 있는 것들을 그자에게 알릴지도 모르니까. 이것은 고통스러운 일이네. 너무도 고통스러워서 생각만 해도 가슴이 찢어지네만, 어쩔 수 없는 일이야. 오늘 모이면 그녀에게 더 이상 모임에 참석해서는 안 되는 이유를 말할 게 아니라 그저 우리의 보호를 받을 거라고만 해야 되네.」 그이는, 이미 그처럼 고통을 받은 가련한 영혼에게 끼치게 될지도 모를 고통을 생각하느라 이마에 흥건히 배어 나온 땀을 닦았다. 그이에게 나도 같은 결론에 이르렀다고 이야기한다면, 의혹이 주는 고통을 걷어가 줌으로써 어느 정도는 그이에게 위안이 되리라는 것을 알았다. 그래서 나는 그이에게 내 생각을 알렸고 그 효과는 내가 기대했던 것과 같았다.

이제 우리 모두가 함께 모일 시간이 가까워지고 있다. 판 헬싱 선생은 모임에 대한, 그리고 그 모임에서 떠맡게 될 고통스러운 역할에 대한 준비를 하기 위해 자기 방으로 돌아갔다. 나는 그이의 계획이 제 몫을 할 수 있으리라고 분명히 믿는다.

시간이 흐른 뒤

모임이 시작되자 판 헬싱과 나는 크나큰 안도감을 느꼈다. 하커 부인이 남편을 통해서, 그녀로서는 자기 때문에 우리가 난처해하는 일 없이 행동 계획을 자유롭게 논의하는 것이 더 나을 것 같으므로, 이번 모임에는 참석하지 않겠다는 전갈을 보내온 것이었다. 선생과 나는 잠시 서로를 바라보았다. 선생도 나처럼 안도하는 기색이었다. 만약 하커 부인이 스스로 그 위험을 알아차렸다면 많은 고통뿐 아니라 위험도 피해 갈 수 있을 것이다. 판 헬싱 선생과 나는 손가락을 입에 대고 서로 눈길을 주고받으면서 둘이서만 다시 의논을 할 수 있을 때까지 의심을 묻어 두기로 했다. 우리는 곧장 작전 행동 계획을 짜기 시작했다. 먼저 판 헬싱 선생이 우리에게 이제까지 있었던 일을 대강 이야기했다.

「〈예카테리나 황제〉호는 어제 아침에 템스강을 떠났네. 템스강 물은 여느 때보다도 빠른 속도로 그 배를 바다로 실어 가겠지만, 바르나에 도착하려면 적어도 3주일은 걸릴 거야. 하지만 우리는 사흘이면 육로로 그곳까지 갈 수가 있네. 자, 이제 백작이 불러일으킬 수 있는 기후의 영향으로 그 배의 항해가 이틀 가량 단축될 수 있다는 것을 인정하고, 또 우리에게 어떤 일이 생겨서 하루 밤 낮이 늦어질 수 있다는 것을 인정한다 하더라도, 우리에게는 거의 2주일이나 여유가 있어. 그러니까 만전을 기하려면 늦어도 17일까지는 이곳을 떠나야겠 지. 그러면 우리는 무슨 일이 있더라도 배가 도착하기 하루 전에 바르나에 도 착할 것이고, 우리에게 필요한 준비를 다 할 수 있을 거야. 물론 우리는, 사악 한 것들에 대해 육체적으로는 물론, 영적으로도 무장을 하고 가야 할 걸세.」 여기에서 퀸시 모리스가 한마디 덧붙였다 ─

「저는 백작이 이리의 나라에서 온 걸로 알고 있는데, 그자가 우리보다 앞서 거기로 갈지도 모릅니다. 그렇다면 우리의 무기에 윈체스터 엽총을 더했으면 싶군요. 저는 주변에 그런 골칫거리가 있을 때면 윈체스터에 대한 믿음 같은 걸 가지고 있습니다. 자네 기억하나, 아서? 우리가 토볼스크[58]에 짐을 두고 갔 던 때 말일세. 그때 우리에게 연발총 한 자루가 얼마나 절실했던지.」

「좋아.」 판 헬싱 선생이 말했다. 「윈체스터도 가져가게. 퀸시는 늘 분별력이 있고 냉철한데, 사냥할 게 있을 때는 더더욱 그러하군. 어쨌거나 우리는 여기 서 할 일이 아무것도 없으니까, 내 생각으로는 우리 누구에게도 바르나가 익숙 지 못한 것 같으니 좀 더 일찍 그곳으로 가는 게 어떻겠나? 여기서 기다리나 저 기서 기다리나 마찬가지니까. 오늘 밤과 내일 준비를 하고 나서 모두들 괜찮다 면 우리 네 사람이 여행을 떠날 수 있을 걸세.」

「우리 네 사람이라니요?」 하커가 우리들 하나하나를 바라보며 따지듯이 물었다.

「물론이지.」 선생이 재빨리 대답했다. 「자네는 여기 남아서 그토록 사랑스 러운 아내를 돌보아야 하니까.」 하커는 잠시 아무 말도 않고 있다가 힘없는 목

58 서시베리아에 있는 도시.

소리로 말했다 ——

「그 부분에 대해서는 내일 아침에 다시 얘기하기로 하지요. 저는 미나와 상의를 해보고 싶습니다.」 나는 지금이 바로 판 헬싱 선생이 그에게 우리의 계획을 아내에게 알리지 말라고 경고할 때라고 생각했다. 하지만 그이는 아무런 주의도 주지 않았다. 나는 암시하려는 눈길로 그를 바라보다가 헛기침을 했지만, 그이는 대답 대신 입술에 손가락을 대고 돌아섰다.

조너선 하커의 일기

10월 5일 저녁

오늘 아침의 모임이 있은 뒤로 얼마 동안 나는 생각을 할 수 없었다. 사태의 새로운 국면들이 내 마음을 적극적으로 생각할 여지가 없는 이상한 상태로 몰아넣었기 때문이다. 논의에서 어떤 역할도 하지 않겠다는 미나의 결의가 나를 생각에 잠기게 했다. 그리고 아내와 그 문제를 상의할 수 없는 이상, 나는 오직 추측할 수밖에 없다. 나로서는 지금 그녀의 결정에 대한 해답을 도저히 알 길이 없다. 다른 사람들이 그녀의 결정을 받아들인 방법 역시 나는 당혹스러웠다. 지난번에 우리가 그 문제를 상의했을 때는 우리들 사이에 숨기는 것이 아무것도 없어야 한다는 데 의견이 일치했었다. 미나는 지금 어린아이처럼 고요히 사랑스럽게 자고 있다. 아내의 입술은 아름다운 곡선을 이루었고 얼굴은 행복감으로 빛난다. 감사합니다. 하느님! 아직까지도 아내에게 이런 순간을 주셔서.

시간이 흐른 뒤

이 모두가 얼마나 이상한가? 미나의 행복하게 잠든 모습을 지켜보면서 나까지도 내내 행복할 것 같은 느낌이 드니 말이다. 저녁이 깊어 가면서 점점 더 낮게 가라앉는 태양으로부터 땅에 그림자가 드리워지자 방 안의 정적이 내게는 점점 더 엄숙해졌다. 느닷없이 미나가 눈을 뜨더니 다정스럽게 나를 바라보며 말했다.

「조너선, 당신의 명예를 걸고 내게 어떤 약속을 해주었으면 해요. 내게 하는 약속이지만 하느님이 들으시도록 신성하게, 그리고 비록 내가 무릎을 꿇고 눈물을 흘리며 애원하더라도 깨지지 않을 약속이라야 해요. 빨리요, 지금 곧 내게 그러겠다고 약속해 줘요.」

「미나, 그런 약속이라면 당장 할 수가 없소. 내게는 그런 약속을 할 권리가 없으니까.」

아내가 눈에 북극성처럼 강렬한 영적인 빛을 띠고 애원했다. 「하지만, 여보, 그걸 원하는 건 나예요, 그리고 날 위해서도 아니에요. 내가 옳은지 그른지는 판 헬싱 박사님께 물어봐도 돼요. 만일 그분이 동의하지 않는다면 당신 뜻대로 하세요. 아니, 그보다는 두 분이 동의를 하신다면, 나중에 그 약속에서 풀려 날 수가 있어요.」

「약속하겠소!」 내가 대답했다. 잠시 아내는 더없이 행복해 보였다. 비록 그녀의 모든 행복이 이마에 난 붉은 흉터로 부정되는 것 같기는 했어도. 아내가 말했다.

「백작에 대한 작전 행동으로 이루어진 어떤 계획도 내게 알리지 않겠다고 약속하세요. 이 흉터가 남아 있는 한은 어떤 말이나 추론으로나 암시로도요.」 아내가 엄숙하게 흉터를 가리켰다. 나는 그녀가 진심이라는 것을 알고 엄숙히 대답했다.

「약속하겠소!」 그 말을 하는 순간 나는 우리 사이를 가로막았던 문이 활짝 열리는 느낌이었다.

시간이 흐른 뒤, 한밤중

미나는 저녁 내내 밝고 쾌활했다. 너무도 쾌활해서 우리 모두가 얼마쯤은 그녀의 즐거운 기분에 이끌려 용기를 얻은 듯했고 그 결과로 나까지도 우리를 찍어 누르고 있던 우울한 주문(呪文)이 얼마쯤은 들어내진 게 아닐까 하는 느낌이었다. 우리는 모두 일찍 잠자리에 들었다. 미나는 지금 어린아이처럼 자고 있다. 그처럼 끔찍한 고통을 당하는 중에도 그녀에게 잠을 잘 수 있는 힘이 남아 있다는 것은 놀라운 일이다. 하느님 감사합니다! 적어도 지금은 근심을 잊게 해주셔서. 아마도 그녀의 잠든 모습이 오늘 밤 그녀가 보였던 쾌활함처럼 내게 영향을 미치는 것 같다. 노력해 보자! 꿈도 없는 잠을 위하여.

10월 6일, 아침

놀라운 일이 또 일어났다. 미나가 어제와 비슷한 시간에 아침 일찍 나를 깨우더니 판 헬싱 박사를 불러 달라고 했다. 또 최면을 걸어야 할 때가 된 것으로 생각하고 나는 아무것도 묻지 않고 선생을 부르러 갔다. 선생이 그의 방에서 이미 옷을 다 입고 있는 것으로 보아 그런 요청을 예상하고 있었던 것이 분명했다. 그의 방문이 빠끔히 열려 있어서 우리 방의 문틈으로 새어 나오는 소리를 들을 수 있었던 것이다. 그는 곧장 우리 방으로 왔고 안으로 들어서면서 미나에게 다른 사람도 올 것인지 물었다.

「아니오.」아내가 짤막하게 대답했다. 「그럴 필요는 없을 것 같아요. 그분들에게는 무슨 일이 있었는지 나중에 그대로 전해 주시면 돼요. 제가 드릴 말씀은 이번 여행에 저도 함께 가겠다는 거예요.」

판 헬싱 박사도 나만큼이나 깜짝 놀랐다. 잠시 뜸을 들였다가 그가 물었다.

「하지만, 어째서지요?」

「저를 꼭 데려가셔야 해요. 저는 선생님과 함께 있어야 더 안전하고 선생님도 더 안전하실 거예요.」

「하지만 어째서지요? 부인의 안전이 우리에게는 가장 엄숙한 의무라는 걸 아시지 않습니까? 우리는 위험 속으로 뛰어드는 겁니다. 이번 일이 부인에게 는, 이제까지 있었던 일로 보아 — 상황으로 보아 — 우리 중 누구에게보다도 더 위험할 수가 있습니다.」 그가 당황해서 말을 멈췄다.

아내가 손가락을 들어 올려 이마를 가리키면서 대답했다.

「저도 알아요. 그게 제가 꼭 가려는 이유예요. 지금 해가 떠오르고 있는 동 안에는 제가 말씀을 드릴 수 있지만, 다시는 그럴 수 없게 될지도 몰라요. 저는 백작이 제게 명령을 하면 어쩔 수 없이 가야 한다는 걸 알고 있어요. 그자가 은 밀히 제게 오라고 한다면 간계를 써서라도, 심지어는 조녀선을 속이고서라도 가야 해요.」 하느님은 아내가 그 말을 하면서 나를 돌아다보았을 때의 표정을 보았을 것이고, 만일 정말로 기록(記錄) 천사가 있다면 그 표정을 언제까지고 지속될 경건한 맹세로 받아들였을 것이다. 나는 다만 그녀의 손을 꼭 쥐어 줄 수 있을 뿐, 아무 말도 할 수가 없었다. 가슴이 너무 벅차서 눈물마저도 흘릴 수 없었다. 아내는 이야기를 계속했다.

「여러분들은 용감하고 강해요. 여럿인 만큼 용감하신 것이지요. 혼자서 감 당해야 하는 인간의 인내를 꺾어 버릴 고통에 맞설 수가 있으니까요. 또 그 외 에도 여러분들이 제게 최면을 걸어서 저 자신도 모르는 것을 알아낼 수 있는 이상, 제가 도움이 될 수 있어요.」 판 헬싱 박사가 몹시 신중하게 말했다 —

「미나 여사, 부인은 언제나 지극히 현명했습니다. 부인은 우리와 함께 가게 될 겁니다. 그리고 우리는 모두 함께 이루려고 하는 일을 하게 될 겁니다.」 그 가 말을 마치자 미나는 한동안 침묵을 지켰다. 어떻게 된 일인가 해서 돌아다 보았더니, 아내는 베개에 머리를 대고 잠들어 있었다. 내가 블라인드를 끌어 올려 방 안 가득 햇살이 들게 했을 때에도 아내는 깨어나지 않았다. 판 헬싱 박 사가 내게 조용히 자기를 따라오라고 손짓했다. 나는 그의 방으로 갔고 1분도 채 안 되어 고덜밍 경, 수어드 박사, 그리고 모리스 씨도 우리와 자리를 함께

했다. 선생이 그들에게 미나가 했던 말을 얘기해 주고 나서 이야기를 계속했다.

「아침에 우리는 바르나로 떠나게 될 걸세. 이제부터는 미나 여사도 우리와 함께 행동하게 되네. 아아, 하지만 그녀의 영혼은 참된 것이네. 그녀로서는 이제껏 있었던 일을 우리에게 이야기하는 것만도 몹시 고통스러운 일이니까. 하지만 그녀의 말은 참으로 옳고 우리는 제때에 경고를 받은 걸세. 기회를 놓쳐서는 안 돼. 그리고 바르나에서는 배가 도착하는 대로 즉각 행동할 준비가 되어 있어야 하네.」

「우리가 하게 될 일이 정확히 뭐지요?」 모리스가 간단명료하게 물었다. 선생이 잠시 생각을 해보고 나서 대답했다.

「우리는 먼저 그 배에 올라가야 할 거고, 다음에는 그 관을 확인하고 나면 그 위에다 야생 장미꽃 가지를 얹어 놓아야 할 걸세. 우리는 그 일을 빨리 해치워야 되네. 장미가 거기에 있는 한, 아무도 관에서 빠져나올 수 없거든. 미신에 따르면 그래. 그리고 미신이라도 우리는 먼저 믿어야 하네. 미신이란 옛날에는 믿음이었고 아직까지도 믿음에 뿌리를 내리고 있으니까. 그런 다음 기회가 생기면 우리는 가까이에 아무도 없는지를 알아보고 나서 그 관을 열고……. 그러면 모든 게 다 괜찮아질 걸세.」

「저는 어떤 기회가 오기를 기다리지 않겠습니다.」 모리스가 말했다. 「그 관이 눈에 띄기만 하면 저는 천 사람이 지켜본다 하더라도 그걸 열어 그 괴물을 파멸시킬 겁니다. 그 때문에 다음 순간 제가 죽임을 당하게 되는 한이 있더라도요.」 나는 본능적으로 모리스의 손을 쥐었다. 그 손은 강철 덩어리처럼 단단하다는 느낌이 들었다. 나는 그가 내 표정의 의미를 알아차렸으리라고 생각한다. 아니, 그가 알아차렸기를 바란다.

「훌륭한 젊은이군.」 판 헬싱 박사가 말했다. 「용감한 젊은이야. 퀸시는 사내 중의 사내일세. 하느님께서도 그 점을 축복하실 게야. 이보게, 내 말을 믿게.

우리들 중엔 어떤 위험이 닥치더라도 물러서거나 머뭇거릴 사람이 아무도 없네. 나는 우리가 하게 될 일, 우리가 꼭 해야 할 일만 얘기하겠네. 하지만 실로 우리는 무엇을 하게 될지 알 수 없네. 너무도 많은 일들이 벌어질 수 있고 그 가정과 결말이 너무도 다양해서 그 순간이 오기까지는 알 수가 없다는 말이네. 우리는 빈틈없이 무장을 할 거고 종말을 위한 시간이 오면 우리의 노력은 부족하지 않을 걸세. 자, 오늘은 우리의 모든 일을 정리하도록 하세. 우리에게 소중한 사람들, 그리고 우리에게 의존하는 사람들에게 전할 것들을 모두 챙겨 두도록 하게. 우리들 중 누구도 끝이 언제 어떻게 될지 알 수 없으니까. 나로서는, 내 일은 모두 정리가 되었으니까 더 할 일이 없네. 해서 나는 여행 떠날 채비나 하려네. 우리가 여행을 하는 데 필요한 표를 구하는 일은 내가 하지.」

더 이상 할 이야기가 없었으므로 우리는 헤어졌다. 이제 나는 지상에서의 내 모든 일들을 정리하고 무슨 일에든 대처할 준비를 할 것이다……

시간이 흐른 뒤

정리는 모두 끝났고, 내 마음은 정해졌고, 일도 모두 마무리되었다. 미나가 살아남는다면 내 유일한 상속인이 될 것이고, 그렇게 되지 않는다면 우리에게 그토록 친절했던 다른 사람들이 유산을 분배받게 될 것이다.

이제 일몰이 다가오고 있다. 미나가 불안해하는 것에 마음이 쓰인다. 나는 미나의 마음속에 정확히 해 지는 시간에 드러날 어떤 것이 있다고 확신한다. 이러한 경우는 우리 모두에게 괴로운 시간이 되고 있다. 해가 뜨고 질 때마다 어떤 새로운 위험 비록 하느님의 뜻이 좋은 결말을 보려는 데 있다 하더라도 어떤 새로운 고통이 떠오르기 때문이다. 이 모든 것들을 아내에게 지금 이야기할 수는 없다. 그래서 나는 그것들을 일기에 적고 있다. 그러나 언젠가는 아내가 이것을 볼 수 있는 날이 올 것이고, 그러면 지금의 내 마음을 모두 알게 될 것이다.

아내가 나를 부르고 있다.

25

수어드 박사의 일기

10월 11일, 저녁

이것은 조너선 하커가 내게 대신 기록해 달라고 한 부분이다. 자기로서는 이런 일을 제대로 할 수 없지만 그렇더라도 정확한 기록을 남기고 싶다는 것이었다.

해가 지기 조금 전 하커 부인을 보러 가자는 말이 나왔을 때, 우리는 모두 그것을 당연한 것으로 받아들였던 것 같다. 근래에 들어서 일몰과 일출 무렵이 그녀에게 특별히 자유로운 시간이라는 것, 즉 그녀를 억제하거나 구속하거나 또는 행동을 유발시키는 어떤 힘의 지배도 받지 않고 그녀의 옛 본성이 발현될 수 있는 시간이라는 것을 깨닫게 된 것이다. 그러한 기분 또는 상태는 일출이나 일몰 30분쯤 전에 시작되어 해가 떠오를 때까지, 또는 구름들이 지평선 위에서 감도는 햇살을 받아 붉게 빛나는 동안 지속된다. 처음에는 마치 어떤 매듭이 헐거워진 것처럼 들썽들썽거리는 상태가 생겨났다가 곧 이어서 완전히 자유로운 상태가 뒤따른다. 그러나 자유 상태가 끝나 간다는 것을 알리는 침묵이 잠시 흐르고 나면 곧 이전의 상태로 되돌아가거나 또는 더욱 악화된다.

오늘 밤 우리가 모였을 때, 부인은 어딘지 모르게 부자연스러웠고 내면적인 갈등의 모든 징후들을 보이고 있었다. 되도록 이른 순간에 일을 해내려고 격렬한 노력을 들인 때문이라는 생각이 들었다. 그러나 잠시 뒤에 부인은 자제력을 완전히 회복하고서 남편에게 자기가 반쯤 기대 앉아 있는 소파의 옆자리로 와서 앉으라고 손짓을 하더니, 나머지 사람들에게도 의자를 가까이 당겨 앉으라고 했다. 남편의 손을 잡아 쥐면서 그녀가 입을 열었다.

「우리는 자유로운 상태에서 어쩌면 마지막으로 여기에 함께 있는 거예요. 난 알아요, 여보, 당신이 언제까지라도 나와 함께하리라는 걸.」하커 부인이 손을 꼭 잡아 쥐고 있던 남편에게 그 말을 하고 나서 우리를 돌아다보았다. 「아침이 되면 우리는 일을 시작할 거고 우리 앞에 무엇이 놓여 있을지는 하느님만이 알고 계세요. 여러분들은 참으로 친절하게도 나를 데려가 주신다고 했어요. 저는 여기 계신 용감하고 정직한 남자분들 모두가 영혼을 잃어버린 — 아니, 아니, 아직은 아니지만 어쨌든 영혼을 잃어버릴 위험에 있는 — 불쌍하고 나약한 여인에게 무엇을 해줄 수 있는지 다 알고 있어요. 하지만 여러분들은 제가 여러분들과 같지 않다는 것을 기억하셔야 돼요. 제 피와 영혼에는 저를 파멸시킬지도 모르는, 우리에게 어떤 구원이 없다면 저를 틀림없이 파멸시킬 독이 들어 있어요. 오오, 여러분들은 제 영혼이 위험에 처해 있다는 것을 저만큼이나 잘 알고 계세요. 그리고 저는 그 위험에서 벗어날 수 있는 길이 있다는 것을 알고 있지만, 여러분도 저도 그 길을 택해서는 안 돼요.」그녀가 애원하는 눈길로 남편을 시작으로 우리를 차례차례 바라보다가 다시 남편에게 눈길을 돌렸다.

「그 길이 뭡니까?」판 헬싱이 목쉰 소리로 물었다. 「우리가 택할 수도 없고 택해서는 안 되는 길이 뭡니까?」

「그건 제게 더 큰 악이 완전히 들어서기 전에 제 손으로나 다른 사람의 손으로 죽는 거예요. 일단 제가 죽고 나면 여러분들이 가엾은 루시에게 그랬던 것처럼, 제 죽지 않은 영혼을 자유롭게 풀어 줄 수 있다는 것을 저도 알고 여러분들도 알고 계세요. 죽음이나 죽음에 대한 두려움이 우리의 길을 가로막는 유일한 것이라면 지금 당장, 저를 사랑하는 여러분들이 보는 앞에서 죽는다 해도 여한이 없을 거예요. 하지만 죽음이 전부는 아니에요. 저는 우리 앞에 희망과 겪어야 할 시련이 있는 그런 경우에 죽는 것이 하느님의 뜻이라고는 믿을 수가 없어요. 그래서 저는 차라리 여기에서 누릴 수 있는 영원한 안식의 기회를 포기하고 이승이건 저승이건 가장 음험한 것이 숨어 있는 어둠 속으로 들어가겠어요.」 우리 모두는 본능적으로 그것이 서두에 불과하다는 것을 알고서 조용히 기다렸다. 다른 사람들의 얼굴은 굳어졌고 하커의 얼굴은 잿빛이 되었는데 아마도 그는 우리들 중 누구보다도 무슨 말이 나올지를 더 잘 짐작했을 것이다. 그녀가 말을 이었다.

「그게 제가 재산 병합[59]에 내 줄 수 있는 몫이에요.」 나는 그녀가 그런 장면에서, 그것도 아주 심각하게 기묘한 법률 용어를 사용한 것에 주목하지 않을 수가 없었다. 「여러분들은 제게 무엇을 주시겠어요? 여러분들의 목숨이겠지요.」 그녀가 재빨리 말을 이었다. 「그건 용감한 남자분들에게는 쉬운 일이에요. 여러분들의 삶은 하느님의 것이고 여러분은 그것을 하느님께 돌려 드릴 수가 있으니까요. 하지만 제게는 무엇을 주시겠어요?」 그녀가 묻는 듯한 눈길로 다시 우리를 바라보았지만 이번에는 자기 남편의 얼굴을 피했다. 퀸시는 알아차린 것 같았다. 그가 고개를 끄덕이자 그녀의 얼굴이 환해졌다. 「그렇다면 제가 뭘 원하는지 분명히 말씀드리겠어요. 우리들 사이에 이 문제와 관련해서 한 점의 의심이라도 있어서는 안 되니까요. 여러분들은 제게 하나같이 모두 — 그리고 당신, 제가 사랑하는 남편까지도 — 때가 되면 저를 죽여 주겠다고 약속하셔야 돼요.」

59 영국의 법률 용어로, 상속인들 사이에 균등한 재산 배분이 이루어지도록 재산을 공동의 몫으로 합치는 것을 말함.

「그때가 언젭니까?」 그 질문은 퀸시에게서 나왔지만 나지막하고 긴장된 목소리였다.

「여러분들이 제가 너무도 변해서 사는 것보다 차라리 죽는 편이 낫다고 믿게 될 때요. 제 육신이 그렇게 죽으면 여러분들은 잠시도 지체하지 말고 제 몸에 말뚝을 박고 머리를 자르세요. 제게 안식을 주고 싶다면 그보다 더한 일을 하셔도 돼요.」

퀸시가 맨 먼저 침묵을 깨고 일어섰다. 그러고는 그녀 앞에서 무릎을 꿇고 앉아 그녀의 손을 잡으면서 엄숙하게 말했다.

「저는 그런 고매한 생각을 품을 수 없이 살아 온 일개 무뢰한에 불과합니다만, 제 명예를 걸고 진심으로 그 시간이 온다면 부인이 우리에게 부여한 임무를 회피하지 않겠다고 맹세합니다. 그리고 또 분명히 그렇게 하겠다고, 지금으로서는 의심스럽더라도 그때가 오면 의심을 거두어 버리겠다고 약속하겠습니다.」

「나의 진정한 친구시여!」 그녀가 눈물이 글썽해진 눈으로 몸을 굽혀 그의 손에 입 맞추면서 할 수 있었던 말은 그것이 전부였다.

「나도 똑같이 맹세합니다. 소중한 미나 여사.」 판 헬싱 선생이 말했다.

「저도요.」 고덜밍 경이 말했다. 모두 차례차례로 그녀 앞에 무릎을 꿇고 맹세했다. 나 역시 그들의 예를 따랐다. 다음에 그녀의 남편이 눈처럼 흰 백발을 무색케 하는 창백한 안색에 생기 없는 눈으로 그녀를 돌아다보고 물었다.

「그런데 나도 그런 약속을 해야 되는 거요, 여보?」

「당신도 해야 돼요.」 목소리와 눈빛에 이루 말할 수 없는 연민과 동정을 담고 부인이 말했다. 「주저하면 안 돼요. 당신은 이 세상에서 내게 가장 가깝고 소중한 분이니까요. 우리의 영혼은 평생 동안, 그리고 이후로도 계속 하나로 묶여 있을 거예요. 용감한 사내들이 그들의 아내와 집안 여자 들을 적의 손에 넘기지 않으려고 죽였던 때가 있었다는 걸 생각하세요, 여보. 그들의 손은 사랑하는 사람들이 죽여 달라고 애원을 했기 때문에 더 이상 떨리지 않았어요. 그처럼 극심한 시련의 시기에는 그러는 것이 사랑하는 사람들에 대한 남자들의 의무였어요. 그러니 여보, 내가 누군가의 손에 죽음을 맞아야 한다면 그것이 가장 사랑하는 남자의 손이 되게 해주세요. 판 헬싱 박사님, 루시의 사건 때도 박사님께서는, 루시를 사랑했던 이가……」 부인은 얼굴을 붉히면서 멈칫했다가 말을 바꾸었다. 「가장 온당한 권리를 가진 이가, 루시에게 평화를 줄 수 있도록 자비를 베푸셨지요. 만약 그런 시간이 다시 온다면, 평생 동안 제게 씌워진 무시무시한 덫에서 저를 풀어 준 것이 남편의 사랑 담긴 손이었다는 즐거운 기억을 갖게 해달라고 부탁드리겠어요.」

「또다시 맹세하겠습니다!」 선생이 결연한 목소리로 말했다. 하커 부인이 미소를 지으면서 안도의 한숨을 내쉬고는 다시 기대 앉으며 말했다.

「이제 여러분들이 절대로 잊어서는 안 될 것이 있어요. 만일 그 시간이 온다면, 빨리 예기치 못하게 왔으면 좋겠지만요, 그럴 경우에는 잠시도 지체하지 않고 그 일을 결행해야 돼요. 그때가 되면 저 자신은 아마도 ─ 그래요! 그 시간이 오면 저는 ─ 여러분의 적과 손을 잡고 여러분에게 맞설 거예요.」

「한 가지 청이 더 있어요.」 그 말을 하면서 부인은 몹시 엄숙해졌다. 「이것은 다른 것들처럼 지극히 중요하거나 꼭 필요한 것은 아니지만 여러분들이 괜찮으시다면 저를 위해 이 한 가지를 해주셨으면 해요.」 우리는 모두 그 말에 수긍했지만 아무도 입을 열지는 않았다. 입을 열 필요는 없었다.

「제게 장례식 때의 기도문을 읽어 주셨으면 해요.」 그녀의 남편에게서 무의식중에 흘러나온 신음 소리에 그녀가 말을 멈췄다가 남편의 손을 잡아 자기의 가슴에 대고 말을 이었다. 「언젠가는 여러분들이 저의 관 위에서 그것을 읽어 주셔야 할 테니까요. 이 모든 무시무시한 사태가 어떻게 끝나건 간에, 그러는 것이 우리 모두에게나 아니면 몇 사람에게 즐거운 추억이 될 거예요. 나는 내게 누구보다도 더 소중한 당신이 그걸 읽어 주었으면 해요. 그러면 내 기억 속에 당신의 목소리가 언제까지고 있을 테니까요 — 무슨 일이 있더라도.」

「하지만 오오, 여보.」 그가 애원했다. 「죽음은 아직 당신에게서 멀리 떨어져 있소.」

「아니에요.」 그녀가 타이르듯 손을 들어 올리고 말했다. 「지금 이 순간 이승의 무덤이 아무리 무겁게 내 몸 위로 덮인다 할지라도 저는 그보다 더 깊은 죽음에 빠져 있어요.」

「오오, 여보, 내가 그걸 꼭 읽어야 하겠소?」 그녀가 다시 말을 잇기 전에 그가 물었다.

「내게는 그게 위안이 될 거예요, 여보.」 그녀가 한 말은 그것뿐이었다. 그녀가 책을 펼쳐 주자 그가 읽기 시작했다.

내가 — 아니, 누구라도 — 어떻게 엄숙하고 음울하고 슬프고 두렵고 아름다운 그 이상한 장면을 말로 표현할 수 있겠는가? 성스럽거나 가슴이 뭉클해지는 일에 담긴 가슴 아린 진실을 우스꽝스러운 일로밖에 보지 못하는 회의론자라도, 비탄에 잠겨 슬퍼하는 부인 주위에 무릎을 꿇고 있는 충실하고 헌신적인 일단의 친구들을 보았거나, 그녀의 남편이 그 짤막하고 아름다운 장례식 때의 기도문을 읽는 동안 감정에 북받쳐 자주자주 멈출 수밖에 없었던, 다정하면서도 그처럼 고통스럽게 갈라진 목소리를 들었더라면 가슴이 녹아 내렸을 것이다. 나…… 나는 이제 더 이상…… 말을 이어 갈…… 수가…… 없다!

그녀의 직감이 옳았다. 그 순간에 깊은 감명을 받았던 우리에게조차 이상스럽게 느껴졌고, 앞으로도 그렇게 생각될 그 일이 우리에게 많은 위안을 주었다. 그리고 하커 부인이 자유로운 정신으로부터 퇴행한다는 것을 보여 주는 침묵도 우리 모두가 걱정했던 것처럼 그렇게 절망에 찬 것처럼 보이지는 않았다.

조너선 하커의 일기

10월 15일, 바르나

우리는 12일 아침에 채링 크로스를 떠나 그날 밤 파리에 도착했고 오리엔트 특급 열차에 예약해 두었던 자리를 잡았다. 그리고 밤낮으로 여행을 해서 이곳에는 5시경에 도착했다. 고딜밍 경이 영사관으로 가서 자기에게 온 전보가 있는지를 알아보는 동안 나머지 사람들은 이 호텔 〈오데수스〉로 왔다. 여행 중에 이런저런 사건이 있었겠지만, 나는 앞으로 할 일에 마음이 급해서 그런 일에는 관심이 가지 않았다. 〈예카테리나 황제〉호가 이곳의 항구로 들어올 때까지는 이 넓은 세상에서 내게 관심이 가는 것이라고는 아무것도 없을 것이다. 참으로 다행스럽게도 미나는 건강하고 점점 더 건강해지는 것처럼 보인다. 그리고 안색도 되돌아왔다. 아내는 잠을 많이 잔다. 여행하는 동안에도 내내 잤다. 그러나 해가 뜨거나 지기 전에는 정신이 아주 맑았는데, 그래서 판 헬싱 박사는 습관처럼 그런 시간이면 아내에게 최면을 걸곤 했다. 처음엔 얼마쯤 노력이 필요해서, 그가 여러 번 손을 움직여야 했지만 이제 아내는 마치 습관이 들어 당장 최면에 걸리는 듯, 거의 아무 동작도 필요치 않다. 박사에게는 그런 특별한 순간에 생각을 단순화시키는 능력이 있는 것 같고 아내의 생각은 그에게 복종한다. 그는 언제나 아내가 무엇을 보고 들을 수 있는지 묻는다. 아내는 처음엔 이렇게 대답한다.

「아무것도요. 사방이 어두워요.」 그런 다음에는 ——

「배를 때리는 파도 소리와 물이 몰려가는 소리가 들려요. 돛과 밧줄이 당겨져 있고 돛대와 갑판이 삐걱거려요. 바람이 거세서 —— 돛대 밧줄이 윙윙거리는 소리가 들리고 뱃머리가 물거품을 헤치고 있어요.」 〈예카테리나 황제〉호가 아직 바다에서 바르나를 향해 급히 가고 있는 것이 분명했다. 고딜밍 경이 이제 막 돌아왔다. 그는 네 통의 전보를 받았는데 우리가 떠난 뒤로 날마다 보낸 것이었고 모두가 같은 내용, 즉 로이드 해양 보험 협회에서는 어느 곳에서부터도 〈예카테리나 황제〉호의 보고를 받지 못했다는 것이었다. 그는 런던을 떠나기에 앞서 그의 대리인에게 매일같이 전보를 쳐서 그 배로부터 보고가 있었는지를 알려 달라고 손을 써 두었는데, 만일 배에서 보고가 없더라도 전갈을 받기로 했고, 그렇게 해서 전보선이 닿는 저쪽 끝에도 감시인을 하나 계속 둘 수가 있었다.

우리는 저녁 식사를 하고 일찍 잠자리에 들었다. 내일 우리는 부영사(副領事)를 만날 것이고 할 수만 있다면 그 배가 도착하는 대로 승선할 수 있도록 조치를 취할 것이다. 판 헬싱의 말로는 일출과 일몰 사이에 우리가 배에 오를 수 있는 기회가 올 것이라고 했다. 백작이 제아무리 박쥐의 형체를 띠고 있더라도 그 자신의 힘으로는 바다를 건널 수 없을 것이고, 따라서 인간의 모습으로 변하지 못하는 이상 — 분명히 그러지 않으려고 할 것이다 — 그자는 관 속에 남아 있을 수밖에 없다. 그렇다면 우리는 해가 뜬 뒤에 승선할 수 있고 그자는 우리의 손에 달려 있다. 우리는 가엾은 루시에게 그랬던 것처럼, 그자가 잠을 깨기 전에 관을 열고 확인할 수 있기 때문이다. 그자가 우리에게서 얻을 수 있는 자비는 그리 많지 않을 것이다. 우리의 생각으로는 관리들이나 뱃사람과 별문제가 생기지는 않을 것 같다. 참으로 다행스럽게도 이곳은 뇌물이 통하는 나라이고 우리는 돈이라면 충분히 가지고 있다. 우리는 다만 그 배가 야음을 틈타서 우리가 모르게 항구로 들어오지 못하도록만 — 그 일은 뇌물을 받은 법관이 해결해 줄 것이다 — 하면 되고, 그러면 안전할 것이다.

10월 16일

미나의 말은 여전히 똑같다. 철썩이는 파도, 갈라지는 물살, 어둠과 거센 바람. 우리에게 시간은 충분하고 〈예카테리나 황제〉호의 소식을 들을 때쯤에는 준비가 되어 있을 것이다. 그자는 틀림없이 다르다넬스 해협을 지날 것이므로 우리는 분명히 어떤 보고를 받게 될 것이다.

10월 17일

내 생각으로는 이제 여행에서 돌아오는 백작을 맞기 위한 모든 준비가 썩 잘 되어 있는 것 같다. 고덜밍은 선박 회사 사람들에게 외국에서 실려 오는 상자에 자기의 친구가 도둑맞은 어떤 물건이 들어 있는 것 같다는 말을 꾸며댔고 자기의 책임하에 그 상자를 열어 보겠다는 데에 대해서도 반승낙을 얻어냈다. 선주는 그에게 그가 배에서 무슨 일을 하건 모든 편의를 제공하라고 선장에게 지시하는 서류를 보내 주었고 바르나에 있는 그의 대리인에게도 비슷한 권한을 부여했다. 우리는 그 대리인을 만나 보았는데, 그는 고덜밍의 친절한 태도에 매우 감동했고 우리 모두는 그가 우리의 바람이 이루어지도록 도와줄 수 있는 모든 일들에 만족했다. 우리는 상자가 열릴 경우에 무슨 일을 할 것인지 정해 두었다. 만일 백작이 그 안에 있다면 판 헬싱과 수어드가 당장에 그의 머리를 자르고 심장에 말뚝을 박아 넣을 것이다. 모리스와 고덜밍, 그리고 나는 준비해 간 무기들을 쓰는 한이 있더라도 다른 사람들의 간섭을 막을 것이다. 선생의 말로는 우리가 백작의 몸뚱이를 그런 식으로 다루게 된다면 그것은 곧 먼지로 변할 것이라고 했다. 그렇게만 된다면 살인에 대한 의혹이 일더라도 우리에게는 어떤 불리한 증거도 없을 것이다. 하지만 그렇지 않다면 우리는 그 행위로 운명을 같이해야 할 것이며, 어쩌면 어느 날엔가는 바로 이 일기가 우리들 중 몇 사람이 교수형을 당하게 될 증거가 될 수 있다. 하지만 나로서는 일이 그렇게 되더라도 그 기회를 다만 감사히 받아들일 뿐이며 우리의 목적을 수행하기 위해서는 무슨 짓이건 다 할 작정이다. 우리는 〈예카테리나 황제〉호가 눈에 들어오는 즉시 특별 전령을 우리에게 보내 알려 주도록 손을 써두었다.

10월 24일

한 주일 내내 고덜밍은 매일같이 전보를 받았지만 똑같은 내용일 뿐이다. 〈아직 보고 없음.〉 미나가 아침저녁으로 최면 상태에서 하는 대답도 변함없다.

철썩이는 파도, 갈라지는 물살, 그리고 삐걱거리는 돛대들.

런던 로이드 해양 보험 협회의 루퍼스 스미스가
고덜밍 경에게 보내는 전보
(바르나 부영사 H.B.M. 전교[轉交])

10월 24일
금일 아침 다르다넬스 해협으로부터 〈예카테리나 황제〉호의 보고 있었음.

수어드 박사의 일기

10월 25일
내 축음기가 얼마나 아쉬운지! 펜으로 일기를 쓰기란 지겹기 그지없다. 그러나 판 헬싱 선생은 그래야만 한다고 한다. 고덜밍이 로이드 협회로부터 전보를 받은 어제, 우리는 모두 들떠서 제정신이 아니었다. 나는 이제 전쟁터에서 작전을 개시하라는 명령을 받았을 때의 기분이 어떤지를 알 것 같다. 우리들 중에서 하커 부인 하나만이 아무런 감정도 내보이지 않았다. 하지만 그것이 이상할 것은 없다. 왜냐하면 우리는 그녀가 거기에 대해서 아무것도 알지 못하도록 특별한 주의를 기울였고 우리 모두 그녀가 함께 있을 때에는 조금이라도 흥분한 기색을 보이지 않으려고 애를 썼기 때문이다. 예전 같았으면 우리가 아무리 숨기려고 애를 쓰더라도 틀림없이 눈치챘겠지만, 지난 3주 동안 부인은 상당히 달라진 모습을 보이고 있다. 건강해 보이고 혈색이 좀 돌아오고 있다고는 해도 점점 더 심하게 잠에 빠져 드는 것이 마음에 걸렸다. 우리는 종종 그녀에 대한 이야기를 하지만 다른 사람들에게는 한마디도 하지 않았다. 만일 우리가 그 문제에 대해서, 하다못해 의심이라도 했다는 것을 하커가 알게 된다면 그 불쌍한 친구의 가슴이 — 그리고 틀림없이 신경도 — 갈가리 찢어질 것이었다. 판 헬싱 선생은 그녀가 최면에 걸린 동안 그녀의 이빨을 아주 주의 깊게 관찰한다고 했는데, 그이의 말로는 이빨이 날카로워지기 시작하지 않는 한 그녀에게서 변화가 생겨날 분명한 위험은 없다는 것이었다. 하지만 그런 변화가 생기면 조치를 취해야 할 필요가 생길 것이다! ……우리는 서로에게 말을 하지는 않았지만, 그 조치가 어떤 것일지를 알고 있다. 하지만 우리 둘 모두 그 일을 — 생각만 해도 끔찍할지언정 — 피해서는 안 된다. 〈안락사〉, 그것이 훌륭하고도 위로가 되는 말이다. 나는 그 말을 고안해 낸 사람이 누구건 그에게 감사한다.

〈예카테리나 황제〉호가 런던으로부터 항해해 온 속도대로라면 다르다넬스로부터 여기에 이르는 데는 24시간밖에 걸리지 않는다. 따라서 그 배는 오전 중의 어느 시간에 도착할 것이겠지만 그 이전에는 아마도 도착할 수 없을 것이다. 우리 모두는 일찍 잠자리에 들었다가 준비를 할 수 있도록 새벽 1시에 일어나기로 했다.

10월 25일, 정오

아직까지도 배가 도착했다는 소식이 없다. 오늘 아침 하커 부인이 최면 상태에서 한 이야기가 여느 때나 같은 것으로 보아 우리는 어느 때라도 배가 들어왔다는 소식에 접할 수가 있을 것이다. 침착한 태도를 보이는 하커 하나만 제외하고는 남자들 모두가 흥분해서 안달이 나 있다. 그의 손은 얼음처럼 차가운데, 나는 반 시간쯤 전에 그가 늘 가지고 다니던 커다란 칼의 날을 가는 것을 보았다. 백작으로서는 얼음처럼 차갑고 사정없는 손으로 내리쳐진 그 쿠크리 칼날이 목에 닿는다면 전도가 몹시 좋지 못할 것이다.

판 헬싱 선생과 나는 오늘 하커 부인에게 별 주의를 하지 않았다. 정오쯤 부

인은 우리가 못마땅해하는 일종의 무기력 증세에 빠졌는데, 다른 사람들에게 이야기를 하지는 않았지만, 그것이 마음에 걸렸다. 부인은 아침 내내 불안해했고, 그래서 잠이 들었다는 것을 알게 되자 가장 기뻐한 사람들은 우리들이었다. 하지만 그녀의 남편이 무심결에 그녀가 너무도 깊이 잠들어서 깨울 수가 없다는 말을 흘리자 우리는 직접 살펴보려고 그녀의 방으로 갔다. 그녀는 정상적으로 숨을 쉬고 있었고 너무도 평온해 보여서 우리는 그녀에겐 잠이 무엇보다도 더 낫다고 동의했다. 가엾은 여인, 그녀에게는 잊을 것이 너무도 많았으므로 그처럼 잠을 자는 것도 놀라운 일은 아니었다. 만일 잠이 망각을 가져다준다면, 그녀에게 분명히 도움이 될 것이다.

시간이 흐른 뒤

우리의 생각은 옳았다. 몇 시간 동안의 잠에서 깨어나자 그녀는 요 며칠 동안 그랬던 것보다 더 밝고 즐거워 보였다 해 질 녘에 그녀는 최면 상태에서 이제까지 늘 하던 말을 했다. 백작이 흑해 어디에 있건 그는 서둘러 목적지로 오고 있다. 그가 죽을 곳으로! 나는 그렇게 믿는다.

10월 26일

하루가 또 지났지만 〈예카테리나 황제〉호의 소식은 없다. 지금쯤은 이곳으로 와 있어야 하는데도. 그 배가 아직 어딘가를 항해하고 있다는 것은 하커 부인이 동틀 녘에 최면 상태에서 한 말이 전과 같은 것으로 보아 분명하다. 어쩌면 그 배는 안개 때문에 정박을 하고 있는지도 모른다. 어제저녁에 들어온 몇척의 기선들이 항구 북쪽과 남쪽에 모두 안개가 깔려 있다는 보고를 했으니까. 이제 그 배가 어느 순간에 신호를 보낼지 모르므로 우리는 계속 지켜보아야 한다.

10월 27일, 정오

참으로 이상한 일이다. 아직까지도 우리가 기다리는 배의 소식은 없다. 하커 부인은 어젯밤과 오늘 아침에도 같은 말만 했다. 〈철썩이는 파도와 갈라지는 물살〉, 다만 그녀가 〈파도가 아주 약해요〉라는 말을 덧붙이기는 했다. 런던에서 보내 온 전보들도 내내 똑같다. 〈더 이상의 보고 없음.〉 판 헬싱 선생은 못 견디게 초조해져서 방금 전 내게 백작이 우리에게서 도망친 거나 아닌지 모르겠다는 말을 했다. 그러고는 의미심장하게 덧붙였다.

「미나 여사가 자꾸 잠에 빠져 드는 게 마음에 걸려. 혼수상태에서는 영혼과 기억에 이상이 생길 수 있거든.」 그이에게 좀 더 물어보려던 참인데, 마침 하커가 들어오는 바람에 이야기가 끊겼다. 우리는 오늘 저녁 해 질 녘에 그녀가 최면 상태에서 좀 더 분명한 말을 하도록 노력해야 한다.

런던의 루퍼스 스미스가 고덜밍 경에게 보내는 전보

(바르나 부영사 H.B.M. 전교)

10월 28일

〈예카테리나 황제〉호가 오늘 1시 갈라츠에 입항했다고 보고되었음.

수어드 박사의 일기

10월 28일

그 배가 갈라츠에 입항했다는 것을 알리는 전보가 왔을 때 우리들 중 누구도 생각보다 그렇게 충격을 받았던 것 같지는 않다. 사실, 우리는 어디서 어떻게 언제 벼락이 떨어질지 알지 못했지만, 우리 모두 뭔가 뜻하지 않은 일이 벌어질 것이라는 예상은 하고 있었던 듯싶다. 바르나로의 입항이 지연되자 우리들 각자는 일이 예상했던 대로 되지 않으리라는 것을 알아차리고서 변화가 어디에서 생겨날 것인지 알게 되기만을 기다렸던 게 사실이다. 그렇긴 해도 배가 갈라츠에 입항했다는 것은 놀라운 일임에 틀림없었다. 나는 그동안 일이 너무도 술술 풀리는 바람에 그 일이 어떻게 될 것인지를 알아보려고 하는 대신, 내심 불안해하면서도 그저 잘되겠거니 하고 믿었던 게 아닐까 싶다. 앞일을 내다보는 것이 천사에게는 당연하겠지만 우리 인간에게는 그저 부질없는 몽상일 뿐이다. 어쨌든 그것은 뜻밖의 일이었고, 우리 모두는 그것을 제각기 다르게 받아들였다. 판 헬싱 선생은 마치 하느님께 항의를 하듯, 한동안 머리 위로 손을 들어 올리고서 아무 말도 하지 않다가 결연한 표정으로 일어섰다. 고덜밍 경은 몹시 창백해져서 숨을 몰아쉬며 앉아 있었다. 나는 정신이 얼떨떨해서 놀란 눈으로 사람들을 하나하나 바라보았다. 퀸시 모리스는 재빨리 벨트 끈을 졸라매었는데 나는 그 동작의 의미를 너무도 잘 알고 있었다. 그것은 옛날 우리가 방랑하던 시절에, 행동을 개시하자는 뜻이었다. 하커 부인은 유령처럼 창백해져서 그녀의 이마에 난 흉터가 타오르는 것처럼 보였지만, 가만히 손을 모아 쥐고 하늘을 올려다보며 기도를 올렸다. 하커는 희망을 모두 잃어버린 사람처럼 어둡게 쓴웃음을 지으면서 행동으로 말을 대신했다. 그의 손이 본능적으로 커다란 쿠크리 칼의 손잡이를 움켜쥔 것이었다. 「갈라츠로 가는 다음 기차가 언제 있지?」 판 헬싱 선생이 누구에게랄 것도 없이 물었다.

「내일 아침 6시 30분요.」 그 대답이 하커 부인에게서 나온 바람에 우리 모두가 놀랐다.

「아니 도대체 어떻게 알고 있지요?」 아서가 물었다.

「잊으신 모양이군요. 조너선과 판 헬싱 박사님은 알고 계신데 당신은 모르셨군요. 저는 기차 시간이라면 훤해요. 엑서터에 있는 집에서 남편에게 도움이 될 수 있도록 늘 시간표를 짰었거든요. 저는 그것이 때때로 아주 쓸모 있다는 것을 알았고 그래서 지금은 언제나 시간표를 알아 놓고 있어요. 이번에도 우리가 드라큘라성으로 가려면 갈라츠를 지나가거나 아니면 부쿠레슈티를 통과해야 된다는 것을 알고서 시간표들을 눈여겨 익혀 둔 거고요. 불행히도 내일 떠나는 기차는 제가 얘기한 것 하나뿐이라서 알아둘 게 그리 많지 않았지만요.」

「훌륭한 여인이야!」 판 헬싱 선생이 중얼거렸다.

「특별 열차를 구할 수는 없을까요?」 고덜밍 경이 물었다. 선생이 고개를 저었다. 「안 될 것 같네. 이 나라는 자네 나라나 내 나라하고는 딴판이거든. 그리고 만일 우리가 특별 열차를 구하더라도 정규 열차만큼 빠르게 도착할 수 없을 테고. 다른 방도를 생각해 보세. 자, 이렇게 하지. 자네, 조너선은 그 배의 대리인을 찾아가서 갈라츠에 있는 대리인에게로 갈 편지와, 그 배를 여기에서나 마찬가지로 수색할 수 있는 허가증을 받아 오게. 퀸시 모리스, 자네는 부영사를 찾아가서 갈라츠에 있는 그의 동료에게 도움을 청하도록 하고. 우리가 다뉴브 강에서 시간을 허비하지 않도록 힘껏 손을 써달라고 해봐. 존과 미나 여사, 그리고 나는 남아서 앞일을 상의할 거네. 그렇게 해야 자네들이 늦어지더라도 여기에 내가 남아서 미나 여사의 말을 들을 수 있으니까. 해가 질 때는 아무런 문제도 없겠지.」

하커 부인이 밝게, 이제까지 보냈던 여러 날 중에서 어느 때보다도 더 원래의 그녀답게 말했다. 「그리고 저는, 어떻게든 도움이 되려고 노력하겠어요. 그리고 늘 그랬듯 박사님을 위해 생각하고 적어 두겠어요. 어떤 이상한 방법으로 뭔가가 제게서 떠났고, 그래서 저는 요즘 늘 그랬던 것보다 더 자유롭다는 느낌이에요.」 세 젊은이들은 그녀의 말뜻을 알아차리는 순간 더 행복해 보였지만 판 헬싱 선생과 나는 서로를 바라보며 신중하고 걱정스러운 눈길을 교환했다. 그러나 우리는 그 자리에서는 아무 말도 하지 않았다.

세 사람이 각자 맡은 일을 처리하러 나가자 판 헬싱 선생이 하커 부인에게 일기의 사본을 훑어보고 하커가 드라큘라성에서 쓴 부분을 찾아 달라고 부탁했다. 그녀가 일기장을 가지러 나가고 문이 닫히자마자 그가 내게 말했다.

「자네도 같은 생각이지? 털어놓게!」

「변화가 좀 있습니다. 어떤 희망이 저를 괴롭힙니다. 그게 우리를 속일 수도 있으니까요.」

「바로 그걸세. 내가 왜 부인에게 일기의 사본을 가져오라고 했는 줄 아나?」

「모르겠습니다. 저와 둘이서만 있을 기회를 만들려고 했다는 것 외에는요.」

「자네 말은 부분적으로 맞네, 존. 하지만 일부분만이야. 자네에게 하고 싶은 얘기가 좀 있네, 그런데 아, 이보게, 나는 엄청난 ─ 무시무시한 ─ 위험을 무릅쓰고 있어. 하지만 난 그게 옳다고 믿네. 미나 여사가 우리 두 사람 모두의 관심을 끄는 그 말을 했을 때 어떤 영감이 내게 떠올랐어. 요즘 며칠 동안의 최면에서 백작은 그녀에게 자기의 정신을 보내 그녀의 마음을 읽었네. 아니, 그보다는 그자가 일몰과 일출 시에 그녀의 마음이 자유롭게 되었을 때 배에 실린 관 속으로 자기를 보러 오라고 그녀를 불렀던 것이겠지. 그런 다음에는 우리가 여기에 있다는 걸 알게 되었을 테고. 그녀에게는 관 속에 갇혀 있는 그자와는 달리 볼 눈과 들을 귀가 있어서 주위에서 벌어지는 일들을 더 잘 알고 있으니까. 이제 그자는 우리를 피하려고 최대한 애를 쓰고 있어. 당분간 그자는 미나 여사를 원치 않을 걸세.

그자는 자기에게 아주 큰 힘이 있어서 미나 여사가 자기의 부름에 올 것이라고 확신하지만 그녀와의 연결을 끊어 버렸어. 되도록 그녀가 자기에게로 오지 못하게 하려는 거지. 아, 그래도 나는 희망을 가지고 있네. 그처럼 오랫동안 성숙해 왔고 하느님의 은총을 잃지 않은 우리 인간들의 두뇌가, 무덤 속에서 수 세기를 누워 있던, 아직 우리의 뇌만큼 자라지 못한, 그래서 이기적인 일만 할 뿐이고 왜소한 그자의 어린아이 같은 두뇌보다 더 우월하리라고 믿고 있다네. 곧 미나 여사가 올 걸세. 그녀에게는 최면 중에 했던 말을 한마디도 흘리지 말게. 그녀는 아직 모르고 있으니까. 만일 알게 된다면 우리가 그녀의 모든 희망과 모든 용기를 필요로 하게 될 때 당황하고 실망하게 될 거야. 남자의 두뇌처럼 훈련된 그러나 여자의 상냥함과 백작이 완전히 거두어 갈 수도 없고 또 거두어 가려고도 하지 않는 특별한 능력을 지닌 그녀의 훌륭한 뇌를 모두 필요로 할 때 당황하고 절망하게 될 거란 말이네. 쉿, 자, 얘기할 테니 잘 듣게. 이보게, 존, 우리는 지금 엄청난 곤경에 처해 있네. 전에는 두려움이란 전혀 몰랐던 나로서도 두려워. 우리는 다만 선하신 하느님을 믿을 수 있을 뿐이야. 조용히! 그녀가 오고 있어!」

나는 선생이 루시의 죽음을 맞았을 때 그랬던 것처럼 히스테리를 일으킬 것이라고 생각했지만 그는 엄청난 노력으로 자제를 하고서 하커 부인이 괴로움을 잊은 듯 밝고 즐거운 표정으로 경쾌하게 방으로 들어왔을 때에는 완벽하게 평정을 유지하고 있었다. 그녀가 방 안으로 들어서서 판 헬싱 선생에게 몇 장의 타자한 종이를 건네주었다. 그가 심각하게 그것들을 훑어보는 사이 차츰차츰 그의 얼굴이 밝아졌다. 다음에 그가 엄지와 검지로 그 종잇장들을 들고 말했다.

「이보게, 존, 여기에 이미 그처럼 많은 경험을 한 자네와 젊은 미나 여사에게 한 가지 교훈이 있네. 생각하기를 두려워하지 말게. 내 머릿속에서 알 듯 말 듯 한 생각이 붕붕거리고 있었지만 그 생각의 날개를 풀어 주기가 겁이 나네. 그래서 이제 좀 더 많은 지식을 가지고 나는 그 희미한 생각이 오는 곳으로 돌아가서 그것이 전혀 알 듯 말 듯 한 생각이 아니라 아직 어려서 조그만 날개를 제대로 쓸 수 없기는 해도 완전한 생각이라는 것을 알아냈지. 아니, 내 친구 한스 안데르센의 미운 오리 새끼처럼, 그것은 오리 같은 생각이 아니라 날개를 시험할 때가 되면 커다란 날개로 우아하게 나는 커다란 백조 같은 생각일세.

자, 보게나. 내가 조녀선이 써두었던 것을 읽을 테니까.

〈튀르크인들을 쳐부순 그 영웅의 한 후손은 선업을 이어받아, 군대를 이끌고 다뉴브강을 건너 튀르크 땅으로 거듭거듭 쳐들어갔소. 그는 번번이 격퇴를 당했소. 병사들이 추풍낙엽처럼 쓰러져 유혈이 낭자한 전쟁터에서 그 사람 혼자 돌아오기가 일쑤였소. 그래도 그는 궁극적으로 자기야말로 승리할 수 있다고 믿었기 때문에, 가고, 다시 가고, 또 갔소.〉

이것이 무슨 뜻이겠나? 대단치 않다고? 천만에! 백작의 어린아이 같은 생각은 아무것도 보질 못해. 그래서 그처럼 자유롭게 이야기를 하는 걸세. 자네의 어른다운 생각은 아무것도 보지 못하고, 내 어른다운 생각 또한 아무것도 보지 못해, 지금까지는 그랬네. 하지만, 무슨 뜻인지도 모르고 아무 생각 없이 지껄이는 어떤 사람의 말속에는 또 다른 뜻이 담겨 있네. 폭풍우가 대기 중에 감춰져 있는 것처럼 말일세. 자연의 섭리를 따라 제 갈 길로 가서 때가 되면 터져나오지. 그러면 하늘이 크게 갈라지면서, 누군가를 눈멀게 하고 죽이고 파멸시키는 번갯불이 번쩍이고, 땅의 모든 것들이 사방에서 모습을 드러내겠지. 그렇지 않은가? 자, 내 설명하지. 우선 자네들은 범죄 철학을 공부한 적이 있나? 예, 아니요로만 대답해. 자네, 존은 예겠지, 그건 정신 이상과 관련된 학문이니까. 미나 여사는 아니겠지요? 죄악과 단 한 번밖에는 접하지 않았으니까요. 아직은 부인의 마음이 옳게 작용하고 a particulari ad universare(특수에서 보편까지) 논쟁을 하지 않습니다. 그런데 범죄자들에게는 이런 특성이 있네. 이 특성은 어느 국가 어느 시대를 막론하고 일정 불변해서 철학에 대해서는 아는 게 별로 없는 경찰들까지도 경험적으로 그걸 알게 되었지, 말하자면 돌팔이 의사와 같은 식으로. 범죄자는 언제나 한 가지 범죄에 뜻을 두는데, 이것이 바로 범죄를 하도록 예정된 것처럼 보이는, 그리고 다른 어떤 데에도 뜻이 없는 진정한 범죄자지. 한데 이 범죄자에게는 제대로 찬 성인의 뇌가 없네. 그는 영리하고 교활하고 지략이 풍부하지만 두뇌만큼은 어른으로 성장하지를 못했어. 그러니까 여러 면에서 어린아이의 뇌를 가지고 있지. 그런데 우리의 이 범죄자는 또한 범죄를 저지르도록 예정되어 있고 어린아이의 두뇌를 가지고 있어서, 그자가 했던 짓은 어린아이가 하는 짓이나 마찬가지야. 어린 새, 어린 물고기, 어린 짐승은 원칙으로 배우는 것이 아니라 경험으로 배우는데, 뭔가를 배우게 되면 다음에는 좀 더 해보자는 근거를 갖게 되지. 아르키메데스는 〈Dos pou sto(내가 서 있을 곳을 달라), 지렛대만 있으면 지구라도 움직여 보일 테니〉라고 말했어. 한번 해보는 것이 곧 지렛대이고 그것에 의해서 어린아이의 뇌는 어른의 뇌로 바뀌어 가지. 그리고 더 해볼 목적이 있을 때까지는 전에 했던 것과 같은 식으로 매번 같은 짓을 계속하거든. 오오, 부인, 나는 부인의 눈이 떠진 것을 알았고, 번갯불이 사방 천지를 드러내고 있다는 것을 압니다.」하커 부인이 주먹을 움켜쥐고 눈에서 빛을 발하기 시작했다. 선생이 이야기를 계속했다.

「자, 이제 얘기해 보시지요. 우리 무미건조한 두 과학자에게 부인의 그 밝은 눈으로 본 것을 얘기해 보세요.」미나 여사가 이야기를 시작하자 선생이 그녀의 손을 잡았다. 그의 검지손가락과 엄지손가락이 본능적으로 그리고 무의식적으로 그녀의 맥을 짚는 듯했다. 그러는 사이에 그녀가 말했다 ──

「백작은 범죄자고 범죄자의 전형이에요. 노르다우[60]와 롬브로소[61]도 그를 그렇게 분류할 거예요. 그리고 범죄자로서 그는 마음이 불완전하게 형성되어 있어요. 그래서 어려움에 처하면 습관에서 방책을 찾으려고 할 거예요. 그의 과거가 하나의 실마리가 되는데, 우리가 알고 있는, 그것도 그의 입으로 말해진 그 과거의 한 부분을 보면, 옛날에 그가 침략하려던 땅에서 물러나, 모리스 씨가 〈옹색한 곳〉이라고 말하곤 했던 자기 나라로 돌아갔을 때, 그자는 자기의

---

60 헝가리 태생의 독일 의사.
61 이탈리아의 법의학자.

뜻을 굽히지 않고 새로 해볼 준비를 했어요. 그는 다시 그의 일을 위해 체계를 더 잘 갖추게 되었고 이겼어요. 그래서 새로운 땅으로 침입하려고 런던으로 온 거예요. 하지만 그는 졌고 성공하리라는 모든 희망이 사라져서 그 자신의 존재가 위험에 처하자 급히 바다를 건너 자기 나라로 도망쳤어요. 그가 튀르크 땅에서 급히 다뉴브강을 건너 돌아갔듯이요.」

「좋아요, 좋아요! 참으로 현명한 부인이시군요!」 판 헬싱 선생이 몸을 굽혀 그녀의 손에 입 맞추면서 칭찬했다. 판 헬싱 선생이 마치 환자의 용태를 상의하고 있기라도 하듯 침착한 목소리로 내게 말했다.

「그자가 우리의 추적을 벗어난 것은 72시간밖에 안 됐네. 그리고 부인의 상태가 말해 주듯 심하게 동요를 일으키고 있어. 나는 희망을 가지고 있네.」 그이가 다시 그녀를 돌아다보면서 잔뜩 기대를 품고 말했다.

「자, 계속하세요. 계속하세요! 더 말하고 싶은 것이 있을 겁니다. 두려워할 것 없습니다. 존과 나는 알고 있어요. 나는 어떻게든 알고 있고 만일 부인 말이 옳다면 얘길 하겠습니다. 말씀하세요, 두려워하지 말고!」

「노력해 보겠습니다. 하지만 제가 이기적으로 보이더라도 용서하세요.」

「물론입니다! 두려워하지 마세요. 부인은 부인 생각만 하셔야 합니다. 우리도 부인 생각만 하고 있으니까요.」

「계속 말씀드릴게요. 그는 범죄자인 만큼 제멋대로예요. 또 그의 지력은 작고 보잘것없고 그의 행동은 이기심에 바탕을 두고 있어요. 그는 자신을 한 가지 목적에 제한시켜요. 그 목적에는 후회가 없지요. 그가 자기의 부하들이 토막토막 잘리도록 남겨 두고 다뉴브강을 건너 급히 돌아갔을 때처럼, 지금도 그는 다른 어떤 것에도 상관 않고 안전하기만을 바라고 있어요. 그래서 그 자신의 이기심이 제 영혼을, 그가 그 무시무시한 밤에 내게서 얻었던 그 엄청난 힘으로부터 얼마쯤은 풀어 주고 있어요. 저는 그걸 느꼈어요! 오, 전 그걸 느꼈어요! 하느님, 그토록 큰 자비를 베풀어 주셔서 감사합니다. 제 영혼은 그 소름

574

끼치는 시간 이후로 어느 때보다도 더 자유로워요. 그리고 저를 괴롭히는 것은 최면에 걸렸을 때나 꿈에 그자가 제 지식을 자기의 목적을 위해 이용하지나 않을까 하는 두려움뿐이에요.」 선생이 일어섰다 —

「그자는 부인의 정신을 이용했고 그럼으로써 그를 실은 배가 안개의 장막을 뚫고서 갈라츠로, 의심할 바 없이 그자가 우리에게서 도망칠 준비를 해둔 그곳으로 돌진해 가는 동안 우리를 여기 바르나에 묶어 두었습니다. 하지만 그자의 어린아이 같은 마음은 그 정도밖에 볼 수 없고, 하느님의 섭리가 늘 그렇듯, 악한 짓을 하는 자가 자기의 이기적인 목적을 위해 가장 중요한 것으로 치는 바로 그것이 그자에게 가장 치명적인 해악이 될 수도 있는 겁니다. 위대한 다윗 왕이 말했듯이, 사냥꾼은 그 자신의 올가미에 걸립니다. 지금 그자는 우리의 모든 추적으로부터 벗어나 우리에게서 아주 멀리 도망쳤다고 생각할 것이고, 그자의 이기적이고 어린아이 같은 마음은 그에게 잠을 자야 한다고 속삭일 겁니다. 그자는 또 자기가 부인의 마음을 아는 일에서 손을 떼었으니까 부인이 그자에 대해서 알 리 없다고 생각하는데, 바로 그 대목에서 그자는 실수를 한 겁니다. 그자가 부인에게 강요했던 그 무시무시한 피의 세례 덕분에 부인은 일출과 일몰 시의 자유로운 상태에서, 이제껏 해왔듯 자유로운 정신으로 그를 찾아갈 수 있습니다. 그런 시간에 부인은 그자의 의지가 아니라 내 의지에 따라가는 것입니다. 부인과 우리 모두에게 유익한 이 능력은 부인이 그자의 손에 당한 고통으로부터 생겨났습니다. 지금 그 능력은 그자가 이 사실을 모르고 있기 때문에, 그리고 그자가 자신을 지키기 위해 우리가 어디에 있는지도 알려고 하지 않기 때문에 더욱더 소중합니다. 그러나 우리는 이기적이 아니고 이 모든 어둠과 이 많은 어두운 시간들을 통해 하느님이 계속 우리와 함께하셨다는 것을 믿습니다. 우리는 그자를 추적할 것이고 우리 자신이 그자처럼 될 위험에 빠지는 한이 있더라도 물러서지 않을 겁니다. 여보게, 존, 지금 이 시간은 참으로 귀중한 시간이었고 우리가 앞으로 나아갈 방향에 큰 도움이 되었네. 자네는 그자에 관한 것들을 모두 적어 두었다가 다른 사람들이 각자의 일을 끝내고 돌아오면 보여 주도록 하게. 그래야 그들도 우리처럼 알게 될 테니까.」

그래서 나는 다른 사람들이 돌아오기를 기다리는 동안 이것을 적었고 하커 부인은 그것을 타이프로 쳐서 우리에게로 가져왔다.

26

수어드 박사의 일기

10월 29일

이 일기는 바르나에서 갈라츠로 가는 기차간에서 쓰인 것이다. 어제저녁 우리는 해가 지기 전에 잠시 모두 한자리에 모였었다. 우리들 각자는 힘닿는 데까지 맡은 일을 해왔고, 앞으로도 생각과 노력을 할 수 있는 한, 그리고 기회가 닿는 한, 모든 여행과 갈라츠에 도착해서 하게 될 일들을 할 준비가 되어 있다. 여느 때처럼 시간이 되자 하커 부인은 최면에 걸릴 준비를 했고, 판 헬싱 박사가 통상적으로 들였던 것보다 더 길고 더 진지한 노력을 들인 끝에야 최면에 빠져들었다. 보통 때 같으면 그녀는 암시를 주는 것만으로 이야기를 시작했지만 이번에는 우리가 무엇을 알 수 있기 전에 선생이 그녀에게 질문을, 아주 단호하게 해야 되었다. 마침내 그녀에게서 대답이 나왔다.

「아무것도 볼 수 없어요. 우리는 정지해 있어요. 파도가 철썩이지는 않고 다만 끊임없이 소용돌이치는 물이 배를 묶는 굵은 밧줄에 가볍게 부딪히고 있어요. 여기저기서 남자들이 외치는 소리와 노걸이에서 노들이 흔들리고 삐걱거리는 소리가 들려요. 어디에선가 대포가 쏘아졌고 멀리서 그 메아리가 들려오는 것 같아요. 머리 위에서는 발 구르는 소리, 그리고 밧줄과 쇠사슬이 끌리는 소리가 들려요. 이게 뭐죠? 빛줄기가 보여요. 내 위로 바람이 부는 것을 느낄 수 있어요.」

거기에서 그녀는 말을 멈췄다. 그리고는 마치 어떤 충동에 이끌린 듯, 누워 있던 소파에서 일어나 몸을 일으켰는데, 마치 어떤 물건을 밀어 올리듯 손바닥이 위로 가게 해서 양손을 뻗쳤다. 판 헬싱 선생과 나는 알겠다는 듯한 눈길로 서로를 바라보았다. 퀸시는 눈썹을 약간 치켜올리고서 그녀를 뚫어져라 바라보았고 그러는 사이에 하커의 손은 본능적으로 쿠크리 칼의 손잡이를 더듬었다. 꽤 오랫동안 침묵이 흘렀다. 우리 모두는 그녀가 말을 할 수 있는 시간이 지났다는 것을 알았다. 이제는 더 이상 물어보았자 아무 소용이 없을 것이었다. 갑자기 그녀가 일어나 앉더니 눈을 뜨면서 달콤한 목소리로 말했다.

「차 드실 분 없으세요? 모두들 몹시 피곤하실 거예요.」 우리는 그녀를 즐겁게 해줄 수밖에 없었으므로 그 말에 따랐다. 그녀가 차를 가지러 가려고 급히 방을 나가자 판 헬싱 선생이 말했다.

「다들 보았겠지? 그자는 육지 가까이에 있어. 이제 관을 떠난 거야. 하지만 아직은 상륙하지 못했어. 밤 동안 그자는 어딘가에 숨어서 누워 있겠지. 하지만 육지로 옮겨지거나 배가 부두에 닿지 않고서는 땅을 밟을 수 없어. 배가 부두에 닿을 경우 그자는 만일 그게 밤중이라면 형태를 바꾸어서 휫비에서 그랬던 것처럼 땅으로 뛰어내리거나 날아 내리겠지. 하지만 그자가 상륙하기 전에 날이 밝는다면, 그자는 운반되지 않는 한 도망칠 수가 없어. 그리고 운반이 된다 하더라도 세관원들이 그 관 안에 무엇이 들어 있는지를 알아보겠지. 그러니까 결국, 그자가 오늘 밤이나 새벽이 되기 전에 뭍으로 도망을 칠 수 없다면 그자로서는 하루 밤낮을 잃는 셈이 돼. 그렇게 되면 우리는 때맞춰 찾아갈 수가 있고 밤중에 그자가 도망치지 않는다면, 우리는 낮에 그자를 덮쳐서 관을 열고 우리 마음대로 할 수가 있지. 그자는 사람들 눈에 띨까 두려워서 본모습을 하고 돌아다닐 수가 없을 테니까.」

더 이상 할 말이 없었으므로 우리는 새벽이 올 때까지 참을성 있게 기다렸는데 그때가 되면 우리는 하커 부인에게서 좀 더 많은 것을 알아낼 수 있을 것이다.

오늘 아침 일찍 우리는 기대감에 차서 숨도 제대로 쉬지 않고 최면에 걸린 그녀의 대답에 귀를 기울였다. 최면이 걸리기까지는 전에 어느 때보다도 더 시간이 오래 걸렸고 마침내 최면이 걸렸을 때는 해가 떠오를 때까지 남아 있는 시간이 너무 짧아서 우리는 낙심하기 시작했다. 판 헬싱 선생은 그 일에 자신의 정신력을 모두 쏟아붓는 것 같았는데, 마침내 그이의 뜻에 복종해서 그녀가 대답을 하기 시작했다.

「온통 캄캄해요. 나와 같은 높이에서 물이 철썩이는 소리와 나무끼리 닿아 삐걱거리는 소리가 좀 들리는 것 같아요.」 그녀가 말을 멈추었고 붉은 태양이 솟아올랐다. 우리는 오늘 밤까지 기다려야 한다.

그렇게 해서 우리는 가슴 졸이는 기대감을 품고 갈라츠를 향해 떠났다. 우리는 새벽 2시에서 3시 사이에 도착할 예정이었지만 이미 부쿠레슈티에서 세 시간이 지연되었으므로 해가 높이 떠오르기 전에는 아마도 도착할 수 없을 것 같다. 앞으로 하커 부인은 두 번 더 최면 상태에서 이야기를 해줄 것이다. 그중한 번, 또는 두 번 모두가 현재 벌어지고 있는 일을 좀 더 명확히 알 수 있게 해줄지도 모른다.

시간이 흐른 뒤

황혼이 찾아왔다가 스러졌다. 그 시간에 다행히 주위가 산만하지 않았다. 만일 역에 있을 때 그 시간을 맞았더라면, 최면을 거는 데 필요한 조용하고 격리된 상태를 확보하기가 어려웠을 것이다. 하커 부인은 최면술에 빠져들 준비가 오늘 아침보다도 더 되어 있지 않았다. 백작의 감정을 읽는 그녀의 능력이 우리가 그것을 가장 필요로 하는 순간에 사라져 버린 것이나 아닐까 두렵다. 내가 보기에는 그녀의 상상력이 작용하기 시작하는 것으로 보인다. 이제까지 부인은 최면에 걸린 동안 간단한 사실만을 이야기했었으니까. 이런 일이 계속된다면 종국에는 우리가 잘못될 길로 이끌릴지도 모른다. 그녀를 지배하는 백작의 힘이 그녀가 백작에 대해서 아는 것과 똑같이 사라진다면 그것은 좋은 일이겠지만, 나는 일이 그렇게 되지 않을까 두렵다. 그녀가 이야기를 꺼냈을 때 그녀의 말은 수수께끼 같았다.

「뭔가가 나가고 있어요. 나는 그것이 찬바람처럼 나를 스쳐 지나가는 것을 느낄 수 있어요. 멀리서 뒤섞인 소리들이 들리는데, 사람들이 이상한 말로 떠들어대는 소리, 요란스럽게 물이 떨어지는 소리, 그리고 이리의 울부짖음 같아요.」 그녀가 말을 끊고 몇 초 동안 점점 더 심하게 몸을 떨다가 마지막에는 중풍에 걸린 것처럼 온몸을 들썩였다. 그녀는 선생의 강압적인 질문에도 더 이상 대답을 하지 않았다. 최면에서 깨어나자 부인은 생기가 없고 지치고 맥이 빠져 있었지만 정신은 말짱했다. 부인은 아무것도 기억하지 못했지만 우리에게 자기가 무슨 말을 했는지 물었다. 그리고 이야기를 듣자 한참이나 말없이 생각에 잠겼다.

10월 30일, 오전 7시

지금 우리는 갈라츠로 다가가는 중이고 나중에는 일기를 쓸 시간이 없을지도 모른다. 우리 모두는 오늘 아침 해가 뜰 때를 초조하게 기다렸다. 하커 부인이 최면에 걸린 혼수상태로 빠져들기가 점점 더 어려워진다는 것을 알고서 판 헬싱 선생은 다른 때보다 일찍 최면을 걸기 시작했다. 하지만 정해진 시간이 되기까지는 그런 노력도 아무런 소용이 없었고, 그녀가 어느 때보다도 더 어렵게 최면에 빠져든 것은 해가 떠오르기 불과 1분 전이었다. 선생은 지체 없이 질문을 던졌는데 그녀의 대답도 곧바로 나왔다.

「사방이 어두워요. 내 귀 높이에서 물소리와 나무들끼리 삐걱거리는 소리가 들려요. 멀리서 소 울음소리도 들리고요. 또 다른 이상한 소리도 들리는데, 꼭……」 그녀가 말을 끊고 안색이 점점 더 창백해졌다.

「계속해요! 계속해서 말해요! 이건 명령입니다!」 판 헬싱 선생이 필사적으로 외쳤다. 그리고 동시에 그이의 눈에는 절망의 빛이 어렸다. 떠오르는 태양이 하커 부인의 창백한 얼굴까지도 불그스름하게 물들였기 때문이었다. 그녀가 눈을 뜨더니 우리 모두가 깜짝 놀라게도 아주 달콤하고 아주 예사로운 목소리로 입을 열었다.

「아니, 선생님, 왜 제게 할 수 없는 것을 하라고 하나요? 저는 아무것도 기억이 나지 않아요.」 그러다 말고 우리의 놀란 얼굴을 보자 그녀가 불안한 눈길로 우리를 하나하나 바라보며 물었다.

「제가 무슨 말을 했지요? 무슨 행동을 했지요? 저는 여기에 누워 선잠이 들었다는 것밖에는 몰라요. 그리고 선생님이 〈계속해요, 계속해서 말해요, 이건 명령입니다!〉 하고 외치는 소리를 들었어요. 선생님이 제게, 마치 제가 나쁜 아이라도 되는 것처럼 그렇게 명령하는 소리를 들으니까 참 이상하다는 생각이 드는군요.」

「오, 미나 여사.」 그이가 슬픈 목소리로 말했다. 「부인의 행복을 위해서 전보다 더 성실하게 한 말이 아주 낯설게 느껴졌군요. 부인에게 복종하는 것을 영광으로 아는 내가 부인에게 명령을 했으니 그럴 법도 하지요. 그러나 그것은 내가 부인을 대단히 사랑하고 소중히 생각한다는 증거입니다!」

기적 소리가 울리고 있다. 우리는 갈라츠에 다가가고 있다. 조바심과 열정으로 후끈 달아서.

미나 하커의 일기

10월 30일

모리스 씨가 전보로 예약해 두었던 호텔 방으로 나를 데려다주었다. 그는 외국어를 전혀 모르기 때문에 달리 할 일이 거의 없었다. 우리는 고덜밍 경이 부영사를 만나러 간 것만 제외하고는 — 그의 작위가 그 관리의 즉각적인 신임을 얻는 데 도움이 될 것이므로 — 바르나에서 그랬던 것처럼 각자 맡은 일을 서둘러 처리하고 있다. 조녀선과 두 의사들은 〈예카테리나 황제〉호의 도착과 관련해서 세세한 일들을 알아보기 위해 선박 회사의 대리인을 만나러 갔다.

시간이 흐른 뒤

고덜밍 경이 돌아왔다. 영사는 자리에 없고 부영사는 몸이 불편해서 어떤 서기가 관례적인 업무를 처리해 주었는데, 그는 책임감이 매우 강했고 자기 권한 내에서 힘닿는 대로 도와주었다고 했다.

조녀선 하커의 일기

10월 30일

9시에 판 헬싱 박사와 수어드 박사, 그리고 나는 런던의 해프굿 선박 회사 대리인들인 매켄지 씨와 슈타인코프 씨를 방문했다. 그들은 고덜밍 경이 힘닿는 범위 내에서 우리에게 최대한의 친절을 베풀어 달라고 요청한 전보에 대한 답신을 런던으로부터 받아서 그런지 분에 넘칠 만큼 친절하고 정중하게 우리를 곧장 하항(河港)에 닻을 내리고 있는 〈예카테리나 황제〉호의 갑판으로 안내했다. 거기에서 우리는 도넬슨이라는 선장을 만났고, 그가 우리에게 어떤 경로로 항해했는지 알려 주었다. 그는 평생 동안 그처럼 순조로운 항해를 해본 적이 없었다고 했다. 그가 말했다.

「그랬고말고요! 하지만 그렇게 순조롭게 항해하는 대가로 뭔가 굉장히 운수 사나운 일을 겪게 되지는 않을까 두렵기도 했지요. 런던에서부터 흑해까지 마치 악마가 자신의 목적을 이루려고 돛에다 바람을 불어 주기라도 하듯 순풍을 받아 달린다는 것은 여간 운 좋은 일이 아니었거든요. 그런데 우리가 도저히 손을 쓸 수 없는 일이 하나 있었습니다. 배가 항구나 곳에 가까워지려고만 하면 안개가 내려서 같이 따라오다가, 그게 걷히고 나서 둘러보면 아무것도 보이지가 않았으니까요. 우리는 신호도 보내지 못하는 채로 지브롤터 해협을 지났고, 다르다넬스 해협에 이르러 통행 허가를 받으려고 기다릴 때까지는 어떤 신호도 보낼 수 없는 처지에 있었습니다. 처음에 나는 돛을 늦추고서 안개가 걷힐 때까지 바람을 거슬러 나아가 볼까 했지만, 나중에는 만일 그 악마가 우리를 빨리 흑해로 들여보낼 작정을 했다면 우리가 원하건 원하지 않건 그러려고 할 거라는 생각이 들었습니다. 또 우리가 항해를 빨리 한다고 해서 소유주들에게 불신을 살 리도 없을 거고 운송에 해가 될 일도 없었지요. 거기에다 자기의 목적을 이룬 그 악마는 일을 방해하지 않았다고 우리에게 상당히 고마워할 것이겠고요.」그의 단순함과 교활함, 미신과 상업적인 계산이 섞인 말에 판 헬싱 선생이 화가 나서 말을 잘랐다.

「이보게. 그 악마는 사람들이 생각하는 것보다 더 영리해. 그리고 언제 적과 마주칠지 알고 있어!」선장은 그 말에 개의치 않고 이야기를 계속했다 ─

「우리가 보스포루스 해협을 지나자 선원들이 투덜대기 시작했습니다. 그러다가 몇몇 루마니아인들이 내게로 오더니, 우리가 런던을 출발하기 전에 어떤 이상하게 생긴 늙은 남자가 배에 실었던 커다란 상자를 배 밖으로 들어내라고 요구하더군요. 그 루마니아인들이 그 사람을 꺼림칙하게 생각하고 불길한 것을 쫓는 뜻으로 두 손가락을 내미는 것을 보긴 했었지만, 외국인들의 미신이란 우습기 짝이 없는 것이지요. 나는 곧장 가서 일이나 하라고 쫓아 보냈습니다. 하지만 막상 안개가 우리를 휘감아 오니까, 나도 말은 안 했지만, 루마니아 사람들이 느끼는 것처럼 뭔가 꺼림칙한 게 있다는 생각이 좀 들긴 하더군요. 어쨌든 우리는 계속 항해를 했고, 닷새 동안 안개가 걷히지 않아서 바람이 우리를 실어 가도록 그냥 내버려두었습니다. 만일 그 악마가 어딘가로 가고 싶어 한다면 어떻게든 가고야 말 테니까요. 그리고 만일 그렇지 않았다면, 글쎄요, 어쨌든 우리는 계속해서 상당히 조심을 했지요. 그런데 분명히 내내 항로도 옳았고 물도 깊었습니다. 그러다 이틀 전에, 태양이 안개를 뚫고 떠올랐을 때 우리는 배가 갈라츠 반대편의 강에 와 있는 것을 알았습니다. 루마니아인들이 펄펄 뛰면서 옳건 그르건 그 상자를 들어내어 강에다 던져 버리라고 난리를 치더군요. 몽둥이를 들고 그들을 설득해야만 했습니다. 불길한 물건이건 아니건 우리에게 맡겨진 화물은 내 손에 두어야지, 다뉴브강 속에 처박을 수는 없다고 못을 박았지요. 그 녀석들은 모두 머리를 감싸 쥐면서 갑판을 내려가더니, 상자를 꺼내 가지고 와서 물속으로 내던질 판이었습니다. 그런데 그 상자에 갈라츠를 거쳐 바르나로 간다는 표시가 되어 있어서 나는 그걸 우리가 항구에서 부려 가지고 완전히 처분할 때까지 그대로 두어야겠다고 생각했습니다. 우리는 그날은 처분을 못 해서 밤에 닻을 내리고 있어야 했는데, 다음 날 아침이 되자 해가 뜨기도 전인 이른 시간에 어떤 남자가 명령서를 가지고 배로 올라왔습니다. 영국에서 그에게 보낸 명령서인데, 드라큘라 백작이라는 사람을 대신해서 상자를 인수하라는 내용이었지요. 그 사람이 어쨌든 서류를 가지고 있었고 나는 그 빌어먹을 물건을 처분하게 되어서 속이 후련했습니다. 사실 나도 그 물건에 대해서 불안해지기 시작하고 있었으니까요. 만일 악마가 배에다 짐을 실었다면, 바로 그 상자가 그 짐일 거라고 생각합니다.」

「그걸 가져간 사람의 이름이 뭐지요?」 판 헬싱 박사가 조바심을 누르고 물었다.

「곧 알려 드리지요.」 그가 대답을 하고 나서 선장실로 내려가 이마누엘 힐데스하임이라고 서명된 영수증을 가지고 왔다. 주소는 부르겐슈트라세 16번지였다. 우리는 선장이 알고 있는 것이 그뿐이라는 것을 알고서 고맙다는 말을 남기고 그곳을 떠났다.

우리는 힐데스하임을 그의 사무실에서 찾아냈는데, 그는 아델피 극장의 연극에 나오는 것 같은 히브리인으로 뭉툭한 코에 튀르크식 모자를 쓰고 있었다. 그는 은근히 말을 돌려서 돈을 요구했고 몇 푼의 돈을 쥐어 주자 우리에게 자기가 알고 있는 것을 모두 말해 주었다. 그의 말은 간단했지만 중요한 것임이 밝혀졌다. 즉, 그는 런던의 드 빌이라는 사람으로부터, 만일 가능하다면 세관의 검색을 피할 수 있도록 해가 떠오르기 전에 〈예카테리나 황제〉호 편으로 갈라츠에 도착하게 될 상자를 수령하라는 편지를 받았다는 것이었다. 그 상자를 그는 페트로프 스킨스키라는 사람에게 넘겨주도록 되어 있었는데, 스킨스키는 강을 따라 항구로 내려와서 장사를 하는 슬로바키아인들과 거래를 하고 있다는 것이었다. 그는 영국 은행권으로 그 일에 대한 대가를 받았고 그것을 다뉴브 인터내셔널 은행에서 금화로 바꾸었다고 했다. 그리고 스킨스키가 찾아왔을 때는 운송료를 절약하기 위해 그를 배로 데려가서 그 상자를 인도했는데, 그것이 그가 아는 전부였다.

다음에 우리는 스킨스키를 만나 보려고 했지만 그를 찾아낼 수가 없었다. 그에게 전혀 호감을 가지고 있지 않은 듯한 이웃 사람들 중 하나가 그는 이틀 전에 떠났지만 어디로 갔는지는 아무도 모른다고 했다. 그 점은 집주인에게서 확인이 되었다. 즉, 집주인은 심부름꾼을 통해 열쇠와 함께 집세를 영국 돈으로 받았다는 것이었는데, 그것은 전날 밤 10시에서 11시 사이의 일이었다. 우리는 또다시 답보 상태에 빠졌다.

우리가 이야기를 하고 있을 때 어떤 사람이 숨을 헐떡이며 달려오더니 스킨스키의 시체가 성 베드로 교회 묘지의 담장 안쪽에서 발견되었는데, 야생 동물에게 당한 듯 목이 찢겨 있었다고 알려 주었다. 우리와 함께 이야기를 하고 있던 사람들이 그 끔찍한 모습을 보러 달려갔고 여자들은 〈이건 슬로바키아인들이 한 짓이에요!〉라고 소리를 치고 있었다. 우리는 자칫 그 일에 휘말려 들었다가 발이 묶일까 두려워서 급히 자리를 떴다.

우리는 어떤 분명한 결론을 얻지 못한 채 호텔로 돌아왔다. 그 관이 강을 따라 어디론가 가고 있다는 것은 분명했지만, 그곳이 어디일지는 이제부터 알아보아야 할 것이었다. 무거운 마음으로 우리는 미나를 보러 갔다.

우리가 다시 한자리에 모였을 때 맨 처음 한 일은 미나에게 우리가 알고 있는 것들을 모두 알려 주어야 할지에 대해서 상의를 한 것이었다. 사태가 절망적으로 되어 가고 있었으므로, 그 일은 위험스럽기는 해도 하나의 기회가 될 수 있었다. 그 예비 단계로서 나는 아내에게 했던 약속에서 벗어났다.

미나 하커의 일기

10월 30일, 저녁

모두들 너무도 지치고 맥이 빠져 있어서 먼저 휴식을 좀 취하기 전까지는 아무 일도 할 수가 없었다. 그래서 나는 그들에게 30분쯤 누워 있으면 그 사이에 내가 모든 것을 정리해 두겠다고 했다. 여행자용 타자기를 발명한 사람과 그것을 내게 구해다 준 모리스 씨에게 깊은 감사를 느낀다. 만일 내가 펜으로 기록을 해야 했다면 그 일을 하기가 몹시 난감했을 것이다.

정리는 모두 끝났다. 가엾은 내 남편, 사랑하는 조너선, 그가 겪어야 했던, 그리고 지금 겪어야 하는 고통이 얼마나 클까? 그는 숨도 쉬지 않는 듯 소파에 누워 있고 온몸이 축 늘어진 것처럼 보인다. 주름진 이마에 고통으로 수척해진 얼굴…… 가엾은 사람, 아마도 그는 생각하고 있는 듯하다. 생각을 집중시키느라 잔뜩 찌푸린 그의 얼굴을 볼 수 있다. 아아, 내가 도울 수만 있다면…….

판 헬싱 박사에게 부탁을 하자. 그는 내가 이제껏 보지 못했던 서류들을 모두 가져다주었다. 그들이 쉬고 있을 동안 나는 그 모든 서류들을 주의 깊게 훑어보고 어쩌면 어떤 결론에 이를 수 있을지도 모른다. 나는 선생의 예를 따르도록, 그리고 내 앞에 있는 사실들을 편견 없이 생각해 보도록 노력할 것이다…….

나는 하느님의 섭리에 힘입어 한 가지 발견을 해냈다고 믿는다. 지도를 구해서 조사를 해보아야겠다…….

나는 그 어느 때보다도 더 내가 옳다고 확신한다. 내 새로운 결론이 준비되었으므로 나는 그것을 우리 모두가 함께 모이는 자리에서 읽을 것이다. 그들은 내 결론을 평가할 수 있을 것이다. 정확히 해두는 편이 좋으니까. 그러나 1분 1분이 소중하다.

미나 하커의 비망록
(그녀의 일기에 삽입됨)

조사의 근거 — 드라큘라 백작의 목표는 원래 있던 곳으로 돌아가는 것이다.

(a) 그는 누군가에게 운반되어야 돌아갈 수 있다. 이것은 명백하다. 만일 그에게 자기가 원하는 대로 움직일 힘이 있다면 그는 사람이나 이리나 박쥐와 같은 방법으로, 또는 다른 방법으로 갈 수 있을 것이다. 백작은 그가 처해 있는 것이 분명한 — 일출과 일몰 사이에 그는 나무 상자에 갇혀 있으므로 — 무기력한 상태에서 발견되거나 방해를 받게 될까 두려워하고 있음이 틀림없다.

(b) 그는 어떻게 운반될 것인가? 이것을 판단하려면 가능성이 적은 것부터

배제해 나가는 것이 도움이 될 것이다. 도로로, 아니면, 철도로, 아니면 배로?

1. 도로로 — 여기에는 특히 도시를 떠날 때 상당한 어려움이 있다.

(x) 사람들이 있다. 사람들은 호기심이 많고 캐묻기를 좋아한다. 그 상자 속에 무엇이 들어 있느냐에 대한 암시, 추측, 의심이 그를 파멸시킬 것이다.

(y) 세관원이나 입시세(入市稅) 징수원들과 마주칠지도 모른다.

(z) 추적자들이 뒤를 쫓을 수 있다. 이것이 그가 가장 두려워하는 것이다. 배반을 당하지 않으려고 그는 될 수 있는 대로 심지어는 그의 희생자인 나까지도 따돌렸다는 것이 그것을 말해 준다.

2. 철도로 — 그 관을 책임질 사람이 아무도 없다. 따라서 운송이 지연될 가능성이 있고 적들이 뒤를 밟고 있는 이상 지연된다면 치명적이다. 그가 밤중에 도망칠 수 있는 것은 사실이지만 그가 날아갈 수 있는 피난처도 없이 낯선 곳에 남겨진다면 무엇을 어쩔 수 있을까? 이것은 그가 의도하는 것이 아니며, 그는 그런 위험을 무릅쓰려고 하지 않는다.

3. 배로 — 이것은 한 가지 점에서 가장 안전한 방법이지만 다른 면에서는 가장 위험스럽기도 하다. 바다에서 그는 밤중을 제외한다면 무력하며, 밤에도 안개와 폭풍과 눈과 이리들만을 부를 수 있을 뿐이다. 또 만일 배가 난파된다면 흐르는 물이 그를 삼켜 버릴 것이며 그는 정말로 꼼짝없이 사라지게 될 것이다. 그는 배를 육지로 몰아갈 수 있지만 만일 그곳이 그가 자유로이 움직일 수 없는 낯선 땅이라면 그의 입장은 더욱더 절망적이 될 것이다.

우리는 기록으로부터 그가 강에 있었다는 것을 알고 있다. 그러므로 우리가 해야 할 일은 그것이 어떤 강인지를 확인하는 것이다.

가장 먼저 할 일은 그가 지금까지 무엇을 했는지 정확히 알아내는 것이고, 그러면 우리는 그가 나중에 하려는 일이 무엇인지를 알게 될 것이다.

첫째로, 우리는 그가 런던에서 총체적인 행동 계획의 일부로서 했던 일과 그가 궁지에 몰려 어쩔 수 없이 해야 했던 일들을 구분해야 한다. 둘째로, 우리는 이미 알고 있는 사실들로부터 추측할 수 있는 한 추측을 해서 그가 여기에서 무엇을 했는지 알아야 한다.

첫 번째 문제에서 알 수 있는 것은 그는 분명히 갈라츠로 갈 생각이었지만, 그가 영국에서 도망친 방법을 우리가 확인할 수 없도록 화물 송장을 바르나로 보내는 속임수를 썼다는 것이다. 그 당시에 그의 급박하고도 유일한 목적은 도망을 치는 것이었다. 이에 대한 증거는 그가 이마누엘 힐데스하임에게 보낸, 해가 뜨기 전에 그 상자를 인수하라는 지시서다. 그리고 또 페트로프 스킨스키에게도 지시가 있었다. 그 점에 대해서 우리는 추측할 수 있을 뿐이지만, 스킨스키가 힐데스하임을 찾아온 것으로 보아 어떤 편지나 전갈이 있었던 게 분명하다.

따라서 우리가 알기로는 그의 계획이 지금까지는 성공적이었다. 〈예카테리나 황제〉호는 경이적으로 빠르게 — 도넬슨 선장이 의심스러워 할 정도로 — 항해했다. 또 그의 조심성과 결합된 미신이 자기도 모르게 백작을 도와준 셈이 되어서, 그는 배가 순풍을 받아 안개를 뚫고 갈라츠에 이를 때까지 맹목적으로 달렸다. 백작은 손을 썩 잘 써두었음이 밝혀졌다. 힐데스하임은 그 관을 인수하여 그것을 스킨스키에게 주었고, 스킨스키는 그것을 받았는데, 여기에서 우리는 실마리를 놓쳤다. 우리가 아는 것은 그 관이 어느 강물 위에서 움직이고 있다는 것뿐이다. 만약 세관원들이나 입시세 징수원들이 있었다고 해도 그들은 따돌려졌다.

이제 백작이 도착한 뒤에, 즉 갈라츠에 상륙한 뒤에 무엇을 했느냐는 문제를 살펴볼 차례다.

그 관은 해가 뜨기 전에 스킨스키에게 인도되었다. 일출 시에 백작은 그 자신의 모습으로 나타날 수 있다. 여기에서 우리는 그 일을 돕는 데 어째서 스킨스키가 선택되었는가를 따져 보아야 한다. 남편의 일기에서 스킨스키는 강을 따라 항구로 내려가서 장사를 하는 슬로바키아 사람들과 거래를 한다고 되어 있다. 그리고 살인이 어떤 슬로바키아인의 소행이라고 했던 남자의 말은 그런 장사꾼들에 대한 일반적인 반감을 보여 준다. 백작은 격리되어 있기를 원했다.

　내 추측은 이러하다. 런던에서 백작은 해로를 통해 자기의 성으로 돌아갈 작정을 했는데, 그것이 가장 안전하고 은밀한 방법이기 때문이다. 그는 성으로부터 스가니족 사람들의 손에 의해 옮겨졌는데, 아마도 그들은 자기네 짐을 슬로바키아인들에게 넘겼을 것이고, 그 관들은 바르나까지 운반되어 거기에서 런던으로 실려 왔을 것이다. 그렇게 해서 백작은 이 일을 처리할 수 있는 사람들을 알게 되었다. 그 관이 해가 뜨기 전이나 해 진 뒤에 양륙되었을 때 그는 관에서 나와 스킨스키를 만나서 어떤 강을 따라 거슬러 그것을 운반하도록 지시했다. 그리고 그 일이 끝나자 모든 준비가 다 되었다는 것을 알고서, 생각해 두었던 대로 자기의 대리인을 죽임으로써 흔적을 지운 것이다.

　나는 지도를 조사해 보고 나서 슬로바키아인들이 거슬러 올라가기에 가장 적당한 강이 시레트강 아니면 프루트강이라는 것을 알았다. 내가 최면 중에 했던 말을 타자해 둔 기록에서 나는 소들이 우는 소리와 내 귀 높이에서 소용돌이치는 물소리와 나무끼리 삐걱거리는 소리를 들었다고 한 것을 읽었다. 그때 백작은 관 속에 들어가 노나 삿대로 저어 가는 나룻배에 실려 있었다. 왜냐하면 제방이 가까웠고 배는 물살을 거슬러 올라가고 있었기 때문이다. 만일 물살을 따라 떠내려간다면 그런 소리가 들릴 리 없다.

　물론 그것은 시레트나 프루트강이 아닐 수도 있지만 좀 더 조사해 보면 알 것이다. 이 두 강 중에서 프루트강이 배를 부리기에는 좀 더 쉽지만 시레트강은 푼두에서 비스트리츠강과 합류하는데, 이 비스트리츠강을 통해 보르고 고개 주위로 거슬러 올라갈 수가 있다. 물길로 드라큘라성에 접근하려면 그렇게 빙 돌아가는 것이 분명히 가장 가깝다.

미나 하커의 일기

10월 30일(계속)

내가 그것을 다 읽어 내리자 조녀선이 나를 끌어안고 입을 맞추었다. 다른 사람들도 내 양손을 잡아 쥐었고 그런 다음에 판 헬싱 박사가 말했다.

「우리의 소중한 미나 여사는 여러 번 우리에게 가르침을 주었네. 그녀의 눈은 우리가 보지 못했던 것을 보았어. 이제 우리는 다시 뒤를 쫓을 것이고 이번에는 성공을 거두게 될 것이네. 우리의 적은 가장 무력한 상태에 있는데, 만약 우리가 낮에 그자와 강 위에서 마주칠 수 있다면 우리의 일은 끝날 걸세. 그자는 유리한 조건을 가지고 있지만 그를 실어 나르는 사람들이 의심하지 않도록 관을 떠날 수 없는 만큼, 서두를 수가 없어. 그들이 의심을 하게 된다면 그를 강물에 던져 죽게 해달라고 재촉을 하는 셈이 될 테니까. 이것을 알고 있기에 그자는 그러지 않을 거야. 자, 이보게들, 지금 당장 여기에서 작전 회의를 여세. 우리는 각자 할 일 그리고 모두가 할 일을 계획해야 돼.」

「저는 증기선을 한 척 구해서 그자를 뒤쫓겠습니다.」 고덜밍 경이 자청했다.

「그러면 저는 그자가 상륙할 경우에 대비하여 제방에서 뒤를 쫓을 말들을 구하겠습니다.」 모리스 씨도 따라나섰다.

「좋은 생각일세.」 판 헬싱 선생이 말했다. 「둘 다 훌륭해. 하지만 따로따로 여서는 안 되네. 필요할 경우 무력을 제압할 무력이 있어야 돼. 그 슬로바키아 인들은 강하고 거친 데다, 조잡하기는 해도 무기들을 가지고 있으니까.」 그 말에 남자들 모두가 미소를 지었다. 그들에게는 작은 무기고를 만들 만큼의 무기가 있었기 때문이었다. 모리스 씨가 말했다 ─

「저는 윈체스터 총을 몇 정 가져왔습니다. 그것들은 여럿을 상대하기에 아주 편리합니다. 그리고 거기에는 아마 이리들도 있을 것입니다. 백작은, 기억하실지 모르겠지만, 또 다른 예방 조치를 취해 두었습니다. 하커 부인이 제대

591

로 알아듣거나 이해를 할 수 없는 다른 자들에게 어떤 명령을 내렸을 것입니다. 우리는 모든 면에서 준비가 되어 있어야 합니다.」 수어드 박사가 말했다 ─

「저는 퀸시와 함께 가는 편이 좋을 것 같습니다. 우리는 늘 함께 사냥을 해왔고, 무장이 잘 되어 있으니까 우리 둘이서라면 어떤 일이 벌어지더라도 당해 낼 수가 있습니다. 아트, 자네도 혼자 가지 말고 누구랑 같이 가게. 어쩌면 슬로바키아인들과 싸워야 할지도 모르는데, 어쩌다 싸움이 벌어지기라도 하면 ─ 나는 그 친구들이 무기를 가지고 있다고는 생각하지 않지만 ─ 우리의 모든 계획이 모두 망쳐질 수가 있어. 이번에는 절대로 그런 일이 있어서는 안 돼. 우리는 백작의 몸뚱이와 머리가 분리되기 전까지는 쉴 수가 없을 것이고, 그자가 되살아날 수 없도록 확실히 처리해 두어야 돼.」 그 말을 하면서 수어드 박사는 조녀선을 바라보았고 조녀선은 나를 바라보았다. 나는 불쌍한 남편의 마음이 갈가리 찢어지고 있다는 것을 알 수 있었다. 물론 그는 나와 함께 있기를 원했다. 하지만 그가 배를 타는 것만이 그…… 그…… 그……흡혈귀(내가 어째서 그 말을 쓰기 망설일까?)를 파멸시킬 수 있는 유일한 길이었다. 그는 한동안 말이 없었는데, 그사이에 판 헬싱 박사가 입을 열었다.

「이보게, 조녀선, 그러는 데는 두 가지 이유가 있네. 우선 자네는 젊고 용감하고 싸울 수가 있어. 마지막에는 모든 사람들의 힘이 다 필요할 걸세. 그리고 또 그자를, 자네와 자네 가족에게 그토록 큰 재앙을 끼친 자를 파멸시킬 권리는 자네에게 있네. 미나 여사에 대해서는 걱정 말게. 내가 힘껏 보살펴 드릴 테니까. 나는 늙었네. 그래서 예전처럼 빨리 뛸 수도 없고, 오랫동안 말을 타거나 끝까지 뒤를 쫓는 데에 익숙하지도 않고, 치명적인 무기로 싸우지도 못해. 하지만 나는 달리 도움을 줄 수가 있고 다른 방법으로 싸울 수도 있네. 그리고 또 필요하다면 젊은 사람들이나 마찬가지로 죽을 수가 있어. 자, 내가 하려는 일은 이런 것일세. 자네들이, 그러니까 고덜밍 경과 조녀선 군이 작고 빠른 증기선으로 강을 거슬러 올라가고 존과 퀸시가 그자의 상륙에 대비하여 제방을 경계할 동안, 나는 미나 여사를 데리고 적의 소굴 한가운데로 들어가겠네. 그 늙은 여우가 땅으로 도망칠 수가 없어서 관 속에 갇힌 채 흐르는 물 위에 떠 있는 동안 — 거기에서 그자는 슬로바키아 운반인들이 겁에 질려 그자를 파멸시키게 될까 봐 감히 관 뚜껑을 들어 올릴 수가 없지 — 우리는 비스트리츠에서 보르고 고개를 경유하여 조녀선이 갔던 길을 따라 드라큘라성에 이르는 길을 찾아낼 걸세. 거기에서 미나 여사의 최면력으로 도움을 받게 되겠지. 우리는 어둡고 사람들에게 알려지지 않았다는 것밖에는 모르는 길을 더듬어 태양이 떠오르고 나면 그 운명의 장소에 접근해 있을 걸세. 거기에서는 그 독사의 둥지를 말살시키기 위해 할 일이 많을 거고, 성스럽게 만들어야 할 다른 장소들도 있을 걸세.」조녀선이 시뻘개져서 그의 말을 잘랐다 —

「판 헬싱 선생님께서는 그 죽음의 덫이 아가리를 벌리고 있는 곳으로 악마의 병에 걸려 슬픔과 수치심에 빠진 미나를 데리고 가시겠다는 겁니까? 절대로 안 될 말입니다! 천당이건 지옥이건 절대로 안 됩니다!」그가 잠시 말을 잃었다가 다시 계속했다.

「거기가 어떤 곳인 줄 아십니까? 그 악마의 무시무시한 소굴을 보셨습니까?…… 달빛마저도 소름 끼치게 음산하고 바람결에 떠도는 먼지 하나하나가 무시무시한 악마의 씨앗들인 곳인데? 그 흡혈귀의 입술을 목에 느껴 보셨습니까?」그러고 나서 그는 몸을 돌려 내 이마를 뚫어져라 쳐다보고는 울부짖음을 토해 내며 팔을 치켜올렸다. 「오, 하느님, 우리가 어째서 이런 무시무시한 일을 당해야 합니까?」괴로움을 이기지 못해 그가 무너지듯 소파에 주저앉았다. 공기 속에서 떠는 듯한 박사의 맑고 다정한 말소리가 우리 모두를 진정시켰다.

「오, 이보게, 그건 내가 찾아가려는 그 끔찍한 장소에서 미나 여사를 구하기 위해서일세. 하느님께서도 내가 미나 여사를 그곳으로 데리고 들어가지 못하도록 막으실 게야. 거기에는 미나 여사의 눈이 보지 못할 힘든 일이 있네. 여기 있는 남자들은, 자네 하나만 제외하고 모두들 그 장소가 정화되기 전에 무슨 일을 해야 하는지 직접 보았네. 우리가 엄청난 곤경에 처해 있다는 사실을 기억하게나. 만일 백작이 이번에 우리 손을 빠져나간다면 그자는 강하고 능란하고 교활하니까 몇 세기 동안 잠을 자려고 들지도 모르고 다음에는 우리가 사랑하는 사람이(그 말을 하면서 선생이 내 손을 잡았다) 그자와 한패가 되어 자네가 보았던 다른 사람들과 같이 될 수도 있네. 자네는 드라큘라성에서 보았던 여자들이 흡족해하며 입술을 핥던 얘기를 해주었어. 그리고 백작이 그 여자들에게 아이가 들어 있는 꿈틀거리는 자루를 던져 주었을 때, 그것을 움켜쥐면서 그 여자들이 음란하게 웃던 소리도 들었잖은가. 자네 몸서리를 치고 있군. 그러는 것이 당연하지. 내가 자네를 그토록 고통스럽게 했다면 용서하게. 하지만 어쩔 수가 없었어. 이보게, 내가 필요하다면 목숨까지도 바치려고 하는 이 일은 절대적으로 해야만 되는 일이 아닌가? 만일 누군가가 그곳으로 들어가 있어야 한다면 그건 바로 나일세.」

「뜻하신 대로 하십시오.」조너선은 온몸이 들썩일 정도로 흐느끼면서 대답했다.「우리는 모두 하느님의 손안에 있습니다.」

시간이 흐른 뒤
이처럼 용감한 남자들이 애쓰는 모습을 지켜 본 것이 내게는 정말 도움이 되었다. 여자들이 어떻게 사랑하는 남자를 그들처럼 진정으로 열심히, 그토록 용감하게 도울 수가 있을까? 그리고 또 나는 돈의 놀라운 힘에 대해서도 생각하지 않을 수가 없었다. 적절하게 이용된다면 돈이 무슨 일을 할 수 없을 것이며 비천하게 쓰인다면 무슨 일이 생기게 될까? 나는 고덜밍 경이 부자라는 게, 그리고 역시 돈이 많은 모리스 씨도 그처럼 아끼지 않고 돈을 쓰려는 것이 너무도 고맙다. 만일 그들의 도움이 없었더라면 우리들의 원정은 시작될 수도 없었을 것이고 앞으로 한 시간 내에 떠날 수 있도록 그렇게 신속하게 또는 제대로 준비를 할 수도 없었을 것이다. 우리들 각자가 일을 분담해서 처리한 덕분에 준비가 다 되기까지는 세 시간도 채 걸리지 않았고 이제 고덜밍 경과 조녀선은 멋진 기선을 한 척 구해서 어느 순간에라도 떠날 준비를 갖추고 있다. 수어드 박사와 모리스 씨는 마구가 잘 갖추어진 여섯 필의 훌륭한 말을 구했다. 우리는 지도들이며 갖가지 도구들을 다 갖추고 있다. 판 헬싱 선생과 나는 오늘 밤 11시 40분 기차로 베레슈티를 향해 출발하기로 되어 있는데, 거기에서 우리는 보르고 고개로 가는 마차를 한 대 빌릴 것이다. 우리는 마차와 말들을 구할 수 있도록 충분한 돈을 가지고 간다. 그러나 이 문제에 있어서는 믿을 수 있는 사람이 아무도 없는 만큼, 말은 우리 스스로 몰 것이다. 선생은 여러 나라 말을 웬만큼 알고 있으므로 우리에게는 아무런 문제도 없을 것이다. 우리 모두는 무장을 했고 내게까지도 대구경 권총이 한 자루 돌아왔다. 조녀선은 내가 다른 사람들처럼 무장을 하지 않는다면 좋아하지 않을 것이다. 아아, 하지만 나는 다른 사람들이 지닌 성스러운 무기들은 지닐 수가 없다. 내 이마의 흉터가 그것을 용납하지 않는다. 판 헬싱 선생이 이리들이 나타날 경우에 대비하여 충분히 무장이 되어 있다는 말로 나를 위로한다. 날씨는 시시각각으로 추워지고 있다. 그리고 눈송이들이 어느 때라도 함박눈으로 퍼부을 듯이 오락가락한다.

시간이 흐른 뒤

사랑하는 남편에게 작별 인사를 하기 위해서는 내 모든 용기를 다 짜내야 한다. 어쩌면 우리는 다시는 못 만날지도 모른다. 용기를 내, 미나! 선생이 너를 뚫어져라 쳐다보고 있다. 그의 눈길은 경고다. 이제 눈물을 흘려서는 안 된다 — 하느님께서 기쁨의 눈물을 흘리도록 허락할 때까지는.

조너선 하커의 일기

10월 30일, 밤

나는 이 일기를 증기선의 화덕으로부터 흘러나오는 불빛을 받아 쓰고 있다. 화부 노릇은 고덜밍 경이 하고 있다. 그는 여러 해 동안 템스강에 자기의 증기선을 가지고 있었고 또 노퍽 호수에도 다른 한 척을 가지고 있었기 때문에 그 일을 하는 데 아주 능숙하다. 우리의 계획과 관련하여, 미나의 추측이 옳았다는 결론에 이르렀다. 백작이 자기의 성으로 돌아가기 위해 어떤 항로를 택했다면 시레트강을 거쳐 비스트리츠강과의 합류점을 지난 다음, 비스트리츠강을 거슬러 올라가는 뱃길을 택했을 것이다. 비스트리츠강과 카르파티아 산맥 사이에 있는 지역을 가로질러 가려면, 백작은 북위 47도 근처의 어떤 지점을 선택할 것이다. 우리는 밤중에 빠른 속도로 강을 거슬러 올라가고 있지만 아무런 두려움도 없다. 수량이 충분한 데다 폭이 넓어서 한밤중에라도 기선이 쉽게 지나갈 수 있기 때문이다. 고덜밍 경은 내게, 지금은 한 사람이 불침번을 서도 충분하니까 얼마쯤 잠을 자두라고 한다. 하지만 나는 잠을 이룰 수 없다 ─ 내 사랑스러운 아내의 머리 위로 무시무시한 위험이 드리워져 있고 아내가 그 끔찍한 장소로 들어가려는 참인데 내가 어찌 잠을 잘 수 있겠는가……. 단 한 가지 위안은 우리가 하느님의 손에 있다는 것이다. 그 한 가지 믿음이 있으므로 살기보다 죽기가, 그래서 이 모든 괴로움으로부터 떠나기가 더 쉬울 것이다. 모리스 씨와 수어드 박사는 우리가 출발하기 전에 말을 타고 떠났는데 그들은 강이 굽은 곳을 잘 볼 수 있고 또 강 옆의 꾸불꾸불한 길을 따라가지 않아도 되도록, 거리가 꽤 떨어진 고지대를 따라가면서 오른쪽 강둑을 지키기로 되어 있다. 그들은 모두 네 필의 말을 끌고 가고 있다. 여정의 초기에는 빈 말을 끌고 가는 것이 사람들의 눈을 끌 수도 있어서, 여분의 말을 타고 갈 사람을 둘 고용했다. 그러나 곧 그 사람들까지 돌려보낸 뒤에 말은 그들이 직접 돌보게 될 것이다. 어쩌면 우리가 힘을 합쳐야 할 일이 생길지도 모르는데 그렇게 될 경우 우리가 탈 말이 있어야 하기 때문이다. 안장들 중 하나에는 위치를 바꿀 수 있는 안장 머리가 붙어 있어서 만일 필요하다면 미나에게 쉽사리 맞출 수가 있다.

우리 앞에는 험난한 모험이 가로놓여 있다. 우리는 어둠을 뚫고 달려가고 있다. 강으로부터는 냉기가 솟아올라 우리를 덮치고 주위에서는 한밤중의 온갖 이상한 소리들이 들린다. 이 모든 것이 가슴속을 파고든다. 우리는 미지의 장소와 미지의 길로, 어둡고 무시무시한 세계로 표류해 가고 있는 것 같다. 고덜밍이 화덕의 뚜껑을 닫고 있다……

10월 31일

여전히 강을 거슬러 올라가고 있다. 날이 밝았고 고덜밍은 잠들어 있다. 나는 망을 보고 있는 중이다. 아침 공기가 몹시 싸늘해서 두꺼운 털 코트를 입고 있는데도 연소실의 열기가 고맙다. 지금까지 우리는 몇 척의 나룻배들을 지나쳤지만 그 배들에는 우리가 찾고 있는 것과 비슷한 상자나 짐이 실려 있지 않았다. 뱃사람들은 우리가 그들에게로 전등불을 비칠 때마다 겁에 질려 무릎을 꿇고 기도를 올렸다.

11월 1일, 저녁

하루 종일 아무 소식도 없다. 우리는 찾고 있는 것을 발견하지 못했다. 이제 우리는 비스트리츠강으로 접어들었다. 만일 우리의 추측이 잘못되었다면 기회는 날아가 버릴 것이다. 우리는 크고 작은 모든 배들을 수색했다. 오늘 아침 일찍 어떤 뱃사람이 우리의 배를 관용 선박으로 잘못 알고서 몹시 공손한 태도를 보였다. 그런 방법으로 일이 쉽게 풀리는 것을 알아차리고 우리는 비스트리츠강이 시레트강으로 흘러드는 푼두에서 지금 우리가 보란 듯이 휘날리고 있는 루마니아 국기를 하나 구했다. 그 이후로는 우리가 수색을 했던 모든 배에 그런 술책이 먹혀들어서 만나는 뱃사람들마다 우리에게 더없이 공손한 태도를 보였고 우리가 무엇을 요구하거나 또는 하건 간에 단 한 번도 이의를 달지 않았다. 몇몇 슬로바키아인들이 우리에게 어떤 커다란 나룻배가 뱃사람 둘이 노를 젓는 것치고는 이상하게 빠른 속도로 그들을 앞질러 갔다고 알려 주었다. 하지만 그것은 푼두에 이르기 전의 일이었으므로, 그들로서는 그 배가 비스트리츠강으로 접어들었는지 아니면 계속해서 시레트강을 따라 올라갔는지는 알 수 없었다. 푼두에서 우리는 그런 배에 대한 이야기를 전혀 들을 수 없었는데, 그것으로 보아 그 배는 밤중에 그곳을 지나간 것이 틀림없다. 나는 지금 몹시 졸리다. 아마도 추위가 내게 영향을 미치기 시작했고 그래서 얼마쯤은 쉬어야 할 모양이다. 고덜밍은 이번에도 자기가 첫 번째로 불침번을 서겠다고 우긴다. 하느님께서 가엾은 미나와 나에 대한 고덜밍의 모든 호의를 축복하시기를.

11월 2일, 아침

날이 환하게 밝았다. 마음씨 좋은 고덜밍은 나를 깨우지 않았다. 내가 모든 걱정을 잊고 평화롭게 자고 있어서 깨우기가 안쓰러웠다는 것이다. 그토록 오랫동안 내처 자면서 밤새도록 그로 하여금 불침번을 서게 한 나 자신이 야비하리만큼 이기적으로 느껴진다. 하지만 그는 참으로 옳았다. 오늘 아침 나는 새로 태어난 듯한 느낌으로 여기에 앉아 잠자는 그를 지켜보면서 엔진과 조정간에 신경을 쓰고 망을 보고 하는 두 가지 일을 동시에 할 수 있다. 나는 힘과 정력이 내게로 다시 되돌아오고 있는 것을 느낄 수 있다. 지금쯤 미나와 판 헬싱이 어디에 있는지 궁금하다. 그들은 수요일 정오경에는 베레슈티에 닿았어야 한다. 거기에서 말과 마차를 구하는 데는 시간이 좀 걸렸을 것이므로 만약 그들이 출발을 해서 부지런히 여행을 했다면 지금쯤은 보르고 고개에 도착했을 것이다. 하느님이 그들을 안내하고 도와주시길! 나는 무슨 일이 일어날지 생각하기가 두렵다. 우리가 좀 더 빨리 갈 수만 있다면! 하지만 우리는 그럴 수가 없다. 엔진이 요동을 치며 최대 속력을 내고 있으니까. 수어드 박사와 모리스 씨가 어떻게 하고 있는지 궁금하다. 이 강으로는 산으로부터 셀 수도 없이 많은 물줄기가 흘러드는 것 같지만 그것들 중 어느 것도 별로 크지는 않아서 — 겨울철과 눈이 녹을 때는 상당할 것이 틀림없더라도 어쨌든 지금은 — 말을 탄 사람들에게는 장애가 별로 많지 않았을 것이다. 나는 우리가 슈트라슈바에 닿기 전에 그들을 보게 되었으면 싶다. 그때까지 우리는 백작을 따라잡지 못할 것이고 다음에는 무엇을 할 것인가에 대하여 함께 상의를 하는 일이 필요할지도 모르니까.

수어드 박사의 일기

11월 2일

길에서 사흘이 지났다. 아무런 소식도 없고 또 1분 1분이 소중한 만큼 무슨 일이 있더라도 기록할 시간이 없었을 것이다. 우리는 말에게 휴식이 필요할 때만 쉬었다. 우리는 둘 다 훌륭하게 견디어 가고 있다. 며칠 동안 그렇게 강행군을 한 보람이 나타나고 있다. 우리는 계속 가야 한다. 고덜밍과 조너선이 타고 있는 증기선이 다시 눈에 들어올 때까지 우리는 절대로 즐거운 기분을 느낄 수 없을 것이다.

11월 3일

우리는 푼두에서 그 증기선이 비스트리츠강을 거슬러 올라갔다는 말을 들었다. 날씨가 이처럼 춥지 않았으면 좋겠다. 눈이 올 조짐이 보이고 있다. 만일 폭설이 내린다면 우리의 앞길이 막힐 것이다. 그러한 경우 우리는 썰매를 구해서 러시아인들처럼 계속 가야 한다.

11월 4일

오늘 우리는 그 증기선이 억지로 급류를 거슬러 올라가려고 하다가 사고가 나서 지체되었다는 말을 들었다. 슬로바키아인들의 나룻배는 밧줄의 도움과 노련한 조정술 덕분에 모두 아무 탈 없이 거슬러 올라간다. 불과 몇 시간 전만 해도 몇 척이 거슬러 올라갔다. 고덜밍은 아마추어 수리공이고, 따라서 그 증기선을 다시 정비한 것은 틀림없이 그일 것이다. 마침내 그들이 지방 사람들의 도움으로 무사히 급류를 거슬러 올라가서 다시 추적을 시작했다고는 하지만, 나는 그 배가 사고 때문에 제 기능을 다하지 못할까 걱정이다. 그 농부들이 우리에게 배가 잔잔한 물로 다시 들어선 뒤에도 시야에 들어오는 동안 내내 이따금씩 멈춰 서곤 했다는 말을 했기 때문이다. 우리는 이제까지보다 좀 더 부지런히 가야 한다. 어쩌면 곧 우리의 도움이 필요할지도 모른다.

미나 하커의 일기

10월 31일

정오에 베레슈티 도착. 판 헬싱 선생은 오늘 아침 자기가 동틀 녘에 최면을 제대로 걸 수 없었고 내가 했던 말이라고는 〈어둡고 조용하다〉라는 것뿐이었다고 했다. 그는 지금 말과 마차를 사러 떠나려는 참이다. 그는 우리가 도중에 말을 갈아 맬 수 있도록 나중에 말을 좀 더 사도록 해봐야겠다고 한다. 우리는 앞으로 70마일 이상을 가야 할 것이다. 이 지방은 아름답고 아주 흥미롭다. 만일 우리가 다른 상황에 처해 있기만 했더라면 이곳을 모두 둘러보기가 얼마나 흥겨울까? 조녀선과 나 둘이서만 말을 몰아 이곳을 지난다면 얼마나 즐거울까? 멈춰 서서 사람들을 만나고, 그들의 삶에 대해서 알아보고, 때 묻지 않은 이 아름다운 지방과 색다른 사람들이 지닌 갖가지 흥미진진한 것들로 우리의 마음을 살찌우고 추억을 만들고 하는 것이. 하지만, 아아!

시간이 흐른 뒤

판 헬싱 박사가 돌아왔다. 그는 말과 마차를 구해 왔고 우리는 점심 식사를 하고 나서 한 시간 뒤에 떠날 예정이다. 집주인 여자가 우리 마차에 커다란 음식 바구니를 올려놓고 있다. 일 개 중대가 먹고도 남을 만한 양으로 보인다. 박사가 그녀에게 치하를 하고 나서 내게 앞으로 일주일 동안은 쓸 만한 음식을 다시 구할 수 없을 것이라고 속삭인다. 그는 아주 쓸 만한 털 코트와 무릎 싸개, 그리고 온갖 종류의 방한 물품들도 사 가지고 왔다. 앞으로 추위를 걱정할 필요는 없을 것이다.

우리는 곧 떠날 것이다. 나는 우리 앞에 어떤 일이 놓여 있을지를 생각하기가 두렵다. 우리는 실로 하느님의 손에 있다. 그분만이 우리의 앞일을 알 수 있다. 나는 그분에게 내 사랑하는 남편을 지켜 주십사고, 그리고 어떤 일이 있더라도 조녀선이 내가 말을 할 수 있는 것 이상으로 그를 사랑하고 존경한다는 것을 알게 해달라고, 나의 가장 참된 애정은 언제나 그에게로 향한 것임을 알게 해달라고, 내 슬프고 비참한 영혼의 힘을 모두 끌어모아 기도를 드린다.

601

27

미나 하커의 일기

11월 1일

하루 종일 우리는 꽤 빠른 속도로 여행을 계속했다. 말들이 전 여정을 전속력으로 기꺼이 달리는 것으로 보아, 친절하게 다루어지고 있다는 것을 알고 있는 듯하다. 이제껏 여러 번 말을 바꿨지만, 한결같이 그랬기 때문에, 우리의 여행이 순탄하리라는 생각이 들면서 힘이 솟는다. 판 헬싱 박사는 불필요한 말은 하지 않는다. 그는 농부들에게 자기가 서둘러 비스트리츠로 가고 있다는 설명을 하고서 말을 바꾸는 대가로 그들에게 충분한 돈을 지불한다. 우리는 뜨거운 수프나 커피, 또는 차를 마시고 다시 떠난다. 이곳은 상상할 수 있는 온갖 아름다움으로 가득 찬 멋진 지방이며 사람들은 용감하고 강하고 단순하고 심성도 좋아 보인다. 하지만 그들은 아주 아주 미신적이다. 우리가 머물렀던 첫 번째 집에서는 주인 여자가 내 이마의 흉터를 보더니 불길한 것을 멀리 하려고 성호를 긋고 나서 내게로 손가락을 두 개 내밀었다. 나는 그들이 내 음식에 상당한 양의 마늘을 찧어 넣느라 고생을 했으리라고 믿지만 나로서는 마늘을 견딜 수가 없다. 어쨌든 그 이후로 나는 사람들의 의아해하는 눈초리를 피하기 위해 모자나 베일을 벗지 않으려고 조심했다. 우리는 빠른 속도로 여행을 계속하고 있고, 이러쿵저러쿵 떠들지도 모를 마차꾼을 데리고 있지 않아서, 뒷소문이 돌지는 않겠지만, 나를 보고 불길하다며 두려움을 갖는 사람들의 태도가 내내 우리를 끈질기게 따라다니며 괴롭힐 것만 같다. 선생은 지칠 줄을 모르는 것 같았고 내게는 한참씩 잠을 자게 하면서도 하루 종일 조금도 쉬려고 하지 않는다. 해 질 녘에 그는 내게 최면을 걸었고 내가 여느 때처럼 〈어둠, 철썩이는 물, 삐걱거리는 나무〉라고만 대답했다고 알려 주었다. 그렇다면 우리의 적은 아직도 강 위에 있다. 나는 조녀선 생각을 하기가 두렵지만 어쩐지 그에 대해서도, 또 나 자신에 대해서도 이제 걱정이 되지는 않는다. 나는 이 일기를 우리가 어떤 농가에서 말을 준비시키려고 기다리는 동안 쓴다. 판 헬싱 박사는 자고 있다. 가엾은 분, 그는 몹시 지치고 늙어 보인다. 하지만 그분의 입은 정복자의 입처럼 굳게 다물어져 있다. 잠을 자면서까지도 그는 결의로 가득 차 있다. 우리가 출발을 하고 나면 내가 말을 모는 동안 이분을 좀 쉬게 해야겠다. 이분에게 나는 앞으로 우리가 여러 날을 더 여행해야 하며 이분의 힘이 가장 필요할 때 쓰러져서는 안 된다고 말해야겠다……. 이제 준비는 다 되었고 우리는 곧 떠날 것이다.

11월 2일, 아침

내 설득이 주효해서 우리는 밤새도록 교대로 말을 몰았다. 이제 추위를 뚫고 날이 밝아 오고 있다. 공기에 이상한 무거움이 배어 있다. 나는 더 나은 말을 찾을 수가 없어서 무거움이라고 했는데 내 말뜻은 공기가 우리 두 사람 모두를 짓누른다는 뜻이다. 날씨는 몹시 춥고 따뜻한 모피만이 우리를 안락하게 해주고 있다. 판 헬싱 박사는 오늘 아침에도 내게 최면을 걸었는데 내 대답은 〈어둠, 삐걱거리는 나무, 그리고 요란스러운 물소리〉뿐이었다고 한다. 그렇다면 거슬러 올라가려는 강이 바뀌고 있는 것이다. 나는 남편이 필요 이상으로 위험한 일에 빠져들지 않기를 진심으로 바란다. 하지만 우리는 하느님의 손에 있다.

11월 2일, 밤

하루 종일 말을 몰고 있다. 이 지방은 갈수록 점점 더 험해진다. 그리고 베레슈티에서는 저 멀리 앞쪽으로 지평선에서 나지막하게 보였던 카르파티아산맥의 거대한 봉우리들이 이제는 우리 주위로 몰려들어 눈앞에 우뚝 선 듯하다. 우리는 모두 활기에 넘쳐 있는 듯한데, 내 생각으로는 서로를 즐겁게 해주려고 애쓰다 보니 스스로 즐거워진 것 같다. 판 헬싱 박사는 우리가 아침 무렵이면 보르고 고개에 닿게 될 것이라고 한다. 이곳에는 말들이 아주 귀해서 박사의 말로는, 앞으로는 말을 갈 수 없을 것이기 때문에, 우리가 마지막으로 구한 말이 우리와 계속 함께 가야 할 것이라고 한다. 그는 바꾼 말 외에도 두 마리를 더 구했고, 그래서 지금 우리의 손에 네 개의 고삐를 쥐고 있다. 이 말들은 인내심이 강하고 길이 잘 들어서 우리에게 아무런 걱정거리도 안겨 주지 않는다. 그리고 또 다른 여행자들과 마주칠 걱정도 없어서 나 혼자서도 말을 몰 수 있다. 우리는 낮에 그 고개에 닿을 것인데 그보다 빨리 닿기를 원하지 않았으므로 마음을 편히 하고 번갈아 한참씩 휴식을 취했다. 아아, 내일은 우리에게 어떤 일이 일어나게 될까? 우리는 내 가엾은 남편이 그토록 많은 고통을 당했던 장소를 찾아가고 있다. 하느님께서는 우리가 올바르게 인도되도록 허락하시고 내 남편과 우리 모두에게 소중한 사람들, 그토록 엄청난 위험에 처해 있는 사람들을 지켜 주실 것이다. 하지만 나로서는, 그분의 보살핌을 받을 자격이 없다. 아아, 나는 그분의 눈에 정결하지 못하고 그분이 나를, 그분의 분노를 불러일으키지 아니한 사람들의 하나로 그분 앞에 세우시기 전까지는 내내 그럴 것이다.

아브라함 판 헬싱의 비망록

11월 4일

　이것은 런던의 퍼플리트에 거주하는 내 진정하고 오랜 친구, 의학 박사 존 수어드에게 만일 내가 그를 못 보게 될 경우에 대비하여 적는 것이다. 이것이 설명이 될 것이다. 지금은 아침이고 나는 밤새도록 피워 두었던 — 미나 여사의 도움을 받아 가며 — 불 곁에서 이 글을 쓴다. 날씨는 몹시 춥다. 그리고 회색빛으로 흐린 하늘은 눈을 가득 머금고 있는데, 만일 그 구름이 눈으로 내린다면 땅이 단단하게 얼어붙기 시작하고 있어서 겨울 내내 녹지 않을 것이다. 그 추운 날씨가 미나 여사에게 영향을 미친 것 같다. 부인은 그녀답지 않게 하루 종일 생기가 없다. 그녀는 계속해서 자고, 자고, 또 잔다. 평소에는 그렇게도 명민했던 그녀가 오늘은 하루 종일 아무 일도 하지 않았고 식욕마저 잃었다. 또 기회가 생길 때마다 그렇게도 충실하게 적어 왔던 일기도 쓰지 않는다. 무언가가 내게 모든 것이 순탄하지만은 않다고 속삭인다. 하지만 오늘 밤 그녀는 좀 더 생기발랄하다. 하루 종일 계속되었던 긴 잠이 그녀를 회복시켜 기운을 돋워 준 듯하다. 이제 그녀는 언제나처럼 다정하고 밝기 그지없기 때문이다. 해 질 녘에 나는 그녀에게 최면을 걸어 보려고 했지만 불행히도 아무 효과가 없었다. 날이 갈수록 힘은 점점 더 줄어들고 오늘 밤에는 완전히 나를 저버린 듯하다. 하느님의 뜻이 이루어지게 하소서 — 그것이 무엇이건, 어느 곳으로 이끌리건.

　이제 미나 여사가 속기로 기록을 하지 않는 이상, 우리의 하루하루가 기록되지 않고 지나가지 않게 하기 위해서는 나라도 옛날의 성가신 방법으로 기록을 해두어야 한다.

　우리는 어제 오전, 해 뜬 바로 후에 보르고 고개에 다다랐다. 날이 밝아 올 조짐이 보이자 나는 최면을 걸 채비를 차렸다. 그리고 우리는 동요가 일지 않도록 마차를 세우고 땅으로 내렸다. 나는 모피로 자리를 만들었고 미나 여사는 여느 때처럼 내 말에 따라 누웠지만 최면에 걸리기까지는 어느 때보다도 더 시간이 걸렸고 최면에 걸린 시간도 더 짧았다. 전에처럼 대답은 〈어둠과 소용돌이치는 물〉뿐이었다. 다음에 부인은 밝고 환한 모습으로 눈을 떴고 우리는 다시 마차를 몰아 곧 고개에 도착했다. 그때 거기에서 부인은 열의로 불타고 있었다. 그녀의 마음속에서 뭔가 새롭게 이끄는 힘이 발현된 듯했다. 그녀가 길을 가리키면서 이런 말을 했기 때문이다.

「이 길이에요.」

「그걸 어떻게 알지요?」 내가 물었다.

「물론 저는 알고 있어요.」 그녀가 대답을 하고 나서 잠시 말을 멈췄다가 덧붙였다. 「조너선이 이 길을 여행한 다음에 자기의 여행에 대해서 쓰지 않았던가요?」

처음에 나는 뭔가 좀 이상하다고 생각했지만 얼마 안 가서 곧 그런 샛길이 하나뿐이라는 것을 알았다. 그 길은 거의 사용되지 않아서 부코비나로부터 비스트리츠로 이르는 넓고 다져지고 사람들이 많이 다닌 마차 길과는 전혀 달랐다.

그래서 우리는 그 길을 따라 내려갔다. 오랫동안 사람들의 발길이 닿지 않은 데다가 살짝 내린 눈으로 덮여 있어서, 길인지조차 알아보기가 쉽지 않은 길이 나타나도 말들은 용케 알아보고 나아간다. 나는 말들이 제멋대로 가게 놔두었고 말들은 꾸준히 쉬지 않고 계속 간다. 얼마 지나지 않아서 우리는 조너선이 그의 훌륭한 일기에 적어 놓았던 모든 것들을 찾아냈다. 그리고 우리는 몇 시간씩이고 계속 갔다. 처음에 나는 부인에게 잠을 자라고 권했고, 부인은 애를 쓴 끝에 잠이 들 수 있었다. 그러고는 내처 잤는데, 나중에는 의심스러운 생각이 들어서 그녀를 깨우려고 해보았다. 하지만 그녀는 계속 잤고, 깨울 수가 없었다. 그녀에게 해가 될까 두려워 너무 심하게 깨울 수가 없어서였다. 그녀의 고생이 심했기 때문에, 잠을 자는 게 좋을 거라는 생각도 들었다. 나도 깜빡 졸았던 모양이다. 별안간에 마치 내가 무슨 나쁜 짓이라도 한 것 같은 죄책감을 느꼈기 때문이다. 하지만 나는 손에 고삐를 쥔 채 꼿꼿하게 앉아 있었고 말들은 여전히 터벅터벅 걷고 있었다. 옆을 돌아보니 부인은 여전히 자고 있었다. 이제 해가 질 시간까지는 얼마 남지 않았고 눈 위로 노란 햇살이 가득 흐르고 있어서 우리의 그림자가 아주 가파르게 솟은 산허리에 길게 드리워져 있었다. 우리는 산길을 계속 오르고 또 올랐다. 모든 것이, 마치 이 세상 끝이기라도 한 것처럼, 너무도 거칠고 바위투성이이다.

다음에 나는 미나 여사를 깨웠다. 이번엔 부인이 별 힘을 들이지 않고서 잠을 깼고 나는 부인이 최면 상태에 빠져들도록 애를 썼다. 하지만 부인은 내가 잠들지 않았듯 잠에 빠져들지 않았다. 나는 문득 그녀와 나 자신이 어둠 속에 빠져 있다는 것을 알아차리고, 주위를 돌아보며 해가 다 졌다는 것을 알게 될 때까지 쉬지 않고 거듭거듭 최면을 걸었다. 부인이 웃음을 터트려서 나는 그녀를 돌아다보았다. 그녀는 이제 잠이 완전히 깨었고 우리가 처음으로 백작의 집에 들어갔던 카팩스에서의 그 밤 이후로 어느 때보다도 더 좋아 보였다. 나는 몹시 놀라웠고 불안했지만 그녀가 너무도 밝고 다정하고 내게 마음을 써주어서 모든 두려움을 잊었다. 나는 마차에 실어 온 나무들로 불을 피웠고 부인은 내가 말들을 풀어 여물을 먹이려고 바람이 막힌 곳에 묶는 동안 음식을 준비했다. 내가 불 곁으로 돌아왔을 때 부인은 내 저녁을 차려 놓고 있었다. 나는 그녀에게 시중을 들어 주려고 했지만 부인은 미소를 지으며 이미 먹었다고 — 너무도 배가 고파서 기다릴 수가 없었다고 했다. 나는 그것이 마음에 들지 않았고 의심이 가기도 했지만 그녀가 마음을 상하게 될까 봐 거기에 대해서는 입을 다물었다. 그녀의 시중을 받으며 나는 혼자서 식사를 했고 다음에 우리는 모피로 몸을 감싸고서 불 곁에 누웠다. 나는 그녀에게 내가 불침번을 설 동안 잠을 자라고 했지만 얼마 안 가서 곧 나는 불침번이고 무엇이고 다 잊어버렸다. 그리고 불현듯 내가 불침번을 서야 한다는 것을 떠올렸을 때 그녀는 그렇게도 밝은 눈으로 나를 바라보며 조용히 누워 있었다. 그런 일이 한두 번 더 있었고 나는 아침이 될 때까지 충분한 수면을 취했다. 잠이 깨자 나는 그녀에게 최면을 걸려고 해보았지만, 그러나 아아! 그녀는 순순히 눈을 감기는 했어도 잠이 들지는 않았다. 태양은 점점 더 높이 솟아올랐고 그녀는 너무 늦게야 잠이 들었지만 너무도 깊은 잠에 빠져서 깨어나지를 않았다. 말들에 마구를 채우고 모든 준비가 다 끝나자 나는 어쩔 수 없이 그녀를 안아 올려 마차에 깔아 놓은 침구에 눕혀야 했다. 그녀는 여전히 잠이 들어 있었고 그렇게 잠든 모습이 전보다 더 건강하고 혈색이 좋아 보였다. 하지만 나는 그것이 마음에 들지 않았다. 나는 두렵고 두렵고 두려웠다 — 모든 것이 심지어는, 내가 이 길로 가야 한다는 것을 생각하기조차 두렵다. 우리가 걸고 있는 내기에는 생과 사, 아니 그보다 더한 것이 걸려 있고 우리는 겁을 내어 물러서서는 안 된다.

11월 5일, 아침

나는 모든 것을 정확히 기술하려네. 비록 자네와 내가 함께 이상한 일들을 보아 왔다 할지라도, 이것을 처음 보면 내가, 이 판 헬싱이 미쳤다고, 그 많은 무서운 일들을 겪고 그처럼 오래 긴장을 했기 때문에 머리가 돌아 버렸다고 생각할지도 몰라서일세.

어제 하루 종일 우리는 여행을 계속했고 그 산으로 점점 가까이 다가가면서 점점 더 거칠고 황량한 땅으로 접어들고 있었다. 여기저기에 깎아지른 듯한 낭떠러지며 폭포 들이 여럿 있어서 자연은 때때로 그 자신의 축제를 벌이는 것 같았다. 미나 여사는 여전히 내처 자고 있었는데 나는 비록 배가 고파서 시장기를 달래고는 있었지만, 식사를 위해서조차 그녀를 깨울 수가 없었다. 나는 그녀가 흡혈귀의 세례에 감염된 만큼 그곳의 치명적인 주술이 그녀에게 덮친 것이나 아닐까 두려워지기 시작했다. 그래서 나는 속으로, 이 부인이 하루 종일 계속 잔다면 나는 밤중에 한잠도 못 자겠지 하는 생각을 해보았다. 우리가 아주 오래되고 길이라고 볼 수도 없는 울퉁불퉁한 길을 지날 때에도 나는 고개를 떨구고 잠을 잤다. 다시 나는 죄책감과 시간이 지났다는 느낌으로 잠을 깼고, 미나 여사가 여전히 잠을 자고 있는 것, 그리고 해가 지려 한다는 것을 알았다. 하지만 모든 것이 정말로 바뀌어 있었다. 가파른 산들은 좀 더 멀어진 듯 보였고 우리는 경사가 급한 언덕 꼭대기에 가까이 와 있었는데 거기에는 조녀선이 일기에서 말했던 그 성이 있었다. 그 성을 보자 나는 몹시 기쁘고도 두려웠다. 이제 좋게건 나쁘게건 종말이 가까워지고 있었기 때문이다. 나는 부인을 깨워 다시 그녀에게 최면을 걸려고 해보았지만 아무런 효과도 없어서 때를 놓치고 말았다. 해는 졌지만, 하늘에 남은 석양의 잔광이 눈에서 반사되었고, 천지가 한동안 거대한 황혼 빛에 휩싸였다. 짙은 어둠이 덮치기 전에 나는 말들을 풀어 바람막이가 되는 곳으로 데려가 먹이를 주었다. 그런 다음 나는 불을 피웠고 그 불 곁에다 이제는 잠이 다 깨어 어느 때보다도 더 매력적인 부인이 깔개에 편히 앉도록 했다. 나는 음식을 준비했지만 부인은 배고프지 않다고 하면서 먹으려고 들지를 않았다. 나는 그래 봤자 소용이 없다는 것을 알고 있었기에 억지로 권하지는 않았다. 하지만 나 자신은, 어떻게든 힘을 비축해 두어야 했기에 식사를 했다. 그러고 나서 나는 무슨 일이 벌어질지 모른다는 생각이 들어서 그녀의 안전을 위해 그녀가 앉아 있는 곳 둘레로 커다란 원을 그리고 그 원 위에 성찬식의 빵을 놓은 다음 그것을 잘게 부수었다. 부인은 내내 조용히, 죽은 사람처럼 조용히 앉아 있었고 얼굴이 점점 더 창백해지더니 마침내는 눈처럼 새하얘져서 아무 말도 하지 않았다. 하지만 내가 가까이 다가가자 내게 바짝 달라붙었는데 나는 그녀가 참으로 안쓰럽게도 머리끝부터 발끝까지 떨고 있다는 것을 알았다. 그녀가 좀 잠잠해지자 내가 이윽고 입을 열었다.

「불 곁으로 가까이 가지 않겠습니까?」 나는 그녀가 무엇을 할 수 있는지 시험해 보고 싶었던 것이다. 그녀는 순순히 일어났지만 한 발짝을 떼어 놓더니 얼어맞은 사람처럼 멈춰 섰다.

「왜, 계속 가지 않습니까?」내가 그렇게 물었더니 그녀는 고개를 젓고 다시 자리로 돌아와 앉았다. 그러고는 잠에서 깨어나는 사람처럼 나를 말똥한 눈으로 바라보면서 이렇게만 말했다.

「그럴 수가 없어요!」그 말만 하고 나서 그녀는 잠잠해졌다. 나는 그녀가 할 수 없는 일은 우리가 두려워하는 어떤 괴물도 할 수 없는 일이란 것을 알았으므로 기뻤다. 그 원 안에서 비록 그녀의 몸에 위험이 닥칠 수 있더라도 그녀의 영혼은 안전했던 것이다.

얼마 안 가서 곧 말들이 비명을 지르기 시작했고 내가 가서 달래 줄 때까지 계속 밧줄을 끊으려고 들었다. 그 말들은 내 손길을 느끼자 안심이 되어 나지막하게 히힝거리고는 내 손을 핥으며 한동안 조용히 있었다. 밤사이 나는 세상 만물이 착 가라앉아 버릴 듯이 추운 시각이 될 때까지 여러 번 그 말들에게 다가갔고 그럴 때마다 그 말들은 잠잠해졌다. 추위 속에서 불이 사그라지고 거기에다 싸늘한 안개와 함께 눈발이 날리기 시작해서 나는 나무를 좀 더 집어넣으려고 막 걸음을 떼기 시작했다. 어둠 속에서도 눈이 내릴 때면 항상 그렇듯, 어슴푸레한 빛이 있었는데 그 빛이 눈송이들과 안개의 소용돌이 저편에서 질질 끌리는 옷을 입은 여자들의 모습을 띠어 가는 것 같았다. 사방은 죽은 듯 고요했고 말들만이 히힝거리며 극심한 공포에 휩싸인 듯 몸을 움츠렸다. 나는 엄청난 두려움을 느끼기 시작했지만 다음에는 내가 서 있는 동그라미 안쪽에서라면 안전하다는 생각이 들었다. 또 내 상상은 밤과 하늘, 그리고 내가 겪었던 불안과 온갖 무시무시한 근심으로부터 오는 것이라고 생각하기 시작했다. 마치 조녀선의 소름 끼치는 경험들에 대한 내 기억들이 나를 놀리고 있는 것 같았다. 눈송이들과 안개가 소용돌이를 치기 시작하다가 마침내 조녀선에게 입 맞추려고 했던 그 여인들의 어렴풋한 모습이 보이는 듯했기 때문이었다. 다음에는 말들이 점점 더 낮게 몸을 움츠리면서 사람들이 앓는 소리를 내듯 두려움에

질린 신음 소리를 냈다. 그 말들은 엄청난 공포에 질려, 밧줄을 끊고 달아나기 위해 날뛰지조차 못했다. 나는 그 섬뜩한 형체들이 점점 더 가까이 다가오면서 맴을 돌자 미나 여사 때문에 두려워졌다. 그래서 그녀를 바라보았지만 그녀는 조용히 앉아 있었고 내가 불에 나무를 더 집어넣기 위해 걸음을 옮기려 하자 나를 잡아 끌어당기더니 꿈속에서나 들릴 법한 아주 나지막한 소리로 이렇게 속삭였다 —

「안 돼요! 안 돼요! 바깥으로 나가지 마세요. 여기에 계셔야 안전해요.」 나는 고개를 돌려 그녀의 눈을 들여다보며 말했다 —

「하지만 부인은요? 제가 걱정스러워하는 건 부인입니다.」 내 말에 그녀가 아주 희미하고 낮은 소리로 웃으면서 말했다 —

「저 때문에 두려워하신다고요? 왜 저 때문에 두려워하시죠? 이 세상 어느 곳도 지금 여기보다 안전하지는 못해요.」 내가 그녀의 말뜻을 곰곰이 생각해 보고 있는 동안 한 줄기 바람이 휙 불어와 불꽃을 피워 올렸고 나는 그녀의 이마에 난 붉은 흉터를 보았다. 그런데 아아! 나는 그제야 알았다. 안개와 눈의 소용돌이치는 모습들이 가까이 다가오기는 했지만 그 성스러운 원 밖에서만 맴돌고 있는 것이었다! 다음에는 그 형체들이 분명해지기 시작해서 — 만일 하느님이 나의 이성을 거둬 가버리지 않으셨다면, 나는 그것을 내 두 눈으로 보았으니까 — 마침내는 조녀선이 그 방에서 목에 키스를 당할 뻔했을 때 보았던 바로 그 세 여인의 생생한 모습으로 내 앞에 나타났다. 나는 그 나른거리는 통통한 몸뚱이와 밝고 강렬한 눈빛과 하얀 이빨과 불그스레한 안색, 그리고 육감적인 입술을 알고 있었다. 그들은 내내 가엾은 미나 여사에게 미소를 지었고 밤의 정적을 뚫고 그들의 웃음소리가 들려오는 동안 팔을 포개고 그녀를 가리키며 조녀선이 말했던 유리컵을 두드리는 듯한 그 못 견디게 낭랑하고 귀를 후벼 파는 소리로 말했다.

「이리로 오세요, 우리에게로 오세요. 오세요! 오세요!」 걱정이 되어서 나는 가엾은 미나 여사를 돌아다보았다가 기쁨으로 가슴이 불꽃처럼 뛰었다. 아름다운 눈에 서린 공포와 반감과 두려움이 내 마음에 모든 것이 희망에 차 있다는 말을 대신 해주었던 것이었다. 참으로 다행스럽게도, 부인은 아직 그들 중의 하나가 아니었다. 나는 옆에 있던 장작을 몇 개 움켜쥔 다음 성체를 앞쪽으로 내밀고서 불을 향해 그들 쪽으로 나아갔다. 그들은 뒤로 물러나며 나지막하고 무시무시한 웃음소리를 흘렸다. 나는 불에 장작을 더 집어넣었고 그들이 두렵지도 않았다. 보호받는 범위 안에서는 우리가 안전하다는 것을 알았기 때문이었다. 그들은 내가 그렇게 무장을 하고 있는 한 내게 접근을 할 수 없었다. 그리고 미나 여사가 그 동그라미 안에 있는 한 그녀에게도 접근할 수 없었다. 그 동그라미 안은 그들이 들어올 수도 없고 그녀가 떠날 수도 없는 자리였다. 말들은 신음을 그치고서 조용히 땅에 엎드려 있었고, 그 짐승들 위로 눈이 사락사락 내려 하얗게 덮어 갔다. 나는 그 불쌍한 짐승들이 이제 더 이상 두려움에 떨지 않고 있다는 것을 알았다.

그렇게 우리는 어슴푸레한 눈빛을 뚫고 불그레한 새벽 동이 터올 때까지 밤을 지새웠다. 나는 외롭고 무섭고 고뇌와 두려움에 차 있었지만, 아름다운 태양이 지평선 위로 떠오르기 시작하자 다시 힘이 솟았다. 새벽의 첫 여명과 함께 그 무시무시한 모습들은 소용돌이치는 안개와 눈으로 녹아들었고, 투명한 어둠의 소용돌이가 성 쪽으로 물러나 사라졌다. 동이 터오자 나는 미나 여사에게 최면을 걸 생각에서 나도 모르게 그녀를 돌아다보았다. 하지만 부인이 갑자기 깊은 잠에 빠져서 도저히 깨울 수가 없었다.

나는 그녀가 잠든 중에도 최면을 걸어 보려고 했지만 그녀에게서는 아무 대답도 나오지 않았고 날이 밝았다. 나는 지금도 몸을 움직이기가 두렵다. 불을 피우고 난 다음 말들을 돌아보았더니 그 짐승들은 모두 죽어 있었다. 오늘 나는 여기에서 할 일이 많고, 그래서 해가 높이 떠오를 때까지 기다리고 있는 중이다. 내가 가야만 하는 곳은 눈과 안개가 햇빛을 가리더라도, 그 햇빛이 있어야 내게 안전할 터이니까.

나는 아침 식사로 원기를 돋우고 나서 내 무시무시한 일에 착수하고자 한다. 미나 여사는 여전히 잠들어 있다. 참으로 감사하게도 아주 평온하게 잠들어 있다…….

조너선 하커의 일기

11월 4일, 저녁

증기선에 사고가 생긴 바람에 우리는 아주 곤란해졌다. 만일 사고만 없었더라면 우리는 벌써 오래전에 그 배를 따라잡았을 것이고, 지금쯤은 내 사랑 미나가 풀려났을 것이다. 나는 그 무시무시한 곳 근처의 황량한 고원에 뚝 떨어져 있는 그녀를 생각하기가 두렵다. 우리는 말들을 구해서 뒤를 쫓고 있다. 나는 고덜밍이 준비를 하고 있는 동안 이 글을 쓴다. 우리는 무기를 가지고 있다. 스가니족은 만일 싸울 생각이라면 틀림없이 경계를 할 것이다. 아아, 모리스와 수어드가 우리와 함께 있기만 하다면! 우리는 어떻게든 희망을 잃지 말아야 한다. 더 이상 쓰지 못한다면 이게 작별 인사가 될 거요. 안녕, 미나! 하느님이 당신을 축복하고 지켜 주실 것이오.

수어드 박사의 일기

11월 5일

날이 밝아 오면서 우리는 앞쪽에서 건초(乾草) 마차와 함께 강으로부터 급히 멀어져 가는 스가니족 사람들을 보았다. 그들은 마차를 빽빽하게 둘러싸고

서 쫓기듯이 급히 달려가고 있었다. 가벼운 눈발이 날리고 있었고 대기 중에는 이상한 흥분이 감돌았다. 정작 우리 자신의 기분은 착 가라앉아 있는 느낌이다. 멀리서 이리들의 울음소리가 들려왔다. 눈이 그 짐승들을 산 아래로 몰아 보낸 것이었는데, 그래서 우리들 주위로는 사방에서 위험이 몰려 들고 있었다. 말들은 거의 준비가 되었고 우리는 곧 떠날 것이다. 우리는 누군가의 죽음을 위해 말을 몰아간다. 그것이 누구인지, 또 어디에서, 어떻게, 언제일지는 하느님만이 알고 계신다…….

판 헬싱 박사의 비망록

11월 5일, 오후

나는 마침내 제정신이 들었다. 어찌 되었건, 비록 입증을 하는 일이 무시무시했다 하더라도, 그러한 자비를 내려 주신 하느님께 감사할 일이다. 나는 그 성스러운 원 안에서 잠이 든 미나 여사를 남겨 두고 그 성을 향해 떠났다. 내가 베레슈티에서부터 마차로 실어 온 대장장이들이 쓰는 망치가 상당히 쓸모 있었다. 문들은 모두 열려 있었지만 그 망치로 나는 어떤 사악한 의도, 또는 불운으로 인해 그 문들이 닫혀서 들어갔다가 다시 나오지 못하는 일이 없도록 녹슨 돌쩌귀들을 부숴 버렸다. 여기에서는 조너선의 쓰라린 경험이 나를 구한 셈이다. 그의 일기를 머릿속으로 떠올리면서 나는 낡은 부속 예배당을 찾아갔다. 거기에 내가 할 일이 있었기 때문이다. 공기는 답답했고 마치 황 냄새가 풍기는 것 같아서 때때로 나는 머리가 어질어질해졌다. 거기에서도 내 귓속에서는 으르렁거리는 소리가 울리고 있었는데, 어쩌면 그것은 멀리서 들려오는 이리들의 울부짖음 소리였는지도 모른다. 소중한 미나 여사에게 생각이 미치자 나는 내가 엄청난 곤경에 처해 있다는 것을 알았다. 실로 진퇴양난이었다. 나는 그녀를 감히 이곳으로 데려오지 못하고 흡혈귀로부터 안전하도록 그 성스러운 원 안에다 남겨 두었지만, 그렇더라도 이리의 습격을 받을 위험이 있었다. 나는 여기에 내 일이 있다고 마음을 다지고서 이리에 대해서는 만일 그것이 하느님의 뜻이라면 감수하기로 했다. 어찌 되었건 그것은 죽음과 자유를 초월하는 문제였으니까. 나는 그녀를 위해 그 길을 택했다. 만일 그것이 나 자신을 위해서였더라면 선택은 쉬웠을 것이다. 안식을 찾기엔 이리 아가리가 그 흡혈귀의 무덤보다는 더 나았으니까. 그래서 나는 하려던 일을 그냥 밀고 나가기로 작정했다.

나는 거기에 찾아내야 할 무덤, 즉 흡혈귀가 묻혀 있는 무덤이 적어도 세 개는 있다는 것을 알고 있었다. 그래서 찾고 또 찾고 하다가 그중 하나를 찾아냈다. 흡혈귀의 잠에 빠진 그 여자는 너무도 생기에 차 있고 요염하게도 아름다워서 나는 마치 살인이라도 하는 것처럼 몸서리가 쳐졌다. 아아, 나는 옛날에 나와 같은 일을 하려고 길을 떠났던 많은 사람들이 마침내 그런 것을 찾아내면 처음에는 마음이, 그리고 다음에는 정신이 그를 저버린다는 것을 믿지 않았다. 사내는 미루고 미루고 또 미루다가 마침내는 그 음란한 흡혈귀의 아름다움과 매력에 홀려서 해가 질 때까지 그대로 얼어붙어 흡혈귀의 잠 속으로 빠져든다. 그리고 다음에는 그 미인이 아름다운 눈을 뜨고 사랑스럽게 바라보다가 관능적인 입술로 입 맞추면 ― 사내는 힘이 쪽 빠진다. 그래서 흡혈귀의 소굴에는 또 다른 희생자, 흡혈귀의 그 무시무시하고 소름 끼치는 군대를 늘릴 또 하나의 희생자가 남게 되는 것이다…….

내가 그러한 것이 존재한다는 사실에 충격을 받았을 때, 비록 그녀가 세월로 좀먹고 몇 세기의 두꺼운 먼지가 쌓인 무덤에 누워 있었어도, 또 백작의 소굴에서 감돌던 지독한 냄새가 풍겨 났어도, 거기에는 분명히 어떤 매력이 있었다. 그래, 나로서도 ― 분명한 목적과 증오할 이유가 있는 이 판 헬싱으로서도 ― 그 일을 뒤로 미루고 싶다는 강한 열망을 느꼈고 그것이 내 능력을 마비시키고 내 정신을 무겁게 하는 것 같았다. 그것은 어쩌면 자연스러운 수면 욕구일 수도 있었고 이상하게 답답한 공기가 나를 덮치기 시작해서였는지도 모른다. 하지만 분명히 나는 그처럼 감미로운 매력을 발산하며 눈을 뜬 채로 잠든 여인 앞에서 잠에 빠져들고 있었는데, 바로 그때 눈 덮인 정적에 싸인 대기를 뚫고서 길고 낮은 울부짖음이, 너무도 깊은 고뇌와 연민에 차서 처량한 나팔 소리처럼 나를 깨우는 울부짖음이 들려왔다. 내가 들었던 것은 바로 사랑하는 미나 여사의 목소리였으니까.

그래서 나는 그 끔찍한 일을 하기로 다시 마음을 다잡고 무덤 꼭대기를 뜯어내어 살빛이 좀 더 검은 다른 여인을 찾아냈다. 나는 또다시 홀리기 시작하게 될까 봐 첫 번째 여인에게 그랬던 것처럼 멈춰 서서 그녀를 바라볼 수가 없었지만, 수색을 계속하다가 마침내는 조녀선과 내가 안개의 입자들로부터 형체가 드러나는 것을 보았던, 다른 여인들보다 훨씬 더 사랑스러운 여인을 위해 만들어진 듯한 높고 커다란 무덤을 찾아냈다. 그녀는 바라보기에 너무도 아름다운, 너무도 눈부신 미인이었고 너무도 요염하게 관능적이어서 그녀를 사랑하고 보호하도록 남성의 어떤 것을 부추기는 바로 남성의 본능으로 인해 새로운 감정으로 내 머리가 어질어질해졌다. 그러나 천만다행으로 사랑스러운 미나 여사의, 마음을 꿰뚫는 울부짖음이 아직도 내 귀에서 울리고 있었다. 마력이 내게 더 이상 작용하기 전에 나는 그 험한 일을 할 용기를 그러모았다. 나는, 부속 예배당에 있는 모든 무덤들을 찾을 수 있는 데까지 찾아보았다. 그리고 밤중에 우리 주위에서 떠돌던, 불사귀의 유령들은 셋뿐이었으므로 활동하는 불사귀들이 더 이상은 존재하지 않는다고 생각했다. 거기에는 나머지 것들보다 훨씬 더 크고 당당한 무덤이 하나 있었는데, 크기도 대단할 뿐 아니라 고상하게 균형이 잡혀 있었다. 그리고 거기에는 이 한마디만 적혀 있었다.

드라큘라

그것이 바로 그토록 많은 사람들을 흡혈귀로 만들었던 흡혈귀 괴수의 무덤이었다. 그 빈 무덤이 내가 알고 있던 사실들을 웅변으로 확인시켜 주었다. 끔찍스러운 일을 통해 그 여인들을 본질적인 죽음으로 되돌려 놓기 전에, 나는 드라큘라의 무덤에 성체를 놓았고 그럼으로써 불사귀를 영원히 거기에서 추방해 버렸다.

다음에 나는 끔찍한 일을 시작했다가 겁에 질렸다. 아니, 불사귀가 하나뿐이었다면 그 일은 비교적 쉬웠을 것이다. 하지만 셋이라니! 그 끔찍한 일을 하고 난 뒤에도 두 번을 더 해야 하다니! 사랑스러운 미스 루시에 대한 그 일이 끔찍했다면 수 세기를 살아오면서 세월의 흐름으로 힘을 보태 온, 그리고 만일 할 수만 있다면 자기네들의 구역질 나는 삶을 위해 싸우려고들 이 이상한 존재들이 어찌 끔찍스럽지 않았겠는가?

아아, 그것은 백정 일이었다. 만일 내가 다른 죽은 사람들, 그리고 머리 위에 죽음의 엄청난 두려움의 장막이 걸려 있는 산 사람들을 생각하고 마음을 굳게 먹지 않았더라면 나는 그 일을 계속할 수가 없었을 것이다. 나는 모든 것이 끝나서 참으로 감사하게도 신경이 진정된 지금까지 내내 떨고 있다. 내가 첫 번째 여인에게서 그 평온한 표정과 마지막으로 분해되기 전에 영혼이 구원받았다는 것을 알아차리고서 잠깐 스쳤던 기쁜 빛을 보지 못했더라면 나는 내 백정 일을 더 이상 계속할 수가 없었을 것이다. 그리고 말뚝을 박아 넣을 때의 그 끔찍한 비명과 입에 피거품을 물고 몸을 뒤틀며 날뛰는 모습도 견뎌 내지 못했을 것이다. 나는 아마도 겁에 질려 내 일을 중도에 그만두고 도망쳤을 것이다. 하지만 이제 그 일은 다 끝났다. 그 불쌍한 영혼들, 나는 이제 그들이 사라지기 직전 그들 하나하나가 깊은 죽음의 잠에 들어 평온한 표정을 띠었던 것을 생각하며 그들을 동정하고 울 수 있다. 내 칼이 그들 하나하나의 목을 자르자 그 온전한 몸뚱이가 녹기 시작하면서, 마치 수 세기 전에 찾아왔어야 할 죽음이 마침내 찾아와 큰 소리로 〈여기 내가 왔노라!〉 하는 듯이 본래의 먼지로 부스러지기 전에 잠시 스쳤던 그 표정을 생각하면서.

그 성을 떠나기에 앞서 나는 백작이 다시는 그 불사귀들의 세계로 들어가지 못하도록 입구를 봉해 버렸다.

내가 부인이 잠들어 있던 그 원 안으로 들어갔을 때 부인은 잠이 깨어 있었고, 내가 그토록 많은 수고를 한 것에 마음 아파 하면서 외쳤다.

「이제 떠나요! 이 무시무시한 장소에서 떠나요! 우리를 향해 오고 있는 제 남편을 맞으러 가요.」 부인은 여위고 창백하고 허약했지만 그녀의 눈은 맑았고 타오르는 듯 빛나고 있었다. 나는 그녀의 창백하고 병든 모습을 보고 마음이 놓였다. 내 마음이 그 혈색 좋은 흡혈귀의 잠에 대한 새로운 공포로 가득 차 있었기 때문이었다.

우리는 믿음과 희망을 가지고, 그러나 또 한편으로는 두려움에 차서 친구들, 그리고 미나 여사가 우리를 맞으러 오고 있다고 한 그 사람을 맞으러 동쪽으로 향했다.

미나 하커의 일기

11월 6일

선생과 내가 동쪽으로, 그러니까 내가 알기로는 조녀선이 오고 있는 방향으로 길을 떠난 것은 늦은 오후였다. 길은 가파른 내리막이었지만, 우리는 걸음을 재촉할 수 없었다. 추위와 눈 속에서 몸을 따뜻이 할 대책도 없이 남겨질 위험을 피하기 위해 무거운 깔개며 무릎 싸개 같은 것들을 모두 가지고 왔기 때문이었다. 우리는 또 눈보라를 뚫고 아무리 보아도 사람이 산다는 낌새마저도 보이지 않는 그곳에서 완전히 고립될 경우에 대비하여 식량도 일부 가져와야 했다. 1마일쯤을 걷고 난 뒤 나는 잠시 쉬어 가려고 앉았다. 그리고 뒤로 몸을 돌려 하늘에 새겨진 듯이 뚜렷한 드라큘라성의 윤곽을 보았다. 우리가 있는 곳은 꼭대기에 그 성을 이고 있는 언덕 밑의 깊은 계곡이어서, 멀리 보이는 카르파티아산맥이 그보다 훨씬 더 낮아 보였다. 그 성은 사방 어느 곳으로나 인접한 가파른 산들과 상당한 거리를 두고서 천 길 낭떠러지 위에 도도히 걸터앉아 황량하고 기괴한 분위기를 풍기고 있었다. 이리 떼가 멀리에서 울부짖고 있었다. 그 울음소리는 그쳐 가는 눈보라에 막혀 약해지기는 했어도, 두려움에 차 있었다. 나는 판 헬싱 선생이 이리저리 두리번거리는 것을 보고 그가 공격을 받게 될 경우에 대비하여 몸을 피하기에 가장 나은 장소를 찾으려 하고 있다는 것을 알았다. 길은 여전히 내리막이었고 우리는 흩날리는 눈발 사이로 그 길을 알아볼 수 있었다.

잠시 뒤에 선생이 내게 손짓을 했고, 나는 일어서서 그에게로 갔다. 그는 아주 쓸 만한 장소, 그러니까 두 개의 둥근 바위 사이로 현관처럼 입구가 나 있는 암벽에 움푹 팬 구멍을 찾아낸 것이었다. 그가 내 손을 잡아 안으로 끌어들였다. 그가 말했다. 「보세요, 여기에서 몸을 피할 수 있습니다. 그리고 이리가 온다면 나는 그놈들을 하나씩 상대할 수 있습니다.」 그가 모피를 펼쳐 내게 편안한 자리를 만들어 주고는, 가져온 식량을 좀 꺼내어 내게 억지로라도 먹으라고 권했다. 하지만 나는 먹을 수가 없었다. 그러려고 해보는 것조차 역겨워서, 그를 즐겁게 해주고 싶은 마음은 굴뚝같았어도, 도저히 그럴 수가 없었다. 그는 몹시 슬퍼 보였지만 나를 꾸짖지는 않았다. 그가 가방에서 망원경을 꺼내 들고 바위 꼭대기로 올라가더니 지평선을 살피다가 갑자기 큰 소리로 외쳤다.

「보세요! 미나 여사, 보세요!」 내가 펄쩍 뛰어 일어나 바위 위로 올라가자 그가 내게 쌍안경을 건네주고 가리켰다. 눈은 이제 세찬 바람에 불려 점점 더 거세어지면서 거칠게 소용돌이를 치고 있었다. 그러나 눈보라가 잠깐씩 멎는 틈을 타서 멀리까지 둘러볼 수가 있었다. 우리가 서 있는 높은 곳에서는 아주 멀리까지 볼 수가 있었는데, 하얗게 눈 덮인 황무지 저 너머로 구불구불하게 감아 돌며 흐르는 검은 띠 같은 강을 볼 수 있었다. 바로 우리 앞쪽으로 얼마 떨어지지 않은 곳에서는 — 사실, 너무도 가까워서 먼저 발견하지 못한 것이 이상스러웠다 — 말을 탄 한 무리의 남자들이 급히 달려오고 있었다. 그들의 한복판에는 길 한 쪽이 움푹 패거나 불쑥 솟은 곳을 지날 때마다 개가 꼬리를 치듯 흔들거리는 기다란 건초 마차가 한 대 있었다. 눈을 배경으로 윤곽만 보이기는 했어도, 나는 그들의 옷차림으로부터 그들이 농부거나 아니면 집시들이라는 것을 알 수 있었다.

　마차 위에는 커다랗고 네모난 상자가 하나 놓여 있었다. 그것을 보는 순간 나는 종말이 다가오고 있다는 느낌으로 가슴이 몹시 뛰었다. 이제 저녁이 다가오고 있었고 나는 해가 지면 그 안에 갇혀 있던 괴물이 새로운 자유를 얻어 수많은 형체들 중에서 어느 한 형체를 띠고 모든 추적을 따돌릴 수 있다는 것을 너무도 잘 알고 있었다. 나는 겁에 질려 선생을 돌아다보았지만 놀랍게도 그이는 거기에 없었다. 잠시 뒤에 선생이 아래쪽에서 나타났다. 바위를 빙 둘러 우리가 전날 밤 피난처로 삼았던 것과 같은 원을 그린 것이었다. 그 일을 마치자 선생이 다시 내 옆으로 와서 말했다.

　「적어도 여기서라면 그자에게서 안전할 겁니다.」 선생이 내게서 쌍안경을 받아 들고 눈이 잠시 그친 틈을 타서 우리 아래쪽의 공간을 훑어보았다. 「보세요, 저자들이 빠른 속도로 다가오고 있습니다. 말들에 채찍질을 하면서 있는 힘껏 빨리 달리고 있군요.」 선생이 잠시 말을 끊었다가 힘없는 목소리로 다시 이었다.

　「저자들은 해가 질 때를 바라고 달리는 겁니다. 잘못하다간 우리가 너무 늦어질 수도 있어요. 하느님의 뜻이 이루어지게 하소서!」 또 한 차례 앞을 볼 수 없는 눈보라가 몰려왔고 시야가 완전히 가려졌다. 하지만 그 눈보라는 곧 지나갔고 선생의 쌍안경은 한 번 더 벌판에 고정되었다. 그리고 갑자기 그이에게서 환호가 터져 나왔다.

「보세요! 보세요! 보세요! 말을 탄 두 남자가 남쪽에서부터 빠르게 뒤쫓고 있습니다! 틀림없이 퀸시와 존일 겁니다. 쌍안경을 받으세요. 눈보라가 앞을 모두 가리기 전에 보세요!」 나는 쌍안경을 받아서 들여다보았다. 그 두 남자는 아마도 수어드 박사와 모리스인 것 같았다. 어쨌든 그중 누구도 조너선이 아니라는 것은 분명했다. 하지만 나는 조너선이 멀리 떨어져 있지 않다는 것을 알았고 이리저리 둘러보다가 다가오는 무리의 북쪽에서 말을 타고 무서운 속력으로 달려오는 두 남자를 보았다. 그들 중 하나는 조너선이었고 다른 하나는 물론 고덜밍 경일 것이었다. 그들 역시 마차와 함께 가는 무리를 뒤쫓고 있었다. 내가 선생에게 그 말을 하자 그는 아이처럼 환호성을 질렀다. 그러고는 눈보라로 더 이상 볼 수 없을 때까지 망원경을 열심히 들여다보다가 우리 피난처의 입구에 있는 둥근 바위를 방패로 삼아 윈체스터 총을 겨누었다. 선생이 말했다.「저 놈들이 모두 한꺼번에 몰려오는군요. 좀 더 있으면 사방에 집시들이 보일 겁니다.」 나는 권총을 꺼내어 들었고, 우리는 점점 더 요란스러워지고 가까워지는 이리들의 울음소리에 대해서 잠시 이야기를 나누었다. 눈보라가 좀 뜸해지자 우리는 다시 앞쪽을 내다보았다. 가까운 곳에서는 그처럼 함박눈이 펑펑 내리는데도 저 너머에서는 멀리 솟아 있는 산마루로 태양이 내려앉으면서 점점 더 밝게 빛나는 것을 보고 있으려니 기분이 이상했다. 망원경으로 사방을 둘러보면서 나는 여기저기에서 하나씩, 둘씩, 셋씩, 그리고 더 많은 숫자로 움직이는 점들을 볼 수 있었다. 이리들이 먹이를 찾아 모여들고 있는 것이었다.

기다리고 있는 동안 한순간 한순간이 너무도 길게 느껴졌다. 바람은 이제 사나운 돌풍으로 몰아쳤고 소용돌이치는 바람을 따라 눈이 사납게 몰아닥쳤다. 때때로 우리는 한 치 앞도 볼 수가 없었지만 또 어떤 때에는 속이 빈 듯한 소리를 내는 바람이 우리 주위의 허공을 청소하듯 휩쓸고 지나감으로써, 멀리까지 볼 수 있었다. 요즘 들어 우리는 일출과 일몰을 지켜보는 데 너무도 익숙해져 그것이 언제일지를 아주 정확하게 알고 있었다. 우리는 얼마 안 가서 곧 해가 지리라는 것을 알았다.

갖가지 차림을 한 사람들이 우리 앞으로 가까이 모여들기 시작한 것은 우리가 그 암벽에 뚫린 은신처에서 기다린 지 한 시간이 채 못 되었을 때였다. 바람은 이제 점점 더 거세어져서 사정없이 몰아쳤고 줄곧 북쪽에서 불어왔다. 눈이 이따금씩 쏟아져 내리는 것으로 보아, 그 바람이 우리에게서 눈구름을 몰아가는 것 같았다. 우리는 쫓는 사람들과 쫓기는 사람들 하나하나를 분명히 알아볼 수 있었다. 그런데 참으로 이상하게도 쫓기는 사람들은 알아차리지 못했거나 아니면 적어도 쫓기고 있다는 것을 상관하지 않는 것 같았다. 하지만 그들은 태양이 산꼭대기를 향해 내려앉기 시작하자 더욱더 빠른 속도로 서두르고 있었다.

그들이 점점 더 가까이 다가왔다. 선생과 나는 바위 뒤에 웅크리고 앉아 손에 무기를 들고 기다렸다. 선생은 그들이 지나가게 놓아두지 않을 결심을 굳힌 것이 분명했다. 하지만 그들은 하나같이 우리가 있다는 것을 까맣게 모르고 있었다.

갑자기 외치는 두 목소리가 터져 나왔다. 「멈춰라!」하나는 화가 나서 격앙된 조녀선의 목소리였고 다른 하나는 모리스 씨의 강한 결의가 서린 침착한 명령이었다. 그 집시들은 그 말을 알아듣지 못했겠지만 어느 나라 말로 나왔건 간에 그 어조를 못 알아들을 리는 없었다. 본능적으로 그들이 고삐를 당겨 말을 세웠고 그 순간 한쪽에서는 고덜밍 경과 조녀선이, 그리고 다른 쪽에서는 수어드 박사와 모리스 씨가 달려들었다. 켄타우로스처럼 말에 올라 있던 당당한 모습을 한 집시들의 우두머리가 맞받아 손을 내젓고는 사나운 목소리로 자기의 부하들에게 계속 가라고 명령을 내렸다. 그들은 말에 채찍질을 하여 앞쪽으로 내달리게 했지만 네 남자는 윈체스터 총을 겨누고서 잘못 알아들을 리 없는 어조로 그들에게 멈출 것을 명했다. 그와 동시에 판 헬싱 박사와 내가 바위

625

뒤에서 일어나 그들에게 무기를 겨누었다. 포위된 것을 알아차리자 그들이 고삐를 바짝 당겨 멈춰 섰다. 우두머리가 그들을 돌아다보고 명령을 내리자 집시들 하나하나가 칼이건 권총이건 가지고 있던 무기들을 뽑아 들고 공격 자세를 취했다. 순식간에 싸움판이 벌어졌다.

우두머리가 고삐를 재빨리 움직여 말을 앞으로 몰아 나오더니 처음에는 해 — 이제는 언덕 꼭대기에 가까워진 — 를 가리켰다가 다음에는 성을 가리키면서 내가 알아들을 수 없는 말로 뭐라고 외쳤다. 그 대답으로 우리 편의 네 사람은 말을 몰아 마차 쪽으로 돌진해 갔다. 나는 그러한 모험을 감행하는 조녀선을 지켜보면서 엄청난 공포를 느껴야 했지만, 싸움터의 열기가 다른 사람들 모두에게처럼 내게도 영향을 미친 듯, 두려움을 느끼기는커녕 뭔가를 해야겠다는 끓어오르는 열망을 느꼈을 뿐이었다. 우리 편 사람들의 재빠른 움직임을 알아차리고 집시들의 우두머리가 명령을 내렸다. 그의 부하들이 당장에 그 명령을 수행하기 위해서 열심히 서로 어깨를 맞대고 우왕좌왕하면서 마차를 에워쌌다.

그런 와중에서 나는 조녀선이 빙 둘러서 있는 사람들의 한쪽에서, 그리고 퀸시는 다른 쪽에서 마차를 향해 밀고 들어가는 것을 볼 수 있었다. 이 세상 어느 것도 그들을 가로막거나 아니, 방해조차 할 수 없을 것 같았다. 바로 앞에서 집시들이 겨누고 있는 총이나 번뜩이는 칼도, 그리고 뒤에서 으르렁거리는 이리들도 그들의 관심을 끌지 못하는 것 같았다. 조녀선의 맹렬하고 단호한 기세가 그 앞에 있는 사람들을 위압한 것 같았다. 본능적으로 그들이 겁을 먹고 옆으로 물러나 그에게 길을 내주었다. 눈 깜짝할 사이에 그는 마차 위로 뛰어올라 믿기지 않는 힘으로 그 커다란 관을 번쩍 들어 올려 바퀴 너머로 땅바닥에 내던졌다. 그러는 사이에 모리스 씨는 자기 앞에 빙 둘러선 스가니족 사람들을 뚫으려고 완력을 써야 했다. 내내 숨도 제대로 쉬지 못한 채 조녀선을 지켜보면서 나는 곁눈으로 모리스 씨가 있는 힘을 다해 앞쪽으로 밀어붙이는 모습과 그가 사람들의 장벽을 뚫고 나가는 순간 집시들의 칼이 번쩍 빛을 발하며 그에게로 내리쳐지는 것을 보았다. 그는 자기의 커다란 사냥칼로 공격을 막아냈고, 그래서 처음에 나는 그가 무사히 자기의 목적을 이루어 냈다고 생각했다. 그러나 그가 이미 마차에서 뛰어내린 조너선에게로 뛰어갈 때 옆구리를 움켜쥔 그의 왼손가락 사이로 피가 솟아오르는 것을 보았다. 하지만 그는 조금도 머뭇거리지 않았다. 조너선이 있는 힘을 다해 커다란 쿠크리 칼로 뚜껑을 들어 올리려고 하면서 관의 한쪽 끝을 찌르는 사이 그는 사냥칼로 다른 쪽을 미친 듯이 쑤셔 대고 있었다. 그 두 사람이 힘을 합친 덕분에 뚜껑이 들리기 시작했고, 짤막하게 삐걱거리는 소리와 함께 못이 빠져나오면서 뚜껑이 휙 열어젖혀졌다.

그때쯤 집시들은 자기네들이 윈체스터 총에 포위되어 있다는 것, 자기네들의 목숨이 고덜밍 경과 수어드 박사에게 달려 있다는 것을 알아차리고 더 이상의 반항을 포기했다. 태양은 거의 산꼭대기로까지 내려가 있었고 모든 사람들의 그림자가 눈 위로 길게 떨어졌다. 나는 땅 위에 내려놓아진 관 속에 누워 있는 백작을 보았는데, 그의 몸 위로는 마차에서 거칠게 떨어지는 바람에 흙탕물이 좀 튀어 있었다. 그는 꼭 밀랍 인형처럼 죽은 듯 창백했고 붉은 눈은 내가 너무도 잘 아는 무시무시하고 악의에 찬 표정으로 번뜩이고 있었다.

내가 지켜보고 있는 사이 그 눈이 지는 해를 보면서 증오에 찬 표정이 승리에 찬 표정으로 바뀌었다.

그러나 바로 그 순간 조너선의 커다란 칼이 번쩍 빛을 발했다. 나는 그 칼이 백작의 목을 싹둑 자르는 동시에 모리스 씨의 사냥칼이 심장에 깊이 박히는 것을 보면서 비명을 질렀다.

그것은 마치 기적과도 같았다. 바로 우리 눈앞에서 겨우 숨을 한 번 들이켤 동안에 온 몸뚱이가 먼지로 부서져 사라져 버린 것이었다.

나는 그자가 마지막으로 분해되는 순간에, 그럴 수 있으리라고 전혀 상상도 하지 못했던 평화로운 표정이 그의 얼굴에 떠올랐던 것을 내가 살아 있는 동안 내내 감사히 여길 것이다.

드라큘라성은 이제 석양에 물든 하늘을 배경으로 서 있었고 기울어 가는 햇살을 받아 부서진 홍벽의 돌 하나하나가 뚜렷하게 드러났다.

집시들은 그 죽은 남자가 기이하게 사라져 버린 원인이 우리에게 있다고 잘못 알고서 한마디 말도 없이 말을 돌려 죽을힘을 다해 도망쳤다. 그리고 미처 말에 올라타지 못한 사람들은 건초 마차 위에 뛰어올라 말을 탄 사람들에게 자기네들을 버리지 말라고 소리쳤다. 안전한 거리까지 물러나 있던 이리들은 우리만 남겨 둔 채 그들을 뒤쫓아 갔다.

모리스 씨는 땅에 쓰러진 채 손으로 옆구리를 누르고 팔꿈치로 몸을 받치고 있었다. 그의 손가락 사이로 여전히 피가 솟구쳐 나왔다. 나는 성스러운 원이 나를 잡아 두지 않게 되자 그에게로 달려갔고 두 의사들도 달려왔다. 조너선이 그의 뒤에서 무릎을 꿇고 부상자의 머리를 어깨로 받쳤다. 그가 길게 한숨을 내쉬고는 피가 묻지 않은 손으로 힘없이 내 손을 잡았다. 그는 틀림없이 내 얼굴에 서린 마음의 고통을 알아차린 것이 분명했다. 미소를 지으며 내게 이런 말을 했기 때문이다.

「내가 어떻게든 도움이 되었다는 것이 즐거울 뿐입니다. 오, 하느님!」 그가 갑자기 외치더니 일어나 앉으려고 애쓰면서 나를 가리켰다. 「이걸 위해서라면 죽는 보람이 있습니다. 보세요! 보세요!」

태양은 이제 바로 산꼭대기 위에 걸려 있었고 붉은 빛줄기들이 내 얼굴 위로 떨어져서 마치 내 얼굴이 붉은 빛에 흠뻑 젖는 것 같았다. 남자들의 눈길이 그가 손가락으로 가리킨 곳을 따라갔다가 모두가 한꺼번에 무릎을 꿇으며 진정으로 경건한 〈아멘!〉 소리가 터져 나왔다. 죽어 가는 사람이 말했다.

「이제 하느님께 감사를 드려야 해. 우리의 모든 노력이 헛되지 않았어. 봐, 그녀의 이마가 눈보다 더 깨끗해졌어! 저주가 풀린 거야!」

그러고는 우리가 비통한 마음으로 지켜보는 가운데, 용감한 신사였던 그는 조용히 미소를 지으며 숨을 거두었다.

후기

    7년 전에 우리 모두는 그 불길을 지나왔다. 그리고 우리가 생각하기로는, 그 이후로 우리들 중 몇몇이 누린 행복은 우리가 겪었던 고통을 충분히 보상해 주었다. 미나와 내게서 태어난 아들의 생일이 퀸시 모리스가 죽은 바로 그날이라는 것은 우리에게 또 하나의 기쁨이다. 그 아이의 어머니는 내가 알기로는, 그 용감한 친구의 영혼이 그 아이에게로 들어왔다는 은밀한 믿음을 지니고 있다. 그 아이의 한 꾸러미나 되는 이름에는 우리 조그만 동아리에 속했던 남자들의 이름이 들어 있지만 우리는 그 아이를 퀸시라고 부른다.

    올해 여름, 우리는 트란실바니아로 여행을 했고 거기에서 우리에게는 너무도 생생하고 끔찍한 기억들로 가득 찬 옛 성을 둘러보았다. 우리가 직접 눈으로 보고 귀로 듣고 했던 것들이 생생한 사실이었다는 것이 여간해서 믿기지가 않았다. 그 모든 흔적들은 하나같이 지워졌다. 그 성은 버려진 황무지 위에 전과 다름없이 우뚝 서 있었지만.

    집으로 돌아오자 우리는 지난 시절을 얘기했다. 우리는 그 시절을 슬퍼하지 않고 돌아볼 수 있다. 고덜밍과 수어드 모두가 행복한 결혼을 했기 때문이다. 나는 우리가 오래전의 그 원정에서 돌아온 이후로 금고 속에 보관해 두었던 문서들을 꺼냈다. 우리의 그 일을 기록한 모든 자료들 속에, 사람들이 믿어 줄 만한 문서가 거의 없다는 것, 나중에 미나와 수어드와 나 자신이 쓴 일기, 그리고 판 헬싱의 비망록만을 제외하고는 한 뭉치의 타자한 종이에 불과하다는 사실에 우리는 충격을 받았다. 우리는 이 문서들을 그 황당무계한 사건의 증거로 받아들여 달라고 누군가에게 부탁하고는 싶었지만, 여간해서 할 수가 없었다. 판 헬싱은 우리의 아들을 무릎에 앉히고 그것을 한마디로 요약했다.

「우리는 어떤 증거도 원치 않네. 또 누구에게도 우리를 믿으라고 하지도 않을 거고. 이 아이는 때가 되면 저의 어머니가 얼마나 용감하고 훌륭한 여자인지를 알게 될 걸세. 벌써 이 아이는 제 어머니의 다정한 마음씨와 사랑스러운 보살핌을 알고 있어. 나중에 이 아이는 어떤 남자들이 제 어머니를 얼마나 사랑했는지 그녀를 위해 얼마나 많은 위험을 무릅썼는지 알게 될 걸세.」

조너선 하커

환상 문학, 흡혈귀, 그리고 『드라큘라』

1. 환상 문학에 대하여

초자연적인 존재나 현상을 다루는 모든 장르의 문학을 환상 문학littérature fantastique이라고 할 수 있다. 그러나 초자연적인 존재나 현상이라도 신앙과 예배의 대상이 되는 신이나 그 중개자를 다룬 것은 제외가 된다. 신화, 천지 창조, 경전, 성인들의 삶과 기적 등에는 분명히 초자연적인 것이 자리하고 있지만, 이런 것들은 환상 문학의 범주에 들어가지 않는다. 환상 문학은 또 동물들이 이야기를 하는 우화나, 선과 악 등이 의인화되어 있는 알레고리도 배제한다. 말하자면 환상 문학은 신화와 우화의 중간 영역에 자리 잡고 있다. 전통적으로 환상 문학은 요정 이야기와 귀신 이야기라는 두 장르를 자기의 영역으로 삼아 왔다. 이 두 장르에 현대에 들어와서는 SF라는 새로운 장르가 추가되었다.

자연을 지배하는 과학 기술을 사람들이 아직 갖추고 있지 않았을 때는, 이루어질 수 없는 순진한 열망을 상상 속에서 정령(精靈)의 힘을 통해 충족시켰다. 그 열망이란, 같은 순간에 서로 다른 장소에 출현하는 것, 남의 눈에 보이지 않게 하는 것, 원거리에서 힘을 행사하는 것, 자기가 원하는 형체로 둔갑하는 것, 동물이나 초자연적인 힘을 이용하여 자기 일을 대신하게 하는 것, 악마나 비바람을 부리는 것, 막대한 위력을 가진 무기나 마법의 약, 요술 단지, 사랑의 묘약을 갖는 것, 늙지도 않고 죽지도 않는 것 등이다.

이러한 초자연적인 상상에는 순진한 소망이 깃들어 있고, 인간의 무력함을 뛰어넘으려는 열망이 별다른 중간자의 매개를 거치지 않고 나타나 있다. 그러나 이런 것들이 전혀 터무니없는 것은 아니었다. 비행기가 하늘을 날면서, 나는 양탄자나 날개 달린 말에 대한 몽상이 시들해졌고, 증기 기관과 전기의 사용은 엄청난 위력을 가진 부하를 갖고자 하던 꿈을 현실로 만들어 주었던 것이다.

과학이 거대한 규모로 인간의 조건을 변화시키고 있다. 그에 따라 환상 문학의 양상도 달라진다. 과학의 발전이 환상의 한 부분을 시들하게 만들고 있는 반면, 인간 조건의 경계를 더욱 분명하게 만듦과 동시에, 그 경계를 뛰어넘을 수 없다는 사실도 인식하게 해준다. 인간의 힘에 대한 자신감이 늘어 가는 반면에, 저승의 어둠과 죽음의 그림자도 더욱 짙고 더욱 두려운 것으로 나타난다. 그 어둠과 그림자로부터 유령과 귀신이 솟아나서, 가장 뜻하지 않은 순간에 살아 있는 자를 덮칠 태세를 갖추고 언제나 우리의 곁을 기웃거리는 것이다. 다람쥐 쳇바퀴 돌듯 하는 일상의 세계에서 불현듯 사악한 힘에 대한 환상이 일어나고, 환상 문학이 공포의 빛을 띠게 된다.

유령은 영생에 대한 꿈의 반영이며, 〈다른 세계〉에 대한 환상의 결과이다. 악마와의 거래, 망자(亡者)의 복수, 신선한 피를 갈망하는 흡혈귀, 갑자기 살아 움직이며 산 사람들을 괴롭히는 동상과 인형과 기계 장치 등 다양한 주제가 나타난다. 이 저주받은 존재들은 죽음과 어둠, 사물의 그늘진 쪽을 따라다닌다. 그들은 보이지 않는 곳에 도사리고 있으면서, 잔잔하게 흘러가는 평범한 일상 속으로 느닷없이 들어올 때를 기다리고 있다.

인간과 물질세계의 기본 법칙은 명백하고 절대적인 불가능성의 영역을 줄여 갈 것이다. 그러나 명백한 불가능성이 존재하는 한, 환상의 개입은 불가피하며, 환상 문학의 주제는 바로 그러한 불가능성의 내용에 의해 결정되는 것이다.

2. 흡혈귀 문학의 역사와 그 완성으로서의『드라큘라』

흡혈귀는 원래 발칸 지역 슬라브 사람들의 민간 신앙이다. 어떤 이유로 영혼의 안식을 얻을 수 없게 된 망자가, 밤이 되면 살아 있는 사람의 피를 마시기 위해 무덤에서 나온다고 하는 발칸 지역 특유의 흡혈귀 속신이 있었다. 이것이 서유럽에 널리 알려지게 된 것은 18세기 전반으로서, 합스부르크 왕가가 발칸 지역으로 영토를 확장하고 슬라브인 거주지를 변경의 속주로 삼으면서 수도 빈에 슬라브의 지역 신문이 전해진 것이 계기가 되었다고 한다. 그러한 정보를 정리하고, 기록을 분석하여 흡혈귀 현상을 과학적으로 설명하려고 한 최초의 시도가, 유명한 동 칼메Don Calmet의 저서,『정령 현상 및 헝가리, 모라비아의 흡혈귀와 유령에 관한 논고』(파리, 1746)이다.

서유럽에 비해서 기독교의 수용이 수백 년 늦었던 슬라브 세계에서는, 중세 중기에 걸쳐서 기독교로의 개종이 성급하게 이루어졌다. 이때, 토속 신앙의 많은 신들을 모신 사당이나 신전을 무너뜨린 자리에 기독교의 성당이나 수도원이 들어서는 일이 많았다. 그 때문에 이중 신앙이라고 할 만한 기독교와 토속 신앙의 특이한 혼합 현상이 생겨났다. 특히『드라큘라』에서 드라큘라 백작의 고향으로 나오는 트란실바니아 지방은 그러한 혼합 현상이 극심했던 것으로 알려져 있다. 기독교 신앙이 자리를 잡으면서, 기층으로 내려앉은 토속 신앙은 슬라브인의 민중 문화 속에 다양한 형태로 살아남아 있다가, 때로는 왜곡된 형태로 돌출하기도 했다. 흡혈귀라고 하는 민간전승의 환상도, 그러한 토속 신앙의 억압된 꿈이 일상의 세계로 돌출한 것이라 할 수 있다.

슬라브의 이 민간 신앙은 18세기 말에서 19세기 말까지 1세기에 걸쳐서 환상 문학의 빼어난 주제가 되어 왔고, 브램 스토커의『드라큘라』이후 현재에 이르는 백 년 동안은 드라큘라 백작을 흡혈귀의 대명사로 만들면서 연극과 영상 예술을 통해 수없이 많이 형상화되었다.

칼메의 연구를 바탕으로 흡혈귀 설화를 문학적으로 형상화한 작가는 여럿

이 있다. 1797년에 괴테가 쓴 미려한 이야기 시 「코린토스의 신부Die Braut von Korinth」를 시작으로, E. T. A. 호프만, 알렉세이 톨스토이(1817~1875), 발자크, 셰리던 르 파뉴, 브램 스토커 등이 흡혈귀를 다룬 소설을 썼다. 이들 대부분은 전설의 내용을 중심으로 약간의 상상력을 발휘한 것에 불과했지만, 알렉세이 톨스토이와 브램 스토커는 흡혈귀 전설을 각각 자기 시대에 맞게 재해석하면서 환상 문학의 고전들을 만들어 냈다.

괴테가 「코린토스의 신부」를 쓴 지 반세기가 지나서 러시아의 청년 작가 알렉세이 톨스토이가 『흡혈귀』라는 소설을 썼고, 거의 같은 시기에 『흡혈귀의 가족』, 『3백 년 후의 만남』을 프랑스어로 발표하였다. 러시아 문학이 낭만주의를 벗어나 리얼리즘의 길을 걷기 시작했던 1840년대에 나온 그의 작품은, 철 늦은 장미처럼 빛을 보지 못하다가 1890년대에 리얼리즘이 퇴조하면서 진실로 환상적인 작품으로 재발견되고 재평가되었다.

알렉세이 톨스토이의 『흡혈귀』로부터 다시 반세기가 흘러, 영국에서 『드라큘라』(1897)가 나왔다. 이 작품은 빅토리아 시대의 눈으로 흡혈귀 설화를 해석하고, 당시 세계의 중심이었던 런던으로 슬라브의 흡혈귀를 끌어들임으로써, 세계인의 상상 속에 드라큘라 백작이라는 흡혈귀의 인상을 강렬하게 심고, 흡혈귀 전설을 문학적으로 완성하였다.

흡혈귀 설화가, 기독교 문화에 억눌린 슬라브 토속 신앙의 왜곡된 발현이라면, 브램 스토커의 『드라큘라』는 슬라브 토속 신앙에 대한 기독교의 완전한 제압을 반영한다. 알렉세이 톨스토이의 흡혈귀는 그 자손(의미심장하게도 사생아인 주인공)에 의해서만 처단될 수 있는 것으로 되어 있다. 이것은 어떤 의미에서 기독교 문화와 토속 신앙의 혼효 현상을 반영하는 것이라 할 수 있다. 그러나 브램 스토커의 『드라큘라』에서는, 흡혈귀가 자신이 머물 곳을 마련하기 위하여 자신의 혈족이 묻혀 있는 땅에서 성스러운 흙을 런던으로 가지고 오며, 그 흙에 예수의 몸을 상징하는 성체의 빵을 넣어야만, 그 흙이 흡혈귀가 쉴 수 없는 불모의 흙으로 바뀐다고 되어 있다. 그 밖에 흡혈귀를 제압하는 무기로 등장하는 여러 소도구들이 기독교의 성물(聖物)로 되어 있다는 점도, 슬라브 토속 신앙에 대한 기독교 신앙의 완전한 승리를 의미하는 상징으로 읽힐 수 있다. 그런 점에서 보면, 괴테에서 시작해서 브램 스토커로 끝나는 흡혈귀 문학 백 년의 역사는, 그 백 년간의 세계사의 흐름과도 무관하지 않은 듯하다.

3. 『드라큘라』에 대한 재평가

1970년대 이후, 이 작품을 단순한 공포 소설로만 읽지 않으려는 새로운 시각이 일어나면서 이 작품에 대한 다채로운 해석들이 시도되었다. 그 작업은 주로 프로이트주의자들에 의해서 이루어졌으며, 그것은 한마디로, 드라큘라를 성적인 갈망의 환영으로, 어떤 관능적인 열망의 징후로 해석하는 것이었다. 그러한 재평가를 바탕으로 1980년대에 미국에서 『드라큘라』가 재출간되었고, 새로운 독자들을 많이 만들어 내면서 환상 문학의 고전으로서 자리를 굳혔다.

여기에, 그 새로운 해석의 예를 소개하기 위하여, 1981년 밴텀 북스판에 실린 조지 스테이드의 서문을 부분적으로 옮겨 놓기로 한다.

드라큘라의 손바닥에는 털이 나 있다. 그의 귀는 길쭉하고 뾰족하다. 칼날같이 뻗은 콧마루 위쪽에서 짙은 눈썹이 맞닿아 있고, 그 눈썹 아래에는 핏발선 눈이 형형한 빛을 내쏘고 있다. 낯빛은 유난히 창백하고, 콧수염이 하얗고 긴 데다, 이까지 뻐드러져 있어서, 빨갛고 두툼한 입술이 더욱 선연해 보였다. 그의 숨결은 거칠다. 그의 나이는 수백 살이지만 괴이하게도 힘은 장사다. 베오울프처럼 〈강철 같은 손아귀〉를 가졌기에, 일단 그의 손아귀에 들어가면 빠져나올 수가 없다. 그의 지능은 뛰어나지만, 〈어린애 같은 두뇌〉는 그의 욕망, 그리고 문명과 양립할 수 없는 원초적인 허기에 완전히 조종당하고 있다.

타인의 눈에 비친 드라큘라의 모습이 이러하지만, 정작 드라큘라는 자신의 모습을 볼 수 없다. 어떤 거울로도 그의 영상을 담을 수 없기 때문이다. 드라큘라는 이미 하나의 영상, 그림자, 허깨비이며, 물질세계에 존재하는 것이라기보다는 마음에 존재하는 것이다. 여하튼, 우리가 거울 속에서 그의 모습을 찾으려고 할 때면, 우리 자신의 얼굴이 먼저 가로막는다. 백주의 환한 빛으로도 그의 어두움을 몰아낼 수 없다. 밤이 오기까지 그는 관 속에 도사리고 있기 때문이다. 〈나는 그늘과 그림자를 좋아한다〉라고 그는 말한다. 그의 적이고, 반대자이면서, 분신인 아브라함 판 헬싱 박사는 〈드라큘라의 힘은, 모든 사악한 것들이 그렇듯이, 동이 터 오면 사라진다〉는 점을 지적하고 있다.

정상적인 보통 사람들이 침대에서 꿈꾸며 휴식을 취하고 있을 때, 그는 그의 명령에 순종하고 그가 마음에 들어 하는 동물들, 즉 야행성의 육식 동물이나 우리의 안식처에 틈입하는 밤의 침입자들, 늑대, 박쥐, 올빼미, 들쥐, 새앙쥐 등과 어울려 환호작약한다. 그는 원하기만 하면 이 동물들의 형상을 취할 수가 있으며, 안개 속에서, 뿌연 먼지 속에서, 달빛 속에서 불현듯 모습을 드러내고, 주술에 걸린 상상력이 찾는 곳이면 어디서나 나타난다. 그러나 안에 있는 누군가가 그의 구애에 감응하여 그를 안으로 끌어들이지 않는 한, 그는 문지방이나 창턱을 넘어설 수 없다. 일단 그를 안으로 끌어들인 사람은 그의 최면에 걸리게 되어, 그의 명령을 갈망해 왔기라도 하듯, 그가 시키는 일을 더욱 손쉽게 해치운다…….

드라큘라는 광인들의 주인임이 분명하다. 왜냐하면 광인들은 드라큘라가 구현한 그 끝 모를 갈망에 무릎을 꿇은 사람들이기 때문이다. 그러나 신앙인들은 기독교에서 사용하는 소도구들이, 탐욕스럽고 전염성이 강한 드라큘라의 주술에 걸려들지 않게 해준다는 것을 알고 있다. 흡혈귀는 성스러운 흙이 있어야만 머물 수 있다. 판 헬싱은, 〈악한 것은 모든 선한 것 속에 깊이 뿌리내리고 있는 법이기 때문입니다. 신성한 기억들이 깃들인 흙이 없이는 그 악마가 편히 쉴 수 없습니다〉라고 이야기 한다(드라큘라는 그 성스러운 흙이 담긴 관을 충분히 확보하기 위하여 50개의 관을 영국으로 가져왔다).

스토커가 해석한 흡혈귀는 청교도의 악마적 이면이며 그것의 부정적인 이미지이다. 드라큘라는 그리스도의 패러디이다. 드라큘라는 다음과 같은 그리스도의 말씀을 인용한다. 〈너희가 사람의 아들의 살을 먹지 않고, 그의 피를 마시지 않으면, 너희는 너희 안에 생명을 얻지 못하리라…… 나의 살을 먹고 나의 피를 마시는 자는 나의 안에 머물 것이요, 나도 그의 안에 머물 것이니라.〉〈피는 생명이다.〉드라큘라의 이빨은 바늘 모양의 앞니가 아니라 커다란 송곳니인데도, 그가 사람을 물면 꼭 독사가 그런 것처럼, 살가죽에 작은 구멍이 두 개 남는다.

브램 스토커의 드라큘라는, 한마디로, 우리가 억누르고 있는 어떤 것, 특히 성적인 갈망의 환영이다. 드라큘라에게 물리는 것은 부당한 허기에 몸을 내맡긴 채 관능적 욕망의 노예가 되는 것이며, 구경꾼의 욕망과 공포가 투사된 것이다…….

드라큘라는 우리가 지니지 않기를 바라는, 주로 관능적인 어떤 열망의 징후이다. 억압은 갈망을 공포로 변질시킨다. 꿈이나 문학 작품 속에 나타나는 것처럼, 억압된 열망의 이미지는 공포의 밑바닥에 도사리고 있는 욕망을 은근히 부추기는 불길한 모습으로 나타난다. 〈불사귀(不死鬼)〉인 드라큘라는, 삶과 죽음이 합성된 것이다. 드러나서는 안 될 열망과, 그것을 들추어낸 것에 대한 벌로 주어진 도덕적 응징의 혼합물인 것이다. 스토커와 같은 후기 빅토리아조의 신사에게는, 어쩌면 성이라는 것이 상스러운 것, 타락시키는 것, 쇠잔시키는 것, 생명을 갉아 먹는 것, 사악한 것, 핏속에 있는 어떤 뜨거운 것, 꿈의 주제, 광기의 모티브, 모든 무대의 그늘에 감추어진 위협 등으로 여겨졌을 것이다…….

이 소설에는 여성의 관능에 대한 소름 끼치는 공포가 배어 있다. 물론 공포감과 함께 황홀함과 혐오감이 찾아온다. 소설 앞부분에 조녀선 하커가 드라큘라의 성 안에서 소파에 누워 있는 장면이 나온다. 그가 자는 척을 하고 있는데, 혐오스러운, 그러면서도 대단히 아름다운 드라큘라의 여자들 중에서 세 명이 그에게로 온다. 그중의 한 여자가 무릎을 꿇고 그에게로 몸을 숙이며 흡족한 듯 바라볼 때, 그는 〈즐거운 기대감으로 잔뜩 부풀어서〉, 실눈을 뜨고 여자를 살핀다. 하커는, 〈그녀의 몸짓에서 역겹고 소름 끼치는 관능이 느껴졌다. 고개를 숙일 때, 여자는 짐승처럼 입술을 핥았다. 선홍빛 입술이 촉촉이 젖어 있고, 하얀 이를 핥을 때 보이던 붉은 혀에도 물기가 배어 달빛에 반짝였다〉고 이야기한다. 그 여자가 천천히 다가들자 하커는, 〈혀로 자신의 이와 혀를 핥아 대는 소리가 들리고, 뜨거운 입김이 나의 목에 와 닿는 것을 느꼈다〉고 한다. 그 숨결은 달콤했다. 〈그러나 그 향기로움의 바닥에는 쓸쓸함이, 피 냄새를 맡을 때 느끼는 불쾌감이 배어 있었다.〉

이 소설의 정서는 두 개의 긴 에피소드 사이를 오가면서 균형을 이루고 있다. 하나의 에피소드에서는, 〈서쪽의 빛〉이라는 뜻의 이름을 가진, 아름답고 순결한 루시 웨스턴라가 드라큘라의 주술에 걸려 흡혈귀가 되고, 또 다른 에피소드에서는 스토커가 여성의 모범이라고 생각하는 미나 하커가 죽음보다도 더 끔찍한 그런 운명에서 가까스로 구출된다……. 미나 하커가 루시와 같은 운명을 피할 수 있었던 데는 몇 가지 이유가 있다. 그중의 하나는, 〈남성의 두뇌와 여성의 심장을 가졌다〉는 것인데, 그러한 겸비가 주효했다. 이 평범한 여자는, 스토커가 밝힌 대로, 루시보다 덜 저항적이다. 광인과 아이들과 드라큘라처럼, 그 여자가 악마로부터 자신을 지키기 위해 가지고 있는 것이라곤 고작 믿음직하지 못하고 덜 깨인 〈어린애 같은 두뇌〉뿐이었다…….

이 소설에 나오는 남자들의 용감성은 주로 유혹을 이겨 내는 자기 통제와 엄격한 도덕적 무장에서 나오는 것이지만, 빅토리아 시대의 상층 문화가 지니고 있는 발전적인 가치가 몸에 배어 있기 때문이기도 하다. 이 남자들은 모두 훌륭한 빅토리아 시대 사람들로서, 그 시대의 바람직한 가치들을 지키려는 사람들인 것이다. 소설의 마지막 3분의 1은 완강하게 버티고 있는 비이성이라는 마지막 괴물을 진압하는, 지각과 이성과 과학의 우화로 읽힌다. 〈우리는 세계를 자유롭게 하기로 맹세했다〉라고 판 헬싱이 말한다. 〈아, 무의식의 뇌 작용이여, 그대의 형제인 의식에게 길을 비켜 주어야 하리라〉라는 수어드 박사의 말은 어딘지 프로이트의 〈이드가 있던 곳에 에고가 자리 잡으리라〉라는 유명한 명제를 떠올리게 하는 구석이 있다. 헤라클레스의 후예들인 이들은, 과학적인 협력과 작업 방식을 통하여, 문헌을 찾아 면밀한 조사를 하고, 축음기가 타자기와 같은 진보된 장비로 기록된 체계적인 증거들을 점차 축적해 나감으로써, 마침내 드라큘라와 그 추종자들을 그들의 소굴까지 추적하여, 동물의 표본을 만들 듯이 그들의 가슴에 말뚝을 꽂는다.

진보를 추구하는 스토커 기사단의 지도자는 아브라함 판 헬싱인데, 그는 의사이자 변호사이며, 〈철학자이고, 형이상학자이며, 그 연배 중에서 가장 탁월한 과학자 중의 한 사람이다〉. 그보다 75년 먼저 태어난 빅토르 프랑켄슈타인처럼, 그는 그 시대의 앞서가는 사상을 총화하고 있다. 그뿐만 아니라 동시대인들인 셜록 홈스와 지그문트 프로이트처럼, 그는 불가사의한 사건들을 해결하고, 다른 모든 사람들이 전혀 정체를 알지 못하는 공포를, 직접적이고 자신의 내부로부터 알고 있기 때문에 그것을 물리친다. 예를 들면, 판 헬싱은 자비로운 흡혈 행위를 통해 목숨을 건진 적이 있다. 즉, 그의 손에 난 상처에서 오염된 피를 수어드 박사가 빨아 준 것이다. 또 홈스와 프로이트처럼, 판 헬싱은 우울증으로 고생을 하는데, 그뿐만 아니라 히스테리와 광기 같은 것에 휩싸이게 만드는 신경 쇠약으로 고통을 받기도 한다. 드라큘라처럼, 그는 깜짝 놀랐을 때 날카로운 잇소리를 내고, 드라큘라의 눈썹처럼 숱이 많은 그의 눈썹도 콧마루 위에서 맞닿아 있다. 프랑켄슈타인과 그의 괴물과의 관계, 홈스와 모리어티의 관계, 지킬 박사와 하이드의 관계, 프로이트의 에고와 이드의 관계는, 판 헬싱과 드라큘라의 관계와 같다. 한편, 판 헬싱은 그와 세례명이 같은 브램 스토커와도 관계가 있다······.

　스토커의 작품에는 외설스러운 내용들이 많이 나오지만, 스토커 자신은 엄숙주의자여서 외설에 대한 제재를 지지하였다. 그는 이렇게 썼다. 〈면밀하게 분석을 해보면 궁극적으로 해로운 유일한 정서는 성적 충동으로부터 생겨나는 정서라는 것이 밝혀질 것이다. 우리는 그런 것이 눈에 보일 때, 현실적으로 위험이 되는 요소를 지적해 왔다.〉 스토커의 주장에 따르면, 상상력을 통해 만들어지는 모든 작품에는 〈악의 요소가 들어 있을 가능성이 있다〉. 픽션에 대한 검열을 필요로 하는 이유가 거기에 있다고 그는 생각했다. 〈영국보다 덜 문명화된 나라에서라면 망신거리가 될 책들이 많이도 쏟아져 나왔다. 작가들과 출판사들이 상업적 성공을 올리기 위하여 인간의 내부에 숨어 있던 악의 힘을 끌어들인 탓이다. 이 악의 요소는 심각하고 위험한 것이어서, 아직까지는 별문제가 없었다손 치더라도, 이 나라 젊은이들의 가치관과 삶에 심대한 악영향을 미칠지도 모른다.〉

　이러한 엄숙주의와 『드라큘라』의 외설 사이에는 자가당착이 있지만, 그렇다고 스토커가 위선자였던 것은 아니다. 단지 그가 그 자신의 마음을 모르고 있었던 것뿐이다. 그가 그 자신의 소설을 알았더라면, 『드라큘라』와 같은 소설은 쓰지 않았을지도 모른다. 공포는 꾸밈이 없이 직접적으로 표현되어야 한다. 그렇게 하지 않으면 다른 것이 된다. 여자일 수 없으면서 여자의 흉내를 내는 동성애자의 과장된 몸짓이 된다. 예술이나 인생에서 다른 사람을 흉내 내는 자는, 자신이 흉내 내는 자를 조롱하고, 결과적으로 자기 자신을 조롱한다. 그는 자신이 흉내 내는 형식이나 방식을 비웃지만, 그런 흉내를 내고 있는 자기 자신을 비웃게 된다. 그는 결코 자신의 것이라 부를 수 없는 여성의 형태와 방식을 희화화하고, 짐짓 꾸며 보이고, 깔보고, 시샘하는 여성 역의 연기자와 같다.

　『드라큘라』가 스토커의 나라나 다른 나라의 젊은이들의 가치관과 삶에 악영향을 끼쳤는지에 대해서는, 그럴지도 모른다는 생각은 들지만, 나로서는 알 수가 없다. 그러나 스토커 시대의 음란함과 엄숙주의가 트란실바니아의 드라큘라 백작을 만들어 내는 데 영향을 미쳤다는 점은 거의 의심의 여지가 없다. 또한 스토커가 당대의 내밀한 문제, 그중에서도 남성다움이란 무엇이고 여성다움이란 무엇인가라는 골치 아픈 문제를 자기의 것으로 끌어안고 있었다는 점은 더욱 의심할 여지가 없다. 여성들 내부에 있는 여성다움을 두려워하고, 미워하고, 사랑했던 것 못지않게, 스토커를 무엇보다도 괴롭혔던 것은 그의 내부에 있는 여성다움이었다. 자신이 완전히 남성적인 것은 아닐지도 모른다는 생각이, 스토커를 괴롭혔던 것이다…….

『드라큘라』의 순조롭고 유례없는 성공은, 스토커와 그 시대의 걱정거리가 여전히 우리를 괴롭히고 있다는 것을 증명한다. 그것들이 같은 형태로, 또는 형태를 달리하여 우리를 괴롭혀 왔을 수도 있다. 왜냐하면 『드라큘라』는 일어났던 일을 우리에게 이야기하는 것이 아니라, 인간이 있는 곳이라면 어디에서나 일어나고 있는 어떤 일을 보여 주는 책이며, 고전이기 때문이다. 죽음에 대한 공포와 죽은 자에 대한 공포, 그리고 영생에 대한 꿈; 주인과 노예, 사디즘과 마조히즘, 욕망을 충족시키기 위하여 사랑하는 사람들에게 상처를 주려는 욕구와 상처를 받으려는 욕구 등 상반되는 두 지점을 오가는 심리학적이고 성적인 변증법; 자연의 힘을 다스리는 지식과 불가사의하고 야만적인 힘 사이의 갈등; 잠들어 있는 우리의 영혼 속에서 환상이 일어나 우리의 어두운 욕망을 부추길 때, 우리를 지배하려 드는 달빛의 음력과, 현실의 원리를 지배하면서, 우리의 미몽을 일깨우는 햇빛의 힘; 남성다움과 여성다움을 성취하고, 유지하고, 규정짓기 위한 몸부림. 이런 것들이 언제나 우리와 함께 있어 왔다. 『드라큘라』에서, 스토커는 단지 개인적인 것, 또는 그 시대에만 어울리는 것을, 더 거창한 어떤 것 — 괴물 같기도 하고 결과적으로는 인간적이기도 한 어떤 것으로 변형시켰다.

4. 브램 스토커에 대하여

브램 스토커의 어린 시절에 대해서는, 1847년에 더블린에서 일곱 명의 자녀들 중의 하나로 태어났으며, 그의 어머니로부터 총애를 받았다는 것 말고는 별로 알려진 것이 없다. 그 자신의 말을 빌리면, 그는 일곱 살이 될 때까지 매우 병약해서 늘 침대에 누워 지내면서 어머니의 자애로운 간호를 받았다고 한다. 어머니는 그를 즐겁게 해주기 위하여 이야기도 해주었는데, 그것은 아일랜드의 유령 이야기와, 요정, 악마, 송장 귀신 이야기, 그리고 1832년에 창궐했던 끔찍한 콜레라에 관한 이야기 등이었다. 그러한 이야기들이 환상 문학을 향한 그의 상상력에 귀중한 자양으로 작용했을 것이 틀림없다. 몇 년 뒤, 브램 스토커가 흡혈귀에 관한 어머니의 지식을 얻고자 했을 때, 부인은 〈흡혈귀의 쏩쓸하고 이상한 입맞춤, 그것의 모습을 보고 싶어 하고 알고 싶어 하는 인간의 욕구, 그의 공격을 가장 잘 막아 내는 방법, 덧붙여 그것에 대한 공포를 이겨 내는 최선의 방법〉 등에 대해 써주었다.

스토커 부인은 걸출한 여자였다. 부인은 강인한 심성을 지녔고, 야심만만했으며, 자긍심이 강하였다. 문필가이자, 사회사업가로서, 가난하고 빗나가는 소녀들을 수용하는 소년원을 자주 찾아다니기도 했으나, 무엇보다도 부인은 여권 운동가였다. 그런 점에서는 그녀의 친구였던 오스카 와일드의 어머니와 마찬가지였다. 그녀 주위에서 벌어지는 온갖 사회적 병리 현상을 어떻게 치유해 나갈 것이냐는 질문을 받았을 때, 부인은 〈성을 평등하게 하라〉고 되받아쳤다.

더블린에 있는 트리니티 칼리지에 다니면서 브램 스토커는 병약했던 어린 시절을 보상하고도 남을 만큼 열심히 생활하였다. 그는 여러 가지 스포츠 종목에서 선수권 보유자, 기록 갱신자가 되었으며, 나중에 집요하고 융통성 없는 여성 숭배자로 유명했던 것만큼이나, 당시에는 과장되고 도전적인 남성다움을 추구했던 것으로 알려져 있다.

그는 월트 휘트먼의 시를 발견하고 그것에 압도당했으며, 그것에 대한 강의를 하기도 하고, 그것을 조롱하는 많은 사람들에 대항하여 휘트먼을 옹호했다. 그는 휘트먼에게 진지한 장문의 편지를 보냈으며, 휘트먼은 〈저에게 그토록 진보적이고, 신선하며, 남성다운 편지를 보내신 당신은 정말 바른 생각을 가졌습니다〉라는 내용의 답장을 보내 왔다. 스토커는, 『드라큘라』에서 〈신여성〉을 명확하게 형상화하던 무렵에 이미 생각에 변화를 가져오기는 했지만, 페미니즘에 대한 강의도 했으며, 철학회에서 여권 운동을 논하기도 했다.

그는 청소년 시절에 아버지와 함께 극장을 꾸준히 드나들었는데, 거기에서 배우이자 연출가인, 장차 그의 삶을 지배할 살아 있는 드라큘라인 헨리 어빙을 만나, 그에게 흠뻑 빠졌으며, 나중에는 그의 매니저가 되었다. 그는 어빙을 위하여 매우 정력적이고 성실하게 일했다. 그렇게 일한 것에 비하면, 27년이라는 세월 동안 물질적인 보수가 보잘것없어서, 어빙이 죽은 뒤에 그는 친구들에게서 돈을 빌려야만 했다. 그 탓인지 스토커의 사망 원인은, 그의 사망 증명서에 기재된 바를 따르면, 〈극도의 피로〉였다. 오슨 웰스가 지적한 대로, 드라큘라에 대한 묘사 속에는 스토커의 〈나쁜 아버지〉로서의 헨리 어빙이 많이 담겨 있고, 판 헬싱이라는 인물 속에는 〈좋은 아버지〉로서의 에이브러햄 스토커의 모습이 어느 정도 담겨 있다.

어빙을 위해 엄청나게 많은 일을 하면서도 스토커는 글을 썼다. 모두 17권의 소설을 썼는데, 대표작인 『드라큘라』(1897)를 비롯해서 『수의를 입은 여인』(1909), 『하얀 벌레가 사는 굴』(1911) 등 대부분이 공포를 다룬 환상 문학의 작품들이다.

1992년 봄
이세욱

새 번역을 내면서

　『드라큘라』의 한국어 첫 번역을 낸 것이 1992년이니까, 27년 만에 새 번역을 낸다. 새 번역이라고 하지만, 번역 문체를 바꾸거나 리듬에 큰 변화를 준 것은 아니다. 더러 서른 살 풋내기 번역자의 과도한 의욕이 눈에 띄는 것은 사실이지만, 작은 실수는 바로잡되 그 열정과 생기는 그대로 남겨 두는 것이 온당하리라는 생각이 들었다.

　번역의 저본으로 삼은 것은 1897년 영국 아치볼드 컨스터블 출판사의 초판본이지만, 몇 가지 오타와 작가의 실수를 바로잡은 밴텀 고전판(1981), 옥스퍼드 세계 고전판(1986), 펭귄 고전판(1993), 노턴 비평판(1997)을 두루 참조하여 일부 어휘의 선택에 신중을 기했다. 예를 들어, 18장 미나 하커의 일기에 나오는 〈our scientific, sceptical, matter-of-fact nineteenth century〉라는 말을 보면, 초판본과 옥스퍼드 고전판과 밴텀 고전판에는 〈sceptical〉이 들어 있는데 펭귄 고전판과 노턴 비평판에는 빠져 있다. 이 경우에는 초판본을 중시해서 첫 번역에서와 마찬가지로 이 단어를 넣어서 번역했다. 그런가 하면 19장에 나오는 〈when he was gloated with fresh blood〉라는 문장의 경우에는, 초판본의 〈gloated〉가 옥스퍼드 고전판에는 〈glutted〉로, 펭귄 고전판에는 〈gorged〉로 수정되어 있다. 역자는 나중에 나온 두 판의 수정을 받아들여, 〈신선한 피를 실컷 빨아 먹고 나서 누워 있는)이라는 번역을 선택했다.

『드라큘라』는 여러 인물의 일기와 비망록을 모아 놓는 형식을 취하고 있으므로, 날짜가 많이 나온다. 작가가 글을 쓰다 보면, 이 날짜에 혼동이 생길 수 있다. 펭귄 고전판은 작가의 이런 오류를 네 군데에 걸쳐서 수정했다. 역자는 독자들이 의아하게 여기며 혼란스러워하는 것을 막기 위해, 펭귄 고전판의 수정을 받아들였다. 5장 수어드 박사의 일기에서 4월 25일을 5월 25일로, 6장 미나 머리의 일기에서 8월 1일을 7월 25일로, 11장 루시 웨스턴라의 일기에서 9월 12일을 9월 11일로, 같은 장 수어드 박사의 일기에서 9월 13일을 9월 12일로 바꿨다.

환상 문학 작가 자크 피네가 번역한 프랑스어판, 희곡작가 루이지 루나리가 번역한 이탈리아어판, 작가이자 영문학 번역가 후안 안토니오 몰리나 포이크스가 번역한 스페인어판도 우리의 새 번역에, 특히 유럽 문화와 관련된 대목의 번역에 도움을 주었다. 예를 들어, 8장 첫머리를 보면 미나 머리의 일기에 젊은 신부가 찾아와서 시간을 끄는 바람에 미나와 루시가 무척 지쳐 있음에도 일찍 잠자리에 들지 못했다는 이야기가 나온다. 이 상황이 ⟨Lucy and I had both a fight for it with the dusty miller⟩라는 문장으로 멋지게 요약되어 있는데, 처음에는 ⟨the dusty miller⟩의 번역어를 찾지 못해 고심했다. 그런데 프랑스 번역자는 이것을 sandman을 뜻하는 ⟨le marchand de sable(모래 장수)⟩로 번역했고, 이탈리아 번역자는 ⟨il dio del sonno(잠의 신)⟩로 옮겼다. 스페인 번역자는 그런 번역어를 찾는 대신, ⟨para no quedarnos dormidas(잠에 빠지지 않기 위해)⟩라고 풀어서 옮겼다. 이들의 번역을 보면, ⟨the dusty miller⟩는 sandman의 동의어인 dustman의 뜻으로 쓰인 게 분명하다. 결국 역자는 이 말의 번역어로 ⟨잠마귀⟩가 가장 적절하다고 판단했다. 그리하여 우리 번역의 미나와 루시는 ⟨밀가루를 뒤집어쓴 방앗간 주인⟩과 싸우지 않고 ⟨덮쳐 오는 잠마귀에 맞서 싸움을 벌였다⟩. 이렇듯이 프랑스, 이탈리아, 스페인 번역가들도 때로는 우리에게 영감을 준다.

원문을 보면, 한 문단 안에 대화문과 지문이 어우러져 있다. 그래서 한 문단의 길이가 한국 소설에 비해 무척 길다. 이런 사정 때문에 영어 원문을 번역할 때 행갈이를 해서 지문과 대화문을 나누는 경우가 많다. 하지만 우리는 첫 번역 때와 마찬가지로 행갈이를 하지 않고 원문의 문단 형태를 그대로 유지했다. 대화문 사이에 들어간 삽입구(주로 one said 형)도 되도록 그대로 살리는 쪽으로 번역했다.

6장은 미나가 횟비에 가서 노인의 이야기를 듣는 대목이다. 노인은 횟비 사투리를 쓴다. 이것을 우리말의 어떤 사투리로 번역하는 방법이 없는 것은 아니다. 그렇다면 어떤 사투리로 번역할 수 있을까? 요크셔 사투리의 등가물이 우리말에 있을까? 우리는 첫 번역 때와 마찬가지로 사투리로 번역하는 방법을 쓰지 않고 그저 지방의 노인이 말하는 것 같은 느낌만 주기로 했다.

우리 주인공들이 흡혈귀와 싸우기 위해 런던과 동부 유럽 등지를 돌아다녀야 하기 때문에, 지명이 많이 나온다. 헝가리와 루마니아의 지명을 표기할 때는 원문의 표기법을 존중하되 몇 가지 정황을 고려하여 표기법을 선택했다. 때로는 일기를 쓰는 인물이 어떤 언어를 쓰고 있는지도 고려했고, 오스트리아·헝가리 제국의 영향력도 감안했다. 런던이나 다른 도시의 거리 이름은 어떻게 표기할까? 예전처럼 Liverpool Street를 리버풀가, 리버풀로, 리버풀 거리 하는 식으로 옮길 수도 있지만, 우리는 그냥 리버풀 스트리트로 표기했다. 이건 프랑스와 이탈리아와 스페인 번역자들도 똑같이 쓰는 방식이다. 우리나라에도 이제 도로명 주소 체계가 확립되었으니, 〈대로-로-길〉이라는 구분을 외국의 거리에 적용하는 방법도 생각할 수 있을 것이다. 하지만 이것을 적용하기가 얼마나 어려운가? 유럽의 거리들을 걸어 본 이들은 다 알 것이다. 그러니 스트리트는 그냥 스트리트라 하고 로드는 그냥 로드라 하는 게 좋을 것이다.

작가는 성경 구절과 셰익스피어의 희곡을 자주 인용한다. 성경 구절은 첫 번역 때에 마찬가지로 공동번역 성서의 해당 구절을 찾아 그대로 옮겼다. 브램 스토커가 셰익스피어의 희곡을 인용할 때는, 셰익스피어의 원문과 조금 다르게 말하는 경우가 가끔 있다. 라이시엄 극장에서 지배인으로 일하며 벗이자 대배우인 헨리 어빙의 대사를 늘 들었기 때문에, 그가 외우고 있는 햄릿은 당연히 헨리 어빙의 버전이다. 이런 경우에는 역자 주석을 통해 간간이 밝혔듯이, 셰익스피어의 원문이 아니라 헨리 어빙의 대사를 그대로 옮겼다.

2019년 여름
이세욱

브램 스토커 연보

1847년 출생 11월 8일 에이브러햄(브램) 스토커가 더블린에서 아버지 에이브러햄 스토커와 어머니 샬럿의 일곱 자녀 중 셋째로 출생.

1864년 17세 더블린의 트리니티 칼리지에 입학. 눈부신 대학 생활. 대학 최고의 운동선수이자 〈철학회〉 의장으로 활약. 순수 수학을 전공하고 우등으로 졸업함(1870년).

1867년 20세 8월 28일 더블린 왕립 극장에서 헨리 어빙의 연기를 처음으로 관람. 연극에 대한 정열을 키움.

1868년 21세 월트 휘트먼의 『풀잎 *Leaves of Grass*』을 읽고 감동하여, 〈휘트먼을 사랑하는 자〉로 자처함.

1870년 23세 아버지의 예를 따라 더블린시 공무원이 됨.

1871년 24세 5월 4일 「월트 휘트먼과 민주주의의 시」라는 논문으로 휘트먼에 대한 논쟁에 가담. 5월 더블린의 보드빌 극장에서 헨리 어빙의 연기를 다시 관람. 11월 『더블린 메일』에 무보수 연극평을 기고하기 시작. 셰리던 르 파뉴의 흡혈귀 소설 『카밀라 *Carmilla*』가 출간됨.

1872년 25세 2월 18일 휘트먼에게 흠모의 염을 담은 장문의 자기 고백적 편지를 썼으나, 부치지는 않음. 트리니티 칼리지의 역사학 협회의 감사로 선출됨.

1873년 26세 11월 단명한 잡지 『하프페니 프레스 *Halfpenny Press*』의 비상근 편집자로 근무(1874년 3월까지).

1875년 28세 첫 번째 단편 괴기소설 「운명의 사슬 The Chain of Destiny」을 잡지 『샘록 *Shamrock*』에 4회에 걸쳐 연재.

1876년 29세 2월 14일 휘트먼에게 다시 편지를 씀. 지난번에 부치지 않은 편지도 동봉함. 3월 6일 휘트먼이 답장을 보내옴. 헨리 어빙이 더블린 왕립 극장에서 햄릿 역을 함. 12월 3일 헨리 어빙을 만남. 친구가 됨. 경범죄 감독관으로 승진함. 아버지 사망.

1877년 30세 6월 어빙이 트리니티 칼리지에서 낭독회를 개최. 13일 뒤 스토커는 휴가의 대부분을 라이시엄 극장에서 어빙의 공연을 보는 데 소비함. 매일같이 어빙을 만났음.

1878년 31세 6월 라이시엄 극장을 방문하여 어빙이 윌스의 희곡 「반더데켄 Vanderdecken」을 고쳐 쓰는 것을 도움. 8월 어빙이 더블린에서 자선 낭독회를 개최. 어빙은 그동안 브램의 형인 의사 윌리엄 스토커의 집에 머무름. 11월 중순 자신의 매니저가 되어 달라는 어빙의 제안을 수락함. 공직에서 사퇴. 12월 4일 20세의 플로렌스 벨컴과 결혼. 12월 9일 버밍엄 공연 중인 어빙과 합류. 12월 30일 엘런 테리가 오필리아 역을 맡으며 어빙 극단에 합류.

1879년 32세 12월 9일 외아들 노엘이 태어남.

1881년 34세 가을 어빙과 엘런 테리의 최초의 지방 순회공연을 기획. 11월 동화집 『노을 아래서 *Under the Sunset*』가 출간됨.

1883년 36세 10월 어빙 최초의 미국 순회공연을 수행함. 필라델피아에서 휘트먼을 만남.

1885년 38세 두 번째 미국 순회공연. 7월 에밀리 제라드가 『19세기*The Nineteenth Century*』에 「트란실바니아의 미신Transylvanian Superstitions」을 기고함. 12월 28일 왕립 연구소에서 「미국 인상기A Glimpse of America」라는 제목으로 강연.

1886년 39세 10월 「파우스트」 공연 준비를 위해 미국 방문. 뉴저지 캠던의 휘트먼을 방문. 「미국 인상기」가 출간됨.

1889년 42세 『뱀의 길*The Snake's Pass*』이 『피플*People*』과 그 밖의 지방지에 연재됨.

1890년 43세 3월 8일 불쾌한 꿈을 꾸고, 그 내용을 기록함. 〈젊은 남자가 나타나자 여자들이 그의 목에 키스를 하려 한다. 늙은 백작이 불같이 화를 내며 끼어든다. 이 남자는 내 것이라면서.〉 뒷날 『드라큘라*Dracula*』로 발전하는 최초의 기록임. 4월 30일 헝가리의 학자이자 여행가인 아르미니우스 뱀베리를 만남. 11월 『뱀의 길』이 출간됨.

1893년 46세 어빙의 극단이 미국과 캐나다 장기 공연.

1895년 48세 5월 24일 어빙이 작위를 받음. 같은 날, 오스카 와일드가 남색죄로 체포됨. 9월 어빙 극단의 다섯 번째 미국 공연. 시어도어 루스벨트를 알게 됨. 10월 『섀스타의 어깨*The Shoulder of Shasta*』가 출간됨.

1897년 50세 5월 18일 『드라큘라』의 무대화를 염두에 둔 축약 원고 「드라큘라: 또는 불사귀Dracula: Or the Un-dead」를 라이시엄 극장에서 낭독함. 5월 26일 소설 『드라큘라』가 런던 아치볼드 콘스터블 앤드 컴퍼니에서 출간됨.

1898년 51세 2월 『베티 양*Miss Betty*』이 출간됨. 라이시엄 극장 창고에 화재가 발생하여 어빙 극단의 무대 장치와 소품이 전소됨.

1899년 52세 11월『드라큘라』가 미국에서 출간됨.

1901년 54세 4월 작가 자신의『드라큘라』축약본이 염가 보급판으로 출간됨. 어머니 사망.

1902년 55세 7월 어빙 극단의 마지막 라이시엄 극장 공연.『바다의 신비 *The Mystery of the Sea*』가 출간됨. 아서 코넌 도일이 〈감탄스러운 작품〉이라는 축하 메시지를 보냄. 12월 엘런 테리가 어빙 극단을 떠남.

1903년 56세 11월『칠성 보석 *The Jewel of the Seven Stars*』이 출간됨.

1905년 58세 9월『그 사람 *The Man*』이 출간됨. 10월 셰필드에서 고별 공연 중 어빙이 실신한 뒤 숨짐.

1906년 59세 10월『헨리 어빙을 회상함 *Personal Reminiscences of Henry Irving*』이 두 권으로 출간됨. 뇌졸중으로 쓰러짐. 24시간 동안 의식을 잃음. 보행 능력과 시력이 훼손됨.

1908년 61세 1월 15일 윈스턴 처칠과의 대담이『데일리 크로니클』에 게재됨. 6월『레이디 애슬라인 *Lady Athlyne*』이 출간됨. 9월「소설의 검열 The Censorship of Fiction」을『19세기와 그 후 *The Nineteenth Century and After*』에 기고함.『폭설에 갇히다: 어느 순회 극단의 기록 *Snowbound: The Record of a Theatrical Touring Party*』이 출간됨.

1909년 62세 7월『수의(壽衣)를 입은 여인 *The Lady of the Shroud*』이 출간됨.

1910년 63세 12월『유명한 사기꾼 *The Famous Imposter*』이 출간됨.

1911년 64세 11월『하얀 벌레가 사는 굴 *The Lair of the White Worm*』이 출간됨.

1912년 타계 4월 20일 런던에서 사망. 사망 기사에서『드라큘라』는 거의 언급되지 않았음.

1914년	『드라큘라』의 첫 장으로 집필되었다가 삭제된 「드라큘라의 손님 Dracula's Guest」이 출간됨.
1921년	영화 「드라큘라의 죽음Drakula halála」이 헝가리어로 베를린에서 제작됨. 2년 뒤(1923년 4월) 헝가리에서 개봉된 이 영화는 지금 전해지지 않고 있는데, 스토커의 소설을 원작으로 하지 않았다는 설도 제기되고 있음.
1922년	3월 4일 F. W. 무르나우의 영화 「노스페라투Nosferatu」가 베를린에서 개봉됨. 미망인 플로렌스 스토커가 저작권 소송을 제기하고 승소함. 독일 법원이 영화의 모든 프린트를 파기할 것을 명령. (지금 전해지는 「노스페라투」는 흩어져 살아남은 조각들로 복구된 것임.)
1924년	해밀턴 딘이 각색한 「드라큘라」가 무대에 오름. 주로 지방 순회 공연 프로그램으로 활용됨.
1927년	2월 런던의 소극장 아델피에서 공연된 「드라큘라」가 비평가들의 혹평에도 불구하고 갑자기 히트함. 10월 5일 딘의 각본을 존 볼더스톤이 손질한 미국판이 벨라 루고시 주연으로 브로드웨이 무대에 오름. 33주간 흥행을 기록.
1930년	여름 유니버설 영화사가 소설 『드라큘라』와 각색 희곡들의 영화화 권리를 취득.
1931년	2월 12일 딘/볼더스톤의 각색 희곡을 바탕으로 한 영화 「드라큘라」가 개봉됨. 감독은 토드 브라우닝. 대성공을 거둠.

드라큘라

브램 스토커 Bram Stoker 1847년 더블린에서 태어났다. 트리니티 칼리지에서 공부하고 1870년 공무원 생활을 시작하였으나 적성에 맞지 않아 연극 비평가가 되었다. 1876년 헨리 어빙이라는 걸출한 배우를 만난 뒤, 평생 그의 매니저이자 조언자, 동반자로서 일했다. 그는 틈틈이 17권의 소설을 썼는데, 대표작인 『드라큘라』(1897)를 비롯하여 『수의를 입은 여인』(1909), 『하얀 벌레가 사는 굴』(1911) 등 작품의 대부분이 공포와 환상을 주조로 하고 있다. 브램 스토커는 1912년에 사망했다. 『드라큘라』는 수백 편의 영화나 연극을 통해 세계인의 상상력에 섬뜩한 이미지를 심어 왔다. 그러나 그중 원작에 충실한 작품은 거의 없었다.

페르난도 비센테 Fernando Vicente 1963년 마드리드에서 태어났다. 1980년대부터 『라 루나 데 마드리드』, 『론다 이베리아』, 『보그』, 『플레이보이』 등 스페인의 각종 잡지에 일러스트레이션을 선보이기 시작했다. 1999년부터는 스페인의 최고 권위지인 『엘 파이스』의 고정 일러스트레이터로 기고하고 있고, 뉴 디자인 협회Society for New Designs가 수여하는 최고상을 세 번 받았다. 비센테는 신문과 잡지에 기고하는 것 외에도 『피터 팬』, 『모모』, 『지킬 박사와 하이드 씨』, 『거울 나라의 앨리스』, 『공포의 계곡』 등의 책과 음반 디자인에도 일러스트레이터로서 참여했다.

이세욱 1962년에 태어나 서울대학교 불어교육과를 졸업했다. 옮긴 책으로 베르나르 베르베르의 『개미』, 『웃음』, 『인간』, 『나무』, 『상대적이며 절대적인 지식의 백과사전』, 『뇌』, 『타나토노트』, 『아버지들의 아버지』, 『여행의 책』, 움베르토 에코의 『제0호』, 『프라하의 묘지』, 『로아나 여왕의 신비한 불꽃』, 『세상의 바보들에게 웃으면서 화내는 방법』, 미셸 우엘벡의 『소립자』, 카롤린 봉그랑의 『밑줄 긋는 남자』, 파트리크 모디아노의 『우리 아빠는 엉뚱해』, 장자크 상페의 『속 깊은 이성 친구』, 에리크 오르세나의 『오래오래』, 『두 해 여름』 등이 있다.

지은이 브램 스토커 **그린이** 페르난도 비센테 **옮긴이** 이세욱 **발행인** 홍예빈·홍유진
발행처 주식회사 열린책들 **주소** 경기도 파주시 문발로 253 파주출판도시
전화 031-955-4000 팩스 031-955-4004 홈페이지 www.openbooks.co.kr
Copyright (C) 주식회사 열린책들, 1992, 2022, *Printed in Korea.*
ISBN 978-89-329-2290-4 03840
발행일 1992년 7월 25일 초판 1쇄 2000년 4월 15일 2판 1쇄 2006년 11월 20일 2판 15쇄 2006년 9월 30일 3판 1쇄 2008년 12월 30일 3판 3쇄 2009년 12월 20일 세계문학판 1쇄 2016년 10월 30일 세계문학판 7쇄 2019년 8월 30일 특별판 1쇄 2022년 9월 10일 개정판 1쇄